밤에 들린
목소리들

VOICES IN THE NIGHT

밤에 들린 목소리들

스티븐 밀하우저 소설집

서창렬 옮김

현대문학

일러두기

1. 본문의 각주는 모두 옮긴이주이다.
2. 원작자의 의도를 존중하여 원서의 이탤릭은 본문에서 고딕체로 표시했다.
3. 본문의 성경 구절 인용은 대한성서공회에서 발행한 개역개정판을 따라 옮겼다.

차례

기적의 광택제

Miracle Polish

나는 문 앞에 있는 낯선 방문자에게 안 된다고 말했어야 했다. 그는 목이 깡마른 사람이었는데, 손에 든 검정 샘플 상자 때문에 몸이 옆으로 약간 기운 탓에 웃옷의 한쪽 소맷자락이 다른 쪽 소맷자락보다 더 높았다. 점잖게 안 돼요, 라고 말했다면 고맙지만 사양하겠어요, 안 될 것 같아요, 오늘은 안 됩니다와 같은 효과가 있었을 것이다. 그렇게 말한 뒤에 문을 닫고 걸쇠를 철커덕 걸었어야 했다. 하지만 나는 구김살이 진 구두에 낀 먼지와 닳아 해진 뒷굽, 반질반질해진 재킷의 소매를 보았으며, 그의 눈이 절박감으로 번득이는 것도 보았다. 그러니까 더욱 그를 돌려보내야 한다고 속으로 중얼거리면서도 나는 옆으로 비켜서서 그가 거실로 들어오는 것을 지켜보았다. 그는 실내를 재빨리 둘러보고 나서 소파 옆에 놓인 조그만 탁자에 상자를 내려놓았다. 나는 그를 위해 뭘 하나 사 주자고 마음먹었다. 머리빗이든 브루클린 다리 종이 모형이든 아무거나 하나 사 준 다음 그를 빨리 내보내기로 마음먹은 것이다. 나는 내 시간을 그보다 더 값진 일에 쓰고 싶었다. 하지만 그는 전혀 서두르지 않고 앙상한 손가락으로 잠금장치를 하나하나씩 천천히 풀면서 우울한 목소리로 오늘은 당신의 행운의 날이라고 말했다. 갑자기 열린 상자 속에서 여섯 줄로 늘어선 똑같은 모양의 암갈색 유리병들이 눈에 들어왔다. 그 병들은 감기약병보다 조금 더 작았다. 두 가지 생각이 불현듯 뇌리에 떠올랐다. 상자는 아주 무거웠을 것이고, 그 사람은 오랫동안 하나도 팔지 못한 게 틀림없다는 생각이었다. 제품 이름은 '기적의 광택제'였다. 손목을 한 번 휙 움직이기만 하면 거울이 깨끗해진다고 했다. 내가 하나 사겠다고 했더니 그는 놀라는 것 같았다. 마치 지난 수년 동안 전혀 팔리지 않은 광택제병들이 터질 듯이 가득 든 그 상자를 들고 방방곡곡을 떠돌아다니기라도 했던 듯 내 말을 미심쩍어하는 눈치였다. 나는 근사한 현관과 오래된 단풍나무와 집 앞 진입로에서 농구를 하는 아이들이 있는 이런 동네에서 어떤 남자가 무슨 동기로 물건을 팔겠다고 집집마다 방문하는 걸까, 하는 생각을 하지 않으려 했다. 걸스카우트 단원들이 쿠키를 팔고, 길 건너편에 사는 여성이 백혈병 계몽 홍보를 위해 기부해 줄 것을 부탁하는 이런 동네에서 말이다. 뒷굽이 닳아 해진 구두를 신고서 기적의 광택제라는 갈색 병이 가득한 무거운 상자를 힘겹게 들고 절박한 눈빛으로 이 집 저 집을 터벅터벅 찾아가는 낯선 방문자는 찾아볼 수 없는 이런 동네에서 말이다. 나는 기적의 광택제라는 이름에 짜증이 났다. 어린아이도 그보다는 더 잘 지을 수 있었을 것이다. 그렇지만 그 이름이 거기에 자리 잡고 앉아 그 제품의 기만성을 스스로 자랑스레 드러내 보이고 있다는 점에서 그 이름에도 나름의 미덕이 있는 셈이었다. '날 믿지 마세요!' 그 이름은 모든 사람이 들을 수 있게 소리쳤다. '바보가 되지 마세요!'

그는 나에게 한 병 더 팔려고 하다가 내 표정을 보고 가야 할 때라는 것을 알아차렸다. "당신은 현명한 선택을 한 겁니다." 그는 엄숙하게 말하며 나를 힐끗 쳐다보더니 갑작스레 시선을 돌렸다. 그러고 나서 마치 내 마음이 바뀔까 봐 걱정하는 사람처럼 상자를 딸깍 닫고 서둘러 문을 나갔다. 나는 반쯤 닫힌 블라인드의 널을 들어 올려 현관 길을 걸어서 멀어져 가는 그의 모습을 지켜보았다. 손에 들린 샘플 상자의 무게 때문에 몸이 한쪽으로 기울어졌다. 보도에 이르렀을 때 그는 걸음을 멈추고 사탕단풍나무 옆에 상자를 내려놓고는 재킷 소매로 이마를 닦으며 건물을 올려다보았다. 마치 많은 얼굴들이 고개를 돌려 그를 응시하고 있는 상황에서 학교 운동장을 걸어갈 마음의 준비를 하고 있는 새 전학생 같은 모습이었다. 잠시 그는 우리 집을 돌아다보았다. 그는 내가 지켜보고 있다는 것을 알아차리자 갑자기 씩 웃었으며, 그런 다음 얼굴을 찡그리며 내게서 얼굴을 홱 돌렸다. 나는 격하게 블라인드 널을 떨어뜨렸다.

나는 거울 광택제에 관심이 없었다. 그 병을 여분의 손전등용 건전지와 전구 묶음, 사용하지 않은 사진 앨범 등을 넣어 둔 진열장 서랍 속에 넣고 나서 그것에 대해서는 더 이상 생각하지 않았다.

그로부터 일주일쯤 지난 어느 이른 아침, 나는 매일 아침 출근하기 전에 늘 그래 왔듯이 2층 복도로 가서 타원형 거울 앞에 섰다. 정장 상의의 옷자락을 당겨서 펴고 넥타이를 매만지다가 거울 위, 내 왼쪽 어깨 가까운 곳에 조그만 얼룩이 있다는 것을 알아차렸다. 그것은 아마 아주 오랫동안 거기에 있었을 것이다. 내가 부모님의 다락방에서 빛바랜 안락의자와 낡아서 팔걸이의 올이 드러난 할머니의 소파와 함께 그 거울을 끄집어낸 이래로 계속 그 자리에 얼룩이 있었을 것이다. 나는 전에 이 타원형 거울을 닦아 본 적이 있는지, 꽃과 이파리들이 조각된 낡은 마호가니 틀의 먼지를 닦으려 해 본 적이 있는지 생각해 내려고 애썼다. 내가 이런 생각을 하고 있는 것은 순전히 앙상한 손가락과 닳아 해진 구두 뒷굽이 먼저 떠오르는 그 낯선 방문자 때문이라는 것을 깨달았다. 진열장으로 내려갈 때 "오늘은 당신의 행운의 날이오"라고 말하는 그의 목소리가 들렸고, 그러자 짜증이 확 밀려왔다.

2층으로 올라온 나는 화장실 휴지 상자에서 화장지를 뽑아 그 갈색 병의 뚜껑을 돌려 열었다. 짙은 빛깔의 유리병에는 흰색 대문자로 '기적의 광택제'라는 글자가 쓰여 있었다. 액체는 녹색이 감도는 흰색으로, 걸쭉하고 끈끈했다. 화장지에 그 액체를 약간 묻혀서 얼룩을 닦았다. 손을 올렸을 때 이내 얼룩 자국이 없어지는 것을 보니 실망스러운 느낌마저 들었다. 그때 나는 또 다른 것을 알아차렸다. 거울의 나머지 부분이 칙칙하고 흐려 보인다는 사실이었다. 내가 정말 전에는 이걸 몰랐나? 나는 다시 액체를 묻혀서 거울 전체를 닦기 시작했다. 타원 모양의 틀과 맞닿은 부분까지 닦았다. 그 일은 금방 끝났다. 나는 한 걸음 뒤로 물러서서 바라보았다. 오래된 유리 갓을 쓴 머리 위쪽 전등에서 나오는 불빛이 가까운 층계참 창문으로 들어온 햇빛과 섞인 조명 속에서 나는 거울에 비친 내 모습을 선명하게 보았다. 하지만 그게 전부가 아니었다. 내 모습에 어떤 신선함이 있었다. 전에는 본 적이 없는 은은

한 빛이 있었던 것이다. 흥미롭게 내 모습을 바라보았다. 나는 거울에 비친 자신의 모습을 들여다보기 좋아하는 사람이 아니기 때문에 이것 자체가 놀라운 일이었다. 나는 거울 앞에서 보내는 시간을 가능한 한 최소화하는 사람이고, 거울에 비친 자신의 모습을 사무적으로, 현실적으로 받아들이는 사람이었다. 피곤한 눈, 실망스러운 어깨, 패배자의 모습을 있는 그대로 받아들이는 사람. 이제 나는 이전의 나의 모습과 거의 똑같은, 하지만 어떤 식으론가 바뀐 사내 앞에 서 있었다. 그 사내는 구름 낀 하늘 아래 있던 잔디밭이 해가 나올 때 바뀌는 것과 같은 방식으로 바뀌어 있었다. 내가 본 것은 앞으로 고대할 것이 있는 사내, 인생의 여러 가지 것들을 기대하는 사내의 모습이었다.

그날 오후 일을 마치고 집에 돌아왔을 때 타원형 거울이 있는 곳으로 올라갔다. 윤이 나는 거울 속의 내 모습이 주는 신선한 느낌에 나는 또다시 놀랐다. 그동안 거울을 닦아야 할 필요성이 정말 이토록 컸던 것일까? 집 안에는 거울이 세 개 더 있었다. 2층 화장실 세면기 위에 있는 거울과 1층 화장실 세면기 위에 있는 거울, 그리고 2층 화장실 창문 옆 거울걸이에 걸어 놓은, 나무 손잡이가 있는 조그만 원형 거울이 그것이었다. 전에는 그중 어떤 것도 닦아야 할 필요가 있어 보이지 않았지만, 그 거울들을 다 닦고 나자 세 개의 거울 모두에서 새로워진 나의 모습이 은은한 빛을 내며 나를 바라보고 있는 것을 보았다. 나는 손에 든 기적의 광택제 갈색 병을 쳐다보았다. 그 병은 여느 병과 다를 것 없는 평범한 병처럼 보였다. 만약 그 광택제가 나를 더 젊어 보이게 한다면, 나를 더 잘생겨 보이게 한다면, 내 피부를 매끄럽게 하고 내 이를 고르게 잡아 주고 내 코 모양을 바꿔 준다면, 나는 그게 어떤 끔찍한 기계적 술수라는 것을 깨닫고서 바보처럼 그걸 받아들이기보다는 주먹으로 거울들을 깨부숴 버렸을 것이다. 하지만 거울 속의 모습은 틀림없는 나였다. 젊지 않고, 잘생기지 않고, 특별할 것 없는 나였다. 약간 구부정하고 허리에 살이 붙고 눈 밑이 처진, 누구도 이런 모습을 일부러 갖고 싶어 하지는 않을, 그런 사람이었다. 그럼에도 거울 속의 그는 오랫동안 내가 보지 못했던 자태로, 다른 것들을 다 괜찮게 만드는 자태로 나를 바라보았다. 그는 마치—이 생각이 갑자기 떠올랐다—세상을 낙관하는 사람처럼 나를 쳐다보는 것이었다.

다음 날 아침, 나는 자명종이 울리기 전에 깨어나서 서둘러 복도에 있는 타원형 거울로 달려갔다. 내 모습이 은은한 빛을 띠고서 나를 바라보았다. 구겨진 파자마조차도 어딘가 깔끔해 보였다. 윤이 나는 거울에 비친 칙칙한 벽은 한결 밝아 보였고, 침실 문은 더 산뜻한 갈색으로 보였다. 화장실 거울 속의 내 모습에서는 빛이 나는 것 같았다. 세면기는 순백으로 이글거렸고, 수건은 평소보다 도톰해 보였다. 1층 화장실 거울에 비친 창문에는 밝게 빛나는 커튼이 부분적으로 보였으며, 그 너머로 초여름의 싱그러운 녹색 잔디밭이 펼쳐져 있었다. 근무를 하는 내내 햇빛을 받아 반짝이는 동전처럼 환하게 빛나는 거울 표면에 대한 생각밖에 나지 않았다. 집으로 돌아와서는 이 거울에서 저 거울로 옮겨 다니며 여러 가지 자세를 취해 보고 얼굴을 이쪽저쪽으로 돌려 보았다.

나는 결코 거짓 희망을 품지 않으며 상황이 실제보다 더 좋다고 생각하는 것을 스스로 용납하지 않는다는 데 자부심을 가지고 있었기에 그 거울들이 나를 속이는 것을 허용하고 있는 건 아닌지 자문해 보았다. 어쩌면 녹색이 감도는 그 흰색 광택제는 화학물질을 함유하고 있어서 거울과 접촉하면 시각적 왜곡 현상을 일으키는지도 몰랐다. 어쩌면 '기적의 광택제'라는 말이 나의 뇌세포에 작용하여서, 내가 거울에 비친 세상을 보는 방식에 영향을 미치는 일련의 연상 작용을 촉발하는 것인지도 몰랐다. 그게 무슨 현상이든 간에 아무튼 나는 다른 사람의 의견이 필요하다는 것을 알고 있었다. 내가 신뢰할 수 있는 사람의 의견이 필요하다고 생각했다. 나를 바로잡아 줄 수 있는 사람은 모니카였다. 모니카는 진실을 알 수 있을 것이다. 많은 실망감으로 어두워진, 크고 신중하고 회의적인 눈으로 세상을 보는 모니카는 알 수 있을 것이다.

평소와 다름없이 모니카가 왔다. 모니카는 일주일에 두 번, 퇴근 후에 오는데, 한 번은 화요일에 오고 한 번은 금요일에 작은 여행 가방을 꾸려 가지고 온다. 늘 그렇듯이 나는 그녀를 맞이하면서 그녀의 얼굴을 너무 자세히 보지 않으려고 조심했다. 내가 유심히 살펴보면 모니카는 뒤로 물러나면서 불안한 표정으로 손을 들어 머리를 만지며 "뭐가 잘못됐어?" 하고 말할 것 같았기 때문이다. 그녀는 자신의 외모를 사정없이 냉정하게 평가하는 버릇이 있었다. 자신의 눈은 괜찮게 생각했다. 손목의 모양과 손가락 길이는 만족스러워했고, 종아리는 그 정도면 받아들일 만하다고 생각했다. 그러나 자신의 넓적다리, 턱, 다소 큰 편인 무릎, 엉덩이, 위팔에 대해서는 관대하지 못했다. 모기에 물린 자국이나 땀띠, 조그만 뾰루지 같은, 피부에 생긴 어떤 말썽거리도 그냥 보아 넘기지 못하고 조바심을 냈으며, 보통은 연고를 바른 어깨나 종아리 부위에 눈에 잘 안 띄는 일회용 밴드를 붙였다. 모니카는 발목까지 내려오는 긴 치마에 평범한 블라우스를 입었다. 블라우스 안의 브래지어는 평범한 흰색이었다. 그녀는 암녹색, 암갈색, 암회색의 옷들을 섞어 입기 좋아했다. 어깨까지 내려오는 갈색 머리는 보통 한가운데에서 가르마를 탄, 웨이브가 없는 직모였는데, 때로는 머리를 뒤로 넘겨 굉장히 큰 곤충처럼 보이는 짙은 빛깔의 커다란 머리핀으로 고정하기도 했다. 그녀는 곧잘 거울 앞에서 자신의 모습을 살펴보며 중요한 파티에 가기 전의 10대 소녀처럼 어디 잘못된 데는 없는지 찾아보곤 했다. 실은 그녀는 마흔 살이고, 고등학교에서 행정 보조원으로 일했다. 우리는 한꺼번에 끝까지 가 버리는 일 없이 수년 동안 서로를 향해 조금씩 조금씩 나아갔다. 나는 약간 머뭇거리고 나서야 미소를 짓는 그녀의 태도가 마음에 들었고, 다소 무거운 편인 체중과 어딘지 모르게 어색한 몸동작과 몸에서 풍기는 약간 권태로운 듯한 분위기가 마음에 들었다. 그녀는 신발을 벗고 발을 발 받침 쿠션에 올려놓을 때면 눈을 지그시 뜬 채 발가락을 꼼지락거리면서 "감촉이 너무너무 좋다"라고 말하곤 했는데, 나는 그러한 태도가 마음에 들었다. 때때로 그녀가 어떤 조명 속에서 특유의 모습으로 그녀 자신의 몸을 그러안을 때면 나는 그녀를 삶이 자신이 바란 대로 풀리지 않았던 여자로, 서서히 패배의 늪 속으로 가라앉는 여자로 보곤 했다. 그럴 때면 느닷없이 동류의식이 찾아드는 것이었는데, 왜냐하면 나는 상황이 나아지기를 기다리는 것이 얼마나 어려운지, 결코 일어나지 않을 어떤 일을 기다리는 것이 얼마나 어려운지 잘 알고 있었기 때문이다.

나는 그녀를 2층, 타원형 거울이 있는 곳으로 데리고 올라가서 전등 스위치를 켰다. "저걸 봐!" 나는 그렇게 말하며 연극 조로 팔을 내뻗었다. 그것은 내가 보여 주어야 하는 것이 별것 아니라는 뜻을 내비치고자 한 손짓이었다. 심각하게 받아들일 필요가 전혀 없다는 뜻을 나타내고자 한 손짓이었다. 나는 윤이 나는 거울에 비친 그녀의 모습이 어떤 식으론가 그녀를 기쁘게 해 주기를 바랐지만, 내가 다음과 같은 것을 보게 될 줄은 예상하지 못했다. 거울 속에 피곤한 기색이 없는 신선한 모니카가 있었던 것이다. 생기 넘치는 모니카, 얼굴에 기쁜 빛이 서린 모니카가 있었던 것이다. 그녀가 입고 있는 옷은 이제 더 이상 칙칙해 보이지 않았다. 그 옷은 약간 나이 들어 보이게 하는 옷이긴 하지만 단정하게 절제되고 매력적으로 억제된 옷으로 보였다. 거울이 그녀를 젊어 보이게 하거나 아름다워 보이게 하는 일은 없었다. 그녀는 젊지도 않고 아름답지도 않기 때문이었다. 하지만 그녀의 내부에 응어리진 어떤 것이 녹아내리는 것 같은 느낌이었다. 모르는 사이에 서서히 불행에 빠져든 그녀의 감정이 녹아 없어지는 것만 같았다. 거울 속의 그녀에게서 굉장한 탄력이 느껴졌다. 모니카는 그걸 보았다. 나는 모니카가 그것을 보는 것을 보았다. 모니카는 몸을 이쪽저쪽으로 돌려 보기 시작했다. 그녀는 엉덩이 부분을 쓸어내리며 긴 치마를 매만졌고, 어깨를 뒤로 젖혔으며, 머리를 가다듬었다.

나는 이제 아침이면 열띤 기분으로 일어나 곧장 복도의 거울로 갔다. 거기서는 나의 헝클어진 머리도 태평스러운 자신감으로 보였고, 눈 밑이 거무스름하게 처져 보이는 것조차도 장애를 피하지 않고 맞닥뜨려 극복하는 습관을 지닌 사람이라고 말해 주는 듯했다. 사무실에서는 묘하게 가뿐한 마음으로 집중해서 일했고, 오후 늦게 집에 돌아오면 네 개의 거울 하나하나에 내 모습을 비춰 보았다. 문득 2층 복도의 타원형 거울이 있는 곳에 가려면 현관 복도를 지나 푹 꺼진 소파가 있는 어두운 거실을 가로질러서 부엌을 통과한 다음, 중간에 꺾이는 곳이 있는 삐걱거리는 계단을 올라가야 하므로 층계참까지 가는 동선은 길고, 거기서부터 복도까지는 짧다는 생각이 떠올랐다. 나는 어느 날 밤 저녁을 먹은 후에 차를 몰고 교외로 나갔다. 오래된 쇼핑센터가 새 쇼핑몰과 가격 경쟁을 벌이며 대결하는 곳이었다. 믹서와 주스기를 판매하는 곳의 통로를 지나 거울 매장으로 갔다. 참나무와 짙은 색 호두나무 액자에 담긴 길고 좁은 거울과 정사각형 모양의 거울, 거대한 외알 안경 렌즈 같은 둥근 거울, 전신 거울, 청동 액자 거울, 밑부분에 고리들이 줄줄이 달려 있는 거울 같은 다양한 거울들이 눈에 들어왔다. 될 수 있는 대로 거울에 비친 내 모습을 피했다. 왜냐하면 이 거울들은 눈에 슬픔의 표정이 어린 피곤한 남자만 보여 주기 때문이었다. 나는 체리나무 액자에 담긴 직사각형 거울을 골랐다. 집에 돌아와 진열장 서랍을 열고 갈색 병을 꺼냈다. 천에 광택제를 묻혀 몇 차례 조심스럽게 팔을 문질러 주니 거울이 윤나게 닦였다. 나는 그 거울을 벽장 맞은편, 낡은 슬리퍼와 정원 작업용 신발을 놓아둔 신발장 옆쪽 현관 복도에 걸었다. 그러고 나서 한 걸음 뒤로 물러섰다. 천장 전구의 빛 속에서 천을 어깨에 걸치고 서 있는 거울 속의 내 모습을 보았다. 그는 그날 해야 할 것들이 무엇이든 간에 기꺼이 뛰어들 준비가 되어 있는 사람처럼 나를 쳐다보았다. 소매를 걷어 올리고 천을 어깨에 걸친 채 뭐든 기꺼이 하고자 하는 표정으로 거기 서 있는 그의 모습을 보니 내 얼굴에 절로 미소가 떠올랐다. 다시 나를 찾아온 그 미소는 거울에서 흘러나와 나의 두 팔로, 나의 가슴으로, 나의 얼굴로, 나의 핏속으로 흘러드는 것만 같았다.

다음 날 퇴근 후에 나는 가구점에 들러서 거울을 하나 더 샀다. 집에 와서 그 거울을 닦은 다음 부엌에 걸었다. 식탁을 마주한 곳이었다. 나는 저녁을 먹으면서 원할 때는 언제든 고개를 들어 거울에 비친 오크 식탁과 반짝이는 접시에 놓인 닭 다리와 감자튀김과 눈부시게 번쩍거리는 은 식기를 볼 수 있었고, 또한 어떤 중요한 문제에 주의를 기울이도록 요청받은 사람처럼 초롱초롱하게 쳐다보는 내 모습을 볼 수 있었다.

금요일에 모니카가 현관 복도로 들어오다가 거기에 있는 거울을 보고 재빨리 걸음을 멈추었다. 그녀는 나를 흘끗 쳐다보며 뭔가 말을 할 것처럼 하다가 내게서 얼굴을 돌렸다. 거울 앞에서 생각에 잠긴 표정으로 자신의 모습을 꽤 오랫동안 응시했다. 이윽고 나에게 고개를 돌리지 않은 채로, 거실로 들어서기 전에 자신의 머리와 옷매무새를 살펴볼 수 있다는 것은 나쁜 생각이 아닌 것 같다고 말했다. 특히 비가 쏟아지거나 바람이 심한 날은 더욱 그럴 거라고 했다. 나는 아무 말도 하지 않고 뺨 위의 머리카락을 과감하게 쓸어 올리는 거울 속의 그녀 모습을 지켜보기만 했다. 그녀와 모니카가 함께 거울의 가장자리 쪽으로 움직이더니 거기서 사라져 거실 안으로 들어왔다.

부엌에서 나는 모니카가 입술을 조그맣고 동그랗게 오므리는 것을 보았다. 그것은 내가 싫어하는 앵돌아진 마음과 완강한 고집스러움이 섞인 표정이었는데, 그러나 새 거울에서 보니 그 모습은 내게 추파를 흘리는 뾰로통한 표정일 뿐이었다. "이건 그냥 실험일 뿐이야. 당신이 싫다면……" 내가 말했다. "그렇지만 이 집은 당신 집이잖아." 그녀가 말했다. "그게 중요한 게 아니잖아." 내가 말했다. 모니카는 나를 빤히 쳐다보다가 눈을 내리깔았다. 그녀는 그런 식으로 무언의 항의를 했다. 내가 허브 차를 끓이는 동안 그녀는 거울을 등진 채 앉아 있었다. 맞은편에 앉은 나는 그녀의 경직된 얼굴 뒤로 그녀의 뒤통수뿐 아니라 머리카락 사이로 보이는 블라우스 옷깃의 뒷부분과 어깨뼈의 맨 윗부분을 볼 수 있었다. 그녀가 잔디 깎는 남자를 상대하며 애를 먹었던 얘기를 내게 해 주는 동안 거울에 비친 그것들은 모두 제 나름의 자태를 뽐내고 있는 것 같았다. 도중에 한 번 그녀는 고개를 돌려 창밖을 내다보았는데, 그때 거울에 비친 이마의 곡선과 비스듬히 위쪽을 향한 코 밑부분, 그리고 콧구멍과 윗입술 사이의 조그만 인중이 내 눈에 들어왔고, 나는 그녀의 생기 넘치는 옆모습에 놀라지 않을 수 없었다.

그날 하루는 그냥 보냈지만 다음 날 나는 거실에 필요한 커다란 검은색 액자 거울을 하나 구입해서 소파 맞은편에 걸었다. 나는 갈색 병을 꺼내 그 거울을 잘 닦았고, 한 걸음 뒤로 물러섰을 때 돌연 윤이 나는 그윽한 풍경으로 변한 새로워진 방을 감탄스럽게 바라보았다. 모니카는 물론 입술을 부루퉁하니 내밀겠지만, 결국엔 아주 잘한 일이라는 것을 알게 될 것이다. 내 집의 거울들이 내 마음을 커다란 기쁨으로 채워 주는 까닭에 거울이 없는 방은 어두운 감옥과도 같을 거라는 생각마저 들 지경이었다. 나는 전신 거울을 집으로 들여와 텔레비전 방에 걸었으며, 단순한 액자에 담긴 직사각형 거울을 구입하여 하나는 2층 침실에 걸고, 그와 똑같이 생긴 것을 복도 끝 쪽에 있는 손님방에도 하나 걸었다. 알뜰 시장에서는 옛 방패 모양의 거울을 하나 사 가지고 와서 지하실에, 건조기 겸용 세탁기 뒤에 걸어 두었다. 어느 날 저녁 부엌에 들어갔을 때 뭔가 답답하고 미진한 느낌에 사로잡혔으며, 그리하여 다음번에 쇼핑몰에 갔다가 집에 돌아왔을 때는 부엌의 창문과 창문 사이에 두 번째 거울을 걸었다.

모니카는 아무 말도 하지 않았다. 그녀의 반대가 그녀의 내부에서 근육처럼 단단해져 가고 있는 것을 느낄 수 있었다. 나는 내가 강박관념에 사로잡힌 사람처럼 이상한 행동을 하고 있다는 것을 모르지 않았다. 동시에 내가 하고 있는 행동은 더없이 자연스럽고 필요한 것이라는 생각도 들었다. 어떤 사람들은 집 안을 밝게 하려고 창문을 추가로 낸다. 나는 그 대신 거울을 사들이는 것이었다. 그게 그렇게 나쁜 일인가? 나는 계속해서 알뜰 시장을 찾아가 분홍빛 그릇들이 쌓인 허름한 탁자에 기대어 세워 둔 거울들을 보기도 했고, 이 도시의 멋진 변두리 지역에서 열린 유품 세일*을 찾아가 복도와 침실에 걸린 거울들을 살펴보기도 했다. 나는 거실에 두 번째 거울을 추가했고, 2층 화장실에 세 번째 거울을 추가했다. 현관 복도가 시작되는 현관문 뒤쪽에는 우산꽂이 색깔과 어울리는 검은 빛깔 목재 액자를 두른 거울을 걸었다. 내 거울들을 지나갈 때면, 방 안으로 들어가다가 내 모습이 얼핏이라도 눈에 띌 때면, 나는 행복한 감정이 밀려드는 것을 느꼈다. 그게 무슨 문제가 되는가? 모니카는 이따금 이 문제를 가지고서 익살맞게 굴곤 했다. "어?" 그녀가 말했다. "층계참엔 왜 거울이 하나뿐이지?" 그런 다음 내가 생각에 잠겨 있는 것을 보면서 그녀의 표정이 바뀌곤 했다. 언젠가 그녀가 말했다. "당신 이거 알아? 당신은 저기 있는 나를(그녀가 거울을 가리켰다) 여기 있는 나보다(그녀가 자기 자신을 가리켰다) 더 좋아한다는 생각이 들 때가 종종 있어." 그녀는 그 말을 가볍게 웃으며 장난스럽게 했지만, 얼굴에는 수심 어린 의문의 표정이 떠올라 있었다. 그녀의 생각이 틀렸다는 것을 증명하려는 것처럼 나는 온 마음을 다해 그녀에게 주의를 기울였다. 내가 보고 있는 내 앞에 있는 사람은 근심 어린 이마에 슬픈 눈을 한 여자였다. 나는 집 안에 있는 모든 거울 속에서 온화한 눈과 희망에 가득 찬 표정으로 나를 바라보고 있는 그녀를 상상해 보았다. 하지만 그녀의 암갈색 스웨터를 보았을 때, 암녹색 치마를 쓸어내리는 불안정한 손짓을 보았을 때, 꼭 다문 입에 드러난 긴장된 선을 보

* estate sale. 보통 집주인이 사망했을 때 유품을 정리하기 위해 대대적으로 벌이는 세일.

앉을 때, 갑자기 짜증이 밀려드는 것을 어찌할 수 없었다.

우리 사이에 문제 될 것은 없으며, 바뀐 것은 아무것도 없고, 나는 거울의 노예가 아니라는 것을 모니카에게 입증하기 위해 토요일 소풍을 제안했다. 우리는 점심을 싸서 바구니에 담은 다음, 차를 몰고 먼 길을 달려 호수가 있는 곳으로 갔다. 모니카는 전에 본 적이 없는 챙 넓은 밀짚모자에 연녹색의 새 블라우스 차림이었다. 희미하게 빛나는 소재로 만든 블라우스였다. 차 안에서 그녀는 모자를 벗어 무릎 위에 올려놓고 눈을 반쯤 감은 채 등을 기대고 앉아 햇살이 얼굴 위에서 물결치는 것을 음미했다. 조그만 녹색 보석이 그녀의 귓불에서 반짝거렸다. 소풍지에 도착한 우리는 키 큰 소나무들이 자라는 조그만 호숫가로 가서 소나무 밑에 띄엄띄엄 놓인, 햇빛과 그늘이 오락가락하는 야외용 탁자들 가운데 하나를 골라서 앉았다. 덥고 나른한 날이었다. 석쇠에서 나온 연기가 나뭇가지 사이로 피어올랐다. 한 남자가 야외용 탁자와 연결된 벤치에 한 발을 올리고 그 넓적다리 위에 한 팔을 얹은 자세로 캔 맥주를 들고 서서 호수 주변과 수면을 응시하고 있었다. 아이들이 탁자 사이를 뛰어다녔다. 호숫가에서는 무릎까지 내려오는 수영복 반바지를 입은 남자아이 세 명이 커다란 야구 글러브를 끼고서 연녹색 테니스공으로 캐치볼을 했다. 통통한 엄마가 야윈 10대 아들과 배구공을 치고 받으며 앞뒤로 뛰어다녔다. 비키니를 입은 젊은 여자들과 가슴에 하얀 털이 난 남자들이 모래밭을 산책했다. 물속에서는 서너 사람이 물을 튀기며 웃고 있었다. 귀가 큰 검은 개가 젖은 막대를 입에 물고 호숫가를 향해 헤엄을 치고 있었다. 더 먼 곳에서는 몇 대의 카누가 움직이는 모습과 함께 노를 저을 때 일어 나는 물보라가 햇빛을 머금고 반짝거리는 것을 볼 수 있었다. 모니카에게 눈을 돌렸을 때 나는 오후의 무르익은 풍경이 그녀의 얼굴과 눈으로 흘러드는 것을 보았다. 우리는 소풍 도시락을 먹고 나서 호수 둘레에 난 오솔길을 걸었다. 호수 가장자리의 좁고 긴 모래밭 여기저기에 사람들이 수건을 깔고 누워 햇볕을 쬐고 있었다. 우리는 가시가 많은 덤불을 헤치고 나아가서 물가로 갔다. 모래밭에서 모니카가 샌들을 벗고 긴 치마를 들어 올리며 물속으로 걸어 들어갔다. 그녀는 고개를 뒤로 젖힌 채 눈을 감고 햇볕을 받아들였다. 그 순간 모니카와 나에게는 모든 것이 가능할 것 같은 생각이 들었다. 나는 그녀에게로 다가가 이렇게 말했다. "당신의 이런 모습, 처음이야!" 그녀가 여전히 눈을 감은 채 말했다. "오늘 난 평소의 내가 아니야!" 그녀는 웃기 시작했다. 나도 웃기 시작했다. 나와 그녀가 한 말이 생각나서 웃었고, 그녀의 웃음과 햇볕과 하늘과 호수 때문에 웃었다.

차를 몰고 집으로 오는 길에 그녀는 머리를 내 어깨에 기댄 채 잠에 빠졌다. 긴 여행으로 나도 피곤했다. 하지만 나는 그녀와 같은 방식으로 피곤한 게 아니었다. 오후에 함께 소풍을 하는 동안 어떤 불안감이 내 안으로 스멀스멀 기어들기 시작했던 것이다. 물에 비친 번쩍이는 햇빛이 눈을 아프게 했고, 뜨거운 열기가 나를 짓눌렀다. 모든 게 더디고 흐느적거렸다. 모니카는 마치 헤치고 나아가는 공기가 뜨겁고 묵직하기라도 한 것처럼 평소보다 더 수고스럽게 걸음을 내딛는 것 같았다. 밀짚모자를 쓴 그녀와 카고 반바지를 입은 나, 우리 둘은 보통 사람을 연기하면서 호수에서 하루를 즐기는 영화배우 같다는 생각이 들었다. 실은 나는 실망감에 짓눌린 남자였다. 한때 꿈꾸었던 대로 삶이 풀리지 않은 남자였다. 자신의 삶에 신중한, 솔직히 말하자면 소심한, 조용한 남자였다. 자신의 나날을 이루는 조그만 의식과 절차들을 별생각 없이 거치면서 하루하루를 살아가는 것에 만족하고 있지만 말이다. 모니카는? 나는 그녀를 흘긋 보았다. 손바닥을 위로 한 채 손등을 다리에 붙이고 있었다. 네 손가락이 한쪽으로 기울어져 있고, 그 앞에 엄지손가락이 달려 있었다. 내게는 그 네 손가락과 엄지손가락에 어린 무언가가 절망의 형태처럼 보였다.

그러나 내 집의 현관문을 열고 모니카를 뒤따라 현관 복도에 들어서자 좋은 기분이 되돌아왔다. 거울 속에 우리가 서 있었다. 그녀는 은은히 빛나는 녹색 블라우스를 입었고, 나는 얼굴이 햇볕에 타서 발갛게 달아올라 있었다. 윤이 나는 거울 깊은 곳에서 그녀의 손이 우아하게 원호를 그리며 올라와 밀짚모자를 벗었다.

거실에서 나는 그녀가 부엌을 향해 경쾌하게 걸어가는 모습을 두 개의 거울 속에서 포착했다. 햇빛이 든 부엌에서 활기찬 그녀의 상이 빛을 머금은 물 주전자를 집어 들었다. 나는 두 번째 거울을 쳐다보았다. 거기에서 그녀가 반짝이는 물 잔을 들기 시작했다. 그러다가 갑자기 멈추더니 기운차게 한껏 입을 벌렸다. "나는 좀 눕고 싶어." 모니카가 말했다. 나는 고개를 돌려 그녀의 탱탱한 입술과 피곤한 눈꺼풀을 보았다. 나는 천천히 계단을 올라가는 그녀를 뒤따랐다. 그녀가 층계참의 새 거울을 지나갈 때 잠시 거울 속의 그녀의 머리가 나를 향해 강렬한 빛을 발했다. 계단을 다 올라 왔을 때 그녀는 단호한 걸음걸이로 걸으며 타원형 거울을 쳐다보지도 않고 지나쳐서 침실로 들어갔다. 나는 그녀의 밝은 상이 침대에 누워 눈을 감는 모습을 거울을 통해 지켜보았다. 나도 피곤했다. 피곤함 이상이었다. 그러나 집에 있다는 순수한 기쁨으로 에너지가 충만해진 나는 성큼성큼 걸어서 집 안의 모든 방에 들어가 보았다. 때때로 윤이 나는 거울 앞에 멈춰 서서 얼굴을 이리저리 돌려 보곤 했다. 마치 많은 거울이 있는 내 집이 내 몸에서 모든 무거움과 피곤함을 다 뽑아 가는 것만 같았다. 갑자기 영감이 치솟은 나는 기적의 광택제를 꺼내서 지하실로 내려갔다. 광택제는 아직 3분의 2가 남아 있었다. 세탁기 옆에 기대어 놓여 있던 새 거울을 광택제로 닦았다. 내가 어디에 걸지 결정하기만을 기다려 왔던 거울이었다.

그날 늦은 저녁 함께 거실에 앉아 있을 때도 모니카는 여전히 피곤해 보였으며, 약간 침울해 보이기도 했다. 나는 그녀를 소파로 데려가서 거울 속의 명랑한 모습을 볼 수 있는 자리에 앉히려 했으나, 그녀는 자신의 모습을 보기를 거부했다. 그녀에게서 마치 손을 뻗어 미는 듯한 거부감이 뿜어 나오는 것을 느낄 수 있었다. 나는 거울 속 블라우스를 입은 그녀의 어깨를 감탄하며 바라보았다. 그러고 나서 다른 모니카를 흘깃 보았다. 소파에 딱딱하게, 무척이나 조용히 앉아 있는 모니카였다. 폭풍우가 오기 전에 하늘이 어두워지는 것 같은 느낌이 일었다. “안 돼.” 그녀가 그렇게 말한 것 같다는 생각이 들었다. 너무 작은 소리여서 그녀가 정말 소리 내어 말을 했는지도 의심스러웠다. 어쩌면 "돼"라고 했는지도 모른다.

"당신, 뭐라고……" 나는 내가 내 말을 들을 수 없을 만큼 작은 소리로 숨을 내뱉듯이 말했다.

"이건 안 돼." 그녀가 말했다. 내가 잘못 들은 것이 아니었다. "이처럼 좋은 날에…… 그런데 이게 다 뭐야." 그녀는 피곤해 보이는 동작으로 쓸 듯이 팔을 들어 올렸다. 방 안 전체를, 온 우주를 포함하는 듯한 동작이었다. 거울 속의 그녀의 상은 경쾌한 동작으로 팔을 휙 저었다. "이래선 안 돼. 난 노력했지만, 이건 아니야. 난 그럴 수 없어. 당신은…… 당신은 선택해야 해."

"선택?"

그녀가 마치 숨을 내쉬는 행위로 보일 정도로 한껏 숨죽인 목소리로 대답했다. "나와…… 그녀 중에서."

"……그녀?"

"난 그녀가 싫어." 모니카가 나직이 말했다. 그리고 울음을 터뜨렸다. 그녀는 이내 울음을 멈추고 크게 숨을 들이쉬더니, 다시 울음을 터뜨렸다. "당신은 나를 보고 있는 게 아니야." 그녀가 말했다. "그게 아니라……" 내가 말했다. "난 가야겠어." 그녀가 일어섰다. 이제는 울지 않았다. 그녀는 다시 한 번 크게 숨을 들이쉬고 나서 구부린 손가락으로 코를 훔쳤다. 이어 치마 호주머니에서 꾸깃꾸깃해진 화장지를 한 장 꺼냈다. "자, 여기." 내가 손수건을 건네며 말했다. 그녀는 잠시 망설이더니 그걸 받아서 몇 차례 가볍게 코를 눌렀다. 그리고 손수건을 돌려주면서 나를 쳐다본 다음, 몸을 돌려 걸음을 옮겼다. "가지 마." 내가 말했다. "나야, 그녀야?" 모니카는 조그맣게 말하고는 문을 열고 나갔다.

그다음 주에는 일에 몰두했다. 내 일은 나로서는 전혀 흥미롭지 않은 일이었지만, 온 정신을 쏟아야 할 만큼 복잡한 일이기도 했다. 5시가 되면 곧장 집으로 돌아와서 모든 방을 돌아다니며 마음을 달랬다. 하지만 나는 아이가 아니었다. 나 자신을 속이면서 곤경을 회피하고자 하는, 세상 물정을 모르는 순진한 사람이 아니었다. 나는 상황을 이해하고 싶었다. 결정을 내리고 싶었다. 모니카와 나 사이에는 처음부터 깊은 유대감이 있었다. 그녀는 인생을 별로 기대하지 않게끔 단련된 신중한 사람이었다. 조그만 기쁨에도 감사할 줄 알고, 밝은 전망을 경계하며, 어찌 됐든 최선을 다하는 데 익숙하고, 뭔가를 원하면서도 동시에 필요 이상으로 원하는 것을 삼가는 자세가 내면화된 사람이었다. 이제 기적의 광택제가 나의 뇌리에 불쑥불쑥 나타나 거만하게 큰소리를 치거나 조롱조로 나직이 속삭이곤 했다. 왜 안 돼? 그것이 그렇게 말하는 것 같았다. 도대체 왜 안 되는데? 하지만 나에게 힘을 주고 나를 새로운 삶으로 채워 주는 그 거울들이 모니카를 불안하고 초조하게 만들었다. 그녀는 내가 그녀의 허상을 더 좋아한다고 느낀 걸까? 일회용 밴드를 즐겨 사용하고 무릎이 다소 큰 편이며 슬픔을 안고 살아가는, 살과 피로 이루어진 모니카보다 눈부신 허상을 더 좋아한다고 느낀 것일까? 하지만 내가 끌린 것은 정확히 그 반대였다. 반짝이는 거울 속에서 내가 본 것은 진정한 모니카, 숨겨진 모니카였다. 수많은 좌절의 세월 속에 묻혀 버린 진짜 모니카였던 것이다. 결코 밝게 빛나는 환영幻影의 세계로 도피하려는 것이 아니었다. 나는 그 거울들 깊은 곳에서 이제는 더 이상 점점 줄어드는 희망과 퇴색되어 가는 꿈으로 암울해지지 않는 세상을 볼 수 있었던 것이다. 거기서는 모든 게 명징하고 모든 게 가능했다. 하지만 모니카는 결코 나처럼 보지 않을 것이다. 나는 그 점을 잘 알았다. 그녀는 거울을 들여다볼 때 나를 줄곧 그녀로부터 떼어 놓는 대목만을 보았다. 그리고 그 대목에서 그녀는 자신의 경쟁자를 끔찍이 질투했다.

나는 내가 바라지 않는 위험한 결정을 향해 스스로 천천히 나아가고 있다고 느꼈다. 갑자기 빙판길에서 차의 방향을 바꿔 둑을 향해 돌진하는 사람처럼 말이다.

한 주일이 지나고 나서야 내가 무엇을 해야 할지 알았다. 여름이 절정에 달했다. 이웃 사람들이 현관 앞에서 신문지를 접어 부채질을 했다. 스프링클러는 잔디밭과 진입로에 호를 그리며 물을 뿌려 댔고, 햇빛을 받은 진입로는 검은 감초사탕처럼 반짝거렸다. 야구 모자를 쓴 사람이 사다리 꼭대기에서 페인트 붓을 앞뒤로 느릿느릿 움직였다. 토요일 오후였다. 그날 아침 나는 모니카에게 전화하여 중요한 것을 보여 주겠다고 말했다. 우리는 현관 앞에서 만났다. 거기 앉아서 나이 든 부부처럼 레모네이드를 마시며 아이들이 자전거를 타고 지나가는 것과 다람쥐 한 마리가 전선을 타고 날쌔게 움직이는 것을 지켜보았다. 개똥지빠귀 한 마리가 길가 풀밭에서 뭔가를 열심히 쪼아 대고 있었다. 얼마 후에 내가 말했다. "안으로 들어가자." 그녀가 내게 얼굴을 돌리며 뭔가를 물어볼 것 같은 표정을 지었다. "당신이 들어가자면 들어가야지." 이윽고 그녀가 그렇게 말하며 두 손을 돌려 손바닥을 내보였다.

현관 복도에 들어섰을 때 모니카가 걸음을 멈추었다. 그녀는 마치 누군가가 묵직한 손을 자신의 어깨에 얹은 것처럼 갑작스럽게 걸음을 멈추었다. 나는 그녀가 거울이 걸려 있던 자리를 빤히 쳐다보는 모습을 지켜보았다. 그녀는 나를 쳐다보고 나서 다시 벽을 쳐다보았다. 그런 다음 고개를 돌려 현관문 뒤쪽을 보았다. 복도 전등 아래 어두운 빛깔의 널빤지만이 우중충하게 빛났다. 모니카가 손을 뻗어 내 팔에 손가락을 댔다.

나는 그녀를 데리고 집 안의 모든 방에 들어가서 친숙한 벽 앞에 멈춰 섰다. 거울이 하나 걸려 있었던 거실 벽에서 내 부모님 사진이 우리를 바라보았다. 다른 거울이 있던 자리에는 벽지에 뚫린 조그만 구멍 두 개를 빼고는 아무것도 없었다. 빛바랜 벽지는 기다란 꽃병에 연한 빛깔의 꽃들이 가득 담긴 무늬로 이루어져 있었다. 부엌에는 여러 종류의 차茶를 보여 주는 새 포스터가 붙었다. 2층 복도의 타원형 거울이 있던 자리에는 그림 액자가 걸렸다. 두 마리 오리가 노니는 갈색 연못 옆에 낡은 방앗간이 있는 그림이었다. 2층과 1층 화장실에는 세면기 위로 모서리가 비스듬한 거울이 달린 새 캐비닛이 걸려 있었다. 나는 모니카의 뺨에 감사의 표정이 차오르는 것을 볼 수 있었다. 모든 방을 돌아본 후, 그녀와 함께 진열장 서랍으로 가서 갈색 병을 꺼냈다. 나는 부엌 싱크대에 녹색이 감도는 흰색을 띤 그 걸쭉한 액체를 부어 버렸고, 그 모습을 그녀가 지켜보았다. 빈 병은 물로 씻어서 가스레인지 옆에 있는 쓰레기통에 버렸다. 그녀가 내게로 얼굴을 돌리며 말했다. "이

건 당신이 나에게 해 줄 수 있는 가장 좋은 선물……"

"아직 안 끝났어." 내가 흥분한 어조로 말했다. 그러고 나서 그녀를 데리고 부엌문을 지나 나무 층계 네 계단을 내려가서 뒷마당으로 나갔다.

모든 거울들이 집 뒷면에 비스듬히, 서로 다른 각도로 기대어 세워져 있었다. 2층 복도의 타원형 거울이 눈에 띄었다. 그 거울은 지하실 창문 위쪽 벽에 기대어져 있었다. 현관 복도에 걸려 있던 거울 두 개도 거기 있고, 나무 액자에 담긴 부엌 거울들도 거기 있었다. 방패 모양의 지하실 거울, 거실 거울, 침실 거울, 텔레비전 방에 있던 전신 거울, 손님방에 있던 한 쌍의 거울, 2층 화장실 캐비닛에서 떼어 낸 거울, 층계참에 있던 거울, 1층 화장실 거울도 거기 있고, 여기저기서 구입하여 닦아 놓은 다음 아직 걸지 못하고 벽장 속에 넣어 두었던 다른 거울들, 즉 네모난 거울, 둥근 거울, 나무 세움대에 세워진 회전 거울, 네잎클로버 모양의 거울도 거기 있었다. 광택제로 닦은 그 모든 거울들이 밝은 햇빛 속에서 보석처럼 환하게 반짝거렸다.

"여기 다 있어!" 내가 손을 내밀며 말했다. 나는 죽 늘어선 거울을 따라 걷기 시작했다. 한쪽 끝에서 다른 쪽 끝까지 걸었다. 집에 비스듬히 기대어 세워진 거울들을 지나갈 때 내 몸의 각기 다른 부분들이 눈에 들어왔다. 신발과 바짓단, 허리띠와 셔츠 끝자락, 기다란 거울에 불쑥 나타난 나의 전신 모습, 앞뒤로 흔드는 손…… 뒤로 물러서서 푸르디푸른 잔디밭에 서 있는 모니카의 경쟁자의 모습도 이따금 부분적으로 눈에 띄었다. "이제," 나는 군중 앞에서 연설하듯이 말하고 나서 극적 효과를 위해 잠시 말을 멈추었다. 모니카를 흘깃 보았는데, 그녀는 헤아리기 어려운 표정으로서 있었다. 내가 보기에는 걱정스러운 표정 같았다. 나는 그녀에게 걱정할 게 전혀 없다는 확신을 주고 싶었다. 그녀를 위해 그 모든 것을 하고 있으며, 곧 모든 게 다 좋아질 거라는 확신을 주고 싶었다. 나는 허리를 굽혀 거울 맨 끝 줄에 있는 폭이 넓은 거울 뒤에서 망치를 꺼냈다. 그런 다음 망치를 높이 들고 그 거울을 내리쳤다. 이어 늘어선 거울의 줄을 따라 한 걸음 한 걸음 되돌아가면서 망치를 휘둘러 댔다. 밝게 빛나는 뾰족한 거울 조각들이 여름날의 허공으로 튀었다. "자!" 나는 소리치며 또 하나의 거울을 박살 냈다. "봐!" 나는 소리 질렀다. 휘둘렀다. 박살 냈다. 땀줄기가 얼굴을 타고 흘러내렸다. 작은 거울 조각이 내 셔츠에 달라붙었다.

그 일은 내가 생각했던 것보다 빨리 끝났다. 집 뒷벽을 따라서 널브러진 깨진 거울 조각들이 잔디밭 위에서 반짝거렸다. 거울이 깨져 나간 빈 액자에 아직 박혀 있는 삼각형 모양의 거울 조각들이 여기저기서 눈에 띄었다. 나는 손에 들린 망치를 쳐다보았다. 느닷없이 그 망치를 마당 저쪽으로 던졌다. 마당 뒤편에서 줄지어 자라는 가문비나무를 향해 높이 던진 것이었다. 망치가 침엽수 가지 사이로 천천히 떨어지는 소리를 들을 수 있었다.

"자!" 내가 모니카에게 말했다. 나는 사람들이 뭔가를 끝냈을 때 보여 주는 동작 같은, 두 손을 비벼 대는 동작을 지어 보였다. 그런 다음 그녀 앞에서 이리저리 걷기 시작했다. 극심한 흥분이 내 안에서 타올랐다. 목 핏줄이 뛰는 것을 느낄 수 있었다. 그 피가 피부를 뚫고 분출하여 선홍색으로 쏟아지는 상상을 했다. "그녀는 떠났어! 당신이 원한 게 그거였어! 안 그래? 안 그래? 모든 게 사라졌어! 안녕! 당신, 이제 행복해? 행복해?" 나는 그녀 앞에 멈춰 섰다. "행복해? 행복해?" 그녀 가까이 몸을 기울였다. "행복해? 행복해? 행복해?" 더욱 가까이 몸을 기울였다. 그녀와의 거리가 너무 가까워서 이제는 그녀를 볼 수 없었다. "행복해? 행복해? 행복해? 행복해? 행복해?"

모니카는 자신이 할 수 있는 유일한 행동을 했다. 도망쳤다. 그러나 도망치기 전에 뭔가 말을 할 것처럼 잠시 멈춰 섰다. 그녀는 연신 얼굴을 얻어맞은 여자 같은 표정으로 나를 노려보았다. 그 표정에는 아픔이 배어 있었다. 피로와 일종의 고통스러운 애정도 배어 있었다. 그리고 그 모든 것과 함께 마침내 결심을 한 사람의 조용한 확신의 표정이 떠올랐다. 그때 그녀는 몸을 돌려 떠났다.

마음이 몹시 싱숭생숭해서 집 안에 가만히 앉아 있을 수가 없었다. 사람들이 버리고 떠나간 마을을 찾아온 사람처럼 이 방 저 방 돌아다녔다. 기적의 광택제로 환하게 빛났던 내 거울들을 날마다 애도했다. 한때 그것들이 걸려 있던 자리에서 나는 벽지의 무늬나 액자에 든 그림들, 문의 널빤지, 때가 탄 선 자국들만 보게 될 뿐이었다. 어느 날 나는 차를 몰고 쇼핑몰로 가서 소박한 검은 액자에 담긴 타원형 거울을 사 가지고 집에 돌아와서는 그것을 2층 복도에 걸었다. 나는 그 거울을 순전히 정장 상의를 입었을 때 살펴보는 용도로만 사용했다. 한번은 초인종이 울리자 1층 현관문으로 뛰어 내려갔다. 하지만 초인종을 누른 녀석은 새 보이스카우트단을 위한 모금 단지를 들고 있는 남자아이였을 뿐이었다. 나는 그 때 우울한 잿빛 기운이 먼지처럼 내게 내려앉는 것을 느낄 수 있었다. 기적의 광택제 한 병— 그게 무리한 요구였을까? 머잖아 그 낯선 방문자는 틀림없이 다시 올 것이다. 그는 무거운 상자를 든 탓에 몸이 한쪽으로 기울어진 모습으로 나의 집을 향해 걸어올 것이다. 거실에서 그는 잠금장치를 풀고 여러 줄로 늘어선 갈색 병을 내게 보여 줄 것이다. 그리고 우울한 목소리로 오늘은 당신의 행운의 날이라고 내게 말할 것이다. 나는 차분한 목소리로, 그러나 단호하고도 자신 있는 목소리로 그걸 다 사겠다고, 남김없이 죄다 사겠다고 말할 것이다. 눈을 감았을 때 나는 그의 얼굴에 미심쩍어하는 표정과 더불어 교활한 기색과 경멸의 그림자와 숨길 수 없는 희망의 싹이 떠오르는 것을 볼 수 있었다.

유령

Phantoms

현상

우리 마을의 유령들은 일부 사람들의 생각처럼 어둠 속에서만 나타나는 게 아니다. 우리는 종종 그림자가 잔디밭과 거리에 선명하게 나타나는 밝은 대낮에도 유령들을 만난다. 유령과의 만남은 2~3초에서 30초 정도의 아주 짧은 시간 동안 일어난다. 하지만 종종 더 오래 지속되었다는 일화가 전해지기도 한다. 우리 중에 유령을 보지 않은 사람을 만나기가 드물 정도로 아주 많은 사람들이 유령을 봤다. 유령을 보지 않은 소수의 사람 가운데서도 유령이 존재한다는 것을 부정하는 사람은 아주 적은 수에 불과하다. 때로는 하루에 두 번 이상 유령을 만나는 일이 일어나기도 하고, 때로는 6개월 내지 1년 동안 한 차례도 유령을 만나지 않기도 한다. 일부 사람들이 영靈이라 부르는 유령은 일반 시민들과 구별하기 쉽지 않다. 그들은 어슴푸레하거나 연기 같거나 안개 같지 않으며, 아지랑이처럼 아른거리지도 않고, 모습이나 복장이 어떤 식으로든 색다르지도 않다. 유령은 정말 우리와 무척이나 흡사해서 때때로 우리는 유령을 아는 사람으로 오인하기도 한다. 하지만 그런 실수는 드물고, 한순간 이상 지속되는 경우도 없다. 유령 자신도 그렇게 만나는 것이 불편한 것 같다. 그래서 유령은 재빨리 물러나 버린다. 유령은 몸을 돌려 떠나기 전에 항상 우리를 본다. 그들은 절대 말을 하지 않는다. 그들은 주의 깊고, 사람을 피하려 하고, 비밀스럽고, 도도하고, 불친절하고, 쌀쌀맞다.

설명 1

유령에 관한 한 가지 설명은, 유령이 1636년에 정착했던 우리 마을 초기 주민들의 오라aura이거나 가시적인 흔적이라는 설이다. 우리보다 앞서 살다 간 모든 주민들의 에너지로 가득 차 있는 우리 마을의 대기는 그 에너지를 보존하면서, 어떤 조건 아래서는 그 에너지가 우리 눈에 보이게 되는 것을 허락한다는 것이다. 보통 사이비 과학적 어휘로 무장된 이 설명은 우리들 대부분을 납득시키지 못하고 의문이 들게 한다. 유령은 항상 오늘날의 옷을 입은 모습으로 나타나며, 옛 시대를 시사하는 방식으로 행동하는 법이 없기 때문이다. 또한 죽은 사람이 빈 공간에 가시적 흔적을 남긴다는 주장을 뒷받침할 만한 아무런 증거도 없다.

역사

우리는 유령에 관한 이야기를 어릴 때 엄마 아빠로부터 듣는다. 엄마와 아빠 역시 자신의 엄마 아빠로부터 들었고, 엄마 아빠의 엄마 아빠는 마찬가지로 어렸을 때 그분들의 엄마 아빠(우리의 증조부모)로부터 들었던 것을 기억한다. 그러므로 우리 마을의 유령은 새로운 게 아니다. 그것들은 우리 삶에 느닷없이 나타난 현상이 아니며, 외부 세계에 대한 우리의 감각이 최근에 변했음을 의미하는 것 또한 아니다. 우리에게는 우리 역사의 여러 시기를 거치는 동안 줄곧 유령이 존재해 왔다는 것을 증명하는 공식적인 기록도, 합법적으로 처리된 과학 보고서나 문건도 없지만, 우리들 중에는 우리 도서관 2층 문서 보관소를 잘 아는 사람들이 있다. 그곳에 보관된 19세기 일기들에서 우리는 종종 구체적인 설명 없이 '다른 존재' 혹은 '그들'이라고 언급된 것을 보곤 한다. 17세기 교회 기록에는 '악마의 자식들'이라는 언급이 여러 차례 나오는데, 어떤 사람들은 그것을 우리 마을 유령의 혈통에 대한 증거로 여기는 반면에 다른 사람들은 그 표현은 너무 일반적이어서 어떤 것의 증거로 삼을 수 없다고 주장한다. 이주 300주년을 기념하여 1936년에 출간한 뒤로 1986년에 수정판을, 2006년에 증보판을 낸 공식적인 마을 역사 책자에는 유령에 대한 언급이 전혀 없다. 그 책자의 한 편집 후기에는 '집필자들은 확인할 수 있는 사실에 국한하여 집필했다'고 쓰여 있다.

어떻게 아는가

몸속에서 긴장감이 수반되면서 팔뚝에 소름이 돋는 것으로 알 수 있다. 그들은 우리를 보면 즉시 피해 버리기 때문에 그걸 보고 알 수 있다. 그들을 뒤따르려 할 때 우린 그들이 이미 사라져 버린 것을 알게 되는데, 그걸 보고 알 수 있다. 우리는 그렇게 그냥 안다.

사례연구 1

리처드 무어는 침대 옆에서 일어난다. 매일 밤 네 살 된 딸에게 들려주는 결코 끝나지 않는 이야기의 마흔두 번째 이야기를 막 끝낸 것이다. 리처드는 몸을 숙여 딸아이에게 잘 자라는 키스를 해 준 다음 조용히 방을 나온다. 그는 딸아이가 있다는 게 너무 좋다. 아내가 있다는 게, 가족이 있다는 게 너무 좋다. 그는 서른아홉이라는 늦은 나이로 결혼했지만, 젊었을 때는 결혼할 준비가 되어 있지 않았다는 것을 잘 알고 있다. 약물을 했던 20대 때는 물론이고, 여전히 어른들을 증오하는 일부 성난 10대 아이들처럼 행동하며 생을 낭비한 어리석었던 30대 때도 결혼할 준비가 안 되어 있었다. 이제 그는 그 모든 것을 고맙게 여긴다. 자신의 집에서 살 수 있게 되었다는 게 믿기지 않는 사람처럼 고마워한다. 그는 복도를 걸어서 자신의 보금자리로 간다. 그곳 소파의 한쪽 끄트머리에 아내가 앉아 있다. 아내는 텔레비전에서 강화플라스틱 외장재 광고를 하는 동안 소리를 꺼 놓고 전기스탠드 불빛 속에서 책을 읽고 있다. 그는 아내가 광고를 보지 않으려 하는 것을 좋아한다. 그 시간을 허비하지 않고 책을 읽는 것을 좋아하고, 거기 그렇게 앉아서 자신을 기다리는 것을 좋아하며, 텔레비전 화면에서 흘러나온 빛이 아내의 손과 위팔에서 흐릿하게 깜박이는 것을 좋아한다. 그 순간 뭔가 마음에 걸리는 것이 문득 뇌리를 스쳤는데, 그게 뭔지 확실치 않다. 하지만 보금자리로 들어설 때 그는 그걸 알아차린다. 옆 뜰에 있는 탁자, 두 개의 접의자, 그리고 탁자 위에 놓인 선글라스. 저녁을 먹고 나서 아내와 함께 거기 앉아 있다가 선글라스를 두고 온 것이다. "잠깐 나갔다 올게." 그가 말한다. 그는 걸음을 돌려 부엌으로 들어간 다음, 방충망을 쳐 놓은 조그만 뒤 베란다로 통하는 문을 연다. 뒤 베란다에서 계단을 내려가서, 집과 삼나무 울타리 사이에 있는 좁고 긴 뒤뜰로 나간다. 여름밤 9시 30분이다. 하늘은 검푸르다. 부엌 창문에서 흘러나오는 빛이 울타리를 밝히고 있고, 잔디는 이곳은 검고 저곳은 푸르다. 그는 집 모퉁이를 돌아 남들 눈에 잘 띄지 않는 아늑한 장소로 간다. 그곳 역시 삼나무 울타리, 옆 뜰 산울타리, 일렬로 늘어선 세 그루 유럽소나무로 둘러싸인 뜰의 일부다. 거기에 그가 마련해 둔 두 개의 접의자와 위에 유리를 깐 흰색 철제 탁자가 있다. 탁자 위에 선글라스가 놓여 있다. 약간 서로를 바라보는 형태로 놓인 두 개의 의자, 깜빡 잊고 두고 온 선글라스…… 그것들을 보니 새삼 반갑다. 울타리와 나무로 둘러싸인 이곳은 나머지 세상으로부터 격리된 공간이다. 그는 탁자로 걸어가서 선글라스를 집어 든다. 전혀 요란스럽지 않고 차분하면서도 우아한, 값비싼 렌즈를 낀 좋은 선글라스다. 그는 탁자에서 선글라스를 들던 중 팔에 오싹한 기운 같은 것을 느끼면서 세 번째 유럽소나무 옆에 사람이 서 있는 것을 본다. 이곳은 집 뒤쪽보다 더 캄캄하기 때문에 그녀의 모습이 잘 보이지는 않지만, 아무튼 그녀는 키가 크고 자세가 똑바른 마흔 살쯤 되어 보이는 여자로, 짙은 빛깔의 옷을 입었으며 시무룩한 얼굴을 하고 있다. 그녀의 표정은 거의 알아볼 수 없긴 하지만 엄숙해 보이는 것 같다. 그녀가 잠시 그를 바라보다가 얼굴을 돌린다. 놀란 것처럼 급히 돌리는 게 아니라, 혼자 있고 싶어 하는 사람처럼 단호한 동작이다. 유럽소나무 뒤로 들어간 그녀는 이제 더 이상 보이지 않는다. 그는 머뭇거리다가 그 나무가 있는 곳으로 가 보지만 아무도 없다. 맨 먼저 그를 사로잡은 생각은 그녀를 향해 소리 지르는 것이다. 만약 자기 딸 가까이 온다면 죽여 버리겠다고 말해 주는 것이다. 하지만 그는 이내 마음을 가라앉힌다. 다 괜찮을 것이다. 위험은 없다. 전에도 그런 것을 본 적이 있지 않은가. 그럼에도 그는 재빨리 집으로 돌아가서 베란다 문을 잠그고, 이어 부엌문을 잠그고 체인을 건 다음 자신의 보금자리로 성큼성큼 걸어간다. 텔레비전에서는 야회복 상의를 입은 남자가 방 맞은편의 피아노 앞에 앉은, 머리를 뒤로 넘겨 묶은 여자를 응시하고 있다. 아내는 그걸 보고 있다. 아내에게로 다가가면서 그는 자기 손에 선글라스가 들려 있다는 것을 알아차린다.

시선

우리들 대부분은 그들이 떠나기 전에 우리를 향해 던지는 시선에 익숙하다. 사람들은 그 시선을 거만하다, 적대적이다, 수상쩍다, 조롱하는 듯하다, 경멸하는 듯하다, 모호하다 등과 같은 여러 가지 표현으로 말해 왔다. 그 시선을 호의적으로 보는 사람은 없다. 일부 목격자들은 유령이 발길을 돌려 단호히 떠나기 전에 우리 쪽으로 슬쩍 끄덕이는 몸짓을 보인다고 말하지만, 다른 사람들은 그러한 주장을 반박하며 그것은 우리가 유령이 우리를 거부한다는 생각을 참지 못해서 그들의 동작을 우리의 자존감에 유리한 쪽으로 잘못 해석한 거라고 주장한다.

매우 미덥지 못한 견해

우리는 때때로 한결 의심스러운 보고를 접한다. 유령들은 회색빛 날개가 달려 있어서 그걸 등에 접고 다닌다는 둥 유령들은 눈에서 소용돌이치는 연기가 난다는 둥 발끝에 갈고리 발톱이 있어서 그걸 구부리며 잔디밭을 걷는다는 둥의 이야기를 듣곤 한다. 그런 이야기들은 드물긴 하지만 끊임없이 나도는데, 그것은 아마도 불가피할 뿐 아니라 반박하기 불가능한 일일 것이다. 우리들 대다수에게는 유치하고 무책임한 이야기라는 인상을 주고, 부주의한 관찰과 성급한 추론, 그리고 영화와 텔레비전에서 끌어낸 인습적인 이미지에 의해 왜곡된 고도의 상상력의 결과라는 인상을 준다. 그러한 이야기를 들을 때마다 우리는 곧장 의문을 제기하고 신뢰할 만한 목격자들의 누적된 증거를 확보하기 위해 그런 사례를 찾는다. 우리의 감시가 역설적으로 유령을 공상으로부터 구해내는 효과를 나타낸 까닭에 유령은 현재로서는 우리에게 평범하고 흔하며 다람쥐나 민들레만큼이나 익숙한 존재인 것 같다.

사례연구 2

카렌 카스턴은 오래전 여덟아홉 살의 어린아이였을 때 딱 한 번 그들을 만난 경험이 있다. 그때의 기억은 생생하면서도 흐릿하다. 그들이 몇 명이었는지, 정확히 어떤 모습이었는지는 잘 기억나지 않는다. 하지만 그녀는 어느 여름날 오후에 우연히 그들을 보았던 바로 그 순간을 기억한다. 축구공을 찾으러 차고 뒤편으로 돌아가던 중에 그들이 잔디밭에 조용히 앉아 있는 것을 본 것이다. 그들이 고개를 돌려 그녀를 쳐다보고 나서 일어나 떠날 때 그녀가 느꼈던 경이로움을 그녀는 아직도 기억한다. 이제 쉰여섯의 나이가 된 카렌 카스턴은 고양이를 데리고 혼자 산다. 집 안 곳곳에는 부모님과 조카들과 17년 전에 자동차 사고로 사망한 남편의 사진들이 액자에 담겨 놓여 있다. 카렌은 고등학교에서 도서관 사서로 일하면서 여러 가지 판에 박힌 일들을 하며 일상을 꾸려 간다. 텔레비전을 보고, 주말에는 집 안 청소를 하고, 1년에 두 번, 8

월과 12월에 오하이오의 영스타운에 사는 여동생네 집을 방문하고, 일요일에는 성가대 활동을 하고, 그녀에게 안부 전화를 하는 법이 없는 친구와 2주에 한 번씩 만나 늘 같은 식당에서 저녁을 먹는다. 어느 토요일 오후, 그녀는 2층에서 침대 시트와 식탁보, 수건 등을 넣어 두는 장을 정리하고 난 뒤 다락방 계단을 오르기 시작한다. 낡은 옷가지를 넣어 둔 상자들을 정리할 생각이다. 일부는 자선 단체에 주고 일부는 조카들을 위해 남겨 둘 작정이다. 조카들은 옷깃이 있는 블라우스와 꽃무늬 드레스를 형편없는 구식 옷으로 치부하겠지만, 아마도 언젠가는 그런 옷의 진가를 알아볼 날이 올 것이다. 맨 위 계단에 이르렀을 때 그녀는 우뚝 걸음을 멈춘다. 그 동작이 너무 갑작스러워서 자신의 몸이 자신이 가는 길 위에 서 있는 물체처럼 느껴질 정도다. 3미터쯤 떨어진 인형의 집 근처 낡은 소파 위에 두 명의 아이가 앉아 있고, 세 번째 아이는 발을 편안히 늘어뜨린 채 안락의자에 앉아 있다. 조그만 창이 하나 있는 다락방의 누런 빛 속에서 그녀는 그들을 또렷이 볼 수 있다. 열 살쯤 되어 보이는 맨발의 두 여자애는 청바지에 티셔츠 차림이다. 열두 살쯤으로 보이는 조금 더 나이 많은 금발의 남자애는 와이셔츠에 카키색 바지를 입고 있는데, 목을 뒤로 젖힌 채 의자에 깊숙이 몸을 묻고 있다. 세 아이가 고개를 돌려 그녀를 쳐다보더니 즉시 일어나서 다락방의 더 어두운 쪽으로 걸어 들어간다. 이제 그곳에서는 아이들이 보이지 않는다. 카렌은 꼼짝 않고 맨 위 계단에 서 있다. 손은 난간을 꽉 붙잡고 있다. 입술이 몹시 건조하다. 강렬한 흥분감에 휩싸인 그녀는 금방이라도 울음이 터져 나올 것만 같다. 그녀는 어두운 곳으로 들어간 아이들을 뒤따르지 않는다. 아이들의 기분을 상하게 하고 싶지 않기 때문이기도 하고, 이제 아이들은 그곳에 없을 거라는 것을 알고 있기 때문이기도 하다. 그녀는 몸을 돌려 계단을 내려온다. 그리고 황혼이 깔릴 때까지 거실 안락의자에 앉아 있는다. 가슴에 기쁨이 차오른다. 자신의 얼굴이 기쁨으로 빛나는 것을 느낄 수 있다. 그날 밤, 그녀는 다락방으로 돌아가서 소파 위의 베개들을 똑바로 정돈하고 안락의자 팔걸이에 놓인 레이스 덮개를 가지런히 편다. 그리고 조그만 고리버들 탁자를 가져와서 그 위에 받침 접시가 딸린 찻잔을 세 개 놓아둔다. 그녀는 소파 옆에 놓인 불룩한 상자 몇 개를 옮기고, 낡은 타자기를 치우고, 바닥을 청소한다. 거실로 내려온 그녀는 텔레비전을 켠다. 하지만 소리의 크기를 낮춘다. 그녀는 자신의 어린 방문객들은 소리를 내지 않는다는 것을 알면서도 다락방에서 나는 소리에 귀 기울인다. 그녀는 그 아이들이 거기에 조용히 함께 앉아서 탁자와 찻잔과 가지런히 정돈된 주위 환경에 만족해하는 모습을 상상한다. 이제 그녀는 날마다 계단을 올라 다락방으로 가서 빈 소파와 빈 의자와 찻잔 세 개가 놓인 고리버들 탁자를 본다. 실망의 고통에도 불구하고 그녀는 행복하다. 그 아이들이 날마다 그녀를 찾아온다는 것을 알기에 행복하고, 그 아이들이 고리버들 탁자를 가운데 두고 낡은 소파와 의자에 앉아 있길 좋아한다는 것을 알기에 행복하다. 그녀는 안다, 그녀는 안다.

설명 2

유령에 관한 또 한 가지 설명은 유령은 우리가 보는 **그곳에 없다**는 것이다. 우리 중에 유령을 보는 사람들은 어릴 적 주입된 믿음에서 비롯된 망상이나 환각을 경험하고 있다는 것이다. 조그만 움직임이나 예기치 않은 소리가 즉시 시각적 인상으로 바뀌는데, 그 인상은 그것을 감지한 사람의 마음속에만 존재한다는 것이다. 이 설명의 약점은 크게 세 가지다. 첫째, 전체 마을 주민이 모호한 징후를 정확히 똑같은 방식으로 해석할 것이라고 가정한다는 점이다. 둘째, 우리들 대부분은 자라서 어른이 되면서 어린 시절에 들었던 이야기와 그때 품었던 잘못된 믿음을 버리게 되는데도 불구하고 계속해서 유령을 본다는 사실을 무시한다는 점이다. 셋째, 다수의 목격자들이 똑같은 유령을 보아 온 수없이 많은 경우들을 설명하지 못한다는 점이다. 설령 이러한 반론들은 결정적이지 않으며 유령은 사실 그곳에 없다는 데 우리가 동의한다 해도 위의 설명은 우리가 미쳤다는 것을 말해 주는 것일 뿐이리라. 미쳤다는 것의 의미를 밝히지 않은 채로 말이다.

우리 아이들

우리 아이들에게 어떻게 말해야 할까? 우리 마을의 대부분의 부모들처럼 아이들이 아직 어릴 때 유령에 관해 말해 주기로 마음먹을 경우, 우리는 아이들의 밤을 공포로 채우는 것은 아닐까, 또는 결코 일어나지 않을 수도 있는 유령과의 만남에 대한 희망과 열망을 아이에게 심어 주는 것은 아닐까 걱정하게 된다. 유령의 존재를 숨기는 부모들이라고 해서 덜 걱정스러운 것은 아니다. 왜냐하면 우리 아이들이 다른 아이들에 의해 미덥지 못한 정보를 얻게 되지 않을까, 또는 만약 유령을 만나는 일이 일어날 경우 준비가 되어 있지 않아서 위험에 처하게 되지 않을까 두렵기 때문이다. 우리 아이들에게 미리 마음의 준비를 시킨 부모들조차도 유령과의 첫 번째 만남을 걱정한다. 첫 만남은 때때로 일부 사람들이 너무 잘 기억하고 있는 방식으로 아이의 마음을 어지럽히고 불안하게 만들기 때문이다. 우리는 아이들에게 유령은 그저 자기들을 내버려 두기만을 바라기 때문에 유령을 두려워할 필요가 전혀 없다고 분명히 말하지만, 그럼에도 우리들 자신은 유령을 두려워한다. 우리는 유령이 우리가 말하는 것처럼 정말 해롭지 않은 존재인지 궁금해한다. 우리는 동반자 없이 혼자만 있는 아이 앞에서는 유령이 다르게 행동하는 것은 아닐까 궁금해한다. 우리는 유령이 어떤 상황에서는 우리가 알고 있는 것보다 더 대담해지는 것은 아닐까 궁금해한다. 몇몇 사람들은 말하기를, 어른과 아이가 함께 있을 때 이들과 마주친 유령은 오직 아이만을 쳐다볼 거라고 한다. 유령의 시선이 꽤 오래 아이에게 머물 것인데, 어른에게는 절대로 그렇게 하지 않는다는 것이다. 아이들을 재울 때 우리는 아이들 가까이 몸을 기울인 채 아이들의 눈이 평온하게 감길 때까지 유령에 대한 아이들의 질문에 달래는 목소리로 부드럽게 대답하는데, 이때 우리는 실은 우리 자신이 밤이 깊어짐에 따라 점점 짙어지고 드세지는 불안에 대비하고 있는 거라는 것을 안다.

상호 교차

우리 가운데 많은 이들로 하여금 이제는 그런 의문을 가라앉혀야 한다고 느끼게 만드는 수많은 증언에도 불구하고, '상호 교차'에 관한 의문은 사라지려 하지 않는다. '상호 교차'라는 것은 보통 우리와 유령이 어떤 식으론가 서로 섞여 있는 형태를 뜻하는데, 특히 유령 가운데 하나가, 또는 우리 가운데 한 명이 자신의 공동체를 떠나 상대방의 무리 속에 섞여 지내는 경우를 말한다. 그러나 그처럼 유령이나 사람이 자신의 생활 기반을 옮겨 다른 무리와 어울려 지낸다는 어떠한 증거도 없을 뿐만 아니라, 어떠한 유령도 낯선 이 앞에 오랫동안 자신을 노출시키고 머무르지도, 그런 일을 기뻐하거나 고무적으로 받아들이는 기색을 보이지도 않았음을 보여 주는 압도적인 증언도 있다. 이와 반대되는 주장들, 예컨대 아내가 **그들 중 하나**와 함께 침대에 있는 것을 보았다는 알코올중독 남편의 주장이나 한 무리의 유령이 명령에 따르지 않으면 위해를 가하겠다고 위협했다는, 학교에서 정학당한 10대 고등학생의 주장 등은 언제나 의심스럽다. 그게 사실이라고 주장하는 진술들과는 별개로, 유령과 사람이 서로 섞여 지내는 환상은 아이들 사이에서 널리 유포될 뿐 아니라 순진한 어른들도 반신반의하며 귀 기울이는 유령 이야기의 형태로 끈질기게 계속된다. 비록 신뢰할 만한 접촉 기록이 없기는 하지만, 그런 이야기들이 유령과 접촉하고 싶어 하는 은밀한 욕망을 드러낸다는 것을 입증하기란 어렵지 않다. 그런 문제에 엄격한 객관성을 유지하고자 하는 사람들은 아무리 가능성이 적어 보인다 해도 유령과 사람이 경계를 넘어 서로 섞이는 일이 불가능하지는 않다는 것을 받아들여야만 한다. 그리하여 의심스러운 주장에 딴지를 걸고 동화 같은 이야기에 히죽 웃으면서도 자기도 모르게 밤중에 갑작스럽게 유령과 마주치는 상상을 하곤 한다. 유령이 우리를 향해 고개를 돌리고, 머뭇거리는 사이에 반가움의 표시로 엄숙하게 두 팔을 벌리는 상상을 하는 것이다.

사례연구 3

스물여섯 살의 제임스 레빈은 삶의 난관에 봉착했다. 그는 대학을 졸업한 뒤 1년간 쉬면서 잡다한 일을 하며 세계 곳곳을 여행했다. 그러고 나서 집에 돌아와 대학원에 진학했다. 그는 2년에 걸쳐 대학원 학습 과정을 마쳤는데, 그러는 동안 미국사 입문 과목 하나를 가르쳤다. 그런 다음 논문(「미국 남북전쟁 이후 시기[1865~1900]에 대중문화가 고급문화에 미친 영향」)을 위해 자료를 찾아 읽으려고 휴학을 함으로써 주변의 모든 사람들을 놀라게 했으며, 그러면서 자신의 진로에 대해 더욱 신중하게 생각한다. 그는 부모님과 함께 살면서 예전의 자기 방에서 지낸다. 초등학교와 중고등학교 시절의 추억이 짙게 배어 있는 방이다. 그는 자신의 논문에 흥미를 잃을까 봐 두렵다. 자신의 삶을 다시 생각해야 한다고 느낀다. 어쩌면 아무에게도 가치 없는 추상적인 추론에 빠져 시간을 허비하기보다는 의대 계열에 진학하여 세상에 이로운 뭔가를 하는 게 더 나을지도 모른다. 그는 1,500킬로미터 넘게 떨어진 미시간 대학 법학과에 다니는 여자 친구에게 점점 덜 연락하게 된다. 자신은 어디에서 길을 잘못 들었을까? 그는 곰곰이 생각한다. 어떤 삶을 살아야 하는 걸까? 삶의 의미는 무엇일까? 이런 질문들은 머리가 깬 열여섯 살 사춘기 아이한테 딱 어울리는 질문일 거라는 생각이 든다. 그 자신도 10년 전에 친구들과 열렬히 토론했던 질문들이었다. 그 친구들은 이제는 결혼하여 주택 담보 대출금을 열심히 갚고 있다. 그는 인생의 수렁에 빠져 있기 때문에, 죄의식에 사로잡혀 있기 때문에, 불행하기 때문에 늦잠을 자는 버릇이 생기고, 오랫동안 마을 여기저기를 헤매 다니는 버릇이 생겼다. 오후에 한 차례 마을을 돌아다니고, 밤에 또다시 마을을 쏘다닌다. 한번은 오후 시간에 마냥 쏘다니다가 어린 시절에 종종 가곤 했던 행락지에 이른다. 시냇가에 소나무가 자라고 탁자들이 여기저기 흩어져 있다. 그는 그 시내에서 조그마한 목재 예인선을 띄우곤 했었다(그는 언제나 이처럼 과거의 추억에 빠져들곤 한다). 어느 늦은 9월 오후에 그는 시내 너머 저편에서 그녀를 본다. 그녀는 시냇물을 바라보며 두 그루 떡갈나무 사이에 홀로 서 있다. 햇빛이 몸의 아랫부분을 비춘다. 하지만 그녀의 얼굴과 목은 그늘에 묻혀 있다. 그녀는 이내 그가 보고 있다는 것을 알아차리고 눈을 들더니 그늘 속으로 물러난다. 이제 그는 더 이상 그녀를 볼 수 없다. 그가 그녀의 고독을 깨뜨린 것이었다. 그 만남의 순간순간이 그의 내부에 깊이 들어와 박혀서 그의 머릿속에는 그녀에 대한 기억이 마치 박물관에 있는 세 폭짜리 삼부작 중세 그림처럼 세 부분으로 나누어져 있다. 알아차림, 봄, 물러남이 그것이다. 삼부작의 제1부. 그녀는 어둠 속에서 무슨 소리를 들은 사람처럼 어깨가 긴장되고 온몸이 부자연스럽게 뻣뻣해진다. 제2부. 그녀는 눈을 들어 그를 똑바로 응시한다. 그 응시는 1초 이상 지속되었을 리 없다. 그의 뇌리에 남아 있는 것은 그 눈에 깃들어 있던 어떤 엄한 표정이다. 마치 그가 용서를 구해야 할 정도로 그녀를 방해했다는 듯한 표정이다. 제3부. 그녀가 반쯤 몸을 돌려 물러선다. 쭈뼛쭈뼛한 태도가 아니라 얼마간 위엄 있는 태도로 물러난다. 그녀를 방해한 데 대해 그를 책망하는 듯한 태도다. 제임스는 개울을 건너서 그녀를 찾고 싶은 강한 욕망을 느낀다. 그러나 두 가지 생각이 그를 제지한다. 그녀를 찾아 개울을 건너는 행동이 그녀에게 환영받지 못하리라는 두려움, 그리고 자신은 그녀가 이미 사라졌음을 알고 있다는 것이 그것이다. 그는 집으로 돌아온다. 하지만 계속해서 시냇가에 서 있는 그녀 모습이 보인다. 그녀의 부재로 인해 그녀가 더욱 생생해지는 느낌이다. 마치 그녀가 그의 내부에서 생명을 얻은 것만 같다. 부자연스러운 뻣뻣함, 눈에 담긴 어두운 표정, 물러남…… 그녀에게 사과하고 싶은 마음이 간절하다. 사과하고 싶은 욕구는 그녀를 다시 보고 싶은 욕구의 가면에 불과하다는 것을 그는 안다. 이틀 동안 헛된 사념에 빠져 있다가 다시 그 시내를 찾아가, 그녀를 처음 보았을 때 그가 서 있었던 바로 그 자리에 선다. 네 시간 뒤에 의기소침하고 불안하고 짜증스러운 기분으로 집에 돌아온다. 그는 자신에게 뭔가 일이 벌어졌다는 것을, 아마도 해로운 어떤 일이 일어났다는 것을 알고 있다. 하지만 개의치 않는다. 그는 희망 없이, 기쁘지 않은 마음으로 날마다 그 시냇가를 찾는다. 거기서, 그 황량한 곳에서 무얼 하고 있는 거지? 그는 스물여섯 살이지만 이미 노인이 되어 버렸다. 나뭇잎이 물들기 시작하고 날씨가 쌀쌀해져 간다. 어느 날, 제임스는 시냇가에서 집으로 돌아갈 때 다른 길을 택하여 걷는다. 커다란 창문이 두 줄로 늘어서 있는 오래된 고등학교를 지나 그가 썰매를 타곤 했던 언덕에 이른다. 그는 이 마을을 벗어나야 한다. 곳곳에서 어린 시절과 사춘기의 추억들이 튀어나와 눈앞에 펼쳐지는 이 마을을 떠나야 한다. 다른 어딘가로 가서 뭔가를 해야 한다. 자신의 목적 없는 긴 산책은 내적 혼란의 외적 표현인 것처럼 여겨진다. 그는 언덕을 오른다. 헐벗은 떡갈나무 숲과 너도밤나무 숲과 짙은 전나무 숲을 지나 언덕 꼭대기에서 컬런 자동차 정비소 뒤편에 있는 소나무 숲을 내려다본다. 그는 비탈을 걸어 내려간다. 양손으로 썰매의 운전대를 잡고 내려가는 기분이다. 썰매의 빨간 활주부가 눈을 가르며 나아가는 것을 느낀다. 소나무 숲에 이르렀을 때 그는 쓰러진 나무줄기에 그녀가 앉아 있는 것을 본다. 그녀가 고개를 돌려 그를 바라보더니 일어나서 걸음을 옮겨 시야에서 사라진다. 그는 이번에는 망설이지 않는다. 덤불숲으로 달려간다. 그 너머로 흰색으로

칠을 한 자동차 정비소의 뒷벽이 보이고, 번쩍번쩍 빛나는 파란색 앞 범퍼가 타이어에 기대어 세워진 모습이 보인다. 멀리서 픽업트럭 한 대가 거리를 달려가는 모습도 눈에 들어온다. 창백한 햇살이 소나무 가지 사이로 비스듬히 내려앉는다. 그는 그녀를 찾는다. 하지만 그가 찾은 거라곤 서로 얽혀 자라는 양치식물과 맥주 깡통과 아이스크림 통의 뚜껑뿐이다. 집에 돌아온 그는 어릴 때 사용했던 침대에 털썩 주저앉는다. 어린 시절에는 거기 앉아, 자라서 유명한 과학자와 탐험가가 된 소년들의 이야기를 읽으며 긴 오후 시간을 보내곤 했다. 그는 그녀의 시선을 불러낸다. 근엄한 시선이 그를 좌절케 하지만, 동시에 그를 끌어당기기도 한다. 왜냐하면 그는 그 근엄함을 자신에게 결여된 힘으로 여기기 때문이다. 그는 자신의 상태가 심각하다는 것을 안다. 그녀에 대한 생각을 그만두어야 한다는 것을 안다. 하지만 그녀에 대한 생각을 결코 그만두지 못하리라는 것을 안다. 앞으로도 아무런 변화가 없으리라는 것을 안다. 그의 삶이 손상되리라는 것을 안다. 손상되어 가는 것이 자신에게는 매력적으로 보인다는 것을 안다. 결코 학교로 돌아가지 못하리라는 것을 안다. 부모님을 실망시키고, 여자 친구를 잃게 되리라는 것을 안다. 이런 모든 문제들이 그에게는 중요하지 않다는 것을 안다. 중요한 것은 그를 거칠게 쏘아보고 물러나서 사라져 버릴 그 유령 여인을 한 번 더 보게 되기를 바라는 마음이라는 것을 안다. 자신은 약하고 어리석고 경솔하다는 것을 안다. 하지만 그런 말은 아무 의미가 없다는 것을 안다. 자신은 이미 어두운 사랑의 세계에 들어와 버렸고, 거기서 벗어날 길이 없다는 것을 안다.

실종된 아이들

어쩌다 한 번씩 아이가 실종되는 일이 생긴다. 그런 일은 다른 마을에서 일어나기도 하고 여러분의 마을에서 일어나기도 한다. 실종된 아이는 여섯 시간 후에 숲에서 길을 잃은 모습으로 발견되기도 하고, 결코 집에 돌아오지 못하고 영원히 사라지기도 한다. 그 아이는 어쩌면 초등학교 건너편에 주차된 밴에서 마지막으로 모습을 드러낸 야구 모자를 쓴 낯선 사람을 따라갔는지도 모른다. 우리 마을에는 유령을 비난하는 사람들이 늘 있다. 유령이 우리 아이들을 훔쳐서 자기들 집단으로 데려간다는 것이다. 유령은 끊임없이 우리가 부주의하거나 방심할 때와 같은 절호의 기회를 기다린다는 것이다. 또한 유령을 변호하는 사람들도 있다. 이들은 유령은 우리들 가까이 오는 법 없이 늘 우리를 멀리한다는 점, 유령이 우리 세계에 속하는 것들과 물리적 접촉을 할 수 있다는 증거는 없다는 점, 그리고 인간의 아이가 그들과 함께 있는 것을 목격한 적이 없다는 점을 인내심을 가지고 지적한다. 유령을 비난하는 사람들은 그런 논지에 절대 설득당하지 않는다. 실종된 아이가 숲에서 발견되었는데 알고 보니 아이가 다람쥐를 뒤쫓다 거기까지 간 것으로 밝혀진다 해도, 실종된 아이가 300킬로미터 떨어진 어느 마을의 심리 상태가 불안정한 외톨이의 집 마당에 묻힌 것으로 밝혀진다 해도 유령이 그와 관련이 있지 않을까 하는 의심은 여전히 남는다. 거짓된 비난과 억측에 대항하여 유령을 변호하는 우리들도 그들이 저희들끼리만 있을 때, 또는 그들이 고개를 돌려 우리를 보고 나서 이내 떠나갈 때 무슨 생각을 하는지 모른다는 것을 인정할 수밖에 없다.

혼란

때로는 혼란스러운 상황이 발생한다. 슈퍼마켓에서의 유령, 침실에서의 유령이 그런 경우다. 그럴 때는 유령의 행동에 대한 우리의 감각이 충격을 받는다. 우리는 평소 우리를 멀리하려는 존재가 왜 우리와 맞닥뜨리는 상황을 피할 수 없는 장소에 나타나는 것인지 이해할 수 없다. 우리가 유령에 관해 뭔가 잘못 안 게 있는 걸까? 슈퍼마켓이나 옷 가게의 통로에서 그들을 만날 때면, 그들이 우리 침대 가장자리에 앉아 있거나 베개에 몸을 기대고 있는 것을 우리가 발견할 때면, 그들은 늘 그렇듯이 우리를 보고 나서 재빨리 물러간다는 건 틀림없는 사실이다. 그럼에도 우리는 그들이 우리에게 너무 가까이 접근했으며, 우리가 이해하지 못하는 뭔가를 우리에게서 원한다고 느낀다. 사람들의 발길이 뜸한 장소, 예컨대 폐쇄된 기차역 뒤편이나 마을에서 멀리 떨어진 들판 같은 데서 그들을 만날 때만 우리는 다소 마음이 놓인다.

설명 3

우리와 유령이 한때는 단일한 종족이었는데, 아주 먼 옛날 우리 마을 역사의 어느 시점에서 두 개의 집단으로 갈라졌다고 주장하는 또 하나의 설명이 있다. 이 설명의 심리적 파생물에 따르면 유령은 우리가 피하려고 애쓰지만 끊임없이 마주치게 되는 우리 자신의 원치 않는, 또는 의식하지 못하는 부분이다. 그들이 우리를 불안하고 불편하게 만드는 것은 우리가 그들을 알고 있기 때문이다. 그들은 우리 자신인 것이다.

두려움

우리 가운데 많은 이가 한두 번쯤 두려움을 느낀 적이 있다. 예컨대, 당신이 친구들과의 저녁 모임을 마치고 아내와 함께 집에 도착해서 들어가고 있는 중이라고 하자. 현관에 전등이 켜져 있고, 닫힌 블라인드 너머의 거실 창문이 희미하게 빛난다. 당신이 집 앞 잔디밭을 가로지르며 진입로에서 현관 계단까지 걸어갈 때, 당신은 산벚나무 옆에 뭔가 있다는 것을 알아차린다. 이어 그중 하나가 어두운 나뭇가지 뒤로 물러나는 것을 얼핏 본다. 거기까지 어슴푸레 퍼져 나간 현관 불빛에 그 모습이 어렴풋이 드러난 것이다. 그때 두려움이 기어든다. 당신은 마음 깊숙한 곳에서 바야흐로 막 퍼져 나가려는 전염병처럼 두려움이 피어오르는 것을 느낄 수 있다. 당신의 팔을 잡고 있는 아내의 손이 팽팽히 조여드는 것에서 두려움을 느낄 수 있다. 그때 당신은 아내에게 고개를 돌리고 한쪽 어깨를 으쓱하며, 아무도 속일 수 없는 애매한 웃음을 흘리며 말한다. "아, 저건 그들 가운데 하나일 뿐이야!"

사진 증거

디지털카메라나 캠코더, 아이폰, 구식 필름 카메라로 찍은 증거들은 두 범주로 나뉜다. 사기성이 있는 것과 미심쩍은 것이 그것이다. 사기성이 있는 증거는 항상 원본에 손댄 흔적을 드러낸다. 디지털 이미지 조작 방법을 이용하면 컴퓨터로 만든 상像에서 디지털 복제에 이르기까지 광범위한 효과를 낼 수 있다. 때로는 약간 흐리게 해서 기이한 효과를 내기도 한다. 종종 도가 지나쳐서 삼류 영화에 영감을 받은 진부한 괴물 유령을 만드는 예술가들이 있다. 좀 더 영리한 조작자는 보통의 모습에 가까우면서도 어떤 특징을, 대개는 귀나 코를 과장함으로써 자신의 흔적을 드러내는 경향이 있다. 이런 문제를 다룰 때 기괴하게 꾸미고 싶은 유혹은 저항할 수 없는 것 같다. 필름을 이용한 사기는 요정 사진의 시대로 거슬러 올라가는, 익히 알려진 형태를 띤다. 이중 노출, 네거티브 필름의 화학적 조작, 인화지와 확대기 렌즈 사이에 투명한 얇은 천을 넣는 방법 따위가 그것이다. 미심쩍은 것의 범주는 오류를 입증하기가 더 어렵다. 이런 것들에서 우리는 어렴풋한 그림자 형상이나 라디에이터 위에서 아른거리는 열기를 닮은 아른아른한 선들을 발견하고, 나뭇가지 사이나 외부 정경이 빼곡히 비친 창문에 숨어 있는 반쯤 감추어진 형상도 발견한다. 이런 이미지의 대부분은 자연스러운 빛의 영향으로 설명될 수 있다. 그 같은 빛의 효과가 잘 속아 넘어가는 사람을 현혹시켜 그걸 기록하게 한 것일 뿐이다. 하지만 유령의 시각적 증거를 갈구하는 사람들은 사진이 사기를 치고 있다는 증거나 미심쩍다는 증거를 절대 확신하려 하지 않는다.

사례연구 4

어느 늦봄 오후, 아홉 살 에벌린 웰스는 뒷마당에서 혼자 놀고 있다. 화창한 날이다. 학교 수업은 끝났고, 저녁 먹을 시간은 한참 남았다. 따뜻한 오후 날씨에서는 여름 느낌이 난다. 에벌린의 가장 친한 친구가 목이 아프고 열이 나서 함께 놀지 못하지만, 그건 괜찮다. 에벌린은 마당에서 혼자 노는 것을 좋아한다. 특히 시간이 사방에 가득 고여 있는 오늘 같은 화창한 날에는 더욱 그렇다. 아이가 최근에 연습하는 건 아랫동네 남자애에게서 배운 지붕 공놀이라는 것이다. 아이의 집 마당 한편은 이웃집 차고와 접해 있고, 마당 뒤쪽과 옆쪽으로는 가문비나무가 빽빽이 자라고 있다. 가장 낮은 데서 뻗어 나온 나뭇가지들은 풀밭 쪽으로 굽어서 일종의 담을 이루고 있다. 지붕 공놀이는 라임 쿨에이드 음료 색깔의 테니스공을 경사진 차고 지붕에 던진 다음 공이 내려올 때 잡는 놀이다. 만약 에벌린이 테니스공을 너무 세게 던지면 공은 지붕을 넘어가서 옆집 마당에, 아마도 철조망에 둘러싸인 채소밭 안에 떨어질 것이다. 반대로 충분히 세게 던지지 않으면 공은 맥없이 자신에게 되돌아올 것이다. 그러므로 거의 지붕 꼭대기를 맞히도록 공을 던져서 공이 점점 더 빨리 내려오게 해야 한다. 그런 다음 공이 땅에 떨어지기 전에 그 공을 잡아야 한다. 땅에 떨어져 딱 한 번 튄 것을 잡는다면 아주 못한 건 아닐 테지만 말이다. 에벌린은 지붕 공놀이를 꽤 잘한다. 아이는 공을 경사진 지붕의 높은 곳으로 던질 수 있고, 공이 빠르게 튕겨 나오거나 톡톡 튀면서 내려올 때 어디에 서 있어야 할지 잘 안다. 지금까지 아이가 세운 공 잡기 기록은 연속해서 여덟 번이었지만, 이번에는 아홉 번을 잡았고 지금 열 번째 잡기에 성공하기를 바라고 있다. 공은 지붕 꼭대기 가까이에 떨어져서 넓은 각도를 그리며 내려오기 시작한다. 아이는 공이 가볍게 통통통 공중으로 튀어 오르는 것을 보며 점점 더 오른쪽으로 움직인다. 이번에는 실패했다. 공이 머리 위로 넘어가 버린 것이다. 공은 잔디밭을 가로질러 뒤쪽으로 굴러가다가 가문비나무의 나지막한 나뭇가지들 밑으로 사라진다. 차고에서 멀지 않은 곳이다. 에벌린은 때로는 시원하고 어둑한 가문비나무 아래에서 노는 걸 좋아한다. 아이는 나뭇가지 하나를 밀면서 공을 찾는다. 뿌리 옆에 있는 공이 눈에 띈다. 동시에 나무 밑에 서 있는 두 사람의 모습이 눈에 들어온다. 남자와 여자다. 그들은 아이를 내려다보더니 얼굴을 돌리고 걸음을 옮겨 시야에서 벗어난다. 에벌린은 팔에서 소름이 돋는 것을 느낀다. 그들의 눈은 잔디밭의 그림자 같았다. 아이는 햇빛이 있는 곳으로 나온다. 마당이 아이의 마음을 다독여 주지 못한다. 풀잎들이 숨을 멈추고 있는 것처럼 보인다.

차고 옆면의 흰색 목재 지붕널들이 자신을 빤히 쳐다보고 있다. 에벌린은 기묘한 잔디밭을 가로질러 뒤쪽 계단을 올라 부엌으로 들어간다. 집 안은 아주 조용하다. 수도꼭지 손잡이가 햇빛에 번쩍인다. 거실에서 엄마 소리가 들린다. 에벌린은 엄마에게 얘기하고 싶지 않다. 아무에게도 얘기하고 싶지 않다. 2층 자기 방으로 올라간 아이는 블라인드를 내리고 침대로 들어간다. 뒷마당 위에 있는 아이의 방 창들이 줄지어 자라는 가문비나무들을 내려다본다. 저녁을 먹을 때도 아이는 말이 없다. "왜 꿀 먹은 벙어리가 됐니?" 아빠가 말한다. 아빠는 이를 드러내며 싱긋 웃는다. 엄마는 근심스러운 표정을 짓는다. 밤에 아이는 눈을 뜬 채 누워 있다. 나무 밑에서서 자기를 내려다보는 남자와 여자의 모습이 눈에 보인다. 그들이 얼굴을 돌린다. 토요일인 다음 날, 에벌린은 밖에 나가지 않으려 한다. 엄마가 오렌지주스를 가지고 와서는 이마를 만져 보고 체온을 잰다. 밖에서는 아빠가 잔디를 깎고 있다. 그날 밤 아이는 잠을 이루지 못한다. 그들이 나무 밑에 서서 그림자 같은 눈으로 자기를 보고 있다. 아이는 그들의 얼굴을 볼 수 없다. 그들의 옷이 기억나지 않는다. 일요일에도 아이는 방 안에만 머문다. 밖에서 나는 소리들에 아이는 깜짝깜짝 놀란다. 철커덕하는 소리, 어떤 고함 소리…… 밤에 아이는 눈을 감은 채로 떠오르는 모습을 지켜본다. 공이 나뭇가지 밑으로 굴러간다. 두 사람이 거기 서서 자기를 내려다보고 있다. 월요일에 엄마는 아이를 데리고 병원에 간다. 의사는 아이의 가슴에 은색 청진기를 댄다. 다음 날 아이는 다시 학교에 나간다. 하지만 마지막 수업 끝 종이 울린 뒤에 곧바로 집으로 돌아와 자기 방으로 간다. 블라인드 널 사이의 틈으로 차고와 지붕, 그리고 풀밭 쪽으로 굽은 가문비나무의 암녹색 나뭇가지들이 보인다. 어느 날 오후, 에벌린은 거실의 피아노에 앉아 있다. 아이는 음계를 연습하고 있다. 그때 초인종이 울리고 엄마가 문으로 간다. 에벌린이 누구인지 보려고 고개를 돌렸을 때 한 여자와 한 남자가 보인다. 아이는 피아노를 벗어나 2층 자기 방으로 올라간다. 아이는 침대 옆 작은 카펫에 앉아 문을 뚫어지게 쳐다본다. 잠시 후 계단을 올라오는 엄마의 발자국 소리가 들린다. 에벌린은 일어나서 옷장 안으로 들어간다. 그리고 기어서 곰 인형, 코끼리 인형 같은 낡은 인형들이 가득 든 상자 옆으로 간다. 방 안에서 엄마의 발자국 소리가 들린다. 엄마가 옷장 문을 똑똑 두드린다. "거기서 나와라, 에벌린. 거기 있는 거, 다 안다." 아이는 나오지 않는다.

유령 사냥꾼

광범위한 반대에도 불구하고 때때로 유령을 붙잡으려 시도하는 사람들이 있다. 그 같은 욕구는 나태한 10대 아이들 사이에서, 특히 무더운 여름밤에 가장 많이 일어나지만, 유령에 위협을 느끼거나 알지 못하는 것에 대해서는 참지 못하는 어른들 사이에서도 일어나는 것으로 알려져 있다. 그런 사람들은 대개 남자지만, 반드시 남자인 것은 아니다. 그들은 덫을 설치하고 구덩이를 파고 우리를 짓지만, 모두 다 쓸데없는 일이다. 유령의 비물리적 성질에도 불구하고 그런 노력을 기울이고자 하는 사람들의 의욕은 꺾이지 않는 듯싶은데, 그 가운데는 종종 대단히 뛰어난 창의력을 보여 주는 것들도 있다. 기계 공학자인 월터 헨드릭스는 층마다 높이가 다른 랜치하우스*들이 있는 동네에서 오랫동안 살았다. 그의 집 뒷마당에는 스윙 세트**와 바비큐 시설이 갖추어져 있었다. 어느 날 그는 유령의 방문을 이끌어 내려고 자기 집 마당을 조밀한 소나무 숲으로 바꾸기 시작했다. 각각의 나무에 뭔가가 그 밑을 지나가면 즉각 촘촘히 짠 철망이 나뭇가지에서 떨어지도록 설계한 장치를 달았다. 마을의 다른 지역에서는 찰스 리스라는 사람이 굴삭기를 빌려서 자기 집 마당에 지하실 정도의 깊이로 땅을 파냈다. 리스는 '지하 감옥'이라고 이름 붙인 그 구덩이를 스위치를 누르면 미끄러지듯 열리는 강철 천장으로 덮고, 그 위에 잔디를 입혀 감추었다. 어느 날 밤 유령이 잔디밭에 나타났을 때, 리스는 스위치를 눌러서 가짜 잔디가 옆으로 빠져나가게 했다. 잠시 후 강렬한 손전등 불빛을 비추며 '지하 감옥' 안을 들여다보았을 때 그가 발견한 것은 겁에 질린 줄무늬다람쥐였다. 그 밖에 일시적인 마비를 일으키는 화학물질 스프레이를 사용한 사람도 있었고, 빈 헛간에 동작 감지기가 작동될 때 자동으로 닫히는 미닫이문을 설치한 사람도 있었다. 심지어 번쩍이는 번갯불을 생성하는 기계를 사용한 사람도 있었다. 유령 사냥꾼을 꿈꾸는 사람들은 유령은 잡을 수 없는 존재라는 것을 이해하지 못한다. 유령을 잡는다는 건 유령을 그들의 본질로

* 미국 교외 지역에서 흔히 볼 수 있는, 옆으로 길쭉하고 지붕의 물매가 뜬 단층집.
** 그네와 미끄럼틀 등으로 이루어진 아이들 놀이기구.

부터 추방하여 우리 같은 존재로 바꾸어 버리는 것이리라.

설명 4

또 하나의 설명은, 유령은 인디언들이 이곳에 오기 훨씬 전부터 언제나 여기에 있어 왔다는 것이다. 우리는 침입자다. 우리는 그들의 땅을 탈취하고, 그들을 몰아붙여 숨게 만들었다. 그리고 그때 이래로 우리의 이익을 유지하고 그들이 복종의 자세를 견지하도록 줄곧 세심한 주의를 기울여 왔다. 이러한 설명은 유령이 종종 우리 마음속에 불러일으키는 두려움뿐 아니라 우리 중 많은 사람들이 유령에게서 느끼는 적대감을 이해할 수 있게 해 준다. 이 설명의 약점은 이를 뒷받침하는 어떠한 증거도 없다는 것인데, 일부 사람들은 증거가 없다는 약점을 대수롭지 않은 것으로 일축한다.

유령 로레인

우리는 모두 어린아이였을 때 유령 로레인 이야기를 듣는다. 이모나 아이 봐 주는 사람에게서 듣기도 하고, 놀이터에 있는 어떤 사람에게서 듣는 경우도 있고, 또는 잠이 들 시간에 아이에게 들려줄 얘깃거리가 궁한 부주의한 부모에게서 듣게 되는 경우도 있다. 로레인은 어린이 유령이다. 어느 날, 로레인은 한 남자아이와 한 여자아이가 놀고 있는 마당 뒤편 키 큰 산울타리에 간다. 아이들은 스프링클러 사이를 달리거나 공을 던지거나 훌라후프를 연습하면서 논다. 가까운 곳에서 아이들의 엄마가 줄지어 심어진 접시꽃 앞에 깔개를 깔고 무릎을 꿇은 자세로 앉아서 잡초를 뽑고 있다. 유령 로레인은 이 광경에서 알 수 없는 묘한 감동을 받는다. 로레인은 날마다 산울타리로 가서 아이들이 노는 것을 지켜본다. 어느 날, 엄마 없이 아이들만 있을 때 로레인은 숨어 있던 곳에서 수줍게 조심조심 걸어 나온다. 아이들이 자신들의 놀이에 로레인을 끼워 준다. 로레인은 아이들과 다르지만, 물건을 집어 들거나 잡을 수 없지만, 아이들은 셋이 모두 놀 수 있는 달리기 놀이를 생각해 낸다. 이제 유령 로레인은 날마다 뒷마당에서 아이들과 함께 시간을 보낸다. 거기 있으면 행복하다. 어느 날 오후 아이들이 로레인을 집에 초대한다. 로레인은 햇빛에 물든 부엌과 2층으로 올라가는 카펫이 깔린 계단, 그리고 뒷마당이 내려다보이는 창문 두 개가 달린 아이들 방을 감탄 어린 눈으로 바라본다. 엄마와 아빠는 유령 로레인에게 친절하다. 어느 날 엄마 아빠는 로레인을 초대하여 집에서 하룻밤 자고 가게 한다. 어린 유령 소녀는 자기를 가족만큼이나 사랑하는 인간 가족과 점점 더 많은 시간을 보낸다. 마침내 엄마 아빠는 로레인을 입양한다. 그 후, 그들 모두 오래도록 행복하게 산다.

분석

한때는 우리에게 큰 기쁨을 준 이야기였지만 어른인 우리는 이 이야기를 한결 회의적으로 본다. 이 이야기의 목적은 유령이 정말로 갈망하는 것은 우리 같은 인간이 되는 것임을 보여 줌으로써 아이들로 하여금 유령에 대한 두려움을 극복하게 하려는 것이라는 점을 우리는 알고 있다. 물론 실제 유령들은 호기심의 기미도 보이지 않을뿐더러 어떤 종류의 접촉도 엄격히 피하기 때문에 이 이야기는 매우 부정확하다. 하지만 우리 가운데 많은 사람들은 이 이야기에 좀 더 깊은 의미를 부여하는 듯싶다. 이들은 이 이야기가 우리 자신의 욕망, 즉 유령을 알고자 하고, 유령에게서 신비감을 벗겨 내고자 하는 욕망을 드러낸다고 믿는다. 유령이 우리와 다른 점을 두려워하고 우리와는 별개로 존재한다는 점을 참지 못하는 우리는 유령 로레인이라는 인물에서 지금껏 숨겨져 있던 인간과의 동일성을 상상한다. 몇몇 사람들은 거기서 한 걸음 더 나아간다. 이들은 유령 로레인 이야기는 유령에 대한 우리의 증오와 유령의 파멸을 유발하고자 하는 우리의 바람을 얄팍하게 위장해서 지어낸 이야기라고 말한다. 유령 로레인은 인간 가족에 편입됨으로써 사실상 유령이기를 그만둔다. 로레인은 자신의 본질을 벗어던지고 인간 아이로 다시 태어난 것이다. 이런 식으로 이 이야기는 유령을 말살하고 싶어 하고 집어삼키고 싶어 하고 인간화하고 싶어 하는 우리의 갈망을 표현한다. 유령 로레인 이야기는 표면적으로는 감상적인 이야기지만, 한 꺼풀 벗기고 보면 침략과 살해의 꿈에 관한 이야기인 것이다.

다른 마을

유령이 없는 다른 마을을 방문할 때, 우리는 종종 짐을 벗은 것 같은 홀가분한 기분을 느낀다. 우리 가운데 일부는 어린 시절에 보았던 커다란 그림책을 생각나게 하는 그런 마을로 이사할 계획을 세우기도 한다. 거기서는 팔뚝에 소름이 돋는 일이 생기지 않을까 신경 쓸 필요 없이 거리와 공원을 평화로이 거닐 수 있다. 우리는 흰색 울타리를 배경으로 해바라기와 인동덩굴이 피어 있는 푸른 뒷마당에서 아이들이 행복하게 노는 모습을 떠올린다. 그러나 곧 불안감이 스며든다. 유령이 없는 마을은 우리에게는 역사가 없는 마을, 그림자가 없는 마을처럼 보인다. 마당은 텅 비고 거리는 적막하게 뻗어 있다. 우리는 우리 마을로 돌아와 팔에 소름이 돋기를 참을성 있게 기다리면서 유령이 마을에 더 이상 존재하지 않을까 봐 두려워한다. 얼마 후에, 어떤 때는 수 주일 뒤에, 우리는 드디어 마당 구석이나 세차장 옆에서 한 유령을 만나게 되는데, 그가 우리를 향해 시선을 던진 다음 돌아서서 사라질 때 우리는 이렇게 생각한다. 이제야 마을이 제대로 된 모습을 갖추었군. 이제 우리도 잠시 쉴 수 있겠어. 그것은 감사의 마음과도 흡사한 기분이다.

설명 5

일부 사람들은 모든 마을에 유령이 있지만 오직 우리만 그들을 볼 수 있다고 주장한다. 이 생각은 왜 우리 마을에만 유령이 있어야 하고 다른 마을에는 유령이 없는지 이해하지 못하는, 간단히 말해서 왜 우리 마을만 예외여야 하는지를 이해하지 못하는 사람들에게 특히 매력적인 생각이다. 이에 반대하는 사람들은 이 설명이 다른 노력은 전혀 기울이지 않은 채 우리의 주의를 마을 자체에서 우리 마을 사람들에게로 돌리기만 할 뿐이라고 말한다. 즉, 이제는 수수께끼가 된 유령 자체에 주의를 기울이기보다는 유령을 인식하는 것은 우리의 능력이라는 점에 주의를 기울이게 한다는 것이다. 두 번째 반대자들은(이들의 주장이 결정적이라고 여기는 사람들도 있다) 이 설명은 있다고 증명할 수도 없고 없다고 증명할 수도 없는 보이지 않는 존재의 세계를 상정하고 거기에 전적으로 의존하고 있다고 비판한다.

사례연구 5

나는 매일 오후 점심을 먹은 뒤, 다시 일을 하러 2층 서재로 올라가기 전에 우리 동네의 친숙한 길을 걸으며 산책하기를 좋아한다. 그럴 때면 내 안에서 생각이 피어올라 이상한 방향으로 흐르다가 연기처럼 사라지곤 한다. 동시에 나는 마음을 활짝 열고 인상적인 정경을 감상한다. 어느 집 옆에 기대어 세워진 사다리를 감상한다. 하얀 지붕널에 비친 사다리의 그림자가 짙고 선명하다. 지붕널이 약간 돌출된 까닭에 지붕널의 밑부분에서는 곧게 뻗어 내린 그림자의 선들이 깨지며 약간 지그재그 형태를 띤다. 어느 집 앞 현관문 옆에 놓인 재활용 분리수거 함 속에 비스듬히 기댄 모습으로 들어 있는 밝고 산뜻한 빨강 우산을 감상한다. 머리를 빡빡 민, 조깅을 하는 사람을 감상한다. 그는 검은색 나일론 반바지에 상의는 오렌지색 운동복 차림인데, 거기에 세 줄로 쓰인 검은색 굵은 글씨가 눈에 띈다. **잘 먹고 / 건강하게 살고 / 미련 없이 죽자.** 진입로에 생긴 틈에서 풀잎 하나가 튀어나와 있다. 나는 보도에서 멀지 않은 길모퉁이에 있는, 다소 무질서한 형태의 오래된 집에 이른다. 그 집의 검붉은 페인트칠은 약간 손을 볼 필요가 있어 보인다. 높은 현관 아래 계단 양쪽으로 흰색 칠을 한 나직한 십자형 격자무늬 울타리가 있다. 다이아몬드 모양의 구멍으로 뾰족한 나뭇가지와 양치식물의 끝부분이 나와 있다. 보도를 걸어가는 내 눈에 거무칙칙한 빛깔의 잡초 사이로 낡은 수동식 잔디깎이의 손잡이가 보인다. 다른 것도 보인다. 약간의 움직임…… 나는 현관으로 올라가서 허리를 굽혀 격자 구멍을 통해 정원 안을 들여다본다. 정원 바닥에 그들 세 명이 앉아 있다. 그들은 나를 향해 고개를 돌렸다가 이내 외면하고 일어서기 시작한다. 순식간에 그들은 사라지고 없다. 다시 보도로 돌아가는 내 팔에 소름이 돋는다. 나는 계속해서 가던 길을 향해 걸음을 옮긴다. 그들이, 언제나 사라지는 이 존재들이, 나의 관심과 흥미를 불러일으킨다. 나는 이번에는 쉰 살쯤 되어 보이는 남자 한 명과 그보다 젊어 보이는 여자 두 명을 얼핏 볼 수 있었다. 한 여자는 올림머리를 하고 있었다. 다른 여자는 잔가지에 달린 조그만 파란색 야생화를 머리에 꽂고 있었다. 남자는 코가 곧고 길었으며, 입술도 길었다. 그들은 천천히 일어났지만 망설이지 않고 뒤로 물러나서 어둠 속으로 사라졌다. 나는 어렸을 때조차도 유령을 거미나 무지개처럼 이 세상의 일부로 받아들였다. 나는 그들을 뒷마당 산울타리 맞은편에 있는 공터에서 보았고, 차고와 공구 창고 뒤편에서도 보았다. 한번은 부엌에서도 보았다. 나는 할 수 있는 한 최선을 다해서 그들을 조심스럽게 관찰한다. 그들의 얼굴을 보려고 노력한다. 내가 그들에게서 원하는 것은 아무것도 없다. 오늘은 9월 초, 화창한 날이다. 나는 걸어가면서 호기심을 가지고 주변을 둘러본다. 치장벽토 주택 옆으로 난 진입로 옆쪽에 호스의 노란색 노즐이 암녹색 쓰레기통 뚜껑 위에 놓여 있다. 그 너머에 있는 스윙 세트의 일부가 눈에 들어온다. 깔개 하나가 풀밭 위에, 빨간 손잡이에 날이 세 개 달린 잡초 뽑는 기구 옆에 놓여 있다.

믿지 않는 사람들

믿지 않는 사람들은 유령과의 만남이 모두 다 거짓된 것이라고 주장한다. 내가 허리를 굽혀 격자 구멍을 통해 정원 안을 들여다볼 때 나는 거무칙칙한 잡초 속에 있는 줄무늬다람쥐나 쥐로 인해 생겨난 약간의 움직임을 보게 되는데, 그 즉시 내 상상력이 발동한다는 것이다. 한 남자와 두 여자, 긴 코, 일어서고, 사라지는 것을 본 것 같다고 여긴다. 몇 가지 세부 내용들은 의아할 정도로 구체적이다. 잔가지에 달린 야생화는 또렷이 눈에 띄는데, 어째서 얼굴은 기억하기 어려운가? 상대가 경멸하는 어조로 얘기할 때조차도 나는 그러한 비판에 결코 불쾌해하지 않는다. 추론은 건전하고 의도는 칭찬할 만한 것이기 때문이다. 진실을 확립하고, 사실과 허위를 구별하고자 하는 것이기 때문이다. 나는 그들의 방식으로 그걸 경험하고자 노력한다. 햇빛이 비치는 격자 뒤에 줄무늬다람쥐의 움직임이 있고, 짙고 어두운 나뭇잎으로부터 흐릿한 형상이 마음속에 그려진다. 그것은 불가능하지 않다. 나는 상상력을 최대한 동원한다. 나는 나를 억누르며 그들 편에 선다. 격자 뒤에는 아무것도 없다. 모두 다 환각일 뿐이다. 훌륭해! 나는 나 자신을 물리친다. 나 자신을 파기한다. 나는 그런 훈련을 하며 몹시 흐뭇해한다.

당신

당신, 당신 마을에는 유령이 없는 당신, 우리 보고서를 조롱하거나 경멸하는 당신. 당신은 자신을 속이고 있지 않는가? 어느 즐거운 오후, 당신이 차를 몰고 쇼핑몰로 가고 있다고 가정해 보자. 갑자기—그것은 언제나 갑작스럽다—당신은 돌아가신 아버지를 떠올린다. 당신이 어렸을 때 집 안 거실에 앉아 있는 아버지 모습이다. 아버지는 전기스탠드가 놓인 탁자 옆 안락의자에 앉아 신문을 읽고 있다. 얼굴을 찡그리며 집중해서 읽고 있는 아버지의 모습, 접힌 신문, 아버지의 발에 헐렁하게 걸쳐진 모카신 슬리퍼가 눈앞에 떠오른다. 햇볕에 달구어진 운전대는 뜨뜻하다. 내일, 당신은 친구 집에서 저녁을 먹을 것이다. 와인 한 병을 가져가야 한다. 당신은 친구가 식탁에 앉아 웃는 모습과 친구의 아내가 가스레인지에서 뭔가를 들어 올리는 모습을 본다. 거리에 전깃줄의 그림자가 길게 드리워져 있다. 당신의 어머니는 요양원에 누워 계신다. 어머니의 눈은 언제나 감겨 있다. 당신 책장에는 어머니의 사진이 있다. 사진 속 젊은 여인은 나무 밑에서 웃고 있다. 당신이 감기에 걸려 침대에 누워 있을 때, 어머니는 당신이 이미 내용을 외우고 있는 책을 가져와 읽어 준다. 이제는 어머니가 아이고, 당신이 누워 있는 어머니에게 책을 읽어 준다. 당신 여동생은 당신과 어머니를 방문하러 2주 후에 올 것이다. 당신 딸은 뒷마당에서 놀고 있고, 아내는 창가에 있다. 기억의 유령, 욕망의 유령…… 당신은 들끓는 유령들로 다른 것이 들어설 공간이 거의 없는 세상을 헤쳐 나간다. 긴 그림자를 던지는 소화전에서 햇빛이 반짝인다.

설명 6

또 하나의 설명은 우리 자신이 유령이라는 것이다. 인지과학에서 도출된 이론은 우리 몸은 우리 뇌의 인위적 구성체일 뿐이라고 주장한다. 우리는 전하를 띤 신경세포의 꿈의 창조물이라는 것이다. 세상 자체는 거대한 허울이다. 이러한 설명의 한 가지 미덕은 유령의 행동을 잘 설명해 준다는 점인데, 유령이 우리를 외면하는 이유는 우리의 자기기만을 목격하는 것을 참을 수 없기 때문이라는 것이다.

건망증

우리는 유령을 잊어버릴 때가 종종 있다. 여름날 오후, 햇빛을 받은 전깃줄이 불처럼 반짝인다. 나뭇가지의 그림자가 하얀 지붕널에 앉아 있다. 거리에서 아이들이 소리 지른다. 공기는 달아오르고 풀은 녹색이다. 우리는 결코 죽지 않을 것이다. 그때 푸른 대기 속에 불안감이 스민다. 아이들의 외침 사이사이에 우리는 침묵을 듣는다. 우리가 기억할 수만 있다면 알고 있을 무슨 일이 금방이라도 일어날 것만 같다.

실상

우리들 대부분은 유령이 있다는 것을 있는 그대로 받아들인다. 우리가 끊임없이 유령을 생각하는 것은 아니다. 종종 우리는 유령을 완전히 잊고 지낸다. 하지만 우리가 그들을 만날 때면 우리는 어떤 중대한 일이 일어났다고 느낀다. 그러고 나서 얼마 후 잊어버리고 말지만 말이다. 언젠가 누군가가 우리의 유령은 죽음에 관한 생각과도 같다고 말했다. 항상 존재하지만 이따금씩만 나타난다는 점에서 그렇다는 것이다. 우리가 유령에 대해 느끼는 감정을 정확히 알기는 어렵지만, 그들을 본 순간 우리는 이상한 느낌에 사로잡힌다고 말하는 게 온당할 것 같다. 유령을 본 순간 우리는 두려움, 분노, 호기심 같은 친숙한 감정에 휩싸이기 전에 마치 우리가 전에는 본 적이 없는, 그럼에도 불구하고 친숙한 느낌이 드는 방에 갑자기 들어선 것처럼 이상한 느낌에 사로잡히는 것이다. 그러고는 세상은 다시 제자리로 돌아가고 우리는 계속 길을 나아간다. 우리에게 유령이 있긴 하지만 우리 마을은 당신네 마을과 다르지 않다. 집 앞에 햇빛이 비치고, 걱정으로 밤중에 잠이 깨고, 진입로를 나온 차들이 거리로 들어서는 마을이다. 유령 때문에 의문이 우리 마을에 퍼지고 있는 게 사실이지만, 그러나 우리는 답할 수 없는 의문을 안고 살아가는 사람이 우리뿐이라고는 믿지 않는다. 우리들 대부분은 우리는 다른 사람들과 전혀 다르지 않다고 말할 것이다. 때때로 우리에 관해 생각해 보면, 당신은 우리도 실은 당신과 똑같은 사람이라는 걸 알게 될 것이다.

아들과 어머니

Sons and Mothers

I

나는 한동안, 대충 말해서 꽤 오랫동안, 아주 솔직히 말하자면 무척 오랫동안 어머니를 찾아뵙지 못했다. 마지막으로 찾아간 게 언제였는지도 기억하기 어려울 정도였다. 이 점은 참 이상했다. 왜냐하면 우리는, 어머니와 나는, 언제나 가깝고 친밀한 사이였기 때문이다. 그러므로 나는 지역 출장 중에 어머니 집 근처 마을에 머물게 된 것이 약간 불안스러운 한편으로 기뻤다. 내 일정은 빡빡했다. 종일 회의가 있어서 숨 돌릴 여유조차 없었다. 하지만 나는 차를 몰고 가서 짧게나마 어머니를 찾아뵈어야겠다고 마음먹었다. 이제라도 그렇게 하는 것이 최소한의 도리라고 나는 속으로 중얼거렸다.

옛 동네에 들어서니 마음이 불안해졌다. 예상대로 사방의 모습이 바뀌었다. 그럼에도 마치 변화는 동일함을 드러내는 새로운 방식일 뿐이라는 듯, 모든 게 변함없이 남아 있었다. 오래된 단풍나무가 사라진 자리는 어린 묘목으로 대체되었다. 기억 속에 남아 있는 나무들은 더 크고 두꺼워졌으며, 내가 한때 '산의 왕' 놀이*

를 했던 공터에는 녹색 판자 지붕을 인 노란 집이 서 있었다. 깍지콩의 버팀대들이 세워져 있던 마당 한쪽의 채소밭은 지금은 잔디밭이 되었는데, 그곳에 있는 하얀 고리버들 의자 몇 개와 새들을 위한 새 물통 하나가 눈에 띄었다. 새 물통의 가장자리에는 돌로 만든 새가 한 마리 놓여 있었다. 그러나 예전의 버드나무는 길모퉁이에 그대로 있었다. 검은 지붕의 집에 이어 빨간 지붕의 집이 나오고, 크레오소트**를 바른 전봇대들이 눈에 들어왔다. 전봇대 나무에는 숫자를 적은 판이 나사못으로 부착되어 있었다. 현관에 흔들의자가 있는 치장벽토 주택이 나오고, 뒤이어 우편함과 현관문이 각각 두 개씩 있는 갈색 주택이 나왔다. 꿈에 계속 나타나는 어머니의 집은 늘 있던 그 자리에 있었다. 그 구역이 끝나는 곳 근처에, 좀 더 큰 두 집 사이에 끼인 모습으로 자리 잡고 있었다. 잠시 몸이 떨렸다. 오랜 시간이 흐른 후인 이제야 내가 살던 옛집에 오게 되었다는 사실 때문이 아니라 집이 여전히 거기에 있다는 사실 때문이었다. 마치 내가 그 집은 전혀 생각지 못한 세상에서 더 이상 물리적 실재를 가질 수 없는 것으로 존재한다고 믿고 있었던 것처럼 말이다.

진입로에 들어서기 전부터 풀이 너무 높게 자라고 지붕널이 거무칙칙한 모습이 눈에 띄었다. 현관 앞 보행로는 웃자란 잔디에 반쯤 가려져 있었다. 가지치기를 하지 않은 관목의 나뭇가지가 창턱보다 더 높이 뻗쳐 있었다. 어머니는 언제나 집 안팎을 잘 돌보

* 경쟁자를 밀치고 눈 더미 꼭대기에 이른 사람이 왕이 되는 아이들 놀이.
** 목재 보존재로 쓰이는, 콜타르로 만든 진한 갈색 액체.

았던 터라 잠시 나는 오랫동안 이 집에 사람이 살지 않은 것만 같은 느낌에 빠졌다. 조그만 현관 계단 하나는 옆 부분이 부서져 있었고, 현관 등의 유리 전등갓은 먼지가 끼어 까맸다. 나는 타원형의 갈색 상자에 누르스름한 버튼이 달린 친숙한 초인종을 눌렀다. 딩동 하는 소리가 들렸다. 그 소리를 듣고 나서야 나는 어머니가 하늘은 푸르고 햇살이 눈부신 이 좋은 오후를 즐기러 외출했을지도 모른다는 생각이 떠올랐다. 마음이 내킨다면 해변에 가거나 이런저런 이유로 차를 몰고 시내로 가기에 좋은 여름 날씨였으니까 말이다. 어머니는 외출한 듯싶은데, 정말 외출했다면 어머니에게도 나에게도 더없이 좋은 일일 것 같았다. 왜냐하면 내가 마지막으로 집에 온 지 꽤 많은 시간이 흘러서, 실은 아주 많은 시간이 흘러서, 나로서는 어머니를 만날 준비가 되어 있지 않은 그런 방문이기 때문이다. 나는 다시 초인종을 누른 다음 호주머니 속의 동전을 만지작거리며 옆쪽 난간 너머 진달래를 바라보았다. 아무도 집에 없었다. 그게 오히려 다행스러웠다. 나는 돌아섰다가 다시 몸을 획 돌려서 철망 문을 열고, 이어 목재 문을 열어 보려 했다. 문은 쉽게 열렸다. 나는 문손잡이를 쥔 채 잠시 망설이고 나서야 안으로 들어섰다.

현관 복도에서 걸음을 멈추었다. 그곳에는 맨 꼭대기에 유리그릇이 놓인 마호가니 책장이 있었다. 거기에는 내가 고등학교 시절에 사용했던 붉은색 표지의 낡은 사전도 있고, 앞다리를 들어 올린 말 같은 모양이 새겨진 북엔드도 있고, 한쪽 눈알이 빠진 상아 고래도 있었다. 어떤 칸에 있는 책 한 권은 약간 밖으로 삐져나와 있었다. 나는 그게 늘 그렇게 꽂혀 있었는지 기억해 보려 했다.

복도에서 어둠침침한 거실로 걸음을 옮겼다. 묵직한 커튼 사이로 블라인드가 내려져 있었다. 낡은 소파가 여전히 거기 있었고, 아버지가 즐겨 사용했던 낡은 안락의자도 있었다. 내가 한때 모차르트 소나타와 부기우기 블루스 곡을 연습했던 피아노도 있었다. 피아노의 한쪽 옆, 피아노 의자와 흔들의자 사이는 예전에 커다란 꽃병이 놓여 있던 공간이었다. 어머니는 그 공간에서 가까운 방 뒤쪽에 서 있었다. 나는 이 화창한 날, 이 어두컴컴한 방에 어머니가 왜 거기 서 있는지 이해할 수 없었다. 그때 나는 어머니가 내 쪽으로 아주 천천히 움직이는 것을 보았다. 어머니는 호수 밑바닥을 걷듯이 꽃무늬 카펫 위를 느릿느릿 걸었다. 어머니는 소매가 팔뚝 중간에서 끝나는 빳빳한 옷을 입고 있었는데, 아무 소리도 내지 않고 어스름 속을 뻣뻣하게 나아왔다.

나는 재빨리 어머니에게 걸어갔다. "저…… 예요." 나는 그렇게 말하며 팔을 내밀었다. 그러나 어머니는 머리를 숙이고 있었다. 어머니에게는 걷는 일이 온 정신을 쏟아야 하는 일인 것 같았다. 나는 애원하는 듯한 몸짓으로 두 팔을 내민 채 어색하게 서 있었다.

어머니가 천천히 고개를 들고 나를 쳐다보았다. 어떤 건물을 올려다보는 사람 같은 모습이었다. 컴컴한 곳에서 보는 어머니의 얼굴은 엄해 보이는 표정을 띠고 있었다. 나는 나의 두 팔이 날개가 꺾인 것처럼 옆으로 툭 떨어지는 것을 느낄 수 있었다.

"너 알아." 어머니가 말했다. 어머니는 마치 가면을 꿰뚫어 보려는 것처럼 나를 뚫어지게 쳐다보았다.

"다행이네요." 내가 멋쩍게 말했다.

"네가 누구인지 알아." 어머니가 말했다. 어머니는 우리가 놀이 중이기라도 한 것처럼 장난스럽게 빙긋 웃었다. "암, 알고말고."

"그래야죠!" 내가 가볍게 웃으며 말했다. 내 웃음소리가 극장에 혼자 있는 사람의 웃음소리처럼 신경에 거슬렸다. 이어 조용히 말했다. "오랜만이에요." 정직하게 얘기한 것이었지만, 마치 어떤 식으론가 어머니를 속이려 한 것처럼 들리는 내 입에서 나오는 말소리가 나는 싫었다.

어머니는 계속 나를 쳐다보았다. "초인종 소리를 들었어."

"어머니를 놀라게 할 생각은 아니었어요."

어머니는 이 생각을 하고 있는 것 같았다. "누가 초인종을 눌렀어. 난 현관문으로 가고 있었지." 어머니는 현관 복도 쪽을 흘긋 보고 나서 다시 나를 보았다. "저녁은 언제 먹을까?"

"저녁요? 아, 아니에요, 아니에요. 전 오래 있을 수 없어요. 이번엔 안 돼요. 전 그냥…… 그냥……"

"미안하다." 어머니는 그렇게 말하며 손을 들어 올려서 자신의 얼굴에 가져다 댔다. "뭘 자꾸 잊어버린단 말야."

어머니는 손을 내리고 나서 말했다. "뭐 하고 싶니?"

어머니는 그 말을 당혹스러움과 궁금증이 깃든 어조로 나직이 말했다. 그것은 내가 어떻게 대답해야 할지 알고 있는 질문이 아니다. 내가 뭘 하고 싶은 거지? 뭘 원하는 거지? 모든 게 예전처럼 되었으면 좋겠다. 가족 여행, 생일 파티 촛불, 내 뜨거운 이마를 만져 주는 어머니의 찬 손을 원한다. 나는 어두운 거실에 서서 어머니의 얼굴을 보려고 애쓰는 예의 바른 중년 남자이고 싶지 않다.

"어머니를 보고 싶었어요." 내가 말했다.

어머니가 나를 살펴보았다. 나도 어머니를 살펴보았다. 어머니는 내 기억 속의 모습보다 더 창백했다. 어머니의 부드럽게 웨이브 진 반백의 머리는 가지런히 뒤로 넘어가 있었는데, 그 머리에는 전에는 본 적이 없는 아주 새하얀 머리털이 가득했다. 윗옷에서 휴지 한 장이 삐져나와 있었다. 손목시계는 차지 않았다.

"차 한잔하겠니?" 어머니가 눈썹을 추켜올리며 갑자기 물었다. 어머니는 눈꺼풀을 위로 당겨 올리면서 눈을 크게 뜨는, 내가 익히 아는 방식으로 눈썹을 추켜올렸다. 대학생 시절에 집에 올 때마다, 그리고 이후 점점 드물어지긴 했지만 어쨌든 어머니를 찾아올 때마다 어머니가 눈썹을 높이 추켜올리고 기쁨으로 반짝이는 눈으로 나를 쳐다보며 늘 이렇게 말하곤 했던 것이 머리에 떠올랐다. '차 한잔하겠니?'

"네, 그러고 싶었어요!" 내가 말했다. 나는 곧바로 나의 어조에서 역겨움을 느끼며 어머니의 팔을 잡고 이끌었다. 팔이 너무 가늘어져 있어서 그 피부에 멍을 남기지 않을까 두려웠다. 나는 어머니를 이끌고 천천히 윗면이 대리석으로 된 조각 장식장 옆에 있는 문을 향해 걸어갔다. 그 문은 밀었다가 놓으면 저절로 닫히는 문이었다.

부엌은 너무 밝아서 잠시 눈을 감아야만 했다. 눈을 떴을 때 나는 어머니도 눈을 감고 있다는 것을 알았다. 나는 햇빛이 환한 부엌에서 어떤 놀이를 하는 아이들처럼 눈을 감고 서 있는 우리 두 사람을 생각했다. 하지만 그 놀이의 규칙을 나에게 알려 준 사람은 없었으므로 부엌에 들어온 것은 실수였는지도 몰랐다. 나는 환한 빛 속에 서서, 여전히 눈을 꼭 감고 있는 말 없는 어머니 옆에 서서 뭘 해야 할지 생각했다. 드문드문 있었던 우리의 전화 통화를 생각해 보았다. 우리의 통화는 점점 길어지는 침묵 사이를 엮은 말의 실로 이루어진 것이었다. 냉장고에는 희미해진 나무 그림이 걸려 있었다. 내가 초등학교 3학년 때 그린 그림이었다. 조리대는 빵 부스러기 몇 개가 듬성듬성 눈에 띄긴 했지만 전체적으로 깨끗해 보였다. 가스레인지 위는 화구 하나의 테두리가 갈색으로 변한 것을 빼고는 별다른 흠이 없었다. 어머니 곁으로 돌아왔을 때 어머니는 여전히 그대로 서 있었다. 눈은 뜨고 있었다.

"뭐 필요한 건 없어요?" 내가 물었다. 필요한 게 없지 않았으므로 나는 내 말에 화가 났지만, 내 목소리를 들은 어머니는 고개를 돌려 나를 보았다.

"어디서 왔니?" 어머니가 부드럽게 말했다. 놀랍다는 느낌이 배어 있는 목소리였다.

나는 대답하려고 입을 열었다. 하지만 처음에는 단순해 보였던 질문이 더 자세히 생각하다 보니 그리 간단하지 않게 여겨지기 시작했고, 그래서 나는 바른 답이 무얼까 생각하며 머뭇거렸다.

"아, 이제 생각났다." 어머니가 말했다. 어머니의 얼굴은 행복에 겨워서 막 댄스파티에 초대받은 소녀처럼 젊고 희망차 보였다. 어머니의 얼굴이 막 댄스파티에 초대받은 것처럼 행복으로 가득 찬 것을 보고 감동했으면서도 나는 여전히 어머니가 생각해 낸 것이 오랜 시간이 흐른 뒤인 지금 아들이 밝은 부엌 안, 자기 앞에 서 있다는 것인지, 아니면 어머니가 다른 어떤 것을 생각하고 있는 건지 확실히 알 수가 없었다.

어머니는 천천히 가스레인지로 간 다음, 자그마한 빨간색 찻주전자를 들어서 싱크대를 향해 걸음을 옮기기 시작했다. 아주 무거운 것을 들고 옮기는 것처럼 힘들어하며 얼굴을 찡그렸다.

"그건 제가 할게요." 나는 찻주전자를 향해 손을 뻗었다. 내 손이 어머니의 손과 부딪쳤고, 나는 칼로 어머니의 손을 베기라도 한 것처럼 놀라며 얼른 손을 거두어들였다.

어머니는 싱크대에 조용히 서서 손에 든 찻주전자를 내려다보며 잠시 이맛살을 찡그렸다. 그런 다음 뚜껑을 열려고 애를 썼는데, 뚜껑은 잘 안 열리는 듯싶다가 갑자기 열렸다. 어머니는 주전자를 싱크대에 내려놓고 찬물을 틀었다. 물은 빈 주전자로 콸콸 쏟아져 내렸다. 이어 물을 잠그고 뚜껑을 다시 닫은 다음 찻주전자를 가스레인지로 옮겼다. 어머니는 주전자를 화구에 조심스럽게 내려놓았다. 거기 서서 잠시 화구 위의 주전자를 내려다보고는 부엌 탁자로 걸음을 옮기기 시작했다. 나는 의자 하나를 뒤로 당겼고, 어머니는 뻣뻣하게 앉았다. 어머니는 어깨를 뒤로 젖히고 두 손을 무릎 위에 포갠 꼿꼿한 자세로 계속 앉아 있었다.

나는 가스레인지로 가서 은색 손잡이를 돌렸다. 손에 잡힌 손잡이가 친숙하게 느껴졌다. 빙글 돌아가는 튀어나온 부분도, 닳아서 희미해진 '점화'라는 검은색 글자도 친숙한 느낌이었다.

내가 탁자에 앉았을 때 세탁기 쪽을 응시하고 있던 어머니는 천천히 나를 살펴보았다. "얼마나 더 있어야 할지 모르겠구나." 어머니가 말했다. 내 신경이 날카로워져 있었기 때문인지, 어머니의 자세가 꼿꼿했기 때문인지, 혹은 어머니의 어조가 엄숙했기 때문인지는 모르겠지만, 아무튼 나는 어머니가 얘기한 것이 찻주전자의 물에 관한 것인지, 아니면 어머니가 지상에 있을 시간이 얼마나 남아 있는지에 관한 것인지 알 수 없었다.

"어머니는 그 어느 때보다도 젊어 보여요!" 내가 내 안의 거짓된 목소리로 말했다.

그때 어머니는 나를 보고 빙그레 미소 지었다. 예전에 언제나 나를 향해 지어 보였던 것과 같은 미소였다. 나는 어머니가 오랜 시간이 흐른 후인 지금, 어떻게든 우리 사이가 제자리를 찾아야 하는 지금, 나를 향해 그런 미소를 지어 보인 것이 고마웠다.

"베란다로 가서 앉아 있지 않으련?" 어머니가 창유리 네 장이 끼워진 문 쪽을 바라보며 말했다. 그러자 여름이면 어머니는 늘 베란다로 나가 앉아 있기를 좋아했다는 게 생각났다. 어머니는 서재에서 꺼낸 책 한 권과 얼음 두 덩이에 레몬 한 조각을 넣은 아이스티 한 잔을 챙겨서 베란다에 앉아 있곤 했었다.

나는 가스레인지를 끄고 어머니를 창이 달린 부엌문으로 인도했다. 창과 창 사이의 기다란 경계 부분에 칠해진 검붉은 색 페인트는 칠이 벗겨지기 시작했다. 오래전에 끌을 가져와 유리창에 묻은 새 페인트를 긁어 벗겨 냈던 기억이 새삼 떠올랐다.

나는 문의 체인 걸쇠를 벗기고 나서 어머니를 이끌고 두 계단을 내려가 후끈한 베란다에 섰다. 일부를 감아 올린 대나무 블라인드 틈으로 빛줄기가 쏟아져 들어오고, 블라인드 아래 창문은 햇빛에 반사된 먼지들로 반짝거렸다.

"블라인드를 더 내려야겠어요." 내가 말했다.

"있잖아," 어머니가 말했다. "말하려던 게 있었는데…… 생각이 날 듯 말 듯하는구나." 어머니는 굽은 손가락으로 자신의 얼굴을 만졌다. "요즘은 너무 자주 깜빡깜빡해!"

어머니는 긴 의자에 등을 대고 누웠고, 나는 어머니의 다리를 들어서 제자리에 올려놓았다. "여긴 참 좋구나." 어머니가 피곤해 보이는 미소를 띤 채 주위를 둘러보며 말했다. "여기선 아무 소리도 들리지 않아." 어머니는 눈을 반쯤 감았다. "난 하루 종일 여기 앉아 있을 수 있어." 어머니가 말을 멈추었다. "아, 이제 생각난다."

나는 기다렸다. "생각났어요?"

"그래, 생각났어." 어머니는 놀리듯이 나를 보았다.

"그게 뭔지 저는……"

"방."

"아직도…… 저는……"

"방을 준비해야 해. 난 그걸 해야 한다고. 방. 너도 기억해 둬라."

"아, 방. 아니에요, 아니에요, 오늘은 안 돼요. 전 그냥 지나는 길에 온 거예요. 우리 그냥…… 여기 앉아 얘기하면 안 될까요?"

"그거 좋지." 어머니가 한 손을 무릎에 놓인 다른 손 위에 얹으며 말했다. 어머니는 내가 다음 말을 하기를 기다리는 것처럼 나를 쳐다보았다. "여기서 네가 좋아하는 걸 볼 수 있다면 말이다." 어머니는 그렇게 말하며 가볍게 손을 들어 가구와 대나무 블라인드와 벽에 걸린 액자 속의 초등학교 시절 그림들을 가리켰다. "뭐든 네가 좋아하는 걸 볼 수 있다면." 어머니의 손이 다시 무릎으로 돌아갔다. 어머니는 천천히 눈을 감았다.

나는 먼지가 달라붙은 창문과 그 옆에는 오래된 고리버들 탁자가 있는 무더운 베란다에 앉아 있었다. 고리버들 탁자에는 나무 테두리를 두른 코르크 컵 받침이 두 개 놓여 있었다. 나는 어머니에게 뭔가 말을 하고 싶은 기분이었다. 어머니를 이해시킬 어떤 말을 하고 싶었다. 비록 어머니에게 이해시키고 싶어 하는 것이 무엇인지는 나로서도 명확하지 않았지만 말이다. 우리는 온종일 함께 있을 수 있는 게 아닌데, 시간은 마냥 흐르고 있었다. 나는 잠시 머물다 갈 생각으로 여기 온 것이었다. "어머니." 나지막한 내 목소리가 내 귀에 들렸다. 조용한 베란다에서 또렷이 울리는 그 소리는 마치 어떤 손이 내 얼굴에 얹힌 것처럼 신경에 거슬렸다. "내 말 듣고 있어요?" 긴 의자에 기대어 누운 어머니의 몸이 약간 움직였다. "한동안 여기 오지 않았다는 거, 저도 알아요. 계속 일이 생겨서 말이에요. 어머니도 어떤 상황인지 아실 거예요. 하지만 어머니……" 햇볕이 쏟아져 들어오는 데다가 창문은 닫혀 있는 베란다는 너무 더웠다. 나는 창문 하나를 열고 블라인드를 내릴까 생각했으나, 잠이 든 것 같은 어머니를 방해하고 싶지 않았다. 강렬하게 비껴드는 햇살 속에 드러난 어머니의 팔뚝은 몹시 창백해 보여서 마치 뜨거운 열기에 수분이 증발한 것처럼 그 위에 몽롱한 기운이, 어렴풋한 기운이 서려 있는 듯했다. 나는 빛을 받아 반짝이는 내 손목시계를 흘끔 보았다. 오후 시간이 지나가고 있었다. 하지만 나는 베란다에서 잠이 든 어머니를 두고 떠날 수 없었다. 버려진 업둥이처럼 그럴 수는 없었다. 간다는 인사도 없이 발끝으로 살금살금 걸어서 가 버릴 수는 없었다. 게다가 어머니에게 하고 싶은 말이 있었다. 어머니에게 얘기해야겠다고 늘 생각해 온 것들이 있었다. 너무 늦기 전에 말이다. 나는 뜨거운 모래처럼 나를 누르는 진한 햇볕 속에서 등을 기대고 눈을 감았다.

II

가끔 나는 나의 옛집의 방들을 돌아다니며 어머니를 찾는 꿈을 꾸는데, 깨고 나면 집에서 멀리 떨어진 도시에 있다는 사실을 깨닫게 될 뿐이었다. 이제 나의 옛집에서, 친숙한 베란다에서 깨어나게 되니 꿈속으로 들어온 것 같은 혼란스러운 느낌이 들었다. 내가 이 여름날에, 어린 시절을 보낸 집의 베란다에, 할 일이 없는 소년처럼 앉아 있을 가능성이 얼마나 되겠는가? 그래서 더욱 꿈 같은 기분이 들었을 것이다. 나는 빛이 변했다는 것을 곧바로 알았다. 먼지 낀 창으로 여전히 햇빛이 들어오고는 있었으나 대기에서 광채가 사라져 버린 것이었다. 묵직해 보이는 나뭇가지들이 유리창을 짓눌렀다. 또 다른 것 한 가지가 눈에 띄었다. 어머니가 거기에 없었던 것이다. 굵은 거미줄이 창문 위쪽에서부터 긴 의자 뒤쪽까지 뻗어 있었다. 내가 어떻게 이전에는 그걸 알아차리지 못했을까? 나는 결코 용서받을 수 없을 만큼 부주의한 짓을 저지른 것만 같은 불안감과 걱정이 스멀스멀 기어드는 것을 느끼며 의자에서 벌떡 일어났다. 의자의 다리에 나무 바닥이 긁혔다. 나는 칙칙한 나뭇가지에 시선을 던지며 서둘러 부엌으로 들어갔다.

어머니는 거기 없었다. 가스레인지에는 우그러진 찻주전자가 불을 켜지 않은 화구 위에 놓여 있었다. 찻주전자는 붉은빛을 띤 검은색이었다. 나는 달라진 빛 속에서 가스레인지에 군데군데 두꺼운 더께가 끼고, 구석에는 거미줄이 있으며, 탁자 위에는 누런 얼룩이 있는 것을 보았다. 냉장고 바닥에 깔린 네모난 리놀륨 판은 뒤로 말려 있었다. 때가 낀 창문 밖에서는 커다란 나뭇잎들이 유리창에 맞닿은 채 움직였다. 창유리는 지도 위의 강 같은 모양으로 금이 가 있었다.

삐걱거리는 문을 열고 거실로 들어갔다. 거실은 아까보다 훨씬 어두웠다. 나는 집 앞에 이른 햇빛이 집 안으로 들어오는 길을 찾아 마구 더듬는 모습을 상상했다. 어머니는 숲에서 길을 잃은 사람처럼 거실 한가운데에 내게 등을 보인 채 서 있었다.

"아, 여기 계셨군요!" 내가 진심으로 기뻐하는 어조로 말했다. 어머니는 계속해서 내게 등을 돌린 자세로 서 있었다. 점점 더 어두워지는 방 안에서 어머니는 마치 공기가 어머니를 감싸고 조이는 촘촘한 거미줄이기라도 한 것처럼 움직일 수 없는 듯해 보였다. 나는 어머니에게 걸어가서 사람들이 가로등 기둥을 돌 듯이 어머니 주위를 돌아 어머니와 마주했다.

"걱정했어요, 어머니." 내가 말했다.

어머니는 내 얼굴을 들여다보기 위해 천천히 고개를 들었다. 고개를 드는 데도 시간이 많이 걸리는 듯했다. 내 얼굴을 들여다본 어머니는 당황해하며 얼굴을 찡그렸다. "미안하구나." 어머니가 강렬한 빛을 쳐다보듯 눈을 가늘게 뜨고 나를 보면서 말했다. "난 얼굴을 기억하는 게 어려워."

나는 어머니의 얼굴 쪽으로 내 얼굴을 가져갔다. 그리고 엄지손가락으로 내 가슴을 찌르며 말했다. "저예요! 저라고요! 어머니가 어떻게…… 내 말 들어 봐요, 어머니. 내가 한동안 여기 오지 않았다는 건 나도 알아요. 설명하기 어렵지만, 늘 뭔가 일이 있었어요. 하지만 지금 난 여기 있잖아요. 그리고 난……"

"괜찮아." 어머니는 그렇게 말하며 손을 뻗어 나를 위로하려는 것처럼 내 팔을 토닥였다.

어머니 앞에 선 나는 무엇을 해야 할지 몰랐다. 묵직한 커튼을 친 데다 블라인드를 닫아 버린 그 방의 빛이 점점 어둑해진 탓인지는 모르지만, 아무튼 어머니의 머리는 전보다 가늘어 보였고 머리카락 몇 가닥은 어지러이 흘러내렸으며 어머니의 한쪽 눈꺼풀은 거의 감긴 상태였다. 비뚤어진 옷 아래로 하얀 슬립이 살짝 삐져나와 있었다. 이제 보니 어머니의 얼굴이 너무 수척하고 앙상했다. 코뼈와 광대뼈가 살갗을 뚫고 나오지 않을까 염려스러울 정도였다. 나는 방을 둘러보았다. 벽난로의 가장자리는 무너져 내릴 것처럼 보이고, 소파는 무거운 오후의 무게에 짓눌려 푹 꺼져 있으며, 피아노 건반은 10월의 나뭇잎처럼 누렜다.

"자리에 앉으시겠어요?" 내가 물었다.

어머니가 당혹스러움으로 찌푸려진 얼굴로 나를 쳐다보았다. 어머니의 눈은 흐리고 어렴풋해 보였다. "그게 좋겠구나." 어머니가 말했다. 어머니는 손을 뻗어 내 손을 만졌다. "어, 난 이제 예전 처럼 젊지 않단다." 어머니는 가볍게 웃으며 손을 내렸다. 그러고는 다시 나를 쳐다보았다. "네가 와서 정말 좋구나." 어머니는 시선을 떨구었다. 마치 카펫에서 뭘 찾고 있는 듯한 모습이었다. 나는 혹시 어머니가 반지나 동전을 떨어뜨린 건 아닐까 생각하며 어머니의 시선을 좇았다. 카펫에 어지럽게 펼쳐진 꽃무늬는 더 짙어진 방 안의 어둠에 녹아서 점차 사라져 갔다.

내가 눈을 들었을 때 어머니는 나를 보고 있었다. "참 훌륭한 내 아들." 어머니는 그렇게 말하며 두 손가락으로 내 손등을 만졌다.

나는 다시 어머니의 위팔을 잡고 전기스탠드 탁자 옆에 있는 안락의자를 향해 천천히 어머니를 인도하기 시작했다. 어머니의 위팔은 너무 가늘어서 마치 손목을 잡고 있는 것만 같았다. 어머니는 아주 어렵게 나아갔다. 앞으로 나아가는 것이 너무 힘들어 보여서 마치 자신의 발을 움직이지 않고 내가 밀어 주는 대로 카펫 위를 조금씩 미끄러지듯 나아가는 것 같은 느낌이 들었다. 굵은 핏줄이 도드라진 내 손은 추한 얼굴을 연상케 했다. 안락의자가 가까워질수록 어머니의 움직임이 더욱 느려져서 나는 우리가 과연 조금씩이라도 앞으로 나아가고 있는 것인지, 아니면 강풍에 맞서 앞으로 나아가려 헛되이 애쓰는 사람들처럼 그냥 그 자리에 서 있을 뿐인 것인지 알 수 없었다. 나는 어머니를 가볍게 잡아당기며 앞으로 나아가도록 재촉했으나, 어머니가 거부하는 몸짓으로 내 손가락에서 몸을 빼내려 한다는 것을 느낄 수 있었다. 그때 나는 어머니의 입이 팽팽해지고 팔이 긴장해 있으며 미간이 일그러져 있다는 것을 알아차렸다. "괜찮아요." 내가 속삭였다. "우린 할 수……" "안 돼!" 어머니가 소리쳤다. 너무 격한 목소리에 놀라서 나는 손을 떼고 한 걸음 뒤로 물러섰다. "무슨 문제라도 있……" 말을 마치기도 전에 나의 뇌리에 어머니는 아버지의 장례식 이후로 다시는 아버지의 안락의자에 앉지 않으려 했다는 사실이 떠올랐다. 그 오랜 세월 동안 변함없이 말이다. 나는 다시 한 번 어머니의 팔을 잡았다. 이번에는 어머니를 소파 방향으로 이끌었다. 어둠 탓에 어렴풋이 보이는 커피 탁자에 다가갔을 때 내가 기억하는 한 형상이 눈에 들어왔다. 나는 몸을 숙여 등에 파란 보따리를 지고 있는 파란 남자를 들여다보았다. 그의 파란 머리에는 먼지가 앉아 있었다. 파란 어깨 한쪽은 작은 조각이 떨어져 나갔다. "이걸 보세요!" 나는 그 조각상을 들어서 이리저리 돌려 가며 살펴보았다. "파란 노인. 나는 이 사람이 이 세상에서 가장 나이 많은 사람인 줄 알았는데, 그거 기억하세요?"

"아주 나이 많은 사람들도 많아." 어머니가 말했다.

어머니는 소파 구석에 뻣뻣하게 앉았다. 마치 이제 더 이상 제자리에서는 허리를 굽힐 수 없는 것만 같았다. 거실은 더웠지만 나는 어머니의 다리 위에 붉은색 무늬와 회색 무늬가 어우러진 모포를 덮어 주었다. "자." 내가 탁상 스탠드의 불을 켜며 말했다. 흐릿한 전구는 깜박거리긴 했지만 완전히 불이 나가지는 않았다. 나는 전등갓에서 빛바랜 양산을 든 빛바랜 여인이 빛바랜 다리 너머로 몸을 숙이고 있는 것을 보았다. "이제 우리 여기 앉아서 멋진 얘기를 나눌 수 있어요."

"아냐, 못 해." 어머니가 희미하게 말했다. 어머니의 눈은 감기기 시작했다. 나는 왜 우리가 잠시 앉아서 얘기를 할 수 없는 건지 이해해 보려 애썼다. 나는 어머니에게 말해야 할 것들이 있었다. 그게 무엇인지는 나도 모르지만 말이다. 얘기를 하다 보면 아마도 나는 내가 찾고 있는 것을 발견하게 될 것이다. 그때 나는 어머니가 손을 천천히 들어 올리는 것을 보았다. 눈을 감았으면서도 뭔가를 잡으려고 손을 뻗는 듯한 모습이었다. 그 손은 어머니의 어깨 높이까지 올라가고, 계속해서 더 올라가다가 어머니의 얼굴과 스탠드의 전등 사이에서 멈췄다. 어머니의 손은 너무 가늘어서 빛이 손가락 사이로 빛나는 것처럼 보였다.

"있잖아요, 어머니……" 나는 말을 하다가 어머니가 졸고 있다는 것을 갑자기 깨닫고는 몸을 숙여서 스탠드를 껐다. 어머니의 손이 무릎 위로 천천히 내려와서 이윽고 잠잠해졌다.

나는 조용한 거실에서 아버지의 푹 꺼진 안락의자로 돌아갔다. 거기 앉아 소파 구석, 자기 자리에서 아무 움직임 없이 꼿꼿이 앉은 자세를 유지하고 있는 어머니를 바라보았다. 베란다에서 함께 있었던 시간 이후로 어머니가 변했다는 것을 감지했지만, 무릎 위에 모포를 덮고 소파의 자기 자리에 앉아 있는 어머니는 평소의 어머니답게 평온해 보였다. 옛날로 돌아간 기분이었다. 그 시절, 내가 타지에 있다가 집에 돌아오면 어머니는 책과 독서용 안경을 가지고 바로 그곳, 소파 구석의 자기 자리를 차지하고 앉았고, 아버지는 서재에서 답안지를 채점했으며, 나는 내 책을 챙겨 들고 안락의자에 앉곤 했었다. 나는 집에 오는 걸 좋아했다. 그 안락의자에 앉아 책장을 넘기는 소리와 거리에서 아이들이 노는 소리를 듣는 것이 좋았다. 무엇보다도 어린 시절의 어떤 평온함이 여전히 집 안에 넘실대는 것 같은 느낌이 좋았다. 어떻게 그 모든 게 다 사라져 버렸을까, 나는 생각에 잠겼다. 더위 속에서 졸음을 느끼며 그렇게 앉아 있는 동안 나는 어떤 콧노래가, 유령의 선율이 나의 어린 시절에서 흘러나와 떠도는 것을 들은 것 같았다. 어머니가 소녀 시절부터 부르곤 했던 노랫가락이었다. "기억나요." 나는 어머니와 얘기를 하고 싶었기 때문에 그렇게 말했다. 내가 어렸을 때 어머니가 콧노래로 부르던 선율을 기억한다고 어머니에게 말하고 싶었다. 그런데 그 콧노래 소리가 내 말소리에 스며들었고, 그제야 나는 어머니가 거기 앉아 실제로 그 선율을 흥얼거리고 있다는 것을 깨달았다. 나는 어머니가 어두워지는 거실에서 눈을 감고 앉아 어린 시절에 들었던 가락을 흥얼거린다는 사실에 마음이 꿈틀했다. 3도 높게 올라간 선율은 깃털이 떨어지듯이 천천히 떨어져 내렸다. 하지만 나는 어머니의 노랫가락을 음미함과 동시에 내가 그곳을 떠나기 전에 어머니와 얘기할 수 있도록 어머니가 그 콧노래를 멈춰 주기를 바랐다. 오래 머물지 못하고 곧 떠나야 할 방문이었으니까. 이윽고 어머니가 콧노래를 멈췄을 때 내가 말했다. "한동안 내가 집에 오지 못했다는 거 저도 알아요. 하지만 우린 잠시 얘기할 수 있잖아요. 잠시 얘기 좀 해요. 내게 얘기 좀 해 줘요……" 내 말소리는 마치 빈집에서 소리 지른 것처럼 내가 생각했던 것보다 훨씬 크게 들렸다.

내 목소리에 어머니가 깨어난 듯 보였다. 어머니는 무릎 위의 모포를 밀치며 일어나려고 애를 썼다. 나도 잠들어 있다가 깨어난 것처럼 일어서기 시작했다. 어머니가 넘어지려 하면 붙잡을 수 있도록 일어선 것이었다. 그래서 잠시 우리는 마치 거무스레한 어둠 속에서 어떤 위험한 것을 본 것처럼 둘 다 몸을 앞으로 숙인 채 반쯤 일어난 엉거주춤한 상태가 되었다. 어머니는 몸을 움직이지 않고 반쯤 일어선 자세 그대로 서서 방 자체에서 흘러나오는 것 같은 탁하고 거슬리는 소리로 나직이 말했다. "너 왜 여기 있니?" 그 질문은 세찬 바람 같았다. 그 질문에 답할 수만 있다면 그날의 무언가가 구제될 것만 같은 생각이 들었다. 그래서 나는 내 안 깊숙이 자리 잡고 있는, 피처럼 자리 잡고 있는 그 말을 찾으려 애썼다. 하지만 어머니는 이미 다시 소파에 앉았다. 마치 한 쌍의 손이 어머니를 뒤로 잡아당긴 것처럼 주저앉았다. 어둠에 묻혀 사라져 가는 방 안에서 피로가 어린 시절의 권태감처럼 내게 몰려들었다. 나는 일어설 힘을 얻기 위해 잠시 안락의자에 털썩 몸을 앉혔다.

III

내가 눈을 떴을 때 거실은 어둠에 더 깊이 가라앉았다. 지금이 해 질 녘인지 자정인지 알 수 없었다. 아니면 겨울이거나 다른 어떤 시간일지도 몰랐다. 아버지의 안락의자에서 즉시 일어나 바깥 세계로 돌아가지 않으면 나 역시 파란 노인처럼, 또는 전등갓의 빛바랜 여인처럼 이 죽어 가는 방의 일부가 될 거라는 생각이 들었다. 나는 거의 보이지 않을 정도로 어둑한 소파 위에 놓인 구겨진 모포를 알아볼 수 있었다. 어머니는 거기 없는 것 같았다. 나는 일어나서 어둠을 뚫고 소파로 다가간 다음, 마치 어머니가 고양이처럼 모포 밑에 들어가 있을지도 모른다는 듯이 소파에 놓인 모포를 토닥토닥 두드리기 시작했다. 그러고 나서 모포를 들추고 확인해 보았다. 모포 밑에서 부드러우면서도 딱딱한 물체가 만져졌다. 그 물체가 무엇인지 알 수 없었으므로 나는 손가락으로 계속 여기저기를 눌러 보았다. 그러다가 갑자기 안경 케이스라는 게 드러났다. 잠시 안경 케이스가 어머니라는 이상한 느낌이 들었다. 어머니가 작아져서 새로운 형태로 변했다는 생각이 든 것이다. 어머니가 안경 케이스가 되었다는 생각을 하니 죄의식이 깃든 안도감이 밀려들었다. 왜냐하면 그렇다면 나는 어머니가 다치거나 해를 입을 가능성이 별로 없다는 것을 알고 걱정 없이 작별을 고하고 떠날 수 있을 테니.

이 생각을 하면서도 나는 주위를 둘러보기 시작했다. 어머니는 방향을 잃고 피아노가 있는 곳으로 갔을지도 모르고, 혹은 물이 끓기를 기다리며 부엌에 조용히 앉아 있을지도 모른다. 내가 조심스럽게 걸음을 옮기며 드넓은 어둠으로밖에 보이지 않는 거실을 나아갈 때, 흔들의자에서 멀지 않은 곳에 서 있는 한 형체가 눈에 띄었다. 나는 거의 움직임이 없는 어머니를 보며 어머니가 어디로 가려고 하는 걸까 궁금해했다. 어머니에게 가까이 다가가서 보니 어머니는 예전에 꽃병이 놓여 있었던 구석을 향해 서 있었다. 마치 벽 속으로 걸어 들어갈지 생각하는 것처럼 흔들의자와 피아노 사이에서 어머니는 그렇게 서 있었다.

"자리에 앉으실래요?" 내가 속삭임 같기도 하고 고함 같기도 한 목소리로 말했다. 그러나 어머니는 못 박힌 듯 거기 꼼짝 않고 서 있었다. "나는 정말 가 봐야 해요." 내가 말했다. 나는 내 목소리에 배어 있는 짜증에 화가 났다. 왜냐하면 잘 기억이 나지 않을 정도로 오랫동안 이곳에 오지 않은 나에게 짜증을 낼 권리가 어디 있는가, 하는 생각이 들었기 때문이다. 나는 손을 뻗어 어머니를 만졌다. 어머니는 내 앞에 똑바로 서 있었음에도 소파에 누워 있는 사람 같았다. 내 손이 어머니의 위팔 아랫부분에서 멈추었다. 나무토막처럼 뻣뻣했다. 어머니는 여기 어둠 속에서 딱딱하게 굳어져 가는 듯싶었다. 컴컴한 허공 속에서 어머니의 머리카락은 짓눌린 것처럼 두개골에 납작하게 붙어 있고 얼굴 가죽은 밀랍처럼 창백했다. "제가 어머니에게 뭘 해 드리길 원하세요?" 내가 말했다. 내 귀에 들린 내 목소리에는 뭔가를 박탈당한 것 같은 심술이 붙어 있었다.

"제 말 들려요?" 내가 물었다. "전 여기 있다고요." 내가 말했다. 어머니는 아무 말도 하지 않았다. 나는 넓은 들판의 한 그루 나무 옆에 서 있는 사람처럼 거기 서 있었다. 어머니는 너무나도 조용해서 마치 움직임이 종말에 이른 사람 같았다. 나는 손목시계를 보려 했지만, 내 팔은 대부분 어둠에 묻혀 보이지 않았다. 어둠 속에서 나는 가구 모서리에 부딪히지 않도록 몹시 조심하면서 긴장한 채 앞뒤로 서성거리기 시작했다. 마구 내딛고 싶은 화난 발걸음을 억제하다 보니 내가 어떤 부드러운 장애물을 헤치고 나아가려 애쓰고 있는 듯한 느낌이 들었다. 마치 카펫에 그려진 꽃들이 나의 넓적다리 높이로 튀어 오른 듯한 느낌이었다. 나는 바깥의 관목들이 창문 꼭대기까지 올라가서 유리를 깨고 안으로 들어오는 것을 상상했다. 금이 간 거리에서는 잡초의 싹이 돋아나고 있었다. 앙상한 고양이들이 사람이 살지 않는 집들을 돌아다녔다. 심하게 안절부절못하는 증상이 있는 사람처럼 집 안을 배회하는 어머니를 한곳에 앉혀 놓을 수만 있다면, 어머니가 안정되고 차분하다는 것을 알 수만 있다면, 나는 얼마간 평온한 마음으로 떠날 수 있을 것만 같았다. 비록 이번 방문에서는 내가 말하고 싶었던 걸 어머니에게 말하지 못했지만, 오후 시간이 다 지나가도록 어머니에게 거의 아무 말도 하지 못했지만, 그럼에도 우리는 예전처럼 베란다에 함께 있었고, 거실에 함께 앉아 있었다. 어머니와 나, 단 둘이서 말이다. 그것만 해도 분명 대단한 일일 터였다.

문득 나의 뇌리에 어머니는 이 어두운 거실의 이 자리에 서 있기보다는 햇볕이 드는 베란다에, 아이스티 한 잔이 놓인 고리버들 탁자 옆 긴 의자에 누워 있는 게 더 나을 것 같다는 생각이 떠올랐다. 그 생각이 들자 나는 서성거리는 것을 멈추고 어머니에게로 걸어갔다. 어머니는 여전히 움직임이 없었지만 그사이 어머니의 위치가 약간 바뀌었다는 느낌이 들었다. 내가 가까이 다가가는 동안 어머니가 한쪽으로 몸을 약간 기울이는 것처럼 보였다. 나는 어머니가 왜 몸을 막 돌리려고 하는 것 같은 난해한 자세를 취하고 있는지 이해해 보려 했다. 그때 갑자기 어머니가 어정쩡한 모양으로 천천히 쓰러지고 있다는 것을 깨달았다. 나는 어머니에게 달려들었지만 너무 늦었다. 어머니는 흔들의자의 팔걸이에 날카롭게 부딪히는 소리를 내며 쓰러졌다. 나는 두 손으로 어머니를 움켜잡았다. 어머니의 팔은 돌처럼 딱딱했다. 어머니를 들어 올릴 때 덜거덕하는 소리 같은 게 났다. 빈 흔들의자가 앞뒤로 흔들렸다.

"괜찮아요, 어머니?" 내가 소리쳤다. 그러나 어머니는 꿈에서 헤어나지 못했다. 의자에 부딪힌 어머니의 손날은 살점이 떨어져 나가기라도 한 것처럼 푹 파인 듯했다. 나는 절박한 마음으로 주위를 둘러보았다. 어머니의 상태가 너무 뻣뻣해서 나는 어머니를 의자에 앉힐 수가 없었다. 순간적으로 나는 어머니를 피아노 의자 위에 눕히는 엉뚱한 생각을 하기도 했다.

나는 어머니를 젊은 아내인 양, 또는 둘둘 말린 카펫인 양 들어 올려서 품에 안고 걸어가 부엌문을 발로 차서 열었다. 빛은 다 빠져나가고 없었다. 커다란 이파리들이 손바닥처럼 창문을 밀어 댔다. 나는 발로 탁자의 의자를 끌어서 의자 두 개를 옆으로 나란히 놓았다. 거기에 어머니를 눕히고 안전하게 두 개의 등받이에 몸을 꼭 붙인 다음, 서둘러 조리대에 있는 낡은 전화기로 갔다. 전화기는 먹통이었다. 다이얼에는 먼지 낀 거미줄이 걸쳐져 있었다.

나는 절대 침착해야 하며, 그래야 해결책이 떠오를 거라는 걸 알았다. 하지만 정신을 집중하기 어려웠다. 의자에 놓인 어머니의 자세는 위태로워 보였다. 어머니가 안전한지 확인하려고 몸을 숙였을 때, 어머니의 옷이 마구 뒤틀려 있고 맨 위쪽 단추 몇 개가 풀려 있는 모습이 눈에 들어왔다. 빗장뼈의 마디가 손가락 마디처럼 볼록 튀어나와 있었다.

나는 조심스럽게, 부드럽게 어머니를 들어서 안았다. 어머니의 얼굴은 평온하고 차분했다. 뻣뻣해진 상태에서도 만족해하는 듯한 모습이었다. 나는 부엌을 둘러보았다. 부엌은 어둠에 묻혀 시야에서 사라졌다. 바깥에서 숲이 생겨나고 있는 것만 같은 느낌이 들었다.

나는 두 팔로 어머니를 꼭 안아서 다시 거실의 캄캄한 어둠 속으로 돌아갔다. 아무것도 보이지 않았다. 어머니의 침대는 멀리 떨어져 있었다. 나는 짙고 넓은 어둠 속에 잠겨 있는 소파를 생각했다. 그러나 내가 소파까지 갈 수 있다고 해도, 어머니를 소파에 살며시 내려놓을 수 있다 해도, 어머니가 소파에서 천천히 굴러떨어져 커피 탁자의 모서리에 부딪칠 것만 같은 생각이 들었다. 아마도 내가 생각을 명료하게 하고 있지 않는 모양이었다. 어쩌면 생각을 전혀 하지 않는지도 몰랐다. 그런데 필사적으로 어둠 속을 둘러보고 있을 때 나의 뇌리에 예전에 커다란 꽃병이 놓여 있었던, 피아노 근처의 구석이 떠오르는 것이었다. 어머니는 언제나 변함없이 그 꽃병을 좋아했었다.

나는 어머니를 데리고 개울을 건너는 것처럼 어머니를 옆으로 안은 채 카펫 위를 걸어서 피아노와 흔들의자 사이의 공간으로 갔다. 피아노와 흔들의자는 어둠보다 더 짙은 어둠의 모습으로 나타났다. "어머니, 괜찮아요?" 내가 나직이 물었다. 어머니는 말이 없었다. 나는 팔을 한쪽 옆으로 기울였다. 어머니의 발이 카펫에 닿는 느낌이 들 때까지. 그런 다음 조심스럽게 어머니를 똑바로 세웠다. 나는 부드럽게 어머니의 몸을 기울여서 비스듬히 피아노 옆구리를 기대고 선 자세가 되게 했다. "그럼 이젠." 내가 말했다. 나는 옆으로 약간 기울어진 어머니의 발 가장자리가 흔들의자에 닿도록 의자를 끌어당긴 다음, 뒤로 물러섰다.

고요한 거실에 어머니가 피아노에 몸을 기대섰다. 마치 소나타의 느린 악장을 연주하는 누군가의 피아노 연주를 귀 기울여 듣고 있는 것 같은 자세였다. 가장 좋아하는 방인 거실에서 예전에 자주 그랬던 것처럼 낡은 피아노에 몸을 기대고 느긋하게 서 있는 어머니는 평온해 보였다. 내가 일곱 살 때 나에게 피아노를 가르쳐 준 사람은 어머니였다. 그리고 어머니는 자주 그렇게 조용히 서서 내가 치는 피아노 소리를 듣는 것을 좋아했다. 어머니는 다른 어느 곳보다도 여기가 더 안전할 거야, 나는 속으로 중얼거렸다. 적어도 당분간은 말이야, 나는 생각했다. 나는 한동안 어둠 속에 서서 어머니가 자신이 좋아하는 거실 구석에서 움직이지 않고 조용히 있는 모습을 지켜보았다. 이윽고 나는 앞으로 다가가서 돌같은 어머니 어깨에 키스했다. "어머니를 다시 봐서 참 좋았어요." 내가 말했다. 나는 필요한 곳에 전화를 걸 작정이었다. 어머니가 반드시 적절한 보살핌을 받도록 조처할 작정이었다. 나는 뒤로 물러나서 가볍게 손을 흔들었다.

현관 복도에 이르렀을 때 거실을 돌아다보았다. 거실은 더 이상 거기에 없었다. 나의 이번 방문은 약간의 우여곡절이 있었으며 모든 게 내 바람대로 순조롭게 풀리지는 않았지만, 아무튼 우리는 약간 얘기를 했고, 우리는 친숙한 예전의 그 장소에서 함께 시간을 보냈다. 어머니와 내가 말이다. 이제 어머니는 안전한 각도로 피아노 옆면에 몸을 기댄 채 휴식을 취하고 있었다. 어머니는 나름의 방식이 있어서 괜찮을 것이다. 나는 어머니 쪽으로 작별의 눈길을 던지고 어둠을 향해 마지막으로 손을 흔들었다. 몸을 돌려 그날의, 혹은 그 밤의 남은 일정을 향해 나아갈 때, 나는 나름대로 위안을 얻었다. 왜냐하면 전체적으로 보아 이번 방문에서 우리는 나쁘지 않은 만남을 가졌고, 나는 오랜만에 왔지만 다시 한 번 그런 식으로 떠날 수밖에 없다는 것을 알고 있었기 때문이다.

인어 열풍

Mermaid Fever

가장 믿을 만한 추정에 따르면 그 인어는 6월 19일 새벽, 대략 오전 4시 30분에 우리 마을의 해수욕장으로 밀려왔다. 인어의 시체는 오전 5시 6분에 조지 콜드웰에 의해 발견되었다. 마흔 살의 우체부인 그는 그 해수욕장에서 두 구역 떨어진 곳에 사는데, 이른 아침에 수영하는 것을 좋아하는 사람이었다. 콜드웰은 밀려오는 바닷물과 육지의 경계선 바로 저편에서 누워 있는 그녀를 발견했다. 그는 그녀를 익사한 10대 소녀일 거라고 생각했다. 시체는 해조류 줄기와 여기저기 흩어져 있는 홍합 껍데기 사이에서 모로 누워 있었다. 콜드웰은 뒤로 물러났다. 성가신 일에 얽히고 싶지 않았다. 자신의 휴대전화로 곧장 911로 전화한 다음 익사한 소녀로부터 3미터쯤 떨어진 곳에 서서 경찰이 오기를 기다렸다. 사위는 어둑했다. 이윽고 경찰차 두 대와 구급차 한 대가 달려와 해수욕장 주차장에 멈춰 섰다. 아직 해는 떠오르지 않았지만, 수평선에 인접한 하늘은 이제 진줏빛 회색의 띠를 두르고 있었다. "나는 고등학교 여학생인 줄 알았죠." 콜드웰이 나중에 한 기자에게 한 말인데, 우리는 그 기사를 《리스너》지에서 읽었다. "그곳은 아직 어두웠어요. 나는 그녀가 상의가 찢긴 원피스 같은 걸 입고 있는 줄 알았어요. 그녀가 정상으로 보이지 않는다는 걸 알 수 있었죠. 난 너무 가까이 다가가고 싶지 않았어요." 시체는 브로드브리지 거리에 있는 밴더혼 장례식장으로 옮겨졌고, 거기서 검시관과 세 명의 의사가 시체를 검사했다. 최초의 기사는 시체가 '인어의 외모'를 가졌지만, 명확한 사실을 발표할 수 있으려면 그 전에 추가적인 검사들이 실시되어야 할 거라고 보도했다.

몇 시간 뒤에 인근 대학에서 일하는 해양생물학자 두 명이 도착해서 최초의 검사가 정확하다는 것을 확인해 주었으며, 자신들의 비밀 보고서에 의심할 여지 없이 인어가 확실하다는 점을 기술했다.

처음부터 우리 마을은 모든 것을 밝히고자 하는 충동과 우리 지역사회를 대중매체의 습격으로부터 보호하고자 하는 열망으로 나뉘어 있었다. 관리들은 외부 조사원들에게 최대한 협조했지만, 인어 사진 촬영은 허락하지 않았다. 관리들은 또한 우리 마을에 소유권이 있다는 우리의 주장에도 인어 시체의 소유권을 우리 마을에 양도하기를 거부했다. 인어 문제를 처리하도록 임명된 특별 위원회 위원들은 투표를 통해 시체를 하트퍼드에 있는 한 병원으로 보내서 24시간 동안 조사하는 것을 승인했으며, 이에 따라 그 병원에서는 더 많은 검사를 하고 조직 샘플을 채취했다.

인어는 열여섯 살이며 무척 건강한 상태였다고 했다. 하체의 커다란 상처로 인한 출혈이 사망 원인인데, 그 상처는 상어의 공격을 받아서 생긴 것으로 보인다고 했다. 우리는 그녀의 몸에 인간의 폐, 인간의 심장, 인간의 위, 그리고 인간의 창자의 일부가 있다는 것을 알게 되었다. 허리 아랫부분은 피부가 이음매 없이 균일한 비늘로 자랐고, 생식계통을 포함한 내부 기관은 커다란 바닷물고기의 기관과 다르지 않았다. 그녀는 녹색 눈에 작고 곧은 코, 머리에 납작하게 달린 조그만 귀, 그리고 가지런히 난 이빨을 가지고 있었다. 지푸라기 빛깔을 띤 금발은 윤기 있고 풍성했으며, 허리께까지 물결치며 길게 흘러내렸다. 회녹색 비늘에는 갈색과 검은색의 반점이 있었다. 물고기 모양의 하체의 뒤쪽을 덮은 비늘은 얼마간 앞쪽까지 이어졌지만, 배 부분은 비늘 없는 하얀 부분이 폭 25센티미터 정도로 남아 있었다. 그 같은 비늘 없는 부분은 꼬리로 내려갈수록 점점 좁아져서 꼬리 부분에서는 폭 10센티미터 정도가 비늘 없는 하얀 살이었다. 갈라진 꼬리지느러미는 인간의 어깨와 평행하게 자랐다. 꼬리지느러미가 그런 방향으로 자라는 것은 인어는 헤엄칠 때 돌고래나 고래처럼 배를 아래로 향하고서 꼬리지느러미를 수평으로 유지한다는 걸 암시했다. 비록 한 과학자는 그것은 가장 그럴듯한 추측일 뿐이라고, 인어의 습관에 관해서는 알려진 게 아무것도 없기 때문에 인어는 꼬리지느러미를 수직으로 세운 채 옆으로 헤엄칠지도 모르는 일이라고 단호히 말했지만 말이다.

이내 '우리는 인어로 무엇을 해야 하나?' 하는 의문이 떠올랐다. 시체는 장례식장에 안치되었고, 이곳으로 초빙된 전문가들이 시체의 부패를 막을 방법을 찾고자 했다. 위원회는 긴급회의에서 이와 같은 발견은 너무도 중요하기에 우리 마을 주민들을 시체에서 멀리 떨어뜨려 놓는 것은 온당치 못하다고 만장일치로 결의했다.

우리 마을 사람들은 이 같은 자연의 경이를 감상할 자격이 있다는 것이었다. 사안은 시급했다. 이미 안 좋은 냄새가 난다는 말이 있었다. 뉴헤이븐에 있는 연구실에서 온 생물학자 팀은 기관을 보존하고 수축을 막는, 새로 개발된 비非포름알데히드 용액 동맥주사법을 제안했다. 이 방법을 사용하면 인어는 몇 주 동안, 또는 그 이상 전시될 수 있을 거라는 것이었다. 그러한 전시를 위한 적절한 장소에 대한 논쟁이 뒤따랐다. 누구는 마을 공회당을 제안하고 누구는 도서관을 제안했지만, 공간 문제와는 별개로 반나체 상태인 열여섯 살 소녀의 몸을 마을 일이나 공부를 목적으로 지은 공공기관에 전시하는 것에 반대하는 설득력 있는 주장이 적지 않았다. 마침내 역사 협회에서 전시 공간을 제공하는 것으로 결정되었다. 역사 협회에는 임시 전시장으로 쓸 수 있는 조그만 방이 있었다. 바닷가에 밀려온 인어 시체를 우리 마을의 역사에 바쳐진 건물에 들여놓을 수는 없다고 생각하는 사람들이 이의를 제기했지만, 마을에서는 역사 협회가 박물관에 가장 가까운 것이라고 주장하는 사람들이 훨씬 많았다.

전시장 진열 상자 맞춤 제작자를 고용하여 2미터 50센티미터 높이의 강화유리 상자를 만들었다. 상자 안의 인어 시체는 건조를 방지하면서도 관람객의 눈에 잘 보이도록 투명 액체 방부제에 담가 보관해야 했다. 디자이너는 유리 상자 안에 우리 마을의 방파제에 있는 검은 현무암 바위를 빼닮은 커다란 바위를 넣었고, 그 바위 위에 인어를 앉혔다. 인어의 상체는 똑바로 세워지고, 물고기 모양의 하체는 바위를 가로질러 펼쳐졌다. 숨겨진 고정 장치가 인어의 몸을 단단히 붙들어 맸다. 유리 상자의 바닥에서는 길고 뾰족한 이파리를 가진 몇몇 수생식물이 자랐다.

전시회는 6월 26일 오전 9시에 열렸다. 며칠 지나지 않아 그 전시회는 우리 역사 협회의 84년 역사에서 가장 매력적인 행사임이 드러났다. 다른 주의 자동차 번호판을 단 차들이 플라타너스가 그늘을 드리운 거리에 길게 늘어섰다. 거리 양쪽으로는 덧문을 내린 18세기 주택들과 지은 지 얼마 안 된 철강과 유리로 만든 오락 시설이 있었다. 엄마와 딸들, 입담이 좋은 고등학생 남자애들, 걸스카우트 단원들, 그리고 지팡이에 몸을 의지한 할아버지 할머니들이 거의 한 시간 동안 줄을 서서 기다리고 나서야 유리 상자에 든 인어를 마주할 수 있었다. 아주 많은 사람들이 손을 뻗어 유리를 만지려 한 탓에 어느 날 아침 파란색 벨벳 로프가 나타났다. 로프는 진열 상자에서 60센티미터 정도 떨어진 두 개의 황동 지주 사이에 걸려 있었다.

그녀는 한 손은 옆구리 옆에 내려놓고 한 팔은 반쯤 치켜든 자세로 바위에 앉아 있었다. 그 팔뚝은 녹색 그물 조각에 얽혀 있고, 그물은 바위에 박힌 조그만 강철 기둥 위에 펼쳐져 있었다. 긴 머리카락은 젖꼭지를 가리고, 나아가 가슴의 대부분을 가릴 수 있도록 각각의 가슴 위로 세심하게 늘어뜨려져 있었다. 하지만 아직도 가릴 게 많았다. 게다가 이 전시회는 대중이 보기에 적합하지 않다는 불만이 주기적으로 터져 나왔다. 그녀는 녹색 눈을 뜨고 있었다. 입술은 다물었는데, 무슨 생각을 하고 있는지 희미한 미소가 감돌았다. 광대뼈는 튀어나왔다. 전체적으로 사색적인 분위기를 풍겼다. 그녀는 아이스크림 가게에 앉아 있는 마을 소녀 같아 보이기도 했다. 그녀의 용모에 어딘가 모르게 이국적인 데가 있다는 점을 제외하고는 말이다. 귀가 약간 작아서, 또는 이마의 어떤 부분 때문에 이국적인 느낌이 드는 듯싶었지만, 그게 뭔지 딱히 꼬집어 말하기는 어려웠다. 아이들은 손가락으로 가리키며 속닥거렸고, 좀 더 나이 많은 남자애들은 외설스러운 농담을 했다. 이 모든 것은 예견된 일이었다. 아무도 예상하지 못한 것은 그녀가 이후 오랫동안 우리 마음속에 머무르는 양상이었다. 날마다 우리는 거기로 돌아가 유리 상자 앞에 서서 우리의 인어를 응시하곤 했다. 그러면 인어는, 마치 우리로서는 결코 볼 수 없는 어떤 곳을 바라보는 것처럼 우리의 오른쪽이나 왼쪽을, 또는 약간 위쪽을 보곤 했다.

그녀가 우리에게 나타난 지 오래지 않아서 고등학교 수영 팀의 주장인 릭 헬시는 진열 상자 근처에 서 있는 한 기자에게 이 인어의 출현은 그동안 우리 마을에서 일어났던 일 중에 가장 좋은 일이고, 그래서 자신은 인어를 기리기 위해 수영장 파티를 열 계획이라고 말했다. 그의 집 뒤편에는 그와 팀 동료들이 저녁에 즐겨 연습하는 커다란 매설식 수영장이 있었다. 헬시는 교우 관계가 폭넓은 무던한 젊은이였다. 많은 사람이 그 파티에 참석했다. 여학생들은 비키니 상의에, 발목 부분을 팽팽하게 조이는 긴 스커트 같은 하의로 이루어진 인어 수영복을 입고 도착했다. 하반신의 상당 부분은 스팽글을 달아서 만든 비늘로 반짝였다. 나중에 들은 바에 따르면 몇몇 여자 손님들은 상의를 벗어 버리고 자신들의 가슴을 긴 머리로만 가렸다고 한다. 그 파티는《리스너》의 '친구와 이웃'

난에 활짝 웃고 있는 두 명의 인어가 수영장 옆의 긴 의자에서 몸을 쭉 뻗고 있는 컬러사진과 함께 보도되었다. 그 아이디어는 빠르게 인기를 끌었다. 인어 파티가 마을 곳곳에서 벌어졌다. 재봉사인 다이애나 배런은 딸을 위해 발을 감추면서 꼬리지느러미 모양으로 퍼지는 하의를 처음으로 만들었다. 그 옷을 입은 사람은 발끝이 옆쪽을 향한 걸음걸이로 걸어야 했다. 보폭을 줄이고 짧게 짧게 걸어야 하는 새로운 걸음걸이는 놀랍게도 여고생과 여대생들 사이에서 유행했다.

며칠 지나지 않아서 우리 마을의 해변에 인어 복장이 나타나기 시작했다. 여자애들이 티셔츠와 청바지를 벗고 지난 시즌의 삼각형 비키니와 스트링 비키니를 드러낸 다음, 비치백에 손을 넣어서 여러 색깔의 반짝이는 비늘로 치장한 물고기 꼬리 모양의 새 하의를 꺼내는 모습을 볼 수 있었다. 옷 가게는 여러 종류의 새 옷들을 권했는데, 그중 가장 인기 있는 것은 '머메이디니'라는 옷이었다. 그 옷은 지퍼가 있는 꼬리지느러미가 달리고 비늘 장식으로 치장된, 몸에 딱 붙는 하의와 각각의 비키니 컵에 사실적인 가슴과 젖꼭지 그림이 인쇄된 대담한 비키니 상의로 이루어졌다. 더욱더 대담한 복장은 '머리털 상의', 혹은 '머멧'이라 부르는 것이었는데, 그것은 머리털로 맨가슴을 가리기 위해 고안된 것으로, 클립을 달아서 머리털을 쉽게 부착할 수 있도록 만든 용품이었다. 해변 곳곳에서 우리 마을의 인어들을 볼 수 있었다. 어떤 인어는 해변용 수건에 배를 깔고 누워 있었는데, 그럴 때면 아랫도리의 비늘이 햇빛에 반짝거렸다. 어떤 인어는 방파제 바위에 앉아 긴 머리를 빗으로 빗었다. 어떤 인어는 남자애들이 갑자기 자신을 들어 올려서 낮은 파도가 철썩대는 곳으로 꾸물꾸물 데려간 다음 거기서 자신을 바닷물 위로 높이 던질 때까지 연신 신나게 웃어 젖혔다. 얼마 동안 우리는 푸른 하늘 아래서 노니는 눈부신 여름 바다 소녀들을 볼 수 있었다.

대중 패션의 그러한 변화에 대해 우리 마을 사람들은 모른 체 그냥 넘어가지 않았다. 첫날부터 진열 상자 속의 생물체에 반대하는 항의가 일어났다. 아무리 인간이 아닌 다른 존재라 해도 그녀는 점잖지 못하게 대중 앞에 가슴을 드러낸 발가벗은 10대 소녀이기도 하다는 것이었다. 우리 해변에 새로운 스타일이 폭발적으로 분출함에 따라 항의는 더욱 격렬해졌다. 인어 복장은 여성들로 하여금 관음증이 있는 남성들의 쾌락을 위해 자신의 가슴을 노출하도록 조장한다는 것이었다. 발목 부분을 꽉 조이는 물고기 복장의 하의는 여성들로 하여금 도발적인 새로운 방식으로 걷게 하는데, 그 같은 걸음걸이는 해변보다는 침실에 더 적합하다고도 했다. 더욱이 발목에서 꽉 조이는 스타일은 코르셋과 호블 스커트*를 연상케 하는 과거 회귀적인 방식으로 여성의 역할을 약화시킨다고도 했다. 새로운 복장의 옹호자들은 비늘 장식으로 덮인 하의가 하반신을 완전히 가려 주며, 이 옷을 입기 전에 입었던 스트링 비키니보다 훨씬 더 단정하다는 점을 지적했다. 일부 사람들이 못마땅해하는 가슴 그림이 그려진 비키니는 최근에 유행한 노출이 심한 상

* 아랫부분을 좁게 만든 긴 스커트.

의에 비해 훨씬 더 철저히 진짜 가슴을 감추어 준다는 점도 지적했다. 심지어 많은 비난을 받는 머리털 상의조차도 굵고 무성해서 가슴이 보이지 않도록 지켜 준다고 옹호했다. 적어도 여성들이 물 밖에 있을 때는 그렇다는 것이다. 옷이 꽉 조이는 문제에 관해서는 옹호자들도 아무런 근거를 대지 못했지만, 아무튼 몸에 달라붙는 물고기 꼬리 모양 의상은 놀이 정신과 순수한 유희 정신, 나아가 호탕한 정신의 산물인데, 편협한 도그마에 얽매인 속 좁은 공론가들은 그 점을 이해하지 못한다고 주장했다.

마을 공회당 회합과 지역신문에 비난과 역비난이 터져 나왔다. 그러는 동안 새로운 의상을 입은 젊은 엄마들이 유아를 데리고 해변에 나타나기 시작했다. 번지르르한 물고기 꼬리 의상을 입은 아이들이 차에서 나타났다. 심지어 나이 많은 할머니들도 이내 좀 더 느슨해진 형태로 순화된 새 의상을 입었다. 보행이 불편하다는 결점에도 불구하고 새로운 유행은 태양의 해로운 자외선으로부터 하체를 보호하는 데 편리한 방법으로, 어떤 경우에는 하지 정맥류나 엉덩이와 넓적다리의 지방 축적을 손쉽게 감출 수 있는 방법으로 환영받았다.

그러나 새로운 해변 패션이 아무리 놀랍다 해도, 그것은 깊이 숨어 있는 훨씬 더 놀라운 매력이 가장 눈에 띄게 드러난 표시일 뿐이었다. 우리는 인어가 우리 마을의 해수욕장으로 밀려왔다는 것을 알았다. 그렇다면 다른 인어도 근처 어딘가 있을 가능성이 있지 않은가? 그럴 가능성이 높지 않은가? 인어가 우리 마을에 출현했다는 최초의 발표 이래로 인어를 보았다는 신고가 매일같이 접수되었다. 모든 주장은 즉각적으로 면밀히 조사되었다. 초등학교 2학년 수학 선생님인 마사 로이드는 해 질 녘에 담요를 깔고 해변에 앉아 있다가 해안에서 멀지 않은 곳에서 인어 하나가 물 밖으로 솟아오르는 것을 보았다. 인어는 다시 물속으로 들어가기 전에 똑바로 그녀를 보았다. 로이드 여사는 그 젊은 인어가 우리 마을의 진열 상자 안에 들어 있는 인어와 섬뜩할 정도로 닮았다는 사실에 깜짝 놀랐다. 얼굴은 좀 더 늙었지만 광대뼈와 눈썹이 너무 친숙해 보여서 로이드 여사는 진열 상자에 든 인어의 엄마를 본 게 틀림없다고 생각했다. 다음 날 밤에는 두 명의 목격자가 방파제의 맨 끝 쪽 바위에 앉아 있는 인어를 보았다고 신고했다. 두 사람은 달빛 속에서 인어가 머리를 약간 숙이고 있는 모습과 흐릿하게 빛나는 비늘을 볼 수 있었다. 그 밖에도 황혼 녘 공공 공원에 조성된 원형 오리 연못가에 앉아 있는 인어, 뒷마당 가문비나무 아래에 있는 인어 등과 같은 이상한 목격담이 많았다. 은퇴한 건축업자인 조지프 언스트는 어느 날 밤 자신의 침실에서 인어를 보았는데, 그가 접근하자 인어는 사라져 버렸다. 여덟 살 여자아이 제니 휠러는 거품 목욕을 하던 중에 욕조의 저쪽 끝에서 솟아오르는 어린 인어를 보자 소리를 지르며 뛰쳐나갔다. 그러나 제니가 엄마와 함께 욕실로 돌아왔을 때 인어 아이는 거기 없었다.

부분적으로는 인어를 보았다는 주장을 검증하기 위해서, 부분적으로는 증거를 더욱 정확히 기록하기 위해서 관심 있는 시민들의 모임이 형성되었다. 그 모임은 '밤의 파수꾼'으로 알려지게 되었다. 정원 일을 하는 노동자와 웨이트리스에서부터 의사, 재정 자문가에 이르기까지 회원들은 자신의 시간을 쪼개서 인어의 출몰이 목격된 장소를 찾아가고, 밤새도록 해변을 순찰했다. 그들은 쌍안경을 목에 걸고 공책과 볼펜을 들고서 해안가를 걷고, 으슥한 방파제까지 걸어가서 앉아 보고, 높은 곳에 설치된 안전요원용 의자에 올라가서 해협의 바닷물을 지켜보았다. 그들은 또한 공공 해수욕장과 인근의 사설 해변에서 긴 머리카락, 물고기 비늘, 깨진 거울, 머리핀, 조각난 빗, 뼛조각 등을 수거해서 역사 협회에 보냈고, 역사 협회에서는 그걸 모아서 실험실로 보내 검사를 하게 했다. 그렇게 보낸 표본들은 죽은 고양이의 뼛조각 두 개를 제외하고는 해안가에서 익히 만나게 되는 평범한 잔해들로 판명되었다. 파수꾼의 한 분파는 수백 미터에 걸쳐서 바다에 그물을 설치하는 일을 자신들의 과업으로 삼았다. 제 길을 벗어나 해안가 쪽으로 오는 인어가 있다면 그들을 포획하려는 것이었다.

믿는 사람과 회의적인 사람이 반반 정도인 목격담과 더불어 좀 더 알쏭달쏭한 경험담도 있었다. 이러한 풍설들은 이국의 꽃향기처럼 허공을 떠도는 소문이나 이야기에 지나지 않는 것들이었다. 인어의 눈을 빤히 들여다보면 그곳에 없는 것들을 볼 수 있게 해준다는 말이 있었다. 유리 진열 상자 앞에서 많은 시간을 보내던 전문대 대학생 리치 고럼이 어느 날 밤 집을 나와 해변으로 허정허정 걸어갔다는 말이 있었다. 그는 방파제의 끝에서 인어를 보았다. 인어는 그를 유혹하여 바위로 오게 했고, 이어 바닷속으로 그를 이끌었으며, 거기서 인어는 그를 수중 동굴로 데리고 들어갔다. 고럼은 다음 날 북쪽 숲에서 엎드려 누운 모습으로 발견되었는데, 발견 당시 그는 극심한 편두통을 호소했으며 전날에 있었던 일들을 전혀 기억하지 못했다. 황혼 빛이 사그라질 무렵에 혼자서 수영을 하던 한 여자는 인어가 자기에게로 헤엄쳐 와서 자기를 물속으로 끌고 들어가려 했다고 말했다. 그녀는 격렬히 싸워서 해변으로 도망쳐 나왔는데, 팔뚝에는 피가 밴 긁힌 자국이 길게 나 있었다. 해변 근처에 사는 사람들은 밤이면 인어들이 노래하는 소리를 들을 수 있다고 했다. 그 노랫소리는 이 육지의 것이 아닌 높고 무척 슬픈, 뇌리를 떠나지 않는 멜로디였다. 그 노래는 듣는 사람들의 마음을 불안과 열망, 그리고 일종의 무겁고 나른한 황홀감으로 채워 주었다. 밤에 인어를 언뜻 본 한 젊은 사내는 그리움이 너무 간절해서 침대에 처박혀 지내며 며칠 동안 아무것도 먹으려 하지 않았다. 그는 관절이 시리고 심장이 무지근했으며, 계속해서 귓전에 맴도는 한숨 소리와 속삭이는 소리를 들었다. 가끔 앳된 여자아이나 성인 여성이 피해를 입는 경우도 있었다. 그런 피해자들은 한밤중에 인어가 자기를 부르는 소리를 듣고서 잠자리에서 일어나 물가로 걸어 내려간다. 그런 여자는 조그만 파도가 발밑에서 부서지는 곳에 서서 오래도록 앞을 바라보는 것이었다.

그해 여름의 이상한 사건 가운데 하나가 멜러니 라우텐바흐의 사례인데, 우리는 그녀의 이야기를 부분적으로 재구성해야 했다. 멜러니는 열여섯 살이었다. 가을이면 윌리엄 워런 고등학교의 최고 학년이 된다. 그녀는 머리털이 검고 키가 작은 편인, 약간 수줍어하는 조용한 여학생이었다. 조금 무뚝뚝해 보이는 얼굴이었지만, 그 얼굴은 누가 말을 걸면 고마워하는 살가운 표정으로 변했다. 그녀는 있지도 않을 거절을 지레 예상하는 사람처럼 긴장하고 약간 경계하는 것처럼 보였다. 청바지에 몸에 딱 붙는 신축성 있는 상의 차림이어서 브래지어가 어렴풋이 비쳤는데, 부드러운 흰색 브래지어 컵은 가슴을 꼭 눌러서 그녀의 작은 가슴을 감추도록 디자인된 것처럼 보였다. 멜러니는 전시회 첫날부터 역사 협회의 진열 상자 안에 든 인어를 보러 갔다. 그곳에서 그녀는 완벽한 머리카락, 완벽한 몸매를 지닌 녹색 눈의 인어를 오랫동안 바라보았다. 그러면 바위에 자리 잡고 앉은 인어는 그녀를 가만히 응시하고, 그녀를 꿰뚫듯 바라보고, 그녀 너머를 보았다. 멜러니는 날마다 수업이 끝나면 3킬로미터를 걸어서 역사 협회에 갔다. 거기서 유리 상자 안에 있는 그 여자애를 가만히 바라보았다. 그 애는 날카로운 눈매의 남학생들과, 깨끗한 접시처럼 반짝이는 하얀 이를 드러내며 엉덩이를 흔들고 웃는 가슴이 큰 여학생들을 지나쳐서 복도를 걸어가는 일을 걱정할 필요가 없을 것이다. 그녀는 인어가 자신의 마음을 들여다보고 있으며 자신의 마음을 안다는 것을 느낄 수 있었다. 그녀도 인어의 마음을 알았다. 이 같은 만남의 시간에는 거대한 평온함이 찾아왔다. 고요한 흥분이 서린 평화로움이었다. 집에 오면 그녀는 인어를 생각하며 오랫동안 침대에 앉아 있곤 했다. 그럴 때면 자신의 피부에 바닷물이 와 닿는 것을 느낄 수 있었다. 그녀는 상의는 다 벗고 긴 스커트만 입고서 머리칼을 어깨 앞으로 늘어뜨린 모습으로 거울 앞에 서서 몹시 하얀 가슴을 응시했다. 젖꼭지가 자줏빛 상처처럼 보였다.

그녀의 계획은 천천히 자라났다. 어느 날 그녀는 인어 가게에서 머리털 상의를 구입했다. 일주일 후에 다시 가게로 가서 이번에는 하의를 구입했다. 어느 날 새벽 2시에 그녀는 집을 나와 2.5킬로미터 정도를 걸어서 해변으로 갔다. 안전요원용 의자가 있는 자리에서 멀지 않은 곳에 뒤집어 놓은 보트가 있었다. 그녀는 그 옆에서 머리털 상의와 물고기 꼬리 모양의 하의로 갈아입었다. 무거운 머리털이 마치 두 개의 손처럼 맨가슴 위로 떨어져 내렸다. 바닷물은 낮은 파도로 밀려와 젖은 모래밭을 쓸었다. 그녀는 잠시 서 있다가 물속으로 들어갔다. 물이 흉곽 높이에 이를 때까지 똑바로 걸어 들어갔다. 그녀는 다시 멈춰 선 다음, 뒤돌아보는 일도 없이 헤엄을 치기 시작했다. 곧장 일렁거리는 깊은 물속으로 들어갔다. 옆으로 누워서 헤엄을 치기도 하고 엎드린 자세로 헤엄을 치기도 했다. 멜러니는 부모님에게 남긴 쪽지에서 자매들과 함께 있기 위해 간다고 썼다. 자신은 그들에게 속하는 사람이고, 그들이 바다 저쪽에서 자신을 부른다는 것이었다. 그녀는 모든 시선이 맑고 깨끗한 평화로운 그곳으로 가서 그들과 합류할 거라고 했다. 부모님은 다음 날 멜러니가 실종되었다고 신고했다. 그리고 그날 밤, 멜러니의 시신이 이웃 마을의 해변으로 밀려왔다. 사람들은 처음에는 새로운 인어가 나타났다는 흥분감에 휩싸였다. 이윽고 진실이 밝혀졌지만 말이다.

멜러니 라우텐바흐의 사례는 우리의 인어를 관람하는 것은 위험한 일이라는 사실을 절실히 깨닫게 해 주었다. 하지만 우리는 늘 그걸 알고 있지 않았던가? 유리 요새 속 바위에 자리 잡은 발가벗은 소녀, 우리의 어깨 너머 무언가를 멍하니 응시하는 다른 세계에서 온 방문자— 그 인어가 위험하지 않다면 어떻다는 것인가? 사실, 멜러니의 죽음은 우리의 행동을 전혀 억제하지 못했다. 오히려 더 깊이 계산해서 행동하도록 우리를 자극하는 것 같았다. 물론 우리의 열정을 개탄하는 사람들도 있었다. 그들은 손가락을 흔들며 골치 아픈 일들이 생길 거라고 경고하곤 했다. 하지만 대체로 우리는 그들을 무시했다. 왜냐하면 우리의 인어가 우리를 데려가는 곳이 어디든, 우리는 그 길을 느껴 보아야 한다는 것을 알고 있었기 때문이다.

우리는 인어 열병의 더욱 극단적인 예를 듣기 시작했다. 중심가에서 벗어난 옆쪽 도로변에 자리한 새 문신 가게에서 여자애들이 바지와 속옷을 벗고서 키 작은 노인의 매서운 눈과 날카로운 바늘 아래 밝은 흰색 탁자에 눕는다는 것이었다. 노인은 도쿄에서 온 문신의 대가라고 했다. 그들은 하반신에 문신이 새겨질 때마다 고통을 느끼며 천천히 문신 시술을 받았다. 문신은 배꼽 바로 아래에서 시작하여 허벅지, 엉덩이, 무릎, 종아리, 발목을 지나 발바닥 전체로 옮겨 갔다. 중첩하는 물고기 비늘을 완벽하게 모사한 일련의 문신이었다. 우리는 사실인 게 틀림없는 무척 특이한 성행위에 관한 소문을 듣기 시작했다. 남편이나 애인의 요구로 행해지는 거칠고 변태적인 행위에 관한 이야기였다. 그 남자들은 앙상하고 긴 거미 다리 같은 느낌의 여자 다리에는 더 이상 흥분되지 않는다고 말하면서 자기 여자에게 성행위 전에 하반신을 단단히 감싸 줄 것을 요구했다. 최근에 결혼한 한 여자는 가벼운 수술을 받고 회복하는 중에 의사에게 자신의 두 다리를 꿰매어 붙여 달라고 간청했다. 그러면 자신이 아름다워질 거라는 것이었다.

사실, 우리 마을 여자들에게서 다리가 사라지고 있었다. 해변에서 우리가 볼 수 있는 것은 물고기 꼬리 모양의 옷이었다. 거리에서도, 마당에서도, 모든 연령대의 여자들이 밑으로 내려갈수록 폭이 좁아지는, 다리와 발을 감추는 긴 스커트를 입었다. 모든 가정의 침실에서는 인어 란제리가 대유행이었다. 인어를 닮도록 노력해야 한다는 남자들의 요구에 많은 여자들이 분노하면서도 동시에 자기들은 강박적으로 뇌리에 떠오르는 외부 손님인 인어와 가까운 존재라는 느낌에 자극을 받았고, 그리하여 자신들의 입장을 밝혔다. 남자의 하반신은 부드러우면서도 강하고 유연한 물고기 하체보다 더 열등하다고 선언한 것이었다. 남자들은 처음에는 저항했으나, 곧 새로운 풍조를 받아들이기 시작했다. 그 결과 우리 마을 해변 곳곳에서, 그리고 방파제의 바위에서 우리는 여름 햇빛 속에서 반짝이는 새로운 남성 인어를 보게 되었다.

두 번째 인어가 우리 마을 해변에 밀려온 것은 바로 이 시기였다.《리스너》는 이 이야기의 전모를 보도했다. 흥분된 목소리의 전화, 새벽 4시에 경찰관 도착, 모래와 해초에 반쯤 묻힌 시체, 짙고 무성한 노랑머리, 기다란 속눈썹이 있는 파란 눈, 우아한 목, 누군가의 장난질로 밝혀짐. 세 명의 대학생이 그 사실을 고백했다. 온라인 회사에 섹스 인형을 주문해서 구입한 그들은 하반신을 인어 꼬리로 덮은 다음, 새벽 3시 반에 그 인형을 해변에 반쯤 묻어 둔 것이었다.

우리는 속임수에 분개했지만, 한편으로는 열광하기도 했다. 그

속임수가 우리 안에 진정되지 않은 열망이 있다는 더 깊은 진실을 드러내 보인 것만 같았다. 그다음 며칠 동안 새 인어를 보았다는 신고가 빈발했다. 한 떼의 인어가 우리 마을 바다에, 방파제 바로 너머에 자리 잡고 살고 있다는 말이 떠돌았다. 해변에서 3미터 이내의 파도 아래서 헤엄치는 그들의 모습이 목격되었다. 소문이 피어오르고, 아이들은 한밤중에 푸른 바다의 꿈에서 깨어났다. 우리는 다른 어떤 것이, 우리에게 부족한 것을 채워 줄 어떤 것이 우리를 기다리고 있다고 느꼈다.

그러는 사이에 진열 상자 안에 든 우리의 인어는 변하고 있었다. 피부가 얼룩덜룩해지고 비늘이 칙칙해졌다. 하얬던 그녀의 배는 누런빛이 어렴풋이 감도는 듯했다. 머리카락도 약간 달라진 것 같았다. 물결치는 형태가 희미해지고 윤기도 줄어든 모습이었다. 눈꺼풀 하나가 처지기 시작했다. 시선은 공허해졌다. 우리는 그녀를 너무 자주 쳐다보았고, 그 결과 그녀는 우리의 강렬한 시선에 의해 닳아 없어지고 있는 게 아닐까 생각되었다. 그녀의 몸이 담긴 액체는 이전보다 더 흐릿해 보였다. 우리는 그녀가 그곳을 떠날 날이 얼마 남지 않았다는 것을 알았다.

어쩌면 그녀가 우리를 떠나고 있다는 느낌 때문이었는지도 모른다. 어쩌면 우리가 어떤 식으론가 그녀를 실망시켰다는 것을 알기 때문이었는지도 모른다. 아무튼 여름이 그 끝을 향해 나아갈 무렵, 우리는 마치 이미 너무 늦었다는 것을 알고 있는 것처럼 인어의 꿈에 격하게 투항해 버렸다. 우리는 인간적인 것에 싫증이 났다. 그 이상을 원했다. 허공에 폭력의 기운이 감도는 것을 느낄 수 있었다. 린든레인에서 열린 댄스파티에서 한 무리의 여고생들이 열네 살 여학생 민디 넬슨의 옷을 벗기고 발가벗은 엉덩이와 다리에 밝은 녹색 물감을 칠했다. 이어 그녀의 발목을 강력 접착테이프로 묶은 다음 몸부림치며 비명을 지르는 그녀를 데리고 집 밖으로 나가서 뒤쪽 숲으로 들어갔다. 그곳에서 그들은 그녀를 얕은 개울에 던져 넣었다. 그녀가 발작적으로 외치는 소리가 이웃 주민들의 주의를 끌었다. 어느 인근 랜치하우스에서 열린 성인 인어 파티에서 특이하게 변형한 의상이 등장했는데, 결국 그 옷으로 인해 경찰에 고소당하는 일이 벌어졌다. 촛불만 밝힌 어두운 방의 커튼을 치지 않은 창문을 통해 이웃집 사람들이 비늘 장식으로 덮인 물고기 복장 상의를 입은 남자와 여자들을 보았던 것이다. 그 옷은 얼굴을 덮은 채로 허리께까지 내려오는 옷이었는데, 그 사람들은 엉덩이 밑으로는 완전히 발가벗고 있었다. 8월의 푸른 밤, 셔츠를 입지 않은 소년 무리들이 조용한 이웃들의 뒷마당을 배회하면서 2층 침실 창문을 쳐다보곤 했다. 이따금 꼬리를 가진 인어가 나타나 창턱에 앉아서 천천히 머리를 빗는 모습이 침실의 흐릿한 붉은 불빛 속에 드러났다.

심지어 마을의 어린아이들조차도 일반적인 불안감에서 자유롭지 못했다. 노먼 슈거맨의 일곱 살 생일 파티 날, 슈거맨 부인은 침실에서 빗을 가져오기 위해 2층으로 올라갔다. 그곳에서 그녀는 여섯 살 먹은 여자애와 남자애, 두 아이가 발가벗은 채로 침대에 앉아 있는 것을 보았다. 그 아이들은 각기 검은 나일론 스타킹에 자신의 두 다리를 밀어 넣었다. 아이들의 발 너머에서 스타킹의 끝부분이 뱀처럼 늘어져 있었다. 아이들의 눈꺼풀은 녹색이고, 볼에는 연지가 발라져 있었다. 아이들은 가슴에 밝은 진홍색 원을 그려서 젖가슴을 나타내고, 그 안에 밝은 녹색으로 젖꼭지를 표현했다.

그러한 왜곡과 퇴폐 행위는 고약한 것이긴 하지만, 우리 마을의 많은 사람들은 그러한 행위를 필사적인 분투를 보여 주는 것으로 여겼다. 왜냐하면 우리는 인어의 계절이 끝나 간다는 것을 똑똑히 알고 있었기 때문이다. 우리는 무엇을 추구했던가? 때때로 우리는 우리 인어에게 약간 짜증이 났다. 아무것도 하지 않고 그냥 그곳에 앉아만 있기 때문이었다. 인어는 우리에게서 무엇을 원했을까? 그녀는 우리가 우리 자신을 극한까지 밀어붙이고 있는 것을 보지 못했을까? 그 시간은 우리가 얼마나 감당할 수 있는지 보려고 우리 스스로 만들어 낸 과장된 소문의 시간, 불가능한 이야기의 시간이었다. 우리는 인어의 비늘을 만지면 눈이 멀게 될 거라고 말했다. 우리는 우리 마을의 어떤 여자들은 인어인데, 남자들을 꾀어서 안전한 중산층 삶을 떠나 위험과 광기의 해저 세계로 들어가게 하려고 사람으로 위장했다고 말했다. 우리는 마을의 아내와 딸들에게 인어의 비밀스러운 출생에 대해 얘기해 주었다. 우리는 만약 인어가 당신을 선택해서 바다로 데려간다면 당신은 신 같은 존재가 될 거라고 속삭였다. 우리는 우리 안에 새로운 비전, 새로운 순진성을 창조했다. 우리는 어린아이가 되거나 선지자가 되고 싶었다. 우리는 가능성의 한계를 무너뜨리려고 애를 쓰는 우리 자신을 느낄 수 있었다. 우리는 인어의 시간이 가까워졌다는 것을 믿고 싶었고, 우리의 삶이 바야흐로 영원히 바뀌려 하고 있다는 것을 믿고 싶었다. 우리는 외부 세계에서 우리에게로 온 인어로부터 뭔가를 기다리고 있었던 것처럼 보이지만, 그게 무엇인지는 알지 못했다.

더운 여름밤, 갯내가 허공을 떠돌 때면 당신은 우리가 창문을 열고 바다 쪽을 응시하고 있는 모습을 볼 수 있을 것이다.

불가능한 것을 기대하는 이 긴장된 분위기 속에서 마침내 우리의 인어가 뭔가를, 그녀를 새로운 시각으로 바라보게 하는 뭔가를 했다. 그녀가 사라진 것이었다. 어느 날 아침 유리 상자가 보이지 않았다. 그 자리에 안내판이 하나 서 있었는데, 역사 협회로서는 이제 더 이상 인어를 적절히 보존할 수 없다는 것을 알리는 글이 쓰여 있었다. 우리는 그녀가 뉴헤이븐에 있는 해양 실험실로 보내졌다는 것을 알게 되었다. 거기서 다시 워싱턴 D.C.로 보내져서 팀을 꾸린 과학자들에 의해 검사를 받게 되고, 그런 다음 추가적인 연구를 위해 스미스소니언 협회로 넘겨진다고 했다. 그 사실이 우리에게 알려졌음에도 불구하고, 그게 가장 좋은 방법일 거라는 데 우리가 동의함에도 불구하고, 우리의 믿음에 의심이 스며들었다. 마치 말이란 것이 우리가 알고 싶어 하는 것으로부터 우리의 관심을 돌리는 데 쓰이고 있는 것만 같았다. 우리 눈앞에는 유리 상자가 있던 곳에 세워진 안내판뿐이었다. 곧 안내판조차도 없어졌다.

우리는 실망감 속에 또 다른 감정이 존재한다는 것을 알아차렸고, 그게 얼마간 우리를 놀라게 했다. 정신이 밝아지는 느낌이었다. 기분이 좋아질 정도였다. 인어가 떠난 것이 어떤 식으론가 우리에게 만족스러운 일이라는 것을 알게 된 것이었다. 우리가 은연중에 그녀를 화나게 했던 걸까? 그녀의 부재는 풍성한 작별을 낳았다. 어떤 이들은 말하기를, 그녀를 바다로 돌려보내겠다고 맹세한, 그녀에게 동질감을 느끼는 사람들이 밤중에 그녀를 감쪽같이 데리고 나갔다고 했다. 또 어떤 이들은 그녀의 눈꺼풀과 입술이 미세하게 움직이는 것을 보았다고 주장했다. 우리의 인어가 오랜 잠에서 서서히 깨어났다는 것이다. 그녀가 유리를 부수고 혼자서 바다로 도망갔는지, 아니면 밤중에 알지 못할 어떤 힘이 도와주었는지, 그걸 누가 알겠는가? 중요한 것은 그녀가 사람의 손에서 벗어났다는 사실이었다. 그녀가 자신의 진정한 본령으로 돌아갔다는 사실이었다. 그녀는 사라짐으로써 더 나은 존재가 되었다. 옛 파티는 끝났다. 그 의상들은 서랍과 상자 속으로 들어갔고, 사람들은 그걸 두 번 다시 꺼내 보지 않았다. 다리가 다시 나타나고 가슴은 다시 들어갔다. 우리는 정상적인 길로 되돌아왔다. 그사이 우리의 잃어버린 인어는 현저한 변화를 겪었다. 그녀의 얼룩덜룩한 피부는 싱싱하고 아름다워졌으며, 비늘은 반짝거렸고, 금발은 햇살을 받아 환하게 빛났다. 추방되었으나 왕위를 회복한 여왕처럼 그녀는 우리가 또렷이 볼 수 있는 범위 너머의 영원히 닿지 못할 머나먼 자신의 영토에서 다시 자신의 정당한 자리에 올랐다.

아내와 도둑

The Wife and the Thief

그녀는 잠들어 있는 남편의 아내다. 잠이 깬 채 누워서 밑에서 들리는 발소리에 귀 기울이고 있는 아내다. 도둑은 꾸준히 거실을 옮겨 다니다가 가끔씩 걸음을 멈추는데, 아마도 물건을 자루에 넣기 전에 물건 가까이로 몸을 숙이거나 물건을 들어서 무게를 가늠해 보느라 그러는 것이리라. 도둑들은 자루를 가지고 다니나? 그녀는 남편을 깨워야 한다는 것을 안다. 1초도 지체해서는 안 된다. 하지만 그녀는 남편의 잠을 깨우기 전에 확인해야 한다. 정말 도둑인지 확실히 알아야 한다. 밤중에 남편을 깨우면 남편은 절대로 다시 잠이 들지 못해서 다음 날 사무실에서 녹초가 되어 몽롱한 상태로 일해야 한다. 그이의 하루가 망가지고 그이의 삶이 지옥 같아지는 것이다. 그이가 죽을 맛이라는 식으로 노골적으로 불평하는 일은 결코 없지만, 이른 아침의 식사 자리에서, 그리고 또 저녁 식사 자리에서 그이를 훔쳐보면 눈은 피곤에 절어 있고, 부당하게 잠을 빼앗긴 몸은 비애에 젖어 있는 것이다. 하지만 도둑이라는 것을 확신할 수만 있다면 이런 것들은 조금도 문제 되지 않을 것이다. 그녀는 확신한다. 그러나 자신이 확신한다는 것을 확신하는가? 발소리는 발소리가 아니고, 한밤중에 집 자체에서 나는 소리에 불과할 뿐일 가능성이 있다. 마루가 삐걱거리는 소리, 목재 문이 희미하게 달가닥거리는 소리일 가능성이 있는 것이다. 그러나 그녀는 자신의 귀에 들리는 소리는 그런 소리들이 아니라고 확신한다. 적어도 그녀가 아는 한은 그렇다. 자신이 듣고 있는 소리는 그보다 훨씬 더 규칙적이다. 그 소리는 누군가가 우리의 존재를 위협하며 집 안을 살금살금 걸을 때 나는 발소리임이 틀림없다고 믿는다. 그렇지만 그녀가 듣고 있는 소리는 집 자체에서 나는 소리가 아니라 도둑이 집에 침입하여 살금살금 돌아다니면서 물건들을 자루에 넣을 때(도둑에게 자루가 있다면 말이다) 나는 발소리라고 확신한다는 것을 확신한다 해도, 더할 나위 없이 확신한다 해도, 자신이 어떻게 남편을 깨울 수 있단 말인가? 그이가 무엇을 할 것인가? 그이는 착하고 점잖은 사람이며 친절하고 지적이다. 실은 약간 성깔도 있어서 건들지 않는 게 상책인 사람이다. 하지만 행동력은 미약한 사람이고, 도둑과 싸울 수 있는 사람이 전혀 아니다. 그이는 도둑이 한밤중에 집 안으로 들어와서 마구 도둑질을 하고 있는데 도대체 뭘 어떻게 해야 하나 생각하면서, 그녀가 누워 있듯이 그냥 자리에 누워 있을 것이다. 아니면 아래층으로 내려가 도둑과 맞서는 것이 자신의 의무라고 생각할지도 모르는데, 그건 더 안 좋은 일이다. 도둑은 흉기로 그이의 머리를 내려치고 그이를 묶어서 차의 트렁크에 처넣어 버릴 테니 말이다. 그녀는 남편을 깨우지 않도록 자제해야 했다. 아무것도 하지 않고 그냥 자리에 누워서 도둑이 나가기를 기다리는 게 최선이다. 원하는 대로 뭐든 다 가져가라지. 평면 스크린 텔레비전도, 벽난로 위에 놓아둔 은제 비둘기도 가져갈 테면 가져가. 어머니가 결혼 5주년 기념으로 구입한 중국식 등燈도, 식당 방에 있는 컷글라스 그릇도 다 가져가란 말이야. 하나도 남김없이 쓸어 가 버려. 그걸 깨뜨리든 만지든 훔치든 알아서 하고 어서 나가 주기만 해, 이 양반아. 우릴 가만 내버려 두라고. 고상한 가구 옆 방바닥에서 죽는 것보다는 텅 빈 집에서 살아 있는 게 더 낫다. 도둑은 아래층에서 오랜 시간을 보내고 있었다. 그는 분명 이 집 사람들이 이불을 잘 덮고 깊이 잠들어 있다고 생각할 것이다. 자신의 목적 달성에 관해서는 전혀 걱정할 게 없다고 생각하는 게 틀림없다. 그래, 서두르지 말고 천천히 해. 다 훔쳐 가라고. 그런데 그가 돈을 찾아서, 화장대 위에 레이스 깔개를 깔고 놓아둔 보석 상자를 찾아서 계단을 올라오면 어떡하지? 그땐 어떻게 해야 하나? 그녀는 계단에서 발소리가 나는지, 복도에서 소리가 들리는지 알아보려고 귀를 쫑긋 기울인다. 하지만 발소리는 여전히 아래층에서 들리며, 지금 움직이고 있다고 그녀는 확신한다. 거실에서 식당 방으로 움직이고 있는지, 식당 방에서 거실로 움직이고 있는지, 그걸 알기는 쉽지 않다. 경찰을 부를 수도 있으리라. 경찰을 부르는 게 그녀가 해야 할 일일 것이다. 그녀의 휴대전화는 15센티미터 떨어진 침대 옆 탁자에 놓여 있다. 하지만 도둑이 그녀의 말소리를 듣고 위로 올라오면 어떡하지? 도둑의 손에 칼이 들려 있다면, 혹은 칼 대신 총이 들려 있다면 어떡하지? 경찰이 집에 도착해서 보니 집 안에 잠든 남편과 신경증에 걸린 아내 말고 다른 사람은 아무도 없다는 게 밝혀지고, 아내는 이 한밤중에 여러 사람에게 커다란 피해를 주는 엉뚱한 전화를 하는 것보다 더 잘할 수 있는 게 아무것도 없는 사람이라는 게 드러나면 어떡하지? 그러니 가만히 누워 천천히 숨을 쉬면서 1,000까지 세어 보는 게 최선이리라. 양 한 마리, 양 두 마리. 이 무슨 장난이람. 한밤중에 도둑이 아래층 여기저기를 돌아다니면서 가끔 걸음을 멈추고 자루에(도둑에게 자루가 있다면 말이다) 물건들을 담는 이때에, 곧 달아날 생각으로 거실의 모든 물건들을 쓸어 담는 이때에, 자신은 멍청하게 아무것도 하지 않고 그냥 누워만 있을 수는 없잖은가. 그녀 자신의 잠은 또 어쩔 것인가? 침대 옆에 놓인 시계를 보니 3시 10분이다. 그녀는 여기저기를 기웃거리며 모든 것을 훔치는 도둑을 집 안에 둔 채로 잠을 이룰 수는 없을 것이다. 내일은 극심한 두통에 시달릴 것이다. 진이 빠져서, 몹시 부끄러워서 죽고 싶은 심정일 것이다. 아직 기회가 있을 때 뭔가를 해야 했다. 그러니 지금 당장 뭔가를 해야 한다. 지금 이 순간에, 너무 늦기 전에. 왜냐하면 눈을 뜨고 누워서, 한밤중에 후드를 눌러쓰거나 스키 마스크를 쓰고 집 안을 돌아다니는 도둑의 소리에 귀 기울이고 있는 사람은 바로 그녀니까 말이다.

그녀는 조금도 움직이지 말고 시체처럼 가만히 누워 있어야 한다고 속으로 중얼거린다. 생각은 그렇게 하면서도 이불을 젖히고 침대에서 내려선다. 맨발바닥에 카펫의 촉감이 와 닿는다. 그녀는 다만 귀 기울여 소리를 듣고 싶을 뿐이다. 남편을 깨우기 전에 자신의 확신을 **확인**하고 싶을 뿐이다. 한밤중에는 집에서 많은 소리가 난다. 자신이 듣고 있는 소리는 발소리라는 것을 전적으로 확신하지만, 침실 문을 열었을 때는 더욱더 확신하게 되리라. 그녀는 짧은 나이트가운 위에 실크 가운을 걸치고 허리끈을 단단히 동여맨 다음 아주 조심스럽게 문으로 걸어간다. 도둑이 손잡이 돌리는 소리를 들으면 어떡하지? 걸쇠가 딸깍하는 소리를 들으면 어떡하지? 복도에서 그녀는 걸음을 멈춘다. 그녀는 귀를 기울인다. 아무 소리도 들리지 않는다, 어떤 소리가 들린다, 아무 소리도 들리지 않는다. 계단 맨 위에서 그녀는 발소리를 듣는다. 그녀는 이제 확신한다. 전적으로 확신한다. 아주 정직하게 말하자면 가슴이 쿵쾅쿵쾅 뛰어서 집 안에서 나는 어떤 소리도 듣기 어려웠지만 말이다.

그녀는 난간을 잡고 내려가기 시작한다. 각 계단마다 먼저 왼발을 내려놓고 다음에 오른발을 내려놓는다. 그녀가 정말로 피하고 싶은 것은 먼저 왼발을 내려놓은 다음에 오른발을 내려놓는 방법으로 계단을 천천히 내려갈 때 도둑이 그 소리를 듣는 것이다. 그와 동시에 그녀가 이 세상 그 무엇보다도 더 원하는 것은 먼저 왼발을 내려놓은 다음에 오른발을 내려놓는 방법으로 계단을 천천히 내려갈 때 도둑이 그 소리를 듣는 것이다. 그러면 도둑은 훔친 물건들이 든 자루를 들고(도둑에게 자루가 있다면 말이다. 도둑에게 자루 말고 달리 뭐가 있겠는가) 도망쳐서 모든 이들을 평안하게 놓아둘 것이다. 새벽 3시에 도둑이 돌아다니며 물건을 훔치면서 당신을 돌아 버리게 만든 집 안에 눈을 뜨고 깨어 있는 것을 평안이라 부를 수 있다면 말이다. 도둑이 계단을 내려오는 그녀의 발소리를 듣는다면 걸음을 뚝 멈출 거라는 생각이 문득 떠올랐다. 도둑은 걸음을 멈추고 그녀를 기다릴 것이다. 반쯤 벌거벗은 거나 다름없는 보드라운 가운 차림의 어리석은 아내가 계단을 내려오기를 기다릴 것이다. 그러면 바닥에 드러눕게 될 사람은 남편이 아니라 그녀일 것이다. 한밤중에 거친 끈으로 손목과 발목을 묶이고, 강력 접착테이프로 입이 봉해지고, 어쩌면 끈으로 목이 졸리고, 나이트가운은 허리 위로 올라가 있는 채로 말이다. 경찰이 그녀를 내려다보며 서서 그녀의 허벅지를 살펴보고 곱슬곱슬한 털이 난 불두덩을 검사한 다음에 시트로 그녀의 몸을 덮을 것이다. 그러니 돌아가라, 돌아가. 너무 늦기 전에 돌아가라, 돌아가. 도둑이 마냥 기다리게 하라. 하지만 그녀는 이미 계단 밑바닥에 내려서서 현관 복도를 마주하고 있다. 왼쪽은 거실이고 오른쪽은 식당방이다. 그녀의 집 창문에는 양쪽으로 밀쳐 묶을 수 있는 커튼이 설치되어 있는데, 커튼은 블라인드와 창틀을 가리고 있다. 하지만 어둠의 틈새로 아마도 사탕단풍나무 옆 가로등 불빛인 듯한 빛이 희미하게 새어 들고 있다. 그녀는 소파 팔걸이, 장식장의 모서리 같은 가재도구의 형태를 부분적으로 알아볼 수 있다. 발소리가 멈추었다. 도둑이 기다리고 있는 것이다. 도둑은 그녀가 2층으로 돌아가기를 기다리고 있는지도 모른다. 그래야 끈으로 그녀의 목을 졸라서(도둑에게 끈이 있다면 말이다) 소파 뒤로 끌고 갈(그녀가 거실로 들어오면 그렇게 하려는 것이 도둑의 계획이라면 말이다) 필요 없이 도망칠 수 있을 테니까.

그녀는 조심조심 거실로 들어간다. 가재도구의 형태가 부분적으로 보이는데, 검은색이 아닌 어두운색이다. 그녀는 털이 생생히 곤두서고 수염이 씰룩씰룩 움직이는 한밤의 고양이다. 그녀는 손을 올려 벌어진 입을 막으며 우뚝 걸음을 멈춘다. 그 모습이 마치 영화관 복도의 포스터에 나오는, 긴 가운이 반쯤 벌어진 옷차림새를 한 채 두려움으로 몸이 뻣뻣하게 굳은 여자의 모습 같았다. 하지만 집 밖에서 난 소리였을 뿐이다. 데이트를 하고 돌아온 켈리라는 아이가 차 문을 닫는 소리거나 다른 어떤 소리, 예컨대 다람쥐가 쓰레기통에 내려앉는 소리였을 것이다. 도둑이 그녀를 기다리고 있다면 어떡하지? 도둑이 소파에 앉아 있으면 어떡하지? 소파에 누가 있다. 그녀의 눈에 그게 보인다. 어두컴컴한 형체의 도둑이 기다리고 있다. 아니, 장식용 쿠션인가? 그녀는 마음을 가라앉혀야 한다. 새벽 3시에 그녀는 어둠 속에서 팔을 쭉 뻗은 채 미친 여자처럼 살금살금 돌아다니고 있다. 머리카락이 뺨으로 흘러내린다. 깜깜한 어둠 속에서 누가 보고 있기라도 한 것처럼 그녀는 머리를 올려 핀이나 클립으로 고정했어야 하는데, 하는 생각을 한다. 도둑은 이곳 어딘가에 있어야 한다. 발소리를 들었으니까 말이다. 그게 어찌 발소리가 아닌 다른 무엇일 수 있단 말인가. 그녀는 소파에서 안락의자로, 안락의자에서 전기스탠드가 놓인 탁자로, 전기스탠드 탁자에서 시디 여섯 장을 한 번에 들을 수 있는 시디플레이어가 있는 곳으로 이동하면서 자세히 살펴보고 만져 본다. 한 손은 자신의 얇은 가운을 목 부분에서 꼭 움켜쥐고 있다. 신형 평면 스크린 텔레비전은 진열장 위에 그대로 있고, 은제 비둘기도 벽난로 위에 있다. 없어진 것은 없다. 모든 게 제자리에 있다. 그자는 여전히 집 안에 있는 걸까? 그녀는 이제 재빨리 움직여서 어두운 식당 방으로 들어간다. 컷글라스 그릇은 여전히 식탁 위에 놓여 있다. 부엌으로 들어서니 수납장은 손댄 흔적 없이 닫혀 있다. 도둑이 계단을 내려오는 그녀의 소리를 들은 게 틀림없다. 그는 도망갔다. 급히 달아난 것이다. 그녀는 집을 지켰다. 그녀가 이겼다.

거실로 나온 그녀는 현관문을 확인하고 단단히 잠근 다음 몸을 돌린다. 그녀는 귀를 기울인다. 도둑은 어쩌면 창문으로 들어왔는지도 모른다. 여기로 들어왔을 수도 있고, 저기로 들어왔을 수도 있다. 어디로 들어왔는지 누가 알겠는가. 그녀는 1층 방들을 돌아다니며 창문을 확인한다. 다 닫혀 있다. 베란다로 통하는 부엌문을 확인한다. 단단히 잠겨 있다. 거실로 돌아온 그녀는 소파에 털썩 주저앉으며 머리를 푹신한 등받이에 거칠게 기댄다. 그녀는 확신할 수 있어야 한다. 다시 잠자리에 들 수 있으려면 명명백백히 확신해야 한다. 도둑이 구석에 숨어 있으면 어떡하지? 도둑이 그녀를 찾아내면 어떡하지? 그녀를 찾아내서, 묶고, 살해하고, 자루에 담아 버리면…… 그만! 그자가 밖에서 기다리면 어떡하지? 창문이 박살 나고 서랍이 열려 있는 것을 보았다면 차라리 더 나을 것을. 컵 받침과 접힌 지도들이 바닥에 흩어져 있고 텔레비전이 사라지고 컷글라스 그릇이 없어진 것을 보았다면 차라리 더 나을 것을. 그녀는 무거운 상자를 들어 올리려고 애를 쓰는 사람처럼 팔의 근육이 팽팽히 죄어 있다. 그녀의 몸 전체가 하나의 주먹이다.

잠시 후 그녀는 소파에서 벌떡 일어나 현관문으로 간다. 문 너머는 앞마당이고, 사탕단풍나무가 있고, 밤이 있다. 그녀는 잠시 서 있다가 잠금장치를 푼다. 문을 열고 방충망을 통해 어두운 보도와 잔디밭을 내다본다. 사탕단풍나무 이파리 사이로 가로등 불빛이 약간 흔들리는 것처럼 보인다. 그녀는 문을 닫고 자물쇠를 노려본다. 자물쇠를 잠그지 않는다. 도둑이 오면 오는 거겠지. 그자가 어서 끝을 보게 하지 뭐. 그녀는 더 이상 견딜 수 없다. 계단을 올라가서 침대 속으로, 자고 있는 남편 옆으로 슬그머니 들어간다. 남편은 그사이 별다른 움직임이 없었다. 어둠 속에서 그녀는 잠을 이루지 못한 채 현관문에서 소리가 나는지 귀 기울이고 발소리가 나는지 귀 기울인다. 확신할 수는 없지만, 발소리는 그친 듯싶다.

아침에 남편이 일을 하러 나간 뒤 아내는 집 안을 돌아다니며 서랍을 열고 수납장을 들여다보고 찬장을 살펴본다. 남편은 현관문이 열려 있더라는 말을 했다. 자기가 문을 잠그는 걸 깜빡 잊은 것 같은데, 도둑맞은 이웃들이 있으니 정말 조심해야 한다고 했다. 도둑은 구석에 숨어 있다가 그녀가 침실로 돌아갔을 때 집을 빠져나갔을 가능성이 있다고 그녀는 생각한다. 도둑은 거실에 있었으므로 거실에 뭐가 있는지 알 것이다. 탁자 위에 중국식 등이 있고 벽난로 위에 은제 비둘기가 있다는 것을 알 것이므로 그는 반드시 다시 올 것이다. 이 집은 큰 집이 아니고 그들은 결코 부자가 아니다. 하지만 사람들이 흔히들 말하듯이 그럭저럭 넉넉한 편이고, 눈에 띄는 물건들도 제법 있는 편이다. 카메라, 믹서, 여행 가방 두 세트, 예쁜 초콜릿 상자…… 그녀는 지금 생각이 명료하지 못하다. 그녀는 발소리를 들었다고 확신한다. 한밤중에 그걸 어떻게 확신할 수 있느냐고 물을지 모르지만 말이다. 그게 발소리가 아니라 단지 집 자체에서 나는 소리였다면, 그녀가 왜 그런 착각을 했겠는가? 만약 그녀가 그 발소리를 지어낸 거라고 한다면 차라리 모든 것을 지어냈다고 말하는 게 더 나으리라. 직장에 다니는 남편, 이 집, 결혼 생활, 초등학교 1학년 때 의자에서 떨어졌던 일, 그때 존 코너가 그녀를 가리키며 "넌 죽었어!"라고 소리치던 것도 다 지어낸 일이어야 했다. 그녀는 자신의 손과 뺨을 만져 본다. 자신은 거기 있다. 실재한다. 그녀는 남편이 일터에서 돌아오기를 기다린다. 오늘 밤을 기다린다.

밤에 아내는 잠자는 남편 옆에 눈을 뜨고 누워 있다. 남편은 얼굴을 약간 돌린 자세로 숨을 고르게, 조용히 쉬고 있다. 자기 전에 그이는 바로 얼마 전에 도둑맞은 이웃들이 있다는 말을 하며 문단속을 하고 창문을 잠갔다. 그이는, 이 평온한 남편은 꿈을 꾸고 있는 걸까? 그녀의 꿈을 꾸고 있는 걸까? 어둠 속에서 그녀는 발소리에 귀 기울인다. 도둑은 조심스럽게 거실을 걷고 있다. 종종 걸음을 멈추었다가 다시 걷곤 한다. 도둑은 그녀가 자리에 누워 귀 기울여 듣고 있다는 것을 알 것이다. 한밤중의 발소리는 집 자체에서 나는 소리가 아니다. 그녀는 이번에는 그걸 확신한다. 그런 상황에 처한 그 어떤 사람보다도 더 굳게 확신한다. 그자는 어젯밤에 마무리 짓지 못한 일을 마무리 지으려고 돌아온 것이다. 왜냐하면 그자가 어두운 거실을 돌아다닐 때 그녀가 내려와 그의 일을 막고 그를 쫓아냈기 때문이다. 지금 자지 않고 깨어 있는 사람은 그녀다. 집을 지키는 사람은 그녀다.

아내는 이불을 젖히고 가운을 걸친 다음, 방을 나가 복도로 들어선다. 발소리가 아니라면 어떻게 그녀가 100퍼센트 확신할 수 있겠는가? 그녀는 이 일을 끝내야 한다. 이 일을 끝내고 자야 한다. 그녀는 맨발로 계단을 밟는 소리를 숨기려 하지 않고 계단을 걸어 내려간다. 계단 밑바닥에서 그녀가 나직이 말한다. "거기 누구 있어요?" 잠시 후 그녀가 덧붙인다. "당신이 거기 있다는 거 알아요." 발소리는 이미 멈추었다. 그녀는 머뭇거리지 않고 거실로 들어간다.

그녀는 확신에 찬 걸음걸이로 어둠을 헤치고 나아가며 이 구석 저 구석을 뚫어져라 쳐다본다. 소파 팔걸이와 안락의자 등받이, 흔들의자, 벽 등을 만져 본다. 그자는 거기 없다. 그녀는 식당 방을 살펴본다. 컷글라스 그릇은 긴장한 동물처럼 식탁 위에 몸을 웅크리고 있다. 부엌으로 들어간다. 부엌 창문을 통해 희미하게 빛나는 흰 차고의 옆면과 어두컴컴한 잔디밭에 놓인 시커먼 접이식 의자 두 개를 볼 수 있다. 도둑은 조금 전만 해도 여기서 계단을 내려오는 그녀의 발소리를 들었을 텐데, 다시 한 번 그녀를 속여 넘겼다. 이제 그자는 여기 없다. 후드를 눌러쓰거나 스키 마스크를 쓴 차림으로 밤의 어둠 속으로 사라져 버렸다. 그자를 보내 주어야 할 때다. 모든 걸 끝내야 할 때다. 계단을 올라가 남편 옆에서 잠들어야 할 때다. 꿈을 꾸면서 조용히 누워 자는 남편 옆에서 편안히 잠들어야 할 때인 것이다. 그런데 이 같은 밤에 어떻게 계단을 올라가 조용히 누워 자는 남편 옆에서 잠들 수 있단 말인가? 그녀의 마음은 잠을 자기에는 너무 뒤숭숭하다. 잠은 남편의 것이다. 잠은 이 세상의 선량한 사람들을 위한 것이다. 도둑과 아내들은 밤에 잠들지 못하고 돌아다닌다.

부엌은 덥다. 더운 여름밤이다. 도둑은 뒷문으로 들어왔을 것이다. 남편이 잠자러 2층으로 올라간 뒤에 그녀가 뒷문의 자물쇠를 풀어 두었으니까. 그자는 들어올 때와 같은 곳을 통해 도망쳤을까? 그녀는 문을 열고 뒤 베란다로 걸음을 내딛는다. 실은 베란다가 아니다. 네 단짜리 계단과 평평한 바닥이 있고, 거기에 기둥과 작은 지붕이 있는 곳일 뿐이다. 공기는 덥지만, 그 사이사이에 시원함이 잔물결처럼 일렁인다. 덥고 시원한 밤이다. 어두운 하늘에 별들이 반짝이고, 뒤로 기울어진 흔들의자 같은 이지러진 달이 떠 있다.

계단을 내려가 맨발로 뾰족하면서도 부드럽고 시원한 잔디의 감촉을 느낀다. 그녀는 성큼성큼 걸어서 죽 늘어서 있는 가문비나무를 지나간다. 가문비나무는 지금 잠들어 있는 옆집 남편과 아내로부터 그녀의 마당을 분리해 준다. 그녀는 이어 소나무 뒤 울타리를 지나가고 차고의 옆면을 지나간다. 도둑은 어두운 마당 어딘가에 서서 집 안을 살펴보며 안으로 들어갈 계획을 세우고 있는 게 틀림없다. 밤의 어둠 속에서 사람들은 잠들어 있고, 이곳은 그 잠긴 문 너머, 뒤로 기울어진 달이 떠 있는 마당과 울타리의 안전한 세계다. 이곳 어딘가에 도둑이 있을 것이다. 어딘가가 어디일까? 어딘가는 어디에도 없다. 그녀는 접이식 안락의자에 털썩 앉아서 몸을 뒤로 젖혀 기대며 발목을 꼰 자세로 두 다리를 다리 받침대에 내려놓는다. 매끈매끈한 가운은 무릎께에서 벌어져 있다. 희미한 가로등 불빛이 지붕을 비추는 더운 여름밤, 도둑이 활동하기 좋은 밤이다. 그자는 뒤 계단으로 올라가서 시험 삼아 문을 열어 보려 했을 것이다. 그런데 정말 문이 열린다. 놀라워라! 그녀는 나무들 속에서 무슨 소리를 듣는다. 고양이? 너구리? 만약 도둑이 나무 아래 숨어 있다면 얼마 후에 나올 것이다. 나올 수밖에 없다. 도둑이 거기 있다면 그자는 그녀가 방해한 일을 마무리 지으려고 그녀가 2층으로 돌아가기만을 기다리고 있을 것이다.

그녀는 불현듯 옆에 있는 접이식 의자를 휙 본다. 그자는 거기 없다. 뒤쪽을 본다. 그자는 거기 없다. 그자는 거기 없고, 거기에도 없고, 거기에도 없고, 거기에도 없다. 그는 가 버렸다. 그녀의 밤도둑이 말이다. 그자는 더 이상 그녀의 집 물건을 훔치고 싶어 하지 않는다. 그녀는 고개를 돌려 집을 쳐다본다. 뒤로 기울어진 달이 떠 있는 덥고도 시원한 밤공기 속에서 그녀는 기다리고 있고, 그녀는 지켜보고 있고, 그녀는 마음이 어수선하고, 그녀는 준비되어 있다. 그녀는 발가락을 까딱까딱하며 의자 팔걸이를 쥐어짤 듯이 꽉 잡고 있다. 얼굴로 흘러내린 굽이진 머리 단을 홱 뒤로 넘긴다. 무언가가 그녀 안에 피어오른다. 밤의 슬픔 같은 것이 밀려든다. 그녀는 금방이라도 펑펑 울음을 터뜨릴 것만 같다. 쓰라린 웃음과 함께 마구 울어 댈 것만 같다. 불을 켜는 집들이 늘어날 것이고, 사람들이 창밖을 내다볼 것이며, 의자에 앉은 달은 점점 더 뒤로 기울다가 하늘에서 떨어질 것이다. 발바닥이 간지러웠다. 그녀는 벌떡 일어서서 나사 풀린 사람처럼 휘청휘청 움직인다. 아주 많은 물건들이 집 안에서 네 손길을 기다리고 있잖아.

아내는 베란다 계단을 오르면서 재빨리 어깨 너머로 뒤를 돌아본다. 부엌에 들어선 그녀는 부엌문을 잠근다. 남편이 잠자러 가기 전에 잠갔던 문이다. 싱크대 아래 상자에서 손잡이가 있는 커다란 비닐봉지를 빼낸다. 이어 두 번째 비닐봉지를 벌려서 첫 번째 비닐봉지에 넣어 안을 받친다. 그녀는 잠시 멈춰 서서 귀를 기울인 뒤 지하실 문을 연다. 지하실 문 뒤쪽 모자걸이에서 야구 모자를 골라 얼굴이 잘 안 보일 만큼 깊이 눌러쓴다. 지하실 문을 닫고 부엌을 지나간다. 어두운 거실에서 네 면이 유리로 된 태엽 시계를 집어 든 다음, 그것을 봉지 안에 넣는다. 전기스탠드 탁자에서 이탈리아제 착색유리 쟁반과 상아로 만든, 양산을 든 소녀상을 집어서 봉지에 넣는다. 그녀는 잽싸고 확신에 찬 동작으로 거실을 돌아다니며 타조 깃털을 꽂은 도자기 꽃병, 벽난로 위의 은제 비둘기, 캘리포니아 여행 사진 앨범, 구석 수납장 맨 아래 서랍에 든 나선형 전구, 텔레비전 리모컨 두 개, 사전, 밀짚모자를 쓰고서 개울가에 서 있는 그녀의 사진 액자, 건초 더미 옆에서 책을 읽는 여자를 그린 조그만 그림, 서랍에 든 편지들, 나무 올빼미 등을 비닐봉지 안에 집어넣는다. 식당 방에서는 컷글라스 그릇과 파란색 와인잔 세트를, 부엌에서는 은제 냅킨꽂이와 커피 끓이는 기구, 시계를 챙겨 넣는다. 그녀는 손전등을 켠 채 그 무거운 봉지를 끌고 지하실 계단을 내려간 다음, 보일러와 온수기를 지나 상자 더미와 부서진 가구들이 쌓여 있는 구석으로 봉지를 옮긴다. 상자에는 낡은 접시, 오래전의 의료 기록 서류철, 못 쓰게 된 장갑과 모자 등이 들어 있다. 그녀는 훔친 물건이 담긴 봉지를 상자와 상자 사이 공간에 밀어 넣는다. 그 공간 위에 삼발 탁자를 뒤집어서 올려놓는다.

지하실 계단 맨 위에서 그녀는 야구 모자를 모자걸이에 건다.

지하실 문을 닫는다. 부엌으로 들어가서 손전등을 다시 서랍에 넣는다. 그녀는 거실을 지나 계단을 오르고 침실 문을 연다. 남편은 등을 대고 누워 자고 있다. 그이의 코는 어린아이의 코 같다. 그녀는 가운을 벗고 이불 속으로 미끄러지듯 들어간다. 어두운 평온함이 마치 자갈이 가득한 시내의 냇물처럼 그녀 안에서 흐르는 것을 느낄 수 있다. 그녀는 눈을 감고 시체처럼 잔다.

우리의 최근 문제에 대한 보고서

A Report on Our Recent Troubles

우리는 예비 조사를 끝냈고, 이에 우리의 보고서를 위원회에 제출하는 바이다.

거의 6개월 동안 우리 마을은 마을의 존재 자체를 위협하는 사건들을 겪었다. 마을 온 가족이 다른 마을에서 안식처를 찾으려는 바람으로 이사를 떠났지만, 결국 그들은 어떤 이들은 저주라고 부르고 어떤 이들은 숙명이라고 부르는 것에서 벗어날 수 없다는 것을 알게 되었을 뿐이다. 우리 자신은 이 같은 거창한 말보다는 덜 화려한 형태의 말을 선호한다. 남아 있는 우리들은 모든 게 변했다는 걸 알면서도 아무것도 변하지 않은 것처럼 해 오던 일들을 계속하려 노력했다. 우리의 얼굴 표정이 바뀌었다. 우리 아이들의 미소조차도 더 이상 예전의 친숙한 미소가 아니다. 그 미소에는 과장된 태도와 꾸며 낸 쾌활함이 배어 있다. 마을 곳곳에서 빈집과 돌보지 않은 잔디밭이 눈에 띈다. 고양이들은 망으로 된 문을 긁곤 하지만, 그 문들은 결코 열리지 않는다. 황혼 녘이면 많은 마을 사람들이 무슨 목적이 있는 것처럼 공터에 모여들지만, 그냥 그렇게 있다가 흩어질 뿐이다. 그 상황에서 누가 말할 수 있겠는가? 파악할 수 없는 것들을 파악하고자 하는 희망을 품고 있는 우리는, 위중한 사태의 중심에 있지만 거리를 두고 살펴보고자 하는 우리는 이 이상한 현상의 역사를 추적하고 그 숨은 원인을 찾아내기로 자발적으로 결정했다.

누구나 기억할 수 있겠지만 우리 마을은 살기 좋은 곳이었다. 통근 노선의 맨 끝에 위치한 덕분에 더 큰 세상과 긴요하게 연결돼 있다는 느낌을 누릴 수 있을 뿐 아니라, 우리는 그 세상으로부터 자진하여 물러나 있다는 느낌과 우리 자신의 생활 방식을 지킬 수 있도록 교통이 따로 떨어져 있다는 느낌도 흡족하게 누린다. 이곳에서 우리는 더 예스럽고 더 시골스러운 미국의 정취를 보존한다. 북쪽의 숲, 난간을 설치한 나무다리가 있는 개울, 인디언 매장지…… 외지고 조용한 그러한 곳들이 우리 마을의 기차역, 차선이 여섯 개인 고속도로, 새 마이크로칩 공장 등과 평화로이 공존한다. 거리는 녹음이 우거지고, 집들은 수리가 잘되어 있다. 스윙 세트와 접이식 의자, 그리고 커다란 파라솔 아래 둥근 삼나무 탁자가 있는 뒷마당은 밝고 환하다. 우리 아이들은 진짜 베이스, 진짜 투수판이 놓인 투수 마운드, 백네트 등이 있는 스털링 공원 야구장에서 야구를 한다. 그러는 동안 우리 개들은 햇빛과 그늘이 줄무늬를 이루는 나무 벤치 옆에 누워 있다. 물론 다른 마을과 마찬가지로 우리 역시 우리 몫의 문제를 가지고 있다. 우리도 똑같은 사람이니까 말이다. 하지만 전반적으로 우리는 이곳에서 행복하게 지낸다. 우리가 아는 다른 마을에 비해 하늘은 항상 좀 더 파랗고 나뭇잎은 좀 더 푸른 듯싶은 우리 마을에서 우리는 행복하다.

이런 환경에 어떤 전환점이나 변화가 있었던 걸까? 어느 특정한 순간을 뽑아내는 것은 기록을 왜곡하는 것이다. 왜냐하면 그것은 실제로 무슨 일이 일어났는지에 대한 우리의 생각을 무심코 드러낼 수 있는 원인과 결과의 명확한 역사를 넌지시 말하는 것이기 때문이다. 그럼에도 불구하고 우리는 약 6개월 전인 올해 3월에 뭔가가 모습을 드러내기 시작했다는 데 동의한다. 그 무렵에 외견상 관련이 없어 보이는 세 건의 사건이 발생했는데, 그 사건들은 어떤 방향성을 보여 주는 것 같지는 않았지만 우리 마을에 강렬한 인상을 주었다. 첫 번째 사건은 그린우드로 451번지에 사는 리처드 라우리와 수잰 라우리 부부의 자살이었다. 라우리 부부는 50대 초반의 부유하고 건강한 사람들로, 행복한 결혼 생활과 폭넓은 친구 관계를 꾸려 왔다. 그들은 아무런 메모도 남기지 않았다. 경찰 수사는 어떤 비밀도 밝혀내지 못했다. 정부情婦나 애인, 질병을 포함하여 어떤 종류의 문제도 알아낼 수 없었다. 우리 마을의 많은 이들을 당황스럽게 하고 결국엔 화나게 한 것은 무엇보다도 자살의 동기를 알 수 없다는 점이었고, 그래서 이들은 자신들의 목숨을 버린 것뿐 아니라 우리에게 이해할 수 없는 수수께끼를 남긴 데 대하여 라우리 부부를 비난했다. 우리 사이에는 그들이 우리를 괴롭히기 위해서, 그리고 그들은 아무도, 아무것도 필요하지 않다는 걸 우리에게 보여 주기 위해서 자살을 했다는 불유쾌한 얘기도 있었다. 우리들 대다수는 이러한 설명을 옹졸하고 악의적인 것으로 여겼지만, 아무튼 우리는 그런 설명을 우리 모두가 느끼는 불만의 표시로, 화가 나서 용서할 수 없다는 감정의 증거로 받아들였다.

2주 후, 고등학교 기하학 교사로 일하다 은퇴한 74세 노인 칼 슈나이더의 소식이 들려왔다. 그는 간암 진단을 받았었다. 자신의 손으로 목숨을 끊은 그의 죽음은 라우리 부부의 죽음보다 관심을 덜 끌었다. 하지만 우리는 모두 그의 죽음을 알았고, 우리에게 이유 있는 자살의 사례를 제공해 준 데 대해 슈나이더 씨에게 속으로 고마움을 느꼈다. 몇몇 사람들은 우리가 얼마든지 이해할 수 있는 존경스러운 자살이라고 말하기도 했다. 이런 점에서 서로 관련이 없는 두 사건이 우리 마음속에 연결되었다. 우리는 또한 46세의, 슈나이더 씨의 딸이 《타운 레저》와의 인터뷰에서 아버지는 라우리 부부에 관한 기사를 읽었으며, 아버지를 방문했을 때 아버지가 그 사람들을 언급했다고 말했다는 사실에 주목했다. 조그만 마을에서는 자살을 하면 말이 퍼지게 마련이라고 당시에 누군가가 말했다.

칼 슈나이더가 죽은 지 나흘 뒤, 라이언 휘테커와 다이앤 그라보브스키라는 두 명의 고등학교 2학년 학생이 휘테커의 집 지하실 놀이방의 탁구대 근처 간이침대에서 나란히 누운 채로 발견되었다. 사망 원인은 머리에 입은 총상이었다. 남학생의 아버지가 소유한 권총 두 자루로 각자 자신의 머리를 쏜 것이었다. 남학생의 폴로셔츠에 핀으로 꽂힌 메모 한 장이 발견되었다. 메모는 남학생이 썼지만 둘 다 서명을 하고 둘의 부모 모두에게 보내는 형식이었다. 메모에서 두 학생은 자신들의 행동이 야기할 충격과 고통을 사과하며, 자신들은 서로의 사랑을 확인하고 그 사랑을 영원히 기리는 방법으로써 기꺼이 자신들의 손으로 죽는다고 썼다. 메모는 자의식적이고 문학적인 어조로 쓰여 있어서 우리는 분노와 애잔함을 똑같은 정도로 느꼈다. 하지만 목구멍이 근질근질할 정도로

하고 싶었던 말은 한 달도 안 된 사이에 우리 마을에서 다섯 명이 나 자살했다는 사실이었다.

만약 4월 초에 일어난 사건이 없었다면 그 일은 그 정도로만—불운이 이어진 어둠의 달로—남아 있었을지 모른다. 고등학교 1학년인 조지 세이블과 중학 3학년생 낸시 마틴스가 세이블의 집 뒤편 숲속 담요 위에서 경찰에게 발견되었다. 이번에는 현장에 한 자루의 권총—스미스 앤드 웨슨 38구경 반자동 권총—만 있었는데, 자살 메모에 따르면 그들의 계획은 낸시 마틴스가 자신의 왼쪽 관자놀이에 첫 발을 쏘고, 그런 다음 그 총으로 조지 세이블이 자신의 왼쪽 관자놀이를 쏘는 것이었다. 세이블의 컴퓨터로 인쇄한 뒤 두 학생 모두 잉크 글씨로 서명한 그 메모에서 그들은 자신들의 불멸의 사랑과 죽음에 의한 영원한 결합을 얘기했다. 그들이 남긴 글과 권총을 보면 세이블과 마틴스가 휘테커와 그라보브스키의 정사情死를 모방해서 자살했음이 명백했다. 그리하여 이 틀림없는 연관성이 처음으로 우리 마을에 경각심을 불러일으켰다. 아버지들은 총기를 안전한 곳에 보관했으며, 어머니들은 불안한 마음으로 아들과 딸들을 이 방 저 방 따라다녔다. 고등학교에서는 상담 프로그램을 확대하고 사람들에게 이상행동과 관련된 어떠한 정보든 알려 달라고 촉구했다. 우리는 밤중에 불쑥 잠에서 깨기 시작했고, 그럴 때면 시트 위에 놓인 손이 긴장되어 있었다.

조지 세이블과 낸시 마틴스의 죽음을 차분히 받아들일 새도 없이 우리는 또 다른 사건과 맞닥뜨렸다. 더욱 경악스러운 사건이었다. 조간신문은 고등학생 세 그룹—두 명, 두 명, 세 명—이 서로 다른 세 가정집에서 각각 죽은 채로 발견되었다고 보도했다. 세 그룹 모두 우리가 아는 앞선 메모들을 본뜬 자살 메모를 남겼다. 일곱 학생 중 다섯 명은 '의미 있는 죽음'이라는 대의에 헌신코자 하는 비밀 단체인 '검은 장미'에 소속해 있었다는 사실도 보도되었다. 죽은 학생의 침실에서 자주색 제록스 용지에 인쇄하여 스테이플러로 철한 회칙이 발견되었다. 그 회칙을 통해 우리는 검은 장미는 회원들에게 스스로 죽음을 선택함으로써 자신들의 삶에 의미를 부여할 것을 촉구한다는 사실을 알게 되었다. 그들은 자살을, 일상의 덧없고 공허한 삶을 선택의 확실함으로 바꾸어 주는 경하할 만한 행동으로 칭송했다. 죽음을 선택하는 것은 제멋대로인 삶에 의지를 부여하는 행위라는 것이었다. 우리를 불안하게 한 건 그러한 생각의 위험성이나 부조리함이라기보다는 그러한 생각이 존재한다는 사실 자체였다. 다음 날 또다시 두 건의 죽음이 서로 다른 지역에서 일어났다는 보도가 있었다. 검은 장미 회칙에서 뜯어낸 종이 한 장이 한 희생자의 수첩에서 발견되었다. 이제 우리는 차 열쇠를 숨기고 귀가 시간을 엄격히 통제했으며 휴대전화를 항상 켜 놓기 시작했다. 우리 마을의 가정에서는 불안감이 연기처럼 떠돌았다.

이 시기에 우리는 검은 장미를 끝낼 수만 있다면 우리의 아들딸들을 사로잡은 죽음에 대한 병적인 열기도 끝낼 수 있을 거라고 생각했다. 비록 검은 장미를 증오하고 두려워하긴 했지만, 이런 의미에서 우리는 한편으로 감사하는 심정으로 검은 장미에 매달리기도 했다. 왜냐하면 우리가 필사적으로 알아내려 했던 숨은 이유를 검은 장미가 우리에게 제공했기 때문이다. 우리의 10대들은 병적인 철학—퇴폐적 도그마—에 사로잡혀 있고, 그것이 그 애들을 치명적인 게임으로 몰아가는 것이었다. 우리는 우리 아이들의 마음을 되찾기 위한 싸움을 할 것이다. 우리는 태양을 무기 삼아 우리 자신을 내던져서 어둠의 힘에 맞설 것이다. 사실 모든 죽음의 원인이 검은 장미로 거슬러 올라가는 것은 아니었다. 검은 장미 회원들은 소규모 광적인 신봉자에 국한되어 있다는 증거도 있었다. 그런데 우리가 사태의 핵심에 이르렀다고 느낀 그 시점에 변화된 새로운 추세가 우리를 불안하게 했다. 검은 장미가 이미 뒤처지고, 그사이에 새로운 유혹이 불길하게, 사뿐히 나타난 것 같았기 때문이다.

이제 전율이 이는 극적인 자살에 대한 열정이 우리의 아들딸들을 사로잡았다. 마치 가장 잊지 못할 죽음을 감행하려고 서로 경쟁하는 것만 같았다. 무리 지어 인근 놀이공원에 간 고등학생 여섯 명이 롤러코스터를 탔는데, 운행이 끝나고 롤러코스터가 멈췄을 때 그들은 죽어 있었다. 여섯 명 모두 롤러코스터가 달릴 때 스스로 자신의 몸에 염화칼륨 용액을 주사했던 것이다. 그 여섯 명 가운데 어떤 식으로든 검은 장미와 연결된 아이는 없었다. 조앤 개러버글리아는 인기 많은 소녀로 홈 비디오 촬영에 대한 열정이 남달랐는데, 어느 날 밤 다락방으로 올라가서 동물 뼈로 손잡이를 만든 사냥칼을 치켜들어 자신의 목을 찌르는 모습을 촬영했다. 로레인 키팅은 황혼 녘에 감탄 어린 눈으로 바라보는 친구들 앞에서 히코리나무의 나뭇가지에 스스로 목을 매달았다. 자살 메모가 유행이었으나, 그것은 이미 '결코 충분치 않아', '영원토록' 같은 간결하고 모호한 메시지를 선호하는 취향으로 대체되었으며, 죽어가는 행위는 점점 더 정교한 예술이 되어 아이들은 고등학교 복도와 오후 햇살에 물든 침실의 잠긴 문 뒤에서 그것을 토론하고 평가했다.

젊은 10대 소녀들은 눈길을 끄는 죽음을 추구하는 새로운 취향에 특히나 더 취약했다. 그것은 자신에게 합당한 주의를 끄는 방법으로, 자신을 군중들과 구별되는 눈에 띄는 존재로 만드는 방법으로 여겨졌다. 잘 연출된 죽음을 통해 인기 있는 소녀는 더욱 인기 있는 사람이 될 수 있었고, 인기가 없는 소녀는 단 한 번의 장엄한 몸짓으로 단시간에 따돌림과 고독으로부터 벗어날 수 있었다. 제인 프랭클린은 혼자서 복도를 걸어 다니는 조용한 소녀였다. 봄철 댄스파티가 열린 날 밤, 그녀는 검은 청바지에 후드 달린 검은 운동복 차림으로 화학 공장 뒤편의 급수탑 꼭대기로 올라가서 자기 몸에 불을 붙였다. 이틀 뒤, 금발의 치어리더이자 여자 수영 팀의 공동 주장인 크리스틴 제이컵슨은 영어 수업 시간에 교실 앞으로 걸어가서 두 손으로 시커먼 물체를 천천히 들어 올려 자신의 이마 한가운데를 쏘았다.

자살이라는 전염병이 급속히 번진 곳은 고등학교였지만, 우리는 정반대의 두 방향에서 그 영향이 감지되고 있는 것을 알아차렸다. 위로는 좀 더 나이 많은 우리 아들딸들이 봄 학기를 마치고 있는 대학에서, 그리고 아래로는 윌리엄 반스 중학교와 여섯 개 초등학교에서 그 영향이 나타나고 있는 것이었다. 우리 마을 고등학교를 졸업한 한 대학 3학년 학생은 새틴을 씌운 발포고무 천사 날개를 어깨에 메고 천문학부 건물 꼭대기에서 뛰어내려 죽음을 맞이했다. 한 대학 2학년 여학생은 자신의 차 옆면에 형광 녹색으로 '광명'이라는 단어를 쓴 뒤 자신이 다니는 시골 캠퍼스 가장자리에 설치된 가드레일로 차를 돌진시켜 허공으로 붕 떠올랐다. 그 아래는 사람들이 즐겨 사진을 찍는 협곡이었다. 중학교 1학년생 네 명이 두 뒤뜰 사이에 조성된 가문비나무 숲에서 발견되었다. 그 애들은 체리 맛 쿨에이드 음료에 쥐약을 타서 마신 뒤였다. 초등학교 4학년생인 하워드 디츠는 어느 날 학교에서 돌아와 아빠의 총이 들어 있는 캐비닛을 힘겹게 연 다음 자신의 침대 가장자리에 앉아 입을 벌리고 이 사이에 20구경 엽총의 총구를 넣었다. 그 이에는 최근에 장착한, 광택이 나는 푸른색 브래킷을 붙인 치아 교정기가 끼워져 있었다. 이윽고 아이는 방아쇠를 당겼다. 한 무리의 6학년 여학생들이 유행하는 패션으로 얼마간 치장을 했다. 태어나 처음이었다. 청반바지에 수영복 상의를 입고 입술에는 밝은 빨강 립스틱을 바른 아이들은 바비큐 그릴을 뒷마당 공구 창고로 끌고 간 다음 문을 닫았다. 그리고 번개탄에서 나오는 치명적인 연기를 흡입했다. 우리는 마을 주민 회의를 열었고, 위기 상담원 및 가족 치료사와 상담을 했으며, 아이들과 오랜 시간 토론했다. 우리는 조간신문을 펼치는 게 두려웠다.

죽음 자체와는 별개로 우리를 괴롭힌 것은 스스로 그들 자신의 파괴를 추구하는 것처럼 보이는 그 행위자들의 정신이었다. 왜냐하면 그들 대다수는 모험심에서, 고도의 담대함에서, 심지어 들뜬 기분에서 그런 죽음을 선택했다는 것을 부인하기 어렵기 때문이었다. 여자 친구에게 퇴짜 맞은 사춘기 남자아이가 바르비투르*를 한 움큼 집어삼키고, 사랑받지 못한다고 느끼는 우울증에 빠진 여자아이가 따뜻한 물이 담긴 욕조로 들어가서 손목을 긋는 일은 분명 드문드문 발생한다. 이런 죽음들은 어느 의미에서는 위안이 되고, 나아가 얼마간 수긍할 수 있는 기분이 들게도 한다. 왜냐하면 우리는 비슷한 상황에 처하여 같은 결심에 이르게 되는 우리 자신을 상상할 수 있기 때문이다. 하지만 다른 사람들보다 훨씬 더 눈에 띄게 흥분하는 그들의 기질과 미지의 세계를 열정 같은 것으로 끌어안는 그들의 감각을 우리는 어떻게 이해해야 하는 걸까? 역동적인 게임으로서의 죽음, 도전으로서의 죽음, 흥미로운 예술 형식으로서의 죽음, 독창성의 표현으로서의 죽음— 이러한 죽음은 우리가 전혀 모르는 어떤 것이었다. 이런 죽음은 밤중에 두려운 마음으로 잠에서 깨는 것이 무얼 의미하는지 이해하는 우리로서는 전혀 알 수 없는 어떤 것이었다.

흥분은 잦아들게 마련이다. 유행은 사라지게 마련이다. 비록 우리는 극도의 피로와 불안으로 정신이 멍한 상태였지만, 그럼에도 우리는 완강하게 희망의 끈을 붙들고 있었다. 사춘기의 위기가 지속되지는 않는다는 것을 알고 있었기 때문이다. 그리고 실제로 학생들의 자살은 완전히 그치지는 않았지만 감소하기 시작했다. 하지만 그와 동시에 우리는 새로운 골칫거리의 조짐을 무시할 수 없

* 진정 수면제로 쓰이는 약.

었다. 결혼한 사람의 자살, 젊은 엄마의 자살이 여기저기서 일어난 것이었다. 우리는 아이들과 똑같이 자신의 아들들이 속한 록 밴드를 듣거나, 딸들의 패션 스타일을 모방하여 허리춤이 낮은 청바지와 가느다란 어깨끈이 달린 민소매 티셔츠를 입는 부모들은 최근의 광풍에 면역되지 않았다는 것을 알았다. 그걸 알았을 때 우리는 부아가 치밀었다. 마을의 성인들 사이에 죽음이 퍼지는 동안 우리는 '푸른 아이리스'에 관한 이야기를 듣기 시작했는데, 이 단체는 검은 장미에 영감을 받은 게 명백했지만 중대한 차이점이 있었다. 검은 장미가 제멋대로인 삶에 의지를 부여하는 방법으로서 자살을 장려한 반면, 푸른 아이리스는 죽음을 존재가 절정에 달하는 순간이라고, 모든 생명이 열망하는 절정의 사건이라고 얘기했다. 정확히 이런 이유로 성취의 순간에 죽음을 선택해야 한다고 했다. 성행위의 절정에서 정교하게 행해지는 성적 자살에 대한 얘기가 들리기 시작했다. 연인들은 마치 자기 살해의 행위 도중에 우주적 오르가슴을 추구하는 것처럼 죽음을 에로틱한 자극으로, 궁극적 해방의 메커니즘으로 보기 시작했다. 다른 어떤 이들은 감정이 고조된 다른 순간들을 선택했다. 결혼식, 오랫동안 고대해 온 승진, 갑자기 분출한 이해 못 할 행복감 같은 순간들을 선택하는 것이었다. 우리는 이러한 자살들에 주목하면서 얼마간 경멸감을 느꼈다. 이제는 서서히 쇠퇴해 가는 10대의 유행을 지나치게 모방한 것처럼 보였기 때문이다. 그러나 동시에 우리는 그런 자살에 뼛속 깊이 전율이 일었다. 새로운 자살자들은 우리의 이웃이었던 것이다. 우리 자신이었던 것이다.

프랭크 소런슨과 리타 소런슨은 30대 후반의 아름다운 부부로, 많은 사람들이 부러워하는 결혼 생활을 꾸려 가고 있었다. 프랭크는 마을의 서쪽 끝에 새 레크리에이션 센터를 지은 부동산 개발업자였고, 리타는 많은 가정의 부엌과 방을 개선해 준 실내 장식가였다. 그들 부부는 우리보다 한결 더 행복하고 재능 있고 성공한 사람으로 보였다. 그들은 롤런드테라스에 위치한 커다란 집에서 시그리드와 벨이라는 어린 두 딸과 함께 살았는데, 우리는 그들 부부가 초대하는 여름 바비큐 파티와 겨울 디너파티에 참석하곤 했다. 우리는 그들의 웃음소리와 그들의 생기 넘치는 시선을 알았으며, 둘 사이에 부드럽게 오가는 애정을 느낄 수 있었다. 비록 그들은 행복했지만, 어떤 면에서 그것은 의심할 여지가 없었지만, 그럼에도 우리는 때때로 그들 부부에게서 우리에게도 익숙한 실망의 그림자와 환멸의 잔물결을 느낄 수 있었던 게 사실이다. 왜냐하면 그들의 삶은 우리의 삶과 마찬가지로 어떤 의미에서는 완료되었고, 따라서 앞으로 한동안은 즐거움과 성공과 칭찬받을 만한 성취를 기대할 수 있겠지만 그 이상은 기대할 수 없었기 때문이다. 마치 길을 나아가다가 어딘가에 젊고 싱싱한 발견의 감각—인생은 우리를 이 세상의 어떤 미지의 것으로 이끌어 가는 모험이라는 감각—을 잘못 놓아두어서 찾지 못하는 것만 같았다. 우리와 마찬가지로 그들은 행복에 대해 그다지 생각하는 일 없이 자신들의 행복을 받아들였으며, 우리와 마찬가지로 그들의 행복은 또 다른 감정에 의해 엉클어졌다. 그 감정은 슬픔이 아닌, 때때로 찾아드는 갑갑한 감정이었다. 어느 날 그들 부부는 푸른 아이리스에 가입했다. 우리는 그들의 새로운 열정과 새로운 진지함을 곧바로 알아차렸다. 두 사람은 모임에 참석했으며, 우리를 호숫가 야외 파티와 금요일 밤 수영장 파티에 초대했다. 그들 부부는 신나게 마셔 댔고, 고개를 뒤로 젖히고 웃었으며, 게살 요리를 건넸다. 어느 날 밤 침실로 물러난 그들은 옷을 완전히 갖추어 입은 채로 침대에 누워, 상아로 상감 세공을 한 자단 손잡이가 있는 한 쌍의 권총을 들어서 각자 자신의 머리에 대고 쏘았다. 봉인된 봉투에 들어 있던 타이핑한 메모에는 그들은 자신들이 하고 있는 행동을 온전히 인식하고 있으며, 그 어느 때보다도 더 사랑하고 있고, 행복의 절정기에 자신들의 삶을 끝내기로 결정했다고 쓰여 있었다. 그들은 다른 사람들에게도 이 성취의 행위에 동참할 것을 촉구했다.

일부 사람들은 소런슨 부부가 어두운 비밀을 품고 있었던 점을 비난했다. 그러나 우리들 대부분에게 그 메모의 어조는 너무 익숙했다. 어떤 사람들은 푸른 아이리스를 비난했다. 이들은 푸른 아이리스를 가짜 종교라고, 삶의 의지를 타락시키는 데 몰두하는 악마 숭배 집단이라고 공격했다. 소런슨 부부와 함께 밤늦도록 웃고 즐겼던 우리들은 아무 말도 하지 않았다. 왜냐하면 우리는 그들 부부의 죽음에서 우리 마을이 길을 잃었다는 또 다른 징후를 보았기 때문이다.

사실, 우리 아이들을 위해 즐겁게 생일 파티를 계획하고 개울가 그늘진 삼나무 탁자에서 가족 소풍을 즐길 날을 고대하던 퍽 순수했던 시간들을 상기하는 것이 이제는 어려울 지경이었다. 우리는 점차 일일 자살 보고서와 주간 자살자 수 통계에 익숙해졌다. 그

수는 때로는 많고 때로는 적었다. 때로는 잠잠했지만, 때로는 불길처럼 치솟았다. 한 독신 남자가 평면 텔레비전 앞 가죽 안락의자에 앉아 죽은 사건이 여기서 일어났는데, 얼마 안 되어 한 무리의 절친한 친구들이 수영장 주변에 놓인 기다란 쿠션 의자를 하나씩 차지하고 누워서 죽은 사건이 저기서 일어나는 식이었다. 거의 모든 구역에서 한 집 정도는 꼭 그런 일이 일어났다. 길을 가다가 마주 오는 사람을 보면 갑자기 눈을 돌려 바라보며 이렇게 생각하는 것이었다. '다음은 저 사람이 아닐까?' 그 모든 사건에도 불구하고 우리는 일상의 일들을 해 나갔다. 그것 말고 달리 무슨 일을 해야 할지 모르는 것처럼 하던 일들을 계속했다. 일간신문은 계속해서 현관 앞으로 배달되었다. 심지어 사람이 살지 않는 버려진 집 앞으로도 배달되었다. 아이들은 줄넘기를 했다. 산울타리를 다듬는 기계가 윙윙거리고, 잔디 깎는 기계 소리가 여름의 대기 속으로 울려 퍼졌다.

그런 세상에서는 사람들은 답을 찾고자 한다. 어떤 사람들은 우리의 삶의 방식—가볍게 이루어지는 간음, 지나친 음주, 높은 이혼율, 10대 청소년의 문란한 성행위, 우리 아이들의 폭력적인 시각 문화—때문에 우리가 벌을 받고 있는 거라고 말한다. 또 어떤 사람들은 그런 '벌 가설'을 빈사 상태의 신학 체계로 퇴보한 설명으로 치부하고 받아들이지 않으면서도 우리 마을은 그동안의 행태에 대한 논리적인 결론에 이르는 어떤 행위를 수행하고 있는 것이라고 주장한다. 물질적 쾌락에 기반을 둔 문화는 필연적으로 죽음이라는 궁극적인 물질적 사실의 수용으로 이어지기 때문이라는 것이다. 또 다른 어떤 사람들은 이런 주장을 신학적 비평의 세속적 형태일 뿐이라며 일축하고, 우리 마을은 삶의 행위에 대한 새롭고도 건강한 태도를 보여 준다고 주장한다. 진실을 회피하는 것을 경멸하는 우리 마을 사람들은 용감하게 죽음의 진실과 대면한다는 것이다.

우리 생각을 말하자면, 우리는 이런 진지한 설명을 존중하긴 하지만 진실은 다른 데 있다고 믿는다. 우리 주민들의 행동은 결코 완벽하다고는 할 수 없지만, 다른 변두리 마을에서 나타나는 모습보다 절대로 더 나쁘지는 않다. 그리고 우리는 우리 마을이 아이들을 키우기에 이상적인 곳이 되도록 노력하고 있다는 점에 특별한 자부심이 있다. 우리의 학교 시스템은 일류이며, 공원 세 곳은 잘 관리되고 있고, 동네는 안전하다. 다른 마을에서 온 방문객들은 사탕단풍나무, 린덴나무, 플라타너스가 줄지어 심어진 우리 주거지의 그늘진 거리를 칭찬한다. 그들은 또한 가장자리를 석조 몰딩으로 장식한 아치창이 있는, 잘 보존된 19세기 건물들에 자리 잡은 야외 카페와 죽 늘어선 아이스크림 가게, 그리고 이국적인 식당들이 있는 우리 마을의 정겹고 따뜻한 메인스트리트에 대해 언급한다. 심지어 블루칼라 노동자들이 사는 철로 남쪽의 오래된 주택들에서도 거리를 따라 가지런히 늘어선 널찍한 현관과 더불어 잘 다듬어진 잔디밭과 새로 페인트칠을 한 깨끗한 지붕널을 볼 수 있다. 그렇다면 우리는 어떻게 우리 마을의 이 같은 죽고자 하는 소망의 분출을, 자기 소멸의 이 같은 전염병을 설명할 것인가?

우리가 결론 내린 답은, 우리가 높은 수준의 행동 수칙을 지키며 사는 데 실패했다는 것에 있는 게 아니라—절대로 실패의 문제가 아니라—우리가 칭찬받을 만하다고 생각한 우리 마을의 특질 자체에 있다는 것이다. 이 말은 우리 마을이 겉보기와는 다른 엉터리라는 뜻이 아니다. 잘 다듬어진 표면 아래 어둠이—중심부에 부패가—숨어 있다는 뜻이 아니다. 그러한 설명은 순진할 뿐 아니라 유치하기조차 하다고 생각한다. 그런 설명은 가면을 찢어 버리는 단순한 행위만으로 우리가 가면 뒤에 숨은 끔찍한 진실을 드러낼 수 있다는 것을 암시하며, 그 진실은 일단 드러나기만 하면 우리를 해칠 수 있는 힘을 더 이상 갖지 못하리라는 것을 암시한다. 그러한 분석은 우리에겐 위안이 되는 진부한 것으로 여겨질 뿐이다. 우리가 지키고 가꾸는 우리 마을은 사실 훌륭한 곳이다. 우리는 언제나 그렇다는 것을 알았다. 우리가 좀 더 면밀히 조사하고자 하는 것은 바로 이 훌륭함의 본질이다.

우리 마을을 칭찬하는 사람들은 쾌적하고 안전하고 편안하고 매력적이고 정겨운 곳이라고 얘기한다. 우리 마을은 그 모든 요소를 갖추고 있다. 하지만 그런 특질들은, 아무리 가치 있는 것이라 해도, 한 가지 의심스러운 요소를 내포한다. 그 중심에 부재不在가 있다는 것이다. 그것은 쾌적하지 않은 모든 것의 부재, 편안하지 않고 위험하고 알지 못하는 모든 것의 부재다. 그러니까 우리 마을은 바로 그 특질에 의해 추방을 의미한다. 하지만 추방의 행위는 추방되는 것에 대한 인식을 포함한다. 안심되지 않는 모든 것에 대한 은밀한 동정심을 낳는 것이 바로 이 인식이다. 만족감에 물려서, 행복감에 짓눌려서 우리 주민들은 때때로 갑작스러운 욕망을 느낀다. 보이지 않는 것에 대한 욕망, 금지된 것에 대한 욕망을 느끼는 것이다. 우리 마을 이면에, 또는 우리 마을 내부에 정반대 마을이 생겨난다. 한계를 파괴하는 데 몰두하는 어두운 마을, 죽음을 사랑하는 마을이 생겨나는 것이다.

심각한 질병에는 심각한 치료가 필요하다. 우리는 위원회가 우리 마을에 우리가 배제해 왔던 것들을 도입할 것을 제안하는 바이다. 우리는 고등학교 뒤편 언덕에서 공개 교수형을 다시 시행할 것을 제안한다. 우리는 인간과 미쳐 날뛰는 핏불 간의 검투사 시합 같은 경기를 지지한다. 우리는 돌을 던지고 채찍질을 하는 것과 같은 불법적인 형태의 공개 처벌을 부활할 것을 권고한다. 우리는 말뚝에 붙들어 매서 화형에 처하거나 피를 쏟게 하는 형벌로 돌아가기를 권한다. 우리는 1년에 한 차례 제비뽑기로 어린아이를 한 명 뽑아 마을 회관 앞 녹지에서 살해 의식을 치름으로써 우리 주민들에게 우리는 죽은 자의 뼈 위를 걷고 있다는 것을 상기시키기를 요청한다.

우리 마을은 어둠을 상실하고 죽음을 강탈당했다. 우리에게 남겨진 것은 밝음과 맑음과 질서뿐이다. 우리 주민들은 잃어버린 것들에 대한 열정이 갈 곳이 없기 때문에 자살을 하고 있다.

우리는 우리의 권고 사항을 최대한 진지하게 고려해 줄 것을 위원회에 촉구하는 바이다. 우리가 처한 위기에 대한 폭력적인 대응보다 더 미약한 대응은 그 어떤 것도 반드시 실패할 것이다. 어떤 사람들은 우리는 이미 너무 늦었다고, 우리 마을은 멸망으로 치닫고 있다고 말한다. 그와 달리 우리는 간절한 희망을 품고 있다. 하지만 행동으로 옮겨야 한다. 이미 그 질병은 다른 마을로 퍼지기 시작했다. 우리는 인근 지역 여기저기서 발생한 터무니없는 자살 이야기와 일반적인 방법으로 설명되지 않는 죽음에 관한 보도를 접하고 있다.

이 문제를 연구해 온 우리도, 우리 마음의 가장 어두운 구석까지 조사해 온 우리 자신도, 홀연히 나타나곤 하는 상상을 피하지 못한다. 따뜻한 봄날 저녁, 우리가 기억하지 못하는 어떤 약속처럼 황혼이 우리의 집들 위에 깔릴 때면, 혹은 푸른 여름밤, 현관의 그늘에서 나와 밝은 달빛 속으로 나아갈 때면, 우리는 마치 있을 거라고 생각했던 어떤 것을 잃어버리기라도 한 것처럼 마음의 흔들림과 불안한 욕망을 느낀다. 그러면 우리는 이 같은 감정의 동요가 우리를 어디로 데려갈 수 있는지 알기 때문에 우리 자신을 다잡으며 이를 악물고 걸음을 돌려 되돌아간다. 그리고 어쩌면 우리 마을에서 일어나고 있는 일은 단지 이런 것인지도 모른다. 그러니까 그 자체로는 해롭지 않은 익숙한 감정의 동요가 아무런 장애 없이 발달할 수 있도록 허용되었고, 그에 따라 우리 주민들은 억제하지 않는 어둠의 예술에 재능을 가지게 된 것이다. 그때, 우리가 외면하고 떠나기 전에, 우리 역시 희미한 어떤 존재가 손짓으로 부르는 것을 보았고, 우리 역시 머릿속에서 검은 날개가 퍼덕이는 소리를 들었다.

아래 서명인은 이 보고서를 9월 17일, 위원회에 삼가 제출하는 바이다.

근일 개업

Coming Soon

여름날 어느 토요일 오후, 자칭 대도시 피난민인 레빈슨은 그가 가장 좋아하는 메인스트리트의 노천카페에 앉아 아이스 카푸치노를 마시며 경치를 감상했다. 그는 올바른 선택을 했다는 것을 아는 한 남자의 만족감을 음미했다. 거기에 허영심은 없었다. 이곳은 친구들이 경고한 곳 같은 따분한 벽촌도 아니고, 흰 첨탑 하나와 붉은 주유기 두 개가 있는 작고 예쁜 마을도 아니었다. 그런 마을이 아니라 번성하는 활기찬 읍이었다. 맵시 있는 옷과 챙 넓은 밀짚모자 차림의 여자들이 팔을 뻗으면 닿을 만한 거리에서 뽐내며 걸었다. 그는 카페 난간 너머로 야구 모자를 쓴 남편들이 한 손으로 유모차를 끌고 다른 손으로는 개를 이끌고 가는 모습과 커다란 선글라스를 쓴 아내들이 블라우스와 염가 청바지가 든 밝은 색깔의 쇼핑백 손잡이를 쥐고 걸어가는 모습을 지켜보았다. 거리에는 검은 천으로 머리를 싸맨, 팔뚝에 문신을 한 나이 든 오토바이족과 아이폰으로 사진을 찍어 대는 꽃무늬 셔츠 차림의 일본인 관광객들, 민소매 티셔츠와 허리에 낮게 걸친 카고 반바지 차림으로 으스대며 활보하는 10대 남자아이들, 기다란 검은 외투에 운두가 높은 검은 모자를 쓴 엄숙한 표정의 하시디즘* 교도, 찰랑이는 머리와 꽉 끼는 짧은 반바지, 통굽 웨지샌들이 눈에 띄는 웃고 있는 여자아이들이 있었다.

그의 눈에는 상점과 건물조차도 움직이고 호흡하며 모양을 바꾸는 것처럼 보였다. 길 건너편에서는 노란색 '주의' 테이프를 쳐 놓은 곳 너머에서 두 남자가 새로 수리한 맨지아디 식당의 앞 벽으로 판유리 창문을 들어 올리고 있었다. 저 아래쪽, 목재 울타리를 둘러서 차단한 보도에서는 안전모를 쓴 일꾼들이 벽돌로 지은 밴더하이든 호텔의 정면을 쇠지레로 내리쳐서 부쉈다. 그리고 더 멀리 떨어진 곳, 중심가의 주요 상점과 식당들이 끝나고 머플러 가게와 모텔이 들어선 곳에서는 커다란 붉은색 크레인에 매달린 아이빔이, 철거된 스트립몰** 부지에 새로 들어서게 될 3층짜리 주차 건물 방향으로 허공을 가르며 천천히 움직였다.

레빈슨은 거의 1년 전에, 그가 다니는 컨설팅 회사가 대도시에서 멀리 떨어진 북부 지점을 개설했을 때 이곳으로 이사 왔다. 그는 그 결정을 결코 후회하지 않았다. 심한 교통 정체와 불결한 지하철, 퇴락하는 동네, 바스러지는 건물들 따위와 함께해야 하는 도시는 가망 없는 곳이었다. 미래는 읍에, 잘 관리된 조그만 읍에 있었다. 그는 조용한 동네에 자리한, 부채꼴로 가지를 펼친 단풍나무들이 그늘을 드리운 집을 계약해서 살고 있지만, 그가 도시와 작별을 고한 것은 두 손을 배에 얹고 뒤로 물러나 앉아서 편안한 생

* 18세기 동유럽에서 신비주의적 경향의 신앙 부흥 운동으로 시작된, 유대교적 경건주의.

** 상점과 식당들이 일렬로 늘어선 번화가.

활을 즐기기 위한 것이 아니었다. 그는 여전히 여느 때와 다름없이 열심히 일했다. 6시나 7시까지 사무실에 남아 일할 때도 많았다. 주말이면 잔디를 깎고, 창틀 같은 곳에 생긴 틈을 메우고, 배수구를 청소하고, 삽을 들고 집 앞 진입로를 단장했다. 그는 자신에게 딱 맞는 짝이 나타나기를 기다렸으며, 그러는 동안 두 여자—저녁을 함께 먹을 여자와 영화를 함께 볼 여자, 그뿐이다—를 만나고 있었다. 그는 품위 있게 사회생활을 했다. 이웃 사람들은 친절했다. 그는 마흔두 살이었다.

레빈슨은 주말과 저녁에 시간이 날 때마다 자신이 사는 읍의 여기저기를 탐험해 보는 것이 무엇보다도 좋았다. 메인스트리트는 항상 활기찼지만, 그곳이 읍의 활력을 느낄 수 있는 유일한 곳은 아니었다. 주거 지역의 집들은 새 지붕과 개조한 현관, 더 커진 창문, 더 멋있어진 문 등을 자랑했다. 외진 지역으로 나가면 비어 있던 토지에 병원과 슈퍼마켓과 가족 식당이 세워졌다. 이 읍을 찾아왔던 처음 얼마 동안 그가 본 것은 느릿느릿 흐르는 개울을 낀 블랙베리 밭이 번화한 쇼핑센터로 바뀌는 모습이었다. 차양의 그늘이 드리운 쇼핑센터 상점들 맞은편은 주차장이었는데, 주차장에는 섬처럼 외따로 모여 자라는 나무들과 화단들이 산재해 있었다. 그가 이사 온 직후에는 읍의 서쪽 끝에 있는 숲을 베어 내는 광경을 매일매일 보았었다. 숲이 있던 지대는 자주색 이파리의 노르웨이단풍나무가 늘어선 평탄한 거리에 조성된, 석재와 지붕널로 치장한 주택단지로 바뀌었다. 이 읍에서는 항상 미처 기대하지 않았던 새로운 것을 발견할 수 있었다. 다들 매사에 의심이 많거나 비아냥거리기 일쑤인 그의 대도시 친구들은 조그만 읍의 정체된 환경과 외진 마을 특유의 우울한 분위기에 대해 이러쿵저러쿵하길 좋아했다. 그럼에도 그들은 주말이면 이 읍으로 놀러 오곤 했는데, 그들조차도 여름철의 많은 사람들, 공원의 회전목마, 인파로 붐비는 농산물 직거래 시장 등을 보면서 이곳의 활력에 놀라는 것 같았다. 게다가 이곳에서는 차도 가장자리와 길모퉁이, 공터, 울타리를 둘러친 밭, 그 어디를 보아도 작업 중인 남자들과 기계들이 보였다. 대형 삽이 달린 트랙터는 흙을 퍼 올려 덤프트럭에 담고, 굴착기는 톱니 모양의 버킷으로 땅을 파고, 트럭에 장착된 크레인은 펼쳐지고 오르면서 하늘로 높이높이 솟았다.

레빈슨은 계산대에서 카푸치노 값을 지불하고 팁을 넣는 통에 25센트짜리 동전 두어 개를 떨어뜨린 다음, 다시 메인스트리트 산책을 시작했다. 지금까지 중심가의 여덟 구역을 자기 뒷마당처럼 잘 알게 되었지만, 그는 항상 놀라운 것들을 새로이 만나곤 했다. 테이크아웃 음식을 파는 중국 식당에서는 탁자들이 한쪽 구석으로 밀쳐져 있고 한 남자가 전기드릴로 벽에 구멍을 뚫고 있었는데, 창에 붙은 안내판에는 새 베트남 식당이 곧 영업을 시작한다는 내용이 쓰여 있었다. 근처의 건물 정면에 설치된 비계의 발판에서는 안전모를 쓴 남자들이 아파트 발코니에 소용돌이무늬 모양의 받침대를 설치하고 있었다. 인도 식당이었던 곳에 새로이 들어선 조그만 아시아계 식당은 이제 화강암 계단과 연결된 멋진 테라스를 갖추었고, 사다리에 선 남자 두 명이 그곳에 암녹색 차양을 설치하고 있었다.

반 구획쯤 떨어진 곳에서는 꽤 긴 거리의 보도가 오렌지색 철망 울타리에 막혀 있어서 레빈슨은 하는 수 없이 낮은 콘크리트 블록 벽과 경계를 이루는 좁은 길을 택해서 나아가야 했다. 철망 울타리 뒤에는 버킷 트럭이 한 대 있었는데, 라임빛 녹색 조끼와 하얀 안전모를 착용한 서너 사람이 벽돌과 목재를 쌓고 있고, 안전 고글을 착용한 티셔츠 차림의 한 남자는 가위형 리프트의 작업대에서 있었으며, 한 오렌지색 안전 콘의 윗구멍에는 조그만 미국 국기가 꽂혀 있었다.

또 하나의 구역을 지나간 다음 레빈슨은 웨스트브로드 방향으로 가는 왼쪽으로 돌아서 그가 가장 좋아하는 장소 가운데 하나인 메이플우드 모퉁이에 위치한 건설 현장으로 걸어갔다. 울타리를 쳐 놓은 그곳은 아파트를 짓기 위한 터파기 작업이 한창이었다. 전에 조그만 백화점의 주차장이었던 땅에 짓는 이 아파트 건물의 지하층에는 소매점들이 들어설 예정이었다. 레빈슨은 열려 있는 목재 울타리 문을 통해 불그스름한 땅을 내려다보고, 이어 레미콘 차량의 파란색 운전석과 은색 드럼통, 회녹색을 띤 플라스틱 하수관 더미를 내려다보았다. 노란 굴착기가 흙과 잔해들을 버킷에 가득 퍼 담아서 많은 양을 적재할 수 있는 덤프트럭의 적재함에 싣는 모습을 그는 즐거운 마음으로 지켜보았다. 적재함이 가득 차면 덤프트럭은 곧장 거리로 이어지는 경사진 땅을 오르기 시작했다.

자신이 선택한 이 읍에서 마음에 드는 점 가운데 하나는 매일매일 발전해 가는 모습을 뒤쫓을 수 있고, 변화를 기록할 수 있으며, 그 모든 세부 사항들에 세심한 주의를 기울일 수 있다는 점이었다. 그것도 대도시에서처럼 머리 뚜껑이 열릴 것만 같은 느낌 없이 그럴 수 있었다. 그는 졸음이 오는 활기 없는 마을에는 매력을 느끼지 못했다. 부동산업자가 첨단 기술 기업들이 읍에 들어올 예정이어서 좋은 입지의 땅을 구하기 위한 입찰 경쟁이 벌어지고 있으며, 멋진 콘도 건설 계획이 진행 중이라는 얘기를 해 주었을 때 그의 관심은 급속히 높아졌다. 주택 시장은 상승세였다. 최근 들어 평소보다 훨씬 더 활기찬 모습들이 눈에 띄었다. 상점과 식당들의 주인이 뒤바뀌고, 아파트 단지가 생겨났으며, 오래된 건물들은 철거되었다. 관목과 잡초가 무성하던 들판은 불도저의 날 밑에서 갈색 먼지구름을 피워 올렸다.

레빈슨은 메인스트리트를 건너 자기 동네를 향해 돌아갈 때 술집과 식당들이 모여 있는 두 구역에서 중심가의 분위기가 새어 나가는 익숙한 감각을 다시금 느꼈다. 그러다 갑자기 자신이 나무들이 줄지어 늘어선 거리가 있고, 덧문과 앞 베란다를 갖춘 이층집이 있는 세계에 들어와 있다는 것을 깨달았다. 잠시 자신이 한결 조용한 다른 마을에 온 것 같은 느낌이 들었다. 하지만 그 인상은 이내 더 날카로운 감각에 자리를 내주었다. 한 남자가 사다리에서서 집 옆면에 페인트칠을 거칠게 쓱쓱 하고 몇몇 일꾼들은 지붕에서 새 지붕창의 서까래를 놓고 있었다. 그리고 여러 집들의 이 마당 저 마당에서 사람들이 관목을 심고 나무를 가지치기하고 창틀의 페인트를 긁어냈으며, 배달부들이 소파, 냉장고, 식탁 등을 들고 현관 진입로를 지나 계단을 올라서 열린 문으로 부지런히 들어가곤 했다.

자신이 사는 구역에 다다른 레빈슨은 널따란 앞 베란다의 고리버들 의자에 앉아 있는 브라이어 노부인에게 손을 흔들었다. "멋진데요." 그가 윤나는 호두색으로 채색한 새 베란다 천장과 새로 페인트칠을 한 베란다 기둥을 가리키며 말했다. 부인은 입술로 이를 가린 채로 소녀 같은 환한 미소를 지으며 느긋하게 휴식을 취했다. 레빈슨은 아직도 타르 냄새가 나는 새로 깐 진입로를 지나가다가 걸음을 멈추고, 일주일 전만 해도 콘크리트 길이었던 곳에 조성한 붉은 판석 길을 살펴보았다. 그런 다음 밝은 분홍색 헬멧을 쓰고 페달이 없는 연습용 자전거를 타는 이웃집 여자아이가 지나갈 수 있도록 옆으로 비켜섰다. 그는 자신의 집 현관 계단을 올라 둥근 철제 탁자 옆에 놓인 두 개의 쿠션 의자 가운데 하나에 털썩 주저앉았다.

레빈슨은 따뜻한 그늘 속에서 반쯤 눈을 감았다. 일요일인 내일은 비행기를 타고 마이애미로 날아가, 2주 동안 누나와 조카들과 함께 지내면서 노인 보호 시설에서 생활하는 어머니를 방문할 계획이었다. 가족을 만나는 것은 좋은 일이고, 얼마 동안 이곳을 떠나 있는 것도 좋은 일일 것이다. 어떤 장소를 좋아한다면 그 장소를 떠나는 것도 좋아하게 된다. 다시 그곳으로 돌아갈 날을 즐거운 마음으로 기다릴 수 있기 때문이다. 이곳은 이제 그의 마을이고, 그의 집이었다. 때때로 그는 토목공학이나 도시계획 같은 다른 일을 직업으로 삼았더라면 좋았을 텐데, 하는 생각을 했다. 그는 넓은 공간에 대해 생각하길 좋아했다. 그 공간 안에 사물들을 넣고, 그것들이 서로 의미 있는 관계를 지니도록 배치하는 것에 대해 생각하길 좋아했다. 레빈슨은 목 근육이 느슨해지는 것을 느꼈다. 그는 잠으로 빠져드는 동안 동네에서 나는 소리를 알아차렸다. 스케이트보드의 바퀴가 달그락거리는 소리, 즈룸 즈르룸 하는 전기톱 소리, 둔중하게 우르릉거리며 차고 문이 닫히는 소리, 웃음을 터뜨리는 소리, 그리고 수동식 잔디깎이와 운전식 잔디 깎기 기계의 합창 소리, 산울타리 다듬는 기계와 전동 물뿌리개의 합창 소리, 전기식 잔디 가장자리 다듬는 기계와 전동 전지가위의 합창 소리 따위를 알아차렸다. 그리고 그 모든 소리 아래에서, 혹은 그 위에서 사물의 숨겨진 심장박동 소리처럼 여름 공기 속으로 울려 퍼지는 망치 소리를 알아차렸다.

눈을 떴을 때, 그는 자기가 현관 그늘 속에 앉아 있는 게 아니라는 것을 알고 놀랐다. 어찌 된 일인지 그는 침대에 누워 있었다. 햇빛에 줄무늬가 생긴 짙은 빛깔의 장롱이 있는 방 안에 누워 있었던 것이다. 장롱을 응시하고 있는 동안, 마치 금방이라도 왜 그게 이 방에 있는지 알아낼 수 있을 것처럼 그 장롱이 더 친숙해지는 것 같았다. 아, 그는 자기 방에 있었고, 햇빛은 유리창 가리개와 창틀 사이로 비쳐 들고 있었다. 어떻게 된 거지? 레빈슨은 기억을 떠올리려 애를 썼다. 메인스트리트를 걸었던 일, 집 앞 현관으로 돌아온 일, 마이애미로 날아간 것, 어머니의 연약한 손⋯⋯ 그는 마이애미에서 돌아와 한 주 내내 늦게까지 사무실에 남아 미친 듯이 일에 몰두했으며, 저녁을 먹은 후에는 곧바로 쓰러지듯 침대에 누워 잠을 잤었다. 이제 오늘은 토요일이었다. 어젯밤은 평소보다 늦게 잠자리에 들었다. 지금은 토요일 아침의 일과를 할 시간이었다.

아침을 먹고, 잔디밭을 손보고, 누나와 어머니와 샌디에이고에 사는 남동생 머리에게 전화하고, 차고를 청소하고, 그런 다음 읍내로 걸어 나가 베이글과 아이스 카푸치노를 주문하고…… 저녁은 8시에 몇몇 친구들과 함께할 작정이었다.

집 앞 보도로 나간 레빈슨은 길 건너편 마조프스키의 집이 넓어진 것을 보고 깜짝 놀랐다. 집이 양옆으로, 거의 대지 경계선까지 뻗어 있었던 것이다. 오른쪽으로 돌아서 읍내를 향해 걸음을 옮기다가 그의 이웃인 샌들러의 집이 하얀 널빤지 대신 치장벽토로 바뀌어 있는 것을 보았다. 이 모든 게 그가 여기를 떠나 있는 동안에 일어난 일임이 틀림없었다. 계속 걸어가는 동안 그는 다른 변화들을 보고 얼떨떨한 기분이 되었다. 요르겐센의 집은 첫 번째 현관 위에 두 번째 현관이 생겼고, 문패가 있는 자리 앞에는 개나리 덤불 대신 격자 출입문을 단 높은 산울타리가 조성되어 있었다. 앞 베란다에 앉아 있는 브라이어 부인에게 손을 흔들었을 때 레빈슨은 부인의 머리 위로 전에는 없었던 3층이 높게 자리 잡고 있는 것을 보았다. 그 3층의 한쪽 끝에는 팔각형 탑이 있었다.

이 구역 저 구역의 수많은 집들이 옛 모습을 탈피하여 새로운 형태로 바뀌고 있었다. 그는 벽돌 지지대 위에 조성하고 있는, 작업이 반쯤 이루어진 옆 베란다를 지나갔다. 안전모를 쓴 남자들이 연갈색 마루를 왔다 갔다 하며 일하고 있었다. 근처의 한 집에는 커다란 퇴창이 생겼으며, 집 옆에 레빈슨이 전에 본 기억이 없는 차고가 딸려 있었다. 한쪽 길모퉁이의 보도는 보행자가 걸어 다닐 수 없도록 막혀 있었다. 길을 막은 이동식 철망 울타리 너머로 빨간 지붕의 조그마한 하얀 집이 있었는데, 그 집은 주변에 건설 중인 훨씬 더 큰 집의 샛기둥과 들보와 서까래 따위로 완전히 둘러싸였다. 레빈슨은 원래의 작은 집에 어떤 일이 벌어질지 생각해 보았다. 그냥 그 안에 집 속의 집으로 그대로 남아 있을까? 그러나 그의 관심은 이내 그 옆에 새로 지어진, 돌로 마감을 한 2.5층짜리 저택으로 옮아갔다. 그 저택에는 옥상 정원이 있었는데, 한 부부가 그곳 정자 그늘 속에 앉아 식사를 하고 있었다.

레빈슨은 눈을 아래로 향하고 걸으려 애썼다. 그의 눈길을 끄는 것들이 너무 많아서 그걸 다 보다 보면 지쳐 쓰러질 것만 같았기 때문이다. 그는 눈을 내리깔고 익숙한 보도만 보면서 메인스트리트로 가는 가파른 거리를 걸어 올라갔다. 길모퉁이에 이르러서 고개를 들었을 때, 그는 어리둥절해하며 걸음을 멈추었다. 거대한 진열창을 갖춘 5층짜리 백화점 건물이 그 앞에 우뚝 나타났던 것이다. 그 건물은 전에 '지미의 뉴스 코너', '골동품 나라', '메인스트리트 장터'가 있던 자리에 서 있었다. 그 새 건물 옆으로는 건물에 둘러싸인 깊숙한 안마당이 있고, 사람들이 그곳 탁자에 앉아 흑맥주를 마시고 있었다. 한 안내판에는 '축 개관'이라고 쓰여 있었다.

어디를 보아도 새로운 가게, 새로운 건물—광고 회사, 모로코 식당, 미용실, 젤라토 매장—이 눈에 띄었다. 심지어 뒤를 터서 넓힌 가게들이 통로 양쪽으로 죽 늘어서 있는, 지붕이 있는 아케이드 건물도 있었다. 높은 현관 계단과 세로로 홈이 새겨진 기둥들이 있는 오래된 저축은행은 여전히 그 자리에 있긴 했으나 2층 높이로 높아졌으며, 유리로 둘러싸인 보행 통로가 은행과 새로 생긴 옆 건물을 연결하고 있었다. 3주 전만 해도 그 새 건물이 들어선 자리에는 남성복 가게와 와인 전문점이 있었다. 그리고 읍사무소 역시 은행 맞은편에 여전히 그대로 있긴 했지만, 한쪽 벽이 비계로 덮여 있고 현관 계단은 베니어판 가림막으로 가리어졌다. 그는 그 가림막을 통해 드릴 소리와 뭔가를 부수는 소리를 들을 수 있었다.

레빈슨은 아이스 카푸치노를 마시러 카페로 가면서 최선을 다해 그 모든 변화를 눈여겨보았다. 3주 전에 테이크아웃 음식을 파는 중국 식당 대신에 생긴 베트남 식당은 이제 고급 초콜릿 전문점으로 바뀌어 있었다. 낡아 보였던 밴더하이든 호텔이 지금은 르네상스 궁전처럼 보였다. 손톱 손질 가게는 스웨덴 가구점이 되었다. 그리고 철제 난간과 술 장식이 달린 파라솔이 있었던 레빈슨의 노천카페는, 그가 토요일이면 와서 휴식을 취하는 곳이고 마이애미에 있을 때 간절히 그리워했던 곳인 노천카페는 이제 바깥 차양 아래에 할인 판매용 옷과 실크 스카프 매대가 놓여 있는 루이스 옷 가게가 되었다.

상점 몇 개를 지나고 나서 철제 기둥들 사이에 암적색 천이 펼쳐져 있는 새 노천카페가 생긴 것을 보았을 때 레빈슨은 실망감을 드러내지 않았다. 그는 곧 탁자에 놓인 파라솔 그늘 아래 앉아 아이스 카푸치노를 마시며 상황을 파악하려 애썼다. 변화는 놀라웠다. 믿을 수 없을 정도였다. 하지만 3주 동안에도 많은 일들이 일어날 수 있었다. 특히 이 같은 읍에서는. 레빈슨은 변화를 비판하는 부류의 사람들을 너무 잘 알고 있었다. 그들은 오래된 건물들을 황홀해하고, 이전 시대에 대해 모호하게, 그러나 경건하게 말했다. 레빈슨은 새로운 중심가의 광경에 놀라고 약간 현기증을 느끼긴 했지만—자신이 현관에서 잠이 들어 이 모든 것을 꿈꾸고 있는 것은 아닐까 하는 생각이 들기도 했다—무척 흥미롭게 거리를 내다보았다. 왜냐하면 토요일 오후에 이 읍에서 아이스 카푸치노를 마시고 있는 자신은 초롱초롱 깨어 있을 뿐 아니라, 레킹 볼*을 휘둘러 건물의 옆구리를 허물 때마다 나라나 문명이 끝장난 것처럼 느끼는 부류의 사람이 아니기 때문이었다.

잠시 동안의 휴식으로 활력을 되찾은 레빈슨은 자신의 토요일 메인스트리트 산책을 시작하면서 아무것도 놓치지 않겠다고 마음먹었다. 그는 새 가게의 진열창에 진열된 물건들을 훑어보고, 반쯤 익숙한 건물의 새로 개조한 정면을 살펴보았다. 그는 엑스퀴지코사社라는 이름의 어떤 기업의 화강암 계단과 넓은 유리문을 지나갔다. 그의 기억으로는 보석 상점과 담배 가게가 있던 자리였다. 메인스트리트의 끝에 이른 그는 웨스트브로드 방향으로 꺾어서 메이플우드의 모퉁이를 향해 걸었다. 그곳 건설 현장이 어떻게 되어 가고 있는지 보기 위해서였다.

건설 현장은 거기에 없었다. 메이플우드 거리 전체를 따라 양쪽으로 넓은 발코니가 있는 5층짜리 벽돌 아파트 단지가 솟아 있었고, 단지의 1층에는 관상용 배나무가 그늘을 드리운 새 가게들이 들어섰다. 레빈슨은 이전의 거리 모습—문이 있는 목재 울타리,

* 크레인 끝에 매달아 사용하는 건물 철거용 쇠공.

사무용품 상점, 네이글 드라이클리닝—을 떠올려 보려 했으나, 확실치가 않았다. 한두 건물을 빠뜨리고 있는 것 같았다. 그곳은 이제 그가 아주 잘 아는 거리가 아니었다. 그는 새로운 메이플우드 거리를 걸으면서 가게 창문을 살펴보고, 고개를 들어 꽃바구니가 걸린 4층 발코니에서 점심을 먹는 가족을 쳐다보았다. 그는 건물 사이의 공터를 지나가면서 얼핏 넓은 안뜰을 보게 되었다. 그곳에서는 하얀 얼굴에 눈물을 그려 넣은 광대 한 명이 서서 접시 저글링을 하고 있었는데, 그 주위로 풍선을 든 아이들이 둥글게 원을 그리며 앉아 있었다.

다음 거리에서 왼쪽으로 꺾어서 메인스트리트를 향해 나아갔다. 그는 암적색 천으로 된 난간이 있는 새 노천카페를 뚜렷이 볼 수 있었다. 그 옆 점포에서는 일꾼들이 '근일 개업'이라고 쓰인 안내판 아래서 벽돌을 석재로 교체하는 작업을 하는 중이었다. 그는 메인스트리트를 건너면서 상점들이 전과 같지 않다는 어리둥절한 느낌에 빠졌다. 모든 것이 또다시 바뀐 것 같았는데, 틀림없이 자신의 착각일 터였다. 숨이 턱턱 막히는 오후의 열기 속에서 지나치게 흥분한 탓일 것이다.

이제 피곤을 느낀 레빈슨은 집으로 돌아가기 시작했다. 그런데 자신의 동네 외곽, 나무들이 줄지어 늘어선 거리에 이르렀을 때, 어디선가 길을 잘못 든 것 같다는 생각이 들었다. 그가 전에는 한 번도 본 적이 없는 집들을 지나가고 있기 때문이었다. 그렇긴 하지만 어떤 집들은 어딘지 모르게 친숙한 느낌이 들기도 했다. 어쩌면 그곳은 그가 아는 거리인데, 집들에 지붕이 있는 연결 통로를 만들고, 박공을 달고, 베란다를 내고, 어떤 부가적인 설비를 달았기 때문에 못 알아보는 것인지도 몰랐다. 그게 아니라면 어쩌면 옛집들을 모두 허물고 새집을 지었는지도 몰랐다.

얼마 안 가서 오렌지색과 흰색 줄무늬가 있는 커다란 통들이 길을 막았다. 통 너머에서는 사람들이 서서 마당에서 이루어지는 어떤 작업을 지켜보고 있었다. 레빈슨이 보기에 잔디밭이 서로 붙어 있는 두 집 사이에서 이루어지는 그 작업은, 덤프트럭에서 아스팔트를 공급받은 도로포장 기계가 양쪽에 좁다란 잔디 길만 남기고 새로 만든 길에 아스팔트를 까는 작업인 듯했다. 레빈슨은 왔던 길로 되돌아갔다. 그는 또 다른 길을 발견했다. 거기에 자신이 안다고 생각되는 베란다가 눈에 띄었던 것이다. 하지만 이제 그는 더 이상 확신할 수가 없었다. 그는 오른쪽으로 꺾어서 벽을 분홍색 단열재로 감싼, 공사가 반쯤 끝난 집을 지나서 일련의 톱질 모탕이 도로를 가로지르며 늘어서 있는 곳으로 왔다. 그는 다른 길로 돌았다. 어떤 집의 현관에서 누군가 손을 흔들었다. 레빈슨의 집에서 한 구역 떨어진, 같은 동네에 사는 노인인 길론 씨였다.

더위 때문에 레빈슨은 기진맥진해졌다. 관자놀이가 욱신거렸다. 팔뚝은 땀으로 번들거렸다. 눈에 익은 나뭇가지 아래 알지 못할 집들의 현관이 햇빛에 아른거렸다. 어떤 집의 앞 잔디밭에 자전거 헬멧이 옆으로 누워 있었다. 떡 벌어진 입 같은 모양이었다. 갑자기 그의 집이 눈앞에 나타났다. 레빈슨은 철제 난간을 꼭 붙잡고 현관으로 올라갔다. 그리고 의자에 털썩 주저앉았다. 머리에서 열이 났다. 길 건너편의 잔디밭에는 커다란 굴착기가 마조프스키의 집 절반을 가린 채 서 있었다. 따뜻한 그늘 속에서 레빈슨은 눈을 감았다.

눈을 떴을 때는 이슬비가 내리고 있었다. 짙은 회색 하늘 아래 현관의 전등은 켜져 있고, 창문은 노랗게 빛났다. 그의 집 앞 보도와 거리 사이에 있는 좁고 긴 잔디밭에 톱질 모탕 하나가 안전 콘 옆에 놓여 있었다. 그 톱질 모탕과 안전 콘이 현관으로 난 길을 따라 점점 가까이 다가오는 상상이 머릿속에 그려졌다. 어스레한 황혼 속에 드러난 길 건너편 집들은 어린 시절, 애리조나주州나 뉴멕시코주의 어딘가로 부모님과 함께 떠났던 여행을 생각나게 했다. 그때 그는 호텔 방 창문을 통해 이상한 굴뚝과 공상 속의 문 같은 문이 달린 괴이하게 생긴 집들을 걱정스럽게 바라보았었다. 레빈슨은 몸이 뻣뻣해졌다. 저녁 먹을 시간이었다. 벌써 7시 25분이었다. 샤워할 시간은 없었다. 수건으로 몸의 땀을 닦고 옷을 갈아입을 시간밖에 없었다.

10분 후, 레빈슨이 현관 계단으로 내려섰을 때, 비는 그쳐 있었다. 컴컴한 구름 사이로 한 조각 하늘이 흐릿하게 보였다. 가로등 불빛이 켜졌다. 그는 집 앞 잔디밭에서 희미하게 빛나는 기다란 강철 파이프를 보았다. 길 건너편에서는 갓돌을 따라 설치된 철망 울타리가 앞마당과 굴착기를 둘러싸고 있었다. 마조프스키의 집 지붕 위에는 저녁 하늘을 배경으로 검은 모습을 드러낸 세 남자가 서 있었다. 샌들러의 집 옆면에는 레빈슨이 본 적이 없는 2층 높이의 비계 탑이 솟아 있었다. 안전모를 쓴 남자가 뒷짐을 진 채 그 옆에서서 그를 쳐다보았다.

레빈슨은 차를 후진하여 진입로에서 빼낸 다음 메인스트리트 방향으로 운전했다. 친구들과 만나기로 한 식당은 멀리 떨어진 새 쇼핑몰 옆에 있었다.

두 번째 구역의 끝에 이르렀을 때 레빈슨의 길이 막혔다. 안전모를 쓴 남자들이 착암기 위로 몸을 굽히고 서서 도로를 부수고 있었다. 레빈슨은 오른쪽으로 돌았다. 그 길을 절반쯤 갔을 때 앞 범퍼에 두 개의 안전 콘을 놓아둔 커다란 트럭 한 대가 길을 막고 서 있었다. 재킷에 오렌지색 띠를 두른 한 남자가 오른쪽으로 가라는 손짓을 했다. 오른쪽에는 뒷마당 사이로 좁은 길이 나 있었다. 그 길의 끝에서 레빈슨은 차를 돌려 거리로 나갔다. 자신의 집에서 멀리 떨어진 곳일 리가 없는데도 그 거리는 생소한 느낌이 들었다. 해는 지붕 아래로 떨어졌다. 어두워지는 하늘을 배경으로 크레인이 뭔가를 지붕 위로 내리고 있었다.

다음 모퉁이에서 그는 다시 차를 돌렸다. 하지만 이제는 자신이 메인스트리트 쪽으로 가고 있는 것인지, 아니면 멀어지고 있는 것인지 확신할 수 없었다. 그는 커다란 저택을 지나갔다. 난간으로 둘러싸인 그곳 현관에서 한 무리의 사람들이 왁자하게 웃고 있었다. 어떤 사람이 술잔을 들었는데, 마치 그를 향해 잔을 든 것처럼 보였다. 나트륨 등의 오렌지색 불빛 속에서 레빈슨은 계속해서 중심가로 가는 길을 찾아 헤맸지만, 자신이 있는 곳을 보니 죽 늘어선 반쯤 지어진 집들이 끝나고 어두운 들판이 시작되는 모르는 동네였다. 한 철망 울타리 너머에서는 타워크레인이 거대한 강철 뼈대 옆에 솟아 있었다.

레빈슨은 차를 돌려 돌아갔다. 7시 55분이었다. 앞 베란다가 있는 이층집들이 늘어선 거리로 들어섰다. 자기가 사는 동네의 거리 같았지만, 확실히 알 수는 없었다. 그 구역의 끝에 이르자 등 달린 안전모를 쓴 남자들이 어떤 집의 앞마당을 굴착하고 있었다. 레빈슨은 차창을 내렸다. "메인스트리트로 가려면 어느 쪽으로 가야 하죠?" 그가 소리쳤다. "그쪽이오!" 그중 한 사람이 큰 소리로 말하며 왼쪽으로 가라고 손짓했다. 레빈슨은 왼쪽으로 돌았다. 깜박거리는 가로등 불빛 속에서 지붕 트러스가 제자리에 놓인 반쯤 건설된 집이 보였다. 그다음 집의 캄캄한 마당에서는 바닥 장선으로 덮인 건물 토대가 희미하게 눈에 들어왔다. 거리가 끝나고 비포장도로가 시작되었다. 비포장도로는 숲처럼 보이는 것으로 이어졌다. '공사 중'이라고 쓰인 금속 표지판이 나무에 기대어져 있었다. 레빈슨은 그 길로 들어섰다. 나뭇가지들이 차의 옆면을 날카롭게 긁어 댔다. 길이 넓어지면서 오르막길이 시작되었다. 가드레일이 나타났다. 나들목이었다. 갑자기 레빈슨은 자신이 6차선 고속도로에 진입했다는 사실을 알아차렸다. 루비색 미등들이 질주하며 멀어져 갔다. 중앙분리대 맞은편에서는 노란 전조등들이 그를 향해 몰려왔다. 검푸른 하늘 아래서 2차선으로 들어간 레빈슨은 그가 미처 알아차리지 못한 지역 이름과 출구 번호가 쓰인 표지판 아래를 지나서 밤의 어둠 속으로 질주했다.

라푼젤

Rapunzel

오르기

한 손 한 손 번갈아 붙잡고, 매번 다른 발보다 높게 한 발 한 발 올린다. 몸은 거친 돌탑에 바짝 붙어 있고, 등은 긴장돼 있고, 목은 굽어 있다. 손으로 꽉 쥐고 있는 땋은 머리는 팽팽하다. 왕자는 강하고 튼튼하지만 탑의 벽을 오르는 것은 결코 쉽지 않은 일이다. 그 모험이 왕자를 흥분케 한다. 그는 온갖 장애물과 위험과 역경을 즐긴다. 그런 짜릿함이 온몸 가득 차올라서 그는 기쁨의 비명을 지르고 싶다. 하지만 온 힘을 기울이느라 얼굴을 찌푸리고 입술을 팽팽히 당긴 채 이를 앙다물고 있어서 비명을 지르기는 어렵다. 그는 그녀를 처음 보았던 때를 기억한다. 아주 높은 곳에 달린 창문에 어두운 형체가 나타났고, 그 밑으로 머리카락이 불의 폭포수처럼 쏟아져 내렸다. 지금 그는 그 불타는 듯한 머리카락을 타고 오르고 있다. 여름 황혼 속에서, 키 큰 소나무와 전나무의 그늘 속에서 보이는 그 머리카락은 그의 기억 속에 항상 남아 있는 황금빛이 아니라, 그늘진 마구간에서 볼 수 있는 건초 더미의 색깔이다. 돌탑을 오르는 데는 위험이 뒤따른다. 어느 순간에든 땅에 떨어져 목이 꺾이고 등이 부러질 수 있기 때문이다. 설령 그렇게 떨어지는 일이 없다 해도, 갑자기 마녀가 돌아와서 금단의 장소에 가려고 하는 그를 보게 되는 두 번째 위험이 숲에서 나타날 수 있다. 왕자는 그 같은 위험이 살아 있다는 느낌을 생생히 느끼게 해 주기 때문에 위험을 환영하고, 위험스러운 상황을 몹시 기쁘게 받아들인다. 땅거미가 짙게 깔린 어둠 속에 탑은 잠들어 있지만, 머리 위 하늘은 아직 흐릿한 빛을 머금고 있고, 탑의 여닫이창에는 하루의 마지막 빛이 서려 있다. 왕자는 생각한다. 불끈 힘이 들어간 팔, 돌탑을 오르는 짜릿한 쾌감, 목을 긁어 대는 나뭇가지들…… 이 상태가 영원히 지속될 수만 있다면 얼마나 좋으랴! 올빼미 한 마리가 숲에서 운다. 왕자는 오르기를 멈추고 손바닥으로 철썩 쳐서 날벌레 한 마리를 잡은 다음, 다시 계속 오른다. 쭉 내민 엉덩이에 그의 칼이 수직으로 매달려 있다. 마치 칼이 떨어지다가 갑자기 허공에 멈춘 것 같은 모습이다.

거울

왕자가 탑을 오를 때 마녀는 숲을 지나서 어두워진 마을의 가장자리에 있는 자신의 작은 집으로 돌아간다. 마녀의 집은 높은 담으로 둘러싸여 있다. 마녀는 이웃을 필요로 하지 않는다. 집 안으로 들어간 마녀는 탁자와 찬장을 지나 곧장 화장대로 걸어간다. 거기서 그녀는 상아 손잡이가 달린 타원형 거울을 집어 든다. 늘 그런 식이다. 탑에 다녀온 뒤에는 거울을 들여다본다. 마녀는 거울 속에서 증오심이 깃든 익숙한 표정으로 자신을 응시하는 자신의 얼굴을 본다. 그녀는 매혹과 혐오감이 뒤섞인 감정으로, 얼마간 비통한 심정으로 거울 속의 자신을 되쏘아본다. 그녀는 자신의 짙은 눈썹, 눈과 눈 사이의 간격이 너무 좁은 조그만 두 눈, 튀어나온 콧마루 따위가 무척 마음에 들지 않는다. 마을의 풍자만화가가 그린 마녀의 모습 같아 보인다. 그녀의 입술은 칼로 그어 놓은 듯한 모양이고, 턱은 관절처럼 돌출되어 있다. 턱 한가운데 움푹 들어간 부분에 난 사마귀에는 오래된 감자에서 싹 튼 줄기 같은 털 세 가닥이 자라고 있다. 피부는 누런빛이다. 검은 머리는 울타리 너머의 덤불처럼 부스스하게 얼굴 위로 흘러내린다. 그녀의 약초와 식물 뿌리와 치유력이 있는 연고, 심지어 느닷없이 탑을 들어 올릴 수 있는 주문조차도 다 소용없다. 그녀는 거울을 옆으로 홱 치운다. 잔인한 사실은 그녀가 언제나 아름다운 것들을 사랑했다는 점이다. 그녀는 이내 라푼젤을 떠올린다. 그러자 기분이 좋아진다. 금빛 머리, 백조의 털 같은 피부, 우아한 콧날. 라푼젤은 탑에서 안전하게 지내며, 그녀의 이불을 덮고 잔다. 밤이 지나면 그녀는 사랑스러운 그 아이를 보러 갈 것이다.

머리카락

탑의 방에서 라푼젤은 왕자를 기다리고 있다. 때로는 창가에서 왕자를 기다리지만, 오늘 저녁은 침대에 누워서 기다린다. 침대는 그 좁은 방의 창가 맞은편에 있다. 그녀의 땋은 머리가 이불을 가로질러서 나무 탁자 위를 지나 창문 선반에 있는 선반 걸이에까지 미치고 있다. 그녀는 자신의 머리카락을 자랑스러워한다. 머리카락은 자신의 키보다 훨씬 더 길고, 하늘에서 쏟아지는 비처럼 그녀의 머리 꼭대기에서 흘러내린다. 물론 많은 공간을 차지하며, 그녀가 걸을 때면 바닥에 쓸려서 먼지가 묻는다는 성가신 점도 있긴 하다. 종종 그 긴 머리를 시원스럽게 싹둑싹둑 잘라 버려서, 언제나 그녀 뒤를 스르르 미끄러지듯 따라다니는 머리카락이 이제는 더 이상 그러지 못하고 자기 앞에 죽은 상태로 멋지게 놓여 있는 모습을 보았으면 좋겠다는 생각이 들 때도 있다. 황혼 녘에 마녀가 돌탑을 내려가자마자 라푼젤은 두텁게 땋은 머리를 끌고 창가에 서서 손을 흔들며 마녀에게 작별 인사를 한다. 그런 다음 마녀가 어두운 나무들 속으로 사라지는 모습을 지켜본다. 오래지 않아 왕자가 탑 아래 조그만 빈터에 나타난다. 라푼젤은 또다시 자신의 땋은 머리를 선반 걸이에 묶는다. 그런 다음 우물에 양동이를 내릴 때처럼 두 손을 번갈아 움직이며 자신의 땋은 머리를 밑으로 내려보낸다. 손에 쥔 마지막 머리 단이 창턱 위에 걸쳤을 때 그녀는 침대로 돌아가 눕는다. 그녀의 땋은 머리가 선반 걸이에 묶여 있긴 하지만, 그녀는 왕자가 올라오면서 머리를 잡아당기는 것을 느낄 수 있다. 왕자는 어린 남자아이처럼 그녀의 머리를 당기면서 그녀에게 지분거리고 있는 것이다. 창문을 통해 그녀는 어두워지는 하늘을 본다. 그녀는 왕자가 힘겹게 오르는 행위를 몹시 좋아한다는 것을 알고 있지만, 그녀 자신은 그걸 좋아하지 않는다. 마녀가 돌아올까 봐 한시도 마음을 놓을 수 없기 때문이고, 그녀가 조금만 움직여도 왕자가 손에 붙잡고 있는 그녀의 머리를 놓쳐서 밑으로 떨어져 죽을 것만 같기 때문이다. 그리고 그녀는 끊임없이 두피에서 머리카락이 당겨지는 느낌이 싫다. 다른 방법을 찾을 수 있기를 바라는 마음이 간절하다. 하지만 탑에는 문도 없고, 계단도 없다. 마녀조차도 밧줄 같은 머리 단을 타고 오르는 방법이 없다면 탑 꼭대기에 이르지 못할 것이다. 물론 매트리스 밑에 숨겨 둔 반쯤 완성한 실크 사다리가 있기는 하다. 하지만 그 생각을 하면 그녀의 마음은 몹시 불안해진다. 라푼젤은 더 즐거운 것들로 마음을 돌린다. 왕자가 창문에 나타나는 순간과 그녀의 두근거리는 심장, 그녀의 뺨에 와 닿는 왕자의 손 같은 즐거운 생각들로 마음을 돌린다. 선반 걸이에 묶인 자신의 머리카락에서 나는 찍찍거리는 소리, 저 밑에서 나는 왕자의 발소리, 돌탑에 몸이 긁히는 소리가 그녀의 귀에 들려온다.

아름다운 여자들

탑의 꼭대기를 향해 올라갈 때 갑자기 왕자의 머릿속에 숲의 반대편에 있는 궁전이 생각난다. 라푼젤은 궁정의 여인들과 너무 달라서, 왕자는 밤마다 자신을 그녀에게로 끌어들이는 것이 무엇인지 자신도 이해하기 어렵다는 생각을 종종 한다. 궁정의 여인들은 너무 아름답다. 그들을 바라보는 것이 위험할 정도로 아름답다. 때때로 그들에게 한눈을 판 조정의 신료가 목을 물린 것 같은 고통에 시달리는 경우가 발생하기도 한다. 그런 남자는 소모성 질환에 걸린 것처럼 상사병을 앓는다. 지금껏 아파 본 적이 없는 왕자는 궁정의 여인들을 감탄 어린 눈으로 바라보며, 그 여인들의 추파를 절대 무관심하게 보아 넘기지 않는다. 그는 비밀스러운 모험을 할 기회가 많았으며, 젊은 남자치고는 이미 연애 경험이 많은 축에 속한다. 그런데 궁정 여인들은 다양한 육체적 아름다움을 지니고 있긴 하지만 어딘가 천편일률적인 데가 있다는 느낌을 준다. 왕자 주변의 여인들은 무엇보다도 아름다움에 있어서는 놀랄 만큼 고상하고 농염한 면모를 지니고 있다. 머리를 단단히 뒤로 넘긴 얼굴에서는 뺨과 이마의 수려한 선과 좁은 콧구멍, 정교한 조각 같은 입술이 드러난다. 그런 완벽한 미모에 싫증이 난 조정 신료 중에는 종종 그 반대의 경우를 추구하는 이도 있는데, 예컨대 비루하게 생긴 농촌 여자나 오동통한 몸매와 비뚤어진 이가 눈에 띄는 상인의 아내를 탐하기도 한다. 왕자 역시 시골 마을과 농장에서 그런 모험에 빠져들곤 했다. 비록 그는 비루함을 추구하는 게 아니라 몸짓이나 표정에서 예기치 않게 터져 나오는 아름다움을 추구하지만 말이다. 왕자는 자신의 사랑의 모험에서 언제나 쾌락과 더불어 다른 어떤 것을 느꼈다. 마치 여성을 유혹하는 젊은 왕자 가까이에 앉아서 왕자의 우스꽝스러운 짓을 관찰하고 있는 것처럼 서먹한 거리감과 확신이 서지 않는 느낌 같은 것을 느끼곤 했던 것이다. 하지만 라푼젤에 대해서는 결코 그렇지 않다.

마치 라푼젤이 왕자 안으로 들어와 버려서 그가 움직일 때면 그녀도 함께 움직이는 것만 같다. 라푼젤을 바라볼 때 그가 보는 것이 무엇인지는 말로 설명하기 어렵다. 궁정의 여인들은 라푼젤을 아름다움이 부족한 여자로 볼 것이다. 라푼젤의 얼굴에는 뽐내는 기색이나 오만함이 전혀 없고, 타고난 몸가짐에는 거만함이 전혀 없다. 이따금 그녀가 옆에 누워 있을 때 고개를 돌려 그녀를 볼 때면 왕자는 그녀의 얼굴에 어떤 유치하고 미숙한 것이 배어 있는 것을 보고 깜짝 놀란다. 그럴 때면 자신은 전에 그녀를 본 적이 없으며, 그녀가 어떻게 생겼는지 알지 못하는 것 같은 기분이 든다. 또 어떤 때는 혼자 있는 동안에 그녀를 마음속에 떠올려 보지만 아무것도 확실히 떠오르지 않아서 그가 보는 거라곤 그녀가 아닌 것뿐인 경우가 있다. 왕자의 뇌리에 떠오르는 것은 언제나 그가 맨 처음 보았던, 탑에서 불처럼 떨어지는 그녀의 머리카락이다. 그녀는 꿈의 영역에서만 존재하는 것 같다. 그가 밤마다 그녀에게로 돌아가는 이유가 바로 그것일까? 자신은 꿈을 꾸고 있는 게 아니라는 것을 자기 자신에게 확신시키기 위해서? 그가 바라는 대로 그녀가 꿈의 탑을 떠날 용기를 갖게 된다고 가정해 보자. 그녀는 뜨거운 태양 볕에 녹아 버릴까? 왕자의 생각은 각다귀처럼 그 자신을 괴롭힌다. 왕자는 고개를 흔들어 생각을 떨쳐 버린다. 그는 손을 뻗어 머리 단을 붙잡고 발을 높이 들어 올려서 벽을 딛는다. 저녁 하늘을 쳐다본다. 저 높은 곳 어디엔가 보이지 않는 여자가 기다리고 있다.

기다림

마녀도 기다리고 있다. 긴 밤이 시작되기를 기다리고 있다. 그래야 밤이 끝날 수 있을 테니까. 첫새벽의 여명이 밝아 오면 그녀는 라푼젤에게로 돌아갈 것이다. 그녀는 언제든지 집을 나와서 숲을 지나 탑으로 갈 수 있다. 하지만 그녀는 그것은 이제 진짜 유혹이 아니라는 생각으로 그 유혹에 저항한다. 어쨌든 그녀는 온종일 라푼젤과 함께 시간을 보내니까 말이다. 밤은 자신을 위한 시간이다. 그러는 편이 더 낫다. 그녀는 라푼젤이 자기에게 싫증을 느끼지 않기를 바란다(최근에 약간 성가셔 하는 기미가 보였다). 게다가 집에서 해야 할 일도 있다. 그녀는 마녀의 얼굴인 자신의 얼굴과 악마의 머리카락 같은 자신의 머리카락에 관심을 기울이게 하는 날카로운 햇살을 싫어하기 때문에 어두운 밤에 일한다. 달이 뜨자마자 밖으로 나가서 채소밭을 가꾸고, 배나무와 자두나무의 죽은 잔가지들을 잘라 내고, 관목과 꽃에 물을 줄 것이다. 그런 다음 바구니에 옷을 담아 마을 변두리를 따라 흐르는 개울로 갈 것이다. 달빛 속에서 옷을 빨아서 집으로 가져와 빨랫줄에 걸어 말릴 것이다. 라푼젤을 위해 오븐에 빵을 구울 것이고, 우물에서 물을 길어 올 것이다. 그런 다음에야 잠자리를 준비할 것이다. 어둠 속에서 기다란 검은 드레스를 벗고, 아무도 본 적이 없는 그녀의 잠옷을 재빨리 입을 것이다. 그녀는 씁쓸한 잠자리에 누워 하얀빛과 금빛으로 빛나는, 탑에 있는 라푼젤을 생각할 것이다. 마녀는 화장대 앞에 서서 다시 거울을 흘끗 본다. 그리고 손을 뻗어 거울을 홱 치운다. 그녀는 뒷짐을 진 채 방 안을 서성이기 시작한다. 마치 오르막길을 걷고 있는 것처럼 상체가 앞쪽으로 쏠려 있다.

무력감

왕자가 창문에 이르기를 기다리는 동안 라푼첼은 왕자가 탑을 오를 때면 항상 느끼는 감각을 느낀다. 그녀는 속수무책이고, 움직일 수 없다. 고통의 비명을 지르고 싶다. 탑을 오르는 데 많은 시간이 걸린다는 것, 왕자가 손에 쥔 머리를 놓칠까 봐 두려워서 그녀 자신은 꼼짝도 하지 않으려 한다는 것, 끊임없이 자신의 두피를 잡아당긴다는 것, 라푼첼은 그런 것들이 자신의 무력감을 초래한다는 사실을 잘 알고 있다. 왜 그렇게 오래 걸리는 것일까? 그녀는 왕자가 탑으로 올라오는 동안에만 자신이 그렇게 느낀다는 것을 생각해 낸다. 왕자가 탑을 내려가는 일은 더할 나위 없이 쉽게, 아주 빠르게 끝난다. 왕자는 창턱 아래로 내려가기 무섭게 어느새 저 아래 탑 밑바닥에 서서 위를 올려다본다. 마녀는 방을 걷듯이 탑을 걸어 오른다. 심지어 채소와 빵이 가득 든 자루를 등에 지고서도 그렇게 걸어 오른다. 그런데 왜 왕자는 그렇게 오래 걸리는 것일까? 왕자는 그녀를 힘들게 하는 것을 즐기는 게 틀림없다. 아니, 그녀가 생각하는 것만큼 오래 걸리는 게 아닐 수도 있지 않을까? 실은 그는 바람처럼 그녀에게로 돌진해 오는데, 그녀의 뜨거운 갈망 때문에 그가 천천히 올라오고 있는 것처럼 느끼는 게 아닐까? 열린 창문 사이로 라푼젤은 선반 걸이의 꼭대기를 볼 수 있고, 머리 단을 확 잡아당길 때 출렁이는 머리카락의 작은 움직임을 볼 수 있다. 그는 결코 도착하지 않을 것인가?

실망감

창문이 머리 바로 위에 있다. 한 번만 더 손을 위로 옮겨 잡으면 그의 얼굴이 창턱 위로 올라갈 것이다. 하지만 창문 선반을 잡았을 때 왕자는 실망감이 터져 나오는 익숙한 감정을 느낀다. 왕자는 탑 오르기가 끝나기 직전이어서, 승리가 코앞이어서 실망스럽다. 그는 이미 새로운 역경과 더 짜릿한 위험—숲속의 짐승, 방 안에 숨은 자객—을 열망한다. 밤마다 라푼젤에게 가려고 사투를 벌이는 것처럼 밤마다 동굴 입구에서 용과 싸우고 싶다. 그는 물론 따분한 시간에 오랫동안 마음에 그렸던 사랑하는 사람과 곧 재회할 거라는 생각에 행복하다. 그러나 그는 그녀를 보는 순간, 살아 있는 라푼젤이 상상 속의 라푼젤을 대체하는 현실 앞에서 그녀가 여러 가지 소소한 면에서 기억 속의 모습과 닮지 않았다는 사실에 깜짝 놀랄 거라는 것을 안다. 그는 창문 선반으로 몸을 끌어 올리면서 자신이 지금 탑의 밑바닥에 있다면 얼마나 좋을까, 탑의 바닥에서 사랑하는 사람을 향해 맹렬히 오르고 있다면 얼마나 좋을까, 생각한다.

의심

왕자가 창문 선반 위로 오를 때 마녀는 어두운 집 안에서 서성거리다가 걸음을 멈춘다. 라푼젤은 최근에 변한 것 같다. 아니면 그건 마녀 자신의 상상일 뿐인 것일까? 때때로 마녀가 탑 안의 탁자에 앉아서 맞은편에 앉은 라푼젤을 지켜볼 때면, 바느질감을 앞에 두고 고개를 숙인 라푼젤이 입을 헤벌린 채 멍한 표정을 짓고 있는 모습을 보게 된다. 라푼젤에게 무슨 생각을 하느냐고 물으면 라푼젤은 해사하게 웃으며 아무 생각도 하지 않는다고 대답한다. 때때로 라푼젤은 안에 쌓인 압력을 배출하듯이 한숨을 푹 내쉰다. 불행한 삶을 살아온 탓에 불만의 조짐을 감지하는 데 예리한 감각을 지니게 된 마녀는 이런 비밀스러운 삶의 증거들에 불안해한다. 그녀는 부드러운 목소리로 라푼젤에게 피곤하냐고 물으면서 드레스 호주머니에 손을 넣어 달콤한 마지팬 과자 한 조각을 꺼낸다. 마녀는 자기 자신이 어두운 숲 한가운데에 있는 접근하기 어려운 탑 꼭대기에 라푼젤을 두었다는 사실을 잘 알고 있지만, 자신의 유일한 바람은 이 아름다운 아이를 세상의 해악으로부터 보호하려는 것이라는 사실도 알고 있다. 만약 라푼젤이 불만을 품게 된다면, 불안과 불행을 느끼게 된다면, 아이는 다른 삶을 상상하기 시작할 것이다. 아이는 질문을 하고, 불가능한 욕망에 마음을 열고, 탑 아래 땅을 걸어 다니는 것을 꿈꿀 것이다. 탑이 감옥 같아 보이기 시작할 것이다. 하지만 탑은 감옥이 아니다. 피난처고 평화의 장소다. 이 세상은 고통으로 가득 차 있다는 것을 마녀는 뼛속 깊이 알고 있다. 마녀는 자신의 딸에게 좀 더 세심한 주의를 기울이겠다고 다짐한다. 라푼젤이 바라는 건 아무리 사소한 것이라 해도 채워 주고, 불만의 기색이 보이면 아무리 희미한 것이라 해도 지켜보겠다고 다짐한다.

마침내!

라푼젤은 우아한 동작으로 방 안에 훌쩍 들어온 왕자가 넋을 잃은 듯 그녀를 쳐다보는 모습을 지켜보다가 곧바로 창문으로 다가가 머리카락을 선반 걸이에서 푼다. 왕자에 관한 모든 것이 그녀의 심장을 뛰게 한다. 하지만 그가 도착한 순간에 그녀를 바라보는 태도는 항상 실망스럽다. 그는 어딘지 모르게 당황한 것처럼 보인다. 마치 그곳 탑 꼭대기에서 그녀를 발견한 데 놀란 것처럼, 또는 자신이 방금 전까지 붙잡고 올랐던 머리카락의 주인공인 그녀가 정확히 누구인지 알지 못하는 것처럼 당황스러워하는 표정이다. 왕자는 그녀를 등진 채 창문 밑으로 흘러내린 그녀의 땋은 머리를 끌어 올려 탁자에 동그란 형태로 쌓는다. 왕자가 점점 더 빠르게 머리카락을 끌어 올림에 따라 미끄러운 땋은 머리 더미가 탁자에서 미끄러지면서 방바닥에 떨어진다. 방바닥에 떨어진 머리는 몸이 긴 동물처럼 꿈틀거린다. 왕자가 마치 그녀 자신의 머리카락을 선물로 가지고 그녀에게 온 것처럼 여전히 그녀의 땋은 머리를 두 손으로 잡은 채 그녀를 향해 몸을 돌렸을 때 그는 더 이상 당황한 표정이 아니라 그녀를 알아보는 부드러운 표정이다. 일어나서 그를 맞이하는 라푼젤은 해방감이 욕망처럼 온몸으로 퍼지는 것을 느낀다.

부끄러움이 없는 그녀

헝클어진 침대에 나른하게 누운 왕자는 은은히 빛나는 머리를 풀어 헤친 모습으로 방 안을 걸어 다니는 잠옷 차림의 라푼젤을 지켜보면서 부끄러움이 없는 그녀의 몸가짐에 대해 다시 한 번 생각해 본다. 그는 사랑에 관해서는 부끄러움이 없는 궁정의 여인들을 많이 알고 있지만, 그네들의 부끄러움 없음은 공격적이고 도전적이다. 발가벗는 행위는 그네들에게는 금지된 것을 즐기라는 초대장이다. 한 여인은 자신이 천천히 옷을 벗는 동안 그는 옆에 서서 그 모습을 지켜보아야 한다고 우긴다. 그 여인은 발가벗을 때 손으로 자신의 몸을 어루만지며 왕자가 몸의 각 부분을 감상하도록 동작을 잠깐씩 멈추고는 마지막으로 속이 훤히 비치는 실크 스카프를 앞에 들고 있다가 바닥으로 툭 떨어뜨린다. 정숙함을 짓밟고자 하고 예의범절의 구속에서 벗어나고자 하는 그네들의 욕망에서 왕자는 그네들이 극복하고 싶어 하는 그 힘에 충성하는 모습을 본다. 때로는 시골 소녀가, 왕자로서는 참으로 고맙게도 건초더미에서 관능적인 솔직함을 드러내지만, 그 소녀는 일요일이면 점잔 빼며 교회에 갈 것이다. 라푼젤은 부끄러움도 없고 부끄러움을 극복하고자 하는 생각도 없다. 그녀는 알몸으로 걸어 다닌다. 그녀에게는 알몸 또한 옷의 한 형태인 것만 같다. 그녀의 순수하게 야한 모습이 왕자를 무장 해제시킨다. 그녀는 하지 않으려 하는 게 없고, 저항해야 한다고 생각하는 게 없다. 때때로 왕자는 그녀가 교활한 표정으로 그를 놀려 주었으면 하고 바라고, 공작 깃털로 만든 부채로 가슴을 가려 주었으면 하고 바라고, 배를 깔고 누워서 '용기 있으면 덤벼 봐'라고 말하는 것처럼 짓궂은 눈초리를 한 채 어깨 너머로 그를 바라봐 주었으면 하고 바란다. 왕자는 두려움이 없는 사나이지만, 그녀 앞에서는 수줍음을 느낄 때가 있다. 그럴 때면 그녀가 완강히 저항해 주기를 간절히 바라게 된다. 그러면 힘으로 그녀를 굴복시킬 수 있을 테니 말이다. 하지만 그런 일은 일어나지 않고, 그는 대신 밑으로 깊숙이 몸을 숙여서 그녀의 발가락 하나하나에 아주 천천히 키스하곤 한다.

숲속으로

라푼젤은 창가에서 왕자가 부지런히 손을 바꿔 가며 잽싸게 내려가 땅으로 뛰어내리는 모습을 지켜본다. 왕자는 고개를 쳐들고 그녀의 이름을 부른다. 까마득한 아래여서 그는 왕자처럼 보이지 않고 여우나 족제비 같은 숲속에 사는 작은 동물처럼 보인다. 그는 몸을 돌려 나무들 속으로 사라진다. 어두운 하늘에 먼동이 튼다. 갑작스러운 열망이 몰려든다. 탑에서 뛰어내리고 싶은 열망,

아래로 아래로 떨어지고 싶은 열망. 그녀의 머리카락이 연기 기둥처럼 얼굴 위로 피어오를 것이다. 바람이 사정없이 그녀에게 불어닥칠 것이다. 세상의 무게가 사라질 것이다. 아름다운 낙하. 더없이 행복한 죽음.

빗질

밝아 오는 방 안에서 마녀가 창가 탁자 앞에 앉아 라푼젤의 풀어 헤친 머리를 빗질하고 있다. 라푼젤은 마녀 맞은편에 앉아 약초 차를 마시고 있다. 라푼젤의 바느질감이 한쪽에 놓여 있다. 라푼젤은 조금 피곤해 보인다. 마녀는 아이가 잠을 잘 자지 못하는 건 아닐까, 아니면 뭔가 병에 걸린 건 아닐까 걱정한다. 약초 치료가 아이의 원기를 회복시킬 것이다. 아이의 머리카락이 너무 길기 때문에 마녀는 빗질을 위에서 시작하여 아래로 내려오지 않는다. 반대로 아래에서 시작한다. 머리카락을 한 아름 자신의 무릎에 올려놓은 채로 잡고 빗으로 빗어 엉킨 곳을 푼다. 빗은 배나무와 검은 빛깔의 멧돼지 털로 만든 것이다. 마녀가 마을에 사는 한 노파의 등의 통증을 치료해 주고 그 보답으로 받은 것이다. 마녀는 무릎에 놓인 한 아름의 머리카락을 다 빗질하고 나서 다른 머리카락으로 손을 뻗는다. 옆으로 부드럽게 밀쳐놓은, 빗질이 끝난 부분은 풍성하게 자신의 다리 위로 흘러내려 바닥에 이른다. 머리카락은 멀리서 보면 금발이지만, 가까이서 보면 밀색, 새끼 사슴색, 적금색, 버터색, 꿀색 같은 많은 색들이 보인다. 마녀의 무릎에 놓인 머리카락은 햇볕 속에서 잠이 든 따뜻한 고양이 같다. 빗질이 다 끝나면 마녀는 참을성 있게 머리를 한 갈래로 굵게 땋을 것이다. 부드러운 머리 단은 점점 밧줄처럼 묵직해지고, 햇빛을 받아 빛나는 뱀처럼 방바닥 위에서 스르르 움직일 것이다. 마녀는 다시 라푼젤을 쳐다본다. 라푼젤은 아무리 봐도 싫증이 나지 않는다. 아이의 얼굴은 창을 향하고 있으나 창밖을 바라보고 있지는 않다. 눈이 반쯤 감겨 있다. 아침 햇살이 아이의 목과 얼굴 아랫부분을 비추고 있다. 아이는 눈을 깜박이지 않는다. 자기 마음속을 들여다보고 있는 것이다. 무슨 생각을 하고 있을까! 마녀는 울고 싶은 기분이지만, 계속해서 무릎에 놓인 머리를 빗질한다. 그녀는 갑자기 몸을 숙여 아이의 머리카락에 얼굴을 묻고 숨을 들이쉬어 냄새를 맡은 다음, 머리 단에 키스를 하며 자신의 행동을 숨긴다. 이어 죄진 표정으로 고개를 들지만, 라푼젤은 여전히 꿈꾸는 듯한 얼굴이다.

사다리

비껴드는 새벽빛 속에서 말을 타고 숲을 지나 궁전으로 돌아간 왕자는 자신의 약점에 대해 자책한다. 이번에도 또 그 사다리에 대해 묻지 않은 것이다. 매일 저녁 그는 라푼젤에게 실크 끈을 가져다준다. 라푼젤은 그 끈을 엮어서 실크 사다리의 길이를 조금씩 늘여 나갈 것이다. 그 사다리는 매트리스 밑에 숨겨져 있다. 그 생각이 맨 처음 그에게 떠올랐을 때 그는 손쉽게 완전히 다 만들어진 사다리를 라푼젤에게 줄 수도 있었다. 하지만 그는 그녀가 탑에서 탈출하려는 행동에 온전히 참여하기를 바란다. 왕자는 그녀가 보호받는 삶을 떠나서 왕자비라는 공적인 삶을 살아갈 준비가 되어 있지 않은 것 같아 걱정이다. 사실, 그녀는 최근에는 사다리에 대해 일체 언급을 피한다. 이 때문에 그는 무척 불안해야 하지만, 실은 그 자신도 그 생각이 의심할 여지 없이 확실한 것은 아니다. 그는 일이 어떻게 되어 가느냐고 묻는 대신에 실크 끈을 그녀에게 조용히 건넨다. 그녀는 그것을 매트리스 밑으로 밀어 넣는다. 두 사람은 그에 대해서 얘기하지 않는다.

비밀

마녀가 머리를 계속 땋고 있는 동안 라푼젤은 마녀의 꿰뚫어 보는 듯한 눈초리에서 벗어나게 되어 마음이 놓인다. 마녀가 뭔가 의심하고 있는 걸까? 라푼젤은 자신이 왕자의 존재를 숨김으로써 자신의 대모이기도 한 마녀를 잔인하게 속이고 있다는 것을 잘 알고 있다. 그 생각이 손가락에 박힌 가시처럼 타는 듯한 고통을 준다. 그녀는 마녀에게 왕자에 대한 모든 것을 얘기하고 싶다. 마녀가 왕자를 알기만 하면 틀림없이 왕자를 좋아하게 될 테니까. 라푼젤은 종종 그들 세 사람이 햇볕이 잘 드는 방에서 함께 사는 상상을 한다. 하지만 그녀의 본능은 그 비밀을 혼자 가슴속에 간직하라고 말한다. 그녀는 마녀가 자기를 끔찍이 좋아하고, 응석을 받아 주고, 모든 욕구를 다 처리해 준다는 것을 안다. 하지만 바로 그런 강한 헌신 때문에 라푼젤은 마녀에게 절대 얘기하면 안 된다는 경계심을 품고 있는 것이다. 그녀는 마녀의 모든 것이다. 하지만 '모든 것'은 다른 어떤 것의 여지를 전혀 남기지 않는다. 때때로 어떤 소리가 갑자기 들리면 마녀는 벌떡 일어나서 창가로 간다. 그런 다음 매섭고 서늘한 눈으로 숲을 뒤지는데, 그 순간 앞으로 숙인 마녀의 몸은 꼬부라지고 늙어 보인다. 그럴 때면 라푼젤은 시선을 피하고 그 변화의 순간이 지나가기를 기다린다. 그녀는 마녀가 끊임없이 강렬한 애정의 표시를 바란다는 것을 알고 있다. 라푼젤은 마녀에게서는 그러한 애정의 표시를 늘 느끼고 있다. 그렇기 때문에 밤마다 왕자가 찾아오는 일은 마녀에게는 배신의 행위로만 여겨질 것이다. 왕자도 마녀를 직접적으로 공격하지는 않지만, 그가 이름 붙인 이른바 '라푼젤의 감옥 생활'을 못마땅하게 생각해서 그와 함께 그녀가 탑을 탈출하여 궁전으로 가기를 원하고 있는 게 사실이다. 그들은 거기서 결혼해서 평생 행복하게 살 것이다. 라푼젤은 흘끗 매트리스를 본다. 매트리스 아래, 반쯤 완성된 사다리 밑에는 최근에 받은 실크 끈이 있다. 이어 마녀에게로 눈을 돌린다. 마녀는 몸을 숙여 라푼젤의 머리 단에 얼굴을 묻고 있다.

계획

왕자의 계획은 탈출과 목적지, 두 부분으로 이루어져 있다. 그는 그 두 부분에 대한 생각을 라푼젤에게 어느 정도 비쳤다. 하지만 어느 정도까지만 얘기하고 그 이상은 하지 못했다. 왜냐하면 각 부분은 복잡한 두 번째 계획을 포함하는데, 마땅히 있어야 할 그에 관한 구체적인 내용에 대해서 그녀와 논의할 시간을 아직 찾지 못했기 때문이다. 탈출은 말할 것도 없이 어려운 일일 것이다. 탑은 주눅이 들 만큼 어마어마하게 높다. 뛰어내리는 것은 불가능하다. 하지만 왕자는 두 가지 방법을 생각해 두고 있다. 첫 번째는 사다리다. 이 방법은 라푼젤이 온 마음을 다해 참여해야 하는데, 수주일 동안 그녀는 그런 모습을 보여 주기도 했었다. 이제 그들은 사다리에 대해서는 더 이상 논의하지 않는다. 사다리는 서랍에 든 옛 연애편지처럼 매트리스 아래에 감추어져 있다. 그렇지만 두 번째 방법이 있다. 인간 본성에 깃들어 있는 충동적인 성향을 인정하고, 라푼젤을 설득하여 잠깐 동안의 위험을 감내하게 하는 방법이다. 왕자는 분위기가 적당하다고 판단될 때 이 두 번째 방법을 털어놓을 생각이다. 그들은 행동에 돌입할 것이다. 그는 라푼젤의 땋은 머리를 선반 걸이에 묶고, 그걸 잡고 탑 밑으로 내려갈 것이다. 라푼젤은 즉시 자신의 머리를 끌어 올려 선반 걸이에서 푼 다음, 이번에는 땋은 머리의 맨 끝부분을 사용하여 두 번째로 선반 걸이에 머리를 묶을 것이다. 이런 식으로 하면 그녀는 그녀 자신의 머리를 이용해서 내려올 수 있을 것이다. 그러면 탑 밑에서 기다리고 있던 왕자는 어머니의 재봉사에게서 빌린 황금 가위로 그녀의 땋은 머리를 자르고, 두 사람은 말 두 마리가 기다리고 있는 숲속으로 탈출할 것이다. 그들은 말을 타고 간다. 그런데 정확히 어디로? 탈출과 마찬가지로 목적지도 간단한 문제가 아니다. 그리고 이 문제 역시 왕자는 라푼젤에게 완전히 솔직하지는 않았다. 그는 그녀를 궁전으로 데려가고 싶다고 말했고, 이것은 진심이다. 하지만 그는 그녀가 조정 신료들과 궁정의 여인들 사이에서 왕자비로 산다는 게 쉬운 일이 아니라는 것을 깨닫게 될까 봐 두렵다는 얘기를 아직 그녀에게 하지 못했다. 조정 신료들과 궁정 여인들은 모두 라푼젤로서는 따라가지 못할 우아함과 기품을 지니고 있다. 그 사람들은, 특히 궁정의 여인들은, 라푼젤을 면밀히 관찰하여 자신들의 규범에 따라 판단할 것이다. 라푼젤은 궁정의 문화에 익숙지 않다. 그녀는 간결하고 암시적인 화법을 구사하는 궁정식 기지, 궁정식 세련미, 궁정식 재능이 부족하다. 심지어 라푼젤이라는 그녀의 이름조차도 놀림감이 될 것이다. 왕자는 라푼젤을 부끄러워하지 않지만, 정중한 태도로 탐탁지 않아 하는 그 사람들의 반응에 스트레스가 쌓이면 그도 그녀의 단점에 조바심을 낼 것만 같다. 라푼젤이 처음에는 신선하고 순수한 인상을 준다 할지라도, 그런 자질은 결국 궁정 사람들에게는 지루해 보일 것이다. 그러므로 궁정 생활을 피하고 라푼젤과 함께 외딴 시골에 있는 왕실 저택으로 도피하는 것이 더 나을지도 모른다. 그런데 그런 왕실 저택에는 대규모 하인단이 제공되며, 하인들 중 많은 이가 집안일에 커다란 권력을 행사하고 강한 통솔력을 지닌 명문가 출신 주인을 모시는 데 익숙한 사람들이다. 그들의 눈에 공적인 삶의 경험이 없는 부드러운 라푼젤은 이내 허약한 사람으로 보일 것이다. 그러니 모든 면에서 판단컨대, 나무가 우거진 인적 드문 산 중턱에 자리한 소박한 오두막을 선택하는 게 더 낫지 않을까? 그곳에서 그들은 아무런 걱정 없이 단둘이 살 수 있다. 그들은 넝쿨에서 뜯어낸 산딸기를 먹고 맑은 개울물을 마시면서 함께 손잡고 자연의 낙원을 거닐 것이다. 왕자는 자신의 마음속에서 '자연의 낙원'이라는 말을 듣는다. 그 말이 그를 기쁘게 하지만, 동시에 불안하게도 만든다. 왕자는 자신을 잘 안다. 그는 며칠만 궁전을 떠나 있어도 마음이 불안해진다는 것을 잘 알고 있다. 왜냐하면 그는 재치 있는 언변과 풍성한 연회, 전쟁 보고문을 소지한 전령이 부단히 도착하는 것, 생생한 세상의 한가운데에 있다는 느낌 등이 그립기 때문이다. 모든 것을 고려할 때 한 장소에서 몇 주 이상은 머물지 않으면서 라푼젤과 함께 이곳저곳 옮겨 다니는 삶이 가장 낫지 않을까? 옮겨 다니는 삶에 대한 생각은 즐거운 것이 못 된다. 그 자신과 사랑하는 사람을 위한 정착된 생활을 결코 상상할 수 없을 것만 같은 기분이다. 마치 그 자신이 탑에 갇혀 있어서 익숙한 방 너머의 것들은 아무것도 볼 수가 없고, 그리하여 상상 속에서 불안하고 슬픈 고독을 짊어지고 이 지역에서 저 지역으로 옮겨 다니며 살아야 할 것만 같은 기분이다.

걱정의 밤

한밤중에 마녀는 집 안에서 상체를 앞으로 숙이고 뒷짐을 진 채 탁자 주변을 빙빙 돈다. 아, 그녀는 라푼젤이 뭔가를 숨기고 있다고 확신한다. 낮에 아이는 캐묻는 듯한 눈초리를 피하듯이 몇 차례 시선을 획 돌렸다. 어떤 때는 무아경에 빠진 사람처럼 반쯤 눈을 감은 채 멍하니 앉아 있었다. 마녀는 위험을 느낀다. 누군가가 탑을 발견했을까? 창가에 있는 라푼젤을 본 사람이 있을까? 그녀는 최악의 상황을 상상해 본다. 낯선 사람이 탑을 올라와서 방 안으로 들어온다. 마녀의 마음속에서 분노가 타오른다. 마음을 진정시켜야 한다. 하지만 탑은 거대한 숲 한가운데 커다란 나무들에 둘러싸인 채로 꼭꼭 숨어 있다. 멀리서는 보이지 않는다. 탑 꼭대기가 가장 높이 뻗은 나뭇가지들에 미치지 못하기 때문이다. 있을 법하지는 않지만 누군가 탑을 발견했다 해도 그가 탑의 꼭대기에 이를 방법은 없다. 탑이 너무 높고, 벽에는 발이나 손을 붙이고 오를 여지가 없기 때문이다. 그리고 탑의 창에 이를 수 있을 만큼 높은 사다리는 이 세상에 없다. 설령 장인의 작업장에서 그런 사다리가 만들어진다 해도 이끼 낀, 엄청나게 큰 나무들이 여기저기서 마구 자라는 빽빽한 숲속을 지나가서 사다리를 옮길 수는 없다. 설령 나무들 사이를 통과하여 사다리를 옮기는 방법을 어떻게든 생각해 냈다 해도, 아무리 상상력을 동원한다 해도, 사다리를 탑과 굵은 나뭇가지 사이의 좁은 공간에 똑바로 세울 수는 없을 것이다. 나뭇가지들이 탑 벽과 거의 맞붙어 있다시피 하니 말이다.

설령 순전히 논의를 위해서 사다리를 높은 탑에 기대 세울 수 있는 방법을 찾았다고 가정한다 해도, 그 사다리를 탑의 조그만 방 안으로 끌어 들이는 것은 전적으로 불가능하다는 사실은 생각할 필요도 없이 금세 명백해질 것이다. 설령 자연의 법칙을 잠시 무시하고 사다리를 기적적으로 방 안으로 끌어 들였다고 가정한다 해도, 사다리는 탑의 밑바닥 주위에서 어지러이 자라는 가시덤불에 그 존재의 흔적을 선명히 남기게 될 것이다. 그래. 얼굴을 돌리는 모습, 반쯤 감은 눈, 느슨해 보이는 주의력…… 그런 행태의 원인은 다른 데 있는 게 분명하다. 라푼젤이 병에 걸린 걸까? 때때로 창턱으로 날아와, 햇빛 속의 마르지 않은 타르처럼 반짝이며 창턱에 앉아 있곤 하는 까마귀 한 마리가 병을 옮겼는지도 모른다. 마녀는 아이에게 수차례 되풀이하여 창턱에서 떨어져 있으라고 말했다. 하지만 라푼젤의 식욕은 변하지 않았다. 실은 아이는 최근에 더 포동포동해졌다. 또 다른 설명이 있어야 한다. 뭔가 잘못된 게 있다. 마녀는 그것을 날씨의 변화처럼 느낄 수 있다. 그녀는 계속 탁자 주변을 서성거리면서 비밀스러운 원인을, 숨겨진 이유를, 어떤 은밀한 가능성을 생각해 본다. 밤이 끝나 가는 시간에 마녀는 고통스러워하는 동물의 신음 소리처럼 삐걱거리는 방바닥을 빙빙 돌면서 새로운 마음가짐으로 치밀하게 경계해야겠다고 스스로 다짐한다.

왕자는 마녀에 관해 알지만 마녀는 왕자에 관해 알지 못하므로 라푼젤은 마녀에게 부정직하게 행동했다며 자신을 책망한다. 하지만 자신은 왕자에게도 정직하지 못했다는 걸 라푼젤은 알고 있다. 단지 매트리스 밑에 숨겨 둔 실크 사다리를 만드는 일을 중단했다는 뜻이 아니다. 그보다 훨씬 더 나쁘게 처신한 것이다. 왕자는 자주 탑 바깥의 자신의 삶에 대해 얘기해 주었다. 그는 궁정 생활과 보석으로 치장한 여인들, 원형 계단, 유니콘 태피스트리, 높다란 탁자에서 열리는 연회, 치렁치렁한 발이 드리워진 침대 등에 관해 얘기해 주었다. 그녀는 마치 그가 신기한 이야기가 쓰인 책을 그녀에게 읽어 주고 있는 것처럼 귀 기울여 들었다. 하지만 라푼젤은 자신이 그 이야기 속에 빠져든 상상을 할 때면 조바심이 들고 겁이 나는 것을 느끼곤 한다. 불안감으로 몸이 떨릴 지경이 된다. 그러한 심상들은 마치 해코지를 할 수 있는 힘을 지닌 것처럼 그녀를 두렵게 한다. 여인들은 특히나 더 그녀의 마음에 어렴풋한 두려움을 불러일으킨다. 그뿐만이 아니다. 궁정, 왕, 시녀, 커다란 포도주병, 사냥개…… 이런 것들을 그녀는 파악할 수 없다. 마음의 손으로 붙잡을 수가 없다. 그녀가 아는 것은 탁자, 창문, 침대다. 그 정도뿐이다. 왕자는 다른 어떤 세상에서 느닷없이 그녀의 세상으로 뛰어들었던 것이다, 어느 먼 곳의 냄새를 풍기면서. 새벽에 왕자가 사라지고 나면 그녀는 꿈에서 깨어 탁자와 창문과 침대의 세상으로 돌아간다. 그리고 설령 그녀가 왕자가 사는 꿈의 궁전을 신뢰할 수 있다고 해도, 그녀 자신은 그곳에서 이국적인 방문객에 불과할 수 있다는 사실을 알고 있다. 요정의 나라에서 온 불청객 신세가 될 수 있다는 것을 알고 있다. 왕과 왕비와 조정 신료와 보석으로 치장한 여인들의 엄격한 시선 아래서 그녀는 안개가 되어 사라지고 말 것이다. 모든 것들이 지금 상태 그대로 계속될 수 있다면 얼마나 좋을까! 이제 해가 졌다. 마녀는 숲속으로 사라졌고, 왕자는 아직 오지 않았다. 창가는 시원하다. 라푼젤은 황혼의 평온함이 비처럼 떨어져 내리는 이 순간에 대한 감사의 마음이 밀려드는 것을 느낀다.

1812년과 1819년

1812년에 출간된 『어린이와 가정을 위한 이야기』*에서는 라푼젤이 마녀에게 왜 옷이 점점 꽉 조이는지 물어봄으로써 순진하게 자신의 임신 사실을 내비칠 때 라푼젤의 비밀이 들통나는 것으로 되어 있지만, 1819년에 나온 제2판에서는 빌헬름 그림이 이 이야기를 아이들이 읽기에 더 적합한 작품으로 만들려는 노력의 일환으로 이 부분을 고쳤다. 이 제2판에서는 라푼젤이 마녀에게, 왜 마녀는 왕자보다 더 힘들게 탑을 올라오느냐고 생각 없이 물을 때 그 비밀이 탄로 난다.

* 동화 「라푼젤」이 처음 실린 그림 형제의 책.

들통나다

그런 일들이 다 그렇듯이, 그 일은 갑자기 일어난다. 부주의한 말 한 마디, 순간적인 방심. 모든 것이 순식간에 바뀐다. 이제 분노로 살벌해진 마녀는 라푼젤에게 바짝 몸을 기울이며 서 있다. 라푼젤은 뒤로 물러서다가 의자에 털썩 주저앉으며 한 팔을 자신의 얼굴 앞으로 들어 올린다. 마녀는 라푼젤의 땋은 머리 위에서 짐승의 입처럼 입을 쩍 벌린 커다란 가위를 들고 있다. 땋은 머리는 라푼젤의 어깨를 타고 내려와 방바닥에 길게 늘어뜨려져 있다. 마녀의 코는 또 다른 위험한 흉기인 것처럼 그녀의 얼굴에서 비쭉 돌출되어 있다. 마치 그 코로 라푼젤의 뺨을 베어 버릴 것만 같다. 턱에 난 사마귀에서는 뻣뻣한 털 세 가닥이 철사처럼 튀어나와 있다. 마녀의 눈은 손댈 수 없을 정도로 뜨거워 보인다. 들어 올린 팔 위로 크게 벌어진 라푼젤의 눈은 마치 비명을 지르는 입처럼 보인다. 그녀의 눈썹은 거의 머리털 선에 닿을 정도로 추켜 올라가 있다. 가윗날의 거대한 그림자가 마녀의 미끈하게 늘어진 옷의 몸통 부분에 드리워져 있다.

황혼

아무리 계속해도 싫증이 나지 않는다. 손에 잡히는 머리 단의 느낌, 우뚝 솟은 높디높은 벽, 그를 끌어 내리려는 지구의 중력, 팔의 통증, 돌벽을 짓누르고 오르는 발…… 그의 뒤에 궁전은 없다. 그의 위에 꿈의 방은 없다. 있는 것은 다만 지금 당장의 사실뿐. 딱딱한 돌벽과 땋은 머리와 밀치고 오르는 무릎의 힘뿐. 그는 젊다. 그는 강하다. 그는 행복하다. 그는 살아 있다. 세상은 멋지다.

황야

마녀는 빠지직 소리가 나도록 가위에 힘을 가해서 라푼젤의 머리카락을, 배반자의 머리카락을 자른다. 그런 다음 라푼젤을 황야로 쫓아낸다. 그곳은 바위와 찔레나무가 있는, 잡초 무성한 황야다. 가시로 뒤덮인 관목과 뒤틀린 나무들이 바싹 마른 땅에서 자라고 있다. 물기 한 점 없이 메마른 하천 바닥에 생긴 움푹한 길에 엉겅퀴 더미가 들러붙어 있다. 햇볕이 너무 뜨거워서 두꺼비들은 바위 그늘 속에 꼼짝 않고 숨어 있다. 밤은 모질게 추울 것이다. 라푼젤은 커다란 바위의 움푹 팬 곳에 웅크리고 앉는다. 그녀는 도톰한 손바닥 아랫부분으로 두 눈을 지그시 누른다. 이윽고 어둠 속에서 빛의 점들이 보인다. 그녀는 손을 내리고 앞을 응시한다. 꿈이 아니다.

창가에서

그가 거기 있다. 악마, 모든 것을 빼앗아 간 녀석. 마녀는 그의 얼굴에 바람에 나뭇잎이 흔들리는 것 같은 공포의 표정이 어리는 것을 지켜본다. 땋은 머리를 선반 걸이에 묶어 그를 유인한 그녀의 속임수는 성공했다. 마녀는 왕자가 잘생겼다는 것을 알게 된다. 젊은 남신 같은 모습이다. 그의 아름다운 얼굴이 바늘처럼 그녀를 콕콕 찔러 댄다. 그녀는 울부짖으며 증오감을 토해 낸다. 다시는 그 애를 보지 못할 거다! 다시는! 그녀의 말이 그녀의 목구멍을 뜨겁게 달구고 그의 눈을 태운다. 그는 세상의 모든 것을 가졌다. 잘생겼고, 신을 빼닮았고, 부유하고, 행복하다. 더 이상 아무것도 필요치 않은 사람이다. 그런데도 그는 탑에 올라와서 그녀의 유일한 행복을 훔쳤다. 그녀에게서 시커먼 증오가 연기처럼 터져 나오고 있는데도 그녀는 그의 이목구비에서 강렬한 힘을 느낀다. 그녀의 마음이 동요한다. 손톱으로 그의 눈을 긁어 버리고 싶다. 왕자가 그녀를 뚫어지게 쳐다본다. 그녀를 쳐다보는 그의 눈빛이 바뀌고 있다. 이제 더 이상 젊은 눈이 아니다. 순간, 그는 탑에서 뛰어내린다.

추락

왕자는 추락하면서 이것은 오르는 행위의 본질 속에 묻혀 있는 비밀이라는 것을 깨닫는다. 이것은 오르는 행위의 부정적 측면의 쌍둥이라는 것을 깨닫는다. 그가 사랑했던 모든 것이 그의 노력을 비웃는 이 잔인한 추락 속에서, 이 오르기의 역逆 속에서 전멸하고 만다. 그는 어렸을 때 우물 속에 공을 떨어뜨리고 그 모습을 지켜본 적이 있었다. 지금은 그가 그 공이다. 그는 꿈의 방에서 급속히 멀어지고 있다. 그가 없는 그 방은 점점 더 높이 올라가고 있다. 그 방은 곧 구름 위로 솟아올라서 영원히 사라지게 될 것이다. 그럼에도 이 추락은, 이 속절없는 굴복은 그의 마음을 불굴의 기개로 가득 채우고, 그리하여 그는 거부의 마음이 부풀어 오르고 저항의 정신이 끓어오르는 것을 느낄 수 있다. 그는 극복의 황홀경 속에서 마지막 모험을 맞이한다. 눈으로 불어오는 세찬 바람, 그의 얼굴 위로 뻗쳐오르는 머리카락, 콧구멍에서 느끼는 짙은 녹색 내음을 기꺼이 받아들인다.

라푼젤의 아버지

마녀의 집 땅과 옆집 땅 사이에 세워진 높은 담의 저쪽 편에서 라푼젤의 아버지가 뜰을 가꾸고 있다. 2년 전에 아내가 죽고 난 뒤로 그는 잡초를 뽑고, 포도나무 지지대를 똑바로 세우고, 땅에 물을 주는 데 점점 더 많은 시간을 보낸다. 뜰은 높은 담에 면하여 조성되어 있는데, 그는 평생 그 담을 딱 세 번 넘어갔다. 한 번은 그의 아내가 이웃집 뜰에서 양상추 한 포기만 훔쳐 오라고 간청했을 때였다. 또 한 번은 두 번째 양상추를 훔치러 다시 거기에 갔을 때였는데, 그때 그는 마녀에게 붙잡혔고, 마녀는 그에게 그의 아이가 태어나는 날 아이를 자기에게 주겠다고 약속하게 했다. 그리고 그로부터 1년 후에 다시 한 번 그 담을 넘어갔다. 자기 딸을 잠깐이라도 보고 싶은 마음이 간절해서 그런 것이었는데, 그러나 그가 보게 된 사람은 마녀뿐이었고, 마녀는 노발대발하여 소리 지르면서 만약 그가 또다시 딸을 보려고 시도한다면 그의 눈을 뽑아 버리고 그의 아내를 덮쳐서 눈이 멀게 만들어 버릴 거라고 말했다. 그 이후로 많은 세월이 지났다. 때때로 그는 그 아이를, 마녀에게 줘 버린 딸을 생각한다. 하지만 그것은 그 자신의 어린 시절을 생각하는 것과도 같다. 너무 오래전이라 그의 일부가 아닌 것처럼 보인다. 왕자가 탑에서 떨어지고 있을 때, 라푼젤의 아버지는 깍지콩 덩굴 옆에 돋아난 잡초를 뽑으려 몸을 구부린다.

눈

왕자는 가시덤불 속으로 떨어진다. 가시에 그의 눈이 긁힌다.

시간

시간이 지나갔다. 단번에 말할 수 있는 두 단어, 시간이 지나갔다. 하루하루 날들은 얼굴에 불어오는 바람처럼 쏜살같이 흐르고,

한 주 한 주는 한 달 한 달로 이어지고, 시간이 흐르는 공간 안에서 한 해 한 해가 간다. 시간이 지나갔다. 시간은 지나가고, 거대한 가시덤불이 탑 주변에서 자랐다. 이제 단검처럼 날카로운 가시들로 덮인 탑의 돌벽은 완전히 가려졌다. 창문 역시 뒤틀린 나뭇가지들에 가려져 더 이상 보이지 않았다. 매일 아침 숲 위로 해가 떠오르기 전에 검은 형체의 인물이 탑의 발치에 나타난다. 그녀는 가시나무 가지를 붙잡는다. 가시가 그녀의 손을 깊이 파고든다. 가시나무 가지를 잡고 오를 때 그녀의 손가락과 팔을 타고 핏줄기가 흐른다. 가시가 그녀의 옷을 찢고, 그녀의 머리카락을 붙들고, 그녀의 얼굴과 목을 벤다. 그 고통이 그녀의 아픔을 조금 덜어 준다. 꼭대기에 오른 그녀는 가시 창문으로 몸을 들이밀어서 어두운 방 안으로 들어간다. 거기서 대야에 물을 받아 몸을 씻는다. 그런 다음 탁자에 앉아 라푼젤의 땋은 머리를 풀기 시작한다. 풀어 헤친 부드러운 머리 단이 무릎 위에 쌓이면 그녀는 아주 천천히 그 머리카락을 빗질한다. 빗질이 끝나면 머리카락을 정성스럽게 땋고, 땋은 머리를 침대 위에 내려놓는다. 침대에 놓인 머리는 구불구불한 로프 같은 모습이다. 그녀는 온종일 앉아서 라푼젤의 머리를 바라본다. 때때로 땋은 머리를 다시 풀어서 다시 빗질하기도 한다. 마녀는 위안을 찾으려 하지만, 그녀에게 위안은 없다. 가시 창문 너머로 희미한 빛이 있을 뿐이다. 방이 어두워지기 시작할 때 그녀는 날카로운 나뭇가지들을 헤치고 창밖으로 나와 탑을 내려간다. 기다란 가시에 몸이 찢기면서도 그녀는 피가 흐르는 손으로 가시나무 가지를 붙잡고 내려간다.

돌탑 방과 황야

탑의 방에서 살던 시절에 라푼젤은 종종 다른 세상을 꿈꾸었다. 어디에나 자신을 막는 벽이 없는 열린 세상을 꿈꾸었다. 이제 그녀는 사방이 활짝 트인 황야에서 오직 몸을 피할 수 있는 곳만을 찾는다. 가운데가 움푹 패어서 벽으로 둘러싸인 느낌을 주는 바위, 높이 솟은 땅에 생긴 구멍, 가시로 뒤덮인 관목 아래 생긴 낮은 공간 따위를 찾는다. 라푼젤은 굶주린 짐승들이 내는 소리에 귀 기울인다. 그녀는 자신의 두 아기를 나뭇가지와 마른 나뭇잎들로 만든 씌우개로 감싼다.

어둠

라푼젤이 황야를 떠도는 동안 왕자는 어둠 속을 헤맨다. 그는 어떤 과일을 먹을 수 있는지 알게 되었고, 배 속에 들어가면 날카로운 금속처럼 속을 뒤집어 놓을 과일들은 무엇인지도 알게 되었다. 가끔 굶주림으로 몸이 너무 허약해지면 나무껍질을 씹어서 삼키기도 했다. 그의 다리를 물어뜯을 수도 있는 동물의 소리를 알아차리는 법도 알게 되었고, 그런 놈들을 칼로 치고, 그 칼날에 묻은 따뜻한 피의 느낌도 알게 되었다. 숲속을 헤매는 그는 잠을 이룰 수 있는 곳이면 어디에서든 잔다. 땅바닥을 향해 늘어뜨려진 나뭇가지 뒤쪽의 우묵한 곳을 찾거나, 비탈진 언덕에 생긴 야트막한 굴을 더듬더듬 찾아가서 잠을 잔다. 한번은 잠에서 깨어났을 때 어떤 혀가 자신의 얼굴을 핥고 있는 것을 느낀 적도 있다. 그의 피부에는 마른 피가 덕지덕지 붙어 있다. 나뭇가지에 찢긴 옷은 딸기류 열매들과 이파리의 점액질에서 묻은 얼룩으로 지저분하다. 나뭇잎 조각들이 머리카락에 들러붙어 있다. 그는 허리에 덩굴로 짠 허리띠를 두르고 있다. 왕자는 아직 젊지만, 어지러이 뒤엉킨 턱수염 사이로 깊이 베인 상처 같은 기다란 흉터 자국들이 허옇게 보인다.

제2의 라푼젤

긴 밤이 찾아오면 마녀는 분주해진다. 그녀는 자신의 심오한 능력을 사용하여 어둠 속에서 라푼젤의 환영을 포착한다. 때때로 그녀는 딱딱한 마룻바닥에서 그대로 잠이 들었다가 깨어나기도 한다. 거울에 비친 그녀의 눈은 거칠고 사납다. 그녀는 뜰을 돌보는 일도 무시한 채 집 뒤쪽 창고에 처박혀서 작업을 한다. 어느 날 아침 동틀 녘에 그녀는 등에 짐 꾸러미를 지고 탑을 오른다. 꼭대기에 이르렀을 때 호주머니에서 칼을 꺼내 창문을 덮고 있는 나뭇가지들을 잘라 구멍을 낸다. 이제 그녀는 그 꾸러미를 가시의 뾰족한 끝에 긁힐 염려 없이 안으로 집어넣을 수 있다. 방 안에서 마녀는 꾸러미를 풀고 그 형상을 침대 위에 내려놓는다. 그리고 능숙하게 머리카락을 붙인다. 그녀는 그 형상에 잠옷을 입힌 다음 한 걸음 물러선다. 가느다란 햇빛 한 줄기가 희미하게 홍조가 어린 뺨과 감긴 눈을 비춘다. 팔은 팔꿈치께까지 맨살이 드러나 있다. 밀랍과 피로 만든 상은 너무 정교해서 살아 숨 쉬는 아이처럼 보인다. 사악한 기쁨이 마녀의 가슴에 흘러넘친다. 그녀는 앉아서 잠자는 아이를 지켜본다. 절대로 이 아이에게 해로운 일이 생겨선 안 돼.

노래

유아가 어린이로 자라난 황야에서는 시간이 흐르지만, 왕자에게는 시간이 없다. 왕자에게 있는 것은 언제나 어둠뿐이다. 그로서는 전혀 새로울 게 없는 날에 그는 바위와 가시로 뒤덮인 관목들이 있는 곳으로 온다. 이곳의 햇볕은 불의 조각들처럼 뜨겁다. 이곳의 그늘은 양모 담요가 덮인 것처럼 덥다. 그는 마른 땅에서 뿌리를 캐내 쓴 즙을 빨아 먹는다. 밤에는 공기가 눈처럼 차갑다. 그는 돌에 기대어 잔다. 뭔가가 그의 다리를 공격하면 그는 돌멩이로 그걸 내리친다. 눈구멍이 아프다. 어느 날 팔에 달라붙는 뾰족뾰족한 가시가 있는 관목 속에서 휴식을 취하고 있을 때, 그는 노랫소리를 듣는다. 그는 열병이 나서 몸을 떨고 있다. 그 노래가 그의 마음속에서 나는 것인지, 밖에서 나는 것인지 알지 못한다. 머리카락이 불의 폭포수처럼 쏟아져 내리는 그 탑에 돌아온 것만 같다. 그는 비칠비칠 일어선다. 그 노래가 그의 얼굴을 어루만진다. 그는 누군가의 손에 이끌린 것처럼 비틀거리며 앞으로 나아간다.

눈물

자신의 바위 그늘에서 그녀는 고개를 들어 그를 본다. 그의 팔은 부러진 나뭇가지처럼 축 처져 있다. 그의 눈은 죽었고, 입술에는 심한 상처가 있다. 거친 머리, 수염…… 꿈속에서 그가, 잃어버린 사랑이, 그녀에게로 왔다. 그는 죽어 가는 나무처럼 보인다. 그녀는 그 앞에, 낯선 사람 같은 그 앞에 서 있다. 그녀는 탑과 땋은 머리를 떠올려 본다. 이제 그녀의 머리는 텁수룩하고 엉겅퀴가 어지러이 달라붙어 있다. 그가 빨았던 가슴을 이제는 두 아이가 빤다. 눈물이 가시처럼 그녀의 눈을 긁는다. 그 눈물이 돌 같은 그의 눈에 떨어진다. 황야에서 물이 바위 사이를 콸콸 흐르고 꽃들이 가시에서 마구 피어오른다. 천천히 왕자가 눈을 뜬다.

귀향

모퉁이에 있는 탑에서 깃발이 나부낀다. 모든 창문에 장식 리본이 걸려 있다. 왕자가 신부가 될 사람과 두 아이와 함께 본전 안뜰로 들어갈 때 환영의 목소리가 대기를 가득 채운다. 사랑하는 친구들, 연인들, 사냥 동료들의 얼굴이 눈에 띄지만 왕자는 이상하게도 별 감흥이 없다. 그것은 자기가 오직 라푼젤만을 생각하고 있기 때문인지도 모른다고 왕자는 안뜰을 걸어가면서 생각한다. 그는 마치 언제든 다시 어둠 속에서 그녀를 잃을 수도 있다는 사실을 두려워하는 것 같다. 조정 신료와 궁정 여인들—그들과는 본전으로 이어지는 계단 앞에서 갈라서게 된다—사이를 걸어가면서 왕자는 이 소원한 느낌은 일시적인 게 아닐 거라고 생각한다. 그와 그를 환영하는 얼굴들 사이에는 어둠이 자리 잡고 있다. 그의 상처는 치유되었고, 수염은 유행에 맞추어 짧게 깎였으며, 망토는 흰 담비 털로 장식되었다. 하지만 그는 더 이상 그들의 세계에 속하지 않는다. 그는 고개를 돌려 라푼젤을 본다. 탑에서 살았던 소녀를 떠올리려 애쓴다. 불의 폭포수처럼 쏟아져 내리는 머리, 돌벽을 딛고 오르던 그의 발…… 이 모든 게 책 속의 이야기 같다. 옆에 있는 이 여자의 얼굴에는 고통이 체화된 격한 아름다움이 배어 있다. 궁정 여인들의 얼굴을 앳돼 보이게 하는 얼굴이다. 그들이 함께 높은 계단에 다가갈 때 그가 그녀의 팔을 만진다. 그날, 그는 조금 피곤하다. 그는 긴 축하 행사가 끝나서 그와 그녀가 잠시나마 조용히 있을 수 있는 때가 오기를 고대한다.

탑 안에서

라푼젤이 잠들어 있는 가시 탑 안에 마녀가 앉아서 무릎 위에 놓인 머리카락을 빗질한다. 라푼젤은 요즘 피곤해한다. 따라서 라푼젤이 잠을 자는 것은 좋은 일이다. 가시나무 가지가 마구 뒤엉켜 자라는 창문 틈으로 한 줄기 햇살이 비껴 들어온다. 햇살은 나무 의자의 뒷면을 비추고, 돌바닥을 가로지르고, 침대 옆면을 타고 올라, 이불 위에 가로놓인다. 마녀는 윤이 날 때까지 머리카락을 빗질하는 일이 끝나고 나면 자신의 무릎에 놓인 그 머리카락의 무게를 느끼면서 천천히, 조심스럽게 머리를 땋을 것이다. 마녀는 이따금씩 사랑하는 아이의 얼굴을 들여다본다. 세상으로부터 해를 입을 위험이 없는 아이는 평화롭게 잔다. 마녀의 몸이 갑자기 긴장을 하며 뻣뻣해진다. 그녀는 머리카락을 옆으로 밀어 놓고 창가로 가서 가시나무 가지 사이로 밖을 내다본다. 소나무 가지에 내려앉은 까마귀였을 뿐이다. 그녀는 의자로 돌아와 빗질을 계속한다. 얼마 뒤에는 의자에서 일어나 이불을 가지런히 하고 베개를 매만져서 폭신하게 해 줄 것이다. 라푼젤이 깨어나면 약초 차를 타 줄 것이다. 그녀는 사랑하는 딸의 이마를 만져 보고, 목이 아프지는 않는지 물어볼 것이다. 하지만 지금은 아이가 자도록 내버려 둘 것이다. 서두를 필요는 없다. 그들은 이 세상의 모든 시간을 가지고 있으니까.

라푼젤

왕자 옆에 서서 본전에 이르는 계단을 향해 안뜰을 걸어가면서 라푼젤은 여인들이 착용한 반짝거리는 많은 보석들을 알아본다. 곱게 차려입은 화려한 빛깔의 의상에서 햇빛이 반사된다. 안뜰 위쪽의 회랑에서는 방패를 든 병사들이 내려다보고 있다. 환영의 목소리들이 요란스레 울려 퍼진다. 그녀는 이 얼굴들에서 어릴 적

느꼈던 두려움을 떠올려 보려 하지만, 그것은 옛날 책 속의 그림들을 떠올리려 하는 것과도 같다. 오래전에 그녀는 거대한 숲 한가운데에 있는 탑에서 살았다. 마녀, 높은 창문, 탑의 밑바닥을 향해 떨어져 내리는 그녀의 머리카락…… 그 모든 게 희미해져 가고 있다. 햇빛이 비치는 안뜰에서 그녀는 여인들의 반짝이는 밝은 머리카락과 높이 그려 넣은 초승달 같은 눈썹, 귀고리를 단 귓불을 본다. 그녀는 그것들을 연구할 것이다. 배울 필요가 있는 것들을 배울 것이다. 왕자는 황야의 시절 이전, 밤마다 탑에 있는 그녀를 찾아왔던 때와 달리 이제는 더 이상 그녀를 의심하지 않는다. 그녀는 자신의 얼굴에 와 닿은 그의 눈길을 느낄 수 있다. 고개를 돌린 그녀는 그가 피곤하다는 것을 알아차린다. 그는 곧 휴식을 취할 수 있다. 그녀는 그가 시련과 도전을 끝냈다는 것을, 위험한 모험을 끝냈다는 것을 간파한다. 그녀가 간파한 게 또 하나 있다. 그녀가 왕자보다 더 강하다는 사실이다. 그건 좋은 일이다. 그녀는 다시 웃을 것이고, 머리카락을 기를 것이고, 즐겁게 놀 것이다. 하지만 높은 계단에 다가가고 있는 지금 당장은 조정 신료들과 궁정 여인들에 둘러싸인 채 왕자 옆에서 걸으며 그들의 주의를 끌고 그들의 시선을 마주할 것이다. 그들의 왕자비인 자신을 관찰하는 그들을 침착하게 바라볼 것이다.

어딘가 다른 곳에

Elsewhere

그해 여름 불안감이 우리 마을을 엄습했다. 메인스트리트에서 그걸 느낄 수 있었다. 해변에서도 그걸 느낄 수 있었다. 이른 아침, 우리는 현관문을 나와 마당 끝에 떨어져 있는 고무줄로 묶인 신문을 향해 걷다가, 그 온화하고 상쾌한 대기 속에서 마치 혼란에 빠진 것처럼 갑자기 걸음을 멈추곤 했다. 우리는 일터에서도 창밖을 응시했다. 집에서도 앉았다가 일어섰다가 다시 다른 방으로 들어가곤 했다. 우리는 한 번도 실천하지 못한 긴 주말여행을 계획했고, 다음 날이면 잊어버리는 복잡한 식단을 짜는 데 몰두했고, 습관이나 직업, 생활 방식을 바꾸는 것에 대해 진지하게 얘기했다. 야구 모자와 카고 반바지 차림의 남편들은 동력식 잔디깎이를 밀고 가면서 먼 산을 꿈꾸다가 자신도 모르게 망연히 진입로를 넘어서 옆집 마당으로 들어가곤 했으며, 그제야 그들은 문득 놀라며 주변을 둘러보곤 했다. 여름의 푸른 잔디밭에서는 정원용 장갑을 끼고 챙이 넓은 모자를 쓴 아내들이 금잔화와 진달래가 줄지어 심어진 곳 옆에서 깔개 위에 무릎을 꿇고 앉아 있는 것을 볼 수 있었다. 그들은 때때로 잡초 제거기를 든 채로 잠시 동작을 멈추고 옆집 마당을 흘깃 보았다. 그들은 이웃집 뒤편의 눈에 익은 창문을 쳐다보고, 햇빛에 아른거리는 지붕널을 쳐다보고, 지붕 위로 눈을 들어 놀랍도록 파란 하늘을 바라보았다. 파란 하늘이 그들에게 거기 있지 말고 이리 오라고 말하는 것 같았다.

우리 마을의 젊은 사람들조차도 불안에 감염된 듯싶었다. 학교에서 집에 돌아온, 티셔츠와 찢어진 청바지 차림의 10대 아이들은 한 팔을 들어서 자신들의 눈을 가린 채로 거실 소파에 털썩 주저앉았다. 잠시 후 마치 격렬한 열정에 사로잡힌 듯이 벌떡 일어선 그들은 몸이 떨리도록 크게 하품을 하며 다시 주저앉았다. 불볕더위가 기승을 부리는 토요일 오후 해변의 물가에서는 물에 젖은 딱딱한 모래 위로 몸을 구부리고 있는 어린아이들을 볼 수 있었다. 아이들은 모래로 탑과 성벽과 활을 쏘기 위해 뚫은 성벽 구멍이 있는 세밀한 성을 만드는 데 온 정신이 팔려 있다가 노란 헬리콥터가 바다 위로 높이 날아갈 때에야 손을 멈추고 헬리콥터를 쳐다보았다. 그리고 다시 모래성으로 눈을 돌렸을 때, 아이들은 성을 만드는 일에 완전히 흥미를 잃어버렸다.

무더운 여름밤에 우리는 랜턴이 흐릿하게 불을 밝힌, 방충망이 있는 뒤 베란다에 앉아 귀뚜라미 울음소리에 귀 기울이곤 했다. 매일같이 더 가까이 다가오고 있는 것처럼 귀뚜라미 울음소리는 점점 더 커져만 갔다. 그 울음소리 너머에서, 또는 그 울음소리를 통해 우리는 멀리서 들리는 폭포수 같은 더 깊은 어떤 소리를 들을 수 있었다. 고속도로에서는 반대 방향으로 쏜살같이 멀어져 가는 우르릉거리는 트럭 소리가 쉼 없이 들려왔다.

우리가 원했던 것은 무엇이었을까? 우리는 대체로 만족스러운 편이었다. 지금 이 상태로도 충분히 행복했다. 물론 걱정거리가 있고, 돈 생각에, 죽음 생각에 자다가 잠이 깨기도 했지만, 우리 이웃들은 안전했으며 굶어 죽는 사람은 우리 마을에 없었다. 우리는 우리가 누리는 축복을 헤아려 보면서 최악의 상황은 모면했다는 것을 알았다. 우리는 여름을 늘 그래 왔던 식으로—휴가의 계절로, 일상으로부터 탈출하는 계절로—기대하긴 했지만, 이번에는 마치 우리가 팔을 세상보다 더 넓게 벌린 것처럼 뭔가 남아 있는 어떤 게 있었다. 우리가 여름에 대해서 너무 많은 것을 기대했던 걸까? 푸른 하늘, 노란 태양…… 하지만 푸른 태양은 없었다! 녹색 하늘은 어디에도 없었다! 우리는 때때로 우리가 뭔가를 기다리고 있다는 것을 느끼곤 했다. 어떤 암시, 어떤 징후를 기다리는 것이었다. 우리의 끔찍한 에너지를 쏟아부을 수 있는 어떤 방향성을 기다리고 있는 것이었다.

첫 번째 사건은 6월 중순의 어느 날 밤, 10시 30분경에 열여섯 살의 고등학교 2학년생 에이미 뱅크스의 집에서 일어났다. 그녀의 부모인 이스트브로드가의 잘나가는 유명 치과 교정의사 리처드 뱅크스 박사와 새로 생긴 주민자치센터에서 사회복지사로 일하는 멀린다 뱅크스는 2층 침실에 있었다. 에이미는 거실에 앉아서 텔레비전 소리를 꺼 놓은 채 선홍색 휴대전화로 여자 친구와 통화를 하고 있었다. 그녀는 친구에게 작별 인사를 한 다음 휴대전화를 끄고 리모컨을 집었다. 그 순간 그녀는 텔레비전과 창문 사이 거실의 어두운 구석에서 어떤 움직임을 감지했다. 창문에는 한 쌍의 햇빛 차단용 커튼이 창턱 아래로 늘어져 있었다. 에이미는 처음에는 미풍에 커튼이 움직였을 거라고 생각했다. 비록 창문은 닫혀 있고 거실은 여전히 따뜻했지만 말이다. 책상다리를 한 채 베개 두 개를 등에 대고 소파에 기대앉아 있던 그녀는 자리에서 일어서려다가 다시 거실 구석에서 어떤 움직임을 의식했다. 커튼은 전혀 움직이지 않았는데도 이번에는 뭔가 '살랑거리는' 느낌이 있었다고 그녀는 말했다. 하지만 그녀가 뚜렷이 본 것은 아무것도 없었다.

이제 그녀는 두려움에 사로잡혔다. 그렇기는 하지만 자기가 무엇을 본 것인지 확실치 않았기에 소리를 질러 일찍 잠자리에 든 아버지를 깨우지는 않겠다고 속으로 생각했다. 살랑거리는 움직임은 소리 없이 계속되었다. 에이미는 방에서 뛰쳐나가려 했지만, 바로 그 순간에 모든 것이 정상으로 돌아왔다. 구석은 잠잠했다. 텔레비전 코드는 굽도리 널에 기대 놓여 있었다. 소리를 꺼 놓은 텔레비전 화면 속의 여자는 자신의 차에 앉아 양손 손바닥 끝부분으로 운전대를 마구 내리쳤다. 부엌에서 새어 나온 불빛은 독서용 의자 팔걸이를 넘어서 전기스탠드가 놓인 탁자의 모서리를 비추었다. 에이미는 일어섰다. 숨을 깊게 두 번 들이마신 다음 구석으로 걸어갔다. 바닥을 살펴보고 굽도리 널과 텔레비전 뒤쪽을 살펴보았다. 그녀는 양쪽 커튼을 옆으로 밀친 다음 블라인드를 올렸다가 내렸다. 벽을 만져 보고 사방을 둘러보았다. 그녀는 텔레비전을 끄고 2층 침실로 올라갔다.

다음 날 밤 10시 직후, 바버라 시릴로의 1층 침실에서 뭔가가 살랑거렸다. 바버라는 에이미 뱅크스의 집에서 세 구역 떨어진 곳에서 살고 있으며 에이미와 프랑스어 수업을 같이 듣는 3학년 학생이었다. 바버라는 비명을 질렀다. 물리학 교사이자 학교 이사회 위원인 바버라의 아버지 제임스 시릴로는 경찰에 신고했다. 누군가가 침입한 흔적은 없었다. 바버라는 파자마로 갈아입고 컴퓨터 화면을 쳐다보고 있을 때 방 안에서 어떤 것이, 또는 누군가가 움직이는 것을 느꼈다고 말했다. 하지만 그녀는 그 어떤 것도, 그 누구도 보지 못했다. 더 이상 구체적인 내용을 제시할 수 없었다.

우리 마을 지역신문인《데일리에코》는 시릴로 사건을 2면에 보도했다. 에이미 뱅크스의 아버지는 아침 식사를 하던 중에 우연히 그 기사를 보았다. 그는 커피 잔을 내려놓고 신문을 흔들어 가지런히 만든 다음 아내와 딸에게 그 부분을 소리 내어 읽어 주었다. 그 내용을 들은 에이미가 자신의 섬뜩한 경험을 얘기했을 때, 뱅크스 박사는 경찰에 전화했다.《데일리에코》가 다음 날 자세히 보도했다.

이제 우리는 관음증 환자일 가능성이 있는 침입자를 경계했다. 그렇긴 하지만 우리는 그 내용이 너무 막연할 뿐 아니라 그걸 보았다는 사람들이 감수성이 예민한 나이의 소녀였다는 점을 잊지 않았다. 따라서 만약 사람들이 표현한 것처럼 '목격'이 갑작스럽게 연달아 일어나지 않았더라면 그 사건들은 틀림없이 이내 잊히고 말았을 것이다. 희생자들—혹은 목격자들—은 주로 중학교 상급반 여학생과 고등학교 여학생들이었는데, 그들은 밤에 거실 구석이나 침실, 어두운 현관 복도에서 수상한 움직임을 보았다고 말했다. 그러나 뭔가 수상한 것을 본 사람이 그들뿐인 것만은 아니었다. 30대 후반의 한 여성은 황혼 무렵에 차고에서 뭔가 살랑거리는 움직임을 보았다고 얘기했고, 몇몇 젊은 엄마들은 명백한 침입으로 보이는 사건들을 보고했으며, 은퇴한 전직 경찰관인 존 추작은 어느 날 밤 텔레비전 방에서 나와 부엌으로 들어갔을 때, 냉장고 근처에서 뭔가 움직이는 것을 보았다고 주장했다. 비록 움직인 것이 무엇이었는지 알 수 없었으며, 심지어 그 움직임을 '일종의 파문 같은 것'이라고 말하는 것 말고 달리 뭐라 할 수 있는지조차 그로서는 알 수 없었지만 말이다.

사건이 마을 전체로 퍼져 나갔다. 법무 법인에서 일하는 변호사들의 침실에서도, 3학년 담당 교사의 침실에서도, 코틀랜드 대로변 공구 가게에서 일하는 드릴프레스 기능공의 침실에서도 그런 일이 일어났다. 그러자 사람들은 무슨 일이 발생한 것인지 설명하려는 이론들을 제시하기 시작했다. 그런 이론 가운데 관음증 환자 이론과 장난꾸러기 이론이 가장 폭넓게 받아들여졌다. 경찰은 우리에게 밤에는 현관문과 창문을 잠그라고 경고했으며, 우리 동네에 이상한 행동의 기미가 나타나면 아무리 사소한 일이라도 신고해 줄 것을 당부했다. 우리 가운데 일부는 어떤 물리적 현상으로 설명할 수 있지 않을까 생각했다. 어쩌면 그 파문 같은 것은 지나가는 차들이 만들어 낸 빛의 효과이거나, 또는 갑작스러운 기온 변화 때문에 생긴 공기 응결 현상일지도 모른다는 것이었다.

이런 초반의 추측들은 좀 더 정교한 추론들에 금세 자리를 내주고 밀려났다. 몇몇 사람들은 말하기를, 그 사건들은 여름의 지루함이 낳은 집단 망상의 징후라고 했다. 그 '목격들'이 전염병처럼 소녀에서 소녀로, 이어서 상상에 굶주린 많은 사람들에게로 옮아갔다는 것이다. 한결 대담한 이론이 나타났을 때, 우리는 그 목격들을 상상의 산물로 간주하는 것이 우리에게 기쁜 일인지 괴로운 일인지 판단하려고 애썼다. 《데일리에코》의 의견란에 실린 그 기사는 '진실의 친구'라는 이름으로 서명이 되어 있었다. 기사에서 글쓴이는 그 이상한 사건들은 다름 아닌 보이지 않는 세계의 현시—비물질적인 것이 우리의 물질 영역 속으로 발현한 것—라고 주장했다. 우리 가운데 많은 사람들이 짜증스럽고 우스꽝스러운 발상으로 치부한 이 주장을 사람들은 받아들이고, 토론하고, 비난하고, 윤색했으며, 그리하여 이 이론의 최신판은 스스로를 '새로운 신도들'이라 부르는 한 단체의 설립 이념으로 채택되었다. 이 단체의 구성원들은 눈에 보이는 이 세계에는 째어진 틈이나 갈라진 균열이 있는데, 이런 곳을 통해 보이지 않는 세계가 스스로의 모습을 드러낸다는 견해를 제시했다. '현시'는 그러한 파열의 장소를 가리킨다고 했다.

우리 가운데 이러한 설명을 거부하는 많은 사람들은 그들이 밝혀내려는 사건들보다 그들 자신이 더 골칫거리라고 생각했다. 왜냐하면 그들은 극단적인 데다가 보이지 않는 세계를 끌어들이려는 의도가 너무 강해서, 우리 눈에는 그들이 여름 내내 지속되었던 바로 그 불만의 흔적처럼 보였기 때문이다.

이런저런 견해가 크게 증가하고 논쟁이 더욱 뜨거워짐에 따라 현시 자체는 점점 줄어들었다. 얼마 안 가서 그런 사건들을 관찰하고자 하는, 심지어 조장하고자 하는 사람들로 구성된 소규모 집단들이 형성되기 시작했다. 서너 명의 친구들이 황혼 녘이나 늦은 밤 같은 일정한 시간에 거실이나 침실에서 모이곤 했다. 그들은 굽도리 널에 설치된 4와트짜리 야간 등만 제외하고 불이란 불은 전부 다 껐다. 그리고 마치 이 같은 여름밤에는 별로 할 일이 없는 한가한 친구들이 별생각 없이 거기 모인 것처럼 몇 시간 동안이나 잡담을 나누곤 했는데, 그러는 동안 내내 어두운 구석에 살랑거리는 움직임의 조짐이 있는지 면밀히 지켜보았다. 이러한 활동으로부터 갑자기 분출한 새 목격담들은 잠시 동안 흥분을 불러일으켰지만, 그들이 제시한 증거들은 언제나 미심쩍었다. 왜냐하면 그러한 모임의 핵심에 있는 계략과 자기기만의 요소를 느끼지 않을 수 없었기 때문이다. 그리하여 6월 말 무렵이 되자 현시에 대한 얼마 안 되는 보고서들은 더 이상 진지한 주의를 끌지 못하게 되었다.

이제 우리는 드러나지 않게 모이는 새로운 집단들에 대해 듣기 시작했다. 이들 잘 알려져 있지 않은 집단들은 현시를 문자 그대로 다른 영역의 침입이라고 믿기를 거부했다. 대신 그들은 현시라는 것은 눈에 보이는 세계가 당연시하는 것들에 의문을 제기하려는 의도로 나타나는 단서나 암시적인 사건이라고 주장했다. 10대 후반의 청년과 젊은 성인들로 이루어진 모임인 '침묵하는 사람들'은 그러한 집단 가운데 하나였다. 침묵하는 사람들은 비밀리에 회동했으며, 곡물과 주스로 한정된 엄격한 식단 규칙을 따랐다. 그들이 우리의 주의를 끌게 된 것은 울트라섹스라는 걸 행한다는 소문 때문이었다. 우리는 때때로 밤중에 침실 창문 너머로 축 늘어진 가운을 입은 젊은이들이 외딴 장소를 향해 거리를 지나가는 모습을 목격했는데, 이들이 바로 그들이었다. 그들은 지하 오락실이나 교회 묘지, 북쪽 숲속의 조그만 공터 등지에서 회합을 가졌고, 회합 후에는 짝을 지어 누워서 육체관계와는 상관없는 절정감을 얻고자 노력했다. 침묵하는 사람들에 따르면, 사랑, 욕망, 욕정 자체는 철저히 비물질적인 사건이었다. 성행위는 말할 것도 없고, 만지고 포옹하고 키스하고 쓰다듬고 애무하는 이런 행위들은 모두 물질의 영역으로 떨어진 실패의 형태라는 것이었다. 조직 구성원들은 지침에 따라 보통 반나체 상태인 파트너 옆에 가능한 한 가까이 누웠다. 그리고 서로의 접촉 행위를 엄격하게 금하는 대신, 육체가 불길에 녹아내리는 것 같은 격렬한 욕망의 감각에 자신을 내맡겼다. 그들은 이런 훈련이, 눈꺼풀이 파르르 떨리는 대부분의 격렬한 오르가슴과는 대조적으로, 육신을 학대하지 않은 채 물질적인 육체를 이용하여 영적 황홀경이 지속적으로 고조되는 상태를 만들어 낸다고 했다.

우리 가운데 그런 의식을 개탄한 사람들은 그 의식이 오래갈 수 없다는 것을 알았다. 하지만 그와 동시에 우리는 육체를 외면하는 건 기존에 만족했던 것들이 이제 더 이상 당연시될 수 없다는 또 하나의 징후일 뿐이라는 사실을 인정했다.

우리가 밤에 눈을 감고 불편한 마음으로 누워 있을 때 뭔가 다른 것을 알아차리게 된 것은 이 무렵이었다. 그 소리는 처음에는 단지 어둠 속에서 나는 희미한 소리, 뭔가를 긁는 듯한 어렴풋한 소리였을 뿐이다. 하지만 얼마 안 가서 그 소리는 알아들을 수 있는 정도가 되었다. 곡괭이로 시멘트 바닥을 찍는 소리, 삽과 가래로 땅을 파 내려가는 소리였다. 우리는 처음부터 그들을 '땅굴 파는 사람들'이라고 불렀다. 우리 마을 전역에 걸쳐 드문드문 이 집 저 집에서, 랜치하우스 개발 단지에서, 그리고 오래된 동네 등지에서 그런 일을 하고 있는 사람들에 대한 얘기가 들려왔다. 그 사람들은 다른 해의 여름에는 볼링을 치러 가거나 감자튀김에 맥주를 마시며 텔레비전 앞에 죽치고 앉아 있곤 했던 바로 그 가정적인 남자들이었다. 그들은 때로는 저녁을 먹은 후에, 때로는 아내와 아이들이 잠든 늦은 밤에 지하실로 내려가 땅 파는 작업을 계속했다. 땅굴 파는 사람들은 자기들이 하는 일을 전혀 발설하지 않았기에 우리는 소문과 제삼자의 전언에 의지하는 수밖에 없었지만, 아무튼 우리는 땅굴의 존재를 믿었고, 그들의 마음을 곧바로 이해했다. 그 가차 없는 땅파기 작업에서, 어디로도 갈 데가 없는 그 땅파기 작업에서 우리는 집이라는 굴레를 깨뜨리고자 하는 갈망을, 익숙한 장소에서 미지의 장소로 나아가고자 하는 갈망을 보았다. 땅굴 파는 사람은 곡괭이를 어깨 위로 들어 올린 다음 어서 내리치라고 손짓하는 땅을 향해 휘둘렀다가 갑자기 땅이 느슨하게 꺼지는 것을 종종 느꼈다. 잠시 후 그는 이웃 사람이 열심히 일하고 있는 또 다른 땅굴과 연결되곤 했다. 본의 아니게 침입자가 된 그는 곡괭이 손잡이에 몸을 의지한 채 소맷등으로 이마를 닦은 다음, 몇 마디 어색한 말을 주고받고 나서 뒤로 물러나 방향을 바꾸었다.

밤에 침대에 누워 귀뚜라미 울음소리와 고속도로를 맹렬히 달리는 트럭 소리에 귀 기울이면 우리는 또 다른, 수많은 삽이 흙과 돌에 부딪치는 소리 같은 쉽사리 파악하기 어려운 소리를 들을 수 있었다. 그러면 우리는 우리 마을 전역에 걸쳐 침실과 부엌 밑에, 잔디가 잘 다듬어진 뒷마당 밑에, 소나무가 뿌리를 내리고 정원의 벌레들이 자리 잡고 사는 곳 저 밑에 거미줄 같은 통로들이 십자 형태로 복잡하게 뚫리고 짜여 있어서 우리의 집과 마당은 어느 순간에라도 요란한 소리를 내며 폭삭 내려앉을 수 있는 얇은 땅 껍질 위에 자리 잡고 있다는 것을 느끼곤 했다.

때때로 밤중에 잠이 깨면 나는 이곳을 도망쳐야 한다는 생각이 들곤 했다. 지금 당장, 잠시 후에, 내일 아침 일어나자마자 다른 어딘가로 가야 한다는 생각이 들었다. 그러면 마치 이미 짐을 다 꾸렸거나, 심지어 이미 보안 검색대를 통과하기 위해 공항 바구니에 신발을 올려놓고 있는 것만 같은 흥분이 내 안에서 물결치는 것이었다. 하지만 긴 밤 시간 동안 내 흥분은 차츰 가라앉고, 아침이 되면 나는 내가 결심한 것이 정확히 무엇이었는지 더 이상 기억할 수 없게 되었다.

마치 땅굴 파는 사람들에게 대응하려는 것처럼 '지붕 거주자들'이 출현했다. 우리는 모두 그게 어떻게 시작되었는지 알고 있었다. 어느 날 아침 막다른 길이 끝나 가는 곳에 자리 잡은, 마구간을 개조한 2층짜리 집에서 사는 은퇴한 잡역부 데이비드 린드퀴스트가 지붕 위로 올라갔다. 그는 그곳에서 굴뚝에 잇대어 단순한 피난소를 짓더니, 아래로 내려가기를 거부했다. 아내가 다락방 천장에 나 있는 작은 문을 통해 음식물을 전달했다. 린드퀴스트는 파이프 장치를 배관에 연결하는 방법을 고안했으며, 쓰레기를 물로 씻어 내려보내기 위해 호스를 위로 끌어 올렸다. 그는 기자들과의 대화를 거부했으나, 그의 아내가 남편은 위에서 지내는 생활을 정말 좋아한다고 말해 주었다. 남편은 항상 높은 곳에 끌렸다고 했다. 우리를 놀라게 한 것은 린드퀴스트의 기이한 행동보다는 그의 금욕적인 엄격함이었다. 그는 빵과 물과 과일만 먹으면서 오랫동안 앉은 채로 주변의 나무들을 응시하는 생활을 했으며, 두 개의 지붕 경사가 만나는 귀퉁이에서 자는 일에 익숙해졌다고 했다.

며칠 후 우리 마을의 다른 지역에서는 여름 방학을 보내러 고향에 온 대학 2학년생 토머스 돔벡이 해변에서 두 구역 떨어진 부모님 집의 지붕으로 거처를 옮겼다. 그리고 여기저기서 모방자들이 몇 명 더 출현했는데, 그것은 불가피해 보였다. 7월 중순인 지금, 우리는 미처 준비가 안 된 채로 갑자기 맹렬한 기세로 일고 있는 지붕 이주 현상을 맞이하고 있었다. 모든 동네에서 처마홈통에 기대어 세워진 사다리를 오르며 널빤지를 위로 옮기는 사람들을 볼 수 있었다. 우리는 곧 우리가 기억하는 어린 시절의 텔레비전 안테나처럼 옥상과 지붕 위로 솟아 있는 피난소들을 볼 수 있었다. 마치 우리 마을의 집들은 이제 더 이상 우리의 욕망을 담을 수 있을 만큼 넓지 않다는 듯한 모습이었다. 우리는 현관에서, 그리고 뒷마당 접이식 의자에 앉아서 지붕 위로 올라가는 이상한 구조물들을 지켜보았다. 경사진 두 지붕 위에 토대를 고정하고, 계속해서 벽이나 보호용 난간을 설치하는 기술이 사용되었다. 우리 마을 전역에서 커다랗게 울리는 망치 소리를 들을 수 있었다. 점심시간이면 티셔츠 차림의 일꾼들이 햇볕이 따가운 지붕에 앉아 고개를 뒤로 젖힌 채 소다수를 마셨다. 소다수병이 햇빛을 튕겨 냈다. 아이들은 손차양을 만들어 눈을 가리고 그 모습을 쳐다보았다.

물론 모든 사람이 데이비드 린드퀴스트의 어려운 사례를 따를 수는 없었다. 대부분의 사람들은 영원한 거처라는 생각 없이 단순히 기분 전환차 지붕 거주라는 새로운 유행에 뛰어들었을 뿐이었다. 그런 사람들에게 지붕 집은 일종의 들어 올린 형태의 현관이었다. 7월의 무더운 밤, 우리는 그들이 별이 보이는 그곳에서 자는 모습을 볼 수 있었다.

그러나 이따금 다른 종류의 지붕 거주자가 출현했다. 고도로 단련되었으며 혼자 있기를 좋아하는 열정적이고 고독한 이들은 한번 침묵에 잠기면 오랜 시간 동안 꼼짝 않고 앉아 있곤 했다. 천천히 일어나서 길거리를 향해 설교를 하는 사람도 있었다. 한 지붕 거주자는 '길'에 대해 이야기했다. 불행과 절망에서 비롯된 길에 대해서, 영적인 평화로 들어서는 길에 대해서 얘기했다. 사람들은 그 지붕 아래 길에 모여 잠시 귀 기울여 듣다가 지나가곤 했다. 이들 일반인 설교자 가운데 한 사람이 바로 버너 쿰스라는 이름의 키가 큰 여자였다. 작업복과 작업용 신발, 붉은 반다나를 두른 그녀는 자신을 초월주의자라 부르며 빠르게 추종자들을 끌어들였다. 이들 초월주의자들은 괴로움과 불만의 영역인 아래 세상을 거부하고, 눈에 보이는 허상 너머의 진정한 세상인 위 세상을 받아들였다.

가끔 우리 눈에 또 다른 장소가, 미지의 장소가 우리 마을 내부에서 나타나려 하고 있는 것처럼 보이는 때가 있었다. 그것은 지하실 밑 땅속에 잠복해 있다가 거실 구석에서 조용히 떠오른 다음 지붕 위 대기 속에서 파르르 떨고 있는 것 같았다.

나는 가끔 그와 같은 다른 장소를 맞닥뜨리곤 했다. 어떤 길모퉁이를 돌아서 집의 현관들과 노르웨이단풍나무, 노란색 소화전, 갈색 전신주 등이 눈에 익은 익숙한 거리로 들어섰을 때, 낯선 느낌에 사로잡히는 수가 있었다. 햇빛이 집의 옆면에 직접 내리쬐는 것이 아니라 집과 집 사이로 떨어지는 것만 같았다. 그림자들이 자리를 옮겼다. 사물들은 빛의 속박으로부터 해방되어 바야흐로 그 자체가 되어 가고 있는 듯했다. 보도는 조용히 흔들리고, 모든 것들이 반짝이며 떨고 있었다. 한편, 저 위에서는 팽팽히 펼쳐진 하늘이 양쪽으로 잡아당겨지고 있어서 가운데가 찢어지기 직전의 상태인 것 같았다. 그때 그 모든 것이 멈추었다. 거리는 안정을 되찾고, 보도는 흔들림 없이 다시 평온해졌다. 나는 걸음을 옮겨 흰색 페인트칠 덕분에 선명하게 눈에 띄는 수직 낙수 홈통을 지나고, 꽃잎이 무성한 민들레를 지나갔다. 내가 민들레 꽃잎을 흘깃 쳐다보았을 때 그 꽃잎들은 칼날처럼 날카로워져 있었다.

우리가 아이들에게서 어떤 변화를 목격하기 시작한 것이 7월의 마지막 주였던가? 물론 우리는 아이들이 이미 주변 곳곳에서 벌어지고 있는 사건들에 얼마간 영향을 받았다는 것을 알고 있었다. 어떻게 아이들이 영향을 받지 않을 수 있겠는가? 그러나 우리는 소문과 추측에만 정신이 팔려서 다소 부주의해졌고, 그 때문에 아이들에게 충분한 주의를 기울이지 못했다. 아이들이 다시 우리의 의식 속으로 들어오게 된 것은 그 '놀이' 때문이었다. 우리는 아이들이 자기 집 마당을 천천히 걷다가, 아주아주 천천히 걷다가 갑자기 똑바로 가지 않고 뭔가가 자기들이 가는 길에 놓여 있는 것처럼 빙 둘러서 가는 모습을 보았다. 때때로 아이들은 마치 어둠 속을 걷고 있는 것처럼 두 팔을 뻗었다. 구름 한 점 없는 하늘에서 해가 비추고, 깎은 지 얼마 안 된 잔디밭 위에 아이들의 그림자가 선명히 드리워져 있는데도 말이다. 점차로 우리는 그 놀이의 본질을 알게 되었다. 아이들은 상상의 장소를 불러내서 한 번에 몇 시간씩 그 안에서 걸어 다니는 것이었다. 그 놀이의 기본 발상은 점점 더 오랫동안 거기에 머물러서, 나중에는 그곳에서 영원히 머무는 것이었다. 스윙 세트와 긴 호스가 있는 뒷마당은 난쟁이와 늑대들이 바글거리는 짙은 숲이 되었다. 아이들이 자기 방의 방문을 열었을 때, 그들은 가라앉은 배의 짐칸으로, 구불구불한 계단이 있는 탑으로, 또는 흰 동물들이 검은 시냇물을 마시는, 사방에 굴이 뚫려 있는 산으로 들어가는 것이었다.

저녁 식사 시간에도 아이들은 꿈꾸는 듯한 눈으로 조용히 앉아 있곤 했다. 만약 엄마 아빠가 질문을 던져 그들의 무아경을 방해할 경우, 아이들은 약간 괴로운 듯한 표정으로 신중히, 점잖게 대답했다.

어린 줄리 구드로의 일은 우리의 주의를 끈 한 가지 사례였다. 줄리는 일곱 살이었다. 8월 어느 날 오후, 아이가 바로 옆집의 뒷마당 잔디밭 한가운데 앉아 있는 모습이 눈에 띄었다. 워터스 부인이 밖으로 나와서 무슨 일이냐고 물었을 때, 줄리는 자기가 길을 잃었는데 집으로 가는 길을 찾을 수가 없다고 말했다. "얘야, 넌 바로 저기서 살잖아." 워터스 부인이 진입로와 진달래 세 그루로 자신의 집과 경계 지어진 옆집 마당을 가리키며 말했다. 줄리는 고개를 돌려 워터스 부인이 가리킨 방향을 바라보았다. 캐서린 워터스 부인을 놀라게 한 것은 줄리의 얼굴 표정이었다. 아이는 마치 전에 한 번도 본 적이 없는 뭔가를 쳐다보고 있는 것처럼 약간 얼떨떨해하는 찡그린 표정으로 자기 집 마당을 뚫어져라 쳐다보는 것이었다. 그런 다음 다시 고개를 돌려 잔디밭에 놓인 자신의 손을 내려다보았다. 워터스 부인은 아이가 일어나는 것을 도와주려고 몸을 숙였다. 그 순간 줄리는 얼굴을 돌려 부인을 쳐다보았다. 그 얼굴에는 워터스 부인이 뒤로 물러서야 했을 만큼 커다란 분노의 표정이 서려 있었다. "아주머니 미워요." 줄리는 조용하고 또렷한 목소리로 말했다. 아이는 눈을 내리깔고 고집스럽게 거기 앉아 있었으며, 엄마가 와서 집으로 끌고 갈 때까지 더 이상 아무 말도 하지 않았다.

우리가 우리 아이들을 걱정하고, 우리 자신의 문제로 정신이 딴 데 팔려 있어서 아이들에게 소홀했던 것에 대해 자책할 때조차도 우리는 아이들의 그 무아경에 빠진 몽롱한 눈빛과 꿈꾸는 듯한 시선에 이끌렸으며, 내적인 항해로 우리의 일상을 활짝 열어젖힌다면 그건 어떤 모습일까 궁금해했다.

내가 오해할 수 있는 인상을 주었는지도 모르겠다. 상황이 꼭 그런 식이었다고만 말하는 것은 아니다. 모든 집 안 거실에 이상한 생명현상이 분출할 것처럼 보였던 현시의 초기에도 우리는 차를 몰고 일터에 나가고, 앉아서 저녁을 먹고, 쇼핑 카트를 밀면서 냉동식품 통로를 지나갔다. 나무 그늘이 있는 길모퉁이에서는 머리띠를 두른 조깅하는 사람들이 제자리 뛰기를 하며 차가 방향을 틀기를 기다렸다. 전기톱 소리와 톱밥 제조기 소리가 교외의 공기를 가득 채웠다. 권태로운 한여름 오후, 그늘진 무더운 현관에서는 짧은 청반바지에 비키니 상의를 입은 여고생이 긴 빨대로 레모네이드를 홀짝이면서 한 손가락에 적갈색 머리카락 몇 가닥을 빙빙 감고 또 감았다.

한편, 마치 닫힌 블라인드 틈새로 아이들을 지켜보고 있었던 것처럼 우리 마을의 노인들이 숨은 장소에서 나타나기 시작했다. 우리는 그들이 늦은 밤 어두운 현관 앞에 모여 조용히 움직이는 것을 보았다. 그들은 조만간에 일어날 어떤 것을 기다리고 있는 것처럼 보였다. 때때로 우리는 아주 천천히 뒷마당을 가로질러 나아가는 그들의 모습을 목격하곤 했다. 그들은 땅을 향해 고개를 숙인 채, 잔디밭을 짓누르는, 끝에 고무가 달린 지팡이와 보행기에 의지하여 짧은 보폭을 뗐다. 신문 보도에 따르면, 어느 날 새벽 2시에 86세에서 93세에 이르는 '노친네' 네 명이 해변을 내려가 물가까지 갔고, 그곳에서 한 경찰에 의해 발견되었다고 했다. 노인들은 바다 저편을 응시했다. 경찰이 노인들을 발견했을 때는 조수가 밀려오고 있었고, 낮은 파도가 이미 그들의 신발과 발목을 덮은 뒤였다.

때때로 우리는 어느 순간에든, 어느 모퉁이에서든, 갑자기 여름이 자신의 비밀을 드러내고, 그리하여 마치 마음을 달래는 비처럼 평화가 우리에게 내려올 것만 같은 기분을 느꼈다.

8월 중순이 되었을 때, 한 번도 우리를 충분히 멀리까지 데려가지 못한 모험들에 우리는 심한 피로감을 느꼈다. 동시에 우리는 시도하지 않은 가능성들을 너무 예민하고 과도하게 조심한 데 대해 몹시 화가 났다. 완벽한 오후의 권태와 정적 속에서 이미 우리는 여름의 마지막 나날이 묵직한 후회와 더불어 우리에게 다가오는 것을 느낄 수 있었다. 우리는 정말 무엇을 했을까? 과연 무엇을 했을까? 그 모든 것이 뭔가로 이어졌어야 했다는 느낌이 들었고, 필요한 결실을 가져오는 데 실패했다는 느낌이 들었다. 그리고 결코 풀지 못할 수수께끼처럼 언제나 날은 지나갔다.

그날은 대기가 빛과 열로 아른거려서, 하늘은 눈부시게 화창했는데도 희미한 안개를 통해 사물을 보고 있는 것처럼 느껴졌던, 8월 말 무렵의 농밀한 날이었다. 그것은 축적된 욕망의 안개였을까? 여름이 끝나 가는 마지막 시기에 땅굴과 지붕 거주, 우리의 모임과 조사로도 채워지지 않은 우리의 갈망은 점점 더 강해지고 점점 더 커졌다. 지금 돌이켜 보면 땅굴, 지붕 거주, 모임, 조사 등은 우리에게 잡히지 않고 피해 달아나는 그 어떤 것에 대한 희미한 상징처럼 여겨진다. 그날은 토요일이었다. 8월의 마지막 토요일이었다. 마치 그해의 마지막 토요일, 아니 모든 시간의 마지막 토요일처럼 느껴졌다. 우리는 모호한 불안감으로 가득 차서 오전, 오후의 시간을 하릴없이 보냈다. 그렇게 시간을 보내는 동안 우리는 거의 존재하지 않았다. 우리의 뒷마당에서도, 앞 현관에서도, 야외용 탁자에서도, 해변에서도 우리는 거의 존재하지 않고 다른 방향으로 이끌려 들어갔다. 우리는 어딘가 다른 곳에 있었던 것이다.

변화는 황혼 무렵에 시작되었다. 우리들 대부분은 그날 하루를 보냈던 곳에서 집으로 돌아왔다. 우리는 저녁을 먹고 나서 그날의 나머지 시간에 일어날 일들을 기다렸다. 그해 여름의 독특한 방식으로 우리의 갈망에 값하는 뭔가가 일어나기를 기다리고 있었던 것이다. 전신주와 키 큰 나무의 꼭대기에는 아직 빛이 머물러 있었지만, 해는 시야에서 사라졌다. 하늘은 흐릿한 푸른색이었다. 여기저기에서 창에 불이 들어왔다. 실로 하루 중에 두 개의 시간대가 존재하는 시간이었다. 위는 아직은 밝은 하늘, 아래는 밤의 시작인 시간이었다. 마치 시간이 마음을 정할 수 없어 잠시 멈춘 상태인 것 같았다. 그리고 우리는, 여러 다양한 장소에서 시간을 보내던 우리는 아마 크게 주의를 기울이지 않은 채 우리 자신의 내적 멈춤이라 할 수 있는 묵상에 빠져 있었던 것 같다. 누군가 틀림없이 처음이었던 사람이 있었을 것이다. 그 손이 느릿느릿 뻗어나가 물결치듯 전기스탠드 탁자를 지나가고 넘실넘실 전기스탠드를 통과했다. 그와 같은 일이 이 동네에서 저 동네로 이어지며 계속 일어났다. 어깨가 화장실 문을 그대로 통과했다. 손이 안락의자를 막힘없이 부드럽게 지나가고, 현관의 난간을 관통하며 밑으로 푹 내려갔다. 몇몇 사람들은 손이 차가운 물을 통과하는 감각이나 거미줄을 헤치고 나아가는 감각 같은 희미한 저항감을 느꼈다고 보고했다. 전혀 아무것도 느끼지 않은 사람들도 있었다. 어떤 사람들은 우리 마을의 집들 위로 떠오르면서 공동체의 헐떡거림과 한숨 소리를 들었다고 주장했다. 그 순간의 경이로움에서 우리는 우리의 여름이 우리를 만나기 위해 일어섰다는 것을 깨달았다.

우리는 두 팔을 활짝 편 채 더 이상 우리를 막지 않는 물건들을 관통하면서 조심스럽게, 즐겁게 우리의 집들을 돌아다녔다. 우리는 거리로 나섰다. 사람들이 마법에 걸린 것처럼 거리를 배회했다. 아이들은 미친 듯이 깔깔 웃으며 단풍나무를 관통해서 앞으로, 뒤로 달렸다. 우리는 산울타리와 하얀 말뚝 울타리를 가뿐히 통과했고, 현관 옆면을 관통하여 걸었으며, 집의 벽들을 통과하여 다른 집의 뒷마당으로 들어섰다. 스윙 세트와, 새들이 날아와 물을 마시는 물 대야를 그대로 통과하며 거닐었다. 우리는 메인스트리트로 나갔다. 흐릿한 하늘 아래 가로등이 불을 밝힌 그곳에서는 경외감으로 긴장한 많은 사람들이 상점의 진열창들을 막힘없이 드나들었다. 누군가가 손가락으로 위를 가리켰다. 전신주의 가로대에 앉으려던 참새 한 마리가 가로대를 통과하여 쑥 떨어지다가 맹렬히 날개를 파닥거려서 다시 하늘로 날아올랐다.

그런 일이 얼마나 오래 지속되었는지 누가 알겠는가? 우리는 마치 세상의 거죽 아래 무엇이 있는지를 늘 알고 있었던 것처럼 그 황혼 속으로 뛰어들었다. 우리는 용해되어 막힘이 없는 세상을 한껏 즐겼다. 어두워지는 하늘 밑에서 우리는 첫눈 내린 날의 아이들처럼 마을을 마구 쏘다녔다.

어두워지기 직전에, 하늘에 아직 약간의 빛이 남아 있을 때, 우리는 사물들이 약간 농후해지고 있다는 것을 알아차리게 되었다. 물건들을 통과하며 나아갈 때 보드라운 막 같은 게 몸을 간질이는 느낌이 들었던 것이다. 누군가가 비명을 질렀다. 상점 옆면에 무릎을 쿵 부딪친 것이었다. 물건들이 부분적으로 조금씩 조금씩 딱딱해져 갔다. 손이 목재나 석재에 막히는 경우가 여기저기서 일어났다.

나중에 우리가 그 모든 것을 이해하고자 했을 때, 그 일에 의미를 부여하려 했을 때, 어떤 사람들은 아마도 황혼이 시작될 무렵의 어느 시점에 우리 마을 사람 모두가 다른 어떤 것을 꿈꾸고 있었던 것 같다고 말했다. 그리하여 우리의 관심을 빼앗긴 마을이 떨리고 흔들리기 시작했으며, 비현실적인 것이 되기 시작했다는 것이었다. 좀 더 회의적인 사람들은 그 모든 일들은 전혀 일어나지 않았을 거라고 말했다. 마치 독감이 발발한 것처럼 거대한 망상이 우리 마을을 휩쓸었다는 것이었다. 또 다른 어떤 사람들은 우리에게 계시가 주어졌는데, 우리는 그 계시를 어떻게 해야 할지 몰랐다고 주장했다. 그리하여 우리의 무지가 고통의 시대를 불러들였다고 했다.

그날 무슨 일이 일어났든 간에 아무튼 우리는 다음 날 아침, 한 달 동안 자고 난 것처럼 깨어났다. 햇빛이 우리의 방 안으로 쏟아져 들어왔다. 우리는 손을 뻗어 이런저런 물건의 모서리를 만져 보았다. 부엌에서는 의자들이 마치 바닥에서 갑자기 솟아오른 것처럼 두드러지게 눈에 띄었다. 우리는 손으로 스푼의 무게를 느껴 보았고, 손가락으로 시리얼 그릇의 테두리를 만져 보았다. 문을 밀고 나와 발바닥으로 매트와 현관 계단의 감촉을 느껴 보았다. 밖으로 나온 우리는 관목 가지와 산울타리 가지를 손가락으로 죽 훑으며 만져 보았고, 호스를 꽉 눌러 보고 잔디 깎기 기계의 운전대와 고무 손잡이를 꽉 잡아 보았다. 메인스트리트에 가서는 유리문의 손잡이를 움켜쥐었고, 쑥 잡아당기듯이 묵직한 물건들을 집어 들어서 손바닥이 아프도록 아래로 끌어당기는 쇼핑백에 채워 넣었다. 우리는 하루 종일 보도가 밀어 올리는 듯한 느낌과 잔디가 솟아오르려는 것 같은 느낌을 느꼈다. 하루 종일 우리들의 팔에 내려앉은 햇볕의 무게감을 느꼈다. 하루 종일 피부에 스치는 것들의 감촉과 하늘의 푸르름과 그늘 가장자리의 느낌을 느껴 보았다. 때때로 우리는 여느 해와 달랐던 그해 여름을 회상했다. 하지만 그것은 이미 겨울철에 따뜻한 거실에서 우리가 들려주곤 하는 이야기가 되었다. 오래전, 황혼 녘에 두 팔을 활짝 편 채 거리를 쏘다녔던 시간에 대한, 다른 어떤 삶에 대한 이야기가 되었다.

열세 명의 아내

Thirteen Wives

나에게는 열세 명의 아내가 있다. 우리는 시내 중심가에서 멀지 않은 앤 여왕 양식*의 널따란 대저택에서 모두 함께 산다. 여섯 개의 박공과 두 개의 둥근 탑, 그리고 난간으로 둘러싸인 넓은 현관이 있는 대저택이다. 나에게 내 방이 있는 것처럼 아내들도 각자 자기 방이 있다. 하지만 우리는 매일 저녁 분홍빛 유리 갓을 씌운 고풍스러운 샹들리에가 있는 우아한 식당 방의 긴 식탁에 모여 함께 저녁 식사를 한다. 식사 후에는 거실에서 작은 그룹으로 나뉘어 러미나 피노클 같은 카드놀이를 하거나, 빛바랜 안락의자와 소파에 모여 앉아서 이야기를 나눈다. 내 아내들은 서로 썩 잘 지낸다. 아내들과 나와의 관계는 조금 복잡하지만 말이다. 사람들은 때때로 묻는다. "왜 아내를 열세 명이나 두었어?" 그러면 나는 항상 더없이 밝은 미소를 띠면서 말한다. "오, 좋은 것은 아무리 많아도 괜찮잖아!" 그 대답의 정확한 의미는 나로서도 분명치 않지만, 사실 그 대답은 생각만큼 그리 단순한 게 아니다. 확실한 것은 나

* 영국의 앤 여왕 통치 시대(1702~1714)에 유행한 건축 양식. 단순하고 간소화된 디자인과 곡선 무늬가 두드러지며, 가구 재료로 호두나무나 마호가니 등을 주로 사용한다.

는 내 아내들을 사랑한다는 것이다. 한 사람 한 사람을 개별적으로 사랑하는 동시에 그들 모두를 한꺼번에 사랑하며, 그들 가운데 한 사람이라도 없는 삶을 상상할 수가 없다. 비록 나는 9년에 걸쳐 한 사람 한 사람씩 잇따라 결혼을 했지만, 한 아내를 더 좋은 아내로 교체할 생각으로 그랬거나 이전의 아내들을 버리고 새롭게 출발할 생각으로 그런 적은 단 한 번도 없었다. 나는 결코 나 자신을 열세 번 결혼한 남자로 생각하지 않았다. 그 대신 열세 명의 아내로 이루어진 결혼을 딱 한 번 한 남자로 여겼다. 결혼이라는 어려운 문제에 대한 이 해결책이 남들에게도 유용한 해결책인지, 아니면 내 방식이 인류의 축적된 지식에 전혀 아무것도 보태지 못했는지에 대해서는 내가 말할 입장이 아니다. 엄격히 내 생각을 얘기하자면, 나는 다른 방법은 있을 수 없다고 말하고자 할 뿐이다.

여기 내 아내들이 있다.

1

완전히 평등한 사람, 마음을 공유하는 사람, 사랑의 파트너. 이것이 첫째 아내와 내가 서로에 대해 생각하는 모습이다. 일요일 아침 느지막이 일어났을 때, 나는 그녀가 나를 위해서 커다란 블루베리 팬케이크를 만들어 놓은 것을 본다. 내가 어렸을 때 좋아했던 식으로 만든, 네모난 버터가 부드럽게 녹아든 팬케이크다. 그러면 나는 그다음 일요일에 달걀 두 개와 녹색 피망, 잘게 썬 양파로 오믈렛을 준비하여 그녀에게 대접한다. 그녀가 어린 시절에 여름을 보내곤 했던 섬의 오두막집에서 먹었던 기억 그대로 만든 것이다. 나는 그녀에게 화요일 1시에 미용실 예약이 잡혀 있다는 것을 상기시켜 주고, 그녀는 나에게 목요일 4시의 치과 예약을 잊지 말라고 확인해 준다. 7월 셋째 주말에는 내가 운전을 하여 그녀와 함께 버몬트에 있는 장모님 댁에 가고, 그녀는 8월 둘째 주에 케이프에 있는 내 아버지 집에 나와 함께 간다. 새로 산 그녀의 노란색 여름 원피스의 선이 아름답다고 칭찬해 주면, 그녀는 내가 새로 장만한 얇은 버튼다운셔츠가 산뜻해 보인다며 기뻐한다. 이런 방식은 모든 결혼 생활에 얼마간 알려져 있을 것이다. 하지만 우리의 방식은 한결 더 밀접하고 정밀한 경지로 발전했다. 만약 내 첫째 아내가 문틈에 손이 끼이면, 나는 갑작스러운 고통으로 울부짖는다. 내가 목이 마르면, 그녀는 아이스 라임에이드를 벌컥벌컥 마신다. 내가 테이블 모서리에 부딪히면, 그녀의 다리에 보랏빛 멍이 보인다. 그녀가 카펫 모서리에 발이 걸려 넘어지면, 나는 마룻바닥에 고꾸라진다. 어느 날 저녁, 나는 그 전날에 우리 둘 다 골머리를 썩였던 십자말풀이의 답을 생각해 내고는 그녀의 방에 들어갔다. 그때 나는 그녀가 접힌 신문을 손에 들고 침대에 앉아서 노란색 2번 연필로 답을 채우고 있는 것을 보았다. 또 이런 일도 있었다. 내 일이 잘 풀리지 않던 어떤 때에 나는 밤중에 잠이 깼는데, 그녀가 자살을 생각할 만큼 몹시 우울해져 있을 것 같다는 두려움이 밀려들었다. 내가 다급히 복도로 뛰쳐나갔을 때 나는 하마터면 그녀와 부딪칠 뻔했다. 그녀가 팔을 활짝 벌린 채 구해 달라는 듯한 눈빛을 하고 나를 향해 달려오는 것이었다. 때때로 나는 세심하게 고려된 우리의 평등 시스템에 따분함을 느끼는 게 사실이다. 몹시 따분하게 여겨질 때도 있다. 그럴 때면 나는 불균형을 갈망한다. 뚜렷이 예외적인 상황을, 강렬한 욕구의 분출을 갈망한다. 그러다가 내가 그런 생각을 했다는 사실에 우울해지고 뭘 해야 할지 모르게 되면 나는 틀림없이 이 일을 이해해 줄 한 사람을 찾는다. 그녀의 팔을 잡고 눈을 들여다볼 때 나는 알지 못할 어떤 것을 향한 똑같은 우울감, 똑같은 갈망을 그녀의 눈에서 보게 된다. 그래서 내가 음울하고 불안스러운 웃음을 터뜨릴 때, 나는 방 안 가득 울려 퍼지는 그녀의 수심 어린 웃음소리를 듣는다. 마치 수많은 동물들이 울부짖는 것 같은 웃음소리다.

2

내 삶이 무기력하게 느껴질 때, 소매에서 나온 손이 죽은 사람의 손처럼 축 늘어져 있을 때, 판유리에 내 모습이 비치는 것을 보고 홱 눈을 돌렸으나 눈을 돌리기 전에 이미 내 모습을 보고 말았을 때, 그런 때면 나는 나를 위로하는 법을 아는 둘째 아내와 함께 있어야 할 때라는 것을 안다. 내가 노트북 컴퓨터가 든 가죽 가방을 손에 든 채 다른 손으로는 호주머니를 뒤져 열쇠를 찾으면서 현관문에 도착하기 무섭게, 어느새 그녀가 문을 열고는 걱정스러운 눈으로 나를 쳐다보며 오늘 하루는 어땠는지 물어본다. 그녀는 내가 허리띠를 묶은 트렌치코트를 벗는 것을 도와주고, 내 모자를 걸어 주고, 내 노트북 가방을 우산꽂이 옆에 내려놓는다. 벌써 그녀는 나를 안락의자—두꺼운 팔걸이가 있는, 내가 가장 좋아하는 안락의자—로 데려간다. 내 머리 뒤에 베개를 받쳐 주고, 손으로 내 이마를 만져 주며, 거의 동시에 내 발을 들어서 발걸이 위에 올려 준 다음 곧장 구두를 벗기고 뺨을 내 다리에 지그시 댄다. "당신, 괜찮아요?" 그녀는 약간 걱정스러워하는 눈빛으로 나를 쳐다보며 묻는다. 이어 진지한 표정으로 나를 뚫어지게 바라보며 묻는다. "오늘 힘들었어요?" 얼마 후 내 옷을 벗겨 주고, 욕조에서 내 몸을 씻어 주고, 나를 침대에 눕힌 후에 그녀가 내 몸 위로 상체를 숙이며 말한다. "당신, 그거 좋아요?" 다시 말한다. "그거 좋아요?" 한참 후, 그녀 옆에서 눈을 뜨고 있는 나는 갑자기 의심이 솟구친다. 나는 거칠게 그녀를 흔들어 깨운다. 그리고 그녀의 졸린 눈을 노려보면서 말한다. 나는 바람피우는 것을 참지 못한다, 만약 그녀가 그런 수작을 부린다면 나는 즉시 그녀 곁을 떠날 것이다, 나를 이용할 생각일랑 버려라, 나는 애송이가 아니다, 따위의 말들을 쏟아낸다. 내가 그렇게 감정을 폭발시키는 동안 그녀의 큼지막한 놀란 눈에는 눈물이 가득 고인다. 점차 안도감이 밀려오고, 나는 차분해진다. 나는 시계를 흘끗 쳐다보고는 시간이 많이 늦었다는 것을 알게 된다. 나는 몸이 부르르 떨리듯 크게 하품을 하고 난 뒤에 눈을 감고 깊고 아늑한 잠으로 빠져들기 시작하는데, 그러면서도 내 옆에 누운 그녀가 눈을 뜨고 있다는 것을 어렴풋이 느낀다. 그녀는 내가 괴로워한 이유를 찾고, 지난 몇 시간 동안의 일들을 되돌아보고, 나를 더 깊이 사랑하지 못한 자신을 책망한다. 그녀의 눈은 휘둥그렇고, 심장은 두근거린다. 그녀가 긴장한 몸짓으로 내 어깨에 뺨을 갖다 댄다.

3

기분이 무척 고양되어 있을 때면, 살다 보면 겪게 되는 다소 실망스러운 일들이 극복의 정신이 충만한 사람에게는 더 이상 실패의 증거처럼 보이지 않고 오히려 고마운 도전으로 보이는 그런 기분일 때면, 나는 내 응석을 받아 주는 법이 없는 셋째 아내와 함께 있고자 한다. 그녀의 방에 들어설 때 나는 그녀가 침대에 누워 찡그린 표정으로 정신을 집중해서 책을 읽고 있는 모습을 본다. 그녀는 나를 쳐다보지도 않고 자기를 방해하지 말라는 표시로 손가락 하나를 빳빳이 치켜든다. 계속해서 책을 읽어 나가는 그녀의 몸은 강한 집중력으로 팽팽해진다. 한참 후에 그녀는 책을 가슴 위에 내려놓고, 여전히 찡그린 표정으로 내게 눈을 돌린다. 그녀는 즉시 자기를 무시했다며 나를 나무란다. 내가 변명을 시작하기 무섭게 그녀는 새로 온 청소부가 푸른색 와인 잔 하나를 깨뜨렸다고 말한다. 이어 냉장고에 칠면조 고기가 다 떨어졌으며 있는 거라곤 햄 조각뿐이라고 하더니, 침대 시트나 수건 따위를 넣어 두는 캐비닛의 문이 제대로 닫히지 않는다고 불평한다. 나는 그 모든 것을 곧 처리하겠노라고 그녀에게 약속한다. 필요하다면 지금 당장 처리하겠다고 덧붙인다. 이에 대한 반응으로 그녀는 천천히, 과장되게 눈알을 굴린다. 그녀가 갑자기 내 셔츠를 보고는 그런 꼬락서니의 옷깃을 하고 직장에 갔는지 묻는다. 그리고 덧붙인다. 최근에 거울을 보며 머리를 살펴본 적이 있어? 그녀는 머리가 아프다고 한다. 알레르기 때문에 죽을 것 같다고 한다. 축농증에 걸린 게 틀림없다고 한다. 방 안 공기가 희박하고, 창문은 다시 빽빽해져서 잘 열리지 않는다고 한다. 나는 창가로 가서 쉽게 창문을 올린다. 그녀는 그런 식으로 그녀를 희생해서 값싼 승리를 맛보니까 기분이 좋으냐고 내게 묻는다. 그녀는 현금이 부족하다고, 헤어드라이어가 고장 났다고, 커피 기계의 스위치에 뭔가 이상이 있다고 말한다. 내가 조심스럽게 그녀 곁에 눕자 그녀는 일어나 앉으며 시간이 너무 늦었다고 말한다. 게다가 그녀는 몸이 좋지 않고, 숨을 쉬기 어렵고, 방 안에는 공기가 희박하고, 창문을 열었는데도 희박하고, 그녀에게 필요한 것은 제습기라고, 왜 자기 방에 제습기가 없느냐고, 제습기가 있으면 모든 게 달라질 거라고 말한다. 나는 손을 뻗어 그녀의 팔을 만진다. 그녀는 내 손을 노려보면서 자신의 블라우스가 마음에 들지 않는다고 불평한다. 이런 날씨에는 모든 게 달라붙는다고 투덜댄다. 나는 그녀를 조심스럽게 지켜보면서 천천히 내 셔츠를 벗기 시작한다. 그녀는 그럴 기분이 아니라고 말한다. 게다가 내가 그녀에게 너무 신경을 쓰지 않는다고 말한다. 내가 신경 쓰는 것은 나 자신뿐이라는 것이다. 내가 그녀를 사랑한다고 말한 것이 언제였는지 기억조차 나지 않는다고 한다. "여보, 사랑해." 내가 즉시 말한다. 그녀는 자신의 손가락을 내려다보며 돈이 전혀 들지 않는 그까짓 말 한마디만으로 우리의 문제를 없앨 수 있을 거라고 정말로 믿는 거냐고 묻는다. 그게 바로 나라는 사람이라고 힐난한다. 그녀는 블라우스를 벗으며 자신의 위팔에 눈길을 던진다. 살이 얼마나 불었는지 보라고 한다. 자기는 뚱보가 되어 가고 있다고 탄식한다. 나는 그녀의 팔은 훌륭하다고, 아주 훌륭하다고, 심지어 어느 정도 마른 편이기도 하다고 힘주어 말한다. 그녀는 언제 내가 미국 여성의 다이어트와 건강에 관한 세계적인 전문가가 되었는지 알고 싶다고 비아냥댄다. 우리 둘이 옷을 벗고 있는 동안에도 그녀는 매트리스에 관해 불평한다. 매트리스는 딱딱함의 정도가 중간쯤이어야 하는데, 실제로는 광고보다 훨씬 더 푹신해서 그녀의 등에 안 좋다는 것이다. 나는 이 매트리스가 그녀가 애초에 원했던 종류의 매트리스가 아니라고 한다면, 이것을 돌려주고 좋은 것으로 받는 게 당연하다고 생각한다고 말한다. 우리가 사랑을 나눌 때도 그녀는 침대 스프링이 삐걱거리는 것을 지적하고, 청소부가 15분 늦게 집에 왔으며 소파 옆 탁자에 놓인 전기스탠드의 받침대를 닦지 않았다고 이른다. 일이 끝났을 때 그녀가 말한다. "당신은 언제나 나를 만족시키지 못하는군." 내가 뭐라고 답하기도 전에 그녀는 바람이 조금만 불어도 창유리가 덜거덕거리는데 그녀가 어떻게 밤새 잠을 잘 잘 거라고 생각할 수 있는지 내게 따진다. 나는 그녀에게 조금도 신경 쓰지 않는다. 그녀의 말에 귀 기울이지 않는다. 말은 하지만 귀 기울여 듣지는 않는다. 그녀는 이 방에서는 숨을 쉴 수 없다고 투덜댄다. 이 집에는 먹을 게 없다고 불평한다. 목이 아프다고 한다. 새 청소부가 그녀를 쳐다보는 태도가 마음에 들지 않는다고 한다. 그녀의 눈이 천천히 감기고 있다. 그녀가 졸린 눈으로 나를 노려본다. 잠시 후 나는 조심스럽게 일어나 옷을 주섬주섬 챙겨 입고 그 방을 나온다. 그런 일을 치르고 나면 찾아오는 상쾌함과 원기가 북돋워진 기분을 느끼며 그곳을 떠난다.

4

넷째 아내와 나 사이에는 모든 게 다 좋다. 정말 더 이상 좋을 수 없을 정도다. 실제로 나는 우리 사랑은 완벽하다고 망설임 없이 말한다. 그런데 이런 완벽함이 염려할 이유인 것은 아닐까? 그녀가 자신은 더없이 행복하다고 단언하고 지금껏 나만큼 사랑한 사람이 한 사람도 없었다고 맹세할 때, 나는 깊은 행복감을 경험한다. 그러나 이런 나의 행복감이 어느 정도는 나로 하여금 그런 상황을 당연한 것으로 여기게 한 것은 아닐까? 이런 행복감이, 비록 사소하다 할지라도, 나를 우쭐함과 자기만족의 방향으로 나아가도록 이끌지 않았을까? 그리하여 모든 것을 고려해 볼 때 이런 특성들이 나를 덜 사랑스러운 존재로 만드는 것은 아닐까? 넷째 아내는 나에게 아무것도 감추지 않는다. 완전한 믿음으로 존재의 가장 내밀한 모습을 드러낸다. 하지만 자기를 드러내기 좋아하는 행동으로 인해 그녀가 점차 신비감을 잃어버릴 위험은 없는 걸까? 나로서는 넷째 아내보다 더 바람직한 여자는 상상할 수 없다. 나는 지칠 줄 모르고 그녀를 바라본다. 그녀의 아름다움은 흠 없이 완벽한 데다 결코 차갑지 않기 때문이다. 하지만 그녀의 아름다움에는 모든 극단적인 것들의 중심에 숨어 있게 마련인 위험이 도사리고 있는 건 아닐까? 짜증과 분노를 부추기는 위험이 내포되어 있는 건 아닐까? 마찬가지로, 그녀의 지성, 그녀의 친절, 심지어 그녀의 선한 마음에 대해서도 같은 얘기를 할 수 있지 않을까? 그런 자질들이 그녀의 결점을 찾도록 부추기고, 그 자질들을 칭찬하는 사람들의 마음속에 그녀의 무지와 마음의 혼란과 정신적 실패를 은밀히 갈망하도록 조장한다고 얘기할 수 있지 않을까? 우리의 사랑은 완벽하다. 더 이상 바랄 것이 없다. 그런데 왜 내 마음은 자꾸 그녀의 결함을 향해 고개를 돌리려 하는 것일까? 왜 나는 종종 마구 불만을 터뜨리고, 고래고래 소리 지르고, 그녀가 내 삶을 망치고 있다고 비난하는 꿈을 꿔야 하는 것일까? 왜 나는 넷째 아내의 깨끗한 눈에 실망과 고통의 첫 그림자를 드리우고 싶어 하는 것일까?

5

다섯째 아내와 같이 있고 싶을 때마다 나는 그녀가 젊은 녀석과 함께 있는 것을 발견한다. 녀석은 잘생긴 데다 소년 같은 면이 있다. 얼마간 섬세한 구석이 있지만 남자답지 않은 것은 결코 아니고, 호리호리하지만 근육은 잘 발달되어 있다. 늘 짙은 색깔의 스포츠 재킷과 목이 트인 밝은 청색 셔츠에 청바지 차림이다. 녀석은 점잖고 자기를 내세우지 않으며 조용하다. 다섯째 아내와 내가 시내에 있는 한 식당의 작은 테이블에 앉아 얼굴을 마주 보고 점심 식사를 할 때면 녀석은 그녀의 좌우 어느 한편에 앉는다. 우리가 밤에 난롯가에서 얘기를 나눌 때도 녀석은 그녀의 다리에 머리를 기댄 채 카펫 위에 앉아 있다. 내가 그녀의 옷을 벗기면 그녀는 그 옷을 녀석에게 건넨다. 그녀와 내가 침대에 들어가면 녀석은 목 뒤에서 두 손을 깍지 낀 자세로 우리 옆에 등을 대고 눕는다. 처음에는 녀석의 존재가 나를 불안하게 하고 무척 괴롭게 했지만, 시간이 지나자 점차 녀석에게 익숙해졌다. 한번은 그녀 옆에 누워 자다가 밤중에 깨어 그녀 어깨 너머를 보았는데 녀석이 거기 없었다. 나는 걱정이 되어 그녀를 흔들어 깨웠다. 그녀가 이불을 들어 올리자 우리 사이에 누워 있는 녀석의 모습이 드러났다. 녀석은 짙은 색깔의 스포츠 재킷과 밝은 청색 셔츠와 청바지 차림으로 얼굴을 그녀의 두 가슴 사이에 묻은 채 곤히 자고 있었다. 그제야 나는 희미하게 미소 지으며 걱정을 가라앉히고 다시 잠에 빠질 수 있었다.

6

여섯째 아내와 같이 있을 때면 언제나 그녀가 천천히 천장을 향해 떠오르는 순간이 온다. 그녀는 그렇게 뜬 상태로 내 위에서 맴돈다. “여보.” 나는 무릎을 꿇고 애원한다. “거기서 제발 내려와. 당신이 다칠까 봐 걱정돼. 그리고 내가 잘못한 게 뭐 있어? 난 당신이 그림 그리는 걸 방해하지 않았어. 당신이 스케치북과 목탄을 가지고 부엌 탁자에 앉아서 녹색 배와 흰색 커피 잔 옆에 놓인 과일칼을 열일곱 번째 그리는 걸 방해하지 않았단 말이야. 당신이 책상다리를 한 채 소파에 등을 기대고 앉아 머리카락 한 가닥을 손가락에 천천히 감았다 풀었다 하면서 『안나 카레니나』를 여덟 번째로 읽고 있는 동안, 나는 헛기침도 크게 하지 않고 콧노래를 부르며 왔다 갔다 하지도 않았다고. 당신이 피아노 앞에 꼿꼿이 앉아서 모차르트의 피아노소나타 A마이너 쾨헬 310번 첫 악장을 자꾸자꾸 반복해서 연습할 때, 내가 당신 뒤로 다가가서 젖은 입술로 당신 목덜미에 키스했어? 그러지 않았잖아. 그리고 만약 내 눈길이 검은색 모직 치마 밑에 드러난 당신의 눈부신 무릎에 잠시 머물렀다고 한다면, 그건 순전히 당신의 지적이고 엄격한 시선의 심판에서 벗어나려 한 거였을 뿐이야." "바보!" 그녀가 대꾸한다. "당신, 정말 내가 이 위에서 당신이 하는 말을 들을 수 있을 거라고 생각해?" 그녀는 그 말과 함께 카랑하고 유혹적인 웃음을 날리면서, 발끝으로 내 머리를 쓸며 천장을 가로질러 앞뒤로 날기 시작한다.

7

내가 하고 싶어 하는 것은 뭐든지 내 일곱째 아내도 하고 싶어 한다. 어느 따뜻한 토요일 오후에 잔디를 깎는다. 깎여 나간 잔디들이 상큼한 냄새를 풍기며 마구 내 소매로 떨어질 때, 나는 방금 잘린 잔디의 반듯반듯한 가느다란 조각들을 감탄 어린 눈으로 바라본다. 그럴 때면 그녀는 빨간 잔디깎이의 핸들 절반을 잡고, 다시 말해서 검정 고무 손잡이 가운데 왼쪽 것을 잡고 나를 따라 걷는다. 내가 1935년 여름, 서리에 있는 한 시골집을 배경으로 한 추리소설을 읽을 때, 그녀도 따로 구입한 같은 책을 읽는다. 그리고 내가 책 읽기를 멈추면 그녀도 책의 펼친 페이지 위로 나를 힐끗 보면서 책 읽기를 멈춘다. 밤에 포커 판을 벌일 때면 그녀는 우리 모임의 유일한 여성이 된다. 그녀가 꽉 움켜쥔 카드를 살펴보면서 집게손가락으로 하얀 칩을 재빨리 앞으로 밀 때, 나는 그녀의 눈이 가느다란 실눈이 되는 것을 본다. 그녀는 아침 식사로 나와 똑같이 내가 좋아하는 2퍼센트 우유로 만든 시리얼을 먹는다. 그녀의 오렌지주스는 내 것과 마찬가지로 걸쭉하다. 쇼핑몰에서는 항균성 재질로 안창을 만든, 동일한 브랜드의 나일론 메시 운동화를 고른다. 우리의 우산은 서로 어울리고, 선글라스도 동일한 종류다. 내가 풀이 무성하게 자란 들판에서 무지개를 향해 달려갔던 어린 시절의 기억을 말하면 그녀도 똑같은 기억을 이야기한다. 언젠가 삶이 너무 버거워서 그 모든 것으로부터 달아나야 했을 때, 나는 차를 몰고 북쪽으로 다섯 시간을 달려서 비가 부슬부슬 내리는 바닷가 작은 도시에 이르렀고, 거기서 섬으로 가는 마지막 나룻배를 탔다. 해안가는 바위투성이고 그 안쪽으로 빽빽한 숲이 있는 섬이었는데, 숲속에는 전화도 없는 오두막이 딱 한 채 있었다. 내가 문을 열고 랜턴을 들었을 때, 탁자에서 너구리 한 마리가 튀어 나갔다. 박쥐들이 천장을 가로지르며 날아다녔다. 솔방울이 바닥에 널려 있었다. 그리고 나무 의자 위에서 나는 그녀의 지갑을 보았다.

8

내 침대에 있는 칼이 나를 여덟째 아내와 갈라놓는다. 내가 그녀를 사랑한다면 그녀를 만지지 말아야 한다. 그녀를 만지는 것은 그녀가 내게 요구해서 받아 낸 서약을 위반하는 일이 될 터이다. 나는 내가 한 약속을 지키기 위해서 욕망으로 끙끙 앓으며 그녀로부터 약간 떨어져 있다. 만약 내가 그녀와 침대를 함께 쓰는 일이 없다면 나의 곤경은 줄어들 것이다. 그러나 내 여덟째 아내는 자기는 오직 이런 순간들을 위해서 살고 있다고 우긴다. 그녀는 내 고통—그녀의 고통이기도 하다—이 마음이 쓰여서 때때로 내게서 몸을 감춘다. 입고 있는 패딩 점퍼의 지퍼를 턱까지 올리고 침대 시트 속으로 들어가는 것이다. 어떤 때엔 내 고통이 그녀도 고통스러워서, 그리고 내가 거부의 서약을 지킨 데 대해 그녀가 허락할 수 있는 한 가지 즐거움으로 내게 보답하고 싶은 마음에서 그녀는 몸치장을 한다. 청록색 아이섀도, 검보라색 마스카라, 진홍색 립스틱, 값비싼 오일, 크림, 로션, 그리고 귀 뒤쪽과 양 손목에 살짝 바른 향수로 몸을 꾸민다. 그러고는 아른아른 빛나면서 속이 비치는 여러 가지 최신 유행 스타일의 속옷을 입은 모습을 칼을 사이에 두고 나에게 보여 준다. 물론 내 여덟째 아내는 내가 서약을 위반해 주기만을 바라고 있을 가능성이 있다. 내가 서약을 위반한다면, 그것은 내 약속에 대한 그녀의 신뢰를 잃게 함으로써 나에 대한 그녀의 사랑을 파괴하는 행위가 될 거라고 확언하고 있지만 말이다. 그녀가 자극적인 속옷을 입고 내 침대에 누워 있는 것을 달리 어떻게 설명할 수 있단 말인가? 그녀의 빈번한 두통과 길게 내쉬는 한숨을 달리 어떻게 설명할 수 있단 말인가? 진정한 시험은 내 서약을 충실히 지킴으로써 그녀에 대한 사랑을 증명할 수 있는가의 여부가 아니라, 독단적으로 정한 금지 사항을 깨뜨릴 만큼—그녀가 은밀히 갈망하고 간절하게 기다리는 일이다—내가 그녀를 맹렬히 사랑하는가의 여부라고 믿고 싶은 마음이 굴뚝 같다. 그러나 이런 유혹적인 생각은 경계해야 한다. 내 갈망이 몹시도 격렬한 상태에서 어떻게 내가 감히 약속을 배반하고 그 서약을 극복하고자 애쓰는 열정의 편에 서라고 부추기는 생각을 신뢰한단 말인가? 내 고통에도 불구하고 나는 약속을 지키는 데 성공한 것에 대해 자부심을 가지고 있는 것도 사실이다. 유혹에 굴복했다면 자존심이 깎이는 경험을 했을 것이다. 나에게 그녀는 내가 욕망을 극복할 수 있는 한에서만 매력적인 여자인 것일까? 만약 그렇다면 그녀로 하여금 내 서약을 받아 내도록 부추긴 사람은 바로 나고, 따라서 내 고통의 근원은 오로지 나일 뿐이다. 때때로 이상한 갈망이 찾아든다. 날카로운 칼을 내 여덟째 아내의 옆구리에 깊숙이 찔러 넣고 싶은 갈망이다. 그녀를 제거하고, 그럼으로써 내 고통을 끝내고자 하는 이 욕망에서 나는 비밀스러운 결함 하나를 발견한다. 내 고통이 아무리 괴롭다 해도 이 고통은 실패의 가능성 때문에 언제나 가치가 있는 것이다. 그 모든 것에도 불구하고 나는 다른 남자들과 마찬가지로 결국에는 내 약속을 깨뜨리게 될지 모른다는 가능성 때문에 가치 있는 것이다. 그녀의 죽음은 그 가능성을 제거해 버림으로써 내 고뇌를 덜어 주는 유일한 생각을 제거하게 될 것이다. 이런 모든 이유들 때문에 나는 내 곤경이 결코 바뀔 수 없다는 것을 끔찍한 심정으로 또렷이 이해한다. 이런 이해 속에서 나는 최후의 위험을 감지한다. 아무것도 바뀔 수 없다는 믿음으로 인해 나는 내 의지를 느슨하게 풀어 버린 것은 아닐까? 나 자신을 더 활짝 유혹에 열어 둔 것은 아닐까? 그리하여 나는 마지막으로 안간힘을 다해서 정신을 바짝 차리고 경계해야 한다는 새로운 각오를 다진다.

9

종종 그 누구도 다 싫고, 단지 내 아홉째 아내와만 같이 있고 싶을 때가 있다. 그녀에게는 우리가 결코 입 밖에 내지 않는 조그만 비밀이 있기는 하지만 말이다. 내가 그녀의 빛나는 검은 눈동자를 보기 위해 몸을 구부렸을 때 그녀가 약간 왼쪽이나 오른쪽을 보고 있는 모습을 보게 된다 해도, 그래서 우리가 서로의 눈을 그윽이 들여다보고 있다는 환상을 만들기 위해 내가 내 위치를 약간 옮겨야 한다 해도, 그게 나에게 무슨 문제가 되겠는가? 때때로 그녀가 우아한 걸음걸이로 방을 건너올 때 내가 그 방향에서 재빨리 피하지 않으면 그녀는 나와 부딪치게 될 것이다. 그럴 경우에도 그녀는 걸음을 멈추지 못하고 나를 알아보지도 못한다. 입가의 엷은 미소도 변함없이 그대로다. 모든 면에서 아홉째 아내는 명랑하고 자상하다. 그러므로 내가 그녀를 침대로 이끌려고 사랑스럽게 손을 내밀었을 때 그녀의 눈이 나보다 더 먼 데를 응시하고 있는 것을 본다 해도 내가 왜 불평을 하겠는가? 그녀가 혼자서 침대로 걸어가 가볍게 미소 지으며 누울 때 내 발을 밟고 지나갔다 해도 내가 왜 그걸 신경 쓰겠는가? 한번은 내가 그녀의 무성한 머리카락 속에 막 얼굴을 묻으려다가 그녀의 목구멍에서 나오는 것 같은 희미한 소리에 동작을 멈추었다. 내가 몸을 기울여 그녀의 목에 귀를 갖다 대자 흐릿하게 윙윙거리는 소리가 들렸다. 약간의 조정이 필요한 것으로 판명되었다. 잠시 중단된 시간이 있긴 했지만, 그 뒤 나는 어둠의 쾌락에 전적으로 몰입할 수 있었다.

10

내려뜨려진 커튼, 약품 냄새, 그리고 영원할 것 같은 황혼의 분위기 속에서 나는 열이 펄펄 끓고 있는 열째 아내를 방문한다. 그녀의 뺨은 상기되고 눈은 부자연스럽게 밝다. 짙은 빛깔의 이불 위에 놓인 그녀의 창백한 팔은 뼈처럼 하얗다. 병이 그녀를 야금야금 먹어 간다. 열이 그녀의 입술을 바싹 마르게 하고, 목구멍과 눈꺼풀을 태운다. 귀는 뜨겁다. 황혼의 어스름 속에서는 갈색으로 보이지만 원래는 짙 빛깔인 그녀의 빗지 않은 머리카락이 베개 위에 흐트러져 있다. 그녀의 머리카락은 전에는 곧고 가지런했으나, 병으로 인해 숨겨져 있던 거친 속성들이 풀려나와 엉클어지고 뒤엉킨 채 베개의 가장자리 너머로 흘러내리고 침대보를 따라 제멋대로 널려 있다. 나는 정원에서 꺾어 온 몇 송이 제비꽃과 금잔화를 그녀에게 가져다준다. 그러나 그녀가 몸을 일으키려 애를 쓸 때, 마치 양 어깨를 아래로 잡아당기는 두 손에 안간힘을 다해 저항하듯 긴장으로 인해 그녀의 이마에 주름이 잡힌다. 잠시 후 그녀는 몸을 일으키기를 포기하고 지친 표정으로 다시 침대에 나자빠진다. 나는 침대 옆 탁자 위, 디지털시계 가까이에 그 꽃들을 놓아둔다. 오렌지와 초록 물고기가 그려진 물컵이 탁자 위, 갑 화장지 옆에 놓여 있다. 내가 그 물컵을 들어 그녀의 입에 갖다 대자 그녀는 벌컥벌컥 필사적으로 물을 마신다. 그러다가 갑자기 얼굴을 돌린다. 물이 상처처럼 얼굴에서 번쩍인다. 나는 화장지로 입술을 닦아 준다. 입술은 마른 가죽처럼 갈라져 있다. 나는 손가락 끝으로 그녀의 뜨겁고 창백한 팔뚝과 앙상한 뺨을 토닥인다. 열이 나는 눈꺼풀 아래에서 그녀의 커다란 눈이 반짝인다. 나는 열째 아내를 위로하고 싶고 한없이 보살펴 주고 싶지만, 내가 할 수 있는 것은 침대 옆에 놓인 의자에 앉아 있는 것 말고는 거의 없다. 이 어스레한 방에서, 외부 세계와 동떨어진 이 세계에서, 나 자신은 건강으로 충만해 있는 것을 느낀다. 나의 충만한 건강이 지속적으로 나는 날카로운 소음처럼 참을 수 없는 것으로 여겨진다. 뭘 해야 하나? 그녀의 병이 나를 따돌린다. 그녀는 건강을 회복할 수 없으므로 나도 그녀를 따라 아파야 한다. 나는 천천히 몸을 굽혀 그녀의 뜨겁고 메마른 입에 키스한다. 나는 그녀 안에 있는 격렬한 세균을 들이마시고 싶다. 그녀의 열을 마시고 싶고, 그녀의 병이 향신료를 넣고 끓여 만든 뜨거운 와인처럼 내 안에서 달아오르는 것을 느끼고 싶다. 나는 능숙하게 무거운 이불 밑으로 들어가며 퀴퀴한 침대 시트 냄새를 내보낸다. 내가 잘못 알고 있는 걸까, 아니면 정말 내 목이 약간 아픈 걸까? 내 이마가 뜨거운 것 같다. 내 상상일까, 아니면 정말 내 손이 창백해진 걸까? 나는 그녀를 찾을 것이다. 나는 결국 그녀의 땅에서 그녀와 함께할 것이다. 나는 그녀의 시선과 마주치기 위해 애쓴다. 그녀의 지친, 그러나 반짝이는 눈이 갑자기 눈에 띈 개울을 건너는 동물을 응시하는 것처럼 나를 응시한다.

11

더 이상 연기할 수 없는 끝내야 할 일이 있을 때마다 나는 열한째 아내에게로 간다. 그녀는 정확히 무엇을 해야 하는지 안다. 내가 지붕 아래 잔디밭에서 두 손으로 사다리를 꽉 붙잡고 있는 동안, 높은 사다리를 타고 올라가서 느슨해진 처마홈통을 똑바로 고정시킨 다음 이에 물고 있던 홈통 못을 입에서 빼고 푸른 하늘 속으로 망치를 치켜든 사람이 바로 그녀다. 내가 페인트 통을 운반하고 드릴에 끼우는 날과 퍼티 주걱을 가져오고 그녀가 고개를 뒤로 젖히며 벌컥벌컥 들이켜곤 하는 얼음물을 커다란 잔에 담아 가져다주는 동안, 먼지 마스크와 보안경을 착용하고 널빤지 위로 몸을 기울여 전기 사포로 앞 현관의 페인트를 벗기는 사람은 그녀이며, 지하실 층계참 위쪽의 금이 간 천장을 수리하고, 2층 창틀 틈을 메우고, 지붕의 골에 방수용 동판을 설치하고, 녹슨 현관 기둥을 교체하는 사람도 그녀다. 나는 그늘진 집 옆쪽에 서서 그녀가 햇볕이 내리쬐는 지붕 경사면을 엎드려 기어가거나 위쪽 창문에서 몸을 길게 내밀고 있는 모습을 쳐다본다. 그녀의 몸에 부착한 연장들이 보석처럼 반짝인다. 맨살이 드러난 그녀의 팔은 넘치는 힘으로 부르르 떨린다. 그녀는 일단 일을 시작하면 멈추는 게 쉽지 않다. 나는 밤에 그녀가 지붕에서 망치질하는 소리를 들을 수 있다. 새벽에는 약간 열어 놓은 내 방 창문의 블라인드를 통해서 그녀의 발목과 사다리를 볼 수 있다. 어떤 때는 어둠 속에서 내 방 방문이 열리고 그녀가 한밤의 외침처럼 내게 온다. 그녀는 귀 뒤에 꽂아 둔 나사돌리개를 꺼내 든다. 그녀의 머리에서 카펫 고정용 압정이 떨어진다. 그녀는 능률적이다. 그녀는 활기차다. 카펫을 마루에 고정하는 작업이 끝난 뒤에 나는 그녀의 어깨에 기대고 싶은 마음에 고개를 돌려 그녀를 바라본다. 졸음이 달라붙은 무거운 내 눈에 그녀가 성큼성큼 방 안을 걸어 다니며 금속 줄자로 높이를 재고, 벽에 까치발을 설치하고, 길이 120센티미터에 폭이 60센티미터인 널빤지를 들어서 선반 자리에 올리는 모습이 들어온다.

12

만약 내가 열두째 아내를 부정否定의 여자라고 말한다면, 그것은 그녀가 우리 사이에 일어나지 않은 모든 것의 총합이기 때문이다. 어느 여름밤, 호수가 내려다보이는 붐비는 방에서 열린 파티에서 나는 방을 가로질러 가서 그녀 곁에 앉지 않았다. 그녀가 다리 하나를 다른 쪽 넓적다리 밑에 집어넣고 앉은 자세로 가볍게 웃으며 소매에 떨어진 감자튀김 부스러기를 털어 내는 동안 나는 그녀 곁에 앉아 내 얼굴을 점점 더 가까이 그녀에게로 기울이면서 모호한 긴 대화를 시작하지 않았다. 그날 밤 우리는 손을 잡고 해변을 걸으면서 새로운 별자리 이름을 지어내며 마구마구 웃음을 터뜨리지 않았다. 7월에 우리는 취리히 공항에서 오펠 렌터카를 빌려 타고 구불구불한 도로를 달려서 붉은 기와지붕들이 점점이 보이는 녹색 비탈을 지나 제네바 호수의 반짝이는 물과 시용 성의 어두운 탑들이 내려다보이는, 발코니가 달린 고층 호텔로 가지 않았다. 8월 어느 날 저녁, 놀이공원의 파란색 말에 앉은 나는 하얀색 재갈에 황금색 갈기를 한 빨간색 말을 탄 그녀가 말이 올라갔다 내려갈 때 고개를 뒤로 젖히면서 회전목마의 선율에 묻혀 들리지 않는 웃음을 터뜨리는 모습을 지켜보지 않았다. 부정은 빠르게 증식하여 풍성한 역逆의 패턴을 형성한다. 최초의 거절의 의사 표시에 의해 생겨난 우리의 행해지지 않은 역사는 실행된 삶의 좁은 범위보다 더 커진다. 시간이 우리를 포함하지 않기 때문에 우리는 끝낼 수 없다. 우리의 부정적 일대기의 구조가 무無라는 불변의 기초에 의지하기 때문에 우리는 변화를 경험할 수도 없다. 우리 둘은 유한한 인간 이상이다. 모든 연인들이 우리를 부러워한다.

13

어떤 의미에서 나는 내 열셋째 아내를 한 번도 본 적이 없다. 만약 내가 두꺼운 모피 옷깃이 달린 겨울 외투를 벗는 아내를 도와주면서 잠시 그녀의 녹색 눈으로부터 시선을 돌려 그녀의 연노랑 머리 다발이 위로 올라갔다가 하얀 모직 스웨터로 떨어져 내리는 것을 본 다음에 다시 그녀의 얼굴로 시선을 돌린다고 한다면, 그때 나는 그녀의 진한 갈색 눈과 진홍색 블라우스 위의 구불구불한 암갈색 머리에 감탄해 마지않을 것이다. 잠시 후 옷장에서 돌아온 뒤, 나는 동공 주위로 조그만 호박색 반점이 있는 그녀의 우울한 잿빛 홍채를 보고 몽상에 빠지게 된다. 그녀는 카펫 위를 한 걸음 한 걸음 걸을 때마다 액체처럼 번들거리는 검은색 나일론 타이츠를 입은 장딴지, 맨 위에서 한 번 접은 오렌지색과 흰색 줄무늬의 무릎 높이 양말을 신은 장딴지, 이탈리아에서 수입한 장밋빛 실크 스타킹을 신은 장딴지, 그리고 끝단을 접어 올린 페인트를 흩뿌린 모양의 청바지를 입은 장딴지 등을 보여 준다. 그러는 동안에 고개를 돌릴 때마다 새로운 옆모습이 나타나고, 손목을 움직일 때마다 새로운 모양의 손이 나타난다. 마치 그녀가 계속해서 새로운 이미지를 내보이는 것은 그 어떤 이미지에 대한 책임도 회

피하고자 하는 노력인 것처럼 여겨지듯이, 내 열셋째 아내의 끊임없는 변화는 물론 그녀의 본성에 내재한 어떤 기만적인 것으로부터 나오는 것일 수도 있으나, 나는 그와는 달리 설명하고 싶다. 그녀의 복장, 그녀의 몸짓, 그녀의 얼굴, 이 모든 게 내게는 친숙하다. 때때로 너무 어렴풋해서 그 기억이 두뇌 이면의 울림처럼 아련할 때도 있지만 말이다. 그녀의 것이 아닌 무수히 많은 과거를 불러일으키는 것이 내 열셋째 아내의 특별한 운명이다. 그녀는 다른 여자들에 대한 나의 기억으로 이루어져 있다. 그녀를 보는 것은 공원에서나 붐비는 버스 터미널에서 거의 눈에 띄지 않는 모든 여자들을 경험하는 것이다. 옥외 식당 차양 아래 철제 탁자에 앉아 있는 반쯤 보이는 여자들이나 무더운 여름밤에 조그만 마을 변두리의 아이스크림 가판대 앞에 줄 서서 기다리는 여자들을 경험하는 것이다. 그녀를 보는 것은 양지와 음지가 잔물결처럼 교차하는 교외의 보도를 지나가는 모든 여자들을 경험하는 것이다. 번잡한 백화점에서 미끈한 검정 손잡이가 있는 에스컬레이터를 타고 나를 지나쳐 올라가는 얼핏 본 여자들을 경험하는 것이고, 도서관 서가의 책을 꺼내려 손을 뻗는 말없는 여자들이나 쇼핑몰 채광창 아래 벤치에 혼자 앉아 있는 여자들, 고등학교 복도에서 어디론가 사라지는 모든 여학생들, 이름도 기억나지 않는 박물관의 유화 그림 속 정원에 챙 넓은 모자를 쓰고 서 있는 움직임이 없는 여자들, 옛 영화에 나오는 썰렁한 호텔 방에서 여행 가방을 싸고 있는 긴 치마와 목까지 올라오는 블라우스 차림의 흑백 여자들을 경험하는 것이고, 퇴색한 기차역에서 출발 시간을 쳐다보거나 아른

거리는 마을을 향해 달려가는 흐릿한 기차에서 졸린 표정으로 등을 기대고 있는 그 모든 그림자 같은 여자들을 경험하는 것이다. 나의 열셋째 아내는 대단히 많고, 눈에 보이지 않는다. 그녀는 오직 사라지는 행동에서만 존재한다. 이 끊임없는 소멸이 그녀의 가장 큰 미덕이다. 존재하기를 그침으로써 자신의 존재감을 증대하기 때문이고, 특정한 여자가 되기를 거부함으로써 다중의 여자가 되기 때문이다. 비록 내가 언제나 다른 사람인 열셋째 아내에게서 거부된다 해도, 거부는 그녀의 너그러움인 것이다. 나는 그녀의 보다 더 지속적인 선물들, 즉 기억의 선물, 욕망의 선물, 놀라움의 선물에 고마워한다.

아르카디아

Arcadia

환영합니다

삶의 무게에 지치셨나요? 아르카디아에 오신 것을 환영합니다. 이곳은 매우 특별한 고객 여러분의 욕구를 만족시키기 위해 100여 년 전에 설립한 평화로운 숲속 휴양지입니다. 800헥타르 이상 면적의 완만한 전나무와 소나무 숲에 위치한 아르카디아는 고객의 모든 취향에 맞춰서 다양한 종류의 편안하고 적절한 편의시설을 제공합니다. 돌 벽난로와 소나무의 결이 살아 있는 원목 널벽으로 이루어진 방 두 개짜리 아늑한 통나무집이 48채 있고, 개별 옥외 테라스를 갖춘 방 세 개짜리 별장형 주택이 36채 있으며, 이스테이트 호텔 2층에는 특별한 욕구를 지닌 분들을 위해 마련한 열두 개의 객실과 스위트룸들이 있습니다. 이 중에서 선택하시면 됩니다. 고객의 연세와 조건에 상관없이, 고도로 숙련된 전문 직원들인 인생 상담역과 전환 도우미들이 고객의 개인적 목표 달성을 돕기 위해 꾸준히 고객과 함께 일하면서 고객의 모든 소망 사항을 돌봐 드릴 것입니다. 본사는 과거 5년 동안 평균 97퍼센트를 기록한 대단히 만족스러운 성공률에 자부심을 가지고 있지만, 우리는 고객 여러분 각자가 자신의 페이스로 나아가야 한다는 것을 잘 알고 있습니다. 저희 아르카디아는 고객 여러분의 고유한 생활 방식과 성향에 가장 적합한 방식으로 봉사하면서 가장 성공적인 결과를 이끌어 낼 방법을 함께 찾는 데 열과 성을 다하고 있습니다.

편의시설

각 통나무집과 별장형 주택은 사생활을 최대한 보장해 주는 멋진 울타리로 구획된 울창한 삼림지대에 위치하며, 우리 휴양지에서 인기 있고 많은 사랑을 받는 깊은 협곡뿐 아니라 오솔길이나 시냇물, 호수 같은 모든 이에게 개방된 공공장소로의 접근성이 좋습니다. 모든 통나무집과 별장형 주택에는 설비가 완비된 부엌, 안락한 침실, 샤워기가 있는 현대식 욕실, 그리고 쿠션 깔린 안락의자와 흔들의자가 있고 방충망이 설치된 앞 베란다가 제공됩니다. 모든 침대에는 최상급 매트리스와 세 겹으로 된 고급 리넨 시트가 구비되어 있습니다. 냉장고에는 늘 신선한 샘물이 몇 병씩 들어 있습니다. 우리 프로그램 정책상 컴퓨터나 휴대전화는 허용하지 않지만, 각 통나무집과 별장형 주택에는 이스테이트 호텔 1층 입구 왼쪽에 위치한 본사와 24시간 직통으로 연결되는 편리하고 사용하기 쉬운 누름단추식 전화기가 갖추어져 있습니다. 식사는 본사 자체 주방에서 준비하며, 특별히 훈련된 음식 배달 직원이 하루에 세 차례 고객 여러분이 계시는 곳 문 앞까지 배달해 드립니다. 우리 프로그램은 고객의 사생활과 독립생활을 장려하고 보호하지만, 고객 여러분이 결단의 순간을 향해 나아가는 중대한 시점에는 낮과 밤 어느 때든 우리 직원과 얘기할 수 있고 직접 방문하여 상담할 수도 있습니다.

입주자

우리의 입주자들은 미국 전 50개 주와 5개 해외 영토를 비롯해 세계 각국에서 온 사람들입니다. 우리는 모든 인종, 모든 계층과 직업, 모든 종교 및 비종교적 성향의 고객들을 다 환영합니다. 만약 당신이 지쳐 있어서 휴식을 찾고자 한다면, 만약 당신이 상심한 상태여서 길을 찾을 수가 없다면, 아르카디아가 바로 당신을 위한 장소입니다. 당신은 삶의 한계에 이르렀다고 생각합니까? 삶에 더 이상 희망이 없는 것처럼 여겨집니까? 매일 아침 눈을 뜨면 나는 결코 태어나지 말았어야 했는데, 하는 생각이 듭니까? 더 알아볼 필요 없습니다. 우리의 문이 활짝 열려 있으니까요. 우리는 도움의 손길을 드리기 위해 여기 있습니다. 삶이 의미 없게 느껴지는 모든 분들, 1초도 더 견딜 수 없지만 어떻게든 견뎌 내야 하는 모든 분들, 사랑받지 못한다고, 돌봐 주는 이 없다고, 반가워하는 이 없다고, 모두로부터 잊혔다고 느끼는 분들, 우리에게 오십시오. 우리가 길을 안내해 드리겠습니다.

추천의 글 1

그 끔찍한 사고 이후, 저는 두 달 동안 절대 집 밖으로 나가려 하지 않았습니다. 제 눈에 보이는 것은 오직 화염에 휩싸인 차 안에서 울부짖는 아내와 다섯 살 아들의 모습뿐이었습니다. 낮에는 되는대로 토막잠을 잤고, 밤이 되면 텅 빈 집을 밤새도록 배회하며 이 방 저 방 들어가 보곤 했지요. 모든 방에 늘 불을 켜 두었고, 한 번도 전구를 교체하지 않았습니다. 수명을 다한 전구가 하나씩 하나씩 꺼져 가더군요. 나중에는 결국 어둠 속에서 살게 되었습니다. 어둠이 더 좋았어요. 친구 한 명이 저를 구제해 보려고 노력했습니다. 친구의 권유로 슬픔 상담을 받았지만, 그들은 제가 가진 전부라 할 수 있는 슬픔을 제거하려 할 뿐이었습니다. 그러던 어느 날 진료소에서 한 잡지를 펼친 저는 거기서 아르카디아 광고를 보게 되었습니다. 이곳이 저의 모든 것을 바꾸었지요. 겨우 10일이 지났을 때 저는 처음으로 저 자신을 알게 되었고, 제가 해야 할 일이 무엇인지 알게 되었습니다. 이곳 사람들은 모든 것을 명확히 볼 수 있게 만들어 줍니다. 이제는 아무것도 저를 막지 못할 것입니다. 고마워요, 아르카디아.

전환 도우미

숙련되고 친절한 전환 도우미들이 본사 혁신 프로그램의 핵심이라 할 수 있는 개인 맞춤형 돌봄 서비스를 제공할 것입니다. 고객 여러분이 도착하는 날에 전환 도우미가 배정되며, 여러분은 매일 정기적으로 도우미와 면담하게 될 것입니다. 이런 개별 교육 프로그램에 더하여 여러분의 전환 도우미는 여러분에게 의사 결정 과정을 향상하기 위해서 하나 이상의 동기 부여 집단 토론에 참여할 것을 요청할 것입니다. 여러분의 목표가 바로 우리의 목표입니다. 난관을 극복하는 것이 그것입니다. 우리 입주자들은 한 분 한 분 모두 극복해야 할 장애가 하나 이상 있습니다. 마지막 장애에 직면하기 전에 말입니다. 결과 지향적인 우리 프로그램은 고객 여러분의 욕구에 맞추어 개별적으로 조정됩니다. 그리고 우리는 여러분이 실행 가능한 해결책을 얻도록 24시간 여러분과 함께 일하면서 여러분을 도울 것입니다.

협곡

우리 휴양지를 가르며 펼쳐진 열네 개의 협곡은 풍성한 자연의 아름다움과 독특한 기회를 제공합니다. 가파른 바위 절벽의 높이는 90미터쯤 되고, 그 아래로는 매우 빠른 급류가 흐릅니다. 절벽 위는 위험합니다. 낡고 손상된 난간은 군데군데 부분적으로만 설치되어 있습니다. 난간이 설치되지 않은 좁은 길이 협곡을 가로지르며 나 있는데, 그곳에서 보는 주변 시골 풍경과 먼 아래 급류는 숨 막힐 듯한 장관입니다. 커다란 돌들이 절벽 옆면에서 끊임없이 떨어집니다. 가끔 돌 떨어지는 소리가 크고 작은 폭포 소리를 뚫고 들려올 것입니다. 이 협곡들은 우리 고객들이 가장 좋아하는 매력적인 장소로, 낮과 밤 할 것 없이 항상 입주자들을 부서져 내리는 절벽 위와 난간 없는 좁은 길로 끌어들입니다.

추천의 글 2

저는 이곳에 오기 전까지는 외롭고 우울했으며, 스물여덟 먹은 다 자란 여자인데도 어린 소녀처럼 매일 울었습니다. 저는 늘 이런 상태였습니다. 왜냐하면 저에게는 뭔가 문제가 있는데, 그게 무엇인지 아무도 몰랐으니까요. 사람들은 그저 제가 정상적이지 않아 보이고, 특히 머리가 그렇다는 것만 알고 있었어요. 어렸을 땐 다른 애들이 저를 놀리고 욕했으며, 조금 더 컸을 때는 남자애들이 저를 희롱하고 못되게 굴었습니다. 저는 종교에 의지해 보려 했으나 효과가 없었습니다. 손목을 그어도 보았지만 어떻게 해야 제대로 하는 것인지 알지 못했습니다. 제 인생은 어두웠고 살아 있는 지옥이었으며, 어느 날 이곳에 대한 얘기를 듣기 전까지는 출구가 없었습니다. 하지만 이곳 생활은 바깥의 생활 방식과는 전혀 다르답니다. 여기서 일하는 사람들은 여러분과 얘기를 나누고, 여러분이 들어야 하는 것들을 말해 줍니다. 이분들은 여러분의 삶의 길을 가로막고 있는 것들을 보여 주고, 그것을 극복하는 법과 여러분의 내면의 목소리에 따르는 법을 보여 줍니다. 이제 저는 제가 무엇을 해야 하는지 알게 되었고, 그 준비가 되어 있습니다. 그 시간이 오기 전에 저는 이곳 아르카디아의 모든 분들에게, 특히 그 길을 찾는 데 도움을 준 저의 전환 도우미 존에게 마음 깊은 곳에서 우러나오는 감사의 말씀을 드리고 싶습니다. 그것은 정말 저에게 큰 의미가 있었습니다.

실패

오랜 세월에 걸쳐 검증된 우리 프로그램이 높은 성공률을 기록한 이유 가운데 하나는 여러분의 장기 목표 달성을 돕는 데 실패의 역할이 중요하다는 것을 우리가 이해했다는 점입니다. 여러분의 성공이 우리의 궁극적 목표이지만, 그러나 모든 사람이 동일한 방법으로, 또는 동일한 기간에 성공하는 것은 아닙니다. 본사의 전환 도우미들은 때로는 실패가 여러분의 개인적 여정에 필요한 단계라는 것을 이해하고 있습니다. 실패가 뭘까? 여러분은 이렇게 자문할 수 있을 것입니다. 실패는 **망설임**의 한 형태입니다. 그것은 아직 여러분이 준비되어 있지 않다는 것을 의미합니다. 실패의 행위 안에 여러분이 찾는 비밀이 들어 있음을 우리가 보여 줄 것입니다. 우리는 여러분이 실패를 기꺼이 받아들이고, 실패를 극복하기 위해 그것을 여러분의 일부로 만들도록 가르칠 것입니다. 실패의 길은 성공의 궁전으로 이어진다, 이것이 우리의 모토입니다. 실행 직전에 망설이는 자신의 모습을 보게 됩니까? 마지막 순간에 뒤로 물러서는 성향이 있습니까? 두렵습니까? 낙담하지 마세요. 망설이는 행동은 에너지를 모으는 행위입니다. 실패는 그 자신을 완전히 드러낼 기회가 아직 주어지지 않은 성공인 것입니다.

동기 유발 목격 프로그램

동기 유발적인 영감을 찾고 있는 분들에게는 우리의 동기 유발 목격 프로그램이 그분들이 필요로 하는 격려와 지지를 제공할 수 있습니다. 여러분은 이 유명한 프로그램에 목격자로, 행위자로도 참가할 수 있습니다. 행위자는 목격자가 있기에 동기 유발이 되고, 목격자는 목격의 행위로 인해 행위자와 같은 방법을 추구하거나 아니면 다른 방법을 선택하는 데 영감을 얻게 됩니다. 더 구체적인 내용은 본사에 비치된 '정보 자료집 3A'에 나와 있습니다.

추천의 글 3

정말 굉장한 프로그램을 마련한 아르카디아의 모든 사람들에게 소리 높여 감사의 인사를 전하고 싶소. 내가 처음 여기 왔을 땐 사실 별로 동기 유발이 되지 않았는데, 지금 나는 무척 흥분된 상태고 얼른 실행하고 싶어 좀이 쑤실 지경이라오. 내가 정말 좋아하는 것 한 가지는 동기 유발 목격 프로그램인데, 여기서는 다른 참

가자가 어떤 방법을 택하는지 다 볼 수 있죠. 그 점이 바로 내가 이곳을 좋아하는 이유라오. 당신도 당신에게 적합한 걸 찾아내서 그걸 실행할 수 있단 말이외다. 이 점은 날 믿어 주세요. 한마디로 말해서, 난 정말 흥분돼요.

아르카디아의 호수들

아르카디아의 호수들은 평온하고 잔잔하며 깊습니다. 수목이 우거진 완만한 언덕에 둘러싸인 호수들은 걷기 편한 산책로를 통해 어렵지 않게 갈 수 있습니다. 이 호수들 가운데 적지 않은 수가 이 지역에 아메리카 원주민들이 정착했던 수백 년 전 시기에 형성되었습니다. 이처럼 오래된 호수들의 원시적인 아름다움은 명상과 결의를 자극합니다. 소음이 전혀 없는 이곳 호수에서는 쾌속정이나 제트스키처럼 엔진으로 돌아가는 모든 종류의 선박이 엄격히 금지되었지만, 우리는 입주자 여러분에게 노 젓는 배와 카누를 이용해 볼 것을 권장합니다. 여러분은 조용한 호숫가 여러 곳에서 여러분을 기다리고 있는 그 배들을 발견하게 될 것입니다. 커다란 호수 중에는 나무가 우거진 조그만 섬들을 품고 있는 것들이 많은데, 우리 입주자 가운데는 아무도 깊이를 측정해 본 적이 없어서 얼마나 깊은지 알 수 없는 깊디깊고 고요한 호수 자체보다 짙은 나무들과 품격 있는 나뭇가지들이 있는 섬들에 더 끌린다는 분들이 있습니다.

두 가지 희망

첫 번째 희망은 여러분의 과업으로부터 관심을 돌리게 하는 희망입니다. 그것은 과거로 돌아가고자 하는 희망입니다. 옛날 방식이긴 하지만 더 낫고 더 슬기롭고 더 건강하고 더 행복한 생활 방식으로 돌아갈 수 있다고 약속하는 희망입니다. 이것은 미혹하는 희망입니다. 두 번째 희망은 희망에 현혹되지 않는 희망입니다. 희망을 포기하는 희망입니다. 이것이 진정한 희망이고, 유일한 희망이며, 여러분을 영원한 평화로 인도해 줄 희망인 것입니다.

동굴

아름답고도 위험하기로 유명한 이곳 지하 동굴의 비할 데 없는 경이의 세계를 거리낌 없이 탐험해 보세요. 아르카디아 곳곳에서 표시가 있거나 없는 동굴 입구를 보게 될 것입니다. 나무가 우거진 언덕 옆면에서, 숲속 구덩이와 움푹 팬 땅에서, 호숫가 둑과 폐광에서 동굴 입구가 눈에 띌 것입니다. 때로는 오솔길 옆에서 사람이 만든 내려가는 계단을 만나게 될 것입니다. 그 계단을 내려가 보세요. 깜깜한 암흑이 시작되기 전의 얼마 안 되는 짧은 거리에서는 인공조명을 통해 고대의 석회암 동굴을 감상할 수 있습니다. 태양과 하늘로부터 멀리 떨어진 땅속 깊은 곳에서 몇 시간 동안 홀로 사색하며 어두운 굴을 따라 걷게 될 것입니다. 굴이 끝나는 곳은 보통 힘차게 떨어지는 폭포나 검고 고요한 못으로 연결되어 있습니다. 굴에는 종종 한쪽 면을 따라 튀어나온 굽이진 좁은 길이 있는데, 그 아래쪽에는 깊고 길게 갈라진 틈이 있을 것입니다. 그 좁은 길을 걸을 때는 반드시 돌벽을 만져 보면서, 거기에 틈이나 균열 같은 것은 없는지 확인하며 걸어야 합니다. 그런 틈새 가운데 일부는 사람이 빠져 들어갈 만큼 넓으니까요. 그런 구멍으로 빠지게 되면 더욱더 깜깜한 모험을 피할 수 없을 것입니다.

추천의 글 4

내 삶은 좋지도 나쁘지도 않았고, 아주 조용하고 평범했습니다. 그러다 나는 한 남자와 사랑에 빠졌고, 그 남자도 나를 사랑했습니다. 내 삶은 완전히 바뀌었지요. 매일 아침 불꽃같은 뜨거운 행복을 느끼며 잠에서 깨어났습니다. 나는 그이와의 만남을 몹시 기다렸어요. 내 사람, 내 사랑 그이를 말이에요. 눈에 보이는 모든 것이 신선했고, 불타는 사랑의 빛으로 환하게 빛났습니다. 비록 사랑하는 사람이 유부남이었지만 나는 신경 쓰지 않았어요. 우리는 서로 사랑하고, 그이는 내 남자였으니까요. 나의 유일한 사랑이었으니까요. 그이는 내게 펄펄 살아 있는 느낌을 주었어요. 내 사랑 착한 남자 그이가 말이에요. 그이는 종종 나와 함께 있을 수 없었고, 그건 무척 힘든 일이었습니다. 그사이의 시간이 항상 행복으로 타올랐던 건 아닙니다. 종종 외로움이 가슴을 태웠습니다. 나는 내 인생에서 그이를 단지 연인으로만 원했던 게 아니었습니다. 마음의 동반자이기를 바랐던 거죠. 간단한 일상적인 일들을 우리 둘이 함께한다면 얼마나 좋을까 생각했지요. 쇼핑하고 깔깔 웃으면서 함께 손을 잡고 마을을 돌아다닌다면 얼마나 좋을까 생각했답니다. 하지만 그이는 아내에게 상처 주고 싶지 않으므로 우린 조심해야 한다고 말했어요. 나도 그 말을 이해했습니다. 그이는 착한 사람이고 신사였으니까요. 그러나 나는 이렇게 말했어요. 당신은 그녀에게 상처 주고 싶지 않아서 나에게 상처를 주고 있다고 말이에요. 그이를 만나지 못할 때면 내 삶이 공허하고 어둡게 여겨졌습니다. 그이는 착한 사람이지만 나약했어요. 나약한 사람이었지요. 나는 그이를 나약한 사람이고 내게 상처를 주는 사람이라고 생각하는 나 자신이 너무 미웠고, 그걸 견딜 수 없었습니다. 내가 할 수 있는 유일한 선택은 현실을 있는 그대로 받아들이는 것이었어요. 그것은 공허하고 외로운 기다림이 내 삶이라는 것을 받아들이는 걸 의미했습니다. 한밤중에 그이의 몸이 내 옆에 있는 것을 느끼며 깨어날 때가 많았어요. 하지만 침대는 차가웠고, 그이는 행복한 자기 집에서 아내와 함께 있다는 걸 다시금 깨닫곤 했죠. 그이는 착한 사람이지만 나약했어요. 아무에게도 상처를 주지 못하는 나약한 사람이지만, 나에게는 상처를 주고 있었지요. 그이는 자신의 선량함과 유해한 나약함으로 나를 죽이고 있었어요. 때때로 내 삶이 조용하고 평범했던 시절을 되돌아보면, 그 시절이 다시는 볼 수 없는 평화롭고 아름다운 때였던 것만 같습니다. 이제 나의 하루하루는 너무 길고, 남들이 모르는 일그러진 고통으로 가득 차게 되었습니다. 탁자 위의 전기스탠드 불빛도 참을 수 없을 정도였지요. 나는 병에 걸린 사람 같았어요. 죽어 가고 있지만 죽지는 않는 사람이었던 거죠. 그러던 어느 날 아르카디아에 오게 되었습니다. 그것은 다시 그 평화로운 시절로 돌아간 것과도 같았습니다. 나의 통나무집은 조용하고 깨끗합니다. 구불구불한 오솔길을 걷는 게 얼마나 좋은지요. 숲과 시냇물이 내게 말을 겁니다. 강물처럼 대지를 뚫고 길게 뻗어 나가는 협곡들은 얼마나 아름다운지요. 나는 절벽에 서서 그 풍경을 내려다봅니다. 평화와 고독이 애정 어린 가슴처럼 나를 껴안습니다. 평화, 고독 같은 감정은 더 큰 평화가 올 거라는 하나의 조짐일 뿐입니다. 나는 답을 발견했고, 그래서 무척이나 감사한 마음입니다.

편의용품

본사의 첫째 목표는 여러분이 목적한 바를 성공적으로 수행하도록 여러분을 도와서 앞으로 나아가게 하는 것이지만, 우리는 또한 여러분이 이곳 아르카디아에서 가능한 한 즐겁고 편안하게 지낼 수 있도록 최선을 다하고자 합니다. 모든 방의 바닥에는 단단한 고품질 원목 바닥재를 설치했고, 독특하고 다양한 무늬의 손으로 짠 카펫을 깔았습니다. 아늑한 현대식 가구들 사이에 엄선된 수제 고미술품들을 운치 있게 배치했습니다. 부엌에는 정밀단조로 내식성을 강화한, 날이 무척 예리한 독일제 스테인리스 칼 세트를 비롯하여 조리용품과 식사용 도구들이 온전히 갖추어져 있습니다. 각 침실에는 손으로 조각한 고풍스러운 '끈 상자'가 구비되어 있는데, 끈 상자에는 여러분의 편의를 위하여 미세한 삼실로 짠 서로 다른 길이, 서로 다른 두께의 천연 삼끈 일습이 들어 있습니다. 별장형 주택이나 통나무집 뒤편의 본사 소유 삼림지에는 가문비나무나 소나무 사이에 달아맨 해먹이 있습니다. 색이 잘 바래지 않는 그 전천후 퀼트 해먹에서 여러분은 안전하고 편안한 휴식을 즐길 수 있습니다. 각각의 해먹에서 멀리 떨어지지 않은 곳에 30미터 이상 깊이의 멋진 구식 돌우물이 있습니다. 그리고 손으로 색칠한 색색의 유리 랜턴이 사유지의 길을 따라 나뭇가지에 죽 달려 있어서 더 어두운 곳으로 가는 길을 부드럽고 환하게 밝혀 줍니다.

늪

좀 더 특별한 여행을 선호하는 분들에게는 이곳의 오래된 늪과 습지들이 약간의 모험을 제공합니다. 이곳의 늪의 깊이는 다양하고 예측할 수 없습니다. 물은 일반적으로 얕은 편이지만, 물 아래 썩은 식물들이 쌓인 늪 바닥은 내딛는 발의 힘에 갑자기 무너지며 푹 꺼질 수 있습니다. 깊이가 6미터 이상 되는 것으로 측정된 늪들도 있습니다. 우리 안내원에게 의뢰하면 겉보기와 다르게 가장 위험한 장소들을 안내받을 수 있습니다.

추천의 글 5

저는 잿빛 느낌에 관해 뭔가 말하고 싶습니다. 옛날 영화에서 볼 수 있는 커다란 고통이 아니라 잿빛 느낌이, 황혼 녘의 어스름 같은 쓸쓸함이 언제나 저를 떠나지 않았습니다. 초등학교 시절, 어머니는 저를 바라보며 말씀하시곤 했죠. "조, 무슨 일 있니?" 저는 뭐라 대답해야 할지 몰랐습니다. "재는 부끄러움이 많은 애야." 사람들은 그렇게 말했지만, 그건 아니었습니다. 고등학교 시절엔 여자 친구들이 있었습니다. 그 애들은 제 슬픈 눈을 좋아했지만, 저는 그 애들에게 별로 신경 쓰지 않았고 그 애들이 제게서 바라는 식으로 처신하지도 않았습니다. 나중에 저는 비타민 보충제나 항우울제를 먹어도 보고 식단을 변경하기도 했지만, 그 어떤 것도 저의 잿빛 느낌을 치료하지 못했습니다. 잿빛 느낌은 고요하지만, 한편으로는 고요하지 않은 것이기도 합니다. 일종의 불안정한 공허감이라 할 수 있습니다. 몇몇 여자들은 그 잿빛 분위기에 끌렸습니다. 자기들이 그걸 없앨 수 있다고 생각한 거죠. 저는 좋은 여자와 결혼했습니다. 나이아가라 폭포로 신혼여행을 갔고, 신혼여행에서 돌아와서는 할부로 집을 구입했습니다. 아내는 저를 쳐다보며 말하곤 했습니다. "조, 무슨 일 있어?" 저는 그 잿빛 느낌에 대해 말하려고 애를 썼지만, 그럴 때면 아내의 얼굴 표정이 변했습니다. 당신 때문이 아니야, 저는 소리치고 싶었습니다. 잿빛 느낌 때문이야. 어떤 것도 중요하지 않은 것 같은 느낌, 내 안에서 뭔가가 빠져 있는 듯한 느낌, 혹은 어떤 여분의 것이, 잿빛 조각이 더해진 것 같은 느낌 때문이란 말이야. 어느 날 아내는 집을 나갔고, 돌아오지 않았습니다. 저는 텅 빈 집에 혼자 남았습니다. 이제 저는 저의 진정한 아내라고 생각되는 빈집과 결혼했습니다. 어느 날 오후, 저는 중고품 마당 세일을 벌이고 있는 이웃집 정원을 지나갔습니다. 낡은 거실 가구, 기다란 코드가 달린 전기스탠드 따위가 있었습니다. 제가 그 마당 세일 물품 같다는 생각이 들었습니다. 저는 다른 표지판들을 보기 시작했습니다. 저는 길옆 잔디밭에 놓인 빛바랜 종이 성냥이었습니다. 저는 해거름에 길게 드리워진 멈춤 신호의 그림자였습니다. 이 잿빛 느낌은 제가 제 안에 지니고 다니는 종양 같은 어떤 것이 아닐까, 혹은 옷에 들러붙는 꺼끌꺼끌한 씨앗처럼 제게 들러붙은 어떤 것이 아닐까 하는 생각이 들었습니다. 어느 날 저는 아르카디아에 왔습니다. 여기 있는 사람들은 그 잿빛 느낌을 잘 알고 있습니다. 제가 제 눈으로 그걸 본 것처럼 그들도 그들 자신의 눈으로 그걸 보았습니다. 그것은 협곡의 가장자리에 있습니다. 고요한 호수의 한가운데에 놓여 있습니다. 평화가 저를 향해 흘러오고 있습니다. 저는 그곳을 향해 걷기만 하면 됩니다. 그러면 평화는 제 것이 될 것입니다.

식단

우리 식단에는 인기 있는 전통 건강식과 다양한 종류의 이곳 현지 고유 음식이 함께 어우러져 있습니다. 전통 건강식으로는 놓아

기른 닭구이 요리가 대표적인데, 이 요리에는 구운 유기농 감자와 찐 신선한 채소가 곁들여 나옵니다. 고기를 무척 좋아하는 사람들의 입맛도 대부분 만족시킬 풍성한 채식 저녁 식사를 비롯하여 채식 요리들도 요청하시면 제공받을 수 있습니다. 우리가 사용하는 농작물은 이 지역 농장에서 매일 아침 갓 수확한 신선한 작물에다 본사 자체 뜰에서 거두어들인 향기로운 허브를 보충한 것입니다. 딱총나무 열매 차, 와일드오렌지 꽃잎 차, 레몬그라스를 비롯하여 구색을 갖춘 여러 가지 훌륭한 허브 차들이 여러분의 미각의 기쁨을 위해 준비되어 있습니다.

길 잃기

수 킬로미터에 이르는 경치 좋은 숲속 오솔길에 우리 입주자들이 길을 잃지 않도록 주의 깊게 안내 표시를 해 두었지만, 그러나 우리는 한결 더 모험적인 여행을 위해서 익숙한 길을 벗어나 다른 길로 들어서기를 간절히 바라는 분들의 욕구도 염두에 두고 있습니다. 그런 입주자들은 주 오솔길에서 갈라져서 깊고 짙은 숲속으로 이어지는 수많은 샛길을 이용하기를 권장합니다. 그런 길로 들어서면 어렵지 않게 길을 잃을 수 있습니다. 샛길은 갑자기 끊어지고, 이끼 낀 원시 침엽수림 사이에 우거진, 길 없는 덤불숲이 나옵니다. 그곳으로 들어서서 나아가면 버섯과 야생 딸기들이 사방에 널려 있는데, 함부로 먹어선 안 됩니다. 가끔 비탈진 언덕 중턱에서 초목이 무성히 자란 깊은 공터를 만나게 될 것입니다. 길을 잃어버리는 기쁨과 도전을 추구하는 사람에게는 북동부 삼림지대에 있는 수목이 울울창창한 언덕을 강력히 추천하는 바입니다. 그곳에는 아직 탐험되지 않은 동굴들과 급류와 우렁찬 폭포수가 있고, 때 묻지 않은 야생의 자연 풍경이 있으니까요.

전환 도우미가 여러분을 환영합니다

안녕하십니까. 제 이름은 로버트 다넬입니다. 저는 이곳 아르카디아의 전환 도우미 팀의 일원이 된 것을 매우 자랑스럽게 생각합니다. 제가 솔직하게 얘기해도 될까요? 여러분은 행복하지 않습니다. 여러분은 인생의 의미를 전혀 찾을 수 없습니다. 여러분의 아들이 죽었고, 남편이 여러분을 떠나갔고, 아내가 여러분의 가장 친한 친구와 함께 도망갔습니다. 여러분은 혼자입니다. 고통스럽습니다. 자기 자신이 증오스럽습니다. 아무도 여러분을 사랑하지 않습니다. 여러분은 뚱뚱하고 못생겼습니다. 죽고 싶습니다. 우리는 이해합니다. 이해하는 것이 우리의 일이니까요. 우리는 여러분이 누구인지 정확히 알고, 여러분에게 필요한 것이 무엇인지 정확히 이해합니다. 우리는 이곳 아르카디아에서 여러분에게 길을 보여드릴 것입니다. 그 길은 어떤 분들에게는 어렵고 다른 어떤 분들에게는 쉽습니다. 그러나 그것이 유일한 길입니다. 그걸 볼 때 여러분은 그걸 알게 될 것입니다. 사실 여러분은 항상 그것을 알고 있었습니다. 우리에게 오십시오. 우리가 안내해 드리겠습니다. 그 길은 친숙한 것입니다. 그 길은 여러분 안에 자리 잡고 있습니다. 아르카디아는 여러분 안에 자리 잡고 있습니다. 여러분은 항상 아르카디아에서 살고 있었습니다.

조우

우리는 입주자들의 사생활을 철저히 보장하고자 빈틈없이 주의를 기울이고 있지만, 종종 입주자가 다른 입주자와 마주치는 경우가 발생할 수 있습니다. 그런 일은 숲속 오솔길이나 호숫가, 또는 동굴 내부 깊숙한 곳과 같은 장소에서 일어날 수 있을 것입니다. 그럴 경우에는 조용히 고개를 한 번 까닥인 다음 눈을 피하고 가던 길을 계속 걸어가기를 권고합니다. 방해받지 않고 사색하는 과정이 발견을 향한 여러분의 여정에서 가장 중요한 요소이므로 정말 주의 깊게 보호받아야 합니다. 만약 어떤 입주자가 대화를 시도하려 한다면 정중하게 미소 짓되 응답은 하지 마십시오. 그와 같은 규칙 위반이 발생한 경우에는 곧바로 여러분의 전환 도우미에게 신고해야 합니다. 이곳 아르카디아에서는 여러분의 가장 중요한 관심사가 우리의 유일한 관심사입니다.

추천의 글 6

나는 맨 처음 그 순간을 기억한다. 아침 식탁에서 별다른 생각 없이 커피를 마시고 있었는데, 갑자기 그 생각이 떠올랐다. 왜? 내 손이 허공에서 멈추고, 그에 따라 커피 잔이 내 앞에 가만히 정지해 있었던 모습이 기억난다. 그 질문은 그날 이따금씩 불쑥불쑥 떠오르곤 했다. 아침 열차에 올라서 창가 자리에 앉아 노트북 컴퓨터를 열며 갑자기 생각한다. 왜? 또는 어느 무더운 여름날, 여자 친구인 셰리 앤과 함께 친구들을 만나 신나게 웃고 떠들 저녁 바비큐 파티를 기대하며 뒷마당에 서서 잔디밭에 물을 주고 있을 때 문득 그 생각이 떠오른다. 왜? 마치 내 안에 조그만 균열이 생긴 것만 같았다. 그 사이로 어두운 바람이 불고 있었다. 나에게 무슨 문제가 있었던 걸까? 신경쇠약에 걸렸던 걸까? 하지만 나는 별 이상이 없었다. 계속해서 속삭이는 '왜?'라는 조그만 목소리를 제외하고는 말이다. 그 목소리가 들리면 하던 것을 계속할 수는 있지만 모든 것이 전과 같지 않다. 집의 옆면을 비추는 햇빛이 전과 같지 않다. 식기 선반에 놓인 유리잔도 전과 같지 않다. 나는 나에게 무슨 일이 일어나고 있다는 것을 느꼈다. 그러나 그게 무엇인지는 알지 못했다. 밤에 '왜?' 하는 그 목소리가 계속해서 나를 깨웠다. 그 답을 찾아 나서다 보니 이곳 아르카디아에 오게 되었다고 말할 수 있을 것 같다. 이곳에 온 지 며칠 만에 나는 새사람이 되었다. 이곳에서는 내가 하는 모든 것이 목적을 지니고 있다. '왜'가 찾아들 때, 나는 이미 답을 가지고 있는 것이다. 스스로 준비하고 있는 것이다. 마음의 준비를 하고 있는 것이다. 바깥세상에서는 일요일, 월요일, 화요일…… 하루하루가 아무 의미 없이 지나간다. 달력의 숫자는 바뀌지만, 실은 그 숫자들은 언제나 똑같은 숫자일 뿐이다. 이곳에서는 나뭇잎 하나가 떨어지면, 그것은 마지막 달력에서 마지막 페이지가 찢겨 나가는 소리 같다. 한 잔의 커피가 트럼펫처럼 쾅쾅 울려 퍼진다. 머잖아 때가 올 것이다.

나뭇가지

이곳의 아주 오래된 우람한 나무들의 가지는 튼튼하고 번듯합니다. 낮은 나뭇가지들은 손을 뻗으면 닿을 만큼 그리 높지 않은 곳에서 시작되며, 사방으로 힘차게 뻗어 나가서 햇빛이 군데군데 스며든 짙은 그늘로 오솔길과 덤불을 덮어 줍니다. 낮은 나뭇가지들 위로 더 높은 나뭇가지들이 복잡한 형태로 공간과 각도를 활용하며 층층이 뻗어 있고, 옆에서 자라는 나무의 가지들과 뒤얽히는 경우도 많습니다. 밑에서 보면 맨 꼭대기 근처의 나뭇가지들은 보이지도 않습니다. 넓은 지역에 걸쳐 자라는 푸른가문비나무와 스트로부스소나무, 그리고 노르웨이가문비나무와 적송 사이에서 참나무, 너도밤나무, 히코리, 마가목, 오리나무, 자작나무 숲들이 군락을 이룬 모습을 보게 될 것입니다. 이곳의 나지막한 나뭇가지들 가운데는 거의 수평으로 뻗어 있는 것들이 많습니다. 그 나뭇가지들은 우리를 명상으로 초대하는 듯합니다. 그 아래 앉으십시오. 고요히. 여러분의 생각이 견고하고 편안한 그곳을 향해 솟아오르도록 마음을 놓아주십시오.

전환 짝 맺기

우리는 대부분의 입주자들의 경우 혼자서 전환하는 것이 가장 효과적인 전략이라는 것을 알아냈지만, 전환 짝 맺기의 경우도 전혀 없는 게 아닙니다. 때때로 그런 일이 일어납니다. 이스테이트 호텔 정원에서 언뜻 눈에 띈 다른 입주자를 향해 끄덕 고갯짓을 하거나, 삼림지대의 길을 걷다가 마주 오는 한 입주자와 눈짓을 교환하는 일이 발생하는 것입니다. 처음에는 가능성이 희미하게 아른거릴 뿐이지만 시간이 지나면서 그 가능성은 좀 더 분명하고 집요해집니다. 모든 짝 맺기는 여러분의 전환 도우미에 의해서만 주선될 수 있습니다. 전환 도우미가 그러한 과정을 찬성하거나 반대하는 조언을 하게 될 것입니다. 당신의 최종 목표를 성공적으로 완수하는 데는 한 가지 방법 이상의 여러 방법이 동원될 수 있습니다. 우리는 궁극적으로 만족스러운 결정을 낳을 가능성이 높은, 결과를 기반으로 한 과정을 중시할 것입니다.

추천의 글 7

여러분은 저를 작은 마을에 사는 특별할 것 없는 여자아이로 생각하셔도 될 것 같습니다. 강변으로 가족 나들이를 가고, 일요일에는 교회에 가고, 미식축구 팀을 응원하고, 무더운 여름밤에는 메인스트리트의 아이스크림 가게 바깥에 앉아서 친구들과 키득거리며 남자애들과 시시덕거리는 그런 여자아이 말입니다. 고등학교를 졸업한 후에는 극장 맞은편에 있는 식당에서 서빙 일을 시작했습니다. 친구들 가운데 몇 명은 대학에 진학했는데, 그들은 서빙을 할 수 없기 때문에 대학에 간 것 같았습니다. 다른 친구들은 대부분 공장에서 일하며 마을을 떠나지 않고 정착했습니다. 저는 벌이가 꽤 좋은 편이어서 해마다 조금씩 조금씩 저축을 했습니다. 종종 데이트도 했는데, 상대는 주로 고등학교 때 알았던 남자애들이었습니다. 이제는 그들도 나이가 들어서 결혼을 생각하고 있었습니다. 하지만 저는 저의 이상형을 기다렸습니다. 저는 조용한 거리에 위치한 주택의 방에 세 들어 살면서 매주 수요일과 일요일에는 엄마 아빠와 함께 저녁을 먹었고, 주말에는 쌍둥이 조카딸들을 돌봐 주었습니다. 조그만 마을에서는 시간이 천천히 흐릅니다. 제 이상형은 나타나지 않았고, 알고 지냈던 모든 사람들에겐 자식이 생긴 것 같았습니다. 저는 제 목소리에서 전에는 듣지 못했던 어떤 것을 듣기 시작했습니다. 억지로 꾸며 낸 쾌활함 같은 것이었습니다. 우리 같은 작은 마을의 여름밤은 부드러우면서도 잔인할 수 있습니다. 먼 곳의 기차 소리, 은은히 빛나는 현관의 불빛, 단풍나무 밑에서 들리는 연인들의 웃음소리…… 저는 교회 목사님과 상담을 했습니다. 목사님은 인내심을 가지라고 말해 주셨습니다. 제게 좋은 일이 올 거라고 했습니다. 저는 덫에 걸렸다는 느낌이 들기 시작했으나, 뭘 어떻게 해야 할지 몰랐습니다. 어느 날 저는 나이가 조금 많은 남자를 만났습니다. 눈이 자상해 보이는 남자였습니다. 그 사람은 저와 결혼하기를 원했고, 뒷마당과 앞 베란다가 있는 집을 저에게 주고 싶어 했습니다. 하지만 일이 잘 풀려 나가는 것처럼 보였을 때, 저는 그 사람이 두 건의 커다란 절도죄로 경찰에 수배 중이라는 사실을 알게 되었습니다. 저는 종종 숨을 쉴 수 없을 것만 같은 느낌이 들곤 했습니다. 마구 소리를 지르고 싶고, 물건을 깨부수고 싶은 충동이 일었습니다. 저는 아름다운 미소를 지닌 웨이트리스고, 강변으로 소풍을 가는 아가씨고, 교회 친목회의 다정다감한 숙녀였는데 말입니다. 저는 뭘 어떻게 해야 할지 몰랐습니다. 늘 피곤했습니다. 입가에 주름이 생긴 것을 볼 수 있었습니다. 저는 뭔가를 기다리고 있다는 생각이 들었습니다. 이제 더 이상 남편을 기다리고 있는 게 아니었습니다. 뭔가 다른 것, 더 좋은 것, 다른 마을, 다른 삶을 기다리고 있는 것이었습니다. 저는 어딘가로 떠나야 한다고, 다른 곳에서 살아야 하다고 생각했습니다. 하지만 저 같은 사람이 어디로 갈 수 있겠어요. 결코 오지 않을 뭔가를 기다리면서 제가 태어난 마을에서 평생을 보낸다는 게 있을 수 있는 일인지 의문이 들었습니다. 저는 지금껏 휴가를 받아 본 적이 없습니다. 저는 오랫동안 비상금을 모아 왔고, 그래서 아르카디아에 오게 되었습니다. 그로 인해 모든 게 달라졌다고 말씀드릴 수 있습니다. 본사의 모든 분들은 더없이 친절합니다. 저의 전환 도우미는 매우 자상하고 이해심이 많습니다. 제가 느끼는 감정에 관해 저와 솔직하게 얘기를 나눕니다. 그분은 인생이 그냥 지나가 버렸으며, 헤어날 길이 없다고 느끼는 감정을 부끄러워할 필요가 없다는 걸 제게 보여 주었습니다. 여러분은 소리를 지르고 싶고 도망을 가고 싶지만, 여전히 일어나 일터에 나갑니다. 아무것도 변하지 않습니다. 제 도우미는 제가 여전히 희망에 의해 나 자신을 세상과 연결하고 있다는 걸 제가 볼 수 있게 해 주었습니다. 결코 좋아지지 않으리라는 것을 알면서도 상황이 어떤 식으론가 좋아질 거라고 막연히 생각하는 그 희망에 의해서 말입니다. 제게서 그 희망의 질병이 치료되었을 때, 저는 평화가 찾아든 것을 느꼈고 제가 무엇을 해야 할지 알게 되었습니다.

전망 탑

북서쪽 협곡의 절벽에 자리 잡은 오래된 전망 탑을 방문해 보실 것을 입주자 여러분에게 권합니다. 100여 년 전에 이 지역 채석장에서 채취한 화강암으로 건설한 이 인상적인 구조물은 130미터 높이로 솟아 있으며 659개나 되는 나선식 돌계단이 있습니다. 탑의 꼭대기에는 밖으로 돌출된 전망대가 있는데, 허리 높이의 철제 전망대 난간은 심하게 손상되어 있습니다. 난간 너머에는 절벽에서 30센티미터쯤 튀어나온 바위가 있습니다. 그 전망 탑은 오랫동안 수리하지 않고 내버려 두었기 때문에 조심해서 들어가야 합니다. 햇빛 좋은 낮이나 달빛 밝은 밤에 이 낡은 전망대에 서면 다양한 풍모를 지닌 아르카디아의 빼어난 시골 풍경을 감상할 수 있습니다. 그리고 절벽의 가장자리에 서서 아래를 내려다보면 이곳의 험준한 협곡 중에서 가장 깊은 골짜기를 볼 수 있습니다.

목표 지향적 토론 모임

세심한 사생활 보호가 우리 프로그램의 핵심 요소이긴 하지만, 여러분의 전환 도우미는 주 2회 열리는 본사의 목표 지향적 토론 모임 가운데 하나 이상 참여할 것을 여러분에게 추천할 것입니다. 토론 모임은 이스테이트 호텔 1층에 있는 토론실에서 열리는데, 인생 상담사가 토론을 이끕니다. 집단 토론의 목적은 경험을 공유함으로써 동기 유발을 강화하고 주의력을 집중하는 것입니다. 때로는 며칠 동안, 혹은 몇 주 동안 오솔길과 호수와 협곡과 동굴, 그리고 이곳 휴양지의 다른 어떤 장소들을 탐험하며 혼자서 시간을 보낸 입주자도 이 토론 모임 과정이 귀중한 통찰을 제공한다는 것을 깨닫게 될 것입니다. 이 모임은 여러분의 발달 경로에서 생산적인 전환점으로 판명이 날 '스스로 빛을 발하는 순간'으로 이어질 수도 있습니다. 모든 모임 활동의 참여 여부는 자발적입니다. 모임에는 다과가 제공됩니다.

추천의 글 8

내 인생의 여정에 이런 일이 있을 것 같지 않았지만, 나는 수목이 무성한 협곡에 왔소이다. 뭐랄까, 수렁에 빠진 내 영혼을 위한 장소를 찾아서, 피폐해진 내 자아를 위한 공간을 찾아서 말이외다. 이런 술수로 내 운명을 이겨 내고 밤의 악령들을 달랠 수 있기를 희망했는데, 나는 그만 아! 알고 보니 어느새 아늑한 **슬픔**의 매력에 유혹당하고 말았구려. 솔방울이 떨어져 있는 매혹적인 굽잇길, 부드럽게 어루만지는 동굴, 요염하게 손짓하는 고요한 호숫가…… 이런 것들의 유혹에 빠지고 말았구려. 그리고 당신, 가장 사랑했던 사람, 내 인생의 빛, 사랑스러운 배신녀, 지옥에서 온 웃는 악마, 지금도 몸을 기울여 내 귀에 대고 달콤한 말을 속삭이는 당신, 내 사랑 악녀, 내 심장을 죽이는 그대, 나는 희망이 산산이 찢긴 흑암 속에서 횃불처럼 밝게 빛나는 아르카디아의 밤 속으로 걸어 들어가며 그대에게 다정한 작별 인사를 고하노라.

기다림

때로는 그저 기다리는 것이 최선일 수 있습니다. 언젠가 때가 찾아올 것입니다. 노를 저어 고요한 호수 한가운데로 가서, 잠시 노를 내려놓고 쿠션에 등을 기대십시오. 뒷짐을 진 채 협곡의 가장자리에 서서 밑을 내려다보십시오. 쉼터를 제공하는 나무의 튼튼한 나뭇가지 아래 앉으십시오. 또는 돌우물 근처에 있는 해먹에 등을 대고 누우십시오. 지하 동굴의 캄캄한 통로에서 잠시 걸음을 멈추십시오. 조용히 숨을 쉬면서 귀 기울이십시오. 답은 거기에 있습니다. 때가 찾아올 것입니다.

추가 정보

추가적인 정보나 보충 자료가 필요한 경우에는 우리 회사 홈페이지 arcadiaretreat.com으로 접속해 주시기 바랍니다. 우리는 언제나 여러분에게 양질의 서비스를 제공하고, 이곳 생활이 잊지 못할 경험이 되도록 노력을 다할 것입니다. 여러분이 메인주 출신이든 오리건주 출신이든, 오하이오주의 작은 마을 출신이든 맨해튼의 번화가 출신이든, 레이캬비크 출신이든 뭄바이 출신이든, 그 어디 출신이든 상관없이 아르카디아는 여러분을 기다립니다. 우리는 비록 지도상의 어느 특정한 매혹적인 장소에 존재하지만, 실은 여러분에게서 단 한 걸음 떨어진 곳에 있습니다. 여러분은 이미 우리를 보았습니다. 여러분은 이미 빈터에서, 도시의 공원에서, 정적이 감도는 여름 오후의 드넓은 푸른 하늘에서 얼핏얼핏 우리를 보았습니다. 우리는 저 길모퉁이 근처에 있습니다. 이 길 맞은편에 있습니다. 실은 어디에나 있습니다. 우리에게 오십시오. 오게 될 겁니다.

젊은 가우타마의 쾌락과 고통

The Pleasures and Sufferings of Young Gautama

부왕의 걱정. 어느 한여름 밤, 궁전 보초들만 깨어 있는 시간에 슈도다나 왕은 침실에서 일어나 '고귀한 일곱 쾌락의 정원'으로 향한다. 로즈애플나무 길을 걷는 동안, 달빛은 나뭇가지 사이로 스며들어 그의 팔에 잔물결을 일으킨다. 짙은 꽃향기가 마치 한꺼번에 울리는 피리 연주처럼 감각을 자극하지만 왕은 전혀 기쁘지 않다. 아들에게 뭔가 문제가 있다. 어떻게 그런 일이 있을 수 있을까? 왕자는 모든 사람들이 부러워하는 삶을 누린다. 그 아이는 젊은 신만큼이나 잘생기고, 토론과 씨름에 능하며, 아름다운 여인들의 사랑을 듬뿍 받는다. 현자들의 가르침을 받고, 시종들의 보살핌을 받는다. 친구들은 그를 숭상한다. 야생의 공작새들도 그 아이의 손바닥에서 모이를 먹는다. 만약 왕자가 어떤 것을 원한다는 욕구를 드러내면—그것이 손 모양을 새긴 에메랄드든, 금빛 백조 그림이 그려진 진홍색 천을 씌운 코끼리든, 가슴을 드러낸 무희든 간에—그의 소망은 즉시 충족된다. 그는 건강하고, 강하고, 젊고, 부유하다. 아내는 아름답다. 결혼 생활은 행복하다. 시인들은 그를 찬미한다. 그런데도 이 나라의 모든 아들 중에서 가장 운 좋은 이 아들은, 젊은이들의 본보기고 거울이며 강력한 왕국의 유일한 후계

자인 이 왕자는 외딴곳을 찾아가, 그곳에서 한 번에 몇 시간씩, 또는 며칠씩 세상과 떨어져 혼자 지내곤 한다. 전령이 왕에게 보고한 바에 따르면, 그런 경우 왕자는 400개의 나무 그늘 쉼터 가운데 한 곳에서 조용히 걷거나, 200개의 호숫가와 연못가 가운데 어느 한 곳의 나무 아래서 꼼짝 않고 앉아 있곤 한다는 것이다. 최근 들어 혼자 떨어져 지내는 경우가 점점 더 잦아졌다. 사랑의 밀회 때문이 아니다. 만약 그렇다면 왕은 기뻐할 것이다. 그게 아니라 얼마간 순수하지 못한 뭔가가 있는 듯하다. 거부하는 뭔가가, 내적인 것에 침잠하는 뭔가가 있는 듯하다. 아들에게 어떤 내적 상처나 비밀스러운 고통이 있는 것은 아닐까? 한데 그 같은 의기소침한 기간은 갑작스레 끝나고, 젊은 왕자는 아무 일도 없었던 것처럼 친구와 동료들에게로 돌아온다. 왕자는 이내 태양 아래서 크게 웃고, 코끼리를 타고, 기쁨에 겨워 소리 지르고, 자신의 후궁들 사이를 배회한다. 물론 왕자가 오로지 기나긴 밤 동안의 쾌락을 위해 써 버린 기력을 회복할 셈으로 혼자 떨어져 지내기를 선택하는 것은 얼마든지 가능하다. 하지만 왕은 여전히 미심쩍다. 왕자의 은거에는 뭔가 불온한 것이 있다. 뭔가 위험한 것이 있다. 왕은 그 원인을 밝혀낼 것이다. 슈도다나 왕은 갑자기 로즈애플나무의 길에서 걸음을 멈춘다. 환한 달빛에 물든 왕 앞에 짙은 빛깔의 새 깃털이 떨어져 있다. 짜증이 밀려온다. 내일 아침 수석 정원사에게 얘기할 것이다.

여인들 사이를 걷다. 햇빛과 그늘이 함께 드리운 주랑 현관에서 가우타마 싯다르타 왕자는 자신의 후궁들 사이를 걷는다. 여인들은 열린 출입구를 통해 그가 지나가는 것을 지켜보면서 유혹과 정숙함이 어우러진, 예를 갖춘 태도로 그의 주의를 끈다. 후궁들은 아름답고 쾌활하고 류트 연주를 잘하는 것으로 유명하다. 또한 성적인 쾌락을 일깨우고 지속시키는 기술로도 유명하다. 그들은 엉덩이를 감싸며 어깨 위로 늘어뜨린 반투명한 유채색 실크를 통해서 자신들의 육체의 비밀을 감추고 드러낸다. 손가락 끝과 발바닥은 진홍색 염료로 밝게 물들어 있다. 발목에는 조그만 방울들로 장식된 발찌를 차고 있다. 이곳에는 밤하늘의 8만 4,000개의 별에 상응하는 8만 4,000명의 후궁이 있다고 한다. 2만 명의 무희가 있다고 한다. 왕자는 하룻밤에 열두 명의 후궁을 만족시킬 수 있다고 한다. 왕자는 지금 빛의 칼처럼 그가 가는 길을 가로지르며 누워 있는 빛살을 통과하면서 주랑 현관을 천천히 걷고 있다. 열려 있는 출입구를 통해 기다란 의자에 누워 있거나 술이 달린 노랗고 파란 방석에 앉아서 하녀가 머리 빗질을 해 주는 동안 목을 구부리고 있는 후궁들의 모습이 눈에 들어온다. 한 젊은 여인이 앞으로 나서며 왕자가 지나가는 것을 지켜본다. 그녀의 실크 옷은 참파카꽃 빛깔 같은 노란색이고, 머리는 검은 벌의 몸통처럼 윤기가 흐른다. 그녀는 눈을 위아래로 움직여 왕자에게 유혹의 신호를 보낸다. 가우타마는 그녀를 향해 빙그레 미소 지으며 계속 걸어간다. 왕자의 귀에 발찌에 달린 방울들이 날카롭게 울리는 소리와 궁전의 둥근 지붕과 첨탑을 장식한 작은 종들이 희미하게 울리는 소리가 들린다. 왕자는 주랑 현관의 끝에서 햇빛 속으로 발을 들여놓는다. 짧게 깎인 잔디는 공작새 목털처럼 윤나는 초록빛이다. 그 잔디가 맨발바닥에 부드럽게 밟힌다. 그는 여인들의 거소에서 새어 나오는 잔물결 같은 웃음소리와 류트의 현을 켜는 소리를 들으며 계속해서 느린 걸음으로 걸어간다.

세 궁전. 가우타마 왕자의 세 궁전은 '여름 궁전', '겨울 궁전', '비바람 철 궁전'이다. 여름 궁전의 바닥은 서늘한 대리석으로, 바닥 중간중간에 여러 개의 분수와 풀장, 그리고 물이 흐르는 좁은 물길이 있다. 겨울 궁전은 삼나무 판벽으로, 그리고 불과 태양의 모습이 직조된 두꺼운 카펫으로 유명하다. 비바람 철 궁전은 자연의 소리를 차단하는 두꺼운 벽이 있으며, 내부에는 무희, 류트 연주자, 곡예사, 마술사, 무대 연극을 하는 숙련된 배우들에게 하사한 많은 기쁨실이 있다. 세 개의 궁전은 도시의 서로 다른 외딴 지역에 자리 잡고 있는데, 경비가 삼엄한 넓은 지하 통로로 서로 연결된다. 그리고 각각의 통로는 모두 왕의 궁전과 연결된다. 많은 뜰과 계단, 수백 개의 방, 넓은 정원과 공원과 그늘 쉼터가 있는 왕자의 각 궁전은 네 개의 문이 달린 높은 성벽으로 둘러싸여 있다. 가우타마는 자주 지하 통로로 다녔지만, 스물아홉 해 동안 그 성벽 너머로 나가 본 적은 한 번도 없다. 어렸을 때 언젠가 한번 부왕과 함께 왕실 마차를 타고 어느 왕실 공원 깊숙한 곳으로 간 적이 있었다. 멀리서 성벽의 꼭대기가 보였다. 그는 그곳을 가리키며 그 너머에는 무엇이 있는지 부왕에게 물었다. 부왕은 엄숙한 표정으로 그를 바라보더니 한 팔을 휙 저으며 말했다. "저곳엔 아무것도 없다. 모든 게 다 여기 있다." 그러고는 급히 마차를 돌려서 왔던 길로 되돌아갔다.

의기소침. 가우타마는 격자 형태의 담에 설치된 문을 닫고 '고요한 기쁨 그늘 쉼터'의 길을 걷는다. 쉼터의 지붕은 인공적으로 엮어 짠 작은 가지와 큰 가지로 이루어져 아소카나무의 이파리 사이로 아른아른 새어 들어온 햇살을 부드럽게 누그러뜨린다. 주홍빛 꽃의 향기가 대기에 가득하다. 꽃향기가 그의 얼굴을 어루만지는 손처럼 느껴진다. 그 길은 물빛이 검은 연못으로 이어지는데, 연못 중앙에는 돌 분수가 있다. 열두 개의 대리석 동물 조각상의 입에서 물이 솟구쳐서 원형으로 부드럽게 흩어져 내린다. 가우타마는 연못 가장자리 풀밭 위에 모로 눕는다. 분수에서 나는 물소리, 검은 빛깔의 물에서 노니는 세 마리 백조, 아소카꽃 향기, 그늘 속으로 점점이 스며든 햇빛, 이 모든 것들이 그에게 위안이 된다. 그런데 왜 자신에게 위안이 필요한 것일까, 그는 스스로 묻는다. 자신의 감각에 대해서 의문을 제기하는 것이 습관화된 탓이다. 만약 정말 자신이 위안을 필요로 한다면 그건 자신이 필요로 하는 모든 것일 터이다. 왜냐하면 그는 다른 모든 것을 가지고 있다는 사실을 잘 알고 있기 때문이다. 사랑하는 아내와 아들, 그의 감각을 저릿저릿하게 하는 후궁과 무희들, 궁전과 정원, 친구와 동료, 악사, 코끼리, 마차, 중국과 아라비아에서 배로 운반되어 자신의 앞 그릇에 놓이는 진귀한 과일 등등을 다 가지고 있다는 것을 잘 알기 때문이다. 그의 인생은 쾌락의 잔치다. 그런데도 그는 상심한 연인처럼 고요한 기쁨 그늘 쉼터에 모로 누워 있다. 하지만 그는 상심한 연인이 아니다. 그렇다면 무엇인가? 주색을 밝히는 탕아? 더 많은 것을 원하고 욕구하고 갈망하는 불안정한 불평분자? 정확히 무엇이란 말인가? 그러나 어쩌면 그는 근본적으로 잘못 생각하고 있는지도 모른다. 어쩌면 고독 자체도 쾌락에 속하는 것으로 분류되어야 하는지도 모른다. 만약 그렇다면 그는 단지 또 다른 쾌락을 경험하기 위해 여기 온 것이다. 나는 사람이 바랄 수 있는 모든 것을 가졌다, 가우타마는 생각한다. 나는 행복하지 않을 수가 없는 사람이다. 그는 자신의 입가에 씁쓸한 미소가 어리는 것을 느낀다.

성벽. 여름 궁전을 둘러싼 높은 성벽은 삼나무로 만들어졌는데, 그 두께가 왕실 코끼리의 코에서 꼬리까지의 길이의 세 배나 된다. 벽은 중간 높이까지는 흰 꽃이 핀 두꺼운 덩굴식물로 덮여 있어서 거대한 산울타리 같은 모습을 띠고, 그 위로 솟은 짙은 빛깔의 윗부분은 수목 한계선 위쪽의 산처럼 보인다. 네 성벽에는 각각 두 개의 성문이 있는데, 하나는 내부에, 하나는 외부에 있고 하나의 통로로 연결된다. 활과 커다란 양손 검으로 무장한 왕실 수비대가 안에서 그 성문들을 지킨다. 외부 성문은 수비대가 교대할 때에만 열린다. 내부 성문은 한 번도 열린 적이 없다. 외부와 내부 성문은 적의 침략에 대비하여 만들어졌으므로, 만약 도시의 성벽이 무너진다면 병사와 백성들은 안전한 궁전 경내로 들어올 수 있게 허용될 것이다. 도시의 성벽은 난공불락이며 왕의 군대는 무적이므로 그런 일은 없을 거라는 것을 수비대는 알고 있다. 성문의 목적 가운데 더 은밀한 것은 왕자가 밖으로 나가려는 모험을 감행할 경우에 이를 막도록 훈련된 전사들을 감추어 두는 것이다.

찬다가 왕을 알현하는 자리에서. 정오에 알현실에서 찬다가 슈도다나 왕과 함께 한 줄로 늘어선 윤나는 기둥들을 따라 걷는다. 기둥은 조각을 하고 그 위에 채색한 사자, 코끼리, 앵무새 등으로 장식되어 있다. 찬다는 왕자가 둘째 날 아침에 고요한 기쁨 그늘 쉼터에서 나타났는데, 쉼터에서 나오면서 왕자를 잘 아는 사람들을 불안하게 만드는 농담을 던졌다고 왕에게 아뢴다. 왕자의 웃음은 너무 야단스럽고 짧았으며 입 밖에 나오기 무섭게 시들해졌다고 덧붙인다. 그 후 가우타마는 활쏘기 시합에 참여하여 쉽게 이겼으며, 두 시간 동안 여인들의 거소 속으로 사라졌다가 화려한 웃음과 어두운 눈빛을 한 모습으로 돌아왔다고 아뢴다. 왕은 아들을 괴롭히는 것이 무엇이냐고 묻는다. 찬다는 왕에게, 가우타마에게는 늘 갑작스럽게 자기 안으로 침잠하는 시기가 있었음을 상기시킨다. 어렸을 때에도 갑자기 심각해져서 기둥 그늘에 혼자 앉아 있곤 했다는 것이다. 그것은 부분적으로는 기질의 문제고 부분적으로는, 이처럼 중대한 문제에 감히 자신의 보잘것없는 의견을 제시해도 된다면, 다른 어떤 문제라고 말한다. 왕은 조바심을 내며 계속 얘기하라고 명령한다. 찬다는 단어를 신중하게 선택하면서, 왕자가 이 세상의 것들에 관심을 갖게 하려고 왕자를 위해 왕이 세심하게 마련해 준 쾌락의 삶은 불가피하게 신물이 날 만큼 싫어지는 시기에 이르게 된다고 설명한다. 그때가 되면 가우타마는 갈증을 해소한 사람이 우물에서 돌아서듯이 쾌락으로부터 물러날 것이다. 왕의 철학자들은 감각에 탐닉하는 삶에 내재하는 역겨움에 대해서 되풀이하여 경고했었다. 그러므로 명상의 삶에 끌리는 정도를 늘리는 일 없이 감각적 자극의 삶에 대한 왕자의 의존도를 줄이는 것이 치유의 방법이라는 게 찬다의 견해다. 필요한 것은 중도라고 찬다는 생각한다. 적절한 쾌락과 일거리—하룻밤에 한두 명의 여자, 매일매일의 씨름 시합과 도보 경주, 즐거운 산책과 대화, 저녁 식사에 곁들인 쌀 맥주나 나무사과주 한 잔—로 이루어진 삶이 필요하다고 생각한다. 이런 중도적인 삶은 존재의 의미나 삶을 살아가는 올바른 방법 따위에 관한 위험한 질문에 매달리고 싶은 유혹에 빠질 수 있는 남아도는 빈 시간을 남기지 않는다. 문제는 그런 규제를 강요하는 데 있다. 왕자는 비록 모든 것에 자애롭고 정중하긴 하지만, 자기 뜻대로 살아가는 것에 익숙하기 때문이다. 왕은 찬다의 팔에 손을 내려놓는다. "그대를 믿는다." 찬다는 가우타마가 가장 친애하는 친구이면서 왕의 충성스러운 신하다. 찬다는 그러한 칭찬이 부담스러워 마음이 불안하다. 그는 팔을 빼지 않으려고 의식적으로 조심한다.

여섯 다리 공원에서 일어난 일. 날씨가 온화한 늦은 오후, 가우타마는 찬다와 함께 여섯 개의 다리가 있는 공원을 산책한다. 여섯 개의 개울이 공원을 흐르고, 각각의 개울 위로 서로 다른 색깔의 다리가 놓여 있다. 가우타마는 찬다에게 자신의 영적 부조화에 대해서, 자신의 내부에 드리운 그림자에 대해서 얘기하고 싶었다. 하지만 지금, 온화한 대기 속을 나아가며 '행복의 개울' 위의 '노란 다리'를 건너기 시작하는 지금, 그의 감각은 하얀 조약돌과 붉은 모래 위로 움직이는 물소리에 활짝 열려 있다. 그의 감각은 부드러운 햇빛에, 맨어깨에 닿는 실크 숄의 감촉에, 연푸른 하늘 위로 갑자기 날아오르는 한 마리 새의 비상에 활짝 열려 있다. 그의 문젯거리는 막연하다. 멀리 있는 물체의 어렴풋한 반짝임 같은 것이다. 게다가 친구에게 자신의 무거운 마음을 털어놓는 것은 친구의 등에 자신의 짐을 지우는 일이 되는데, 찬다의 등은 자신의 등만큼 튼튼하지 않다. 그는 찬다를 흘끗 쳐다본다. 찬다는 뭔가 생각에 잠겨 있는 것 같다. 자신이 요즘 찬다에게 별로 주의를 기울이지 않았다는 생각이 떠오른다. 찬다는 그 자신의 문제를 얘기할 기회만을 기다리고 있는지도 모른다. 하지만 그 생각은 자신의 어둠의 기억처럼 가볍게 마음을 스치고 지나간다. 그는 지금 세상과 화해하고 평화를 이룬 기분이다. 두 친구는 노란 다리를 지나 나뭇가지들이 서로 얽혀서 이룬 그늘 아래 길로 들어선다. 미세한 안개처럼 녹색 내음이 코끝으로 올라온다. 갑자기 가우타마는 눈앞에서 나뭇잎 하나가 가지에서 떨어져 나와 땅으로 떨어지기 시작하는 것을 본다. 그는 깜짝 놀라서 걸음을 멈춘다. 나뭇잎은 천천히 아래로 나풀나풀 떨어진다. 가우타마는 눈으로 보고 있는 것을 믿을 수가 없다. 그것은 구름이 하늘에서 떨어지는 것과도 같다. 바위가 위로 솟아오르는 것과도 같다. 어린 시절 어느 오후에 있었던 일이 희미하게 떠오른다. 나뭇가지에서 어떤 녹색의 물체가 나풀나풀 떨어졌을 때였는데, 부왕은 그것을 왕실 마술사가 수행한 요술이라고 말했다. 근처 나무에서 어떤 소리가 들린다. 녹색 어깨 망토를 두른 공원 관리자 두 명이 길 위로 뛰쳐나온다. 한 명은 손을 뻗어 떨어지고 있는 그 나뭇잎을 잡고, 다른 한 명은 자루를 쑥 내민다. 자루 안으로 첫 번째 사람이 나뭇잎을 떨어뜨린다. 두 사람은 왕자에게 깊이 고개 숙여 절한 뒤 다시 나무들 속으로 물러난다. 그 모든 일이 삽시간에 일어나서 가우타마는 자신이 한낮의 열기에 의해서, 혹은 구름 한 점 없는 여름 오후의 아뜩한 졸음 상태에서 환상을 보거나 꿈을 꾼 게 아닐까, 생각한다. 그는 찬다를 쳐다본다. 그러나 찬다는 그의 시선을 피한 채 길이 굽어진 곳에 세워진 정자에 대해 얘기하기 시작한다. 둘이 잠시 거기 앉아서 여섯 개의 개울, 여섯 개의 다리와 더불어 첨탑과 황금빛 둥근 지붕을 머리에 인 멀리 보이는 궁전의 모습을 감상할 수 있을 거라고 얘기한다.

찬다 홀로 있는 시간. 찬다는 자기 방에 홀로 있다. 돗자리 위에 꼼짝 않고 앉아 있는 찬다의 얼굴과 맨가슴 위로 따뜻한 햇살이 비친다. 몸의 나머지 부분은 그늘에 묻혀 있다. 찬다는 그런 식으로 몸이 둘로 나뉜 것은 참으로 적절한 상징이라고 생각한다. 그것은 둘로 나뉜 자신의 내면 상태를 보여 주는 외적 표시인 것이다. 그는 가우타마의 가장 가까운 동반자이며 가장 사랑하고 가장 진실한 친구인 것이 사실이지만, 가우타마를 위해서라면 뭐든 다 할 것이며 기꺼이 목숨까지 바칠 것이라는 게 사실이지만, 그와 동시에 자신은 친구인 가우타마를 몰래 감시하며 왕에게 비밀히 보고 한다는 것도 사실이기 때문이다. 어떻게 일이 이렇게 되었을까? 가우타마에 대한 찬다의 사랑은 의심할 여지가 없다. 둘은 아주 어렸을 때부터 가까운 친구 사이였고, 해가 갈수록 찬다의 사랑은 깊어만 갔다. 찬다는 가우타마를 위해서 살고 있으며, 가우타마의 행복에서 삶의 의미를 찾는다고 해도 지나친 말이 아니다. 가우타마의 마음속에서 일어나는 느낌은 가우타마에게서 나와 찬다에게로 흘러들기 때문에 찬다는 가우타마의 내면의 모습을 잘 알고 있다. 만약 가우타마가 한순간이라도 불만스러운 일을 겪는다면 찬다는 밤새도록 잠을 이루지 못한다. 그런데 어떻게 친구를 몰래 지켜본 다음 왕에게 보고할 수 있단 말인가? 찬다는 자기가 하는 모든 일은 친구를 위해서라고 말하며 스스로의 비난에 스스로 답한다. 왕을 비밀리에 만나는 것은 가우타마의 불행을 치유하기 위한 것이라고 자문자답해 본다. 그는 자신의 주장에 숨겨진 역설을 이해한다. 자신은 지금 친구에 대한 충성심이 너무 깊어서 충성을 위해 기꺼이 불충을 하는 거라고 주장하고 있는 것이다. 그러나 비록 성격이 열정적이며 과격한 게 사실이라 해도 찬다는 명료하게 생각하도록 훈련받은 사람이다. 따라서 불충의 행위는 충성의 행위와 같지 않다는 것을 너무나도 잘 알고 있다. 어쩌면 왕의 명령을 수행함으로써 그는 충성스러운 신하가 되었다고, 더 높은 충성심을 따르고 있다고 말하는 게 좀 더 정확할지도 모른다. 하지만 찬다는 우정에 충성하는 것보다 더 고귀한 충성이 있다고는 믿지 않는다. 물론 자신이 선천적으로 불충스러운 사람, 부정직한 사람, 믿을 수 없는 친구, 자신의 이익을 추구하며 자신만 생각하는 존재일 수도 있다. 그렇지만 찬다는, 지나치게 겸손할 때가 있고 자신을 철저히 책망하는 성격이긴 하지만, 자기가 이런 종류의 사람이라고 생각하지는 않는다. 그렇다면 진실은 무엇인가? 진실은 가우타마를 위해서 절대 밝힐 수 없는 한 가지 비밀이 자신을 가우타마와 갈라놓고 있다는 것이다. 궁중 사람들은 모두 그 비밀을 알고 있다. 찬다는 수년 전에 알현실에서 왕으로부터 직접 그 비밀을 들었다. 왕이 찬다에게 비밀을 누설하면 죽음의 고통을 당하게 된다는 것을 맹세하게 한 뒤에 알려주었던 것이다. 그 비밀은 한 현자의 예언이 있었던 가우타마의 출생 때로 거슬러 올라간다.

현자의 눈물. 왕자가 태어났을 때, 한 현자가 새로 태어난 왕자를 축하하러 왕궁에 왔다. 왕자를 품에 안았을 때 현자는 비통한 눈물을 흘리기 시작했다. 왕은 두려움에 떨면서 자기 아들에게 닥칠 끔찍한 불행이 무엇인지 알려 달라고 덕이 높은 그 현자에게 간청했다. 현자는 그 아이는 위대하게 될 운명이라고 대답했다. 만약 아이가 궁전에서 살게 된다면 언젠가는 전 세계를 다스리게 될 것이고, 만약 아이가 속세의 연을 끊고 수행자의 삶을 선택한다면 깨달은 자가 될 것이라고 말했다. "그런데 왜 눈물을 흘립니까?" 왕은 아들이 가난과 명상의 삶을 위해 속세의 위대한 인물이 되기를 포기할지도 모른다는 가능성에 두려움을 느끼며 그렇게 물었다. "왜냐하면," 현자가 말했다. "나는 깨달은 자를 볼 수 있을 때까지 살지 못할 것이기 때문입니다." 왕은 그 순간부터 아들을 이 세상의 쾌락에 매이게 하겠노라고 맹세했다.

햇빛 속 고양이. 찬다와 함께 여섯 다리 공원에서 산책을 하고 난 며칠 뒤 어느 날 오후, 가우타마는 여름 궁전의 북동쪽 건물 안뜰에 있는 주랑 현관을 거닐고 있다. 이곳에는 음악가들의 방들이 있다. 열린 출입구를 통해서 류트의 현을 켜는 소리와 탬버린을 치고 찰랑거리는 소리, 목관 플루트의 새소리, 소라고둥 부는 소리 등이 들린다. 날은 환하고 무덥다. 젊은이들이 방에서 편히 쉬고 있는 모습을 볼 수 있다. 붉은색과 녹색으로 염색한 깔개에 앉아 있거나 기다란 의자에 등을 대고 누워 있는데, 윗옷을 입지 않아서 허리께까지 알몸이 드러나 보인다. 그들의 어깨가 반짝거린다. 지금 왕자는 예의 그 어두운 기분과 홀로 떨어져 앉아 여러 가지 것들의 의미를 곰곰이 생각해 보고자 하는 갈망이 완전히 사라져 버려서 그런 것을 일반적으로만 막연히 기억할 수 있을 뿐이다. 마치 청명한 한낮에 소나기를 기억하듯이 말이다. 그는 음악가들에게 따뜻한 애정을 느낀다. 그 이유는 부분적으로는 그들이 나무와 고둥 껍데기와 짐승 가죽을 실크나 황금보다도 더 아름다운 소리로 변형하는 재능을 갖고 있기 때문이지만, 무엇보다도 고독한 존재이면서도 시시때때로 자신들의 고독을 버리고 함께 모여 소왕국을 형성하기 때문이다. 그늘진 따뜻한 주랑 현관에서 가우타마는 나른한 행복감을 느낀다. 아늑한 햇빛과 그늘, 커튼을 걷은 출입구, 자신의 손가락에 낀 반짝이는 보석들, 파란 하늘과 백조 같은 구름, 녹색 잔디밭의 조약돌 길, 자신의 맨발에 대리석 산책길이 부드럽게 밟히는 소리…… 안뜰의 모양을 따라 주랑 현관이 꺾이는 곳에서 그는 왼쪽으로 몸을 돌린다. 여기서는 햇빛이 비껴

들면서 그늘진 기둥 옆면과 볕이 든 기둥 옆면이 갈마드는 재미있는 무늬를 만들고 있는데, 그 모양이 부왕의 궁전 복도에 있는 벽화를 닮았다. 햇볕이 내리쬐는 기둥 발치에서 자고 있는 하얀 고양이가 가우타마의 눈에 들어온다. 등은 아름다운 곡선을 이루고 있고, 우아한 자세로 굽힌 머리는 뒷발 사이에 파묻혀 있으며, 꼬리는 뒤쪽 옆구리에 놓여 있다. 완벽한 원을 이룬 모습이다. 가우타마가 가까이 다가가자 하얀 원이 망가지기 시작한다. 고양이가 길게 몸을 편다. 앞다리를 앞으로 뻗고, 뒷다리를 뒤로 쭉쭉 뻗는다. 고양이의 몸이 기쁨으로 부르르 떨린다. 고양이는 재빨리 다리를 거두어들이고 나서 앞발 하나를 얼굴에 갖다 대고 그대로 가만히 있다. 가우타마는 계속 걷는다. 하지만 이제 더 이상 마음이 편치 않다. 자신이 그 고양이인 게 아닐까? 자신의 쾌락의 햇빛 속에서 몸을 쭉 펴고, 나날의 만족 속에서 몸을 웅크리고 지내며, 햇빛 속에 누워 잠을 자는 자신은 그 고양이가 아닐까? 만약 자신이 깨어나야 한다면? 류트의 현이 울리는 소리와 탬버린의 찰랑거리는 소리가 점점 더 커지는 것 같다. 그 소리들이 돌에 부딪는 칼처럼 그의 신경을 긁는다. 가우타마는 조바심이 나는 것을 느끼며 안뜰을 가로질러 서늘한 복도로 들어간 다음 길 위로 나선다.

한 쌍의 백조. 토담에 난 아치형 출입문을 통해서 왕자는 조그만 숲으로 들어간다. 숲은 '고독의 호수'로 이어진다. 왕자는 호수 가장자리에 있는 높은 미모사나무 그늘 아래 풀밭에 앉는다. 백조들이 흰색, 붉은색, 푸른색 연꽃 사이를 미끄러지듯 헤엄쳐 나아간다. 백조 밑으로 또 다른 백조들이, 그가 어렸을 때부터 좋아했던 몸을 거꾸로 뒤집은 백조들*이 헤엄쳐 나아간다. 두루미 두 마리가 맞은편 물가 근처 물속에 서 있다. 가우타마는 평온함이 내려앉기를 기다린다. 자기 주변의 모든 것은 다 평온하다. 미모사 꽃, 백조 밑의 백조, 두 마리 두루미, 잔잔한 물 등이 다 평온하다. 그가 아치형 출입구를 통해 들어온 것만큼이나 확실하게 주변의 모든 것들이 그의 마음속으로 들어와서 그를 평온하게 해 줄 것이다. 그는 미모사나무 아래에서 두 손바닥을 무릎 위에 내려놓은 채 가부좌를 틀고 기다린다. 태양이 하늘을 가로지르며 많은 거리를 이동했지만 평온함은 오지 않는다. 자신의 외부에, 주변의 모든 곳에 평온함이 있지만 그 자신은 평온하지 못하다. 그는 완강하게 호수 가장자리에 앉아 기다린다. 여기 온 게 실수였을까? 자신은 무엇을 찾고 있는 걸까? 근처에서 백조 한 마리가 날아오르려는 것처럼 날개를 들어 올린다. 하지만 날지는 않는다. 날개가 물에 살짝 잠긴다. 조그맣게 물결이 인다. 백조 밑의 또 다른 백조가 일그러진다. 가우타마는 생각한다. 나는 날지 않는 저 백조다. 그리고 또 생각한다. 나는 검은 물속에 있는 백조 밑의 백조이다. 공기는 잔잔하다. 백조 위의 백조와 백조 밑의 백조가 조금 더 가까이 온다. 그는 미모사나무 그늘 속에서 두 개의 짙은 오렌지색 부리와 윤기 나는 꿀벌 빛깔처럼 까만 두 눈을 볼 수 있다. 한 쌍의 백조는 더 가까이 다가오면서 점점 더 커지고 점점 더 백조다워진

* 물에 비친 백조를 말한다.

다. 이윽고 그 백조가 그 앞에서 날개를 펼치며 날아오른다. 그는 땀에 젖은 것처럼 젖은 깃털의 냄새를 맡을 수 있다. 네 개의 날개는 점점 더 넓게 펼쳐져서 마침내 호수의 양 끝에 닿는다. 그것은 백조 신이다. 백조 괴물이다. 날개가 그의 입과 눈 속으로 들어온다. 그는 숨을 쉴 수가 없다. 그 백조가 사방에서 울려 나오는 목소리로 말한다. "너는 네 인생을 낭비하고 있다." 가우타마는 눈을 꼭 감고 힘주어 나무에 등을 기댄다. 잠시 후 눈을 뜬다. 가우타마는 자기 앞에 펼쳐진 평온한 호수를 보고, 여름 오후의 연꽃 사이를 미끄러지듯 나아가는 백조 위의 백조를 본다.

야소다라의 슬픔. 아름답다는 칭찬이 세 궁전에 자자하게 퍼진 가우타마의 아내 야소다라는 남편이 후궁들 사이에서 배회해도 속상해하지 않는다. 야소다라는 그 후궁들도 무희와 마찬가지로 아들의 즐길 거리를 위해 슈도다나 왕이 마련해 주었다는 것을 너무나도 잘 알고 있다. 그녀 자신은 류트 연주와 천문학에 능숙한 것 못지않게 사랑의 여든네 가지 기술에 능통하며, 자신이 남편에게 주는 성적 쾌락에 대해 전혀 의심하지 않는다. 그녀는 때때로 남편을 기쁘게 하려고 입술을 붉은 랙으로 물들이고, 곱게 빻은 백단향 가루로 만든 로션을 몸에 바르고, 머리 가르마를 따라 보석 장신구들을 꽂는다. 종종 '변치않는 젊음의 풀장'에서 나올 때면 그녀의 머리는 검은 햇빛처럼 빛나고 엉덩이는 강물처럼 반짝이는데, 이럴 때 그녀는 왕자를 자기에게로 끌어당기는 힘을 느낀다. 왕자가 외딴곳을 찾아가고 아무와도 말을 하지 않을 때도 그녀는 속상해하지 않는다. 야소다라는 결코 외롭지 않다. 시녀들과 친구들에 둘러싸여 있으며, 젊은 아들에게서 기쁨을 얻기 때문이다. 그리고 세 궁전의 삶—음악과 춤, 자주 찾아오는 극단 배우들, 풍성한 연회, 운동 경기, 그녀에게 올바른 말, 올바른 행동, 하늘의 본성에 대해 가르쳐 주는 스승 및 철학자들과의 정원 산책—을 사랑하기 때문이다. 그녀 자신도 때때로 고독과 침묵 속으로 침잠하고 싶고, 쾌락적인 삶에서 물러나 자신의 존재의 방으로 들어가고 싶은 욕구에 사로잡힌다. 따라서 그녀는 가우타마가 때때로 홀로 사색에 잠기기 위해 궁정 세계를 버려야 한다는 것을, 심지어 아내도 버려야 한다는 것을 이해한다. 이 어떤 것도 그녀를 불행하게 하지 않는다. 모든 여자 중에서 가장 행복한 여자인 야소다라는 가장 행복한 때에만 불행하다. 사랑하는 남편과 함께 누워, 남편이 자신의 뺨을 부드럽게 어루만지는 동안 남편의 눈을 들여다볼 때면 남편의 눈에서 어두운 그림자를 보게 된다. 그럴 때가 그녀는 불행한 것이다. 그것은 소외의 그림자다. 다른 어딘가의 그림자다. 야소다라는 '행복의 정원'에서 손을 맞잡고 함께 산책할 때도 그이 안에서 그 그림자를 느끼고, 그녀의 얼굴을 향해 부드럽게 손을 뻗는 그이가 거기 없는 것 같을 때도 그이 안에서 그 그림자를 느낀다. 그이는 거기 있지만, 동시에 거기 없다. 그녀는 그이의 웃음소리에서 그 그림자를 듣고, 아름다운 어깨 곡선에서 그 그림자를 본다. 그이가 그녀의 눈을 들여다보며 "사랑해" 하고 속삭일 때도 그녀는 그 말 깊숙한 곳에서 어둠 속에 홀로 있는 남자의 절규를 듣는다. 이런 것들이 야소다라의 슬픔이다.

찬다의 계획. 고독의 호수를 둘러싼 토담에 난 출입문으로 가우타마가 들어가고, 이어 그 문이 닫히는 것을 지켜보고 있는 동안, 찬다의 마음속에 그림 하나가 떠오른다. 울고 있는 젊은 여자 그림이다. 그는 이 그림의 의미를 이해하지 못한다. 그럼에도 그는 익숙한 흥분을 느끼는데, 왜냐하면 착상은 항상 그런 식으로, 점진적으로 이해되는 그림의 형태로 그에게 오기 때문이다. 그는 여름 궁전으로 돌아와서 지하 통로로 내려가 자신을 왕궁으로 데려다줄 마부를 호출한다. 슈도다나 왕은 숲속으로 사냥을 나가고 없다. 찬다는 '인내실'의 기둥이 있는 구석진 곳에서 왕을 기다린다. 그의 마음속 그림이 의미를 드러낸 것은 바로 이곳, 상아에 칼을 장착한 전투 코끼리 벽화 아래서다. 찬다는 그날 늦게 알현실에서 왕 옆에 붙어 걸으며 자신의 계획을 아뢴다. 왕자가 계속해서 은둔하려는 것, 고독을 갈망하는 것, 의기소침, 불만족, 이것들은 모두 세상의 쾌락에 점점 시들해진다는 표시가 아니고 무엇이겠습니까? 이런 말들은 새로운 얘기가 아니다. 전에도 왕과 찬다는 이런 문제에 관해 논의했었다. 새로운 점은 불만의 강도가 심해졌으며 내적 위기가 곧 닥칠 것만 같은 느낌이다. 그동안의 치료법은 항상 기존의 쾌락을 강화하고 새로운 쾌락을 제공하는 것이었다. 찬다는 왕에게 '금단의 사랑 길 스물네 곳'에서 뛰어난 환관들에게 훈련받은 젊은 후궁들을 상기시킨다. 이어 궁전의 새 건물에 최근 마련한 그림자 인형 극장을 상기시킨다. 그런데 결과는 언제나 똑같았다. 가우타마는 한동안 쾌락의 세계로 이끌렸다가 역겨움이 찾아들 때면 전보다 더 격렬히 외면하고 돌아서는 것이었다.

찬다의 새 계획은 왕자를 감각적 세계에 묶어 놓는 전략으로 사용한 쾌락이 실패했음을 고려한 계획이다. 그는 다른 방법으로 가우타마를 유혹할 것을 제안한다. 바로 반反쾌락 자체로, 말하자면 불행의 유혹으로 가우타마를 꾀자는 것이다. 찬다 자신도 인정하듯이 그것은 위험한 방안이다. 세 궁전 생활에서는 모든 불행의 징후가 엄격히 차단되기 때문이다. 후궁이 눈물 한 방울만 흘려도 그 후궁은 추방되는 벌을 받는다. 수행원이 넘어져 팔이 부러진 경우에도 계속해서 미소 띤 표정을 짓는 데 실패하면 그는 즉시 왕자의 수행원단에서 제거된다. 사람, 말, 공작새 등은 결코 죽지 않는다. 사라질 뿐이다. 가우타마는 고통 없고 괴로움 없는 세상에서 걷는다. 정확히 이런 이유로 찬다는 별도로 마련한 슬픔을 자아내는 장소가 의기소침한 왕자에게 훌륭한 효과를 낼 수 있다고 확신한다. 다른 남자들이 투명한 실크 속에서 간드러지게 움직이는 후궁의 엉덩이에 끌리는 것처럼 왕자는 그 슬픔의 장소에 끌릴 거라고 확신한다. 황공한 말씀이오나 지혜로우신 국왕 폐하께서 그 가능성을 받아들이신다면…… 왕은 조바심치며 손을 흔들어 말을 끊고 그의 계획을 허락한다. 왕은 아들의 상태에 점점 절망적인 기분이 들어서 자신의 불행도 커지고 있다고 고백한다. 어젯밤만 해도 새로운 무희와 세 번째 쾌락을 즐기는 동안 갑자기 자신이 세상을 피해 그늘 쉼터의 담 너머로 들어간 아들을 생각하고 있다는 것을 깨달았다. 쾌락의 기교에 능숙한 무희는 두려운 낯빛으로 그를 쳐다보았다. 충분한 쾌락을 주지 못한 데 대해 벌을 받으리라고 예상하는 두려움이었다. 왕은 그녀를 진정시키고 나서 자신의 침실로 돌아왔다. 어쩌면 찬다의 수수께끼 같은 치료법은 왕자뿐 아니라 자신도 치료하게 될지 모른다.

가족 산책. 가우타마는 아내와 아들과 함께 자갈길을 걸으며 아이가 이 순간을 기억할까, 생각해 본다. 아침에 세 가족이 함께 산책을 한다. 분홍빛 자갈에 햇살이 머물고, 그들 앞에 드리운 아빠, 엄마, 아들의 그림자가 한데 엉겨 움직인다. 마치 세 개의 개별적인 존재가 한 몸을 이루어 움직이는 것 같다. 자갈길을 밟는 그들의 발자국 소리는 서로 다르다. 엄마의 하얀 실크 양산은 엄마의 얼굴에 그늘을 드리우지만, 이따금 양산이 옆으로 기울어질 때면 반짝이는 탐스러운 머리와 머리에 꽂은 진홍색 아카시아 꽃이 드러난다. 가우타마는 뿌듯한 마음으로 아들을 바라본다. 아들 라훌라의 검고 지적인 눈과 윤나는 돌 같은 광대뼈, 귀에 달린 루비를 감탄스럽게 바라본다. 그는 자신을 책망한다. 아들을 닷새 동안이나 보지 못했던 것이다. 가우타마는 이곳 산책길에서 부성을 느낀다. 그는 아내에게로 고개를 돌려 부드럽게 쳐다본다. 그녀는 뒤로 물러서며 눈을 내리깐다. 가우타마는 깜짝 놀라며 왜 그러느냐고 묻는다. "아무것도 아닙니다, 저하." 그녀가 대답한다. "저하가 작별 인사를 하듯 저를 쳐다보아서 그런 것일 뿐입니다."

난간에서. 왕자는 여름 궁전의 북서쪽 건물 2층 발코니 난간에 손을 얹고 서서 넓은 정원을 바라본다. 육각 별 모양의 화단들이 있고, 백조와 조그만 코끼리 모양으로 꾸민 관상용 과일나무가 심어진 정원이다. 정원 저쪽에는 낮은 담이 있는데, 담 너머로 '기쁨의 숲' 방향으로 천천히 나아가는 행렬이 보인다. 머리에 화사한 붉은색 줄을 그려 넣은 코끼리들, 발을 높이 들어서 당당히 걷는 백마가 끄는 마차들, 그리고 멍에를 멘 숫양이 끄는 두 바퀴 수레들과 거기에 쌓여 있는 노랑, 빨강, 파랑으로 색칠한 격자 모양의 삼나무 건축자재들이 눈에 들어온다. 가우타마는 부왕에게 날마다 보게 되는 행렬의 뒤를 따르지 않을 것이며, 그게 무슨 행렬인지 묻지도 않겠다고 약속했다. 그들의 임무는 비밀이고, 때가 되면 드러날 것이므로 알려고 하지 말라는 게 부왕의 뜻이었다. 가우타마는 자신이 어린애처럼 취급되고 있다는 사실에 조금 화가 나기도 했지만, 내심 기쁘기도 했다. 그는 항상 비밀스러운 것과 거기에 서린 자극과 흥분을 좋아했기 때문이다. 비밀이 곧 밝혀질 것 같은 느낌을 좋아했기 때문이다. 어린 시절, 어느 날 부왕이 그에게 선물을 주었던 기억이 문득 떠오른다. 그 선물은 테두리에 호랑이 조각 장식이 있는 조그만 상아 상자에 담겨 있었다. 주변의 얼굴들이 그를 내려다보고 있고 얼른 뚜껑을 열어 보라고 재촉하는 목소리들이 들리는 속에서 그는 오랫동안 그 상자를 손에 들고 있었다. 그 격자 형태 건축자재는 넓은 울타리를 설치하는 데 쓰이는 것이 분명해 보인다. 몇몇 일꾼들은 커다란 두 바퀴 수레로 햇빛에 반짝이는 잘 다듬어진 긴 기둥들을 나른다. 수레 옆에서는 맨가슴을 드러낸 젊은 인부들이 걸어간다. 기쁨의 숲으로 가는 또 다른 길들이 있다는 것을 아는 가우타마는 자신의 호기심이 은근히 자극되는 것을 느낀다. 그는 요즘 또 다른 낌새를 느끼고 있다.

부왕과 찬다와 야소다라가 자신을 심각하게 걱정하기 시작했다는 점이다. 그들은 끊임없이 가우타마를 향해 곁눈질을 하고, 걱정스러운 질문을 애써 억누르고, 마음속으로만 가우타마에 대해 여러 가지 생각들을 한다. 그는 그들의 침묵 속의 고뇌를 손으로 만지듯이 느낄 수 있다. 그들의 걱정이 그의 관심을 끌기 시작한 것이다. 그들이 정말 걱정해야 하는 걸까? 이제 그들은 비밀을 지닌 행렬을 이용해서 그를 그 자신으로부터 끌어내려 하고 있다. 그의 주의를 딴 데로 돌리고 싶은 것이다. 그의 관심을 끌고 싶은 것이다. 그들이 성공한다면 그로서도 기쁠 것이다. 그는 종종 모든 것이 따분해진다. 그것은 어떻게 채워야 할지 모르는 공허함이다. 그런 때에는 자신의 내면의 그림자조차도 따분하다. 하늘도 따분하고, 땅도 따분하고, 땅 위의 풀잎들도 따분하고, 그 두 바퀴 수레도 따분하고, 따분함이 따분하고, 따분함이 따분하다는 자신의 인식이 따분하다. 그는 토파즈와 에메랄드로 장식한 코끼리를 탄 근위병을 지켜보면서 그 상아 상자의 뚜껑을 열었던 기억을 떠올린다. 하지만 상아 뚜껑에 놓인 자신의 손가락은 기억나지만, 테두리에 새겨진 호랑이 조각들과 자신을 내려다보는 주변의 얼굴들은 기억나지만, 웬일인지 상자 안에 들어 있던 것이 무엇이었는지는 기억하지 못한다.

노란 다리에 다가가며. 며칠 뒤, 가우타마는 여섯 다리 공원의 오솔길을 걷고 있다. 그는 혼자다. 가까운 거리에 노란 다리가 보이자 얼마 전에 찬다와 함께 산책했던 일이 떠오르며 불편한 감정이

인다. 일부러 찬다를 피하는 것은 아니지만, 자신이 친구를 예전 처럼 살갑게 대하지 않은 것은 사실이다. 그런 식으로 소원해졌다 는 생각에 당황스러운 기분이 된다. 둘 사이에 흐르는 깊은 우정, 강렬한 친밀감, 피보다 진한 우애, 함께 영혼을 쏟아부은 청춘의 긴긴 밤들…… 이 모든 것들이 가우타마에게 중압감을 느끼게 하 는 것 같아서 가우타마는 친구와 함께 걷고 싶지 않은 것이다. 게 다가 친구는 요즘 그를 걱정스러운 눈길로 흘깃거리고, 어떤 징후 를 찾고자 갈구하듯 지켜보고, 발코니 난간 위로 몸을 너무 내밀 고 있는 아이를 관찰하듯이 자신을 관찰한다. 때때로 찬다는 자탄 같기도 하고 고백 같기도 한, 수수께끼 같은 애매한 질문을 불쑥 던진다. 가우타마는 일이 이같이 된 데는 자신에게도 일부 책임이 있다는 것을 안다. 최근 들어 자신의 내부에 일종의 내적 비밀이 숨어 있다고 느꼈기 때문이다. 그 점이 찬다에게 상처를 주었을 게 틀림없고, 찬다는 걱정스럽게 친구를 살펴볼 수밖에 없었을 것 이다. 아무튼 가우타마는 찬다가 아니라면 누구에게 자신의 모호 한 문젯거리를 털어놓을 것인가? 하지만 찬다의 시급한 관심사가 상기된 표정과 수수께끼 같은 말에서만 드러나는 것은 아니다. 가 우타마는 친구의 그 표정 속에서 어떤 깊은 갈등을 느낄 수 있다. 찬다가 자신에게 뭔가를 숨기는 일이 있을 수 있을까? 최근 몇 차 례 왕자는 누군가가 숨어서 자신을 지켜보고 있다는 이상한 느낌 이 들었는데, 이 보이지 않는 감시자가 찬다일지도 모른다는 생각 을 지울 수 없다. 그는 노란 다리로 걸음을 내디디면서 고개를 홱 돌려 오솔길을 돌아다본다. 그리고는 자괴감과 후회의 감정을 느끼며 다시 시선을 다리 쪽으로 돌린 다음 맑은 물을 내려다본다. 물 아래 하얀 조약돌과 붉은 모래가 눈에 들어온다.

흰 물체의 잽싼 움직임. 찬다는 여섯 다리 공원의 오솔길을 걸으며 맨발에 닿는 부드러운 흙의 감촉을 느낀다. 그의 걸음은 너무 조용해서 오솔길을 밟는 자신의 발소리조차 들리지 않는다. 때때로 그는 걸음을 멈춘다. 몸이 긴장하고 감각이 예민해진다. 종종 걸음을 빨리한다. 하늘색 다리를 건너고, 계속해서 오솔길을 나아간다. 오솔길의 한옆에는 야생 거위가 사는 연못이 있고, 다른 쪽 옆에는 꽃이 핀 아카시아 숲이 있다. 가끔 길이 굽이진 곳에 이르면 앞서가는 흰 물체가 휙 하고 잽싸게 움직이며 사라지는 것을 보게 된다. 지금 또 길이 굽어 있다. 찬다는 굽은 길을 따라 돌다가 마치 닫혀 있는 문을 맞닥뜨린 사람처럼 우뚝 걸음을 멈춘다. 숨도 쉬지 않는다. 빛나는 흰 천과 숄을 몸에 두른 가우타마가 바로 앞 노란 다리에 서서 '행복의 개울'을 내려다보고 있다. 찬다는 조용히 뒷걸음질 친다. 그에 따라 길이 굽어지면서 점차로 나무들이 왕자의 모습을 시야에서 가리는 것을 지켜본다. 이윽고 왕자의 모습이 사라진다.

사다리. 가우타마는 노란 다리를 건너 나뭇가지가 지붕 모양으로 우거진 그늘진 오솔길을 천천히 걷는다. 자신이 개울 속의 조약돌이라면! 가우타마는 자신이 개울 속에 있는 하나의 조약돌인 것처럼 상상해 본다. 그는 차갑고 희고 둥글고 단단하며 미동도 않는다. 이 생각에 마음이 진정된다. 그는 불만을 품은 개울 속 조약돌이라는 게 있을 수 있을까, 생각해 본다. 어두운 생각을 품은 개울 속 조약돌을 상상해 본다. 길이 다시 오른쪽으로 굽어지기 시작할 때 그는 생각한다. '내 마음은 어리석다. 나는 어리석다.' 길을 돌았을 때 그 앞에 폭이 좁은 높다란 사다리가 서 있는 것이 눈에 띈다. 사다리는 아소카나무의 나뭇가지 속으로 높이 뻗어 있다. 사다리 꼭대기 가까이에 수척한 사내가 서 있다. 사내의 얼굴은 짙은 녹색 이파리와 옅은 오렌지색 꽃들에 의해 부분적으로 가려져 있다. 사내는 머리 위쪽 나뭇가지에 붙은 이파리 하나를 만지고 있는 것처럼 보인다. 그의 무릎 옆, 사다리 가로대 양쪽에 나무로 만든 바구니가 하나씩 매달려 있다. 사내는 나뭇가지에서 이파리 하나를 떼어 내 한쪽 바구니에 담고, 다른 바구니에서 이파리 하나를 꺼낸다. 그리고 그 두 번째 이파리를 첫 번째 이파리가 달려 있던 자리에 붙이고 바늘과 실로 조심스럽게 꿰매기 시작한다. 가우타마가 사다리가 있는 곳까지 다가가 거기 서서 지켜볼 때도 사내는 아래를 내려다보지 않는다.

찬다, 계속 길을 가다. 노란 다리 한가운데에서 찬다는 잠시 멈춰 서서 깨끗한 개울물을 내려다본다. 그는 잔잔하게 흐르는 물, 하얀 조약돌, 붉은 모래만 보이는 개울의 무엇이 가우타마의 주의를 끌었을까, 생각해 본다. 가우타마는 다른 것을 보았을 게 틀림없다고 찬다는 생각한다. 하지만 아무튼 개울 안에 있는 것이었을 테다. 찬다는 다리를 건넌 다음 서로 뒤얽혀서 지붕처럼 우거진 나뭇가지 아래, 햇빛과 그늘이 아른거리는 길게 뻗은 오솔길을 계속 걷는다. 그는 천천히 걸으면서 맨발로 부드러운 땅을 밟는 자신의 발소리가 나는지 귀 기울여 들어 본다. 하지만 들리는 거라곤 새 소리뿐이다. 찬다는 수련을 통해 소리 나지 않게 조용히 걷는 법을 터득했으므로 땅에서 모이를 쪼아 먹는 새에게 다가가 몸을 숙여서 손으로 새를 잡을 수도 있다. 그는 걸어가면서 재빨리 어깨 너머로 뒤를 흘끗 보았지만 아무도 없다. 왕이 사람을 시켜서 자신을 미행하고 있다고 상상하는 것은 어리석은 걸까? 어쨌든 왕은 당신의 아들도 미행하게 하고 있지 않은가. 찬다는 앞쪽에서, 길이 굽이져 시야에서 사라진 곳에서 새소리 사이로 희미하게 들려오는, 덜거덕거리는 수레바퀴 소리를 듣는다. 그는 길의 굽이를 따라 나아가다가 갑자기 걸음을 멈춘다. 가우타마가 사다리 옆에 서서 위를 쳐다보고 있다. 찬다는 멈춰 서서 재빨리 그 광경을 살펴본 다음 나무들 속으로 몸을 숨긴다. 수레바퀴 소리는 점점 더 커진다.

나뭇잎 예술가. 얼마 후 맨가슴을 드러낸 젊은이가 끄는 두 바퀴 수레가 덜거덕거리며 시야에 나타난다. 무릎 높이로 허리에 두른 젊은이의 단출한 옷에는 녹색 나뭇잎 장식이 달려 있다. 수레에는 나뭇잎이 가득한데, 그 잎들의 녹색 빛깔이 너무 반짝거려서 젖어 있는 것처럼 보인다. 왕자를 보자마자 젊은이는 무릎을 꿇고 길바닥에 이마를 조아린다. 가우타마는 일어나라고 명한다. 젊은이는 자신은 저 나뭇잎 예술가—그가 사다리 꼭대기에 있는 사람을 가리킨다—의 조수인데, 나뭇잎 예술가가 공원 감독관으로부터 작업장에서 녹색 실크 나뭇잎을 만들라는 명령을 받았다고 설명한다. 여섯 다리 공원 내의 떨어질 위험이 있는 모든 나뭇잎들을 교체하기 위해서라는 것이다. 전에 있었던 나뭇잎 하나가 떨어진 사건에 관한 보고는 커다란 파문을 일으켰다. 이제 나뭇잎 예술가는 나무에서 나무로 옮겨 다니며 나뭇잎들을 검사해 약하거나 손상된 나뭇잎을 튼튼한 실크 나뭇잎으로 교체하고 있다. 가우타마는 하루 동안 나뭇잎을 얼마나 교체하는지 묻는다. 조수는 정확한 나뭇잎 개수는 모르지만, 이것이 오늘 오후에 실크 나뭇잎을 가득 싣고 공원으로 운반해 온 세 번째 수레라고 대답한다. 사다리 꼭대기의 나뭇잎 예술가는 몰입의 무아경에서 깨어나 아래를 내려다본다. 사다리 밑에 서 있는 사람이 누구인지 알아본 그는 몸을 옆으로 돌려 허리를 깊이 숙여 절한다. 너무 깊이 허리를 숙인 탓에 잠시 그가 사다리에서 가우타마의 발 옆 땅바닥으로 추락할 것처럼 보인다. 나뭇잎 예술가는 천천히 몸을 펴서 다시 그의 일로 돌아간다.

가우타마의 무릎. 가우타마는 여섯 다리 공원 산책에서 돌아와 자기 방으로 들어가서 돗자리에 앉는다. 오늘 오후의 산책은 성공적이지 않았다. 누군가가 자신을 뒤따르고 있는 게 틀림없다고 느낀다. 그러나 누가 왜 공원을 산책하는 자신을 미행하는지 그 이유는 알 수 없다. 알지 못하는 게 너무 많다. 그는 왜 나뭇잎이 나무에서 떨어지는지 알지 못한다. 왜 자신이 인간이고 개울 속의 조약돌이 아닌지 알지 못한다. 왜 자신이 불행한지 알지 못한다. 도대체 아는 게 뭘까? 그는 자신의 왼쪽 무릎을 본다. 자신이 무엇을 아는가? 아무것도 모른다. 자신에게 무릎이 있다는 것은 아는가? 사람은 자신에게 무릎이 있는지 없는지는 알아야 한다. 왜 자신은 자신에게 무릎이 있다는 것을 안다고 생각하는 걸까, 그는 자문한다. 자신은 특별한 모양과 색깔을 인지하기 때문에 자신에게 무릎이 있다는 것을 안다고 생각한다. 하지만 자신의 눈이 자신을 속이고 있는 것이라면? 자신이 잠들어 있는 것이라면? 눈을 감고 무릎을 상상한다고 하자. 그 무릎은 진짜인가? 바깥 무릎이 내면의 무릎보다 더 진짜인 것일까? 눈을 뜨자 상상의 무릎은 사라진다. 지금과 같이 눈이 뜨여 있는데도 여전히 깨어 있지 않은 상태일 수도 있을까? 그리고 만약 자신이 깨어나야 한다면? 방은 따뜻하다. 오른쪽 눈썹이 약간 가렵다.

고적한 섬. 진홍색과 흰색의 꽃으로 장식한 전차들, 진주 목걸이를 걸친 왕실 코끼리들, 창을 든 병사들, 의전용 칼을 든 수비대, 조정의 신하들, 친구, 음악가, 무희, 곡예사…… 가우타마는 이들을 동반하고서 왕자 전용 마차에 서서 앞으로 나아간다. 옆에는 찬다가 서 있다. 비밀의 장소가 시야에 들어온다. 높이 솟은 격자 형태의 담은 코끼리 세 마리를 합친 정도의 높이다. 아치형의 출입문에 도착했을 때 가우타마는 몸을 돌려 찬다를 포옹한다. 그러고는 뒤돌아보며 햇빛에 번쩍이는 실크와 칼들을 쏘아본다. 그는 마차에서 내린다. 한 수비병이 문을 열어 주고, 가우타마가 들어가자 문을 닫는다. 가우타마는 어둑한 구역으로 들어왔다. 검은 이파리가 달린 검은 나무들이 하얀 길 양쪽에 서 있다. 담으로 둘러싸인 드넓은 내부의 덮개에는 공 모양의 등들이 달려 있는데, 마치 여러 개의 조그만 달처럼 보인다. 그 공 모양의 등에서 나온 빛이 나무의 몸통과 가지들을 비추는데, 그것들은 나무 모양으로 깎아 만들고 검게 옻칠을 하여 마무리한 석재인 듯싶다. 높은 곳에 있는 나뭇가지 속에서 새들이 구슬피 운다. 멋들어지게 꾸며 낸 어둠 속에 있는 저 새들도 조각한 새일까? 둥근 등의 불빛과 어둑한 석조 나무, 구슬픈 새 울음소리가 가우타마를 자극하고 그의 마음을 나른하고 모호한 흥분으로 채운다. 그는 길을 따라 걷는다. 길은 검은 백조들이 미끄러지듯 움직이는 검은 호수의 가장자리로 이어진다. 백조들 밑에 또 다른 백조들이 잔잔한 물속에서 꿈꾸는 듯한 모습이 보인다. 호수 한가운데에 있는 섬을 본다. 백조 하나가 가까이 다가왔을 때 가우타마는 그것이 백조 모양의 작은 배라는 것을 깨닫는다. 작은 백조 배 아래 또 다른 백조 배가 가볍게 떨린다. 검정 가운을 입은 뱃사공이 가우타마에게 올라타라고 손짓한다. 가우타마는 부드러운 쿠션 사이로 몸을 앉힌다. 검은 노가 날개처럼 오르내린다.

햇빛 속의 찬다. 찬다는 마차를 타고 돌아간다. 눈부시게 환한 햇빛 속에서 고삐를 단단히 잡고 선 그는 장인들이 조각한 600개의 새들과 거기에 설치한 구슬픈 울음소리를 낼 수 있는 기계장치를 떠올리며 짜릿한 기쁨을 느낀다. 만약 그가 만들어 낸 것이 그 새들만큼 성공적이라면 세 가지 일이 이루어질 것이다. 친구는 행복을 얻고, 왕은 고마워할 것이며, 세 궁전에서의 삶은 별문제 없이 영원히 지속될 수 있을 것이다. 찬다는 맨가슴 위로 쏟아지는 햇볕과 어깨로 불어오는 따뜻한 미풍을 느낀다. 그는 숨을 깊이 들이쉰다. 마음속에 태양이 있는 것처럼 안에서 이글거리는 뜨거운 기운을 느낀다. 콧구멍에서는 강렬한 녹색 내음을 느끼고, 팔뚝에서는 고삐의 팽팽한 탄력을 느낀다. 벗들과 더불어 살고 숨 쉬고 웃자! 찬다는 특별한 이유 없이 햇빛 속에서 크게 웃는다.

검은 누각. 담으로 둘러싸인 경내의 어스름 속에서 뱃사공은 섬의 기슭을 향해 검은 백조의 노를 젓는다. 백조의 머리 아래 물속에서 또 다른 뱃사공이 똑같이 노를 젓는다. 왕자는 백조의 몸에서 내려 하얀 모래밭에 발을 내디딘다. 모래는 달처럼 보이는 등 아래에서 희미하게 빛난다. 부스러져 가는 대여섯 개의 기둥이 앞에 보인다. 어느 궁전 안뜰의 일부인 것 같은 풍경이다. 전에는 한 번도 부서져 가는 기둥을 본 적이 없으므로 그 기둥들 사이를 지나갈 때 가우타마는 부드럽고 달콤한 비애감으로 충만해진다. 그는 그 이상한 기둥들을 지나서 높은 삼나무 담이 있는 곳으로 간다. 출입구에는 검은 실크 커튼이 드리워져 있고, 커튼 뒤에서 부드럽고 음울한 플루트 선율이 들린다. 가우타마는 커튼을 옆으로 밀치며 높은 나무들에 둘러싸인 공터로 들어선다. 공터 중앙에 커다란 검은 누각이 보이고, 입구에는 막대기로 받쳐 놓은 차양이 있다. 그 누각에서 플루트 선율이 들려온다. 선율은 높이 올라갔다가 천천히 떨어지고, 더 높이 올라갔다가 천천히 떨어진다. 그 선율 사이로 그가 전에는 한 번도 들어 본 적이 없는 소리가 들린다. 나뭇잎을 스치는 바람 소리나 멀리 있는 분수의 희미한 물소리를 떠올리는 소리다. 가우타마는 속삭이는 목소리에 이끌린 것처럼 조용히 앞으로 나아간다. 누각 안으로 들어간다. 반투명한 검은 실크를 두른 젊은 여인들이 얼굴을 한쪽으로 돌린 자세로 소파에 나른하게 누워 있다. 어떤 여인들은 방석에 앉아 어깨를 앞으로 늘어뜨린 채 두 손에 얼굴을 묻고 있었다. 또 어떤 여인들은 고개를 숙이고 천천히 걷는다. 모든 여인들은 숨을 깊이 들이마시고 긴 한숨을 내쉰다. 여인들의 뒤섞인 한숨 소리가 슬픔의 미풍 같은 소리를 자아낸다. 검은 보석들이 여인들의 목과 손목을 장식하고 있다. 검은 꽃들이 여인들의 머리에서 미세하게 떨린다. 깊은 한숨 소리 사이에서 또 다른 나직한 소리가 들린다. 격하게 콧숨을 들이켜는 소리, 목청에서 터져 나오는 작고 높은 소리. 이것은 무슨 소리일까? 가우타마는 등불이 흐릿하게 켜진 어둑한 곳으로 천천히 걸어 들어간다. 어디선가 올라갔다가 떨어지는 플루트 선율이 집요하게 들려온다. 아직 소녀티를 벗지 못한 젊은 여인이 한 줄로 늘어선 방석에 모로 누워 있다. 깜박거리지도 않는 그녀의 커다란 눈이 멍하니 허공을 바라보고 있다. 그녀의 몸은 방석 속에 반쯤 묻혀 있고, 뺨은 쭉 뻗은 한쪽 팔 위에 얹혀 있으며, 한 손은 위쪽으로 튀어나온 엉덩이에 힘없이 놓여 있다. 가까이 다가간 가우타마는 그녀의 눈이 촉촉하게 젖어 있는 것을 보고 깜짝 놀란다. 두 줄기 눈물이 얼굴을 타고 흘러내린다. 가우타마는 가슴이 뜨거워지는 것을 느낀다. 그는 동정심과 당혹감이 밀려드는 것을 느끼며 그녀 옆에 무릎을 꿇고 앉아 두 손으로 기운 없는 그녀의 손을 잡는다.

찬다, 보고를 받다. 이틀 낮 이틀 밤 동안 특수 훈련을 받은 감시자들이 근처 숲속에 숨어서 격자 형태의 담에 난 출입문을 지켜본다. 그들은 찬다에게 모든 게 잘되어 간다는 보고를 올린다. 셋째 날 아침, 전령이 여전히 왕자로부터 어떠한 기미도 없다고 알릴 때, 찬다는 더 이상 기쁨을 억누르지 못한다. 가우타마는 담으로 둘러싸인 그곳에 머물기로 결정한 것이다. 가우타마는 그 우울한 빛과 '어둑한 호수'와 '고적한 섬'과 '슬픈 여인들의 누각'에 끌린 게 틀림없다. 다섯째 날에 찬다는 왕을 알현한다. 왕은 그에게 진귀한 보석이 가득 든 은 상자를 하사한다. 일곱째 날, 찬다는 마음속에서 어렴풋한 불안을 감지한다. 그 계획은 잘 진행되고 있다. 그냥 잘되는 정도가 아니라 너무 잘되고 있다. 자신이 가능할 거라고 꿈꿨던 것보다 훨씬 더 잘되고 있다. 하지만 찬다는 인생은 자신의 꿈 이상으로 이루어지지 않는 습성이 있다는 것을 알고 있다. 그는 자신을 진정시킨다. 우울한 감각에 대한 가우타마의 갈망이 커서 눈물과 한숨의 어두운 쾌락에 젖어 들리라는 것이 정확히 찬다가 예견한 바였다. 그의 실수는 가우타마의 욕구의 강도를 과소평가한 데 있었다. 아홉째 날이 지나갈 무렵 찬다는 더 이상 잠을 이루지 못한다. 왕자에게 무슨 일이 일어난 것일까? 그는 감시자들에게 왕을 위해 일하는 뱃사공을 통해 상황을 파악하라고 지시한다. 그는 걱정스럽게 보고를 기다린다. 가우타마는 슬픔의 매혹에 너무 깊이 빠져서 이제 더 이상 태양의 쾌락을 갈망하지 않는 것일 수 있다. 아니면 병이 나서 돌아올 힘이 부치게 된 것일 가능성도 충분히 있다. 그러나 가우타마는 살아오는 동안 병이 난 적이 한 번도 없었다. 과도한 쾌락의 밤을 여러 날 보낸 뒤에도, 대부분의 남자들은 기진맥진해할 정도인데도, 가우타마는 피곤한 기색을 보이는 법이 거의 없다. 다른 어떤 일이 일어난 걸까? 찬다 자신과 왕의 가장 충성스러운 고문 한 사람이 선발한 누각의 여인들은 전적으로 신뢰할 수 있는 사람들인가? 왕자가 위험에 빠진 걸까? 찬다는 불안한 생각에 깊이 빠져 있던 터라 세 명의 야간 감시자 가운데 한 명이 그의 방 문간에 오랫동안 끈기 있게 서 있었던 것을 알고 깜짝 놀란다.

야간 감시자의 이야기. 찬다는 들어오라고 손짓한다. 감시자는 신속히 이야기한다. 그 야간 감시자는 '슬픈 여인들의 누각'을 찾아가서 상황을 알아보라는 지시를 받은 뱃사공의 얘기를 들은 뒤 곧장 이리로 온 것이다. 여인들은 왕자가 두 번의 깨어 있는 시간과 두 번의 잠든 시간을 자기들과 함께 있었다고 뱃사공에게 알려 주었다. 시간을 알 수 없는 어둠 속에서 왕자는 따뜻하게 얘기하며 그들의 눈물을 닦아 주었다. 기계장치의 새 울음소리에 세 번째로 깨어났을 때 여인들은 왕자가 거기 없다는 것을 알았다. 왕자는 사라졌다. 신처럼 사라졌다. 호수는 넓고 담은 높다. 게다가 격자 형태의 지붕으로 덮여 있다. 가우타마는 어디에 있는 걸까? 뱃사공은 노를 저어 그 섬을 나오면서 한때는 슬픈 척 연기를 했던 여인들이 진정으로 우는 소리를 듣는다. 찬다는 더 이상 감시자의 얘기에 귀 기울이고 있지 않다. 그는 방금 전부터 떨리기 시작한 자신의 손을 노려보고 있다. 그처럼 떨리는 손을 전에는 한 번도 본 적이 없고, 그래서 그 손에 온통 정신을 팔고 있었으므로 찬다는 고개를 들었을 때 야간 감시자가 아직도 그 앞에 서서 그의 명령을 기다리고 있는 것을 보고 몹시 당황한다.

찬다, 조사하다. 찬다는 나무로 만든 백조 배에서 내려 뱃사공에게 기다리라고 말한 뒤, 달빛처럼 하얀 모래밭과 폐허가 된 안뜰을 지나서 검은 실크 커튼이 드리워진 삼나무 담으로 간다. 그 커튼을 통과하여 공터로 들어선 다음 '슬픈 여인들의 누각'에 다가갈 때 시끄럽고 어지러운 목소리들이 들려온다. 누각 안에 들어섰을 때 불쾌한 장면이 눈에 들어온다. 여인들이 떼 지어 다투고 소리치고 팔을 휘두르고 있다. 일부 여인들은 음울한 표정으로 외따로 떨어져 앉아 있다. 여인들의 실크는 구겨지고 얼굴은 더럽고 머리는 헝클어져 있다. 찬다가 들어서자 갑자기 조용해진다. 찬다는 여인들에게 열심히 묻는다. 하지만 대답은 언제나 똑같다. 왕자는 그냥 사라졌다는 것이다. 신처럼 사라졌다는 것이다. 여인들은 왕자의 친절함과 부드러운 눈매와 온화한 목소리에 대해 이야기한다. 찬다는 그들로부터 아무런 정보도 얻지 못한다. 성큼성큼 누각을 걸어 나와서 나무들을 지나 섬 기슭으로 간다. 그는 섬을 한 바퀴 빠르게 돈다. 가우타마가 헤엄을 쳐서 호수를 건너 반대편 기슭에 이르렀을 수는 있겠지만, 밖으로 나가는 유일한 길은 하나뿐인 출입문을 통과하는 것이다. 그런데 그 문은 훈련된 감시자들이 주간에 세 명, 야간에 세 명씩 끊임없이 지켜보고 있다. 백조 배를 타고 돌아온 찬다는 있을 수 있는 가능성을 다 고려해 본다. 가우타마를 속이라는 지시를 받은 여자들이 찬다를 속이고 있는 것일 수 있다. 왕자가 그 여자들에게 자신의 탈출에 관한 비밀을 지킬 것을 약속하게 했을 수 있다. 혹은 그 여자들은 사실을 말하고 있고, 찬다를 속이고 있는 사람은 뱃사공일 가능성도 있다. 찬다는 음흉한 뱃사공이 가우타마를 비밀리에 호수 저편으로 건너다 주고 격자 형태의 담에 난 출입문을 열어 준 다음, 숨어서 지켜보는 감시자들의 주의를 교활한 방법으로 흩뜨려서 왕자가 눈에 띄지 않게 몰래 떠나게 해 주는 것을 상상해 본다. 만약 여자들과 뱃사공이 전부 진실을 얘기하고 있는 거라면 야간 감시자 가운데 한 명이나 두 명, 어쩌면 세 명 모두 왕자에게 충성하기로 하고 어떤 식으론가 왕자가 사라지도록 공모했을 수도 있다. 만약 모든 사람이 다 믿을 수 있는 사람이라면, 그렇다면 가우타마가 사라진 것은 당혹스럽고도 걱정스러운 수수께끼가 아닐 수 없다. 아무도 모르는 일이긴 하지만 그가 '어둑한 호수' 밑바닥에 누워 있을 가능성도 배제할 수 없다. 찬다는 여름 궁전에서 수비대, 전사, 수행원 1,000명을 '영원한 젊음의 뜰'에 집합시킨다. 그는 400개의 그늘 쉼터에 400명을 급파한다. 200개의 호수와 연못에 200명을 보내고, 궁전의 숲과 들에 300명을 보내고, 50개의 정원에 50명을, 그리고 나머지 50명을 고적한 섬에 보낸다. 찬다는 자신의 방에서 안절부절못하며 기다린다. 당장 왕궁으로 가서 왕에게 보고하는 것이 자신의 의무임을 알고 있지만, 수색이 진행 중인 동안에 자신이 잠시라도 자리를 비우는 것은 무책임한 행동일 거라고 생각한다. 그는 책임감에 대한 자신의 기특한 생각이 실은 왕자가 사라졌다는 충격적인 소식을 왕에게 숨기고 싶은 간절한 바람일 뿐이라는 것을 너무도 잘 알고 있다. 찬다는 안뜰을 서성거리며 걷는다. 다시 방으로 돌아온다. 옷장과 류트가 걸린 맞은편 벽 사이를 왔다 갔다 한다. 한 팔로 눈을 가리고 눕는다. 다시 일어난다. 다시 눕는다. 해 질 녘에 하인 한 명이 문간에 나타난다. 그가 보고하기를, 관리인 한 명이 고요한 기쁨 그늘 쉼터에서 문이 삐걱거리는 소리를 들은 것 같다고 했다는 것이다. 그래서 하인 자신도 그 그늘 쉼터를 샅샅이 찾아보았지만 아무것도 발견하지 못한 채 방금 전에 돌아왔다고 아뢴다. 찬다는 이 보고의 의미에 집중하기 위해 잠시 눈을 내리깔고 있다가 초조하게 고개를 든다. 하인 뒤, 문간에 가우타마가 서 있다. "바쁜가 보군." 가우타마가 말한다. 하인이 깜짝 놀라며 몸을 돌린다. 찬다는 일어나서 친구를 껴안는다.

가우타마의 이야기. 하인이 떠나고 나자 가우타마는 가부좌를 하고 돗자리에 앉아 '슬픔의 구역'에서 경험한 기쁨에 대해 친구에게 따뜻한 감사의 말을 건넨 다음 자신의 이야기를 한다. 그는 곳곳에서 찬다의 창의성을 알아보았다. 검은 잎이 달린 석조 나무, 조그만 달처럼 달려 있는 공 모양의 등, 우아한 백조 배, 기꺼운 마음으로 일련의 슬픔을 맛보도록 배치된 여인들…… 그의 마음은 친구의 사려 깊은 배려뿐 아니라 여인들로부터도 깊은 감명을 받았다. 그가 보기에 여인들은 연극 속의 연인처럼 그를 기쁘게 하는 연기를 하는 것 같았지만, 그는 곧 그 같은 지어낸 슬픔의 태도가 그들 가슴속에 깊이 묻혀 있던 진짜 슬픔을 꺼내 주었다는 것을 알아차렸다. 마음속에 자신의 어둠을 품고 있는 한 인간으로서 그는 그들에게 인생의 당혹스러움과, 햇빛에서 태어난 그림자에 대해 얘기했다. 결과는 놀라웠다. 인위적이었던 여인들의 눈물이 이내 격정적인 눈물로 변했고, 눈물은 뺨을 타고 흘러내려 반투명한 실크를 적셨다. 눈물에 젖은 실크는 풋풋한 가슴에 찰싹 달라붙어 마치 위대한 조각가의 작품처럼 보였다. 그는 이 여인에서 저 여인으로 한 명 한 명 지나갔고, 누각은 마침내 흐느낌과 신음이 음악처럼 어우러진 거대한 비애의 공간이 되었다. 그는 눈물을 불러일으킬 수 있었던 것과 마찬가지로 여인들을 달래어 눈물을 씻어 줄 수도 있었다. 둘째 날 밤이 되었을 무렵 여인들은 이제 차분해졌고, 슬픔은 비록 마음 한편에 자리 잡고 있기는 했지만 이제 더 이상 가슴 깊숙이 고여 있지 않았다. 슬픔이 지나간 자리에 싱싱한 행복의 영토가 드넓게 자리 잡았기 때문이다. 그가 할 일은 끝났고, 그래서 그는 둘째 날 한밤중에 떠났다. 모든 여인들이 평화롭게 잠들어 있었다. 여인들의 이마는 어린아이의 이마처럼 부드러웠다. 왕자의 움직임에 관해 보고하라는 지시를 받았을 뱃사공의 상황을 고려해서 가우타마는 섬의 반대편 기슭으로 갔다. 호수는 넓고 물은 깊었다. 하지만 슈도다나 왕의 아들인 왕자는 수영 기술을 잘 배우고 익혔다. 그는 몸에 걸친 실크를 벗어 머리에 터번처럼 두르고 헤엄을 쳐서 호수 저편으로 갔다. 길은 튼튼한 격자 형태 담으로 이어졌다. 그는 잽싸게 담을 올랐다. 실크 터번을 제외하고는 발가벗은 상태였다. 거대한 격자 형태의 지붕은 서로 뒤얽힌 덩굴로 덮여 있었으며, 전 구역에 걸쳐 나무로 위장한 삼나무 기둥들에 의해 떠받쳐져 있었다. 지붕의 돌출된 끝부분은 격자 담의 맨 윗부분에서 수평 널빤지가 수직 조각들 사이에 놓일 수 있도록 약간 느슨하게 받쳐져 있었다. 가우타마는 덩굴로 덮인 지붕 끝부분을 밀어 올려서 담을 넘은 다음, 지붕을 다시 원래대로 내려놓았다. 이어 격자의 빈틈에 발끝을 디디며 외벽을 타고 내려왔다. 바닥에 내려선 그는 실크 터번을 풀어서 다시 몸에 둘렀다. 그리고 이제는 옷이 된 실크를 단단히 여민 뒤 익숙한 길을 출발했다. 머리 위에 뜬 달이 완벽하게 둥글고 부시도록 하얘서 그 달 역시 어떤 장인의 도움으로 하늘에 걸려 있게 된 인공 달이 아닐까, 의심스러웠다. 그는 굽이진 길을 돌고 익숙한 숲과 공원을 지나서 이윽고 고요한 기쁨 그늘 쉼터에 이르렀다. 그리고 이레 낮 이레 밤 동안 분수 옆, 붉은 꽃이 핀 킴수카나무* 아래에 앉아 있었다. 이레 낮 이레 밤 동안 그는 자신의 삶을 깊이 되돌아보고 사색했다. 여드렛날 아침에 그는 자리에서 일어나 친구를 찾아 나섰다. 친구에게 자신의 모험을 자세히 얘기해 주고 자신의 결심을 알리고자 했던 것이다. 그런데 왜 찬다의 표정이 근심스러워 보일까? 찬다는 친구의 마음을 읽을 수 있는 걸까?

* 붉은 꽃이 피기 직전에 모든 이파리가 진다는, 불교 경전에 나오는 수수께끼의 나무.

아버지와 아들. 알현실에서 슈도다나 왕은 아들이 때가 왔다는 얘기를 하자 놀란 마음으로 귀 기울여 주의 깊게 듣는다. 아들은 이곳 세 궁전의 세상을 떠나 더 큰 세상에서 자신의 길을 찾아야 할 때가 왔다고 얘기한다. 그가 추구하는 길은 내적인 것이다. 그는 이곳 아버지의 세계에서 그것을 직관적으로 언뜻언뜻 보아 왔다. 하지만 그에게 최고의 쾌락을 가져다주는 것들에 의해 끊임없이 방해받는다. 더욱이 그는 행복하기만을 바라는 사람들에게, 다시 말해서 아버지와 아내와 친구 찬다에게 불행을 안겨 주고 있다. 바로 이런 이유로 그는 세상 속으로 나갈 허락을 받고자 하는 것이다. 세상 속으로 나가서 여기서는 찾을 수 없는 것을, 바로 그 자신을 찾고자 하는 것이다. 왕은 아들의 얘기를 들으면서 대단히 조심스럽게 대답해야 한다는 것을 알아차린다. 물론 간단히 허락하지 않는다고 말할 수도 있다. 아들은 복종하는 것에 자부심을 가지고 있다. 하지만 가우타마는 들떠 있으므로 복종은 하겠지만 속으로는 반항적이 될 것이다. 왕이 원하는 것은 불만과 불평이 가득한 복종이 아니라 아버지의 바람을 기쁘게 수용하는 것이다. "너는 행복하지 않느냐?" 왕이 아들에게 묻는다. 왕자는 하나를 제외하고는 살아 있는 사람 중에 가장 행복한 사람이라고 대답한다. "그 하나가 무엇이냐?" "바로 이것입니다. 저의 행복은 내면의 그림자를 던지는 태양입니다." 왕은 아들이 자신에게 수수께끼처럼 얘기하는 데 짜증이 났지만 애써 감정을 억누른다. 강력한 왕국을 물려받을 준비를 해야 하는 아들이 그림자를 말한다. 왕은 지금 아들을 잃고 있다는 것을 느낀다. 그림자가 자신의 심장을 지나간다. 왕은 물려받을 왕국을 포기하겠다는 것을 사랑하는 아들에게 허락하는 건 무책임한 일이라고 답한다. 그렇지만 아버지가 더 이상 통치할 수 없어서 왕위가 아들에게 양위되면, 그때는 그 위에 아무도 없기 때문에 그가 원하는 대로 할 수 있을 거라고 말한다. 왕은 자신의 얼굴에서 눈물이 흐르는 것을 느끼고 깜짝 놀란다. 그 눈물에 몸이 떨린다. 그는 눈물을 흘리며 아들로부터 얼굴을 돌린다.

가우타마, 문을 지켜보다. 가우타마는 언젠가 마치 꿈속에서 일어난 일인 것처럼 백조가 자신에게 말을 했던 고독의 호수의 기슭에 앉는다. 지금 백조들은 잔잔한 호수에 조용히 떠다니고 있다. 그는 아버지의 뜻을 거역할 수 없다. 왕위를 물려받게 될 것이다. 이웃 왕국들을 정복하게 될 것이다. 무자비하게 전투를 치를 것이다. 내적인 불안감이 승리를 추구하도록 자신을 몰아붙일 것이다. 그리하여 모든 적들이 노예가 되거나 죽었기 때문에 더 이상의 승리가 있을 수 없을 때까지 지속적으로 승리를 추구하게 될 것이다. 세상은 자신의 것이 될 것이다. 가우타마 싯다르타 왕! 땅과 하늘의 주인. 백조들 밑에 있는 검은 물속의 백조들을 보고 있노라니 조바심이 인다. 왜 저들은 아무것도 하지 않는 걸까? 왜 저들은 그냥 저기에 있는 걸까? 왜 저들은 떨치고 나와 미지의 땅으로 날아가지 않는 걸까? 이곳은 자신이 있을 곳이 아니다. 그는 달리고 싶다. 소리 지르고 싶다. 전차를 타고 싶다. 태양을 향해 창을 던지고 싶다. 그는…… 오, 자신은 정말 뭘 하고 싶은 거지? 그는 칼로 자신의 내부를 찢고 싶다. 자신의 머리를 잘라서 부왕에게 내밀고 싶다. 받으십시오, 아버지. 저는 아버지의 뜻을 따를 수 없습니다. 그는 초조한 마음으로 자리에서 일어나 성벽에 난 문을 향해 걸음을 옮긴다. 그늘진 길을 성큼성큼 걷는다. 부분적으로는 자신의 초조한 사념 말고는 아무것도 없는 자신의 방으로 돌아간다는 것은 생각하기도 싫어서, 부분적으로는 자신도 이해할 수 없는 이유로, 가우타마는 길을 벗어나 잡목 숲으로 들어간다. 그는 숲속에서 노는 아이처럼 튼튼한 미모사나무 가지를 붙잡고 올라가 미모사 이파리들 속으로 들어간다. 이어 나무를 타고 높은 나뭇가지로 올라가서 날개 없는 새처럼 거기 앉는다. 나뭇잎 사이로 길과 성벽과 성벽에 난 문이 보인다. 천천히 문이 열리기 시작한다. 왕의 수비병 한 명이 길 위로 발을 내디딘다. 그가 주위를 둘러보더니 열린 문을 향해 돌아서서 손짓한다. 찬다가 나타난다. 가우타마는 그들을 지켜본다. 그들은 함께 길을 걸으며 낮은 목소리로 얘기한다. 그들의 모습이 천천히 시야에서 사라진다.

웃음. 가우타마는 높은 나뭇가지에 앉아 웃는다. 전에는 들어 본 적이 없는 웃음이다. 그렇게 웃는 것이 스스로도 당황스럽고 불안하지만, 그 웃음을 도저히 멈출 수가 없다. 세 궁전의 세계에서는 행복이 지배하기 때문에 가우타마는 많은 종류의 웃음을 안다. '꿈의 분수'에서 물을 튀기는 후궁들의 현기증 나는 웃음이 있고, 도보 경주를 끝내고 나서 휴식을 취하며 웃는 친구들의 유쾌한 웃음도 있고, 그가 하루를 마치며 그날 있었던 작은 모험담을 얘기할 때 그의 말에 귀 기울이며 웃는 야소다라의 부드러운 웃음도 있다. 지체 높은 여성의 재치 있는 웃음, 궁전 안뜰에서 상아 주사위를 던지며 웃는 수비병의 격렬한 웃음도 있다. 그러나 미모사나무 가지에 앉아 있는 가우타마에게서 터져 나오는 웃음은, 새 떼처럼, 불덩이처럼 쏟아져 나오는 가우타마의 웃음은, 갈비뼈가 아프고 목구멍이 타는 것만 같은 격한 그 웃음은, 멈추려 해도 멈춰지지 않는 그 웃음은 세 궁전의 웃음과 같지 않다. 그리고 가우타마는, 어떤 것이 다른 것과 모든 면에서 같고 한 가지 면에서만 다를 경우에 그것이 다른 것과 어떻게 구별되는지 알아내는 훈련을 받은 가우타마는 웃고 있으면서도 그 차이를 이해하고자 노력한다. 그는 더욱더 격렬하게 계속 웃으면서 자신의 웃음이 그가 알고 있는 다른 웃음들—햇빛의 웃음, 여름 달의 웃음—과 어떻게 구별되는지 이해하게 된다. 그것은 바로 자신의 웃음은 행복하지 않은 웃음이라는 것이다.

장인의 작품. 나뭇잎 예술가의 작업장은 장인들에게 제공되는 거처가 있는 여름 궁전의 북동쪽 건물에 자리 잡고 있다. 음악가들의 거처에서 멀지 않은 곳이다. 늦은 오후에 왕자가 그 나뭇잎 장인을 찾아간다. 두 사람은 대화를 나눈 후에 '장인의 정원'을 산책한다. 그곳에서 나뭇잎 예술가가 사암으로 만든 나무와 조각한 삼나무 산울타리에 달려 있는 실크 이파리들을 손가락으로 가리킨다. 이어 나뭇가지에 있는 색칠한 새들, 인조 백조가 있는 연못, 조각한 노간주나무 발치에 생화처럼 피어 있는 꽃들을 가리킨다. 꽃

옆에는 돌로 만든 고양이가 모로 누워 자고 있다. 정원을 걷고 있는 가우타마는 희망이 가득하다. 장인이 즉시 작업에 착수할 것을 약속했기 때문이다. 나흘 뒤 한 전령이 전갈이 적힌 나무판자를 가우타마에게 전한다. 해 질 녘에 남쪽 성벽에 접한 숲속에 있는 '지고의 평화로움 누각'에서 만나자는 나뭇잎 예술가의 전갈이다. 가우타마는 백조 깃촉 펜을 잉크병에 담근 다음 그 나무판자에 답장을 적어 다시 전령에게 건넨다. 해가 질 무렵에 가우타마는 몇몇 공원과 정원을 지나서 나무 그늘 쉼터에 들어선다. 이어 계단을 내려가 이끼 낀 굴로 들어간다. 그는 잠시 후 두 번째 계단을 올라가 숲의 가장자리에 몸을 드러낸 다음, 어두워지는 나무들 사이로 걸어간다. 검은색과 자주색이 어우러진 나뭇가지들 사이에서 밤하늘을 본다. 하늘은 격렬하게 푸르다. 빛나는 검푸른 하늘은 내부의 불로 파르르 떨리는 것처럼 보인다. 달은 푸른 호수의 하얀 백조다. 저 앞에서 흐릿한 빛이 보인다. 잠시 후 가우타마는 실크 천을 밀치며 지고의 평화로움 누각 안으로 들어간다. 그림자 하나가 긴 의자 앞에 서 있다. 가우타마는 나뭇잎 예술가를 반갑게 대한다. 나뭇잎 예술가는 한 줄기 달빛 속에서 몸을 구부리고 발치에 놓인 꾸러미 두 개를 푼다. 그것은 하얀 백조 깃털로 짠 커다란 날개다. 그 날개가 달빛에 물든 백마처럼 희미하게 빛난다.

날기. 나뭇잎 예술가는 한쪽 날개를 들어서 가우타마의 왼쪽 팔에 실크 끈으로 단단히 고정한다. 이어 두 번째 날개를 들어서 가우타마의 오른쪽 팔에 고정한다. 날개는 가우타마가 예상했던 것보다 더 무겁다. 가우타마는 팔을 천천히 앞뒤로 움직여 본다. 마치 깊은 물속에서 팔을 움직이는 것 같은 느낌이다. 그는 장인을 따라 누각에서 나와 숲의 어둠 속으로 들어간다. 코끼리 다리보다 더 두꺼운 어둑한 나무 몸통에서 달빛에 비친 이끼가 보인다. 한쪽 날개가 나무껍질에 긁히는 것을 느끼고 팔을 옆구리 쪽으로 당긴다. 어두운 날개의 가장자리가 갑작스럽게 한 줄기 달빛에 노출되어 하얀 불처럼 휘황하게 빛난다. 이제 나무들이 사라진다. 밝아진 빈터에서 자신의 그림자가 길게 뻗어 있는 것을 본다. 그림자의 양옆이 쩍 벌어진다. 어두운 그림자 날개가 펼쳐진 것이다. 장인은 그를 이끌고 빈터를 가로지르며 나아간다. 빈터는 한쪽으로 비탈져서 가파른 산을 이루고 있다. 그 산의 정상에서 장인은 날개를 점검하고 깃털들을 당기고 실크 끈을 단단히 조인다. 장인은 다시 한 번 날아오르는 방법을 설명한다. 가우타마는 빈터를 내려다보고, 그 너머의 숲을 내려다보고, 세상 위로 높이 솟은 어두운 성벽을 내려다본다. 그는 자신의 백조 팔을 앞뒤로 흔들며 나는 밤의 백조다, 라고 생각한다. 장인이 엄숙한 표정으로 고개를 끄덕인다. 가우타마는 빈터를 향해 비탈을 달려 내려가면서 날개를 올렸다 내렸다 한다. 양옆으로 커다란 나무들이 솟아 있다. 그는 어린아이가 된 기분이다. 바보가 된 기분이다. 어색하고 거북한 날개가 그가 앞으로 달려 나가는 것을 방해한다. 땅이 그의 발과 단단히 맞부딪는 것을 느낀다. 어린 시절 어느 오후에 커다란 새가 호수에서 천천히 위로 날아오르는 것을 보았던 일이 기억난다. 자신의 발은 결코 땅의 손아귀에서 벗어나지 못할 것이다. 그는 달린다. 달리고 달린다. 뭔가 잘못된 것 같다. 나무들이 가라앉고 있다. 정말 나무들이 가라앉고 있는 걸까? 이제 그는 더 이상 길이 발에 털썩털썩 부딪는 것을 느낄 수 없다. 커다란 날개가 그를 높이 들어 올린다. 그는 빈터 위에 있다. 나무들 위에 있다. 그 앞에 성벽이 솟아 있다. 그는 백조 신이다. 밤하늘의 주인이다. 별의 왕자다. 그는 성벽 꼭대기를 향해 날아오르면서 자신의 날개에서 피가 맥동하는 것을 느낄 수 있다.

야소다라의 꿈. 야소다라는 양지 바른 궁전 안뜰을 걷고 있는 꿈을 꾼다. 안뜰 저편에서 혼자 걷고 있는 남편의 모습이 보인다. 그녀는 남편을 부른다. 남편은 특유의 앳되고 매력적인 미소를 띠고서 그녀를 향해 걸어온다. 남편의 얼굴과 팔에 비친 햇빛이 그녀를 온기로 가득 채운다. 마치 그가 그녀에게 햇빛을 가져다주는 것만 같다. 안뜰 잔디밭에, 둘 사이 중간쯤 되는 곳에, 하얀 물체가 놓여 있는 것이 그녀의 눈에 띈다. 가우타마는 그 물체 옆에 이르렀을 때 몸을 숙이고 그것을 집어 든다. 그녀가 그에게로 다가갔을 때 그는 두 손으로 그것을 들고 서 있다. 그녀가 보니, 그것은 하얀 그릇이다. 남편은 마치 그 그릇이 갑자기 말을 쏟아 내기를 기다리는 것처럼 그것을 두 손에 든 채 빤히 쳐다보고 있다. 그녀는 남편 옆에 서서 남편이 자신을 쳐다봐 주기를 기다린다. "왕자님." 그녀가 말한다. 하지만 그는 그녀의 말을 듣지 못한다. 그녀는 남편의 팔을 잡아당긴다. 하지만 그는 그녀가 옆에 있는 것을 느끼지 못한다. 그녀는 지쳐서 무릎을 꿇고 앉아 머리를 그의 다리에 기댄다.

성벽 저편. 아래쪽으로 달빛에 잠긴 나무 꼭대기와 빈터, 그리고 비탈진 곳에 서 있는 조그만 장인의 모습이 가우타마의 눈에 들어온다. 위로는 성벽이 높이 솟아 있다. 가우타마는 올라갔다 내려갔다 하는 자신의 거대한 날개 그림자가 달빛에 물든 성벽 위로 드리워진 것을 본다. 날개 그림자가 높이높이 날아올라서 마침내 성벽 꼭대기에 다다른 다음 갑자기 사라지는 상상을 해 본다. 사라진 다음에는? 성벽 저편에는 무엇이 있을까? 가우타마는 어렸을 때 부왕과 함께 마차를 탔던 기억을 떠올린다. "저곳엔 아무것도 없다. 모든 것이 이곳에 있다." 그는 스승들이 제시했던 철학적 난제들을 기억한다. 만약 '모든 것' 둘레에 선을 긋는다면, 그 선 바깥에는 뭐가 있을까? 만약 '모든 것' 둘레에 선을 긋지 않는다면, 그 '모든 것'은 결코 끝나지 않을까? 이제 그는 알려진 세계의 한계선에 다가가고 있다. 그리고 그 너머는? 백조 날개는 무겁다. 하지만 가우타마는 강하다. 그가 성벽 꼭대기로 접근해 갈 때, 덜커덩하는 소리 같기도 하고 나직이 우르릉거리는 소리 같기도 한 소리가 들린다. 가우타마는 위로 성벽을 따라서 성벽 꼭대기 가까이에 좁은 구멍들이 줄지어 뚫려 있는 것을 본다. 그 구멍에서 촘촘하게 짠 넓은 그물이 나타난다. 그물은 두 개의 수평 막대기 사이에 펼쳐져 있다. 가우타마 아래로 두 번째 그물이 성벽에서 나타난다. 위에 넓게 펼쳐져 있던 그물이 떨어지면서 그의 날개를 덮쳐 꼼짝 못 하게 한다. 그는 무기력하게 바르작거리며 아래쪽 그

물로 떨어진다. 이어 누에고치 같은 그물에 갇힌 채 천천히 나무들을 향해 하강한다.

찬다, 생각에 잠기다. 그물이 가우타마를 감싸서 천천히 땅으로 내려올때 찬다는 몸을 숨기고 있는 높은 나뭇가지에서 그 모습을 지켜본다. 찬다는 나뭇잎 예술가가 땅에 떨어진 왕자를 돕기 위해 비탈을 뛰어 내려간 다음 빈터를 가로질러 숲속으로 황급히 들어가는 모습을 나뭇잎 사이로 계속 지켜보고 있다. 가우타마가 다치지 않았다는 것을 확신한 찬다는 여름 궁전으로 돌아가서 왕에게 전령을 보낸다. 찬다가 이번 일을 잘 알고 있는 것처럼 왕 역시 왕자의 전 모험 과정을 대단히 주의 깊게 살펴보고 있었다. 가우타마가 장인들의 거처를 처음 찾아간 직후부터 나뭇잎 예술가는 주기적으로 왕을 알현하기 시작했다. 왕은 찬다가 있는 자리에서 그 장인에게 백조 날개를 준비하라고 지시했다. 다음 날 왕은 왕실 수비대에 성벽의 비좁은 비밀 통로를 통해 내부 계단으로 올라가, 오래전에 외부 침략자를 물리칠 목적으로 설치한 두 개의 숨겨진 그물 장치를 가동할 준비를 하라고 지시했다. 찬다는 그날 밤을 한숨도 자지 못하고 보낸다. 아침이 되자 여섯 다리 공원으로 가서 개울가의 아카시아나무 아래 앉는다. 도대체 자신은 어떤 인간이 되었단 말인가? 그는 언제나 자신은 가우타마의 행복을 간절히 바라며 지켜보는 충실한 친구라고 생각했다. 그러나 최근에는 자신은 친구의 불행의 도구고, 오로지 왕만을 섬기는 배반자이자 첩자일 뿐이라는 생각이 자꾸만 든다. 왕이 왕자를 끔찍이 사랑하고 오직 왕자의 행복만을 바란다는 것은 틀림없는 사실이다. 물론 왕이 생각하는 그 행복이란 것은 이 세상과 이 세상의 기쁨을 받아들이는 유형의 행복이지만 말이다. 하지만 가우타마는 더 이상 그런 기쁨에 자신을 내맡기지 못한다. 어쩌면 세 궁전의 조그만 세계가 강력한 왕의 생각 많은 아들에게는 이제 더 이상 충분히 넓지 않은 게 아닐까? 찬다는 그물 속에서 바르작거리는 커다란 날개를 다시 떠올리고 나서 마음속의 시선을 딴 데로 돌린다. 세상 안의 여기 이 세상은 생각이 많은 달뜬 심장을 가진 사람에게는 너무 좁다. 가우타마는 성벽의 다른 쪽으로 나가야 하리라. 가우타마는 다채로운 빛을 지닌 커다란 세상과 맞닥뜨려야 하리라. 물론 성벽 저편의 세상 말이다. 낭비할 시간이 없다.

나른함. 가우타마는 누구에게도 그 저녁에 있었던 자신의 모험에 대해 애기하지 않는다. 그 모험은 곧 한여름 밤의 꿈에 불과했던 것처럼 여겨진다. 달이 푸른 호수에 떠 있는 한 마리 하얀 백조 같았던 어느 여름밤에 어떻게 그런 일이 일어날 수 있었단 말인가? 어떻게 그가 커다란 새처럼 나무 위로 날아올라서 성벽 꼭대기로 다가갈 수 있었단 말인가? 그렇지만 일상으로 돌아온 뒤로 그의 생활에 이상한 현상이 생겼다. 활터에 서서 활시위를 당길 때면 활이 팽팽히 구부러지면서 팔에 미세한 긴장의 물결이 이는 것을 느끼는데, 이제 그와 동시에 자신이 이 순간을 기억하고 있다는 느낌이 드는 것이다. 화살을 비추는 햇빛, 멀리서 들리는 쇠북 소리, 팔의 움직임에 따라 팽팽해지는 활시위, 어깨 위로 흘러내린 그의 머리카락…… 이 모든 게 이미 오래전에 일어났다는 느낌이 드는 것이다. 밤에 야소다라의 방으로 가서 그녀의 눈을 뚫어져라 응시할 때면 자신이 먼 미래에 그녀를 되돌아보고 있는 것 같은 느낌이 든다. '모든 것' 둘레에 그은 선 바깥에 있는 것 같은, 그런 먼 미래에 그녀를 되돌아보고 있는 것만 같다. 찬다와 함께 웃을 때나 여섯 다리 공원이나 고요한 기쁨 그늘 쉼터에서 혼자 걸을 때, 혹은 허벅지를 드러내기도 하고 감추기도 하는 속이 비치는 후궁의 실크 밑으로 자신의 손이 미끄러져 들어가는 것을 볼 때, 그런 때에 가우타마는 길을 걷다가 갑자기 어린 시절의 한 순간이 떠오른 사람 같은 태도를 띠곤 한다. 어느 날 오후, 가우타마는 물속에서 자라는 수초를 관찰하기 위해 연못 위로 몸을 기울이다가 물속에서 그를 쳐다보고 있는 자신의 얼굴을 본다. 물에 비친 그 반영은 연못의 수면 아래에서 하릴없이 그냥 그대로 있는 것만 같다. 그는 즉시 그 얼굴이 자신을 똑똑히 보려고 애를 쓰고 있다는 상상을 해 보지만, 그러나 바로 보지 못하고 비단 같은 물을 통해서만 보게 될 뿐이다. 물이 아무리 깨끗하고 잔잔하다 해도 그 얼굴과 그 얼굴이 보고자 하는 것* 사이에는 여전히 그 물이 있는 것이다. 궁전 창문에 달린 유채색 실크 천처럼 말이다. 사물과 현상들에는 고요함이 있고 차분한 거리감이 있다. 때때로 가우타마는 미소라고 부르는 동작을 일부러 짓는 일 없이 입가에 미소가 떠오르기 시작하는 것을 느낄 수 있다. 마치 미소를 짓는 행동은 그

* 물속의 얼굴을 들여다보는 물 밖의 가우타마의 얼굴을 말한다.

에게 집중을, 주의를 기울이는 부단한 정력을 요구하는데, 이제 그는 더 이상 그러한 집중과 정력을 불러내지 못하는 것만 같다.

왕이 결심하다. 왕은 찬다에게 몹시 실망한다. 왕자의 마음을 고적한 섬에 붙잡아 두려는, 많은 돈이 들어간 정교한 계획이 완전히 실패했을 뿐 아니라, 그 실패는 아들의 반항과 성벽 너머로 날아가려는 시도로 이어졌다. 그와 동시에 왕은 숨은 수비병의 활동과 성벽 그물 장치의 가동을 감독한 찬다에게 신세를 졌다고 느낀다. 찬다의 잘못이 무엇이든, 아무튼 찬다는 그 누구보다도 아들의 안전한 복귀를 책임지고 있는 신하다. 왕은 왕자에 대한 생각으로 근심이 가득하다. 아들은 풍요로운 쾌락의 세계로부터 물러나 왕권에 전혀 어울리지 않는 미심쩍은 내적 영역으로 들어가려 한다. 왕은 이제 자신의 나이를 의식하기 시작한다. 요전 밤만 해도 저녁 식사를 마치고 일어섰을 때 가벼운 현기증이 일어나서 양손으로 식탁을 짚은 채 잠깐 쉬어야 했는데, 그러는 동안 신하들은 그에게 얼굴을 돌려 날카로운 눈초리로 그를 지켜보았다. 왕국은 그 어느 때보다도 강력하다. 하지만 국경을 위협하고 있는 적들은 어떤 약점이나 우유부단함이 보이면 그 기회를 놓치지 않을 것이다. 세상의 지식을 차단하며 아들을 보호한 것이 왕이 막으려고 애쓰는 내면을 추구하는 경향을 오히려 조장해 온 게 아닐까? 찬다와 함께 고귀한 일곱 쾌락의 정원을 걸을 때 왕의 뇌리에서 그 생각이 떠나지 않는다. 왕은 찬다의 새로운 계획을 회의적으로 듣는다. 찬다는 가우타마가 성벽 밖으로 나가는 것을 허락해 주자는 제안을 피력한다. 언젠가 가우타마 자신이 통치하게 될 왕국의 영광스러운 모습을 보게 해 주자는 것이다. 경로는 미리 신중하게 골라 놓을 것이다. 가우타마는 말을 타고 녹음이 우거진 샛길로 들어선 다음 귀족들이 사는 대저택 구역을 지나서 도시 변두리를 향해 나아갈 것이다. 광대하고 다채로운 세상이 그의 영혼을 전율시킬 것이다. 가우타마는 이 영광스러운 왕국의 미래의 통치자라는 것이 무엇을 의미하는지 깨닫게 될 것이다. 그 얘기를 듣고 있던 왕의 마음속에 그것은 위험한 계획이라는 생각이 퍼뜩 떠오른다. 세 궁전이라는 좁은 세계에서는 왕 자신이 모든 움직임, 모든 미소, 모든 발걸음, 모든 새싹들을 다 통제할 수 있지만, 성벽 바깥의 넓은 세상은 어떻게 해 볼 도리가 없이 마구 흘러간다. 바깥세상에서는 꼼꼼하게 관리되는 것들이 거의 없기 때문에 어떨 때는 나무들이 전부 다 쓰러지기도 한다. 언제나 삶의 어려움과 가혹함으로부터 보호받아 왔던 왕자가 자신의 마음을 어지럽히고 괴롭히는 어떤 것을 보게 된다면 어떡할 것인가? 사람들이 바글대는 거대한 세상이 왕자를 현기증 나게 해서 더 맹렬히 내적 세계로 몰아간다면 어떡할 것인가? 왕은 손을 저으며 퉁명스럽게 그 제안을 거부한다. 그런 다음 1만 명의 시종들을 시켜 길을 깨끗이 청소하고 모든 불쾌한 광경들을 눈에 띄지 않게 없애서 왕자의 이동 경로를 사전에 준비한다는 조건을 붙여 불안스러운 표정으로 동의한다.

동문. 새벽에 동문이 열린다. 두 개로 이루어진 안쪽 문이 좌우로 열리고, 두 개로 이루어진 바깥쪽 문이 좌우로 열린다. 1,000대의 전차와 5,000명의 기병을 앞세우고 가우타마는 에메랄드와 루비가 반짝거리는 두 마리 백마가 끄는 황금 전차를 타고 간다. 옆에는 찬다가 타고 있다. 모든 것이 선명하게 눈에 띈다. 깨끗이 청소된 넓은 길, 실크 깃발이 걸린 높다란 미모사나무, 윤기 흐르는 갈색 말의 옆구리에 걸린 칼날의 섬광…… 나무들 사이로 환영처럼, 또는 벽에 그려진 그림처럼 저 멀리 솟아 있는 귀족의 대저택이 보인다. 난간과 작은 탑들이 있는 저택이다. 행렬이 나아가는 동안 사람들이 길 양편에 나타나기 시작한다. 길 위에 늘어선 사람들은 강가에 위치한 도시 변두리로 이어진다. 가우타마는 붉은색, 오렌지색 꽃을 꽂은 반짝이는 까만 머리를 보고, 개울 속의 조약돌 같은 어린아이의 주먹 쥔 손을 본다. 자신의 감각이 활짝 열리는 것을 느낀다. 세상이 급류 같다. 아름다움이 눈을 태울 만큼 눈부시다. 손을 뻗으면 하늘과 보석으로 장식한 말들과 환한 얼굴의 사람들이 늘어서 있는 넓은 길을 손바닥 안에 모을 수 있을 것 같다. 그는 세상을 마시고 싶다. 세상을 눈으로 먹고 싶다. 길가의 풀잎들이 칼날처럼 싱싱하게 피어 있다. 밝은 노란색 옷을 입은 사람 옆 풀밭 속에서 검은 형체 하나가 가우타마의 눈에 띈다. 그는 찬다에게 전차를 멈추라고 지시한다. 그것은 일종의 짐승이다. 손이 있는 짐승이다. 가우타마는 전차에서 내린다. 그 생명체는 반은 사람이고 반은 짐승이다. 그 반인반수가 길가에 앉아 있다. 머리꼭지 부분에는 머리털이 없다. 기다란 흰 머리털 여러 가닥이 움푹 꺼진 뺨 위로 흘러내려 있다. 눈은 맹하고 흐리며, 얼굴 피부는 뼈에 달라붙어 있다. 무릎 위에 펼쳐진 손가락은 새의 발톱처럼 보인다. 반쯤 벌어진 입에서 가우타마는 단 하나뿐인 누런 이빨을 본다. 마구간 냄새보다 더한 악취가 김처럼 모락모락 피어오른다. 가우타마는 찬다에게 몸을 돌린다. 찬다는 아직 전차에 그대로 서 있다. "이 생명체는 뭐지?" 그는 찬다의 눈에서 두려움을 본다.

찬다가 아는 것. 찬다는 가우타마를 속이는 것이 여전히 가능하다는 것을 알지만, 동시에 가우타마에게 해 온 거짓말이 이제는 끝에 이르렀다는 것도 알고 있다. 그의 답변으로 인해 질문이 마구 쏟아지겠지만 이제는 정직하게 대답하기로 결심한다. 그 대답은 친구를 괴롭게 만들 것이다. 친구의 눈은 이미 어두워지고 있다. 가우타마는 궁전으로 돌아가 마음을 닫아 버릴 것이다. 아무와도 말하지 않을 것이다. 어떻게 이런 일이 일어날 수 있을까? 길을 깨끗이 청소했으며, 숲을 다듬고 색칠했다. 집집마다 찾아가 노인, 병자, 불구자들을 면밀히 조사하여 격리했다. 이 생명체는 길가 풀밭에서 사는 거대한 곤충이라고 말하는 게 더 낫지 않을까? 사람들이 호수 밑바닥에서 사는 왕국이 있는데, 그 먼 왕국에서 잡아 온 괴물이라고 설명하는 게 더 괜찮지 않을까? 찬다는 한숨을 쉬고 나서 친구의 눈을 똑바로 쳐다보며 말한다. "노인이라네." 세 궁전의 세계에서는 나이 많은 사람은 받아들이지 않는다. 찬다는 어떤 면에서는 아직 어린아이인 친구에게 모든 것을 설명해야 할 것이다. 가우타마가 그를 뚫어져라 쳐다본다. 전차 바퀴가 햇빛에 환하게 빛난다.

남문. 가우타마는 찬다에게 지시하여 행렬을 되돌리고 다시 동문으로 들어간다. 그는 이레 낮 이레 밤 동안 고요한 기쁨 그늘 쉼터의 분수 옆 킴수카나무 아래 앉아 길가의 검은 형상에 대해 골똘히 생각한다. 그 노인이 가우타마 안에 있다. 자신이 그 노인이다. 자신의 아들이 그 노인이다. 그 노인은 자신의 아내의 핏속에 살고 있다. 모든 아름다운 여인의 핏속에 살고 있다. 자신은 어떻게 그걸 알지 못했을까? 언제나 알고 있었다. 알고 있었지만 알지 못했다. 알지 못했지만 알고 있었다. 여드렛날 아침에 그는 일어나서 찬다를 찾는다. 그는 다시 성 밖으로 나갈 것이다. 두렵지 않다. 둘은 함께 전차를 타고 남문을 나선다. 가우타마는 지난번에 동문으로 나갔을 때 모든 것들이 무척이나 선명했던 기억을 떠올리며 자신이 이 세상의 찬란한 빛에 의해 어두운 꿈에서 깨어나기를 갈망한다. 저 멀리 푸른 안개 속에서 빛나는 탑과 첨탑들이 보인다. 양쪽 길가에 도열한 왕실 수비대가 지나가는 그를 향해 환호한다. 가우타마가 옆으로 팔을 뻗으면 닿을 정도의 거리에 있는 한 수비대 병사에게 답례의 손짓을 보낼 때 병사들 사이로 땅바닥에 앉아 있는 어떤 사람이 눈에 띈다. 그는 전차를 세우고 내려서서 어린아이만큼 마른 젊은이를 내려다본다. 그 젊은 사내의 눈은 흐릿하다. 숨소리가 거칠다. 젊은 사내가 햇빛 속에서 몸을 떨며 신음한다. 코와 입에서 녹색 액체가 흘러나온다. 한쪽 다리는 오줌에 젖어 누렇다. 가우타마는 격렬히 찬다에게 고개를 돌린다. 찬다는 내려다보지 않은 채 말한다. "병자라네."

서문. 그 여행은 갑작스럽게 중단된다. 가우타마는 이레 낮 이레 밤 동안 몸이 썩어 가는 것에 관해 골똘히 생각한다. 여드렛날 아침에 그는 찬다와 함께 서문을 나선다. 출발한 지 얼마 안 되어 길가에서 말이 끄는 수레가 천천히 나아가고 그 뒤를 사람들이 주먹으로 각자의 가슴을 치고 울부짖으며 따라가는 모습이 눈에 들어온다. 수레 안에 한 남자가 등을 대고 누워 있는데, 사지가 막대기처럼 뻣뻣하고 얼굴은 돌처럼 허허롭다. 가우타마가 매몰차게 찬다를 쳐다본다. "무슨 일이지?" 가우타마가 묻는다.

허깨비. 가우타마는 서문을 통해 되돌아간다. 누구와도 얘기를 하지 않는다. 그는 조금 전에 본 것을 잊어버리려고 곧장 후궁들의 거소로 간다. 뭔가 이상하다. 여인들이 그를 향해 미소 짓는데, 이빨이 깨져 있고 검누렇다. 가슴은 흙자루처럼 처지고 팔은 굽은 막대기 같다. 발가벗은 한 소녀가 배를 깔고 누워서 어깨 너머로 그를 쳐다본다. 소녀의 엉덩이 사이에서 뱀 한 마리가 기어 나온다. 그녀의 얼굴은 씩 웃고 있는 해골이다. 가우타마는 밝은 오후의 햇살 속으로 도망쳐 나온다. 고개를 드니, 하늘에 뜬 해는 둥근 핏덩어리다. 가우타마는 자신의 손을 들여다본다. 피부에서 균열이 생긴다. 손가락 끝에서 검은 액체 한 방울이 스며 나온다.

북문. 여드렛날에 가우타마는 북문을 열라고 명령한다. 세상을 있는 그대로 봐야 하리라. 세상은 무엇인가? 그는 당당하게 피와 똥 속으로 들어갈 것이고, 죽은 자의 입에 키스할 것이다. 성문에서 멀지 않은 곳의 길가를 걸어가는 한 남자가 눈에 띈다. 그 남자는 흰 그릇을 들고 있다. 수수한 옷을 걸치고 평화롭게 걷는다. 머리는 빡빡 깎았다. 그릇의 하얀 빛깔, 움직임이 거의 없이 잔잔한 두 팔, 평온한 시선, 이 모든 것이 가우타마에게 긴장감을 불러일으키며 주의를 끈다. 찬다는 그 사람은 수도자며, 동냥 그릇을 들고 다닌다고 말한다. 과거에는 많은 하인을 둔 커다란 저택의 주인으로, 매우 부유한 사람이었다고 설명해 준다. 지금은 가진 게 아무것도 없는데 그 자신은 모든 것을 가졌다고 얘기한다는 설명을 덧붙인다. 찬다가 친구의 표정을 보려고 고개를 돌렸을 때, 그는 가우타마가 매서운 표정으로 하얀 그릇을 뚫어지게 쳐다보고 있는 모습을 본다.

고귀한 일곱 쾌락의 정원에서. 쪽빛 푸른 밤에 슈도다나 왕은 고귀한 일곱 쾌락의 정원을 걷고 있다. 그의 팔 위에서 아롱거리는 하얀 실크 같은 달빛과 로즈애플나무의 짙은 향기가 그를 달래고 그의 마음을 평온함으로 채운다. 찬다의 보고로 조심스럽게나마 희망을 갖게 되었기에 왕은 얼마간 마음이 차분해지는 것을 느낄 수 있다. 왕자는 네 개의 성문을 전부 다 이용해서 밖으로 나가 보았지만, 그때마다 금방 돌아왔다. 왕자는 미지의 세계의 버겁고 낯선 쾌락보다는 성벽 이쪽 세계의 익숙한 쾌락을 더 좋아하는 것 같다. 왕자는 결코 다른 왕국을 정복하는 정복자가 되지 못할 것이다. 대신 그는 세 궁전을 다스릴 것이고, 부왕이 이룩한 영토를 윤택하게 가꿀 것이다. 그것은 좋은 일이다. 왜냐하면 밖으로 팽창

하는 시기가 있고 내실을 다지는 시기가 있기 때문이다. 피의 시기가 있고 와인의 시기가 있기 때문이다. 병사들은 그에게 복종할 것이다, 불복종은 곧 죽음이기에. 가우타마 싯다르타 왕의 통치가 끝난 다음에는 가우타마의 아들의 통치 시기가 올 것이다. 가우타마의 아들은 벌써 어른처럼 말을 잘 다룬다. 게다가 통치자가 되기 위해 태어난 사람답게 이야기를 할 때면 권위가 자연스럽게 풍겨 나온다. 라훌라는 이전의 할아버지처럼 호령하고, 말을 타고 나가 새로운 땅을 정복할 것이다. 왕은 어린 손자가 자랑스럽기 그지없다. 다른 한편으로, 서두를 이유가 전혀 없다. 왕 자신도 여전히 강하기 때문이다. 며칠 전만 해도 그는 새벽부터 해가 질 때까지 사냥을 했으며, 이후 여인들의 거소에서 한 젊은 후궁을 기쁨의 비명이 터져 나오게 만들지 않았던가.

작별. 침실 밖에서 가우타마는 손을 들어 문간에 드리워진 무거운 커튼을 옆으로 민다. 그는 망설이며 움직이지 않는다. 결혼 침대에서 자고 있는 야소다라의 숨소리가 들린다. 높은 기둥의 맨 윗부분을 연꽃 조각으로 장식한 침대에 깔린 주홍색 매트의 가장자리로 금빛 원앙이 수놓여 있다. 두 번째 문간 너머는 아들 방이다. 가우타마는 얼굴을 한쪽으로 돌리고 팔을 가슴에 얹은 채 자고 있을 라훌라 위로 몸을 숙이는 자신의 모습을 상상해 본다. 그는 튼튼한 아이다. 활쏘기와 씨름에 능하고 말을 다루는 솜씨가 탁월하며 친구들 사이에서도 통솔력을 발휘한다. 백조가 물속으로 부리를 집어넣는 소리 말고는 아무 소리도 들리지 않는 외딴 장소를 좋아할 아이가 결코 아니다. 이제 가우타마는 야소다라 위로 몸을 숙이는 자신의 모습을 상상한다. 기름 등불의 희미한 불빛이 아내의 뺨에 비친다. 잠들어 있는 아내는 백조 밑에 있는 검은 물속의 백조처럼 선명하긴 하지만 괴리감이 있다. 가우타마는 방 안으로 들어가 아내 위로 몸을 숙일 생각이다. 나직이 작별 인사를 속삭일 생각이다. 아내 위로 몸을 기울여 작별 인사를 속삭이는 자신의 모습을 상상하며 커튼 바깥에 서 있는 동안 가우타마의 마음속에 아내가 멀리 떨어져 있는 느낌이 든다. 커튼을 밀치고 아내에게 다가가기만 하면 되는데도 멀리 떨어져 있는 느낌이 드는 것이다. 곧 침실 밖 이 자리도 아주 먼 곳이 될 것이다. 뭔가 마음을 심란하게 하는 것이 있는데, 이제 그것이 점점 분명해지고 있다. 이제 그는 그게 무언지 안다. 아내의 침실 문턱이 있는 이곳에서조차도, 자신이 손을 들어 커튼을 잡고 있는 이 자리에서조차도 그는 이미 어딘가 다른 곳에 있다는 사실이다. 커튼을 젖히고 안으로 들어가는 것은 작별을 고하는 게 아니라 돌아올 수 없는 여행에서 돌아왔을 때나 하는 행위다. 갑자기 자기 자신에게 화가 난다. 아직도 쾌락에 얽매여 있단 말인가? 그는 몸을 돌려 밤의 어둠을 향해 나아간다.

달빛. 찬다는 힐끗 뒤돌아보며 거대한 북문이 뒤에서 닫히는 모습을 본다. 그런 다음 가우타마보다 앞서서 나아간다. 둘은 각자의 말을 타고 달빛이 비치는 길을 나아가고 있다. 찬다는 몹시 기쁘면서도 한편으로는 우울한 기분이다. 감옥 같은 세 궁전의 세계에서 친구가 탈출하는 것을 돕고 있기 때문에 기쁘고, 가우타마 없는 자신의 삶은 의미 없는 삶이리라는 것을 알기 때문에 우울하다. 북문을 지키는 서른 명의 수비병에게 이곳을 떠나 다른 세 개의 성문으로 이동하라고 비밀리에 지시한 사람이 바로 찬다다. 그들의 자리를 여섯 명의 믿을 수 있는 수행원으로 대체한 사람도 찬다다. 말을 준비하고 떠날 시간을 미리 정해 놓은 사람도 찬다다. 왕은 격노할 것이다. 찬다를 체포해서 감옥에 처넣을 수도 있을 것이다. 하지만 때가 되면 왕은 그를 용서할 것이고, 결국에는 고마워할 것이다. 왕은 가우타마가 떠나는 것을 막을 수 없었으리라는 것을 이해하게 될 것이다. 나아가 밤의 위험을 뚫고 대삼림의 경계 지역까지 안전하게 인도해 줄 수 있는 믿을 만한 친구와 함께 왕자가 탈출한 것이 훨씬 더 나았다는 것을 이해하게 될 것이다. 말을 타고 길을 나아가면서 찬다는 반복적으로 왕자를 쳐다본다. 왕자는 똑바로 앞을 응시한 채 가고 있다. 뒤에서 묶은 왕자의 긴 머리가 두 어깨 사이에서 가볍게 흔들린다. 찬다의 머릿속에 갑자기 장래에 탐스럽고 멋진 머리카락을 칼로 빡빡 깎고, 아른거리는 잔파도처럼 달빛 속에서 아롱대는 고운 실크 옷 대신에 거칠고 조악한 옷을 걸친 가우타마의 모습이 떠오른다. 슈도다나 왕의 아들이 휜 그릇을 들고 다닌다. 왕자의 긴 손가락이 휜 그릇을 감싼다. 탁발하는 가우타마의 환영이 너무나도 생생한 나머지 찬다는 자기 옆에서 백마를 타고 가는, 긴 머리에 실크 옷을 걸친 왕자의 모습에 깜짝 놀란다. 나무들이 조금씩 줄어들기 시작했다. 갈림길에서 찬다는 오른쪽 길로 이끈다. 강가에 있는 도시로부터 멀어지는 방향이다. 길 양쪽에는 검은 들판이 밤의 어둠 속으로 넓게 뻗어 있다. 가우타마는 아무 말도 하지 않고 앞만 보고 있지만 찬다는 가우타마에게서 이상한 편안함이 스며 나오고 있는 것을 느낄 수 있다. 그렇지 못할 이유가 어디 있겠는가. 그들은 멋진 여름밤에 말을 타고 모험을, 세상을 향한 모험을 떠나고 있지 않은가. 그들 두 사람은 어른들이 잠자고 있는 동안 달빛 속에서 뛰노는 한 쌍의 소년 같다. 달 밝은 밤에는 모든 게 가능하다. 달빛은 꿈의 빛이기 때문이고, 이 밤이 계속될 것 같기 때문이다. 살아 있노라! 숨을 쉬노라! 그리고 모든 모험이 그러하듯이 이 모험이 끝나면 또 다른 모험이 있을 것이다. 그들은 내일은 햇볕이 쨍쨍한 궁전 안뜰을 지나서 음악가들의 거처로 갈 것이다. 여름 공기를 호흡하며 크게 웃을 것이다. 그러나 찬다는 그렇지 않으리라는 것을 잘 알고 있다. 내일 친구는 그와 함께 있지 않을 것이다. 친구는 다시는 그와 함께 있지 않을 것이다. 찬다의 마음속으로 근심이 스멀스멀 기어든다. 긴 밤의 피로가 몰려온다. 찬다의 내부에서 피로가 그를 마구 잡아당기는 것 같은 느낌이다. 그렇지만 결코 끝나지 않아야 할 이 밤, 그는 정신을 바짝 차리고 있어야 한다. 한데 그 앞에 높이 솟아 있는 대삼림이 이미 눈에 들어온다. 어떻게 이럴 수가 있는가? 그 숲이 점점 더 가까워진다. 마치 숲이 그들과의 만남을 서두르고 있는 것 같다. 그가 숲에 주의를 기울이지 않았어야 했을까? 가우타마가 말을 멈춰 세운다. 말에서 내린다. 그런 다음 자신의 말을 찬다에게 건넨다. 팔에서 보석 팔찌를 벗기 시작한다. 찬다는 가우타마의 동작을 늦추고 싶다. 동작을 영원히 멈추게 하고 싶다. 일이 너무 빨리 진행되고 있다고, 바로 조금 전에 말을 타고 길을 가고 있었다고, 여름밤에 두 친구가 길을 가고 있었다고 얘기해 주고 싶다. 왕자의 팔의 온기가 아직 남아 있는 보석 팔찌를 받을 때 찬다는 자신의 몸이 떨리는 것을 느낀다. 그는 그러지 않아야 한다고 느끼면서도 털썩 무릎을 꿇고 앉아 가우타마에게 그의 여행에 동반하게 해 달라고 부탁한다. 숲에는 뱀과 늑대가 있다네. 깨끗이 청소된 길에만 익숙한 그대가 가시밭길을 걸어야 할 거야. 그리고 무얼 먹을 텐가? 잠은 어떻게 해결하고? 크게 소리치며 자신의 간절한 바람을 얘기할 때조차도 찬다는 부끄럽고 괴로워서 고개를 숙인다. 주변이 조용하다는 것을 알고 찬다는 놀란 마음으로 고개를 든다. 하지만 가우타마는 여전히 거기 서 있다. 찬다는 나무에서 이는 가벼운 바람 소리를 듣는다. 밤하늘에서 나는 소리 같기도 한데, 아무튼 그 소리는 이렇게 말하는 것 같다. "잠의 시간은 끝났다." 그는 그 뜻을 이해하려 노력하지만, 그에게는 나뭇잎에서 나는 바람 소리로만 들릴 뿐이다. 가우타마가 동쪽 하늘을 가리키며 말한다. "저길 봐. 동이 트고 있어." 산등성이 위로 새벽의 얇은 띠가 나타나 있다. 무거운 피로감이 찬다를 짓누른다. 옷의 무게처럼 피부에 와 닿는 피로감이다. 하품으로 인한 떨림이 얼굴로 번지고, 무릎을 꿇고 있는 몸 전체로 퍼진다. 피곤함을 이기지 못하고 고개를 숙인다. 어깨에서 뭔가를 느낀다. 가우타마의 손일까? 그는 희열감으로 소리 지르고 싶고, 동시에 비통한 눈물을 터뜨리고 싶다. 눈을 떴을 때 가우타마가 숲속으로 사라지는 것을 본다. 찬다는 나무 앞에서 무릎을 꿇고 앉은 채 기다린다. 하늘이 밝아진다. 새 한 마리가 나뭇가지에 앉는다. 잠시 후 찬다는 일어나서 두 마리 말을 끌고 왔던 길로 되돌아간다.

The Place

1

그곳은 플레이스*로 알려져 있었다. 아주 어렸을 때도 우리는 그런 이름은 잘못된 거라는 걸 알았다. 왜냐하면 '조앤 식당', '인디언 호수', 사우스메인가에 있는 '팰리스 극장'과 같은 이름은 뭐 하는 곳인지 이해할 수 있지만, 플레이스는 이름만 들어서는 어떤 곳인지 감을 잡을 수 없기 때문이었다. 누군가 그곳에 이름을 붙인 사람이 충분히 생각하지 않았거나, 아니면 무슨 이름이 좋을지 결정하지 못한 것 같았다. 하지만 나중에 나이가 들어 감에 따라 우리는 이름을 잘못 지었다는 바로 그 점이 그곳에 딱 어울린다고 생각하게 되었다. 그곳은 언제든 물건을 넣을 수 있는 빈방과도 같았다. 그리고 좀 더 시간이 흐른 뒤에는 우리는 그 이름에 대해 더 이상 아무 생각도 하지 않았다. 그것은 여름, 밤 따위와 같이 그냥 그곳의 일부였던 것이다.

* '장소'라는 뜻. 여기서는 지명 이름이므로 원어 그대로 '플레이스'로 옮긴다.

2

그곳은 쉽게 갈 수 있는 곳이다. 마을 끝에 있는 언덕을 향해서 북쪽으로 가기만 하면 된다. 그곳이 가까워지면 주택이 점차 줄어들면서 자동차 대리점이 나오고, 은퇴한 사람들이 주로 사는 주거지가 나오고, 옥외 쇼핑센터와 실내 쇼핑몰이 나온다. 그러고 나서 죽 펼쳐진 들판과 숲이 나온다. 그 숲 맞은편에서 언덕이 시작된다. 차를 몰고 언덕 위로 조금 올라갈 수 있지만, 포장된 주차장이 나오면 그곳에 차를 대고 계속 걸어 올라가야 한다. 주차장에서부터 대여섯 갈래 오솔길이 시작되어 정상까지 구불구불 이어진다. 보통 사람의 걸음걸이로는 정상까지 가는 데 20~30분 정도 걸린다. 일부 사람들은 정상까지 가지 않고 오솔길 옆에 군데군데 놓인 나무 벤치에 앉아 쉬는 것을 좋아한다. 걸어서 올라가고 싶지 않으면 정상 근처까지 가는 미니버스를 이용할 수 있다. 미니버스는 출발지에서 30분마다 출발하는데, 주중에는 오전 9시에서 오후 5시까지, 주말에는 오전 10시에서 오후 6시까지 운행한다. 날씨가 안 좋은 시기인 11월 1일부터 3월 1일까지는 모든 곳이 폐쇄된다. 라디오와 휴대전화는 엄격히 금지되지만, 그것을 아쉬워하는 사람은 없는 것 같다. 이곳에 오르는 것은 두 마을에 걸쳐 있는 인디언 호수의 호숫가나 버로스 공원에 있는 피크닉 탁자로 나들이를 가는 것과는 다르다. 사람들이 그런 목적으로 이곳을 찾지는 않는다.

3

여섯 살인가 일곱 살 무렵에 처음으로 그곳에 갔던 때가 생각난다. 무릎 높이의 풀밭이 넓게 펼쳐진 들판 사이 오르막길을 엄마 손을 꼭 잡고 걸어가는 내 모습이 눈에 선하다. 내 팔에 내리쬐던 따뜻한 햇볕도 느낄 수 있다. 마치 우리가 하늘을 덮고 있는 것을 밀어 젖히며 나아가는 것처럼 하늘이 점점 더 넓어졌다. 익숙한 흥분이 일었다. 은색 막대에 연결된 목마가 위아래로 움직이며 돌아가는 회전목마와 원뿔 모양의 종이에 담겨 하늘거리는 분홍빛 솜사탕이 있는 놀이공원에 갈 때나 강변 들판에서 열리는 여름 서커스를 보러 갈 때 느꼈던 것과 같은 종류의 흥분이었다. 나는 그 플레이스라는 곳은 놀이기구가 있는 공원이거나 칼을 파는 가게가 있는 성이 아닐까 하고 생각했다. "다 왔다." 오솔길이 끝나는 곳에 이르렀을 때 엄마가 말했다. 나는 가만히 서서 좌우로 고개를 두리번두리번 돌리며 실망스러운 기분으로 이렇게 생각했던 기억이 난다. 아무것도 없잖아. 또 하나 기억나는 것은 엄마의 얼굴에서 일어난 변화이다. 그즈음 나는 언제나 엄마의 관심을 독차지했다. 내가 엄마에게서 떨어져 있을 때조차도 엄마는 나를 생각하고, 나를 걱정하고, 또한 나로 인해 기쁨을 느낀다는 것을 알고 있었다. 그러나 그곳 플레이스에서는 뭔가 바뀌어 있었다. 엄마가 내 손을 놓았다고 해서 그렇게 생각한 것은 아니었다. 평소에도 안전한 곳이라고 생각되면 엄마는 손을 놓아주곤 했기 때문이다. 왠지 모르게 엄마는 그곳에 나와 함께 있지 않은 것 같았다. 나는 엄마가 뭔가를 쳐다보고 있다고 생각했다. 그래서 엄마의 시선을 따라가 보았을 때 나는 엄마가 아무것도 보고 있지 않다는 것을 알 수 있었다. 나중에 엄마가 나를 자기 옆으로 끌어당기며 저 아래에 있는 조그만 마을을 손가락으로 가리켰을 때 나는 사납게 그곳을 힐끗 쳐다보고는 눈을 돌려 버렸다. 잠시 후 나는 풀밭에 있는 돌멩이를 발로 차기 시작했다.

4

가끔 어떤 느낌이 찾아들 때가 있다. 어느 여름 토요일 오후, 당신은 보도를 걷고 있다. 햇빛과 단풍나무 그늘, 오래된 참나무 그늘을 지나고 눈에 익은 여러 이웃들의 마당과 현관을 지나쳐 걷는다. 위토스키 부인이 접시꽃 옆에 깔개를 깔고 무릎을 꿇은 자세로 앉아서 잡초 제거기로 땅을 쿡쿡 찌르고 있다. 앤더슨 씨 댁 아들이 자신의 혼다 자동차 뒤에서 지하실 이중 유리창을 들어 올린다. 그 유리창을 지하 콘크리트 벽에 낸 나무 창틀에 끼워 넣으려고 하는 것이다. 창틀을 고정할 때 쓰이는 윙너트 두 개가 보인다. 잔디 깎기 기계들은 멈춰 서 있다. 깎인 잔디 냄새, 라일락 냄새, 신선한 타르 냄새가 훈훈한 공기 속에 배어 있다. 팔에 내리쬐는 햇볕의 감촉이 좋다. 그때 갑자기 그 느낌이 찾아든다. 정확히 불안하고 들뜬 느낌인 것은 아니다. 엄밀히 말하자면, 다른 어딘가에 있어야만 할 것 같은 분명한 느낌이다. 거리가 당신을 둘러싸고 압박한다. 숨을 쉴 수 없게 만든다. 이것이 바로 당신에게 집으로 돌아가서 차를 타고 플레이스로 가라고 말하는 느낌인 것이다.

5

그곳에 무엇이 있는지 설명하는 건 쉽지 않다. '버로스 공원'이나 '남부 종합 운동장'과는 달리 플레이스에는 경계가 없다. 언덕 꼭대기에 위치하고 있다는 것은 분명한 사실이지만 말이다. 언덕의 비탈을 오르면 고원이라고 생각할 수 있는 편평한 정상이 나온다. 물론 거기에도 움푹 팬 곳과 위로 솟아오른 곳이 있긴 하다. 그런데 그 언덕의 꼭대기는 어디에서 시작되고 어디에서 끝나는 것일까? 그걸 누가 알 수 있을까? 그곳은 모든 방향의 전망이 다 좋다. 한쪽 끝에 서면 언덕 기슭에 있는 숲과 들이 보이고, 이어 은퇴자 주거지의 조그만 붉은 지붕 건물들과 시골길이 보인다. 그 너머로는 마을 자체가 보인다. 가게와 조그만 차량들이 눈에 띄는 메인스트리트, 밴뷰런 호텔의 지붕, 주택가, 연못, 공원 등이 보이는데, 그 모든 것이 너무 작아서 새삼 놀라게 된다. 마을 너머로 다른 마을들이 보인다. 하얀 교회 첨탑이 있는 촌락, 구불구불한 길, 리본 모양의 고속도로, 작은 규모의 경작지들, 길게 이어지는 낮은 구릉 등이 눈에 들어온다. 고원에서는 사방이 아주 멀리까지 눈에 들어온다. 고원은 풀이 많은 곳으로, 밖으로 드러난 바위들이 길게 뻗어 있고 야생화들이 듬성듬성 피어 있다. 조그만 참나무 숲과 소나무 숲이 있으며, 몇몇 블루베리 군락지도 있다. 군데군데 긴 나무판자로 만든 구식 벤치가 놓여 있다. 피곤한 여행자들에게 제공하기 적합하다고 마을 당국이 판단하여 설치한 벤치이다. 이곳 플레이스의 가장 인상적인 풍경은 허리 높이쯤 되는 10여 개의 무너져 가는 돌담들이 고원의 풀밭을 따라 각기 다른 방향으로 6미터 내지 9미터쯤 뻗어 있다는 것이다. 역사 협회에 따르면 이 돌담들은 17세기 말에서 18세기 초에 농부들이 소유지 둘레에 쌓은 오래된 담이라고 한다. 하지만 작물을 재배했는지, 한때 고원에 건물이 들어서 있었는지에 대해서는 의견이 분분하다. 한 역사학자는 그 담들은 농부들이 쌓은 게 절대 아니고, 16세기 중반으로 거슬러 올라가는 아메리카 원주민들의 유적이라고 주장한다. 그 낮은 담을 따라 걸을 수도 있고, 그 위에 걸터앉을 수도 있고, 그냥 무시할 수도 있다. 이따금 사마귀, 들쥐, 붉은꼬리 말똥가리 등을 보게 된다. 그 고원은 가파른 데 없이 사방이 모두 완만한 비탈을 이루고 있어서, 앞에서 말했듯이 어디에서 시작되고 어디에서 끝나는지 알기 어렵다. 나는 플레이스의 모습을 묘사하려 시도했지만, 시도하는 것 자체가 무슨 가치가 있는지 의심스럽다. 플레이스가 어떤 모습인지보다는 그곳이 당신에게 어떤 의미가 있는가 하는 점이 더 중요할 것이다.

6

버려진 낡은 대저택을 둘러싼 이야기들이 생겨나듯이 플레이스에 관한 소문들이 난무한다. 때로는 소문들이 너무 무성해서 진짜 플레이스를 찾기 위해서는 그 소문들을 헤치고 나아가야 하는 수도 있다. 어떤 사람들은 말하기를, 플레이스는 과거에 잘 알려지지 않은 옛 부족이 위대한 영혼을 기리기 위해 세운 고대 기념비가 있었던 곳이라고 한다. 어떤 사람들은 플레이스는 질병을 치료하고 수명을 연장하며 잃어버린 기억을 되살리게 하는, 삶의 질을 높여 주는 힘을 지녔다고 주장한다. 또 어떤 사람들은 플레이스에는 과거의 사건을 인식하게 하고 죽은 사람과 소통하게 하는 에너지장이 있다고 말한다. 비록 우리들 대부분은 플레이스를 싸구려로 만들어서 심령 치료 장소로 둔갑시킬 우려가 있는 소문들을 경멸하지만, 다른 한편으로는 그런 소문들도 어떤 면에서는 플레이스의 일부라는 점을 이해한다. 플레이스는 그 땅에 노란 제비꽃, 가시 달린 유액 분비 콩과 식물, 수상꽃차례로 꽃이 피는 키 큰 현삼과 식물을 키워 내는 것만큼이나 확실하게 그런 소문들을 불러 모으고 생겨나게 한다.

7

고등학교 2학년 봄에 나는 댄 리버스와 함께 시간을 보내기 시작했다. 그는 그 전해 12월에 콜로라도주 어느 지역에서 우리 마을로 이사 왔다. 댄은 내가 늘 피해 왔던 스타일의 친구였다. 잘생기고 자신감 넘치며 몸매가 잘빠지고 여자들과 잘 어울리는 그런 녀석이었던 것이다. 모든 사람이 댄 리버스를 좋아했다. 어쩌면 내가 으레 거리를 두고 점잖게 대했기 때문에 그가 내게 접근해 온 것인지도 모른다. 어느 날 수업이 끝난 후 댄은 나와 함께 걸어서 우리 집에 갔다. 그 후로 우리 집에 오기 시작했고, 우리는 함께 체스를 두고 책에 관해 이야기했다. 그는 햇볕이 드는 뒤 베란다에서 고리버들 의자에 앉아 엄마에게 콜로라도의 조그만 마을에 대해 얘기해 주고, 엄마가 해 주는 로어이스트사이드 얘기를 귀 기울여 듣곤 했다. 거실의 피아노 옆 안락의자에 앉아서는 아버지에게 자유의지의 문제점이나 진리 대응설에 대해 얘기하곤 했다. 그에게는 타인과 우정을 맺고자 하는 바람과 다른 기질을 지닌 사람의 마음속으로 들어가고자 하는 갈망이 있다는 것을 나는 느꼈다. 우리는 자신의 야망과 꿈에 대해 이야기했다. 어느 토요일 아침, 그는 차를 몰고 와서 플레이스에 가 보고 싶다고 했다. 나는 엄마와 함께 가 본 뒤로는 한 번도 그곳에 간 적이 없었다. 우리는 차를 몰고 자동차 대리점과 은퇴한 사람들이 사는 주택 지구를 지나고, 이어 쇼핑몰과 쇼핑센터를 지나 숲으로 들어간 다음 언덕 기슭에 이르렀다. 가장자리에 나무 말뚝을 박아 놓은 포장된 주차장에 차를 세우고 구불구불한 오솔길을 오르기 시작했다. 풀밭이 양쪽으로 넓게 펼쳐져 있었다. 팔에 와 닿는 햇볕은 따뜻했다. 엄마와 함께 걸었던 기억과 엄마의 어깨에 걸쳐진 가죽 핸드백, 엄마의 얼굴 위쪽에 드리워진 모자 그림자가 생각났다. 오솔길 꼭대기에서 댄 리버스와 나는 몸을 돌려 탁 트인 전망을 바라보았다. 저 멀리 보이는 조그만 마을에서 나는 우리 학교와 메인스트리트에 있는 자산 신탁 회사의 지붕, 버로스 공원의 한쪽 귀퉁이를 볼 수 있었다. 눈을 돌려 댄 리버스를 쳐다보았다. 그는 같은 전망을 바라보고 있었으나, 나는 그에게서 뭔가 다른 것을 느낄 수 있었다. 엄마의 얼굴에서 일어난 변화를 떠올리게 하는 어떤 것을 느낀 것이었다. 나는 조금 걸어가서 돌담에 걸터앉았다. 청바지를 입은 종아리에서 뜨뜻한 돌의 감촉이 느껴졌다. 잠시 후 나는 고원의 가장자리께로 걸어가서 갈색 강물과 공장 굴뚝, 푸른 언덕을 내려다보았다. 몇몇 사람들이 주변을 어슬렁거렸다. 사방이 조용했다. 나는 말을 많이 하는 편이었지만, 이곳은 말을 하는 장소가 아니었다. 댄 리버스가 내게 다가와서 앉았고, 얼마 후 일어나서 주변을 걸었다. 한 시간 뒤에 우리는 언덕을 내려가 차를 세워 둔 곳으로 갔다. 다음 날 댄은 혼자서 다시 플레이스로 갔다. 그는 월요일에 우리 집에 오지 않았다. 댄 리버스는 매일같이 차를 몰고 플레이스에 갔다. 가입한 동아리에서 탈퇴하고 파티에도 가지 않았으며, 뭔가에 깊이 빠져 있는 듯했다. 우리 집에 오는 일도 거의 없었고, 바쁘다고 했다. 학교 복도에서 서로 지나치면서 보았을 때, 그는 한두 번 나에게 그곳에 함께 가자고 말했다. 다음에 가자. 나는 그렇게 답했다. 가끔 그와 함께 있게 될 때면 그는 플레이스에 대해서만 이야기하고 싶어 했는데, 그와 동시에 실은 플레이스에 관해서는 얘기하고 싶지 않은 듯했다. 그는 플레이스가 자신의 마음을 깨끗하게 해 주고 이런저런 것들을 없애 주었다고 말했다. 어떤 것들을? 나는 알고 싶었다. 마음속 쓰레기. 그는 그렇게 말하며 한쪽 어깨를 으쓱해 보였다. 나는 그가 새롭게 뭔가를 숨기고 있다는 것을 느낄 수 있었다. 그는 자기 자신 속으로 들어가서 문을 닫고 블라인드를 쳤다. 6월에 나는 그가 가족과 함께 텍사스의 오스틴으로 이사 간다는 것을 알았고, 7월에 우리가 이미 이별했다는 것을 깨달았다. 그가 텍사스로 떠난 다음 날, 나는 혼자서 플레이스에 가 보기로 작정했다.

8

우리를 보면 여름철 방문객이 우리 마을에 올 거라고 생각하지 않을지 모르지만, 실은 여름이면 많은 사람들이 우리 마을을 찾는다. 특히 대도시의 모든 것에서 벗어나기를 꿈꾸는 대도시 사람들이 많이 찾아온다. 그들은 도시 생활의 압박에서 탈출하여 평화롭고 단순한 삶이 있는 곳이라고 믿는 곳으로 떠나오는 것이다. 그뿐 아니라 인근의 조그만 마을 사람들도 즐겨 찾아온다. 그들은 우리 마을의 야외 카페와 상점, 식당들에 끌리고, 댄스 클럽과 재즈 바가 있는 우리 마을의 활기찬 밤 문화에 끌린다. 우리 마을을 찾은 여름 방문객들은 고풍스럽게 장식한 방들이 있는 여관 두 곳과 새로 개조한 19세기 호텔, 아침 식사가 나오는 다양한 숙소, 가족 친화적인 모텔에 묵는다. 월 단위로 가정집을 빌려서 생활하기도 한다. 가로수가 심어진 중심가는 방문객 모두가 좋아하는 곳이다. 중심가에는 마을 주민이 주인인 조그만 가게와 색다른 식당들, 그늘진 곳에 놓인 나무 벤치 등이 있고, 아이스크림 가게도 있다. 물론 호화스러운 부티크와 고급 의류 매장도 있다. 피크닉 탁자와 개울과 어린이 놀이터가 있는 버로스 공원도 언제나 인기 있는 곳이다. 7월에는 이 공원에서 야외 콘서트가 열린다. 우리 마을에서 멀지 않은 곳에 있는 인디언 호수에서는 수영을 할 수도 있고, 카누를 빌려 탈 수도 있고, 주변 오솔길을 산책할 수도 있다. 조금 더 떨어진 곳에는 야생동물 보호 구역과 골프장이 있고, 공예품 가게와 박물관이 있는 18세기 촌락을 복원해 놓은 지역도 있다. 플레이스도 여름 방문객들이 가 보고 싶어 하는 곳이다. 방문객들은 언덕 꼭대기까지 걸어 올라가서 주변을 거닐고 경치를 감상하다가 내려온다. 플레이스를 다시 찾는 방문객은 거의 없다. 특히 그곳에서는 도시락이든 뭐든 음식을 먹는 게 금지되어 있다는 것을 알고 나서는 더욱 그렇다. 우리는 여름 방문객들이 눈에 거슬리지만, 한편으로는 흥미롭기도 하다. 그들은 우리로 하여금 현재 그대로의 자신의 모습 이외의 어떤 것으로도 변화되지 못할 사람들에게 플레이스는 어떻게 느껴질 것인지 생각해 보게 하기 때문이다.

9

혼자 플레이스에 올라간 날, 나는 무엇을 기대했던 것인지 모르겠다. 댄 리버스를 끊임없이 그곳으로 끌어당긴 게 무엇인지 발견하고 싶어 했던 것은 아닐까 생각한다. 그날은 뜨거운 7월 아침이었다. 나는 플레이스를 이리저리 거닐었다. 그곳은 전체가 평평한 하나의 넓은 땅이 아니라 조그만 오르막과 내리막이 연속되는 곳이어서 언덕의 정상에서도 야트막하게 패어 들어간 곳이 있다는 것을 다시금 알아차렸다. 나는 오르막, 내리막을 따라 군데군데 자리 잡고 있는 낮은 돌담 옆을 걸어서 길의 흔적이 있는 무성한 풀밭 속으로 들어갔다. 이어 나무 아래 앉아서 무릎에 커다란 스케치북을 올려놓고 목탄으로 스케치를 하는 남자를 지나갔다. 얼마 후 나는 햇볕을 뒤로한 채 따뜻한 그늘 속 낮은 돌담에 기대앉았다. 저 아래쪽에는 다른 돌담이 있었는데, 곳곳이 무너지고 부서져 있었다. 눈을 돌려 저 멀리 푸른 언덕을 보았다. 내가 거기 온 목적이 평화를 얻고자 한 것은 아니었지만 그곳은 참으로 평화로운 곳이었다. 나는 내가 온 목적이 무엇인지 알지 못했다. 따뜻한 데다 그늘이 져서 졸음이 몰려왔다. 나는 에너지가 넘치는 열일곱 살 젊은이였으므로 잠에 빠지지는 않았지만, 꼼짝 않고 가만히 앉아서 누가 나를 보고 있다면 내가 깊은 잠에 빠졌다고 생각할 거라는 상상을 했다. 그때 내가 기대앉아 있는 돌담으로 다가오는 한 여자를 보았다. 그녀는 발목까지 내려오는 하얀 드레스를 입었으며, 머리에는 햇볕을 가려 주는 하얀 모자를 깊이 눌러쓰고 있었다. 그 여자에게서는 흰옷과 흰 모자 차림이라는 것 말고는 특별한 점이 없었지만, 나는 반은 깨어 있고 반은 꿈을 꾸고 있는 상태여서 어느 순간에든 그 상태에서 깨어날 수 있을 것이라는 느낌이

들었다. 그녀는 나를 보지 않은 것처럼 가까이 다가오더니 모자 밑에서 나를 내려다보았다. 그런 다음 담을 따라 걸어가면서 마치 내가 따라오기를 기대하는 것처럼 뒤를 힐끗 돌아보았다. 나는 주저하지 않고 일어나 그녀를 뒤쫓기 시작했다. 하지만 다른 한편으로 나는 여전히 한 손을 잔디밭에 내려놓은 채 그 따뜻한 그늘 속에 앉아 있는 느낌이었다. 그녀는 곧 돌담 끝에 이르렀다. 거기서 땅속으로 이어지는 통로를 통해 밑으로 내려가기 시작했다. 나도 그녀를 따라 거친 돌계단을 내려갔다. 돌계단은 수시로 방향이 바뀌었다. 이윽고 계단이 끝났을 때 양쪽에 문이 있는, 천장이 높고 폭은 좁은 복도가 나타났다. 흰옷 입은 여자는 복도 맨 끝에 있는 닫힌 문을 향해 재빠른 걸음으로 복도를 걸어갔다. 그녀는 문을 열고 안으로 사라졌으나, 사라지기 전에 어깨 너머로 힐끗 나를 보았다. 나는 열려 있는 문을 지나 빛이 환하게 반짝이는 아주 넓은 방으로 들어갔다. 양쪽에 굉장히 큰 창문이 있고, 그곳을 통해 밝은 빛이 쏟아져 들어왔다. 방에는 긴 탁자가 많았으며, 탁자마다 사람들이 앉아 있었다. 그 사람들의 얼굴과 팔은 마치 내부에서 빛이 나오는 것처럼 밝게 빛났다. 흰색 가운을 입은 근엄하면서도 친절해 보이는 한 남자가 탁자를 따라 걸으며 나를 인도했다. 그 남자 뒤를 따라갈 때 빛이 너무 강렬해서 거의 아무것도 분간할 수 없을 정도였다. 그때 나는 밝은 빛에 아른거리는 댄 리버스를 맞은편에서 본 것 같았다. 그리고 다른 곳에서 엄마를 보았다. 엄마는 손바닥으로 뺨을 괴고 있었다. 남자는 등받이가 높은 빈 의자로 나를 이끌었다. 나는 어렵사리 의자에 올라앉았다. 남자는 펼쳐진 책을 내 앞에 내려놓았다. 책장이 너무 커서 과연 내가 손을 뻗어 그걸 넘길 수 있을까 하는 생각이 들었다. 하얀 방, 햇빛이 눈부신 창문, 펼쳐진 책…… 이런 것들이 내 마음을 평화로운 들뜬 기분으로 채워 주었다. 마치 내가 찾고 있었지만 어디인지 알지 못했던 장소를 찾아낸 것만 같았다. 모든 것을 설명할 단어들이 포함된 그 하얀 책 위로 몸을 숙이자 고요가, 내적 평온함이 찾아들었다. 마치 손에 쥐고 있던 뭔가를 놓은 듯한 느낌이었다. 내 몸이 천천히 앞으로 기울어지기 시작했다. 이마가 책장에 닿았을 때 나는 부드러워지고 용해되어서 책을 꿰뚫고 지나가고 있다는 느낌이 들었다. 뒤통수에서 딱딱한 것이 느껴지기 시작했고, 그제야 나는 따뜻한 그늘 속 돌담에 기대앉아 있다는 것을 깨달았다. 나는 즉시 눈을 감고 흰옷과 계단, 눈부시게 밝은 방을 다시 붙잡으려 했지만, 감겨진 눈꺼풀을 통해 보이는 건 태양의 점들이 춤추는 것뿐이었다. 나는 일어섰다. 무언가 무거운 것이 빠져나간 것처럼 새로운 가벼움이 느껴졌다. 그걸 한가한 여름날의 백일몽이라고 부르든, 몽롱한 환영이라고 부르든, 아무튼 그 일이 그곳에서 내게 일어났으며, 내 경험이었다. 그날 종일 나는 플레이스의 모든 곳을 끝에서 끝까지 걸으며 흰옷을 찾아다녔다. 존재하지 않는다는 것을 알면서도 그랬다. 하지만 한편으로 나는 플레이스가 어떤 식으론가 그 흰옷을 불러냈다는 것도 알고 있었다. 그게 이제 내게 온 것이었다. 나를 사로잡은 것이었다. 그곳을 내려오기 전에 나는 돌담 끝을 면밀히 조사했다. 조사를 하면서도 나는 거기에 계단 같은 것은 없으리라는 걸 잘 알고 있었다. 있는 거라곤 먼지 낀 풀잎 사이에 놓인 담에서 떨어져 나온 돌덩이 몇 개, 노란 야생화 한 송이, 그리고 토끼풀 위를 맴도는 커다란 벌 한 마리뿐이었다.

10

우리는 그들을 반半등산가라고 부른다. 이들은 언덕에 오르기는 하지만, 오솔길에 군데군데 놓여 있는 나무 벤치에 끌려서, 또는 와서 쉬라고 손짓하는 조그만 빈터에 끌려 도중에 오르기를 멈추는 사람들이다. 그들은 그곳에 앉아 경치를 즐긴다. 아마 옷 속에 숨겨 가지고 온 조그만 에너지 음료병을 꺼내서, 그걸 마시면서 풍경을 감상할 것이다. 간혹 햇볕이 드는 곳에 커다란 수건을 펼치고 그 위에 누워 눈을 감는 사람들도 있다. 신문을 보는 사람도 있고, 첨벙첨벙 개울을 건너는 자기 아이들을 지켜보는 사람들도 있다. 얼마 후 그들은 조금 더 올라가서 다른 벤치나 다른 빈터에, 또는 더 나은 경치 속에 머문다. 하지만 그들은 꼭대기까지 올라가지는 않는다. 언제나 그 전에 이제는 충분히 즐겼으니 됐다고 결정하는 때가 오고, 그러면 그들은 차를 세워 둔 곳으로 되돌아가서 차를 몰고 집으로 간다. 우리가 반등산가들에게 가지는 의문은 이것이다. 그들은 왜 거기에 가는 것일까? 공정하게 말하면 오르는 길에 보는 전망도 아주 훌륭하다. 맑은 날에는 작은 모형처럼 보이는 우리 마을에서 많은 건물들을 알아볼 수 있고, 멀리 떨어진 촌락과 언덕들도 볼 수 있다. 그러나 정상 쪽이 아니면 플레이스라고 할 수 없다. 거기에 오르는 이유는 바로 정상에 있는 것이다. 반등산가들도 플레이스가 오솔길 맨 위에 있다는 것을 알고 있다. 그런데 왜 도중에 멈추는 것일까? 실제로 플레이스에 도달하는 일 없이 플레이스를 향해 가는 것만이 그들의 목적일 수 있을까? 반등산가들은 게으른 사람들이라고 생각하고 싶은 유혹이 들지만, 그건 사실이 아닌 것 같다. 왜냐하면 그들 중 많은 사람이 거의 꼭대기 근처까지 가고, 게다가 곧잘 매우 힘찬 걸음걸이로 우리를 지나쳐 가기 때문이다. 그들이 어떤 식으론가 플레이스에 두려움을 느끼고 있는 것일 수 있을까? 결코 맞닥뜨리고 싶지 않은 내면의 변화를 두려워하는 것일까? 아마 그들이 원하는 것은 마을에서 잠시 동안만 탈출하는 것일 뿐, 다른 어딘가에 도착하는 것은 아닌 것 같다. 왜냐하면 잠시 동안의 탈출은 그들이 마을과 맺고 있는 관계를 강화시켜 주는 반면, 다른 어딘가에 도착하는 것은 그 관계를 약화시킬 수도 있으니까. 또 다른 설명도 가능하다. 그들은 플레이스에 아주 많은 것을 바라면서도 의심으로 가득 차 있기 때문에 환상이 깨지는 것을 피하기 위해 꼭대기까지 오르기를 거부하는 건 아닐까? 아무튼 이들 반등산가들은 흥미로운 사람들이다. 상상할 수 없는 유혹적인 것을 도착하지 않고, 경험하지 않고 도중에 멈추는 것— 그들은 정말 그것으로 충분한 걸까?

11

고등학교 3학년 때 나는 다이앤 드칼로와 사랑에 빠졌다. 나는 그녀의 온몸을 만지고 싶고 그녀가 내 온몸을 만져 주기를 바랐을 뿐만 아니라, 그녀의 온 마음을 만지고 싶고 그녀가 내 온 마음을 만져 주기도 바랐기 때문에 그게 사랑이라는 것을 알았다. 때때로 나는 그녀를 내가 평생 들어가 살고 싶은 양지 바른 집으로 생각했다. 우리는 서로에게 가장 좋아하는 어린이책을 읽어 주고, 서로의 다락방을 탐사하고, 밤에 부모님 몰래 서로의 집에 살그머니 들어갔다. 우리는 마냥 웃었고, 내 아버지의 차를 몰고 함께 돌아다녔다. 어느 날 나는 그녀를 플레이스로 데려갔다. 댄 리버스가 이사 간 뒤로 나는 그곳을 자주 찾았고, 비록 흰옷 입은 여자를 다시는 보지 못했지만 거기에 있으면 마치 잠시 동안 뭔가를 없앨 수 있는 것처럼 기분이 좋았다. 나는 다이앤이 나와 함께 플레이스를 봐 주기를 원했다. 다이앤이 내 방을, 내 몸을, 한쪽 팔이 떨어진 내 어린 시절 곰 인형을 봐 주기를 바라는 것처럼. 햇살이 밝은 봄날이었다. 완벽한 봄날이라고 생각하는 우리의 개념에 너무 잘 맞아떨어지는 것 같아서 마냥 웃음을 터뜨리고 싶은 그런 날이었다. 함께 오솔길을 오를 때 다이앤은 모든 걸 다 받아들였다. 녹색 들판도 야생화도 암녹색 벤치에 앉아 있는 연녹색 메뚜기도 다 가슴 깊이 받아들였다. 우리는 손을 잡고 팔을 흔들었다. 꼭대기에 이르렀을 때, 다이앤은 눈을 감고 해를 향해 얼굴을 치켜들었다. 그녀의 뺨이 마치 물에 젖은 듯 햇빛에 반짝였다. "정말 좋은 곳이구나." 그녀는 그렇게 말하며 특유의 부드럽고 명랑한 표정으로 나를 바라보았다. "무슨 일이야?" 그녀가 말했다. 나는 엄마와 함께 플레이스에 왔던 때를 생각하고 있었다. 하지만 이제 상황이 뒤바뀌었다. 나는 다이앤의 눈에서 엄마가 나에게 관심을 기울이지 않았을 때 어린 내가 지어 보였을 그 표정을 보았다. "아무것도 아냐." 내가 말했다. 나는 그녀를 이곳으로 초대한 것이 얼마나 바보스러운 짓이었는지 깨달았다. 그녀는 이곳과 친숙해지기를 바랐고 나도 원했지만, 내가 정말 원한 게 무엇이었는지 누가 알았겠는가? 나는 그제야 플레이스는 함께 손을 잡고 아름다운 경치를 감상하는 곳이 아니라는 것을 알았다. 나는 나 자신에게 화가 났고, 플레이스에 화가 났고, 그녀한테 미안했다. 푸른 하늘 아래서 우리는 거북스럽게 나란히 걸었고, 돌담에 앉아 주변을 둘러보았다. 우리는 말없이 차로 돌아왔다. 그 후에도 다이앤을 계속 만났지만, 그녀를 다시 플레이스로 데려가지는 않았다. 우리는 졸업 2주 전에 헤어졌다.

12

어떤 사람들은 그것을 '커다란 반감'이라 부른다. 납득할 수 있는 아무런 이유도 없이 갑자기 플레이스에 등을 돌릴 때를 말한다. 돌담이 적대적인 시선으로 쳐다보는 것만 같다. 하늘은 우리의 목을 잡고 밀어내는 하나의 손이다. 고요한 가운데 마을에서 우리를 부르는 목소리들이 들리는 것만 같다. 그래서 우리는 서둘러 아래 세상으로 돌아간다. 그곳에서 친구들과 웃고, 아내와 아이들과 함께 차를 타고 피크닉 탁자가 있는 버로스 공원으로 가고, 해변으로의 휴가 계획을 세운다. 아래 세상에서 이처럼 삶이 소용돌이치고 있는데 왜 지루하기 짝이 없는 언덕 꼭대기에서 귀중한 시간을 낭비했는지 이해할 수 없다. 종종 플레이스를 한 달 동안, 또는 1년 동안 잊고 산다. 그러나 마을이 우리를 짜증 나게 할 때가 온다. 마을의 익숙한 지붕 물매, 메인스트리트 커피숍 탁자에 놓인 컵들이 달가닥거리는 소리, 잔디밭 스프링클러에서 뿜어 나오는 반짝이는 물줄기, 삐걱거리는 현관 앞 흔들의자 따위가 우리를 짜증 나게 할 때가 오는 것이다. 그러면 우리는 그 모든 것에서 벗어나 있는 그곳, 플레이스를 떠올리며 전율한다. 회한과 갈망과 감사의 마음으로.

13

플레이스는 우리 마을 소유고 마을 당국의 '공원 휴양부'에서 관리하며 우리 주민들의 세금으로 운영되기 때문에 자연히 그 땅을 다른 용도로 사용하자는 의견들이 자주 올라온다. 마을 위원회는 플레이스를 수익성 있는 용도로 변경하길 바라는 지방 단체나 외부 개발업자들로부터 사업 제안서를 검토해 달라는 요청을 자주 받곤 한다. 그중 인기 있는 계획 가운데 하나는 넓은 발코니와 농장 직송 재료 식단과 일반인에게 개방된 옥외 카페 등이 있는 6층짜리 호텔을 짓겠다는 것이다. 다른 개발 계획으로는 타운하우스 양식의 32가구 아파트 단지, 사립 여학교, 아일랜드풍 선술집을 갖춘 가족 운영 식당, 노인 요양 시설, 체력 단련실과 실내 수영장이 있는 레크리에이션 센터, 치매 치료 전문 의료원 등이 있다. 모든 제안은 발표가 되고, 연중 수시로 열리는 주민 회의에서 투표로 결정된다. 명료하고 치밀하며 명백히 마을에 경제적 이익을 가져다줄 사업 구상에 반대하여 플레이스를 지켜 내는 우리로서는 수익이 없는 현 상태로 플레이스를 유지하고 싶어 하는 취지로 말하는 것이 퍽 어려울 때가 많다.

14

대학에 들어가서는 살날이 몇 달 남지 않은 것처럼 책과 우정에 흠뻑 빠져 지냈다. 펜싱을 시작하고 토론 동아리에 가입했다. 행복이 인생의 진정한 목표인지에 관해 아침 5시까지 밤샘 토론을 하기도 했다. 여름방학 때는 집에서 지내며 잡다한 아르바이트를 했으며, 주말에는 대학 친구들을 방문했다. 나는 플레이스에 가 볼 생각을 했으나, 아무튼 그 근처에는 한 번도 가지 못했다. 플레이스는 애정을 갖고 있긴 하지만 더 이상 놀이를 하지는 않는 오래된 보드게임 같은 것이었다. 동시에 플레이스는 내가 저항해야 하는 유혹을 상징했다. 플레이스는 작은 마을에서 보낸 사춘기 시절로 후퇴하고 싶은 유혹을 상징한다고 할 수 있는데, 나는 그것을 넘어서고 싶었다. 대학 졸업 후 나는 여름을 집에서 보내기 위해 집으로 돌아갔다. 그 기간 동안 이력서를 준비하고, 임시 일자리를 얻기 위해 몇 차례 면접을 보았으며, 그러는 동안 내 진짜 일을 찾기 위해 기다렸다. 그게 뭔지는 나도 잘 몰랐지만 말이다. 차로 두 시간 정도 떨어진 도시에 있는 의료 과실 법률 회사에 신입 법률 보조원으로 채용되었을 때 나는 아파트를 구하려고 이곳저곳을 돌아다니기 시작했다. 집을 떠나기 전 어느 날, 차를 몰고 그 언덕에 갔다. 나는 그곳을 떠날 때면 노상 언덕에 작별을 고해 왔고, 이번에도 그러는 것이라고 여겼다. 8월의 햇살이 내리쬐는 오솔길을 오르며 나는 내가 지금 무엇을 하고 있는지 자문해 보았다. 꼭대기에서 주위를 둘러보았다. 오래된 나무 벤치 하나가 금속판을 깐 벤치로 바뀐 것을 제외하고는 아무것도 변하지 않았다. 풀잎 하나 하나도 내가 지난번에 여기 왔을 때 자리 잡고 있던 바로 그 자리에 그대로 있다는 생각이 들었다. 지난번에 마지막으로 왔을 때는 대학에 다니기 전의 여름이었다. 그 무렵 나는 남부 종합 운동장에 있는 매점에서 일했으며, 종종 친구들과 수영을 하러 인디언 호수로 가곤 했다. 다이앤 드칼로에 대한 기억이 서린 플레이스는 거의 찾지 않았다. 그러다가 여름이 끝나는 즈음에 마지막으로 그곳에 올라, 내 안에서 이미 빠져나가고 있는 뭔가를 뚫어져라 응시했었다. 이제 나는 주변을 돌아다니며 마을을 내려다보다가 돌담에 기대앉았다. 돌의 모서리가 등을 찌르자 곧바로 일어났다. 나는 내가 뭔가를 기다리고 있다는 것을 느낄 수 있었다. 무엇을 기다리고 있는지도 모르는 채 뭔가를 기다리고 있었다. 풀이 무성한 비탈과 먼 곳의 언덕들을 노려보았다. 마치 그것들이 큰 소리로 얘기하기를 기대하듯 그것들을 노려보았다. 짜증이 밀려왔다. 나는 왜 여기 온 것일까? 나는 새로운 삶을 시작하고 있다. 그런데 이것은 옛 삶이다. 어린 시절의 생일파티와 공원에서의 가족 소풍, 댄 리버스와 다이앤 드칼로와 함께한 시간들…… 이것들은 옛 삶인 것이다. 나는 흰옷을 떠올리고 눈부시게 밝은 방을 떠올렸다. 그러나 그것은 여름날의 꿈일 뿐이었다. 플레이스에는 나를 위한 것이 아무것도 없었다. 내 마음은 미래로 가득 차 있어서 차분히 장소에 마음을 붙이지 못했다. 그럼에도 나는 플레이스가 나에게 뭔가를—내가 여기 온 목적이 무엇인지 잘 모르겠지만 아무튼 그것을—주어야 한다고 요구하면서 기다렸다. 불현듯 나는 마구 웃음을 터뜨리고 싶었다. 배꼽을 잡고 주먹으로 땅을 치면서 마구 웃고 싶었다. 나는 소리를 지르려는 것처럼 입을 벌렸다. 나는 흘깃 시계를 보았다. 그러고는 차를 세워 둔 곳으로 돌아갔다.

15

플레이스는 육체의 영역이 아닌 정신의 영역이라고 말하는 사람들이 있다. 아래 세계에서 우리는 우리 몸을 먹이고 입히며, 우리는 일터에서 일을 하고 먹고 결혼하고 죽는다. 우리 몸이 세속적인 관심사에서 자유로워지는 위 세계에서는 우리 정신이 명상과 평온, 고요한 희열의 장소에 들어간 것처럼 방해받지 않고 고양될 수 있다. 이런 설명은 플레이스를 정신적 휴식처로 받아들이며 좋아하는 사람뿐 아니라 플레이스를 무시하긴 하지만 다른 사람들에게는 가치 있을 거라고 인정하는 사람들에게도 매력적인 설명이지만, 그러나 설득력이 부족하다. 플레이스의 쾌감 가운데 하나는 아래 세계에서의 중압감과 긴장을 훌훌 떨쳐 버린 우리 몸이 느끼는 순수한 기쁨이다. 시원한 물이 목마른 목을 적시듯 더 신선하고 더 깨끗한 공기가 폐 속으로 깊이 들어간다. 몸은 기운이 나고, 들뜨게 하지 않으면서도 원기를 북돋우는 에너지로 가득 찬다. 하지만 이와 동시에 마을을 오직 물질적인 것으로만 채워진 곳으로 생각하는 것도 분명 잘못된 것이다. 아래쪽 세계인 마을에서 우리는 읽고, 생각하고, 학교에 가고, 피아노 연주회에 참석하고, 도덕적 선택을 하고, 우리가 사랑이라고 부르는 황홀경을 경험한다. 만약 우리가 플레이스에서 다른 뭔가를 찾기 위해 아래 세계를 떠나는 것이라고 한다면, 우리는 가장 소중한 정신의 모험을 포함하여 아래 세계의 모든 것을 떠나는 것이다. 플레이스가 요청하는 것은 모든 인간적인 것으로부터의 물러남이다. 항복과도 같은 물러남이다.

16

루시 휠러는 서른 살 생일에 양달과 응달이 고루 있는 뒷마당에 친구, 가족들과 함께 서 있었다. 그들은 웃고, 이야기를 나누고, 와인 잔을 들고, 새우와 닭구이가 담긴 종이 접시를 들고 돌아다녔다. 루시는 남편이 오래된 사탕단풍나무 나뭇가지에 매달아 놓은 빨강 풍선, 노랑 풍선들을 쳐다보다가 눈을 반쯤 감았다. 그녀는 와인에 스며들어 흐르는 햇빛처럼 생의 행복이 자신의 내부에서 흐르는 것을 느꼈다. 동시에 그녀는 자기 자신으로부터 약간 떨어져 서서 루시 휠러를 바라보고 있다는 느낌이 들었다. 얼굴에 행복의 홍조가 어린 루시, 머리를 뒤로 차분하게 넘긴 풍성한 금발에 짙은 눈썹을 한 매력적인 얼굴의 루시를 바라보고 있는 것이었다. 이러한 자기 분리의 짧은 순간들이(그녀는 이러한 순간을 균열이라고 부르기 좋아했다) 최근 들어 종종 찾아왔다. 친구들 사이에 서서 행복이 자기 안에서 흐르는 것을 느끼고 있는 지금, 그녀는 문득 거기 서 있는 자기 자신을 떠나고 싶은 욕구가 일었다. 자신을 떠나 걸어 나가서 뒷마당을 벗어나고, 자신의 삶에서 벗어나고 싶은 욕구가 일었다. 그 욕구가 너무 강렬해서 그녀는 마치 자신의 얼굴에 어떤 딱딱하고 차가운 표정이 나타나지 않았을까 두려워하는 것처럼 재빨리 주변을 둘러보았다. 다음 날 남편이 출근하여 사무실에 있고 아이들은 조디 겔버의 집에서 오후를 보내고 있을 때 루시 휠러는 차를 몰고 플레이스로 갔다. 예전에 딱 한 번 남편과 함께 거기 오른 적이 있었다. 6년 전 우리 마을로 이사왔을 때였는데, 그때 그녀는 그곳에서 바라보는 경치에 감탄했었다. 이제는 언덕 꼭대기에 혼자 선 루시는 자기 안에서 뭔가 서서히 빠져나가는 것을 느꼈다. 그렇게 한동안 거기 서 있다가 시계를 보았을 때 그사이 세 시간이나 흘렀다는 것을 알고 깜짝 놀랐다. 아이들을 잊어버리고 있었던 것이다. 남편은 이미 집으로 가고 있을 터였다. 그녀는 저녁 식사 때 먹을 닭 가슴살도 사러 가야 했다. 그 뒤로 루시는 친구들이 아이들을 돌봐 주도록 조처한 다음, 날마다 차를 몰고 플레이스에 갔다. 밤에 잠을 자다가 새벽 4시면 깨어나서, 그때부터 플레이스에 갈 수 있는 시간을 열심히 기다렸다. 저녁을 먹으면서 딸이 자신을 쳐다보는 것을 보았다. "당신, 아무 일 없는 거지?" 어느 날 저녁 남편이 그렇게 물었을 때, 그녀는 순간적으로 그가 누구인지도 생각나지 않았다. 어느 토요일, 그녀는 차를 몰고 플레이스로 가서 해가 먼 산 너머로 지고 있을 때까지 거기 있었다. 집에 돌아온 그녀는 죄책감을 느꼈고, 미안해했으며, 반항적인 태도를 보였다. 일주일 후에는 해가 진 뒤까지, 입산 마감 시간을 넘어서까지 그곳에 남아 있었다. 하늘이 어두워지는 것을 보고 싶고 완전한 밤을 지켜보고 싶었던 것이다. 돌담 아래 야트막하게 땅이 꺼진 곳에 등을 대고 누웠다. 언덕이 시작되는 곳에서 차가 올라오는 소리를 들었을 때 그녀는 누군가가 자신을 찾아 올라오고 있다는 것을 알고 몸을 숨길까 하였으나, 그래봤자 무슨 소용이 있을까 하는 생각이 들었다. 발자국 소리가 들렸고, 시커먼 경찰관이 다가오는 모습이 보였다. 그녀는 생각했다. 나는 무척 행복해. 나에게 무슨 문제가 있는 걸까? 그녀는 생각했다. 이제 내 삶은 결코 전과 같지 않을 거야.

17

그 도시에서 6년을 보낸 뒤 나는 가족을 부양하기 위해 다시 고향 마을로 이사했다. 그 도시에 있는 동안 아내를 만나고 법학 학위를 취득했으며 시청의 법무부서에서 일했다. 나 자신을 고향 마을로 돌아가서 살고 싶어 하는 부류의 사람으로 생각해 본 적이 한 번도 없었지만, 어쨌든 고향에서 살게 되었다. 좋은 학교가 위치한 지역의 녹음이 우거진 거리에 자리 잡은 베란다가 딸린 집에서 살게 된 것이다. 나는 조정, 이혼, 자녀 양육을 전문으로 취급하는 가정 법률 사무소에서 일했으며, 나중에는 내가 직접 법률 사무소를 설립할 수 있었다. 우리는 뒷마당 캠핑 요리, 이웃 사람들과의 파티, 어린이집 탁아 서비스, 발레 개인 지도, 야구 연습, 호숫가 야영지에서의 가족 휴가 등으로 이루어진 생활을 꾸려 나갔다. 나는 아내와 가족과 일을 사랑했다. 미소가 숨을 쉬는 것처럼 내게서 자연스럽게 흘러나왔다. 어느 여름 오후에 아내 릴리와 나는 차를 몰고 플레이스로 갔다. 우리는 벤치에 앉아 서로 손을 잡고 마을을 내려다보았다. 일주일 후 혼자서 거기로 갔다. 나는 지난 10년 동안 혼자서 그곳에 간 적이 없었고, 이제 나 자신을 아들로, 학생으로 생각하지 않았으므로 내가 플레이스에서 무엇을 기대했던 것인지는 모르겠다. 하지만 나는 뭔가를 바로잡고 싶어 했던 듯싶다. 실패로 끝난 플레이스 방문 기억이 마음속에서 타올랐다. 다이앤 드칼로와 함께 왔던 그날, 나는 모든 것을 잘못했었다는 것을 알았다. 마치 플레이스가 나에게 뭔가 빚을 진 것처럼 플레이스에게 요구를 했었던 것이다. 그래서 이번에는 아무것도 요구하지 않았다. 그저 얼마 동안 마을에서 떨어져 있는 것만을 원했다. 날씨는 따뜻했지만 하늘에는 먹구름이 가득했다. 비가 쏟아질 것 같은 하늘 아래서 돌담을 따라 걸었다. 멀리 저 아래, 구름을 뚫고 내리쬐는 햇살 옆에서 빗줄기가 사선으로 떨어지는 모습이 눈에 들어왔다. 내 안에서 거의 물리적 감각 같은 어떤 느낌이 이는 것을 느꼈다. 어떤 딱딱한 것이, 나의 내부에 두껍게 쌓인 것이 나에게서 빠져나가고 있었다. 나는 마치 손가락에서 뭔가가 흘러나오는 것을 보려는 것처럼 손을 흘끗 보았다. 돌담에 기대앉았다. 등이 돌에 닿은 느낌, 두 다리가 땅바닥에 닿은 느낌을 느낄 수 있었다. 그다음에 무엇을 느꼈는지는 말로 표현하기가 쉽지 않다. 그 느낌을 만족, 깊은 평화로움이라고 부르고 싶지만, 그러나 그보다 더 강력한 것이었다. 그것은 소멸 같은 것이었다. 내 안의 어떤 것이 풀리는 느낌이었다. 나는 돌담의 돌이었다. 들판의 풀이었다. 토끼풀 위에서 맴도는 꿀벌이었다. 그 모든 것인 동시에 아무것도 아니었다. 비가 내릴 때에도 나는 거기에 그대로 앉아 있었다. 빗물이 얼굴을 타고 흘러내리는 것을 느낄 수 있었다. 내 셔츠를 때리고 내 윤곽을 흐릿하게 만들면서 비스듬히 내 안으로 들어오는 것을 느낄 수 있었다.

18

플레이스를 좋아하지 않는 사람들이 있다. 그들은 루시 훨러의 경우처럼 극단적인 사례들을 지적할 뿐 아니라 혼란, 정서 불안, 심리적 동요 같은 드물게 발생하는 여러 사례들을 거론한다. 그들은 플레이스는 건강한 삶의 추구로부터 우리를 끌어내 병적인 꿈의 세계로 끌고 감으로써 우리 마을의 토대를 손상하는 파괴의 힘이라고 말한다. 그런 비난으로부터 플레이스를 변호하는 많은 사람들은 플레이스가 삶의 질을 높이는 이로운 효과를 낸다고 주장한다. 그 자체로도 가치 있을 뿐 아니라 마을의 건강을 강화하는 데도 유익한 효과를 낸다는 것이다. 플레이스를 변호하는 사람 가운데는 공격의 전제 조건이 틀렸다고 주장하는 사람들도 있다. 우리 마을의 삶은 사실 건강하지 않으며, 플레이스와 관련된 사건들은 결코 병적이지 않다는 것이다. 또 어떤 사람들은 플레이스는 우리 마을의 본질적인 특징이라고 주장한다. 왜냐하면 플레이스가 없다면 우리 마을은 정체성이 희박해질 테고, 그런 점에서 더 이상 인간적인 마을이 아닐 것이기 때문이라고 그들은 말한다. 우리 가운데 플레이스를 좋아하기는 하지만 그 수수께끼를 다 이해했다고 주장하지는 못하는 사람들에게 플레이스 반대론자들의 주장은 특별한 가치가 있다. 우리는 그들의 주장을 깊이 생각하고, 우리 자신들의 주장의 미세한 부분과 다양한 이견들을 발전시킨다. 우리는 감추어져 있어서 우리가 모르는 것을 드러내려 노력하면서 우리와 반대되는 사례를 격려하기 위해 힘닿는 범위 내에서 최선을 다한다.

19

나는 자신을 유난스럽게 꾸민 것 같은 모습의 사람들로 가득 찬 넓은 홀에 서 있었다. 좀 더 정확히 말하면, 그들은 언젠가 어른이 되었을 때의 자기 모습일 거라고 상상한 모습을 세상에 보여 주기 위해 아주 많은 화장품과 부모님의 옷을 이용하여 장난스럽게 치장하고 차려입은 10대 아이들처럼 보였다. 나는 이전에는 고등학교 동창 모임에 참석한 적이 한 번도 없었다. 졸업 40주년 모임인 이번 모임에도 참석하지 않을 계획이었으나, 마지막 순간에 뜻하지 않게 발동한 호기심에 지고 만 것이었다. 우리 학교의 교색校色에 맞춘 두 가지 음료 중 어떤 것을 고를지 고민하면서 나 역시 자기 자신을 어쭙잖게 연기하는 설득력 없는 연기자를 닮은 게 아닐까 하는 생각을 하고 있었는데, 바로 그때 우연히 3미터쯤 떨어진 곳에 서 있는 댄 리버스를 보았다. 그는 나를 똑바로 쳐다보고 있었다. 나는 즉시 그를 알아보았다. 똑같은 눈썹, 씩 웃는 똑같은 미소, 똑같은 잘빠진 몸매…… 물론 완전히 똑같지는 않았다. 하지만 그의 이목구비와 동작은 한결 더 안정되고 완성된 모습으로 자리 잡은 것 같았다. "보고 싶었어." 그가 나에게 다가와 두 손을 뻗으며 말했다. "오랜만이구나." "오랜만인 정도가 아니고 40년 만이야." 내가 그의 두 손을 잡으며 말했다. 그 손은 내 기억 속의 손보다는 컸지만 여전히 늘씬하고 단단했다. "연락하려고 했어." 그가 말했다. "그런데 알다시피……" 그런 다음 천천히 한쪽 어깨를 으쓱해 보였다. "암튼," 그가 말했다. "그동안 어떻게 살았는지 얘기해 보자." 우리는 늙어 가는 몸 안에 든 두 열일곱 살 소년이 되어 편안하게 얘기에 빠져들었다. 댄 리버스는 결혼하여 두 아이를 두고 있었다. 건축가였다. 댐과 다리를 설계해 왔다고 했다. 어느 시점에서 그에게 플레이스에 다시 가 본 적이 있느냐고 물어보았다. 나는 그가 그걸 기억하는지 궁금했던 것 같다. "아, 그거." 그가 특유의 천진한 웃음을 지으며 말했다. "당연히 기억하지. 2학년 때였잖아. 내가 거쳐야 했던 단계였어. 내 아들이 컴퓨터로 하루에 여섯 시간씩 판타지 게임을 했던 것처럼. 결국 모든 일은 저절로 풀리게 돼 있어." 우리는 가족과 여행과 대학 학비에 대해 얘기했다. 내가 그에게 우리 집에 가자는 제안을 하자 그는 참으로 난감한 표정을 지으며 나를 쳐다보았다. "정말 가고 싶지만…… 난 집에 돌아가야 해. 학술 대회가 있거든. 다행히 잠시 빠져나올 수 있었던 거야. 하지만 다음에는…… 다음번엔…… 꼭 갈게." "그래, 다음에." 내가 말했다. 그는 한참 동안 따뜻한 눈길로 나를 바라보았다. "다시 만나서 정말 반가워." 그가 말했다. 누가 그의 팔을 끌어당겼다. "에밀리?" 그가 소리쳤다. "세상에!" "안녕, 에밀리." 나도 인사했다. "정말 40년 만인 거야?" 그녀가 말했다. "바로 엊그제 같은데."

20

일부 사람들은 플레이스에 오르면 기운이 나는 효과는 자연에서 비롯된 것이라고 주장한다. 그곳의 공기에는 승용차, 버스, 다

용도 차량, 잔디 깎기 기계, 그리고 가스로 돌아가는 잔디밭 가장자리 다듬는 기계와 예초기, 두 마을 전기를 생산하는 발전소의 낡은 굴뚝 등에서 나오는 매연이 없다. 그 같은 매연이 없는 신선한 공기는 마을의 공기보다 한결 많은 산소를 품고 있다. 뇌에 산소가 증가하면 행복감과 편안함을 증진하는 신경 전달 물질의 방출이 촉진된다. 게다가 신선한 공기를 들이마실 때마다 면역계가 강화되고 에너지가 증가하며 명료하게 생각하는 능력이 향상된다. 또한 풍부한 자연광은 체내에 비타민 D의 생성을 촉진하는데, 비타민 D는 뼈 밀도를 개선하고 호르몬 균형을 유지하는 데 도움을 준다는 것이다. 누구도 신선한 공기와 햇볕의 이로움을 부인하지는 않지만, 다른 이유로 플레이스를 좋아하고 옹호하는 사람들은 자연과 연관 짓는 이런 식의 주장을 좋아하지 않는다. 이 주장에서 즉각 눈에 띄는 결함은, 이 주장은 플레이스를 다른 어떤 고지대 시골 장소와 구별할 수 없게 한다는 점이다. 좀 더 심각한 결함은 이 주장은 플레이스를 온순하게 길들여서 마을의 수준으로 끌어내리려 한다는 점이다. 플레이스는 야외 건강 시설이 되어 버리고, 오번 거리에 새로 생긴 헬스클럽과 경쟁하는 처지에 놓이고 마는 것이다. 하지만 플레이스의 의미를 파악하려고 노력하는 우리들에게 플레이스는 마을의 연장이 아니다. 그것은 마을이 아닌 무엇이다. 마을을 벗어 버린 것이고, 마을의 소멸인 것이다. 반反마을인 것이다.

21

요 며칠 전에 플레이스에 올라가서 조그만 우리 마을이 내려다 보이는 따뜻한 벤치에 앉았다. 날씨가 맑아서 새로운 콘도가 올라가는 건설 현장과 노스메인가에 위치한 거의 완공된 주차 건물을 볼 수 있었다. 그때 이런 생각이 들었다. 이젠 너도 전망을 보러 여기 올라오는 벤치족이 되었구나. 하지만 실은 한참을 걸어 올라온 뒤라서 잠시 쉬고 있을 뿐이었다. 내 다리는 아직 튼튼하지만, 심장은 오르막길에서는 심하게 뛰었다. 아내가 살아 있었다면 나에게 병원에 가 보라고 채근했을 것이다. 하지만 내게 필요한 것은 계속해서 걸음을 옮기기 전에 잠시 쉬는 것뿐이었다. 얼마 후에 벤치에서 일어나 익숙한 돌담을 따라 걸었다. 그렇게 걷다가 걸음을 멈추고서 햇볕에 달구어진 돌담의 위쪽 부분을 만지며 그 열기를 느껴 보았다. 나는 플레이스에 아무것도 요구하지 않았다. 그저 마을을 떠나오고 싶었을 뿐이다. 집들의 모서리 부분이 칼날처럼 번뜩이기 시작하는 마을을 떠나고 싶었을 뿐이다. 나는 최근에 들리는 이야기에 대해 생각해 보았다. 돌담을 무너뜨리고, 움푹 팬 곳과 오목한 곳을 메우고, 평평해진 땅을 첨단 상업 지구로 개발하고, 그러한 변화가 많은 일자리를 만들어 내고 부동산 가치를 엄청나게 높일 것이라는 이야기들이 떠돌았다. 아내가 세상을 떠난 뒤로 변호사인 아들은 내게 집을 팔고 요양 시설로 옮기라고 자꾸 권했다. 하지만 나는 모든 방에 햇살이 들어오는 것을 흐뭇하게 바라보는 그런 삶에 익숙해 있어서 떠나고 싶은 마음이 전혀 없었다. 나는 따뜻한 햇볕을 받으며 천천히 비탈을 올랐다. 심장이 다시 뛰기 시작하는 것을 느낄 수 있었다. 꼭대기에 있는 돌담에 이르렀을 때 맞은편 들판에서 하얀 옷을 입은 여자를 보았다. 그녀는 다른 방향을 바라보고 있었다. 나는 감격했다. 깊이 감격했다. 그 오랜 세월이 흐른 뒤에 그 애가 내게 돌아온 것이었다. 마치 내가 열일곱 살 소년이었던 때 이후로 시간이 전혀 흐르지 않은 것처럼 그 애가 그때와 다름없이 젊다는 사실에 나는 놀라지 않았다. 아무튼 나는 그 돌담에 기댄 채 눈을 반쯤 감고 가만히 앉아서 내 삶이 시작되기를 기다렸다. 그 젊은 여자는 모자를 쓰지 않았다. 연갈색 머리는 등 뒤에서 등의 중간쯤 되는 곳까지 흘러내렸다. 한쪽 손으로 다른 팔의 팔꿈치를 잡고, 한쪽 발을 약간 안쪽으로 돌린 자세로 서 있었다. 잠시 후에 나는 어깨에 하얀 핸드백을 메고 서 있는 그 애가 우리 마을에 사는 친구의 딸이라는 것을 알아차렸다. 그 애도 젊은 시절의 나와 같은 심정으로 올라왔을 것이다. 그 애는 내가 지켜보고 있는 것을 알지 못했다. 나는 그 애를 방해하지 않기 위해 고개를 돌렸다. 하얀 옷을 입은 소녀를 본 것이 내 마음을 달래 주었고, 동시에 들뜨게 했다. 마치 과거를 목격하고 미래를 보는 선물을 받은 것 같았다. 근처 돌담에서 윤나는 검은색 찌르레기가 자줏빛이 아른거리는 검은 날개를 펴고 갑자기 하늘로 날아올랐다.

22

우리를 안다고 생각하는 사람들은 종종 우리를 욕구 불만자라고 부른다. 우리는 언제든 뒷마당과 베란다와 거실 소파를 떠날 거라고 그들은 말한다. 우리는 언제든 식당 탁자에서 일어나서, 잔디 깎기 기계와 정원 호스를 내려놓고서, 가족과 친구들을 버리고서 플레이스로 향할 거라는 것이다. 우리는 주차장 한 곳에 차를 세우고, 구불구불한 오솔길을 걸어 오르고, 오르다가 때로는 휴식을 취하고, 이윽고 정상에 다다를 것이다. 그러나 우리는 그 들판과 돌담에 도착하기 무섭게 소프트볼 경기와 현금 인출기와 야외 바비큐 파티가 있는 아래 세상으로 돌아가고자 하는 욕구에 사로잡힌다고 그들은 말한다. 우리는 결코 만족하지 못하며 결코 어느 한곳에서 쉬지 못한 채 두 세계 사이를 불안스레 끊임없이 왔다 갔다 한다는 것이다. 우리는 그런 주장들에 대꾸하지 않는다. 우리는 이렇게 말하고 싶은 유혹을 느낀다. 당신은요? 당신은 당신 자신에게 만족해요? 심지어 이런 말을 해 주고도 싶다. 휴식은 죽은 사람의 것이랍니다. 그래서 우리는 휴식보다 더 필요하다고 느껴지는 리듬 속에서 마을과 플레이스 사이를 계속 오간다. 다른 쪽 없이 어느 한쪽만 취하는 것은 우리에게는 박탈당한 삶으로, 심지어 벌을 받는 삶으로 여겨질 것이다. 마을의 무거움이 조만간 우리를 밑으로 끌어당길 것이다. 플레이스의 가벼움이 우리를 텅 빈 허공으로 풀어 줄 것이다. 해방의 순간을 찾아서 마을의 거리를 뒤에 두고 떠나며, 일과 사물들이 다정하게 잡아당기는 곳으로 돌아가기 위해 높은 언덕지대를 떠나는 식으로 두 세계를 오가는 것이 훨씬 좋다. 마을과 플레이스는 보이지 않는 내적인 진실이 눈에 보이는 외적인 형상으로 나타난 것일 뿐이라고 주장하는 사람들이 있다. 그들은 마을과 플레이스는 다 마음속에 있다고 주장한다. 이런 주장에 대해서 나는 그런 것은 알지 못한다고밖에 말할 수 없다. 나로서는 그것은 때가 오기를 기다리는 문제다. 때가 오면 나는 차를 몰고 마을을 떠나서 언덕에 올라야 한다는 것을 안다. 어떤 사람들은 내가 단지 다시 내려오기 위해 플레이스에 올라간다거나, 혹은 플레이스로 되돌아오기 위해서 마을로 내려가는 것일 뿐이라고 말할지도 모른다. 그럴지도 모른다. 그것은 남들이 판단할 문제다. 하지만 만약 당신이 이에 대해 더 알고 싶다면, 가장 좋은 방법은 당신 스스로 직접 확인하는 것이다. 오라. 우리를 찾는 것은 매우 쉽다. 우리는 바로 여기 있으니까. 그날 오라. 당신은 우리 마을의 야외 카페 한 곳에서 점심을 하며 지나가는 관광객들을 구경하고 있을지 모른다. 메인스트리트를 거닐다가 걸음을 멈추고 한두 가게를 들여다볼지도 모른다. 그때가 바로 언덕을 향해 출발할 때다. 당신은 자동차 대리점과 은퇴자 주거지의 붉은 지붕 건물들을 지나고, 이어 쇼핑몰과 옥외 쇼핑센터를 지나서 숲에 이를 것이다. 숲 맞은편의 언덕을 조금 올라가서 주차장이 나오면 그중 한 곳에 주차하면 된다. 차에서 나와 주변을 둘러보라. 오솔길을 오르기 시작하라. 오르다가 쉬고 싶으면 쉬어도 된다. 서두를 필요는 없다. 그리 멀지 않으니까. 오라.

홈런

Home Run

9회 말, 투아웃, 동점 상황입니다, 누상에 주자들이 있고, 타자 매클러스키의 카운트는 풀카운트로 꽉 찼습니다, 관중들은 일어섰고, 구장은 함성으로 떠나갈 듯하군요, 외야수들은 텍사스히트를 막기 위해 전진 수비를 펼치고 있네요, 투수가 앞을 응시하며 사인을 보냅니다, 1루 주자는 리드 폭을 크게 벌렸지만, 투수와 포수는 견제를 하지 않는군요, 문제가 되는 주자는 3루에서 깡충거리고 있는 주자뿐이니까요, 투수가 또 다른 사인을 보냅니다, 매클러스키가 타임을 요청하고 타석에서 물러섭니다, 장갑을 당기고 스파이크의 흙을 털어 내는군요, 이것은 쫓고 쫓기는 게임이지요, 투수의 리듬을 깨뜨리고 기다리게 만드는 겁니다, 이제 저 거구의 사나이가 다시 타석에 들어서서 쭈그린 자세로 섰습니다, 키 큰 왼손잡이 투수가 투수판을 밟고 포수를 쳐다보며 고개를 끄덕입니다, 변화구를 던질까요, 떨어지는 슬라이더를 던질까요, 3루수가 한 걸음 뒤로 물러섭니다, 포수는 약간 안쪽으로 옮겨 앉는군요, 투수가 교묘하게 일부러 시간을 끕니다, 이제 와인드업을 하고, 발을 들어 올리고, 던졌습니다, 속구네요, 빛줄기처럼 똑바로 날아갑니다, 매클러스키가 방망이를 휘두릅니다, 으스러뜨릴 것 같은 엄청난 타격입니다, 관중들이 환호성을 지르네요, 중견수가 오른쪽으로 비스듬히 움직이며 뒤로 뒤로 물러납니다, 아무도 없는 그라운드 뒤 공간이 너무 넓습니다, 중견수는 계속 뒤로 뒤로 뛥니다, 공은 계속 날아가고, 중견수가 담장에서 위를 쳐다보는군요, 공이 넘어갔습니다, 안녕, 잘 가, 아가야, 매클러스키가 우중간 118미터 표시 지점을 넘어가는 홈런을 쳤습니다, 게임 끝, 끝내기 홈런입니다, 공은 멀어져 가고, 곧 돌아올 것 같지 않네요, 사요나라, 관중들이 소리 지르고, 공은 여전히 날아갑니다, 관중석이 야단법석이군요, 매클러스키가 2루를 돌고 있습니다, 공은 여전히 높이높이, 우중간 외야석 위로 높이 날아갑니다, 관중석 상단을 향해 날아갑니다, 줄자로 비거리를 측정해야겠군요, 1년 내내 계속된 빅 엠*이 터뜨린 또 하나의 M 폭탄이네요, 매클러스키는 3루를 돌고 있습니다, 공은 계속, 계속 날아갑니다, 공에서 연기가 났을 겁니다, 틀림없어요, 잠깐만, 잠깐만, 오 오 오, 공이 여길 벗어납니다, 구장을 벗어납니다, 관중석 상단을 넘고, 버드와이저 간판을 넘어 위로 위로 날아갑니다, 지미, 날아간 거리가 얼마나 될지 말해 줄 수 있겠어요? 매클러스키가 대형 장외 홈런을 날렸네요, 이게 믿어져요, 구장 밖으로 날려 버렸군요, 이 굉장한 슬러거가 어마어마하게 멀리 날려 버렸어요, 거구의 매클러스키가 홈베이스를 통과하고, 팀원들이 모두 그에게로 달려갑니다, 관중들이 포효하고 있습니다, 지미, 나는 지금 이게 처음이라고 들었는데,

* Big M. 매클러스키McCluskey의 애칭.

지금까지 공을 이토록 멀리 날려 보낸 사람은 없었다고 들었는데, 지미, 그게 확실한 거예요? 매클러스키가 그걸 해낸 거로군요, 투수가 던진 속구를 줄곧 노려보고 있다가, 방망이의 스위트스폿에 맞혀서 로켓처럼 쏘아 보낸 거로군요, 오, 공아, 아가야, 그 친구한테서 뜨겁게 데었지? 몸이 깨지는 것 같았지? 거구의 매클러스키는 몸은 억세지만 스윙은 부드럽습니다, '스윙의 왕'입니다, 온몸을 실어 스윙하고, 하체를 이용해 공을 칩니다, 그래서 쿠퍼스타운*에 입성하게 될 홈런을 쳐 낸 거지요, 공은 놀랍게도 여전히 계속 날아갑니다, 굿이어 비행선**을 지나갑니다, 잘 가, 아가야, 다음에 보자, 푸른 하늘 저편으로 날아갑니다, 여전히 날아가고 있습니다, 저 공을 멈춰 세울 수 있는 것은 없는 것 같군요, 선수들이 매클러스키를 둘러싸고 더그아웃으로 돌아가고 있습니다, 경기장은 온통 팬들로 가득한데, 팬들이 손가락으로 하늘을 가리키고 있고 하늘에서는 공이 아직도 여행 중입니다, 이곳을 벗어나 엄청 높이 멀리멀리 날아가고 있습니다, 지미, 뭘 좀 알아낸 게 있나요? 계속, 계속 날아갑니다, 잠깐, 그게 무슨 말이죠, 지미, 난 방금 공이 쭉쭉 날아가서 대류권을 통과하고 있다고 들었는데, 그게 사실인가요? 아니, 이건 또 뭔가요, 거구의 매클러스키가 어마어마한 힘으로 공을 때려 정말 하늘로 날려 버려서 지금 성층권을 날아가고 있다니요? 아이고, 이럴 수가, 날 좀 도와줘요, 지미, 성층권은

* 메이저리그 명예의 전당이 있는 뉴욕 주의 작은 도시. 여기서는 명예의 전당 자체를 뜻한다.

** '굿이어Goodyear' 타이어 회사에서 홍보 및 하늘에서 내려다본 스포츠 현장 모습을 제공하는 용도로 띄우는 소형 비행선.

10킬로미터 상공에서부터 50킬로미터 고도까지잖아요, 스윙 왕의 홈런이, 대형 타자의 엄청난 한 방이 공을 완전히 여기서 떠나보냈군요, 공은 계속 날아가고 있습니다, 관중들은 빠져나가고 있고, 공은 중간권에 들어갔습니다, 매클러스키가 공을 뜨겁게 달구며 맹타한 겁니다, 야구장 청소부들이 병, 종이컵, 땅콩 껍질, 핫도그 포장지 등을 줍고, 고압 살수기로 좌석을 청소하고 있네요, 틀림없이 사람들은 앞으로 오랫동안 오늘 일을 얘기할 것입니다, 매클러스키가 공을 맹폭한 겁니다, 투수는 안쪽 구석에 꽂아 넣으려 했으나, 그걸 놓친 거예요, 거구의 매클러스키가 팔을 뻗어 제대로 휘두르게 하고 싶은 사람은 없겠지요, 공은 이제 외기권에 진입했고, 거기서 계속 날아가고 있습니다, 이런 건 한 번도 본 적이 없네요, 공은 쉼 없이 잘 날아가고 있습니다, 누가 이걸 생각이나 했을까요, 잠깐만, 잠깐만요, 맙소사, 공이 지구의 대기권을 떠났다고 합니다, 잘 가, 너를 알고 지내서 너무 기뻤어, 공은 이제 우주 공간 속에 있습니다, 여길 완전히 떠난 겁니다, 안녕, 새처럼 잘 떠나가렴, 공은 계속 날아갑니다, 이곳 경기장 관중석은 텅 비었습니다, 해가 지고 달이 떠올랐네요, 보름달에 가깝군요, 아름다운 밤입니다, 기온은 섭씨 23도, 내일도 낮 경기가 있고, 그다음에는 서부 해안 지역으로 이동해서 3일 동안 연달아 세 경기를 치르게 됩니다, 공은 여전히 계속 날아가고 있습니다, 달을 향해 가고 있는 것 같군요, 그러니까 달로켓 발사 같은 타격이었네요, 아이고, 그 친구가 공을 이곳에서 영원히 추방해 버렸군요, 공은 더 높이, 더 깊게, 계속 날아갑니다, 달을 지나갔습니다, 그 아가에게 작별의 키스를 보내 주세요, 굿나잇 아이린, 난 꿈에서 널 볼 거야, 거구의 매클러스키는 엄청난 힘으로 정확한 지점에 공을 맞혀서 홈런을 만들었습니다, 공은 여전히 여행 중입니다, 화성을 지나, 소행성대를 통과하고 있습니다, 여러분도 황홀할 것입니다, 목성을 지나갑니다, 잘 있었니 토성, 안녕 천왕성, 또 만나자 해왕성, 이제 은하수에 들어갔습니다, 북두칠성까지 가는 홈런, 은하계 홈런, 블랙홀 홈런입니다, 지미, 우리가 지금 다루고 있는 별은 몇 개나 되나요? 지미 말로는 2천억 개라고 합니다, 은하수 안에 2천억 개의 별이 있다는 거죠, 별 하나당 5센트씩만 받아도 여러분은 퇴직 연금에 대한 걱정을 당장 그만둘 수 있습니다, 공은 아직도 여행하고 있습니다, 은하수를 지나 은하간 공간 속으로 들어갔군요, 과연 매클러스키가 이런 홈런을 쳤단 말인가요, 네, 그가 해낸 겁니다, 그는 좋은 시즌을 보냈지만 플레이오프에서는 약간 아쉬움이 남았네요, 매클러스키는 내년에 다시 올 겁니다, 공은 안드로메다 은하를 지나 계속 나아갑니다, 매클러스키가 친 공이, 그가 쾅 때려 낸 공이 말입니다, 봄 전지 훈련 중인 매클러스키의 모습이 좋아 보입니다, 그 멋진 스윙을 다시 보여 줍니다, 공은 수많은 은하단이 모인 처녀자리 초은하단을 지나갑니다, 그가 때린 공은 길이 기록에 남을 빅뱅 같은 것이었습니다, 얼마든지 뽐내도 좋을 홈런이었습니다, 공은 히드라-켄타우루스 초은하단을 지나서 나아가고, 물병자리 초은하단을 지나갑니다, 그곳에는 수십억 개의 초은하단이 있습니다, 매클러스키는 아직 그걸 기억합니다, 그는 트리플에이에서 코치 생활을 하고 있습니다, 이 거구의 사내가 전성기 때 돌풍을 일으킨 것입니다, 공은 여전히 나아가고 있습니다, 관측 가능한 우주의 끝을 향해 여전히 항해하고 있습니다, 그 우주의 끝은 빛의 속도보다 더 빠르게 멀어지고 있습니다. 공은 여전히 가고 있습니다, 계속 날아가고 있습니다, 매클러스키는 손에서 느껴지는 나무 방망이의 느낌, 방망이를 휘둘렀을 때의 장쾌한 소리, 송진 냄새를 기억합니다, 9회 말, 두 명의 주자, 투아웃, 그리고 여름날입니다.

미국의 설화

American Tall Tale

푸른 비와 호저 빗, 핫 비스킷 슬림과 놀라운 번철

내가 폴 버니언에 관한 이야기를 해 주리다. 여러분 모두 폴 버니언에 관한 얘기를 한두 가지쯤은 들었을 것이다. 여러분은 폴 버니언이 어떤 사람이었는지 안다. 그는 여러분보다 빨리 달리고 여러분보다 술을 잘 마시고 여러분보다 총을 잘 쏘았다. 여러분보다 욕을 잘하고 떠벌리기를 잘하고 주먹질을 잘하고 오줌을 잘 누었다. 그는 자신의 도끼를 아주 세차게 휘두를 수 있었다. 도끼를 휘두를 때 생긴 바람이 4헥타르 이내에 있는 삼림지대에서 자라는 모든 소나무의 솔잎을 다 날려 버리곤 했다. 그렇게 바람에 날린 솔잎들은 며칠 동안 비처럼 떨어져 내렸다. 폴 버니언처럼 도끼를 휘두를 수 있는 벌목꾼은 자고이래 없었다. 일해야지! 그는 해가 뜨기 전에 침상에서 벌떡 일어나서 눈도 채 뜨기 전에 기름때가 낀 장화를 신고 바둑판무늬 외투의 단추를 다 채웠다. 그리고 밖으로 나가 소나무 한 그루를 뽑아서 수염을 빗곤 했다. 머리는 호저*로 빗었다. 그런 다음 그의 일꾼들이 세상모르고 코를 골고 자고 있을 때 취사장으로 갔다. 취사장에는 핫 비스킷 슬림**이

번철 앞에 서서 그를 기다리고 있었다. 여러분은 폴 버니언의 번철에 대해 들어 보았을 것이다. 그 번철은 너무 커서 거기에 기름을 두르려면 세 사람이 신발 밑창에 돼지 비곗덩어리를 끈으로 묶어, 그 위에서 스케이팅을 해야 했다. 폴 버니언은 그렇게 만든 핫케이크를 통째로 먹곤 했다. 그는 핫케이크에 당밀을 듬뿍 발라 먹었다. 그가 먹은 핫케이크의 양은 정말이지 너무도 많아서, 핫케이크의 끝을 잇대어 늘어놓는다면 미네소타주를 끝에서 끝까지 가로지를 수 있을 터였다. 그러고 나서도 폴 버니언은 본격적으로 한참을 더 먹었다. 그런 다음에는 블랙커피 두 주전자, 사과주 158리터를 마시고 나서 숲으로 향했다. 여러분은 폴 버니언처럼 나무를 베는 사람은 결코 보지 못했을 것이다. 그는 도끼날이 단번에 하얀 소나무를 산만 한 길이로 쪼개고 헛간만 한 폭으로 갈라 버릴 정도로 아주 세차게 도끼를 휘둘렀으며, 그런 식으로 계속 나아갔다. 나무 베는 일이 끝나면 200그루의 나무가 그의 발아래 널브러져 있곤 했다. 그는 점심을 먹기 전까지 8헥타르 넓이의 소나무 숲 나무들을 베어 낼 수 있었다. 그러는 동안 허드레꾼들은 강둑으로 가는 오솔길을 내고, 다른 일꾼들은 가지를 쳐 내고, 톱질꾼들은 소나무를 30미터 길이의 통나무로 자르고, 운반 일꾼들은 그 통나무들을 '푸른 황소 베이브'에 매달았다. 그러면 푸른 황소 베이브는 통나무를 끌고 구불구불 오솔길을 나아가서 강둑 부두로 운반했다. 숲은 폴 버니언을 견뎌 낼 가능성이 전혀 없었다. 여

* 몸에 뻣뻣한 가시털이 빽빽이 나 있는 동물.
** 폴 버니언 이야기에 나오는 요리사 이름.

러분은 노스다코타주에 대해 사람들이 뭐라 말하는지 알 것이다. 폴과 그의 벌목꾼 일당이 다녀가기 전까지 그곳은 수목이 울울창창했다. 그들은 나무를 베면서 메인주에서 미시간주로, 미시간주에서 위스콘신주로, 위스콘신주에서 미네소타주로 이동해 갔다. 그렇게 나무를 베고 톱질을 하면서 미네소타주에서 사우스다코타와 노스다코타주로, 거기서 또 몬태나주로 이동했다. 그들은 불타는 사나이들처럼 길을 내고 나무를 자르고 통나무를 운반했다. 그 같은 것은 전무후무한 일이었다. 여러분은 그 내용을 다 알 것이다. 그 이야기를 들었을 것이다. 하지만 아마 여러분은 듣지 못했을 이야기가 하나 있다. 폴 버니언의 동생에 관한 얘기는 듣지 못했을 것이다.

폴 버니언의 동생 이야기를 해 주리다

폴 버니언은 동생에 관해서는 전혀 얘기하지 않았는데, 그건 놀랄 일이 못 되었다. 아무것도 안 하는 그 몽상가는 폴을 돌게 만들었다. 동생을 보기만 해도 폴은 불쾌하고 신경질이 났다. 동생의 키는 폴만큼 컸으나, 내세울 것은 그것뿐이었다. 몸은 살아 움직이는 사람 가운데 가장 말랐다. 어찌나 말랐던지 태양이 그의 그림자를 어떻게 드리워야 할지 궁리해 내지 못하고 포기하고 말았다. 그는 너무 마르고 앙상해서 몸을 옆으로 돌리면 볼 수 있는 거라곤 코끝뿐이었다. 어깨는 푹 처지고, 무릎은 혹처럼 생기고, 정강이는 막대기 같고, 궁둥이는 아래로 늘어지고, 목은 끈 같고, 팔은 장대 같았다. 걸을 때면 서로 다른 두 방향을 향하고 있는 삽처럼 생긴 발을 질질 끌며 비슬비슬 걷곤 했다. 그의 어깨는 너무 좁아서 헐렁한 바지가 내려가지 않도록 바지의 빨간 멜빵을 고리처럼 만들어 말라빠진 목에 걸어야 했다. 무릎은 혹처럼 앙상하게 튀어나와서 걸음을 옮길 때면 스푼이 양철 그릇에 부딪치는 것 같은 소리가 났다. 그러나 빗자루처럼 생긴 외모보다 더 나쁜 것은, 어머니의 아들이라는 게 부끄러울 지경인 이 한심한 녀석은 죽은 개조차도 그에 비하면 활기차 보이게 할 정도로 게으르기 짝이 없다는 점이었다. 그는 잠자리에서 너무 늦게 일어나서, 일어나면 다시 잠자리에 들 시간이 되어 있곤 했다. 이 잠보 게으름뱅이는 오르막길에서 굴려 올리는 통나무보다도 더 천천히 침대에서 내려오는데, 그렇게 일어나서 그가 하고 싶어 한 일은 무엇이었을까? 하나도 없었다. 그는 너무나도 게을러서 옆머리를 긁는 데만도 이틀이나 걸렸다. 그는 너무나도 느려 터져서 하품을 하는 데만도 엿새나 걸렸다. 그는 너무나도 굼떠서 폭풍우가 휘몰아치고 번개 칠 때 눈을 깜빡 감고 나서 다시 눈을 떴을 땐 이미 햇빛이 밝게 비치곤 했다. 반은 죽고 반은 살아 있는 이 막대기 같고 지저깨비 같고 쪼개진 대나무 같은 사내는 굶주린 거미 한 마리가 먹을 만큼만 이틀에 걸쳐 겨우 먹는 정도였다. 그가 찬장 안쪽에서 오래된 녹색 완두콩 한 알을 발견할 경우에는 그것을 일곱 조각으로 나누었고, 그거면 일주일분의 저녁 식사로 충분했다. 탁자에서 빵 부스러기를 발견하면 그는 그것을 절반으로 나눈 다음 어느 쪽 절반을 점심으로 먹어야 할지 한참을 생각하곤 했다. 그가 먹지도 않고 별다른 일도 하지 않으면서 시간을 보내고 있을 때면 여러분은 이 해골처럼 깡마른 사내가 마치 사슴 고기 위로 몸을 구부리고 있는 굶주린 사람처럼 어떤 책 위로 몸을 숙이고 있는 모습을 보게 될 것이다. 책! 음, 여러분은 말라깽이 잠보가 쌓아 놓은 것과 같은 책 무더기를 본 적이 없을 것이다. 찬장에도 책이 들어 있고, 싱크대에서도 책이 쏟아져 나왔다. 의자 위에도 책이 불안정하게 쌓여 있고, 침대 덮개에도 책들이 쌓여 있었다. 책 더미가 너무 높이 위태롭게 쌓여 있어서 창밖을 내다볼 수가 없었다. 그 집에서 걸어 다닐 때는 언제나 주위에서 책들이 총 맞은 오리처럼 떨어져 내렸다. 그리고 그 게을러빠진 잠꾸러기가 책 읽기를 마쳤을 때, 이제는 일어나서 좀 쓸모 있는 일을 할 거라고 생각하는가? 천만에. 그는 그다음에는 느긋하게 두 손을 호주머니에 넣은 채 숲속을 어슬렁어슬렁 산책하거나 나무 아래 앉아서 나무뿌리에 비치는 햇살이나 연못에 내려앉은 달빛을 멍하니 바라볼 것이다. 만약 여러분이 그에게 도대체 나무 아래 앉아서 무엇을 하느냐고 묻는다면, 그는 전에 인간을 본 적이 있기는 하지만 아직은 인간인지 아닌지 확신하지는 못하는 것처럼 여러분을 쳐다볼 것이다. 그러고 나서 그는 말할 것이다. 꿈을 꾸고 있어. 꿈을 꾸고 있을 뿐이야! 그 제임스 버니언은 전혀 위스키를 마시지 않았고, 전혀 씹는담배를 물지 않았으며, 따라서 씹는담배의 달콤한 즙을 현관 난간 너머로 뱉는 일도 전혀 없었고, 주머니쥐를 쏘아 죽이거나 토끼의 몸을 가르거나 사슴의 가죽을 벗기는 짓 따위도 전혀 하지 않았다. 그는 도끼 자루와 쇠갈고리 달린 막대를 잘 구분하지 못했다. 그는 짐 싣는 말에 편자를 박는 법이나 짐마차 바퀴의 바큇살을 고치는 법을 알지 못했다. 그런데 이 등이 약간 굽은 몽상가, 걸어 다니는 옥수숫대, 돌아다니는 뼛자루, 대책 없는 게으름뱅이가 폴 버니언의 동생이었다. 구불구불한 강 주변에 밧줄을 묶고 단번에 엄청난 힘으로 힘껏 당겨서 똑바로 펼 수 있는 폴 버니언의 동생이었던 것이다.

이 위대한 시합은 어떻게 시작되었는가

폴 버니언에 대해 뭐라고 말하든, 과시하고 뽐내는 그의 걸음걸이에 대해 말하든, 또는 눈과 눈 사이의 거리가 도끼 손잡이 마흔 두 개에다 씹는담배 한 개를 더한 길이만큼이나 넓은 그의 거대한 푸른 황소에 대해 말하든, 아무튼 나름대로 가족애를 지니고 있다는 점은 부인할 수 없었다. 폴 버니언은 일은 전혀 안 하고 노상 놀기만 하는 동생을 1년에 두 번은 방문해야 한다는 의무감을 느꼈다. 한 번은 벌목꾼들이 통나무를 타고 강을 내려가 하구의 제재소까지 가는 봄철 이동이 끝난 뒤고, 또 한 번은 가을철 일이 본격적으로 시작될 무렵이었다. 제임스 버니언은 나무들이 별로 남아 있지 않은 메인주의 동북부 숲속 중앙에 자리 잡은 낡아 빠진 집에서 살았다. 폴은 조니 잉크슬링어나 리틀 미어리에게 일을 맡기고 외양간으로 가서 푸른 황소 베이브의 귀 뒷부분을 기분 좋게 간질여 주었다. 그런 다음 도끼를 어깨에 메고 동쪽으로 향했다. 그는 특유의 대단히 빠르고 강력한 발걸음으로 출발했다. 한 발은 미시간 호수의 한가운데를 첨벙 밟고 다른 한 발은 휴런 호숫가에 파도를 만드는 식으로 내달렸다. 그러나 메인주가 가까워질수록 그의 발걸음은 느려졌다. 왜냐하면 그가 이 세상에서 가장 보고 싶지 않은 사람이 바로 '나를 내버려 둬'라는 식으로 행동하는 동생이기 때문이었다. 그는 화창한 9월 오후에 동생의 집에 도착했다. 햇빛이 환하게 비치고 새들이 짹짹 노래하고 하늘에는 구름 한 점 없는 날씨였다. 폴은 침대에 등을 대고 누워 있던 자신의 한심한 동생이 막 눈을 뜨고 주위를 둘러보는 것을 보았다. 그러니까 그곳에는 자리에 누워서 지금껏 보아 왔던 소나무 가운데 가장 큰 소나무처럼 서 있는 형 폴을 쳐다보는 제임스 버니언이 있었고, 아무짝에도 쓸모없는 기다란 밧줄 토막처럼 침대에 누워 있는 동생 제임스를 내려다보는 폴 버니언이 있었다. 그리고 두 사람 다 한 닭장에 있는 두 마리 수탉처럼 서로를 쳐다보기보다는 차라리 쏟아져 내리는 비에 수면이 계속 올라가 목까지 차오르는 늪 속에 서 있는 게 더 낫겠다는 생각을 하고 있었다. 둘 다 할 말이 떠오르지 않았다. 어머니는 어때. 아버지는 어때. 잘 계셔. 폴은 가만히 있지 못하고 불안스레 꼼지락거리며 책들을 쳐다보고, 침대 덮개 위에 여기저기 널려 있는 먹고 버린 사과 심지를 쳐다보고, 의자 위에 놓인 장화와 침대 밑에서 삐져나와 있는 셔츠 소매를 쳐다보았다. 그는 자신의 깨끗한 집이 몹시도 그리웠다. 벽에 맞붙은 채 죽 늘어선 일꾼들의 침상, 가지런히 한 줄로 배치된 세

숫대야와 물 주전자들, 그리고 각각의 침상 밑에 놓여 있는 장화들…… 그런 것들이 새삼 그리웠던 것이다. 이제 일어나라, 폴이 말했다. 내가 먹을 것을 좀 찾아볼게. 그러나 그가 부엌에서 찾아낸 거라곤 싱크대 안에 있는 다른 부츠와 탁자 위의 너구리 한 마리뿐이었으며, 먹을 것은 말라비틀어진 산딸기 한 송이와 시어 빠진 사과주 한 주전자밖에 없었다. 그와 동생은 얘기를 나누기 위해 거실에 앉았지만 전에 이미 했던 이야기 말고는 할 말이 없었다. 폴이 봄철에 강을 따라 통나무를 타고 이동할 때의 얘기를 해주었다. 그때 피볼드 피볼드슨*이 통나무에서 떨어졌는데, 통나무를 굴릴 때 쓰는 갈고리 장대의 갈고리로 피볼드를 급류에서 구해냈다는 내용이었다. 그리고 오리건주에서 얻을 수 있는 좋은 목재에 대해서도 얘기해 주었다. 제임스는 눈을 감고 잠깐 졸아야 할지 아니면 입을 벌리고 천천히 하품을 해야 할지 마음을 정하지 못한 사람 같은 표정으로 듣고 있었다. 폴이 말을 하면 할수록 말수가 거의 없는 제임스의 말은 더욱더 줄어들었다. 마침내 폴이 더 이상 참지 못하고 말했다. 나는 사람이 어떻게 이렇게 살 수 있는지 모르겠구나. 제임스가 난 이런 생활이 좋은데, 라고 말했고, 그 말이 떨어지기 무섭게 폴이 소리쳤다. 만날 개처럼 아무것도 하지 않고 온종일 누워서 빈둥대지만 말고 뭔가 일을 좀 하지 그래. 그 말에 제임스가 대꾸했다. 나는 누구에게도 조금도 해를 끼치지 않는 착한 나무들을 죽이는 데 시간을 쓰기보다는 차라리 개

* 미국 대초원지대의 민간 설화 속 영웅.

처럼 아무것도 하지 않고 온종일 누워서 빈둥거리는 게 더 낫다고 생각해. 그 말에 몹시 화가 난 폴은 이렇게 말했다. 나는 너보다 더 잘 달리고 더 잘 뛰고 술도 더 잘 마시고 총도 더 잘 쏠 수 있어. 너보다 나무를 더 잘 베고 장작을 더 잘 패고 습지를 더 잘 건널 수 있어. 그러자 제임스가 말했다. 형은 아마도 나보다 더 잘 달리고 더 잘 뛰고 술을 더 잘 마시고 총도 더 잘 쏘겠지. 그리고 나보다 더 잘 소리 지르고 더 잘 고함치고 더 잘 으르렁대고 더 잘 외칠 수 있을 거야. 하지만 형이 500년을 산다 해도 결코 나보다 더 잘 할 수 없는 일이 하나 있는데, 그건 나보다 더 오래 자는 거야. 폴은 전에는 한 번도 동생의 입에서 그런 말이 나오는 것을 들어 본 적이 없었다. 동생의 입에서 화난 벌 떼처럼 쏟아져 나오는 그 말을 들었을 때, 폴은 뼈만 남은 앙상한 동생이 근육질의 남자처럼 자기에게 도전하는 모습에 웃다가 울어야 할지, 아니면 남의 말을 귀담아듣지 않는 창백하고 허약한 동생이 걸어온 도전에 응하는 자기 자신에 대한 생각에 울다가 웃어야 할지, 알지 못했다. 이윽고 폴이 말했다. 나는 너보다 더 잘 치고 더 잘 찌르고 더 잘 짓밟고 더 잘 때려 부술 수 있어. 그리고 여태 그 누가 했던 것보다도 더 잘할 수 있는 게 한 가지 더 있는데, 그건 너보다 더 오래 잘 수 있다는 거야. 그렇게 해서 이 위대한 잠자기 시합이 시작된 것이었다.

이 세상에서 가장 큰 침대

폴 버니언이 야영지로 돌아왔을 때 맨 먼저 한 일은 합숙소로 들어가서 자신의 침대를 자세히 살펴보는 것이었다. 자신의 침대는 아주 길어서 한쪽 끝이 아침이면 다른 쪽 끝은 자정이었다. 자신의 침대는 아주 넓어서 언젠가 조니 잉크슬링어가 빠른 말을 타고 종일 침대를 달렸는데도 침대의 중간 정도밖에 이르지 못했다. 그 침대를 살펴본 폴 버니언은 침대치고는 그리 나쁜 편이 아니라는 것을 알았다. 약간 비좁은 감이 있기는 했지만 일하러 가기 전에 누워서 잠깐 눈을 붙이기에는 썩 좋은 침대였다. 하지만 맞은편 벽 쪽에는 잠을 잘 때 코를 골거나 이를 갈거나 잠꼬대를 하는 일꾼들의 침상이 위아래로 죽 늘어서 있었다. 게다가 가끔 황소 베이브가 합숙소의 창문으로 머리를 들이밀고 혀로 폴을 핥아서 깨우곤 했다. 그에게 필요한 것은 어딘가에 외따로 떨어져 있는 침대였다. 오랫동안 쾌적하게 잘 수 있는 침대여야 했고, 어느 방향으로 몸을 뒤척여도 잠이 깨지 않을 침대여야 했다. 침대에 대해 더 많이 생각할수록 자신이 무엇을 해야 할지 더 많이 알게 되었다. 그래서 그는 베이브를 짐수레에 매고 아이오와주를 향해 떠났다. 여러분은 사람들이 아이오와에 대해 뭐라고 말하는지 알 것이다. 아이오와에서는 옥수수가 엄청 크게 자라서 한 사람이 옥수숫대 전체를 다 보지 못하고 중간 정도밖에 보지 못하기 때문에 나머지 부분은 다른 사람이 보아야 했다. 아이오와에서는 옥수수가 엄청 크게 자라기 때문에 매나 독수리가 옥수숫대의 꼭대기 근처에 둥지를 짓는 것을 볼 수 있다. 사람들은 말하기를, 아이오와에서 자라는 옥수숫대는 폭이 엄청 크기 때문에 그곳 농부들은 미시간 숲에서 일하는 벌목꾼들을 고용하여 옥수숫대를 다 베어 내고, 그것들을 모두 저장탑으로 끌고 가서 저장한다고 한다. 사람들은 말하기를, 아이오와에는 옥수수가 너무 빽빽이 자라고 있어서 코를 긁으려 팔을 들어 올릴 수도 없을 정도라고 한다. 팔을 들어 코를 긁고 싶으면 네브래스카주로 건너가야 한다는 것이다. 그래서 폴은 아이오와로 갔다. 그곳에서 자신이 직접 아이오와의 옥수수 절반을 수확했다. 그와 커다란 황소 베이브는 곧장 아이오와주의 옥수수 밭 한가운데로 터벅터벅 걸어갔다. 폴은 도끼를 휘둘렀고, 옥수수 줄기들이 삽시간에 쓰러지면서 옥수수 속대에서 옥수수 알갱이들이 우수수 떨어져 나와 짐수레 안에 쌓였다. 폴은 그 옥수수 알들을 저장탑으로 가져가서 저장한 다음, 옥수수 줄기들을 수거하여 수레 옆구리가 삐걱거릴 만큼 많은 양을 수레에 실었다. 그는 씹는담배의 즙을 뱉었는데, 그 즙이 땅에 떨어지기도 전에 아이오와주를 벗어나 네브래스카주와 콜로라도주를 경유하여 애리조나주로 내려갔다. 그는 그랜드캐니언으로 가서 그곳을 내려다보았다. 여러분은 그랜드캐니언 이야기를 알 것이다. 그것은 폴 버니언이 서부로 여행할 때 갈고리 장대를 뒤쪽에 두고 끌면서 나아갔기 때문에 생긴 곳이다. 즉, 폴이 끌고 간 갈고리 장대의 갈고리에 패어 생긴 협곡이 그랜드캐니언인 것이다. 이제 폴이 그 협곡 가장자리에서 한 일은 다음과 같다. 그는 수레를 젖혔다. 그리고 요란한 소리를 내며 쏟아져 내리는 옥수수 줄기들을 지켜보았다. 옥수수 줄기들이 협곡 바닥 위로 퍼지며 차곡차곡 쌓여서 절벽의 절반 높이까지 메웠다. 폴은 그 모습이 마음에 들었다. 하지만 아직 끝난 것은 아니었다. 아직은 결코 만족스럽지 않았다. 켜켜이 쌓인 옥수수 줄기들이 거대한 체구의 폴 같은 사내에게 아주 잘 어울리는 좋은 매트리스가 되었지만, 그것은 한 무리의 골목 고양이처럼 꺼끌꺼끌했다. 그는 협곡 가장자리에 서서 아래를 내려다보며 생각에 잠겼다. 바로 그때 많은 수의 거위 떼가 날아왔고, 그것을 본 폴의 머릿속에 좋은 생각이 떠올랐다. 그는 자기 가슴이 폭풍우 속을 항해하는 배의 주범主帆*처럼 보일 때까지 숨을 빨아들였다. 그런 다음 하늘을 향해 얼굴을 치켜들고, 있는 힘을 다해서 입바람을 불었다. 태양이 꺼질 것처럼 깜박거리는 것을 볼 수 있을 정도로 힘껏 불었다. 엄청나게 센 입바람에 거위들의 몸에서 모든 깃털이 빠져나갔다. 깃털은 우아하고 부드럽게 사뿐사뿐 낙하하여 옥수숫대 위에 내려앉았다. 또 다른 거위 떼가 지나갈 때 폴은 다시 숨을 깊이 들이쉬었다가 힘껏 내뿜었다. 그는 계속 입으로 바람을 일으켜서 아주 많은 거위의 몸에서 깃털들을 뽑아냈고, 그리하여 그 일을 마쳤을 때는 커다란 누비이불을 씌운 것처럼 옥수숫대가 온통 거위 깃털로 두껍게 덮여서 그 안으로 사뿐히 들어가 따뜻하게 몸을 감쌀 수 있는 상태가 되었다. 없는 것은 베개뿐이었다. 그래서 폴은 야영지로 돌아가서 일꾼들에게 좋은 품종의 메리노 양 5,000마리를 사 오라고 지시했다. 여러분은

* 중심이 되는 돛대 위에 달린 큰 돛.

몬태나와 유타주에 있는 그 양 떼 목장들을 알고 있을 것이다. 그곳에는 얼마나 양이 많은지, 신발을 벗고 양의 등을 밟고 걸어서 강에서 강으로 이동할 수 있을 정도다. 일꾼들이 양을 사러 간 동안 폴은 나무를 베어 낸 20헥타르 면적의 숲에서 나무 그루터기들을 정리하기 시작했다. 그가 그루터기를 정리한 방법은 이랬다. 걸어 다니면서 장화를 신은 발로 한 번 쿵 밟을 때마다 그루터기 하나를 땅속으로 밀어 넣는 방식이었는데, 그는 모든 그루터기들이 땅속으로 들어가 땅과 평행해질 때까지 하나씩 하나씩 그렇게 했다. 잠시 후 일꾼들이 양을 데리고 돌아오자 폴은 그 메리노 양들을 한 마리도 빠뜨리지 않고 말끔히 정리된 그 숲속 공터로 몰아넣었다. 그는 두 개의 도끼를 날카롭게 갈아서 도끼날이 서로 마주 보게 하여 땅속에 도끼 손잡이를 박았다. 그런 다음 두 개의 도끼를 더 준비해서 도끼날이 마주 보도록 땅에 박았는데, 다만 이번에는 날의 위치를 조금 더 낮게 했다. 다음으로 그가 한 일은 양떼들이 그 두 쌍의 도끼 사이로 달려가게 하는 것이었다. 양들이 달리자 양털이 깨끗이 깎여서 양옆으로 떨어졌다. 그것이 최초의 양털 깎기 기계였다. 그는 깎아 낸 양털을 수레에 싣고 그랜드캐니언으로 돌아갔다. 그 양털을 집어 들어 거위 깃털 누비이불의 한쪽 끝에 기다랗게 깔았다. 그리하여 그는 이제 매우 곱고 부드러운 베개를 마련하게 되었는데, 그 일이 채 끝나기도 전에 알락꼬리고양이 세 마리, 퓨마 두 마리, 노새사슴 한 마리가 그 베개 위에 몸을 웅크리고 누워서 곧장 잠에 빠졌다.

메인주에서는

폴이 입으로 바람을 일으켜 하늘에서 거위 깃털이 떨어져 내리게 하고 네 개의 도끼 양털깎이 사이로 메리노 양들을 달려가게 하는 동안 발을 질질 끄는 후줄근한 동생은 거미줄투성이인 창문 옆, 다리가 부러진 안락의자에 고꾸라질 것처럼 앉아서 시간을 보내거나, 또는 가녀린 목에 헐렁한 머플러를 세 장이나 두르고 피코트* 호주머니에서 낡아 빠진 책이 삐져나온 모습으로 숲속의 축축한 오솔길을 낙엽을 헤치며 느릿느릿 발을 끌고 걸으면서 시간을 보내고 있었다.

폴, 도끼를 어깨에 걸치고 출발하다

그 위대한 잠자기 시합은 가을로 들어서는 좋은 계절에 시작하기로 했다. 시합 시작은 10월 첫째 날 밤 정각 9시였다. 시합의 공정성을 위해 폴은 잠자고 있는지의 여부를 검사할 사람들을 찾아내어 고용했다. 그들은 3시간 단위로 교대하면서, 표정 없는 얼굴로 세상모르고 코를 골고 자는 두 사람을 한눈팔지 않고 지켜보는 일을 맡게 되었다. 잠을 자면서 몸을 씰룩거릴 수도 있고 뒤척일 수도 있고 끙끙거릴 수도 있고 신음 소리를 낼 수도 있다. 하지

* 주로 선원들이 입는 방한용 코트.

만 눈을 실눈을 뜨듯 약간만이라도 뜨게 된다면 잠자기를 끝낸 것으로 간주하기로 했다. 잠을 검사하는 사람들은 완고한 성격과 뛰어난 시력을 가진 것으로 알려진 사람들로, 험한 생활로 단련되어 허튼수작을 용납하지 않는 예리한 눈의 소유자들이었다. 오하이오강에서 일하는 평저선 선원 두 사람, 오클라호마에서 온 물소 사냥꾼 한 사람, 미네소타에서 온 스웨덴 농부 세 사람, 켄터키 출신의 명사수 한 사람, 높은 로키산맥에서 일하는 산길 안내인 두 사람, 미주리에서 온 개척민 한 사람, 텍사스 출신의 소 떼 목장주 한 사람, 유타 출신의 양 떼 목장주 두 사람, 콜로라도에서 온 샤이엔 인디언 한 사람, 모피를 얻기 위해 덫을 놓는 테네시 출신 사냥꾼 두 사람이 그들이었다. 취사장에서 사과주를 넣고 구운 매콤한 햄요리와 걸쭉한 완두콩 수프로 저녁 식사를 한 뒤 폴 버니언이 일어나서 자신의 일꾼들에게 연설을 했다. 그는 일꾼들에게 자신은 북부 숲속에서 일한 그 어떤 벌목꾼보다도, 혹은 징 박은 장화를 신고 이 지구상을 걸어 다닌 그 어떤 사람보다도 더 잘 뛰고, 더 잘 달리고, 더 잘 싸우고, 더 잘 일한다고 말했으며, 이제 그는 자만할 정도로 허풍이 심하고 시합을 원할 만큼 어리석은 그 어떤 사람보다도 더 오래 자고 더 잘 자고 더 깊이 자고 더 많이 잘 수 있다는 것을 증명하기 위해 출발한다고 얘기했다. 그가 없는 동안 야영지 운영은 조니 잉크슬링어가 대행할 거라고 했다. 혹시 어떤 문제가 생기면 리틀 미어리와 숏 건더슨이 억센 네 주먹과 기다란 쇠갈고리 달린 막대로 처리할 것이라고 했다. 그런 다음 폴 버니언은 자신의 일꾼들에게 작별 인사를 했는데, 특히 조니 잉크슬링어와 리틀 미어리, 핫 비스킷 슬림, 대장장이 빅 올, 피볼드 피볼드슨, 숏 건더슨, 사워도 샘, 샌티 보이에게 각별한 마음을 표현하며 인사를 고했다. 이어 외양간으로 가서 베이브의 목을 꼭 껴안아 주고 푸른 귀의 뒷부분을 마구 간질여 준 다음 도끼를 어깨에 걸치고 활개 치며 성큼성큼 걸어서 출발했다. 그는 쿵쾅거리며 걸어서 숲을 통과하고 하천이 흐르는 골짜기를 지났으며, 한걸음에 미주리강을 건너 네브래스카 평원에 도달했고, 이내 콜로라도에 이르러 장화의 흙먼지를 털었다. 애리조나에 도착해서 그가 맨 먼저 한 일은 15미터쯤 되는 사와로 선인장을 뽑아서 수염을 빗는 것이었다. 9시 2분 전에 그랜드캐니언에 도착했다. 9시 1분 전에 바삭바삭한 옥수수 줄기 침대로 내려간 폴은 등을 대고 누우며 그 거위 깃털 속으로 들어간 다음, 발을 뻗어 절벽에 대고 머리를 보드랍고 몽실몽실한 양털 베개에 누였다. 그는 도끼날을 옥수수 줄기 속에 묻고 히코리나무 손잡이를 위로 튀어나오게 한 상태로 도끼를 옆에 둔 채 정각 9시에 눈을 감고 깊디깊은 잠 속으로 빠져들었다.

제임스, 저절로 준비가 되다

위대한 잠자기 시합이 시작되는 날, 메인주에는 해가 지고 있다. 제임스 버니언은 얼음집에서 사는 뿔이 하나인 달팽이보다도 더 굼뜬 동작으로 느릿느릿 침대에서 내려온다. 그는 하품을 하며 삐걱거리는 부엌으로 들어가서 먹을 것이 있는지 둘러본다. 그러나 눈에 띄는 거라곤 찬장 속에 있는 죽은 쥐 한 마리와 상자에 든 곰팡내 나는 건포도 한 알뿐이다. 그는 굶주린 고양이 한 마리가 앉아 있는 기우뚱 기울어진 탁자 앞, 다리가 세 개뿐인 의자에 앉아서 그 말라비틀어진 건포도 한 알을 당밀을 발라 구운 갈색 콩을 곁들인 곰 고기 스튜 요리나 되는 것처럼 쳐다본다. 제임스는 천천히 그 말라빠진 건포도를 먹기 시작한다. 그걸 다 먹고 났을 때 그는 너무 배가 불러서 헛간 벽에 기대어 놓은 마른 나뭇가지처럼 가만히 자리에 앉아 있을 뿐이다. 자신의 왼손을 너무 오래 응시한 탓에 그 손이 발처럼 보이기 시작한다. 자신의 오른발을 너무 오래 응시했더니 그것이 코로 보이기 시작한다. 그는 식사를 하느라 힘을 쏟았으니 지금은 쉴 시간이라고 생각한다. 그래서 그는 다시 방으로 들어가서 침대에 기어오른 다음 뼈마디가 울퉁불퉁 드러나 보이는 등을 바닥에 대고 누워 몸을 쭉 편다. 두 손은 목 뒤로 깍지 끼어 구두끈처럼 가는 목을 받치고 앙상한 두 다리는 나뭇가지 같은 발목에서 교차시킨 자세로 누워서 천장의 들보를 쳐다본다. 침대 옆 탁자에 놓인 촛불에 의해 만들어진 그림자가 들보에 아른거린다. 거기서 그는 푸른 말들이 언덕을 달리고 있는 모습을 본다. 벽에 걸린 금이 간 낡은 시계의 시곗바늘이 목발을 짚고 걷는 고양이처럼 더디게 9시를 향해 기어간다. 제임스는 눈을 감고 코를 골기 시작한다.

벌목꾼들은 그 밤을 어떻게 보냈나

야영지에서 일꾼들은 동이 틀 때부터 정오까지 길을 내고 나무를 베고 가지를 쳤다. 그들은 그루터기에 앉아서 수레에 싣고 온 시큼한 비스킷을 먹고 블랙커피를 마셨다. 그런 다음 해가 질 때까지 다시 벌목 작업을 계속했다. 폴 버니언이 없는 벌목 작업은 전과 같지 않았다. 취사장에서 저녁을 먹은 후 일꾼들은 합숙소의 난로에 둘러앉아 이야기를 주고받았다. 하지만 그들은 거기 앉아서 폴을 기다리고 있는 것일 뿐임을 모두 잘 알고 있었다. 폴 버니언은 그들이 여태 보아 온 그 누구보다도 잠이 없는 사람이었다. 그는 등을 대고 누우면 머리가 베개에 닿기도 전에 몸의 나머지 부분이 일어서려 안달을 하는 그런 사람이었다. 어떤 사람들은 말하기를 그는 자정이 되기 전에 반드시 돌아올 거라고 했고, 다른 어떤 사람들은 그는 이미 숲으로 가서 어둠 속에서 도끼질을 하고 있을 거라고 했다. 리틀 미어리는 일꾼들에게 들어가 쉬어야 한다고 말했다. 왜냐하면 폴 버니언 같은 사람은 내일 아침까지는 절대 돌아오지 않을 거라는 걸 자신은 직감적으로 알기 때문이라고 했다. 자정이 지났을 때 폴 버니언의 숙소에서 요란한 소리가 났다. 일꾼들은 일어나서 환호와 춤으로 폴이 돌아온 것을 환영할 준비를 했다. 하지만 그곳에는 커다란 황소 베이브 말고는 아무도 없었다. 베이브가 외양간을 빠져나와 머리로 숙소의 창문을 들이받아 부순 것이었다. 다음 날 일꾼들은 종일 길을 내고 나무를 베고 톱질을 했지만 그들의 마음은 딴 데 가 있었다. 그날 밤 합숙소 난로 주위에 둘러앉은 그들은 아무 얘기도 하지 않았다. 침상에 들어간 일꾼들은 귀는 헛간의 문처럼 활짝 열어 놓고 두 눈은 입을 꽉 다문 굴처럼 꽉 감은 채 납작 엎드려서 폴 버니언이 멀리 떨어진 밤하늘 별빛 아래 협곡 속에 있는 옥수수 줄기 매트리스와 양털 베개에서 돌아오기를 기다렸다.

긴 잠

조니 잉크슬링어는 필요할 때는 일꾼들을 세게 밀어붙일 줄 알았다. 그는 일꾼들에게 폴 버니언은 틀림없이 일주일 동안은 잘 터이므로 이제 그 생각은 그만하고 일에 몰두해야 한다고 얘기했다. 아니, 그 같은 사람은 2주일, 어쩌면 3주일 동안 잘 수도 있을 거야. 몇 주가 흘렀고, 첫눈이 내렸다. 눈이 엄청나게 내려서 도끼의 끝을 볼 수 없을 정도였다. 어느 날 해가 나오고 나무에서 새들이 노래했다. 일꾼들은 통나무를 타고 강을 내려가 제재소로 통나무를 옮겼으며, 여름휴가를 위해 잠시 야영지를 해체했다. 가을이 되자 그들은 합숙소와 취사장과 외양간을 푸른 황소 베이브에 매달았고, 베이브는 그 모든 것을 끌고서 여러 개의 언덕을 넘고 강을 건너 전나무 숲으로 갔다. 그곳의 전나무는 키가 엄청 컸으므로 달이 지나다닐 수 있도록 나무들의 꼭대기에 경첩이 달려 있었다. 그들은 아직도 밤이면 합숙소의 난로에 둘러앉아 폴 버니언에 대해 이야기했지만, 그러나 그것은 오래전에 떠난 사람에 관해서, 어쩌면 그곳에 함께 있었던 적이 없는 사람에 관해서 얘기하는 일 같은 것이었다. 푸른 눈이 내리던 겨울을 기억해? 폴 버니언이 미네소타주를 가로지르며 걸었을 때 그의 장화 발자국이 1만 개의 호수가 되었던 것을 기억해? 폴 버니언이 푸른 황소 베이브를 위해 물웅덩이를 팠던 때를 기억해? 그 물웅덩이가 미시간 호수다. 폴 버니언이 실수로 개를 절반으로 잘라 버렸는데, 그걸 또 잘못 봉합해서 두 다리는 위로 향하고 두 다리는 아래로 향한 모양이 되었던 적이 있었다. 호다그*를 기억해? 회오리 윔퍼스**를 기억해? 날씨가 추워지자 일꾼들은 늦게 일어나고 일을 일찍 끝냈다. 조니 잉크슬링어가 욕설을 하며 으르렁거렸지만 전혀 먹히지 않았다. 베이브는 너무 슬퍼서 외양간에만 처박혀 지낼 뿐, 절대 밖으로 나오려 하지 않았다. 일꾼들은 폴에 관한 모든 것을 잊었다. 핫 비스킷 슬림은 예외였는데, 그는 아침마다 많은 양의 핫케이크를 만들어서 외양간으로 가져다주었다. 그해 겨울에는 눈이 47일 동안 내렸다. 눈이 너무 높이 쌓여 있어서 나무가 있는 곳에 가려면 굴을 뚫어야 했다. 나무의 몸통은 숫돌처럼 단단했다. 도끼날을 나무 몸통에 대고 갈면 날이 몹시 예리해져서 눈송이를 절반으로 자를 수도 있었다. 새로 온 일꾼들 가운데 몇 사람이 폴 버니

* hodag. 황소 머리, 퉁방울눈, 거대한 발톱 등이 특징인 위스콘신주 민담 속 상상의 동물.

** whirling whimpus. 머리와 몸은 고릴라처럼 생겼고 앞발이 무척 큰, 민담 속 동물. 뒷발로 서서 몸을 빙빙 돌리는데, 그 회전 속도가 빨라지면 눈에 안 보이게 되고, 그것을 모르고 그 공간으로 들어간 사람은 즉시 몸이 녹아내려 그 동물의 먹이가 된다고 한다.

언에 대한 얘기를 들은 적이 있다고 말했지만 날씨가 너무 추워서 그들의 말은 허공에서 얼어 버렸고, 봄까지 풀리지 않았다. 날씨가 따뜻해지자 일꾼들은 강을 타고 통나무를 날라서 하구의 제재소로 가져갔다. 그 작업이 끝났을 때 벌목꾼들 가운데 일부는 제재소 마을에서 일자리를 얻었으며, 가을이 돼도 야영지로 돌아오지 않았다. 조니 잉크슬링어는 수 킬로미터에 이르는 싱싱한 가문비나무 숲이 내려다보이는 좀 더 높은 땅으로 야영지를 옮겼다. 일꾼들은 오솔길을 내고 나무를 베고 그 나무들을 강가의 목재 집하장으로 끌고 갔다. 검은 하늘에서 눈이 아우성치듯 쏟아져 내렸다. 날씨가 온화한 밤이면 일꾼들은 합숙소 밖에 나와 앉아서 씹는담배를 즐기다가 그 즙을 불 속에 뱉었다. 누군가가 폴 버니언은 그랜드캐니언으로 내려가서 잠을 자다가 강물이 차오를 때 익사했다고 말했다. 누군가는 폴 버니언이라는 사람은 밤에 합숙소의 난로에 둘러앉았을 때 으레 얘기하곤 하는 이야기 속의 인물이라고 했다.

제임스, 이런저런 꿈을 꾸다

폴 버니언이 어마어마한 침대에서 도끼를 휘두르는 사내답게 세상모르고 지독한 잠에 빠져 있을 때, 그의 무능한 동생은 메인주의 숲속에서 노상 하던 것을 꿈에서 그대로 하고 있었다. 꿈속에서도 삶에 대한 몽상을 하며 시간을 보내고 있었던 것이다. 삶과 맞서지 않고 피하면서 사는 이 동생만큼 많은 꿈을 꾸는 사람은 여태껏 없었다. 낮에는 종일 뼈만 앙상한 엉덩이로 앉아서 꿈을 꾸고, 밤에는 근육 없는 등으로 누워서 밤새 꿈을 꾸었다. 지금 그는 턱을 치켜든 자세로 침대에 누워 아주 많은 꿈을 꾸고 있으므로 그의 머릿속은 합숙소 난로 안의 소나무 장작불처럼 타닥거리고 있을 터였다. 그는 자신이 한 마리 물고기가 되어 강에서 헤엄치는 꿈을 꾸었다. 자신이 대머리수리나 붉은꼬리말똥가리처럼 하늘을 나는 꿈을 꾸었다. 그는 여러분이 보아서는 안 되는 것에 관한 꿈, 예컨대 지나가는 천사들이 보이는 천국에서 여기저기 돌아다니는 것 같은 꿈과 지하 세계 저 밑에서 이름 모를 어떤 것들이 어둠 속에서 자신을 쳐다보는 것 같은 꿈을 꾸었다. 자신이 빨간 불이 된 꿈을 꾸었다. 죽는 꿈을 꾸었다. 자신이 엄청나게 커서 형인 폴이 어깨에 조그만 도끼를 걸치고 자신의 손바닥 위에 서 있을 수 있는 꿈을 꾸었다. 솔방울을 한 움큼 쥐고서 모든 주에 던졌더니 거대한 소나무 숲이 온 나라에 생겨나는 꿈을 꾸었다. 그 나무들은 아주아주 높이 자라서 북두칠성까지 닿았다. 어디로 눈을 돌려도 나무뿐이었다. 마을과 도시들이 나무에 먹혀 사라졌다. 새들이 이해할 수 있는 말로 얘기했다. 사람들은 강둑에 살면서 필요한 것들을 재배했다. 곰과 코요테가 야생 칠면조, 사슴과 함께 누워 놀았다. 벌목꾼들은 도끼를 하모니카로 바꾸었다. 계절은 언제나 여름이었다. 사람들은 제임스 버니언이 너무 열심히 꿈을 꾸어서 완전히 기진맥진해 있으며, 좀 더 꿈을 꿀 수 있을 만큼 살아 있으려면 계속 꿈을 꾸는 수밖에 없다고 말했다.

그 위대한 시합의 승패가 결정되다

여러분은 폴 버니언이 어떤 사람인지 알 것이다. 그가 일단 뭔가 하겠다고 마음먹으면 그를 막을 수 있는 것은 없다. 그는 아주 추울 때도 그 협곡에서 잠을 잤는데, 그럴 때는 그의 턱에 30센티미터쯤 되는 고드름이 주렁주렁 매달려 있는 것을 볼 수 있었다. 그는 붉은 바위가 햇볕에 녹아내릴 만큼 몹시 더울 때도 그 협곡에서 잠을 잤다. 코요테와 살쾡이 무리도 그의 수염 속에 몸을 웅크리고 함께 잤으며, 두 마리 흰머리수리도 그의 머리털에 둥지를 틀었다. 그는 매섭게 울부짖는 바람이 절벽에서 바위들을 그의 침대 위로 떨어뜨릴 때도 잠을 잤으며, 사과만 한 크기의 빗방울이 그의 얼굴을 후려갈기고 바둑판무늬 외투를 흠뻑 적실 때도 잠을 잤다. 어느 날 이상한 일이 일어났다. 폴 버니언이 눈을 뜬 것이었다. 그냥 그렇게 눈을 떴다. 저 위쪽 절벽 가장자리 길 위에 서 있는 한 무리의 사람들이 아래를 가리키며 소리 지르기 시작했다. 누군가가 외쳤다. 10년하고도 12시간! 폴은 재빨리 일어났다. 거위 깃털들이 그 주위로 눈 폭풍처럼 마구 흩날렸다. 일어나서 그가 맨 먼저 한 일은 북쪽 가장자리에서 가문비나무를 하나 뽑아 수염을 빗는 것이었다. 그 수염은 너무 길게 자라서 발까지 내려가 양모 양말을 감싸고 나서도 계속 이어졌다. 수염은 절벽에 이르고 나서도 계속 자라서 마치 담쟁이덩굴처럼 절벽 중간까지 올라가 있었다. 그가 그다음으로 한 일은 한 마리 거대한 거위처럼 온통 거위 깃털로 뒤덮인 협곡에서 밖으로 나오는 것이었다. 그는 폰데로사 소나무로 바둑판무늬 외투를 털고 도끼를 어깨에 걸쳤다. 배가 엄청 고팠지만 음식을 먹기 전에 해야 할 일이 한 가지 있었다. 그것은 허풍선이 동생을 보러 가는 일이었다. 그는 동쪽 메인주를 향해 무지 빠르게 달렸다. 너무 빨라서 미처 깨닫기도 전에 메인주를 지나쳐서 바다에 이르게 되었다. 바닷물에 무릎이 잠기고 나서야 그걸 깨닫고 되돌아가야 했다. 숲속의 집은 예전과 같지 않았다. 덤불이 자라서 모든 창문을 덮었고, 지붕에는 야생화가 피어 있었다. 이끼로 뒤덮인 죽은 소나무가 어지럽게 널브러져 있는 현관은 엉망진창이었다. 집 안으로 들어가자 박살 난 창문으로 기다란 나뭇가지들이 들어와서 마구 뻗어 있었다. 다람쥐와 주머니쥐들이 이끼 낀 가구 위에서 날쌔게 움직였다. 침실 문은 열려 있었다. 폴은 어두운 방 안에서 어떤 낯선 사람이 침대 옆 의자에 앉아 있는 것을 보았다. 침대 위에서는 동생이 몸을 쭉 뻗은 채 등을 대고 누워서 자고 있었다. 빗자루 같은 동생의 두 팔이 앙상한 가슴 위에서 서로 엇갈리게 놓여 있었다. 가는 실 같은 긴긴 수염은 다리를 타고 미끄러지듯 내려가서 말뚱가리 발 같은 그의 발을 휘감았으며, 거기서 바닥으로 흘러내려 침대 다리 하나를 돌돌 감았다. 뼈만 남은 개 한 마리가 침대 위, 동생의 옆자리에 웅크리고 앉아 전력을 다해 낑낑거렸다. 동생의 수염 속에서 이끼와 야생 버섯이 자라고 있었다. 긴 코는 도끼날처럼 가늘고 날카로웠다. 낑낑거리는 개, 어두운 방, 의자에 앉아 있는 낯선 사람, 무덤 같은 정적, 이 모든 게 폴을 몹시 불안하게 했다. 동생의 움푹 팬 뺨을 바라보았다. 폴 버니언은 위대한 잠자기 시합을 잊어버렸다.

그 죽음처럼 고요한 방에서 모든 것을 잊어버렸다. 그는 다만 불이 붙은 여우처럼 황급히 거기를 나와서 벌목꾼들에게로 돌아가고 싶었을 뿐이었다. 그러나 그는 몸을 움직이기도 어려운 지경이었다. 폴은 몸을 구부려 동생을 가까이에서 살펴보았다. 빈약하기 짝이 없는 볼품없는 어깨가 닭 뼈처럼 셔츠 밖으로 튀어나와 있었다. 폴은 동생을 만지면 어떤 느낌이 들까, 궁금했다. 동생에게 뭔가를 주고 싶었다. 그는 어깨에 걸친 도끼를 침대 위 동생 옆에 내려놓았다. 아주 천천히, 조심스럽게 내려놓았다. 바로 그때 제임스가 한쪽 눈을 뜨고 그를 쳐다보았다. 의자에 앉아 있던 낯선 사람이 말했다. 10년 12시간하고도 16분. 폴은 펄쩍 뛰어 뒤로 물러나며 포효했다. 포효하는 소리가 너무나도 우렁차서 제임스의 얼굴을 핥고 있던 뼈만 남은 개가 침대에서 날아가 구석으로 굴러떨어졌다. 폴의 포효 소리가 너무 우렁차서 나뭇가지들이 창문에서 날려갔고, 대신 햇빛이 방 안으로 들어왔다. 제임스는 쏟아지는 햇살에 눈을 찡그리며 거미처럼 가는 팔을 들어 얼굴을 가렸다. 그가 말했다. 여기서 잠깐 눈을 붙이면 안 될까? 그러고 나서 그는 몸을 돌려 모로 누우며 다시 잠에 빠져들었다.

그 후

폴은 자기가 졌다는 것을 알았다. 그것도 장점이라고는 없는, 금방이라도 허물어질 것 같은 해골 같은 동생에게 진 것이었다. 그러나 패배의 쓰라린 감정이 일기 전에 엄청난 배고픔이 밀려들었다. 10년 12시간 16분하고도 얼마 동안 아무것도 먹지 않았던 것이다. 그는 너무 배가 고파서 자기 장화도 버터에 구워 먹을 수 있을 것 같았다. 그는 너무 배가 고파서 세인트로렌스 강물로 목을 축이면서 메인주의 절반을 베어 먹을 수 있을 것 같았다. 머릿속에서 핫 비스킷 슬림이 번철을 들고 서서 반죽을 노릇노릇 굽고 핫케이크를 공중에서 홱 뒤집는 모습이 보였다. 폴은 도끼를 챙겨 들고 서둘러 그 오두막을 떠났다. 그는 마음이 너무 급해서 자기가 가는 방향으로 몰려가는 허리케인에 뛰어 올라탔다. 하지만 얼마 후 허리케인의 속도가 너무 느슨해진 것을 보았을 때 재빨리 빠져나왔다. 그는 휴런 호수에 한 발을 담그고 미시간 호수에 다른 발을 담그는 식으로 달렸다. 야영지에 도착했을 때 숲속에서 일을 하던 일꾼들이 이게 무슨 소동인가, 의아해하며 쳐다보았다. 폴 버니언이 숲속의 가장 큰 나무처럼 거기 서 있는 것을 보았을 때 일부는 환호했고, 일부는 놀란 표정이었으며, 일부는 머리를 긁적이며 감탄했다. 폴은 곧장 외양간으로 가서 푸른 황소를 힘껏 포옹했다. 사람들은 말하기를, 폴을 만난 베이브는 녹색이 되었다가 붉은색으로 변했고, 그런 다음 자기 색깔인 푸른색으로 돌아갔다고 한다. 그러고 나서 폴은 화급히 취사장으로 달려갔는데, 어찌나 빨랐던지 뒤에 남은 포옹이 뒤늦게 그를 쫓아가야만 했다. 그날 핫 비스킷 슬림은 평소보다 요리를 더 잘했다고 한다. 그는 번철 옆에 미끄럼틀 같은 운반 장치를 설치하여 핫케이크를 하나씩 하나씩 차례차례 보냈다. 그러면 핫케이크가 폴의 접시 위에 털썩 떨어져서 저절로 쌓였다. 열 명의 사내가 계속해서 반죽 솥을 채웠고, 스무 명의 사내가 계속해서 번철 밑으로 장작과 덤불을 던져 넣어 불이 끊임없이 활활 타오르게 했다. 폴은 그날 아침 굉장히 많은 핫케이크를 먹었다. 그 벌목꾼이 먹는 것을 구경하려고 강변 사람들과 제재소 일꾼들이 아이다호 같은 아주 먼 곳에서 일부러 찾아올 정도였다. 그가 너무 많은 핫케이크를 먹었으므로 메인주에서 오리건주에 이르기까지 남아 있는 밀가루가 없어서 그들은 캐나다에서 평저선에 밀가루 통을 싣고 끌고 와야 했다. 폴은 계속해서 핫케이크를 입속에 던져 넣고 당밀을 마셔서 그걸 씻어 내렸다. 이윽고 이제는 배를 채웠으니 도끼를 집어 들고 일을 좀 할 때가 되었다는 생각이 들었다. 그는 숲속으로 들어가서 도끼를 엄청 열심히 휘둘렀고, 그리하여 나무들이 땅에 떨어졌을 때는 이미 말끔한 송판 더미가 되어 있었다. 그는 엄청 빨리 일을 했다. 그의 도끼 소리가 미처 들리기도 전에 0.4헥타르의 스트로부스잣나무를 베어 넘길 정도로 빨랐다. 그는 도끼를 휘두르면서 우렁차게 이런 소리들을 질렀다. 나는 당신들보다 더 잘 달리고 더 잘 뛰고 술도 더 잘 마시고 총도 더 잘 쏠 수 있어. 나는 당신들보다 더 잘 치고 더 잘 찌르고 더 잘 짓밟고 더 잘 때려 부술 수 있어. 그리고 메인주에 사는 내 동생은 당신들보다 더 오래 자고 더 잘 자고 더 깊이 자고 더 많이 잘 수 있어. 설령 당신이 겨울철이면 동굴에 몸을 숨기고 겨울잠을 자는 회색곰이라 할지라도 말이야. 그날 합숙소에 있는 사내들은 밤새도록 나무들이 쓰러지는 소리를 들을 수 있었지만 폴 버니언의 기척은 듣지 못했다. 사람들은 그가 도끼를 14일 낮 14일 밤 동안 계속 휘두르고 나서야 일을 멈추고 뺨에 맺힌 땀 한 방울을 닦았다고 말한다. 어떤 사람은 그가 오리건주 해안을 지나서 로키산맥의 나무들을 베어 내며 나아간 다음 태평양에 무릎을 담근 채 파도를 반으로 쪼개며 서 있었다고 말한다. 그는 일에 너무 열심이어서 근육 하나 없는 동생을 다시 볼 시간이 전혀 없었다고 한다. 사람들은, 제임스 버니언은 형과 잠자기 시합을 치르느라 완전히 기진맥진해져서 모든 시간을 잠을 보충하는 데 쓰려 한다고 말한다. 어떤 사람들은 그가 아직도 자고 있다고 말한다. 그 점에 관해서는 나는 알지 못한다. 이것이 내가 여러분에게 들려주고 싶은 이야기다.

밤에 들린 목소리

A Voice in the Night

1

소년 사무엘은 어둠 속에서 눈을 뜬다. 뭔가 이상하다. 대부분의 주석자들은 그 일이 성막* 문밖, 별빛 아래 천막에서 일어난 게 아니라 성막 안에서 일어났다는 데 동의한다. 사무엘의 잠자리가 밤새도록 타오르는 일곱 가지 기름 등불 앞에 놓인 '계약의 궤'**가 있는 성소 안에 있는지, 아니면 인접한 방에 있는지는 다소 불확실하다. 그는 성소에서 가까운, 아마 성소와 맞붙은 성막 내부의 방에 누워 있다고 하자. 휘장을 친 출입구는 실로의 성막의 대제사장인 엘리의 방으로 연결된다. 우리는 그런 세세한 사항들을 좋아하지만, 그들은 그런 것을 대수롭지 않게 여긴다. 중요한 것은 사무엘이 밤중에 갑자기 깨어났다는 것이다. 플라비우스 요세푸스*** 에 따르면 사무엘은 열두 살이다. 어쩌면 한두 살 더 어릴지도 모른다. 그는 뭔가에 놀라 잠을 깬 것이다. 그는 그 소리를 다시 듣는

* 이스라엘 민족이 성전 건물을 가지기 이전의 이동형 장막 성전.
** 모세의 십계를 새긴 돌을 넣어 둔 상자.
*** 서기 1세기에 활동한 유대의 역사가.

다. 이번에는 또렷하다. "사무엘!" 엘리가 그의 이름을 부르고 있다. 무슨 일일까? 엘리는 절대 한밤중에 그를 부르지 않는다. 사무엘이 해 질 녘에 성막의 문을 닫는 것을 잊어버린 걸까? 일곱 개의 가지가 있는 등잔대에서 타오르는 불 가운데 하나를 꺼뜨린 것일까? 그러나 사무엘은 그가 한 일을 잘 기억하고 있다. 삼나무로 만든 육중한 문을 밀어 닫았으며, 성소에 가서 일곱 개의 황금 가지에 축성한 올리브기름을 채워 넣었다. 그러므로 불은 밤새도록 밝게 타오를 것이다. "사무엘!" 그는 염소 털 담요를 옆으로 밀치며 서둘러 간다. 어둠 속에서 뛰다시피 걷는다. 그는 휘장을 밀치며 엘리의 방 안으로 들어간다. 노인은 등을 대고 누워서 자고 있다. 엘리는 실로의 성막의 대제사장이기에 나무 침상 위에 깔린 요는 지푸라기가 아닌 양털로 채워져 있다. 엘리의 머리는 염소 털 베개 위에 놓여 있고, 손가락이 긴 두 손은 가슴 위, 하얀 수염 아래에 엇갈리게 놓여 있다. 눈은 감겨 있다. "부르셨나요?" 사무엘이 말한다. 어쩌면 이렇게 말했을지도 모른다. "제사장님의 부름을 받고 여기 왔습니다." 엘리가 눈을 뜬다. 잠에서 막 깬 사람처럼 조금 얼떨떨해 보인다. "안 불렀는데." 엘리가 대답한다. 그는 어쩌면 밤중에 잠이 깨는 것을 좋아하지 않기 때문에 퉁명스러운 어조로 이렇게 말했을지도 모른다. "널 부르지 않았다. 다시 가서 자거라." 사무엘은 순순히 몸을 돌려 걸음을 옮긴다. 그는 자기 방으로 돌아가서 자리에 눕지만 눈을 감지는 않는다. 사무엘은 엘리의 시중을 들며 오랜 시간을 살아오는 동안 성막과 성막의 규칙에 관해 아주 많은 것을 배우고 깨닫게 되었다. 엘리가 자기도 모르게 사무엘의 이름을 부른 것은 아닐까? 제사장은 늙었고, 그래서 때때로 잠을 자면서 입술을 움직여 소리를 내기도 하고 이상한 말을 중얼거리기도 한다. 하지만 그가 밤중에 사무엘을 부른 적은 한 번도 없었다. 사무엘이 꿈을 꾼 것일까? 꿈속에서 어떤 목소리가 그의 이름을 부른 것일까? 그는 최근에 홍해의 갈라진 물길을 혼자 걸어가는 꿈을 꾸었다. 반짝이는 물의 절벽이 양쪽에 높이 솟아 있었는데, 그 물의 벽이 무너지며 그를 향해 쏟아져 내리기 시작했을 때 울부짖으며 잠에서 깼다. 성막의 벽 바깥에서 어린양 한 마리가 높은음으로 우는 소리가 들린다. 사무엘은 천천히 눈을 감는다.

2

1950년 코네티컷주 스트랫퍼드, 여름밤이다. 일곱 살 아이는 2층에 있는 자기 침대에 눈을 뜨고 누워 있다. 아이 위로 있는 방충망을 친 두 개의 창문에서는 뒷마당이 내려다보인다. 그 창문을 통해 여름의 소리가 들려온다. 그것은 뒷마당 산울타리 맞은편에 있는 공터에서 귀뚜라미가 **귀뚜루루 귀뚜루루** 우는 소리이다. 당나귀는 히힝 하고 울고, 수탉은 꼬끼오 하고 울지만 귀뚜라미는 어떻게 우는지, 그 소리를 스스로 생각해 내야 한다. 때때로 자동차가 어두운 천장에 두 개의 네모난 빛을 던지며 마당과 나란히 나 있는 도로를 지나간다. 아이는 그 네모난 빛은 반쯤 올라가 있는 블라인드 아래쪽 열린 창문의 모양이라고 생각하지만, 확신하지는 못한다. 그는 귀를 쫑긋 곤두세우고 있다. 그날 오후 유대인 지역 문화센터에서 열리는 주일학교 수업에서 크라우스 부인이 소년 사무엘 이야기를 읽어 주었다. 한밤중에 어떤 목소리가 소년의 이름을 불렀다. "사무엘! 사무엘!" 사무엘은 대제사장의 시중을 드는 소년이었는데, 실로의 성막에서 부모님과 떨어져 살았다. 자기 이름을 부르는 소리를 들었을 때 사무엘은 대제사장이 자기를 부르는 줄 알았다. 사무엘은 세 차례나 그렇게 밤에 자기 이름을 부르는 소리를 들었고, 그때마다 엘리의 침상 곁으로 갔다. 하지만 그 목소리는 엘리의 목소리가 아니라 하나님이 그를 부르는 소리였던 것이다. 스트랫퍼드의 아이는 자기 이름을 부르는 소리를 듣기 위해 한밤중 귀를 곤두세우고 있다. 사무엘의 이야기를 듣고 난 그는 안절부절못하고 몹시 긴장한다. 미세한 소리에도 온몸이 뻣뻣해진다. 아이는 자신의 『삽화가 있는 구약성경』의 앞표지에 나오는 수염 난 노인에 대해 생각해 본 적이 없지만, 그러나 이제 궁금해한다. 그의 목소리는 어떨까? 아이의 아버지는 하나님이란 사람들이 이해하지 못하는 것들을 설명하기 위해 꾸며 낸 이야기라고 말한다. 아버지가 저녁 식사 자리에서 하나님에 대해 얘기할 때면 안경 뒤의 아버지의 눈에는 분노와, 그 분노를 즐기는 신이 난 표정이 깃든다. 그러나 한밤의 목소리는 마녀처럼 오싹하다. 한밤의 목소리는 내가 여기 있다는 것을 안다. 어둠 속에 숨어 있어도 안다. 만약 그 목소리가 내 이름을 부르면 나는 응답해야 한다. 아이는 그 목소리가 자기 이름을 부르는 것을 상상한다. 그 목소리는 천장에서 들려온다, 벽에서 들려온다. 그것은 온몸에서 느껴지는 끔찍한 손길 같을 것이다. 아이는 그 목소리를 듣고 싶지 않다. 그러나 만약 듣게 된다면 대답해야 할 것이다. 우리는 거기서 벗어날 수 없다. 아이는 이불을 턱까지 덮어쓴 채 갈라져 있던 물의 벽이 쏟아져 내리며 이집트 병사와 전차와 말들을 덮치는 광경을 생각한다. 창의 방충망을 통해 들려오는 귀뚜라미 소리가 더욱 더 커지는 것 같다.

3

작가는 예순여덟 살이고, 건강은 좋은 편이다. 치아 대부분과 머리털 절반은 아직 죽지 않았다. 하지만 최근 들어 잠을 잘 이루지 못한다. 그는 언제나 깊게 잠들지 못했다. 조그만 소리에도 움찔하며 잠이 깨곤 한다. 하지만 최근의 경우는 그것과는 다르다. 그는 가슴 위에 책을 얹은 채로 잠이 들고, 그러다가 아무 이유 없이 깨어나서 힘겹게 고개를 돌려 디지털시계의 녹색 불빛을 본다. 그러면 그 시각은 언제나 비참하게도 새벽 2시 16분이나 3시 4분* 같은 암담한 시간이다. 끔찍한 시간, 나락에 빠진 것 같은 시간, 다시 잠의 세계로 돌아갈 수 없는 시간이다. 그는 침대 머리맡에 놓

* 사무엘이 자신을 부르는 목소리의 주인공이 여호와라는 것을 처음으로 깨닫는 내용이 구약성서 「사무엘상」 3장 4절에 나오는데, 3시 4분은 그 부분을 암시적으로 나타내고자 한 시간인 듯싶다.

인 등을 켜서 뭔가를 좀 읽으며 마음을 차분히 가라앉히는 게 좋지 않을까, 생각한다. 그러나 그는 불을 켜면 더욱더 잠이 깰 거라는 것을 안다. 게다가 저주스러운 새벽 2~3시에 잠이 깨면 무엇을 읽을 것인가 하는 문제도 생긴다. 만약 흥미를 끄는 것을 읽는다면 그의 마음이 자극되어 잠을 이룰 가능성이 아주 사라지게 될 것이다. 반대로 지루한 것을 읽는다면 마음이 불편하고 짜증스러워져서 잠을 이룰 수 없을 것이다. 그러니 자리에 그대로 누워서 다리가 부러져 도랑에 누워 있는 사람처럼 자신의 운명을 저주하는 편이 더 낫다. 그는 어둠의 소리에 귀 기울인다. **쉬이** 하고 차가 지나가는 소리, **웅** 하는 옆집 에어컨 소리, **우지직** 다락방 마룻장에서 나는, 이곳에 사는 유령이 내는 소리…… 새벽의 그 암담한 시간에는 여러 가지 사념이 스쳐 지나간다. 그는 귀를 기울이면서 스트랫퍼드의 그 집에서 살았던 아이를 생각하고, 창문이 두 개인 창가 침대와 밤의 목소리를 생각한다. 요즘은 그 아이 생각을 많이 한다. 때로는 노여운 마음으로, 때로는 슬픔과도 같은 격렬한 사랑의 감정으로 그 아이를 생각한다. 아이는 지치고 긴장한 상태로 밤의 목소리에 귀 기울인다. 그는 그 아이에게 소리 지르고 싶다. 정신을 좀 차리도록 다그치고 싶다. 야구 글러브에 기름칠을 좀 해! 자전거에 뛰어 올라타라고! 더 신나게 그네나 미끄럼틀 같은 걸 타 봐! 야무진 아이가 되어야 해! 그런데 왜 그 아이한테 소리치는 거지? 걔가 너한테 뭘 했다고? 바로 여기서, 지금 당장 너를 부르는 목소리를 상상하는 게 더 나을 거야. 늙다리 무신론자 친구, 안녕? 너에게 알려 줄 소식이 있다. 죄송해요, 하나님 아저

씨. 시간 낭비하지 마세요. 제가 일곱 살이었을 때 나타나셨어야 해요. 그 아이는 정말 밤에 자기 이름을 부르는 소리를 들을 거라고 생각했던가? 아주 오래전, 라디오에서 〈보비 벤슨과 비바비 목장의 말 탄 사람들〉*이 흘러나오고, 아버지는 저녁 식사 자리에서 매카시를 맹비난했으며, 한국에서는 전쟁이 터져 부산까지 밀려 내려간 시절이었다. 구덩이에 던져진 요셉, 홍해가 갈라진 일, 자신의 하프로 사울의 영혼을 달래 준 다윗 등과 같은 옛이야기들이 아이의 마음을 사로잡았다. 가톨릭 노동자 계층이 주로 사는 스트랫퍼드에서 그는 학교에 가는 길에 자리 잡은 홀리네임 성당을 지나칠 때 성호를 긋지 않는 유일한 아이였다. 여자아이들도 이마에 재를 발랐다.** 하나님을 멸시하는 아이의 아버지는 아이를 차에 태우고 주일학교에 가긴 했으나, 다른 아이들이 히브리어 수업에 들어갈 때 아이를 데리고 집에 와 버렸다. 아이는 바르미츠바*** 도 치르지 않았다. 아버지는 자신의 랍비를 조롱했다. 아이들이 자신들도 이해하지 못하는 말들을 지껄이게 만든다는 게 그 이유였다. "완전히 횡설수설이잖아." 아버지는 말했다. 새로운 단어였다. 횡설수설. 아이는 그 말이 마음에 들었다. 횡설수설. 그럼에도 아이는 '만세 반석'****이나 사무엘 이야기 같은 주일학교에서 들려주

* 서부 모험 이야기를 다룬 1950년대 미국 청소년 라디오 프로그램.

** 사순절의 첫날 재의 수요일에 고난당한 주를 생각하며 이마에 재를 바르고 회개하는 의식을 말한다.

*** 유대교에서 열세 살이 되면 치르는 성인식.

**** 영원히 의지할 수 있고 변함이 없는 반석과 같은 분이라는 뜻으로, 여호와 하나님을 가리킨다.

는 이야기에 흠뻑 빠져들었다. 왜 이날 밤은 다른 모든 날들의 밤과 다른 걸까? 아이는 자리에 누워 귀 기울이며 자기 이름을 부르는 소리가 들리기를 바랐다. 그는 정말 자기 이름이 불리기를 바랐던 걸까? 먼 곳의 차 소리와 귀뚜라미 울음소리가 창문을 통해 작가의 귀에 들려온다. 60년 후의 뉴욕 북부지만, 귀뚜라미 울음소리는 여전히 스트랫퍼드의 여름에 들었던 그 소리다. 이보게, 잠잘 시간이야.

1

사무엘은 다시 눈을 뜬다. 이번에는 틀림없다. 엘리가 자기 이름을 부른 것이다. 그 목소리는 벽에 쓰인 이름처럼 선명하다. "사무엘!" 그는 염소 털 담요를 박차고 일어나 침상 옆 바닥에 깔린, 짚으로 엮은 돗자리에 내려선다. 그가 기억하는 한 그는 줄곧 실로의 성막에서 엘리와 함께 살았다. 어머니와 아버지는 1년에 한 번 그를 찾아온다. 1년에 한 번씩 제물을 바치기 위해 라마에서 올라오는데, 그때 그를 방문하는 것이다. 그가 태어났을 때 어머니는 그를 하나님께 드렸다. 어머니는 하나님께 아들을 낳게 해 달라고 기도했는데, 그래서 그의 이름이 '하나님께 구하였다'라는 뜻인 사무엘이 된 것이다. 그래서 그는 리넨 제의를 입게 된 것이고, 그래서 그는 머리털이 어깨 밑으로 내려오게 기르고 있는 것이다. 면도칼로 그의 머리를 미는 일은 결코 없을 것이다. 사무엘, '하나님께 구하였다'는 엘리의 방으로 들어간다. 그는 엘리가 침상에서 일어나 앉아 조바심치며 그를 기다리고 있을 거라고 예상한다. 하지만 엘리는 눈을 감고 누워 있다. 잠이 든 것 같다. 엘리를 깨워야 하는 걸까? 엘리가 사무엘을 부른 다음 다시 잠이 든 걸까? 사무엘은 늙고 근심 많은 제사장을 깨우기가 망설여진다. 엘리가 성막의 대제사장임에도 불구하고 엘리의 아들들은 사악하다. 그들은 복종하지 않는 제사장들이다. 고기가 희생 제물로 바쳐지면 그들은 가장 좋은 부분을 자신들 몫으로 챙긴다. 그들은 성막의 문으로 들어오는 여인들과 부적절한 짓을 저지르곤 한다. "제가 여기 왔습니다!" 사무엘이 의도했던 것보다 좀 더 큰 소리로 말한다. 엘리가 꿈틀 몸을 움직이더니 눈을 뜬다. "부르셨습니까." 사무엘이 한결 나직이 말한다. 늙은 대제사장은 힘겹게 고개를 들어 올린다. "얘야, 난 부르지 않았다. 돌아가서 다시 자거라." 사무엘은 항변하지 않고 시선을 떨군 채 노인의 잠을 방해했다는 불편한 마음으로 돌아 나온다. 사무엘은 자기 방으로 들어가면서 이 상황을 이해하려 노력한다. 엘리는 왜 밤중에 두 차례나 그의 이름을 불렀을까? 그는 결코 다른 소리로 오해할 수 없는 크고 뚜렷한 목소리로 불렀다. 그런데도 엘리는, 진실만을 얘기하는 엘리는 그걸 부인했다. 사무엘은 침상에 누워 담요를 어깨 높이까지 끌어 올린다. 엘리는 몹시 늙었다. 그가 사무엘의 이름을 부르고 나서, 사무엘이 옆에 나타났을 때 자신이 불렀다는 사실을 잊어버린 걸까? 노인들은 잘 잊어 먹는다. 얼마 전 엘리가 사무엘에게 자신의 어린 시절 얘기를 들려주었을 때, 엘리는 말하려던 사람의 이름을 기억하지 못해서 난감해했다. 사무엘은 성막에서 일할 때 노인의 몸이 염소 가죽 양동이에 담긴 우물물처럼 미세하게 떨리는 것을 보아 왔다. 엘리의 눈은 불을 켜지 않은 등불 같다. 엘리는 늙었고, 눈은 점점 침침해져 간다. 하지만 평소 노인의 몸은 떨리지 않고 목소리는 여전히 힘차다. 자주색과 진홍색이 어우러진 엘리의 제의의 어깨에는 두 개의 호마노*가 부착되어 있는데, 각각의 호마노에는 이스라엘 여섯 부족의 이름이 새겨져 있다. 엘리가 햇빛 속에 서면 그 호마노가 불처럼 빛난다. 사무엘은 천천히 잠으로 빠져든다.

2

다음 날 밤, 스트랫퍼드의 아이는 또다시 자지 않고 누워서 귀를 기울이고 있다. 아이는 자기 이름을 부르는 소리를 정말로 듣게 될 거라고 믿지는 않지만, 혹시라도 그런 일이 일어날 경우를 대비하여 깨어 있고 싶은 것이다. 그는 뭔가 소중한 것을 놓치고 싶지 않다. 만약 회전목마나 빙글빙글 도는 자동차를 타러 플레저 해변 놀이공원으로 가는 것과 같은 중요한 일이 다가오고 있다는 것을 알면, 그는 매일매일, 순간순간, 그 일을 기다릴 것이다. 마치 잠시라도 그 일에 주의를 기울이지 않고 딴 데 관심을 돌리면 그 일이 일어나지 않을지도 모른다고 생각하는 것처럼 말이다. 그러

* 붉은 줄무늬가 있는 보석.

나 이것은 다르다. 이 일이 일어날지 안 일어날지 아이는 알지 못한다. 아마도 일어나지 않을 것이다. 어떻게 그런 일이 일어날 수 있겠는가. 하지만 누가 알겠는가, 일어날 가능성도 있는 것이다. 아이에게 정말 필요한 것은, 만약 그의 이름을 부르는 소리가 들린다면 어떻게 대답할지 생각해 내는 것이다. 이야기 속의 사무엘은 이렇게 대답했다고 한다. "말씀하옵소서, 주의 종이 듣겠나이다." 아이는 그 상황을 상상해 본다. "말씀하옵소서, 주의 종이 듣겠나이다." 마치 연극을 하는 아이의 말 같다. 아버지가 부를 때 그가 하는 대답처럼 "네?"라고 하는 게 더 나을 것이다. 그러나 하나님은 아버지가 아니다. 하나님은 강한 아버지보다도 더 강한 분이다. 하나님은 위험한 막대기를 허리띠에 걸고 학교 앞 큰길에서 있는 경찰관 같은 분이다. 만약 경찰관이 그의 이름을 부른다면 그는 "네, 경찰관님" 할 텐데, 그와 같이 "네, 하나님"이라고 대답하는 게 더 나을 것이다. 만약 그의 이름을 부르는 소리가 들린다면 그는 "네, 하나님"이라고 대답하겠다고 마음먹는다. 크게 소리치지는 말자. 그냥 조용히 말하자. 네, 하나님. 어둠 속에서 어떤 목소리가 자신의 이름을 부른다. 그 생각을 하자 아이는 다시 마음이 불안해진다. 아이는 이제는 어둠을 무서워하지 않을 만큼 나이를 먹었지만, 그러나 여전히 두려운 마음이 종종 찾아들곤 한다. 그는 여동생과 겁주기 놀이를 하기 좋아한다. 여전히 그가 다섯 살, 동생이 두 살 때 하던 식으로 놀이를 한다. 동생은 어두운 자기 방에 잠든 척 누워 있고, 그러면 그가 이렇게 속삭인다. "으히히 귀신이다. 으히히 귀신이다." 그러고 나서 둘은 겁을 집어먹은 웃음을 마구마구 터뜨리는 것이다. 그러나 밤에 들리는 목소리는 우스운 게 아니다. 아이는 마녀, 유령, 괴물 따위는 다 졸업했다. 그것들은 진짜 있는 게 아니라는 것을 잘 알고 있다. 그런데 왜 자신은 사무엘 이야기에 두려움을 느끼는 걸까? 그것은 이야기일 뿐이다. 아버지가 그렇게 설명해 주었다. 성경은 이야기다. 『투틀』*이나 『닥터 두리틀 이야기』** 같은 이야기인 것이야. 기차는 절대 나비를 뒤쫓기 위해 선로를 벗어나지 않아. 양 끝에 머리가 달린 푸시미풀유***는 동물원 같은 데서 볼 수 있는 동물이 아니야. 그리고 하나님이 밤중에 네 이름을 부르는 일 따위는 없다. 이야기는 일어나지 않는 것에 관한 것이다. 일어날 수 있지만 일어나지 않는 것이다. 그러나 일어날 수도 있다. 그의 이름을 부르는 소리가 들린다면 어떡해야 하나? 그는 그걸 놓치고 싶지 않다. 그다음엔 어떻게 될지 알고 싶다. 하나님이 사무엘에게 뭐라고 말했더라? 기억이 나지 않는다. 그것이 가장 중요한 부분인데, 그는 기억하지 못한다. 그게 자신의 단점 중 하나다. 가장 중요한 것들을 기억하지 못하는 것이다. 왕자가 머리카락을 붙잡고 탑 꼭대기로 올라간 것은 기억하지만, 코네티컷주의 주도는 기억하지 못한다. 브리지포트인가? 브리지포트에 있는 도서관에는 긴 돌계단과 높은 기둥들이 있다. 그것은 사무엘이 실로의 성막에서 하나님을 섬기고 있었다는 것을 아이가 들었을 때 처음 떠오른 생각이었다. 성전은 교

* 아기 기관차 투틀을 주인공으로 한 어린이책.
** 동물이 하는 말을 이해하는 의사 두리틀을 주인공으로 한 어린이책.
*** 『닥터 두리틀 이야기』에 나오는 가공의 동물.

회와는 다르다. 유대인들은 성전에 가고 기독교인들은 교회에 간다. 가톨릭교도들은 성당에 간다. 그리고 도서관은 모든 사람들이 간다. 아이는 피곤하다. 뒷마당 산울타리에서 빌리가 그에게 고개를 돌리며 말했다. "넌 예수님을 믿니?" 그의 눈빛이 매서워 보였다. 그 질문에 대한 답은 두 가지이다. 하나는 "아니"이다. 다른 하나는 아버지가 그에게 했던 다음과 같은 말이다. "예수님은 위대한 스승이셨어." 그러나 그는 겁쟁이여서 눈을 내리깔고 아래만 바라보았다. 문이 열리는 소리에 이어 복도에서 발자국 소리가 들린다. 엄마 아빠는 그가 자지 않고 누워서 자기 이름을 부르는 소리를 들으려 귀 기울이고 있다는 것을 알까? 그는 화장실 문이 열렸다가 닫히는 소리를 듣는다. 아버지가 밤에 일어나 계실 때도 종종 있다. 방문을 열어 놓고 아버지를 기다리는 건 어떨까? 사무엘에 대해 얘기해 주세요. 듣고 싶어요. 밤에 들린 목소리에 대해서 이야기해 주세요. 그 목소리를 들으면 모든 게 다 달라질 거예요. 아이는 그 생각을 떨쳐 냈다. 내일은 가족이 함께 차를 타고 시코르스키 공장을 지나서 쇼트 해변으로 간다. 거기서 그는 물속을 첨벙첨벙 걸어서 모래섬으로 갈 수 있을 것이다.

3

새벽 1시 54분이다. 신들이 그를 잡으러 왔다. 그는 한 시간 동안 잠들었다가 아무 이유 없이 깨고, 미친 사람처럼 허공을 응시하며 다시 잠들기를 기다리고 있다. 낮에는 종일 발에 밟힌 달팽이처럼 흐느적거리며 지냈다. 알약이라도 한 알 먹었어야 했을까, 몸이 비실비실 축 늘어졌다. 꾸무럭꾸무럭 허정허정. 그게 너의 본디 모습이니? 느릿느릿 갈팡질팡. 흐느적흐느적 흐리멍덩, 쭈그렁 노인처럼 쭈글쭈글 찌글찌글. 하지만 지금 그는 정신이 말짱하고 쓸데없는 에너지로 가득 차 있다. 예전 같으면 소네트를 몇 개 외웠을 것이다. 내 연인의 눈은 태양을 조금도 닮지 않았네.* 빠르게 번성하는 세 가지 것이 있지.** 이제 그가 할 수 있는 거라곤 자리에 누워 여러 가지 것들을, 먼 옛날의 일들을 생각하는 것뿐이다. 고등학교 시절, 초등학교 시절, 스트랫퍼드의 방에서 혹시라도 들려올지 모르는 밤의 목소리에 귀 기울이고 있던 아이…… 정말 그 일이 그런 식으로 일어났던가? 아니면 자기가 기억을 윤색하고 있는 걸까? 기억이란 그런 면이 있으니까. 그러나 그렇지 않다. 그는 거기 누워서 자신의 이름을 부르는 소리를 기다렸다. 두 개의 창문, 아버지가 오렌지 상자로 만들어 준 두 개의 책꽂이, 두 할머니 중 한 분이 오실 때면 여동생이 잠자리로 사용하는 맞은편 벽에 붙은 침대…… 할머니 한 분은 웨스트 110번가에 사셨고, 다른 한 분은 워싱턴하이츠에 사셨다. 친할머니나 외할머니 중 한 분이 먼저 오시면 다음에 다른 할머니가 오셨다. 두 분이 함께 오신 경우는 한 번도 없었다. 우리는 브리지포트 역에서 기차를 기다렸다. 역에는 어두운 빛깔의 긴 벤치가 있었으며, 손잡이가 달린 활동사진 영사기

* 윌리엄 셰익스피어의 소네트 130번.
** 월터 롤리 경의 소네트 「아들에게」.

가 일렬로 늘어서 있었다. 무슨 스코프라는 기계였다. 손잡이를 돌리면 영상이 움직였다. 손가락이 구부러진 할머니는 카드놀이를 하려고 카드를 챙겨 오곤 했는데, 머리를 오렌지색으로 염색했으며 달가닥거리는 팔찌를 여러 개 찼다. 사투리를 쓰는 할머니는 사워크림으로 차가운 빨간 수프를 만들어 주시곤 했다. 아, 뮤토스코프. 두 할머니는 19세기에 태어나셨다. 그걸 누가 제대로 이해할 수 있을까. 한 분은 뉴욕에서, 한 분은 민스크에서, 마천루가 있기 전에, 말이 끌지 않는 탈것이 나오기 전에, 공룡이 멸종하기 전에 태어나셨다. 어머니는 러시아계 유대인 부모님과 함께 로어이스트사이드에서 자랐다. 어머니의 아버지는 차르를 피해서 미국으로 떠나왔는데, 맏아들 이름을 에이브러햄으로 지었다. 맏아들의 가운데 이름은 링컨이었다. 그 할아버지는 몇 달마다 가족을 데리고 새 임대주택으로 이사를 떠나곤 했다. 집세를 떼어먹고 갑자기 떠나는 것이었다. 어머니가 말하기를, 그분은 아들들이 가게에서 고객의 시중을 드는 동안 러시아어로 도스토옙스키를 읽었다고 했다. 스트랫퍼드 아이가 브루클린에서 살았던 유아 시절의 모든 것은 사진 앨범 속에 들어 있다. 머리에 꽃을 꽂고 프로스펙트 공원 벤치에 앉아 있는 아름다운 어머니, 코니아일랜드 해변의 널을 깐 보도에 세일러복을 입은 어린 아들과 함께 서 있는 챙이 넓은 모자를 쓴 아름다운 어머니, 전차를 탄 두 사람, 거리의 전차 선로, 하늘을 가로지르는 전선, 전차 지붕 위의 막대 꼭대기에 달린 홈이 파인 쇠바퀴…… 그것들은 잊힌 세계다. 사진에서 보이지 않는 아버지는 노출계를 들고 카메라 조리개 값을 조절하면서 이안 반사식 카메라의 그라운드 글라스 스크린을 내려다보고 있다. 그 이후는 노동자 계층이 사는 동네인 스트랫퍼드다. 교수 수입으로 살 수 있는 곳이 또 어디 있겠는가? 우유는 매일 아침 유리병에 담겨 뒤 베란다로 배달되었다. 이탈리아인과 동유럽인, 지엘스키와 스토카토레와 삭사와 만치니가 있었다. 리치오 약국, 치카렐리 씨네 토지가 있었다. 랄프 폴리타노, 토미 팔루치크, 마리오 레쿠피도가 있었다. 유대인은 무엇인가? 유대인은 홀리네임 성당 앞에서 성호를 긋지 않는 사람이다. 유대인은 햇볕 쨍쨍한 여름날 아침, 다른 사람들은 밖에 나가 야구 놀이를 할 때 집 안에 머물며 피아노를 치는 사람이다. 그의 어머니는 쇼팽의 녹턴과 왈츠를 쳤다. 디 다다다, 디 다다다…… 그리고 그에게 음계를 가르쳐 주었으며, 소파 위에서 다리를 포개고 앉아 책을 읽어 주었다. 계단 옆에 마호가니 책장이 있었고, 벽난로 옆에도 책장이 두 개 있었다. 아버지가 어느 날 밤 가족들을 태우고 집으로 돌아가는 차 안에서 말했다. "너희들도 봤니? 저 집엔 책이 하나도 없어!" 유대인은 무엇인가? 유대인은 집 안에 책이 있는 사람이다. 아버지는 하나님의 존재에 관한 논의를 타파했다. 그런 얘기가 나오면 아버지의 입술은 비웃음으로 일그러졌다. 유대인 지역 문화센터엔 다니게 했지만, 바르미츠바는 치르지 않았다. 매년 크리스마스엔 크리스마스트리를 만들었지만, 메노라*를 사용한 것은 한두 번뿐이었다. 아기 예수도 없고, 마리아도 구유도 없었다. 무교병**은

* 유대교의 제식에 쓰이는 일곱 갈래나 아홉 갈래의 커다란 촛대.

** 유대인들이 출애굽의 수난과 하나님의 은혜를 기념하기 위해 유월절 다음 날부터 7일 동안 만들어 먹는, 누룩을 넣지 않고 만든 빵.

1년에 한 번 만들어 먹었다. 그것은 커다랗게 만든 짭짤한 크래커 같았다. '누룩을 넣지 않은'이라는 말은 그에게는 낯설고 이상한 말이었다. 부활절 달걀에 색을 칠하고, 초막절*에는 옥수수 줄기와 나뭇가지를 얹은 지붕 밑을 걸어가고, 잘 바스러지는 속이 빈 초콜릿 토끼를 깨물어 먹었으며, 민스크 출신 할머니를 위해 야자이트** 촛불을 밝혔다. 유대인은 무엇인가? 유대인은 부활절을 토끼를 기념하는 축일이라고 생각하는 사람이다. 어머니는 초등학교 1학년 교사고 아버지는 대학 교수였다. 손가락이 구부러진 할머니는 한때 피아노 선생님이었다. 온 가족이 잔뜩 가르쳤다. 플루트를 부는 강사가 두 연주자에게 부는 법을 가르치려 하네.*** 유대인은 무엇인가? 유대인은 가르치는 사람들로부터 생겨난 사람이다. 그가 수업이 끝나고 집에 돌아오면 브리지포트의 저소득층 주택단지에서 오는 얼린이 날마다 그를 잘 챙겨 주었다. 길거리에서 흥겹게 재잘거리는 노래가 있었다. 이니 미니 마이니 모, 검둥이nigger의 발가락을 잡아라. 집 안에서 그걸 들은 아버지가 진지한 표정을 지으며 입에 잔뜩 힘이 들어간 나직한 목소리로 말했다. "사람들이 그 말을 쓴다 해도 우리 집에선 안 된다. 검둥이라는 말을 쓰는 건 아주 못된 짓이다." 검둥이 대신 흑인negro이라는 존중하는 말을 써야 한다고 했다. 사람들을 존중하라. 어린 유대인 보

* 이집트를 탈출한 이스라엘 사람들이 40년 동안 광야에서 장막 생활을 한 것을 기념하는 유대인의 가을 수확 축제.

** 유대교에서 부모, 형제나 가까운 사람의 기일 전날 밤에 애도의 촛불을 밝히는 의식.

*** A tutor who tooted the flute. Tried to tutor two tooters to toot. 텅 트위스터(tongue twister, 발음하기 힘든 어구)로, 영어 발음 교정 학습에 쓰이는 문장.

이스카우트 단원인 아이들에게 아버지가 말했다. "화를 자초하는 짓은 하지 마라." 보이스카우트 단장 같은 아버지가 말했다. "그러나 누가 너희를 유대인 놈kike이라고 부르게 해선 안 된다." 이 집에선 그런 말들을 쓰면 절대 안 돼. 새로운 말이었다. 유대인 놈. 그는 그 말을 쓰는 상상을 해 보았다. 이봐, 유대인 놈! 개를 때려, 개를 죽여 버려. 그는 정말 자기 이름을 부르는 소리를 들으려고 며칠 밤을 자지 않고 누워서 귀를 기울였던가? 소년 사무엘은 철저히 순종적이었다. 사울의 결점은 불순종이다. 사무엘은 아말렉족 왕의 배에 칼을 찔렀다. 밤중에 이름이 불린다면 그런 일이 일어나는 것이다. 정의로운 삶, 격렬한 도덕적 삶을 살아야 하는 것이다. 아버지와 사무엘은 같은 부류의 사람이다. 사무엘 : "당신은 사악해." 아버지 : "당신은 무지해." 특별한 종파 : 유대인 무신론자. 제13지파.* 그러므로 너는? 너는 누구냐? 나는 밤에 이름이 불리지 않은 사람이다.

1

그 목소리가 다시 부른다. 사무엘은 이번에는 머뭇거리지 않는다. 그는 얼른 침상에서 내려와 어둠을 뚫고 엘리의 곁으로 달려간다. "저 여기 왔습니다." 그가 큰 소리로 말한다. 이번에는 짜증

* 현재 이스라엘의 유대인은 아브라함의 혈통이 거의 없다고 제시한 아서 쾨슬러의 책에서 비롯된 유대인의 뿌리에 관한 새로운 주장.

이 밴 목소리였다. "제사장님의 부름을 듣고 왔습니다." 엘리는 등을 대고 누워 있다. 눈은 감겨 있고, 두 손은 가슴 위에 엇갈리게 놓여 있다. 갑자기 엘리가 한쪽 팔꿈치에 의지하여 몸을 약간 일으키며 사무엘의 얼굴을 들여다본다. 사무엘은 불만과 불안과 기대감을 동시에 느낀다. 무슨 일일까? 무슨 일인가 일어나고 있다. 그게 뭔지는 모른다. 제사장의 긴 손이 사무엘의 팔에 와 닿는다. 사무엘은 갑자기 두 가지 사실을 깨닫는다. 엘리는 그를 부르지 않았다는 것, 누가 불렀는지 엘리는 알고 있다는 것이 그것이다. 사무엘 자신은 알고 있을까? 거의 알고 있다. 알고 있지만 감히 알고자 하지 않는다. 그러나 엘리가 얘기한다. 그의 이름을 부른 존재가 누구인지 그에게 말해 준다. 그분은 하나님이시다. "가서 자라. 그분이 다시 너를 부른다면 여호와여 말씀하옵소서, 주의 종이 듣겠나이다, 하고 대답하여라." 엘리의 살펴보는 듯한 눈길, 사무엘의 팔에 놓인 손…… 사무엘은 더 이상 질문을 하지 말아야 한다는 것을 깨닫는다. 그는 침상으로 돌아가 눈을 뜬 채 등을 대고 눕는다. 사무엘은 두 귀로 듣고 싶다. 그는 한 손으로 가슴을 지그시 누른다. 심장이 뼈의 안쪽을 마구 치는 주먹처럼 느껴진다. 그의 이름을 다시 부르지 않는다면 어떡하지? 엘리는 말했다. "그분이 다시 너를 부른다면." 그는 세 번이나 대답하지 못했다. 그가 알았어야 했을까? 그는 거의 알았다. 알기 직전이었다. 이제 그는 안다. 그가 모르는 것은 그 목소리를 다시 듣게 될 것인가, 하는 것이다. 만약 그분이 더 이상 자기 이름을 부르지 않는다면, 그는 자신을 결코 용서하지 못할 것이다. 만약 자기 이름을 부른다면? 그때는 어떡하지? 뭐라고 대답해야 하나? 아, 제사장님이 말씀하셨잖아. 여호와여 말씀하옵소서, 주의 종이 듣겠나이다, 하라고. 여호와여 말씀하옵소서, 주의 종이 듣겠나이다. 그는 성막의 대제사장인 엘리를 처음 보았던 때를 기억한다. 어깨에 빛나는 보석이 달린 제의를 입은 강력한 사람이었다. 두 다리는 커다란 돌기둥 같았다. 손은 기름 단지 크기만 했다. 이제 엘리의 수염은 하얗고, 잠을 자면서 잠꼬대를 한다. 아들들은 행실이 나쁘고 사악하다. 엘리가 제지할 수도 없다. 진정하자. 떨지 말자. 귀를 쫑긋 기울이자.

2

사흘째 밤, 스트랫퍼드의 침대에 누워 있는 아이는 아직 자기 이름을 부르는 소리를 듣지 못했다. 정신을 집중해서 듣고 있는 게 아닌 걸까? 멀리서 들리는 그 소리를 들었다고 생각한 적이 한 번 있었다. 고양이 울음소리거나 다른 어떤 소리를 잠시 착각한 것이었다. 그는 이제 더 이상 어떤 소리를 들을 거라고 기대하지 않는다. 그런데 왜 아직 기다리고 있는 걸까? 이제는 어떤 오기가 생긴 것이다. 그는 오랫동안 목소리가 들리기를 기다렸고, 그러니 조금 더 기다려 보는 게 나을 거라고 생각하는 것일까? 그러나 그게 아니다. 실은 아이는 밤의 목소리가 들려올 거라고 믿지 않는다. 하지만 자신이 믿었을 때—자신이 정말 믿었다면 말이다—당혹스러웠듯이, 믿지 않게 된 것이 그 못지않게 당혹스러워서 잠을 이루기 어렵다. 목소리가 들려오지 않는다는 것은 그가 뽑히지 못했다는 것을 뜻한다. 그는 뽑히는 것을 좋아한다. 그는 교내 철자 맞추기 대회에 학급 대표로 뽑혔다. 철자를 올바르게 쓰는 것은 쉽다. 어떻게 단어의 철자를 잘못 쓸 수 있는지 그로서는 이해하기 힘들다. 아무튼 뽑히는 것은 기분 좋은 일이다. 그는 운동장에서 하는 것은 잘하지 못하고 다른 대부분의 아이들만큼 강하게 공을 차지 못하기 때문에 그가 뛰어난 결과를 얻는다면 그것은 운이 좋아서 그런 것이다. 아이는 그 목소리가 밤에 자신을 부르기를 바란다. 그런 일은 일어나지 않겠지만 말이다. 아이는 옛날이야기들을 믿지 않는다. 왕자가 머리카락을 붙잡고 탑을 올랐다거나 가시나무가 자라서 성을 덮어 버렸다는 따위의 이야기를 믿지 않는다. 그런데 왜 밤에 들렸다는 목소리 이야기는 믿어야 한단 말인가? 아버지는 그런 이야기들을 믿지 않는다. 아버지는 신을 믿지 않는다. 그러나 아이가 물었을 때 아버지는 화난 표정을 짓지 않았으며, 대신 진지하고 차분한 표정으로 바라봤다. 아버지는, 그 문제는 네가 더 나이 들었을 때 스스로 생각하고 결정해야 한다고 말했다. 아이는 더 나이 들었을 때가 언제일까, 궁금해한다. 그때가 언제일까? 만약 아이가 그 목소리를 지금 듣는다면 그걸 알 것이다. 하지만 그는 이미 알고 있다. 자신은 그 목소리를 듣지 못하리라는 것을 알고 있다. 왜 그가 뽑히겠는가? 그는 사무엘이 아니다. 그는 철자를 제대로 잘 쓰는 사람이다. 그는 두 손으로 피아노를 치고, 조지 워싱턴에 관한 시를 쓸 줄 알고, 물총새 그림이나 날개는 빨갛고 몸은 까만 새의 그림을 그릴 줄 안다. 하지만 사무엘은 해가 뜨면 성막의 문을 연다. 사무엘은 밤새 등불이 타오르도록 등잔에 기름을 채운다. 아래쪽에서 차 한 대가 지나가는 소리가 들린다. 그의 집 마당과 공터를 지나쳐 가는데, 그에 따라 두 개의 빛줄기가 천장을 가로지르며 지나간다. 이제 차는 개울 옆의 빵집을 지나간다. 그는 그 빵집을 좋아한다. 따뜻한 호밀 냄새, 사람 모양의 생강 쿠키, 건포도가 든 머핀을 좋아한다. 차는 이제 언덕을 올라간다. 언덕을 오르는 차바퀴 소리가 이번 초여름에 공원에서 보았던 폭포 소리 같다. 차는 언덕을 넘어 브리지포트를 향해 달린다. 그는 자기가 늙었다고 느낀다. 아주 늙었다고, 엘리보다도 더 늙었다고 느낀다. 자신이 다시 젊어졌으면, 다시 아이가 되었으면, 하고 바란다. 애초에 그 바보 같은 이야기를 듣지 않았더라면 좋았을 텐데, 하는 생각이 든다. 쉬잇. 이제 자자.

3

또 다른 밤, 또 한 번의 잠 깸. 좋은 징조가 아니다. 예순여덟 살에 불면증에 의한 죽음. 모두 사무엘의 잘못이다. 코를 골고 잠에 떨어져야 할 때 깨어 있게 하는 것 말이다. 스트랫퍼드의 아이는 일곱 살의 나이에 그 문제로 치열하게 싸운다. 고등학교 때까지 일주일에 한 번 교회에 나가는 그의 마음을 무겁게 한다. 사제냐 무신론자냐. 하나를 선택하라. 페어필드로 이사를 한다. 해변이 있고, 개신교 교회들이 많다. 장로교, 제일연합교회, 성공회…… 로 퍼, 워런, 케인 같은 사람들이 있다. 유대인은 해변 클럽에서 받아 주지 않는다. 누가 해변 클럽 가입을 원하기나 하나? 신이 존재한다는 다섯 가지 주장과 그에 대한 반박 글을 읽는다. 존재론적 주장. 목적론적 주장. 밤에 해변을 걷는다. 버려진 사람처럼 남겨진 안전요원이 서 있고, 멀리 롱아일랜드의 불빛들이 보인다. 한 친구에게 따지듯이 묻는다. 넌 왜 교회에 나가니? 왜 일요일에만 가니? 그는 자신이 무엇을 알고 있는지 알았다. 언제나 알았다. 혹은 결코 안 적이 없었다. 만약 그 목소리가 당신 이름을 부른다면 당신의 다른 삶은 끝난다. 돌아갈 수 없다. 케첩이 부족하네요. 죄송하지만 케첩 좀 건네주시겠어요. 열다섯 살에 어린 시절의 야구 책을 버리듯이 종교를 버렸다. 후회는 없다. 꽉 끼는 스커트를 입은 여학생들이 손을 치켜들어 사물함 안으로 넣는다. 꽉 끼는 블라우스를 입은 여학생들이 가슴에 책을 껴안고 엉덩이를 흔들며 복도를 걸어간다. 좀 만져 보자! 좀 보자! 중학교 근처, 친구 동네에 팔려고 내놓은 집이 있다. "그 사람들은 유대인에게는 절대 안 팔 거야." "왜 안 팔아?" "유대인들이 어떤 사람들인지 너도 알잖아." "어떤 사람들인데?" "그 사람들은 동네를 야금야금 차지해 버릴 거야." "넌 지금 그런 유대인에게 얘길 하고 있어." "오, 넌 **그런** 부류의 유대인이 아니잖아." 열한 살에 아버지와 이런 대화를 나눈다. "주일학교에서 아무것도 하지 않아요. 그냥 게임을 하거나 노닥거리기만 해요. 더 이상 주일학교에 가고 싶지 않아요." 아버지는 물고 있던 파이프를 빼고 근엄하게 그를 쳐다보며 말했다. "주일학교엔 가지 않아도 된다." 그는 아버지가 나무라는 얼굴로 질책할 것이라고 예상했었다. 그 모든 것을 여호와 탓으로 돌리는 편이 나을 것 같다. 밤에 그의 이름을 부를 수도 있었을 텐데…… 스트랫퍼드의 아이는 귀를 기울이고 있었다. 그때에도 그의 기질에는 어떤 극단적인 것이 있었다. 소심하면서도 극단적인 구석이 있었다. 고집스러운 면이 있었다. 내 이름을 부르지 마세요. 나도 당신 이름을 부르지 않을 테니. 그러면 피장파장이잖아요. 사무엘과 사울 왕 대신 닥터 두리틀과 페코스 빌* 이야기에 빠져든다. 주일학교엔 가지 않아도 된다. 이웃 사람들은 교회에 가지만, 아이의 가족은 집에 들앉아 책을 읽는다. 고등학생 시절, 아버지에게 가르치는 일이 좋은지 물어본다. 아버지가 잠시 멈추었다가 정색을 하고 온전히 집중한 표정으로 말한다. "내가 백만장자라 하더라도 가르치는 특권을 위해선 돈을 주고라도 이 일을 할 거다." 아들은 뭔가 중요한 말을 들었다는 것을 깨닫는다. 그는 감동한다. 아버지가 자랑스럽고, 아버지가 부럽다. 그는 생각한다. 나도 언젠가 저 말을 하고 싶어. 사람들은 그것을 소명이라고 한다. 사무엘은 밤에 소명을 받았다. 아버지도 소명을 받은 것이다. 자지 않고 누워서 이런 기억들을 떠올린다. 그는 수영복 차림으로 목에 수건을 두른 채 뉴욕에서 온 부모님 친구들과 함께 페어필드 해변으로 걸어간다. 길게 늘어뜨린 검은 머리에 몸에 꽉 끼는 흰 원피스 차림의 제이니라는 분이 팔을 저어 랜치하우스가 늘어선 동네를 가리키며 말한다. "촌스러워." 그녀의 목소리에는 조롱과 멸시가 담겨 있다. 뉴

* 미국 민담에 나오는 영웅적인 카우보이.

욕 사람들은 코네티컷 사람들을 재단하려 한다. 종족을 버리고 뉴욕을 떠난 유대인들이라고 여긴다. 그들은 그럼에도 항상 뉴욕과 연고를 맺고 있다. 브루클린에서 4년을 살았다. 클린턴가와 조럴레몬가의 모퉁이에서 살았다. 한 할머니는 웨스트 110번가에서, 다른 할머니는 워싱턴하이츠에서 사셨고, 어머니는 로어이스트사이드에서, 아버지는 어퍼웨스트사이드에서 자랐다. 어린 시절, 뉴욕으로 여행 갔던 기억이 떠오른다. 메릿 파크웨이의 돌다리. 자연사 박물관에서 거대한 물고기 뼈 같은 공룡 뼈를 본 일. 자동판매기로 음식을 파는 오토맷 식당에서의 점심. 조그만 유리창 뒤에서 샌드위치가 나온다. 식당 이름은 혼 앤드 하다트다. 오벌린 대학에서 일찍 입학 허가를 받았으나 그는 컬럼비아 대학을 선택한다. 존 제이 강의실이 있는 8층까지 걸어 오른다. 닫힌 문 뒤편에서 바이올린과 첼로의 황홀한 선율이 들린다. 훌륭한 유대인 남학생들이 악기를 연주하고 있다. "넌 어떤 부류의 유대인이지?" 이 말을 바인가르텐이 했던가, 아니면 마리노프가 했던가. 시골스러운 교외 지역에 사는 유대인. 아무것도 아닌 유대인. 세속적인 유대인. 유대인 같지 않은 유대인. 바르미츠바를 치르지 않은 유대인. 콧등에 혹이 없는 유대인.* 나중에 그는 부정적 유대인이라는 개념을 발전시킨다. 부정적 유대인은 다른 유대인으로부터 "당신은 유대인처럼 보이지 않아요"라는 말을 듣는 유대인이다. 부정적 유대인은 다른 유대인에게 "유대교는 내가 인정하지 않는 미신 같은 거

* 유대인은 콧등의 뼈와 연골이 발달하여 콧등이 혹처럼 튀어나와 보인다.

예요"라고 말하고, 반유대주의자에게는 "내게는 유대인의 피가 흘러요"라고 말하는 유대인이다. 부정적 유대인은 가축 운반용 화차에 실리면서 "나는 유대교를 믿지 않습니다"라고 말하는 유대인이다. 히틀러가 그 점을 명확히 해 주었다. 아버지의 독일계 유대인 동료인 아무개 박사라는 분은 독일 대학에 입학할 수 있었던 최초의 여성 가운데 한 명으로, 칸트에 대한 열정과 모든 독일적인 것에 대한 열정이 대단한 분이었다. 그분은 1939년까지 거기 그대로 머물러 있었는데, 모든 것을 폴란드계 유대인 탓으로 돌렸다. "그 사람들이 유대인 전체를 욕먹였어." 스트랫퍼드의 아이는 밤에 자지 않고 누워 있다. 무슨 생각으로 그랬는지 잘 기억나지는 않는다. 일종의 놀이였을까? 마녀 놀이로 오싹한 기분을 느끼듯이 여호와로 오싹한 기분을 느끼는 놀이? 기쁨의 전율이 인다. 그 모든 옛이야기들은 놀랍도록 멋지고 섬뜩하다. 밤에 들린 목소리, 홍해가 갈라진 일, 새장에 갇힌 헨젤, 피리 부는 남자를 따라 산으로 들어가는 아이들. 그리고 어린 시절에 읽은 악몽의 이야기를 희미하게 반영하고 있는 『햄릿』과 『오이디푸스왕』…… 모든 게 연결되어 있다. 다윗은 사울을 위해 하프를 켜고, 스트랫퍼드의 아이는 피아노를 연습하고, 닫힌 문 뒤편에서는 첼로와 바이올린을 연주한다. 아이는 자기 이름을 부르는 소리가 들릴까 봐 귀를 기울이고, 남자는 영감이 샘솟기를 기다린다. 너는 어디에서 아이디어를 얻나? 밤의 목소리에서. 너는 언제 작가가 되기로 결심했지? 3,000년 전, 실로의 성막에서.

1

그러자 여호와께서 임하여 서서 전과 같이 사무엘아 사무엘아 부르시는지라. '서서'라는 단어의 의미에 관해서는 주석자들 사이에 의견이 갈린다. 일부 주석자들은 하나님께서 사무엘 앞에 육신으로 임재하셨다고 말한다. 다른 주석자들은 하나님은 결코 육신의 형태를 띠는 법이 없으므로 실은 그 목소리가 사무엘에게 더 가까이 다가간 것이며, 그리하여 어둠 속에서 사람이 더 가까이 다가간 것과 같은 효과를 낸 거라고 주장한다. 그 주장의 이설 가운데는 소년이 그 목소리를 듣고 어떤 형상이 자기 옆에 서 있는 것을 상상한 것이라는 견해도 있다. 이 모든 것은 해석하기 나름이라고 작가는 생각한다. 우리에게 중요한 것은 하나님의 목소리가 사무엘의 이름을 부르는 것이다. 엘리는 말했었다. "그분이 다시 너를 부른다면." 왜냐하면 세 번이나 부르고도 대답을 얻지 못한 그 목소리가 반드시 다시 부를 것이라는 보장이 없기 때문이다. 이제 소년 사무엘은 그 목소리를 네 번째로 들었고, 자기를 부르는 존재가 누구인지 안다. 하나님께서 왜 자신을 부르는지 그 이유는 아직 모르지만, 어떻게 대답해야 하는지는 안다. 엘리가 "여호와여 말씀하옵소서, 주의 종이 듣겠나이다"라고 대답하라고 정확히 말해 주었기 때문이다. 긴장을 한 탓에 말이 쉬이 나오지 않으려 한다. 그러다가 큰 소리로 말한다. "말씀하옵소서, 주의 종이 듣겠나이다." 그는 어둠 속에서 자신의 말을 똑똑히 듣는다. "말씀하옵소서, 주의 종이 듣겠나이다." 틀림없다. 그는 엘리가 지시한 대로 "여호와여 말씀하옵소서"라고 하지 않고 그냥 "말씀하옵소서"라고만 했다. 그는 그 신성한 이름을 입 밖에 내는 것이 너무 두려웠던 것일까? 후회와 자책의 감정이 몰려드는 것을 느낀다. 그러나 이내 마음을 다잡고 조용히 귀 기울인다. 그는 꼼짝 않고 누워 있다. 온몸의 신경이 곤두서 있는 동시에 더없이 침착하다. 아주 어렸을 때부터 실로의 성막에서 봉사해 왔지만 이 순간에 대해 준비하게 해 준 것은 전혀 없었다. 그는 하나님께서 자기에게 무슨 말씀을 하실 것인지 상상하지 않으려 한다. 그러나 말씀하신 순서대로 모든 말을 기억할 준비가 되어 있다. 엘리도 깨어 있다. 깨어서 방에서 기다리고 있다. 엘리는 하나님께서 무슨 말씀을 하셨는지 그에게 물어볼 것이다. 하나님의 목소리는 강렬하지만, 그럼에도 엘리의 귀에는 들리지 않으리라는 것을 사무엘은 안다. 거리가 멀어서 엘리가 듣지 못하는 것이 아니라, 그 목소리는 사무엘 혼자만을 위한 것이기 때문에 듣지 못하는 것이다. 그는 겸손하게 그 사실을 인지한다. 그리고 그걸 기억할 것이다. 그는 기억력이 좋다. 자신의 기억력에 자부심이 있다. 물론 자부심이 허영이 되지 않도록 늘 경계한다. 누가 그에게 읽어 준 말이나 그가 들은 말은 변하지 않고 그대로 그의 마음속에 남아 있다. 늘 그런 식이었다. 이제 하나님께서 말씀하시고, 사무엘이 듣는다. 이 세상에 이 말씀 말고는 아무것도 없다. 말씀은 모질고 혹독하다. 엘리의 집안은 죄악의 행위에 대해 심판을 받게 될 것이다. 엘리의 아들들은 사악하고, 엘리는 자식들의 그런 행위를 제지하지 못했다. 그러므로 하나님은 엘리의 집안에 대해 말씀하신 것을 처음부터 끝까지 엘리에게 다 행하실 것이다. 엘리의 아들들은 같은 날 죽을 것이다. 엘리의 집안은 끝장이 날 것이다. 하나님이 떠나셨다. 그것은 천둥 후의 정적 같다. 사무엘은 어둠 속에 누워 있다. 그가 보기에는 그 어둠이 더 어두워진 것 같다. 너무 어두운 어둠이어서 마치 하나님이 수면 위에서 운행하시기 전의 깊음 위에 있는 어둠* 같았다. 그 말씀은 사무엘을 바람처럼 흔들었다. 그는 엘리가 자지 않고 방에 누워 사무엘이 자기에게 와서 하나님께서 무슨 말씀을 하셨는지 말해 주기를 기다리고 있다는 것을 느낄 수 있다. 하지만 사무엘은 자신의 몸을 이끌고 침상에서 내려와 엘리의 방으로 갈 수가 없다. 만약 엘리가 그에게 묻는다면—물론 엘리는 틀림없이 물을 것이다—그는 사실대로 얘기할 테지만, 그러나 엘리의 요청을 받기 전에 그 사실을 말하고 싶지는 않다. 사무엘은 오래도록 어둠 속에 누워 하나님의 목소리가 들리지 않을까, 엘리의 목소리가 들리지 않을까 귀 기울이지만 내내 정적만 흐른다. 어둠이 엷어졌을까? 어둠이 엷어지고도 여전히 어두울 수 있는 걸까? 어둠이 점점 더 묽어지고 있다. 곧 성막의 문을 열 시간이 될 것이다. 엘리는 하나님께서 무슨 말씀을 하셨는지 물을 것이고, 사무엘은 그 끔찍한 말씀을 그대로 전하게 될 것이다. 이제 모든 게 달라지리라는 것을 사무엘은 알고 있다. 하지만 지금, 어둠이 엷어지고는 있으나 아직은 어둠의 성질을 잃지 않은 지금, 그는 영원히 어린아이일 수 있을 것처럼 침상에 누워 있고 싶다. 마치 밤에 자신의 이름이 불리

* 「창세기」 1장 2절의 내용.

지 않은 것처럼 거기에 그대로 누워 있고 싶다.

2

나흘째 밤이다. 이제 스트랫퍼드의 아이는 자신의 이름을 부르는 소리를 결코 듣지 못하리라는 것을 잘 알고 있다. 그럼에도 그는 깨어 있다. 자기 생각이 틀렸을 경우를 대비하여 여전히 귀 기울이고 있는 것이다. 그것이 해로울 것은 없다. 그렇기는 하지만, 동시에 그는 그렇게 누워서 기다리고 있는 자신을 비웃는다. 무엇을 기다린단 말인가? 자기 이름을 부르는 소리를? 그것은 책 속의 이야기일 뿐이다. 그럴 바에는 차라리 램프에서 램프의 요정이 나오기를 기다리며 누워 있는 편이 더 나을 것이다. 설령 그게 이야기일 뿐인 것만은 아니라 해도, 왜 하나님께서 하필 그의 이름을 부르겠는가? 사무엘은 성막 대제사장의 시중을 드는 소년이었다. 사무엘은 이미 하나님이 좋아하는 소년이었다. 스트랫퍼드의 아이는 일요일이면 유대인 지역 문화센터에 가서 두 시간 동안 있다가 히브리어 수업은 듣지 않고 집에 돌아간다. 아이는 홀리네임 성당 앞에서 성호를 긋지 않는다. 하지만 크리스마스는 손꼽아 기다린다. 마치 크리스마스가 겨울철 최고의 날인 것처럼 말이다. 아이의 집 크리스마스트리에는 십자가나 천사가 없고 앞 잔디밭에 불이 깜박거리는 성모상도 없지만, 여전히 스타킹과 여러 색깔의 전구와 장식용 반짝이 조각 등이 크리스마스트리를 장식하며, 선물 꾸러미도 높다랗게 쌓인다. 그에게 크리스마스는 한 해의 끝을 기념하는 축일이다. 로쉬 하샤나*는 그로서는 발음하기도 어려운 축일로, 그가 기억하지 못하는 어떤 것을 기념하는 날이다. 하나님이 아직 거기 계신다면 그의 이름을 부르면 안 된다. 그는 이름이 안 불리는 게 좋다. 이름이 불리는 것을 원치 않는다. 만약 이름이 불린다면 모든 게 바뀐다. 그것은 일주일 내내 주일학교에 가는 것과도 같을 것이다. 그는 지금의 생활을 좋아한다. 뒷마당에서 야구 놀이를 하며 플라이 볼과 땅볼을 잡는 것, 쇼트 해변의 뜨거운 모래밭을 걷는 일, 독립 기념일의 불꽃놀이, 겨울철에 아버지가 소파 한쪽 끝에 앉아 답안지를 채점하고 어머니는 다른 쪽 끝에 앉아서 뭔가를 읽는 동안 그는 벽난로 앞에 앉아 책을 읽는 것, 생일 파티, 『바살러뮤 커빈스의 모자 500개』를 여동생에게 읽어 주는 일, 레나 할머니와 함께하는 카드놀이, 아버지의 암실의 현상 접시에서 하얀 인화지에 흑백사진이 떠오르는 모습을 지켜보는 것, 플레저 해변 놀이공원에서 보트를 타고 천천히 어두운 동굴을 통과하는 보트 타기 놀이…… 이 모든 것들을 그는 좋아한다. 그는 가족을 떠나기를 원치 않는다. 뒷마당이 내려다보이는 두 개의 창문이 있는 자신의 방을 떠나기를 원치 않는다. 그와 여동생이 〈피터와 늑대〉를 듣곤 했던 거실의 커다란 레코드플레이어를 두고 떠나기를 원치 않는다. 어느 날 어머니는 반짝이는 눈으로 그를 바라보고 그를 만지면서 말했다. "오, 내 큰아들." 아버지는 그의 모든

* 유대력 1월 1일에 해당하는 유대교의 신년제.

질문에 예의 그 진지한 표정으로 답변해 주신다. 그 질문들보다 더 중요한 것은 없다는 듯한 태도다. 죽으면 어떻게 돼요? 하나님은 뭐예요? 세상에서 가장 중요한 것은 뭐예요? 그는 실로의 성막을 위해 그 모든 것을 떠나고 싶지는 않다. 개학하려면 몇 주 더 있어야 한다. 아직도 여름이 많이 남아 있다. 강가로 소풍을 가고, 차를 타고 브리지포트에 간다. 모로 견과류 가게에서 풍기는 뜨겁게 구운 견과류 냄새, 밤색 재킷 차림에 하얀 장갑을 낀 리즈 백화점의 엘리베이터 안내원들, 블린 장난감 가게 유리창으로 보이는 삭구를 갖춘 나무배······ 아이는 사무엘을 그의 마음에서 떠나보냈고, 밤의 목소리를 떠나보냈다. 그러나 지금 그는 잠이 오는 것을 느끼면서 마지막으로 한 번 더 귀를 기울인다. 만약의 경우를 대비하여 귀를 쫑긋 세우고 숨죽인 채로 그 옛날이야기 속에서 사무엘에게 찾아든 목소리가 들리지는 않는지 귀 기울여 본다. 그것은 이야기일 뿐이지만, 아무리 잊으려 노력해도 그로서는 결코 잊지 못하리라는 것을 알고 있는 이야기다.

3

다시 잠에서 깬다. 지겹고 짜증스럽다. 그렇지만 이봐, 밝은 면을 보라고. 새벽 4시야. 한 시간이 아니라 세 시간을 잤잖아. 저녁을 먹은 후에 불면증을 이겨 낼 수 있기를 바라며 한 시간 이상 꽤 많이 걸었다. 한 시간 동안 걸으니 새벽 4시에 깬다. 두 시간 걸으면 5시에 깰 것이다. 세 시간 걸으면 6시에 깰 것이다. 네 시간 걸으면 심장마비로 급사할 것이다. 아버지는 팔에는 군살이 많았지만 장딴지는 근육질이었다. 그 다리로 아버지는 시티 대학을 다니던 시절인 1920년대 후반에 할렘에서 배터리까지 온 맨해튼 거리를 걸어 다녔다. 안전한 도시다. 스트랫퍼드의 아이는 캐넌로에서 화이트워크 시장까지 걸어가곤 한다. 학교도 프랭클린 거리와 콜린스가를 거쳐서 홀리네임 성당을 지나가는 길을 따라 걸어 다닌다. 그의 장딴지는 팔뚝만큼이나 빈약하다. 아버지는 매일 아침 브리지포트로 가는 버스를 타기 위해 버스 정류장까지 1.6킬로미터여를 걸어 다닌다. 아이가 2학년이 될 때까지 집에 차가 없다. 도시 사람들은 차를 몰지 않는다. 5학년 때까지 집에 텔레비전이 없다. 텔레비전은 책을 읽지 않는 사람들을 위한 것이다. 그의 집이 그 동네에서 맨 나중에 텔레비전을 구입한 집일 것이다. 맨해튼에서 10인치 에어킹 텔레비전을 사 가지고 와서 피아노 옆 탁자 위에 설치한다. 흑백 만화영화가 엄청난 재미를 선사한다. 체르니를 연습하다가 〈알파파 농부〉를 본다. 모차르트를 치다가 〈마이티 마우스〉를 본다. 어머니는 슈만을 연주하다가 〈즐거운 우편집배원〉을 보며 그와 함께 웃는다. 근엄한 아버지는 고개 숙여 『스크루지 맥덕』 만화책을 보면서 돈 창고*에 있는 다이빙 도약대**를 칭찬한다. 아버지는 그에게 『투틀』을 읽어 주면서 첫 문장이 정말 좋다고 말한다. "모든 곳의 먼먼 서쪽에 로어트레인스위치 마을이 있다."

* 스크루지 맥덕이 번 돈을 보관하려고 지은 커다란 건물.
** 스크루지 맥덕이 엄청나게 쌓인 금화 속으로 뛰어들 때 사용하려고 설치한 판.

모든 곳의 먼먼 서쪽에. 아버지는 말했다. "모든 문학을 통틀어 가장 위대한 첫 문장이 세 개 있지. 첫 번째는 '태초에 하나님이 천지를 창조하시니라.' 두 번째는 '나를 이슈마엘이라 불러라.'* 세 번째는 '모든 곳의 먼먼 서쪽에 로어트레인스위치 마을이 있다.'" 아버지는 진지하면서도 우스운 데가 있다. 아버지의 얼굴을 주의 깊게 살펴볼 필요가 있다. 고래에 관한 책. 그는 책장 어디에 그 책이 있는지 안다. 간혹 그 책을 손에 들고 좀 더 나이 들면 읽어 봐야지, 생각했다. 고래, 하나님. 더 나이 들면 읽어 볼 것들. 아버지는 항상 책이다. 열 살 때, 아버지는 아이젠하워를 혹평한다. "그 사람은 책을 보지 않아!" 컬럼비아를 거쳐 스페인으로 여행을 간다. 편도 항공권. 짐은 둘이다. 하나는 옷, 하나는 책. 스트랫퍼드의 아이는 밤에 자지 않고 누워 있다. 책 속의 이야기 때문이다. 무슨 이야기? 밤의 악령 이야기. 그는 그 아이를 보호하고 싶다. 너무 늦기 전에 경고하고 싶다. 이야기에 귀 기울이지 마! 이야기가 밤에 널 잠들지 못하게 하고, 네 피를 빨아 마시고, 네 피부에 이빨 자국을 남길 거야. 그 아이를 자게 해 줘! 그 아이를 살려 줘! 뉴욕에서 온 유대인 부모님, 노동자 계층이 거주하는 스트랫퍼드에서의 생활, 부모님의 책과 피아노…… 교수인 아버지는 손으로 하는 일을 하지 않았다. 조이의 아버지는 헬리콥터 공장의 기계공이고, 마이크의 아버지는 목수다. 마이크의 아버지는 산울타리 맞은편 공터에 자기들이 살 집을 짓는다. 조이는 싸울 듯한 표정으로 그에게 고

* 허먼 멜빌의 『모비 딕』의 첫 문장.

개를 돌리며 말한다. "네 아버지는 바퀴를 만들 수 있어?" 그들의 정원에서는 햇볕에 탄 나이 많은 이탈리아 일꾼들이 일하고 있다. 지미 스토카토레의 집 높은 담장은 온통 포도 덩굴로 덮여 있다. 손에 든 자줏빛 포도송이가 묵직하다. 치카렐리 노인이 자기 땅에서 아이들을 쫓아낸다. 이니 미니 마이니 모, 호랑이의 발가락을 잡아라. 우리 집에선 안 된다.* 유대인 보이스카우트에서 그는 로프의 길이를 일시적으로 줄일 때 사용하는 짧게 묶기 방법을 배웠다. 하지만 독 있는 옻나무는 전혀 식별하지 못했다. 그는 주일학교 연극에서 예수 역을 맡지 않겠다고 한다. 크라우스 부인이 깜짝 놀란다. "아니, 왜?" "왜냐하면 예수님은 유대인을 배신했으니까요." 크라우스 부인의 얼굴에 당혹감과 두려움이 스친다. "난 너한테 그렇게 가르친 적이 없는데!" 아버지는 이렇게 말했다. "예수님은 위대한 스승이셨어." 60년 후, 밤중에 깨어나 기억에 휘둘린다. 라푼젤! 라푼젤! 네 머리카락을 내려 줘! 그러자 주께서 찾아오시더니 그 자리에 서서 조금 전처럼 사무엘, 사무엘, 하고 부르셨다. 스트랫퍼드의 아이는 귀를 쫑긋 기울인다. 고마워요, 하늘에 계신 영감님, 그 아이의 이름을 부르지 않아 주어서. 관련된 모든 사람들에게 더 좋은 일이었어요. 그는 정말 믿었을 리가 없다. 안 그런가? 감정이 고양되고 흥분된 상태에서 일시적으로 어둠 속의 유령의 존재에 대한 가능성을 반신반의하며 막연히 믿었던 게 아닐까. 그로서는 실로의 성막에서 벗어나게 된 것이 더 나았다. 스

* tiger(호랑이)에서 각운을 이루는 nigger(검둥이)를 연상하며 아버지가 한 말을 떠올린 것이다.

트랫퍼드의 푸른 뒷마당에서 뛰놀고, 가족 나들이와 책장에 가득한 책의 세계에서 자란 것이 더 나았다. 비록 후에 글을 쓰고자 하는 열망이 그를 사로잡고 평생의 동반자가 되었지만. 소명. 사무엘의 소명이 아니라 다른 소명. 그 길이 아니라 이 길. 사무엘은 하나님을 받든다. 가르치는 사람인 아버지는 동시대 사람들을 받든다. 그 아들은? 그는 어떤가? 모든 곳의 먼먼 서쪽에…… 그는 뮤즈를 받든다. 고마워요, 바다를 갈라놓으신 영감님, 나를 그냥 내버려두어서. 이제 피곤하다. 우리는 모두 곧 잠이 들 거다.

기발한 착상으로 빚어낸 밤의 목소리

열여섯 개 단편으로 이루어진 이 소설집의 마지막은 「밤에 들린 목소리A Voice in the Night」라는 작가의 자전적인 작품으로 끝맺는다. 이 책의 제목 또한 이 작품을 표제작으로 내세운 『밤에 들린 목소리』인 줄 알았는데 아니었다. 책 제목은 복수형을 사용한 『밤에 들린 목소리들*Voices in the Night*』이었다. 뒤늦게 그 사실을 알아차리고는 깜빡 속았다는 걸 알았다. 에드워드 노턴이 환상마술사로 나오는 영화 〈일루셔니스트〉의 원작자이기도 한 밀하우저는 이처럼 미묘하게 독자를 속이거나 현혹하는 데 능하다. 그에게 휘둘리지 않으려면 정신 바짝 차리고 읽어야 할 것 같다.

아무튼 이 책의 제목에는 밤의 목소리에 관한 작품들을 모아 놓은 소설집이라는 의미가 담겨 있다. 그렇다. 여기 실린 작품 대부분은 낮이 아닌 밤에 관한 소설들이다. 물론 그 밤은 실제 밤일 수도 있지만 대개는 은유적인 의미에서의 밤이다. 밤 또는 어둠은 이 책에서 우리 자아의 깊숙한 곳에 숨어 있는 어둡고 은밀한 욕망으로 나타나기도 하고, 유령에 대한 두려움이나 선망으로 나타나기도 하고, 자살 충동으로 나타나기도, 어지러운 현대 문명의 모습으로 나타나기도 하며, 때로는 초자연적인 것의 침입으로, 때로는 자신의 삶에 대한 깊은 회한으로 나타나기도 한다.

많은 작품의 공간적 배경이 되는 '우리 마을'에는 음험한 기운이 감돈다. 사람들은 뭔가에 사로잡혀 있기 일쑤다. 유령을 보기도 하고 초현실적인 현상에 맞닥뜨리기도 하고 밤의 목소리를 듣기도 한다. 그러나 밀하우저의 소설은 재미를 위해 일부러 공포심을 한껏 자극하는 공포소설이 아니다. 현실과 초현실의 경계에서 설명할 수 없는 어떤 것을 설명하고자 애쓰는 마을 사람들의 모습은 포착하기 어려운 '진실'을 향한 작가의 문학적 탐구이자, 이 점이 바로 그가 '마술적 리얼리즘magic realism' 작가로 불리는 이유 가운데 하나일 것이다(밀하우저 자신은 가브리엘 가르시아 마르케스로 대표되는 마술적 리얼리즘이라는 말 대신에 인생에는 수수께끼 같거나 신비한 요소가 있다는 것을 받아들여 작품화하는 태도를 말하는 '신비적 리얼리즘enigmatic realism'이라는 용어를 선호한다고 한다).

인간 내면에 숨겨진 진실을 탐구하기 위해 작가는 글을 쓰기 전에 머릿속으로 치열하게 소설의 구조와 논리를 세운다. 쓰기 전에 많은 시간과 노력을 들여 작품의 뼈대를 세우는 것이다. 그것은 이론 물리학자들이 즐겨 하는 '사고思考 실험'과도 비슷하다. 그러므로 집필을 시작할 때면 이미 작품의 전체 모습은 어떤 형태일지, 길이는 대충 어느 정도일지에 대한 느낌이 비교적 선명히 머릿속에 자리 잡고 있다고 한다. "이미지 하나로 글을 쓰기 시작한다고 자랑스럽게 주장하는 작가들이 있는데, 그게 사실이라면 정말 흥미롭네요.” 어느 인터뷰에서 그가 이해할 수 없다는 듯이 말했다.

사고 실험을 즐겨 하는 작가이기 때문인지 밀하우저의 소설은 착상이 기발하다. 그래서 재미있다. 거울에 바르면 거울에 비친 모습을 싱그럽고 은은하게 만들어 준다는 「기적의 광택제」를 시작으로 우리 마을의 유령 문제를 보고서 형식으로 꾸민 「유령」, 어느 날 갑자기 해안가로 밀려온 인어 시체를 통해 인간의 집단 심리를 파헤친 「인어 열풍」, 꿈인지 현실인지 분간 못 할 만큼 현란하게 변하는 마을의 모습을 그린 「근일 개업」, 우습고도 기상천외한 발상이 돋보이는 「열세 명의 아내」, 이상향인 줄 알았으나 실은 자살하기 좋은 곳임이 드러나는 광고 팸플릿 형식의 소설 「아르카디아」, 그리고 유명한 동화와 설화를 과감하게 소설로 재구성한 「라푼첼」과 「미국의 설화」에 이르기까지 작품 하나하나 모두가 깊은 재미를 선사한다. 물론 여러 작품이 실린 소설집의 특성상 개중에는 다소 아쉬움이 남는 작품도 없지는 않다. 그러나 처음부터 끝까지 예사로이 넘길 수 없는 문제의식과 작품성을 지니면서도 독자를 끌어들이는 흡인력이 대단하다는 점이 바로 이 소설집의 미덕이라 할 수 있으며, 독자들 또한 퓰리처상 수상 작가로서의 저력을 이 책에서 고스란히 느낄 수 있을 거라고 믿는다.

개인적으로는 마지막 작품 「밤에 들린 목소리」를 번역할 때 특히 더 몰입했던 것 같다. 자전적인 성격의 작품이라서 그 여운이

너 짙게 가슴에 와닿았던 것이리라. 이 작품은 세 부분으로 나뉘는데, 첫 부분은 구약성서에 나오는 소년 사무엘 이야기다. 두 번째 부분은 주인공의 일곱 살 시절 이야기고, 세 번째 부분은 무신론자 작가가 된 68세 주인공의 오늘날 모습이다. 그러니까 이 작품은 사무엘과 일곱 살 소년과 68세 작가가 번갈아 등장하여 이야기를 전개하면서 사무엘이 들은 하나님의 목소리를 자신도 듣고자 했던 열망과, 결국 그 목소리를 듣지 못하고 무신론자 유대인 작가가 된 이야기를 회한 어린 어조로 들려준다. 잘 만들어진 이 같은 핍진한 작품을 읽으면 우리는 지나온 자신의 삶을 반추하고 회오하지 않을 수 없는 듯싶다.

지금은 의심의 여지 없이 과학의 시대다. 과학의 엄청난 발전에 움츠러든 종교나 신화의 힘이 예전 같지 않다는 것을 누구나 쉬이 느낄 것이다. 인간이 온갖 어둠을 몰아내고 마침내 '호모 데우스(신이 된 인간)'가 되는 것이 먼 미래의 일이 아니고 가까운 장래에 도래할 것이라고 예측하는 사람들도 있다. 하지만 인간의 비밀이 하나씩 하나씩 벗겨져 가는 과학의 시대가, 대낮의 시대가 그저 좋기만 한 것일까? 우리가 어둠을 몰아내는 동안 정말 소중한 뭔가를 잃어버리고 있는 것은 아닐까? 그런 애틋한 심정에서 우리는 밤과 어둠을 얘기하고 유령을 불러들이고 마법과 꿈과 신비와 초현실을 빚어내고 동화, 우화, 설화를 살려 내고자 하는 이 같은 작가와 작품들을 더욱더 소중하게 여기는 것인지도 모르겠다. 이 책을 집어 든 당신도 이제 밀하우저의 마법에 걸린 '우리'가 되었다.

밀하우저의 작품은 퓰리처상 수상작인 『마틴 드레슬러』를 포함하여 장편 몇 편이 국내에 소개되었으나 단편집은 이 책이 처음이다. 재미와 격조를 동시에 갖춘 수준 높은 소설집을 독자에게 소개할 기회를 갖게 되어 옮긴이로서는 무척 뿌듯하고 설렌다. 안목 있는 눈으로 좋은 책을 찾아내 번역을 맡겨 준 출판사와 편집을 진행하며 여러모로 도움을 준 편집자에게 감사의 말을 전한다. 누구보다도 어디선가 내 인생의 조그만 일부인 이 책에 시간을 내준 독자 여러분이 고맙다. 가을이 되었기 때문일까, 그런 작은 인연들에서 온기와 위로를 받고 싶어지는 까닭은……

2017년 9월
서창렬

밤에 들린 목소리들

초판 1쇄 펴낸날 2017년 9월 30일

지은이 스티븐 밀하우저
옮긴이 서창렬
펴낸이 김영정

펴낸곳 (주)현대문학
등록번호 제1-452호
주소 06532 서울시 서초구 신반포로 321(잠원동, 미래엔)
전화 02-2017-0280
팩스 02-516-5433
홈페이지 www.hdmh.co.kr

ISBN 978-89-7275-836-5 03840

* 책값은 뒤표지에 있습니다.